EXCALIBUR

Fantasy bei Knaur

herausgegeben
von Kai Lindberg
und Sophie Loewen

Die Trilogie der Streitenden Reiche

Band 1: Der verbotene See
Band 2: Das Land der zwei Könige
Band 3: Der Stein der Gnade

Über die Autorin:

Catherine O'Donell, geboren 1964 in Irland, begann bereits in ihrer Jugend Kurzgeschichten zu schreiben. Sie lebt heute in einem kleinen Cottage, umgeben von ihrem Mann Brian, ihren beiden Töchtern und mehreren Katzen und Hunden.

Catherine O'Donell

DAS LAND DER ZWEI KÖNIGE

Die Trilogie der Streitenden Reiche 2

Aus dem Englischen
von Michaela Link

Knaur

Besuchen Sie uns im Internet:
www.knaur-fantasy.de
Sagen Sie uns Ihre Meinung zu diesem Buch:
fantasy@droemer-knaur.de

Originalausgabe 2003

Ein Unternehmen der Droemerschen Verlagsanstalt
Th. Knaur Nachf. GmbH & Co. KG, München

Redaktion: Ralf Reiter
Umschlaggestaltung: ZERO Werbeagentur, München
Umschlagabbildung: Sir Frank Dicksee/C. Tate London 2002
Satz: Ventura Publisher im Verlag
Druck und Bindung: Clausen & Bosse, Leck
Printed in Germany
ISBN 3-426-70251-7

2 4 5 3 1

Jede Zeit hat die Götter, die sie verdient.

KARTE

ORK NUADO

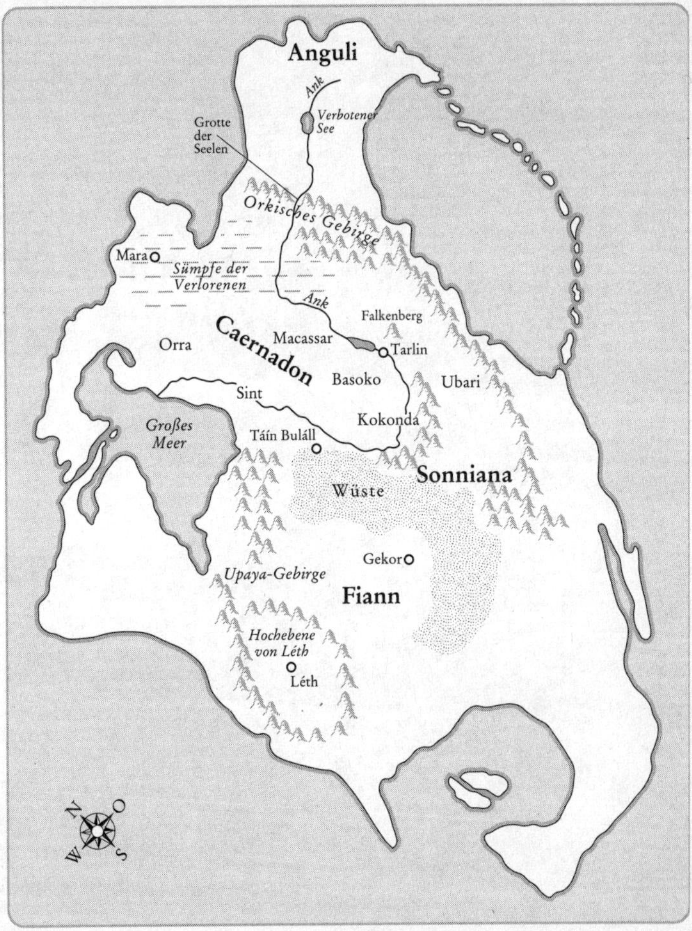
Anguli
Ank
Verbotener See
Grotte der Seelen
Orkisches Gebirge
Mara
Sümpfe der Verlorenen
Ank
Falkenberg
Caernadon
Macassar
Tarlin
Orra
Basoko
Ubari
Sint
Kokonda
Großes Meer
Táín Bulál
Sonniana
Wüste
Gekor
Upaya-Gebirge
Fiann
Hochebene von Léth
Léth
N
O
S
W

WAS BISHER GESCHAH

In Anguli, dem vor der Welt verborgenen Reich der unsterblichen Schwäne, wird ein Kind geboren – die lang erwartete Tochter von König Olfros und dessen Gemahlin, Nuria. Kurz nach ihrer Geburt offenbaren die Götter Olfros jedoch, dass seine Tochter das »Kind der drei Welten« ist und vom Schicksal dazu auserwählt wurde, die Menschheit in ihrer dunkelsten Stunde zu retten. Olfros muss seine neugeborene Tochter in die Welt der Dinge, zu den Sterblichen, schicken, was Nuria ihm niemals verzeiht. Kurz vor dem Abschied belegt sie ihre Tochter mit einem Zauber, gewoben aus ihren Tränen, die eine ungeheure Macht besitzen, da die Gabe der Tränen den unsterblichen Wesen normalerweise vorenthalten bleibt. Mit diesem Zauber bewahrt sie ihrer Tochter ihre Unsterblichkeit, die sie andernfalls mit ihrem Abschied aus Anguli verloren hätte. Der Säugling wird in einem Körbchen dem Fluss überlassen, der aus dem Verbotenen See und Anguli in die Welt der Dinge fließt.

In Caernadon, einem der Streitenden Reiche in der Welt des Ork Nuado, in dem jede Anwendung von Magie unter Todesstrafe verboten ist, lebt die kinderlose Königin Gwenlian. Gwenlian ist die Tochter der Königin des Alten Reichs, Fiann, und eine ausgebildete Magierin. Sie hat vor sechs Jahren den damaligen Prinzen und jetzigen König von Caernadon, Uisnach, geheiratet, der mit ihrer Schwester Brenna verlobt war, jedoch dann sein Herz an die jüngere Gwenlian verlor.

Nun, sechs Jahre später, ist ihre Liebe erloschen. Gwenlian leidet sehr unter ihrer Kinderlosigkeit, zumal eine ihrer

Kammerfrauen Uisnach soeben einen unehelichen Sohn geboren hat.

In dieser Situation findet der alte Fischer Bauka auf dem Fluss, der durch ganz Caernadon fließt, das Körbchen mit dem Säugling. Seine Tochter Marte, die heimlich noch dem alten Glauben an die Göttin anhängt und gerade selbst ein vaterloses Kind geboren hat, erkennt sofort, dass das kleine Mädchen etwas Besonderes ist, und bringt es zur Königin.

Gwenlian gelingt es, Uisnach die Erlaubnis abzuringen, das Kind zu adoptieren, wobei sie höchst unerwartet Hilfe von Marban bekommt, dem Obersten Priester von Caernadon. Marban verfolgt jedoch eigennützige Pläne; als Gegenleistung für seine Unterstützung muss Gwenlian dafür sorgen, dass Marban Uisnachs Zustimmung zum Bau einer gewaltigen Kathedrale erhält. Was Gwenlian nicht weiß, ist, dass diese Kathedrale auf dem Falkenberg errichtet werden soll, einem der drei großen Zentren der Macht. Und es ist kein Zufall, dass Marban ausgerechnet diesen Standort für seine Kathedrale ausgewählt hat: Der Oberste Priester steht im Bund mit einem sehr alten, mächtigen Wesen, zu dem er mittels einer magischen Öllampe, dem Purpurnen Feuer, Kontakt aufnehmen kann. Dieses Wesen aber benötigt die Magie des Falkenbergs, um sich aus jahrtausendelanger Gefangenschaft zu befreien.

Gwenlian gibt dem Findelkind den Namen Eirion, die Mondgeborene, und zieht es als ihre Tochter groß. Marte, die Eirion zu ihr gebracht hat, bleibt mit ihrem Sohn, Tarannis, zunächst als Vertraute Gwenlians auf der Burg.

Zwei Jahre später überziehen seltsame Stürme das Land, Stürme, die einen starken, Übelkeit erregenden Geruch nach Bitterklee mitbringen. Gwenlian kann sich die Ursache dafür nicht erklären, hält es aber für möglich, dass eine finstere Art von Magie im Spiel sein könnte, einer der »Verbotenen Flüche« etwa, die vor vielen tausend Jahren von einer Konvention der Magier geächtet wurden. Zusammen mit Marte beschließt sie, alles in ihren Kräften Stehende zu tun, um im Verborgenen Magierinnen auszubilden, damit Caernadon dem Bösen nicht vollkommen wehrlos ausgeliefert sein wird.

Marte wird Mutter eines weiteren Kindes und gibt ihm den Namen Diann, die Sonnengeborene, in der Hoffnung, ihre Tochter möge Eirion eine Gefährtin sein. Diann ist jedoch von klein auf eifersüchtig auf Eirion. Als sie älter werden, verwandelt sich Dianns kindliche Eifersucht langsam in tiefen Hass.

In der Zwischenzeit hat Königin Nuria, Eirions leibliche Mutter, den Schwan Lado erneut in die Welt der Dinge gesandt, um über ihre Tochter zu wachen. Nuria hatte bereits vor Jahren gespürt, dass die Jahrtausende währende Harmonie in Anguli unter der Oberfläche brüchig geworden war. Die Ursache dafür konnte ihrer Meinung nach nur in der Welt außerhalb von Anguli liegen. Deshalb hatte sie Lado wiederholt nach Caernadon geschickt und damit gegen die Gesetze ihres Reichs verstoßen.

Zwei Jahre nach Eirions Geburt deckt die intrigante Schwanenfrau Bibiana Lados Vergehen auf, und er wird aus Anguli verbannt, ohne jedoch Nurias Rolle bei dem Ganzen aufzuklären. Denn für ihn ist diese Strafe kein gar zu großes Unglück, da in Tarlin die Frau lebt, die er liebt, eine gewöhnliche Sterbliche und die Mutter seines Sohnes, Arild.

Eirion lebt bis zu ihrem neunten Jahr recht glücklich auf Burg Tarlin. Dann jedoch geschieht etwas, das das Leben aller Menschen auf dem Ork Nuado erschüttern wird. Gwenlians Mutter Oda, die Königin des Alten Reichs, stirbt, und Gwenlians ältere Schwester, Brenna, übernimmt die Herrschaft in

Fiann. Sie erklärt Caernadon den Krieg. Dieser Krieg hat grausame Folgen für die caernadonische Bevölkerung, zumal immer neue Soldaten für das Heer benötigt werden, denn in den Schlachten, die im Niemandsland der Großen Wüste ausgetragen werden, verschwinden auf unerklärliche Weise ganze Truppenkontingente spurlos.

Trotz verzweifelter Gegenwehr muss das caernadonische Heer schließlich seine Unterlegenheit gegenüber den Fiann anerkennen, und Uisnach flieht mit dem Rest seiner Soldaten zurück nach Tarlin, dicht gefolgt von Brenna, die ihre Streitmacht persönlich in die Schlacht geführt hat.

Um ein furchtbares Blutvergießen zu verhindern und ihre Tochter zu retten, fordert Gwenlian ihre Schwester zu einem rituellen Vierkampf, in dem die zwei Magierinnen mit jeweils einer Helferin an Stelle ihrer Armeen gegeneinander antreten. Die Seite, die als erste eine Kämpferin verliert, akzeptiert dies als Niederlage und unterwirft sich der Siegerin.

Brenna nimmt die Herausforderung, ohne zu zögern, an. Ihre Kampfgefährtin ist eine unangenehme Überraschung: Gwenlians jüngst in Dienst genommene Zofe, Rikka, ist eine Spionin Brennas, eine in Fiann ausgebildete Magierin, und verfügt noch dazu über eine sehr eigene Art der Magie, da sie ein Kind der Heiligen Schlange ist.

Es kommt zu einem erbitterten Kampf zwischen den beiden Schwestern, den Gwenlian mit Eirion an ihrer Seite für sich entscheiden kann, trotz eines Regelbruchs durch Rikka, die in einer Kampfpause ihren Dolch nach Eirion wirft und diese getötet hätte, hätte Tarannis nicht sein Leben geopfert, um Eirion zu retten. Auch Gwenlian erliegt wenig später ihren eigenen schweren Verletzungen.

Kurz vor ihrem Tod offenbart ihr die Göttin jedoch noch die wahre Herkunft Eirions, und Gwenlian nimmt Marte das

Versprechen ab, Eirion nach Anguli zu schicken. Am nächsten Morgen verlässt Eirion Tarlin, nur in Begleitung ihres Falken Barko, den sie zu ihrem siebzehnten Geburtstag geschenkt bekommen und selbst gezähmt hat. Ihr Weg führt sie quer durch Caernadon, nach Orra, der nördlichsten Provinz des Reiches, die an die Sümpfe der Verlorenen grenzt.

Im Jahr 2089 nach Fál, dem Jahr 816
nach der Neugründung des Alten Reiches unter Eirion,
Einerin der Reiche und Bewahrerin des Friedens,
Hohepriesterin und Königin in der Nachfolge
des Kasseidengeschlechts, Statthalterin der Neuen Göttin,
deren Kommen dem Ork Nuado verheißen ist.

Eirion spricht:

Es ist Nacht, und draußen bringt der ersehnte Regen dem Land nach langer Dürre endlich Linderung. Das Prasseln der Tropfen auf den Pflastersteinen des Königspalastes ist die schönste Musik für mich; der kühle Wind, den ich tief im Gemäuer dieser uralten Burg nur ahnen kann, tut meiner müden Seele wohl.

Und so ist nun für mich die Stunde gekommen, da ich einen Schritt zurücktreten will von den Dingen der Welt und meine Chronik beginnen, auf dass die Heutigen erfahren, wie der Ork Nuado wurde, was er ist. Groß ist die Gefahr, die im Vergessen liegt, und darum muss diese Geschichte erzählt werden, so sehr es mich schmerzt, alte Wunden aufzureißen. Die Gefährten meines Gestern sind alle lange tot, und ich selbst trage von Jahr zu Jahr schwerer an meiner Bürde, dem Fluch der Unsterblichkeit. Generation um Generation habe ich kommen und gehen sehen, und mein Herz kann die Sehnsucht nach all jenen, die mir einen Teil meines Weges das Geleit gaben, kaum mehr fassen.

Durch das geöffnete Fenster höre ich den Ruf eines Nachtvogels, der über die Wüste nach Norden fliegt, und meine Gedanken lassen sich auf seinen Schwingen nieder und fliegen mit ihm. Nach Norden – bis ganz hinauf nach Orra, wo einst das Caernadonische Reich, das heute kaum noch jemand kennt, an die Sümpfe der Verlorenen grenzte. Dort hatte ich vor unendlich langer Zeit meine Suche nach dem Land meiner Väter begonnen. Anguli fand ich dort nicht, aber dafür etwas anderes, das mindestens genauso kostbar war: Ich fand die Liebe.

Aber das gehört nicht hierher, nicht an den Beginn der Geschichte, wie ich sie erzählen will – und muss.

Man schrieb das Jahr 1001 nach Fál. In Caernadon herrschte das Chaos, denn König Uisnach war tot, und auch seinen Bruder hatte man in den Wirren nach jenem letzten Kampf auf Burg Tarlin ermordet. Der Sohn des Königs, Prinz Bleidwan, war verschollen und galt als tot – der caernadonische Thron war also verwaist. Das Heer wählte einen Feldherrn zum König, Braan, einen guten, ehrlichen Mann, der das Reich unter anderen Bedingungen vielleicht in den Frieden hätte führen können. Aber es gab dunkle Unterströmungen im Land, deren Strudel alles zu verschlingen drohten. Braans Wahl wurde angefochten – von einem Mann, der mir nur allzu gut bekannt war. Marban, der Oberste Priester von Caernadon, hatte lange darauf hingearbeitet, sich im Verborgenen eine eigene Streitmacht aufzubauen. Außerdem verfügte er über eine Waffe, von der Braan nicht einmal geträumt hätte: Er gebot über Magie, wenn auch nur in begrenztem Maße.

Schon wenige Tage nach dem Tod König Uisnachs spaltete sich das Land in zwei Lager, das eine geführt von Braan, dem König des Heeres, das andere geführt von Marban, der sich selbst zum König ernannt hatte. Wo Braan für maßvolle Toleranz gegen den Feind – Fiann – stand, forderte Marban in flammenden Reden eine Erneuerung des Fálianismus und den unerbittlichen Kampf um die Herrschaft über den gesamten

Ork Nuado. Noch heute weint mein Herz, wenn ich nun niederschreiben muss, dass dieser Mann, der sich Fanatismus und Hass auf die Fahnen geschrieben hatte, überall im Land Anhänger fand. Gerade die, die am schlimmsten unter der Geißel des Krieges gelitten hatten, stellten sich oft auf Marbans Seite. Er versprach ihnen nicht nur Brot, sondern auch Ruhm und Ehre – und sie glaubten ihm. Brot gab es keines, und Ehre und Ruhm waren nur etwas für die, die ohnehin groß und mächtig waren. Aber die Menschen glaubten Marban dennoch, und ich denke, es war ein Teil seiner Magie, dass er sie in seinen Bann zu schlagen vermochte. Die Hexer, die ihn hätten zu Fall bringen können, waren durch die hohen Verluste in ihren Reihen zu sehr geschwächt, um die Geschicke ihres Landes wahrhaft beeinflussen zu können, und der Adel vertrat wieder einmal nur seine eigenen Interessen.

... Der Regen ist verklungen – ich hoffe, er hält nur ein wenig Rast, um bald mit neuer Kraft zurückzukehren –, und nur der Atem des Wüstenwindes leistet mir noch Gesellschaft. Und der wunderbare Geruch des Torfs, der so viel Sehnsucht in mir weckt.

Ich brauche heute Nacht keine andere Gesellschaft als die der toten Freunde, die in jener Zeit meine Gefährten waren. Doch nein – ich darf an dieser Stelle auch die Feinde nicht vergessen, denn auch sie sind Teil meiner Geschichte. Sie sollen ihre eigene Stimme haben in meiner Chronik, die, so gut ich es vermag, der Wahrheit ein Antlitz geben soll.

Dass ich in meinem Bericht über jene Tage häufig mit ihrer Stimme sprechen, mit ihren Augen sehen werde, mag manch einen von euch verwundern, aber die Gabe des Gesichts ist sehr stark bei solchen wie mir, den Wanderern zwischen den Welten. Die tiefen Seen und stillen Teiche der Vergangenheit liegen oft so klar und rein vor mir, wie es sonst nur die heiligen

Quellen der Großen Göttin sind. Viele Gestalten bevölkern diese Gewässer meines Gestern, von denen ich selbst nur eine bin.

Und so will ich nun Zeugnis geben, ich, die ich Eirion und Anu bin, Königin einer fremden Heimat und Priesterin von Göttern, die meine Zeit längst überlebt hat. Hört meine Geschichte, damit ihr nie vergesst …

PROLOG

November 1001 nach Fál, in den Katakomben von Gekor, der neuen Königsstadt von Fiann

Es war nur eine einzige Kerze, aber ihr Licht erfüllte nach und nach das ganze hohe Gewölbe, das in einer unendlich fernen Zeit in den Stein unter der Stadt Gekor gehauen worden war. Die Kerze blühte auf, und die Schatten zogen sich langsam zurück, krochen wie verängstigte Hunde in die Ecken des Raumes und richteten sich auf ein langes Warten ein. In den Adern des Felsens pulsierte ein Schweigen, das Leben und Tod gleichermaßen umarmte. Das Ungeheuerliche war vollbracht.

Rikka lehnte sich auf ihrem Schemel zurück und atmete erleichtert aus – vorsichtig, um nicht die Ströme der Macht zu stören, die heraufzubeschwören sie mehr Zeit und Mühe gekostet hatte, als sie sich eingestehen mochte. Sie war erst einige Wochen zuvor aus Caernadon zurückgekehrt, wo sie sich als Zofe Königin Gwenlians auf Burg Tarlin eingeschlichen hatte. Aber sie hatte die kurze Zeit in Fiann bereits gut genutzt.

Das bläuliche Herz der Flamme vor ihr zögerte einen Augenblick lang, als wolle es sich dem Zugriff der Magierin ein weiteres Mal entziehen, und Rikka musste noch tiefer in sich hineingreifen, um das Brennen am Leben zu erhalten. Der Groll, der sich wieder einmal einer aufsteigenden Flut gleich in ihr breit machen wollte, hätte sie geschwächt, und sie kämpfte ihn mit der Disziplin langer Übung nieder. Wer wahrhaft sehen wollte, durfte den Bildern des Gestern nicht die Macht geben, das Heute zu trüben.

Sie hatte lange Stunden mit den Essenzen der Priesterinnen experimentiert, um diesen besonderen Farbton für die Kerze zu gewinnen – ein Hauch von Orange, das die Aura der Leidenschaft in sich barg, dazu etwas Braun, das der Krume des fruchttragenden Ackers glich, und zu guter Letzt etwas vom Gold der Götter selbst: Der dunkle Kupferton der Kerze entsprach jetzt genau dem Haar der jungen Frau, die sie suchte.

Eirion! Rikka wusste nicht, ob sie den Namen laut ausgesprochen oder ihn nur in ihren Gedanken bewegt hatte, aber für die Kerze machte es keinen Unterschied. Der bläuliche Flammenkern beugte sich weit nach hinten, brannte eine tiefe Kerbe in die Kerze und ließ das Wachs wie frisches, helles Blut auf den Tisch rinnen. Rikka, die auf einem hohen, harten Schemel davor saß, begann zu schwitzen und verfluchte einmal mehr das Land, aus dem sie hervorgegangen war. Selbst tief unter der Erde, im Labyrinth der Katakomben, war die Macht der Sonne noch zu spüren. Zwar wurde man zuerst von einer angenehmen Kühle umfangen, wenn man hier herunterkam, aber nach einigen Stunden verflog die lindernde Wirkung der Steinmassen, entpuppte sich als Illusion wie so viele Dinge in Fiann. Dann kroch die Wüste mit ihrem Staub und ihrer Hitze in das Bewusstsein zurück wie die Sandflöhe, die in diesem Jahr ihre Plage über das Alte Reich gebracht hatten.

Nein, wenn sie ihr Ziel erreicht hatte, würde sie nichts mehr in diesem längst von den Göttern verlassenen Land halten. Ein Lächeln umspielte Rikkas vollen Mund. Die Götter ... Die Götter von gestern waren tot, der steinerne Gott Caernadons, Fál, existierte nur noch als zuckender Kadaver; die Welt war bereit für eine neue Macht, die sie in ein verändertes Morgen führen konnte.

Die Flamme auf dem Tisch vor ihr zuckte jetzt immer heftiger, und Rikka riss sich zusammen. Es war noch ein weiter Weg bis zum Ziel, und sie konnte sich keine Fehler leisten.

»Feuer und Wasser«, begann sie mit vor Erregung brüchiger Stimme zu sprechen, »Wind und Erde, ihr Elemente und Gewalten, die den Kosmos regieren, ich rufe euch in meinen Dienst. Zeigt euer Gesicht!«

Ein Lufthauch fuhr durch den Raum, aber die Kerzenflamme blieb davon seltsam unberührt. Rikka rückte auf ihrem Schemel näher an den Tisch, und augenblicklich war die lastende Hitze der Wüste vergessen.

Eine schlanke, hoch gewachsene Gestalt bewegte sich in der Flamme. Die Landschaft, die sie umgab, war Rikka fremd, aber der hohe Himmel war mit grauen Schneewolken verhangen, und in der Ferne erstreckte sich eine raureifüberzogene Fläche, die nur ein Moor sein konnte. Rikka ging tiefer in das Bild hinein, das die Kerze ihr zeigte, so tief, dass sie selbst die Geräusche dort wahrnehmen konnte. Sie runzelte die Stirn. Ein beinahe ohrenbetäubendes Tosen, durchmischt mit schrillen Schreien, wie keine menschliche Kehle sie auszustoßen vermochte, ließ sie zurückweichen. Die Schatten um sie herum zuckten und bäumten sich auf – ein Spiegel der Furcht, die Rikka einen kurzen Augenblick lang erfüllt hatte. Wütend über sich selbst, hob sie die Hand und gebot den Schatten Einhalt. Sofort herrschte wieder reglose Erstarrung um sie herum.

Das Meer! Eirion war also nach Norden gegangen und musste bereits Orra erreicht haben, wo nur noch ein schmaler Streifen unbewohnten Niemandslandes sie von den Sümpfen trennte. Unbehagen beschlich Rikka. Was konnte Eirion in Orra wollen? Was, wenn sie nur dort war, um in die Sümpfe weiterzuziehen?

Was, wenn Eirion wirklich die war, die sie fürchten musste ...?

Entschlossen vollendete Rikka den alten Zauber, den sie in lange vergessenen Büchern im hintersten Winkel der Bibliothek entdeckt hatte. Die Konvention von Táin Buláll aus dem Jahre 54 alter Zeitrechnung hatte diesen Zauber zusammen mit einigen anderen verboten, weil er sich von der Lebenskraft fühlender Wesen nährte, aber Rikka vergeudete keinen Gedanken an die pausbäckige kleine Milchmagd, die dafür sterben würde. Normalerweise hätte sie für diese Art der Magie ein männliches Blutopfer gewählt, denn ein Mann war noch bedeutungsloser als eine Milchmagd. Aber sie wollte gerade in diesem Fall kein Risiko eingehen, und weibliche Lebenskraft war nun einmal stärker als männliche.

»Licht und Dunkelheit«, begann sie die verbotene alte Anrufung. »Gebt eure Geheimnisse preis, bei den Göttern der Ewigkeit, erhebt eure Stimme! Zeigt mir das Bild der Frau, die meine Feindin ist!«

Die Zeit schien sich plötzlich schwerfälliger zu bewegen, und Rikka spürte, wie ihr Atem immer langsamer und flacher ging. Gleichzeitig wurde das Bild in der Kerze schärfer. Rikka konnte Eirion jetzt so deutlich sehen, als stünde sie ihr auf dem Burghof in Tarlin gegenüber. Das Haar der jungen Frau, eine kupferfarbene Woge im nördlichen Wind der Provinz Orra, verwob sich mit der Flamme, bis diese zu existieren aufhörte. Rikka beugte sich vor und schlang die Finger beider Hände auf dem Schoß ineinander, bis die Knöchel weiß hervortraten. Dies war der Augenblick, auf den sie so lange gewartet hatte, dass es ihr wie eine Ewigkeit erschien, obwohl es kaum sechs Wochen gewesen waren. Jetzt würde Eirion endlich ihr Geheimnis preisgeben, und sie selbst würde wieder ruhiger schlafen können.

Plötzlich war sie voller Zuversicht. Der Zauber der Kerze zeigte ihr nichts als ein dummes junges Mädchen, das einem eigensinnigen Weg ohne Ziel folgte. Wie hatte sie nur glauben können, ausgerechnet Eirion sei das Kind, von dem die alten Prophezeiungen sprachen? Das Kind, das allein die Macht besaß, ihre ehrgeizigen Pläne zu durchkreuzen?

Rikkas Lippen verzogen sich zu einem triumphierenden Lächeln – das eine Sekunde später zur Maske erstarrte.

Denn hinter dem hoch gewachsenen, kupferhaarigen Mädchen, das nichts zu sein schien als ein unbedeutender Spross des Menschengeschlechts, zeichneten sich plötzlich weiße Schemen ab. Rikka hatte sie zuerst kaum wahrgenommen; Wolken, hatte sie gedacht. Tief hängende Schneewolken über dem Moor.

Aber es waren keine Wolken. Es waren Federn, und sie gehörten einem Wesen, das nichts Sterbliches, nichts Menschliches mehr an sich hatte. Die Gestalt eines Schwans umwehte das junge Mädchen in der Flamme, das nichts ahnte von der fernen Beobachterin und entschlossen seinen Weg fortsetzte.

Rikka hatte die sechs Wochen in Fiann nicht ungenutzt gelassen. Die wenigen Gespräche mit Damona, der neuen Königin, waren zwar unerfreulich und fruchtlos gewesen, aber die langen Nächte in den halb vergessenen, finsteren Archiven der Bibliothek hatten sie dafür mehr als reichlich entschädigt. So kam es, dass sie jetzt genau wusste, was dieses seltsame Gebilde aus Federn zu bedeuten hatte, das hinter Eirion aufragte. Ohne große Hoffnung streckte sie ihre Macht nach der jungen Frau aus, aber sie konnte ihr nichts anhaben. Sie hatte keinen Zugriff auf die Magie, die sich ihr in den Weg stellte.

Aber noch jemand hatte diesen Zugriff nicht. Rikka entspannte sich und stieß langsam den Atem aus, den sie unwillkürlich angehalten hatte. Wie gewaltig die Macht auch sein mochte, über die Eirion gebot, sie *beherrschte* diese Macht nicht.

Die Kerze hatte die Luft in den Katakomben ausgezehrt wie ein verborgenes Siechtum den Körper eines Kranken, und Rikka sehnte sich beinahe danach, wieder hinaus in die Wüste zu kommen, wo sie gerade jetzt einen Windhauch von den Gebirgen im Westen erspüren konnte. Trotzdem harrte sie aus. Ohne einen Wimpernschlag zu wagen, beobachtete sie Eirion, die mit sicherem Schritt über das gefrorene Moor wanderte. Das Land um sie her lag so still wie unter einem Leichentuch. Selbst die Tiere, falls es in dieser unwirtlichen Gegend überhaupt welche gab, hatten sich zurückgezogen. Rikka opferte ein wenig von ihrer Kraft, um das Bild auszudehnen und die fernere Umgebung des Moores nach Leben, insbesondere menschlichem, abzusuchen.

Nichts. Selbst die Möwen, deren Kreischen Rikka zuvor erschreckt hatte, waren fort. Nur ein einsamer Vogel kreiste hoch über Eirion vergeblich nach Beute.

Eine angenehme Wärme durchströmte Rikkas Adern, wie immer vor einem sicheren Sieg. Eirion selbst mochte geschützt sein durch ihre seltsame Magie, die alle Begriffe einer Fianna überstieg, aber die Elemente besaßen einen solchen Schutz nicht. Seit Jahrtausenden hatte kein Magier es mehr gewagt, über eine solche Entfernung hinweg Wind und Wolken seinen Willen aufzuzwingen. In ferner Vergangenheit waren solche Dinge geschehen, heute jedoch konnte niemand mehr sagen, welche Folgen ein solcher Zauber haben mochte. Aber daran dachte Rikka nicht. Sie hob die Arme, breitete sie aus und öffnete ihre Hände wie Blütenkelche, die den Nektar des Himmels empfangen wollten – einen bitteren, kalten Nektar diesmal, denn die himmlische Gabe, die sie den fremden Elementen des Nordens abverlangte, waren Schneeflocken. Sie fielen zuerst einzeln und unschuldig auf das hart gefrorene Land. Anmutige Eisfiligrane wehten wie tanzende Kinder über das graue Moor, hockten sich auf Sträucher, die schon lange jede Hoffnung auf ein neues Leben aufgegeben hatten, und setzten sich sogar keck in das weiche, warme Flammenhaar ihrer einzigen Besucherin.

Aber aus dem arglosen Spiel wurde schnell zorniger Ernst. Immer mehr Flocken fielen aus den aus ihrem Frieden aufgestörten Wolken, stürzten bald ohne wirbelnde Umwege herab und türmten sich auf dem Moor schließlich zu bösartigen Ungeheuern, die jede Orientierung unmöglich machten.

Rikka verfolgte das Schauspiel der Naturgewalten, bis ihre Kräfte endgültig aufgezehrt waren. Dann ließ sie erschöpft, aber befriedigt, die Arme sinken, und die Flamme der Kerze vor ihr erlosch. Das Letzte, was sie sah, bevor die Dunkelheit das hohe Gewölbe verschlang, war die Kerze, die sie aus gestohlenen Essenzen der Priesterinnen selbst gezogen hatte.

Orange für Leidenschaft, Braun wie die Krume des Ackers für Beständigkeit und Kraft und Gold für das Blut der Götter selbst ..., hörte sie im Geiste die alte Litanei der Magierinnen, in der die Mysterien der Farben von einer Generation zur nächsten überliefert wurden.

Die Kerze, mit der sie das Ritual begonnen hatte, war von einem leuchtenden Kupferton gewesen. Die Kerze, die nun auf dem Tisch stand, war weiß wie Schnee. Wie Schnee – oder wie das Gefieder jener uralten Geschöpfe, die über eine unbekannte Magie geboten und deren Kraft sie, Rikka, zu fürchten guten Grund hatte.

Mit zitternden Lippen murmelte Rikka die Beschwörung, um eine der anderen Kerzen anzuzünden, die sie mitgebracht hatte, eine ganz gewöhnliche Kerze, deren einzige Aufgabe es war, Helligkeit zu spenden. In ihrem Licht sah sie, was sie zuvor nicht hatte wahrhaben wollen. Aber ihre Augen hatten sie nicht getäuscht. Die Kerze vor ihr auf dem Tisch war tatsächlich weiß geworden, weiß bis auf einen kupferfarbenen Keil, der sich vom Docht bis ganz nach unten zog.

Fröstelnd trotz der erbarmungslosen Hitze in den Katakomben rückte Rikka vom Tisch ab. Die Nähe der weißen Kerze war ihr plötzlich unerträglich.

KAPITEL 1

Der Boden unter ihren Füßen war hart wie Stein und plötzlich so entsetzlich kalt, dass Eirion glaubte, keinen Schritt mehr weitergehen zu können. Die Kälte schmerzte sie bis in ihre Seele hinein und raubte selbst ihren Augen die Kraft des Sehens. Oder waren es gar nicht ihre Augen, die ihr den Dienst versagten? War es ihr Verstand, der ihr Trugbilder vorgaukelte? Weiße, erbarmungslose Riesen hatten sie eingekesselt, und wann immer sie ihnen in der einen Richtung zu entfliehen suchte, tauchten aus einer anderen Richtung zehn neue auf. Sie öffnete die Lippen, um ein wenig Luft in ihre von zu langem Umherirren gequälten Lungen einzulassen, aber sofort legte sich eins dieser widerwärtigen weißen Gebilde auf ihre Zunge und verbrannte ihr den Mund.

Eirion konnte sich kaum noch daran erinnern, dass die ersten Schneeflocken sie mit ihrer schwerelosen Grazie entzückt hatten und sie ihnen mit kindlicher Selbstvergessenheit entgegengerannt war. Die letzten Stunden – oder waren es bereits Tage? – hatten jede Erinnerung an ihr früheres Leben zerfließen lassen. Zwar wehten ab und an noch vage Bilder durch ihren Geist, aber sie waren wie die Fieberfantasien eines Sterbenden und schienen nicht mehr in das Reich des Diesseits zu gehören.

Eine Baumwurzel, die ihren knochigen Arm aus der gefrorenen Erde streckte, brachte Eirion zu Fall, und sie schürfte sich beide Hände auf, als sie sich wieder gegen den Schneesturm erhob. Etwas Warmes sickerte über ihren Mund, brannte auf ihren aufgerissenen Lippen. Aber sie war längst jenseits aller klaren Wahrnehmungen und wusste nicht, dass sie sich bei ihrem letzten Sturz – einem von inzwischen unzählig vielen – die Nase blutig geschlagen hatte. Irgendwann versiegte der warme Strom, doch auch das bemerkte Eirion nicht. Blind stolperte sie weiter über das unendliche Moor, eine gequälte, vernunftlose Kreatur in der Umklammerung eines feindlichen Labyrinths.

Endlich, und es kam ihr in der Tat wie eine Erlösung vor, fiel sie erneut, und diesmal wusste sie, dass sie nicht wieder aufstehen würde. Dankbar überließ sie sich dem kalten Bett der Erde, das mit einem Mal seinen Schrecken für sie verloren hatte. Sie war am Ende ihres Weges angelangt, und es war gut. Alles war gut ...

Den dünnen, erschrockenen Aufschrei irgendwo zwischen den jagenden Wolken hörte sie nicht mehr, als sie in eine tiefe, unauslotbare Bewusstlosigkeit versank.

Eine zierliche, dunkelhaarige Frau kam mit ausgebreiteten Armen auf sie zu. Die Frau trug ihr von silbernen Strähnen durchzogenes schwarzes Haar zu einem dicken Zopf geflochten, und sie war so klein ... viel kleiner als Eirion selbst. Jetzt war sie so nah, dass Eirion ihre dunklen Augen mit dem sanften, violetten Schimmer sehen konnte, und Eirions ganzes Wesen entspannte sich. Ihre Mutter war bei ihr, und alles andere war ein Albtraum gewesen. Es hatte nie einen neuen Krieg mit Fiann gegeben, nie diesen Kampf zweier Königinnen, bei dem beide ihr Leben gelassen hatten, ihre Ziehmutter Gwenlian und deren Schwester Brenna. Gwenlian lebte, und sie war so glücklich und gelöst, wie Eirion sie noch nie gesehen hatte. »Jedes Leben, jede Existenz, die uns die Götter schenken«, sagte ihre Ziehmutter jetzt, »ist in Wirklichkeit eine Aufgabe, die wir zu lösen haben.« Ein seltsames Leuchten umgab die Erscheinung der Frau, die Eirion in jenem Sommer vor siebzehn Jahren als ihre Tochter angenommen hatte. Eirion streckte die Hand nach ihr aus, doch sie musste die Entfernung falsch eingeschätzt haben, denn sie konnte Gwenlian nicht berühren. Gwenlian schüttelte sanft den Kopf, eine Geste, wie um einem Kind zu bedeuten, von einem fruchtlosen Unterfangen abzulassen. Dann fuhr sie zu sprechen fort: »Der schlimmste Fluch, den die Götter uns auferlegen können, ist Blindheit – Blindheit bis zum Ende oder sogar darüber hinaus.« Ein wehmütiger, schmerzlicher Ausdruck verdrängte die Freude in Gwenlians Augen, und sie machte noch einen Schritt auf Eirion zu, ohne jedoch wirklich näher zu kommen. »Meine Tochter, du darfst nicht den gleichen Fehler machen wie ich. Du trägst beide Wege in dir, genau wie ich, du bist das eine wie das andere, und ...«

Ihre Stimme verstummte plötzlich, obwohl ihre Lippen sich immer noch bewegten. Eirion hatte das Gefühl, als würde ihr das Herz entzweigerissen, als das Bild ihrer Mutter immer ferner, immer farbloser wurde und schließlich nur noch ein Schatten von Gwenlian übrig war. Bevor jedoch die Leere um sie herum sie verschlang, drangen noch einmal, wie ein fernes Echo, Gwenlians Worte zu ihr hinüber. »Suche, was die Götter dir als Aufgabe für dieses Leben aufgegeben haben. Suche nicht im Großen, in den Dingen der Welt und des Kosmos, suche in deinem eigenen Herzen. Mach nicht den gleichen Fehler wie ich ... vergiss nie ... zwei Wege ... beide richtig. Finde die Brücke ... die Brücke, Eirion ...«

Als Gwenlians vertraute Stimme in ihrem Innern endgültig verklang, hatte Eirion das Gefühl, sie verlöre ihre Mutter zum zweiten Mal. Aber es war niemand da, dem sie ihren Kummer hätte entgegenschreien können, und der Schmerz riss sie in eine bodenlose Leere. Später, viel später, wie es ihr schien, erlangte sie für kurze Augenblicke das Bewusstsein wieder, doch nahm sie die Kälte, die sich durch ihr Fleisch fraß, nicht mehr wahr. Sie war längst zu einem Bestandteil ihres Seins geworden. Um sie herum ragten immer noch die fremden weißen Ungeheuer auf, die nur darauf warteten, ihr das Leben aus den Adern zu saugen. Selbst der Himmel schien sich mit diesen Geschöpfen verbündet zu haben, denn er war jetzt genauso kalt und leblos wie diese. Der Himmel ... Eirion runzelte die Stirn und versuchte, sich auf etwas zu besinnen, etwas, das dort oben hätte sein müssen und nicht da war. Aber schon diese kleine Anstrengung kostete mehr Kraft, als sie besaß, und sie gab den Versuch rasch auf. Sie blickte starr weiter nach oben, bis die harten, scharfen Schneekristalle sie zwangen, die Lider zu schließen. Aber selbst dann noch glaubte sie, den Himmel sehen zu können, den Himmel, der plötzlich gar nicht mehr weiß war, sondern blau, so blau ...

Sie stand an dem Teich auf der Lichtung, auf der sie Rast gemacht hatte, und das kleine Gewässer warf das Blau des Himmels zurück. Überhaupt war es, als spiegelte der Teich einen verzauberten Augenblick lang ihre ganze vertraute Welt wider: Ihr gegenüber ragte, majestätisch und erhaben, Burg Tarlin auf, mit ihren im Sonnenlicht strahlenden Zinnen und den vergoldeten Kuppeln und Türmchen, die ihr den Namen »die Strahlende« eingetragen hatten. Auf den zahlreichen Innenhöfen, in den Küchen und Korridoren tummelten sich Sklavinnen, Mägde und Hofdamen, um der Königsfamilie selbst in Kriegszeiten ein behagliches Dasein zu ermöglichen. Eirion ließ den Blick ein wenig weiterwandern, und plötzlich erschien es ihr fast, als würde das Bild zusätzliches Leben gewinnen, als könne sie das fröhliche Durcheinander in den

Ställen und Falkenhäusern hören, wo sich die Rufe von Pferden, Vögeln und Menschen mischten.

Burg Tarlin. Die Heimat ihrer Kindheit. Ein Schatten legte sich über Eirions Gemüt, wie es ihr so oft geschah, wenn sie es wagte, über diese Kinderjahre hinauszudenken, wenn sie es wagte, sich ein Morgen auszumalen.

Mit einem Stirnrunzeln verscheuchte sie den Gedanken wie eine lästige Staubfliege. Heute wollte sie sich von nichts den Spaß verderben lassen – heute war ein besonderer Tag: ihr siebzehnter Geburtstag. Ihr helles Lachen schien das Wasser des kleinen Teichs, über den sie sich beugte, zu kräuseln. Mit einem Mal waren all die bunten Bilder, waren die Burg mit ihren goldblitzenden Türmchen und die Ställe mit ihrem quirligen Leben verschwunden, als seien sie in einen riesigen schwarzen Abgrund katapultiert worden. Stattdessen war der Teich plötzlich eine Scheibe aus grellem Licht, das von einer Sekunde zur anderen in tausend scharfe Splitter zerbrach, Splitter, die schneller, als das Auge sehen konnte, Form und Farbe änderten. Die sich fremdes Leben einverleibten und sich wie eine Schar Dämonen erhoben, um auf Eirion zuzustürzen. Scharf wie geschnittene Diamanten jagten diese lebendigen Splitter auf Eirions Körper zu, stachen ihr unerbittlich in die Augen, in die Lippen, in die weiche, empfindliche Mulde am Halsansatz.

Ein Schrei drang aus weiter Ferne zu Eirion hinüber und erreichte sie bis in ihren tiefen Fieberschlaf. Benommen hob sie die Hände, um sich die kalten, scharfen Splitter aus den Augen zu wischen, aber ihre Finger gehorchten ihr kaum noch. Sie brannten, als hätten sie stundenlang in einem Feuer gelegen, das nur peinigte, nicht zerstörte. In einem Moment der Klarheit wurde Eirion bewusst, dass es nicht die mittlerweile vertrauten Lichtsplitter waren, die sie quälten, sondern kleine, nadelspitze Eiskristalle, die wie aus dem Nichts kamen. Dann umfing sie erneut die Ohnmacht des Fiebers.

An ihrem siebzehnten Geburtstag war ihr zur Gewissheit geworden, was sie bis dahin nur hatte ahnen können: Sie war anders als alle anderen, sie würde nie ein Teil der gewöhnlichen Welt um sich herum sein können, sie würde niemals Ruhe und Frieden finden, bevor sie ihr wahres Wesen und ihre Wurzeln gefunden hatte. Dieses Wissen war in ihr gewachsen seit jenem Tag, an dem ihr Körper sich zum ersten Mal dem Zyklus des Mondes unterworfen hatte und sie zur Frau geworden war. Seitdem konnte sie in keinen Spiegel, in keine spiegelnde Oberfläche mehr blicken, ohne dass ihr Bild vor ihren Augen in ungezählte scharfe, vielfarbige Splitter zerbrach. Dann quälten sie grausame Kopfschmerzen, die Welt drehte sich vor ihren Augen, und anfangs verlor sie sogar das Bewusstsein. Und nun war sie auf dem Weg zu ihrer Vergangenheit, zu dem seltsamen, sagenumwobenen Volk, dem sie entstammte, dem Volk der Schwäne. Sie war auf der Suche nach dem unbekannten Land Anguli, zu dem kein Sterblicher Zutritt hatte.

Anguli! Sie musste Anguli erreichen, sie musste die Menschen finden, die zu ihr gehörten. Eine schmerzhafte Sehnsucht durchzuckte sie; sie musste es schaffen. Auch wenn die Elemente sich gegen sie verschworen hatten, auch wenn der Himmel selbst feuerheißen Schnee schickte, um sie von ihrem Ziel fern zu halten, sie durfte nicht aufgeben. Eirion drückte beide Hände auf den Boden, um sich hochzustemmen, aber in ihren tauben Fingern war keine Kraft mehr. Und als hätte der Schneesturm ihr Aufbegehren gespürt, schöpfte er von neuem Atem und heulte Eirion seine ganze kalte

Wut entgegen. Die blendend weiße Welt um sie herum raubte ihr das Augenlicht, dann gab es in ihren Ohren nur noch das leise Raunen des Schnees, der auf ihrem Körper nicht länger schmolz.

Weiß. Die ganze Welt war weiß. Es gab keine Farben mehr, weder das Pastellblau früher Narzissen noch das sanfte, satte Grün der Viehweiden im Frühling und auch nicht das Gelb der Sonne, die sich am Morgen über den Horizont schob. In Eirions Träumen hatte nichts anderes mehr Platz als dieses Weiß, und so sehr war sie bereits ein Teil dieses kalten, eintönigen Landes geworden, dass sie die plötzliche Veränderung, die darin vorgegangen war, mit Unwillen zur Kenntnis nahm. Es hatte durchaus sein Gutes, dieses Land ohne Farben und Klänge, und jetzt, wo sie so weit vorgedrungen war, wollte sie nicht mehr zurück.

Aufdringliche Hände zerrten an ihren Gliedern, zogen an ihren Haaren, drückten ihr auf Mund und Nase. Mit der winzigen Flamme der Kraft, die ihr noch verblieben war, kämpfte Eirion dagegen an, doch es war zwecklos. Welcher Feind auch immer in ihre neue weiße Welt eingedrungen sein mochte, für den Augenblick war er stärker als sie.

»Es ist ein Wunder, dass sie noch lebt.«

Eine weiche, mütterliche Stimme über ihr war das Erste, was sie hörte, als sie unendlich langsam an die Oberfläche des Bewusstseins emportrieb. Ihre Lider lagen wie Bleidecken auf ihren Augen, und sie wusste, dass sie nicht einmal zu versuchen brauchte, sie zu öffnen. Also gab sie den Kampf auf, bevor sie ihn begonnen hatte, und überließ sich dem, was ihre übrigen Sinne ihr sagten.

»Aber bei der Göttin«, fuhr dieselbe sanfte Frauenstimme

fort, »was kann das arme Ding nur so mutterseelenallein im Stevensmoor getan haben?«

Das Stevensmoor! Sie war in Orra! Mit einem Schlag kehrte alles wieder zurück, was in den Stunden gnädigen Vergessens von ihr abgefallen war. Eirion versuchte zu sprechen, aber es kam nur ein Stöhnen über ihre Lippen.

»Sch ...« Die freundliche Frauenstimme kam näher und mit ihr ein würziger Geruch nach Holzfeuer und verbrannten Kräutern. Der Geruch wirkte gleichzeitig beruhigend und belebend, und Eirion entspannte sich ein wenig.

Die Frau an ihrer Seite schien es bemerkt zu haben: »So ist es gut. Versuch ein wenig zu schlafen, Kind. Du hast Schlimmes durchgemacht.«

Ein jähes Geräusch aus einem anderen Teil des Raums ließ Eirion zusammenzucken, und die Frau an ihrem Bett schnalzte ärgerlich mit der Zunge. Jemand kam durch den Raum geschlurft, und Eirion spürte, dass eine zweite Person auf sie hinabsah. Ihr Instinkt sagte ihr, dass es ein Mann sein musste, noch bevor er zu sprechen begann.

»Es ist nicht geheuer, Frau.« Seine Stimme klang rau und stockend, wie es bei Menschen der Fall ist, die nur selten sprechen. »Was du auch reden magst, das Ganze geht nicht mit rechten Dingen zu.«

Im Kamin brach ein Holzscheit zusammen, und Eirion konnte mit ihrem feinen Gehör die trockenen Äste ächzen hören.

Der Mann fuhr fort: »Erst dieser Schneesturm aus dem Nichts und dann dieser Falke, der wie ein verirrter Wanderer an unsere Tür klopft. Ich sage dir, Frau, es ist nicht geheuer. Und dieses Mädchen da ...«

Eirion spürte, dass er mit dem Kopf in ihre Richtung wies.

»... dieses Mädchen ist auch nicht geheuer. Niemand kann so

lange im Schnee liegen und weiterleben. Da haben die Götter oder die Dämonen ihre Hand im Spiel.«

Die Antwort der Frau hörte Eirion nicht mehr, denn etwas, das der Mann gesagt hatte, beanspruchte ihre ganze Aufmerksamkeit. Der Falke! Wären ihre Züge nicht noch so starr und wund von den langen Stunden draußen im Schnee gewesen, hätte sie gelächelt. Barko also hatte sie gerettet. Barko, der Falke, den sie zu ihrem siebzehnten Geburtstag geschenkt bekommen hatte. Quälende Erinnerungen stiegen in ihr auf. Die beiden Männer, die ihr den Vogel geschenkt hatte, waren tot, gestorben wie so viele andere am Tag des großen Kampfes.

Mit aller Macht drängte Eirion die Gedanken an ihre Toten beiseite. Das eine hatte sie in den vergangenen Wochen gelernt: Wenn sie das Leben bewältigen wollte, musste sie den Tod als seinen Zwilling annehmen. Hader und Verzweiflung waren auf die Dauer nur etwas für Narren und Schwächlinge, und sie wollte weder das eine sein noch das andere.

»... oder hast du schon einmal von einem Vogel gehört, der an eine Tür klopft und nicht eher Ruhe gibt, bis ihm jemand folgt?« Bei diesen Worten zuckte ein Muskel in Eirions Gesicht. Barko! Wo war ihr Falke jetzt?

Die Frau, von der der angenehme Duft nach Kräutern ausging, fiel ihrem Mann ins Wort. »Hör auf von Dingen zu reden, von denen du ja doch nichts verstehst.« Und als hätte sie Eirions Sorge gespürt, fügte sie hinzu: »Geh lieber hinaus in den Stall und gib dem Falken einen Schenkel von dem Hasen, den du gestern geschossen hast.«

Die Antwort des Mannes kam für Eirion nicht unerwartet.

»Wir haben selbst kaum genug zu essen«, ereiferte er sich. »Und jetzt willst du einen Vogel füttern?«

Eine Woge stiller Autorität verschlang den Ärger des Kätners wie die Nacht in diesen Breiten den Abend.

»Ich weiß nicht, was es mit diesen beiden auf sich hat, mit dem Falken und dem Mädchen«, erwiderte die Frau leise. »Aber keiner von beiden wird unter meinem Dach hungern, solange noch ein Stück Brot auf meinem Tisch ist.«

Mehr wurde nicht gesagt, aber Eirion wusste, dass die beiden Menschen, die sich mit ihr im Raum befanden, sich mit Blicken maßen. Ein stummes Duell wurde über ihr Lager hinweg ausgefochten, dann hörte sie einen Laut wie von einem schweren Riegel, der über eine Eichentür kratzte, und im nächsten Augenblick strich ein kühler Luftzug über ihre Wangen.

Der Mann war hinausgegangen, um den Willen seiner Frau zu tun. Eirion öffnete die aufgesprungenen Lippen, um einen kaum hörbaren Seufzer der Erleichterung auszustoßen, dann umfing sie Dunkelheit, aber diesmal war es nicht die Dunkelheit des nahen Todes, sondern die eines tiefen, erholsamen Schlafs.

KAPITEL 2

Es war der Geruch, der sie weckte, der Geruch nach frischem Brot, das amtend und feucht in einem gemauerten Ofen heranwuchs, über glühenden Kohlen, die ihm später zu einer goldgelben Kruste verhelfen würden. Eirion öffnete die Augen.

Verwirrende Fremdheit umgab sie. Das Erste, was sie sah, war die Decke über ihr, die sie zu erdrücken schien. Wuchtige Balken aus einem schwarzen Holz trugen das Geviert eines spitz zulaufenden Strohdachs. Das innige Gefühl der Vertrautheit, mit dem der Duft des Brotes sie geweckt hatte, zerstob.

»Guten Morgen.«

Eirion drehte erschrocken den Kopf in die Richtung, aus der die Stimme kam. Dann hörte sie schwere Schritte, die sich langsam näherten, und eine ältere, rundliche Frau trat an ihr Bett.

»Guten Morgen«, erwiderte Eirion unsicher. Während sie die alte Frau betrachtete, kehrte die Erinnerung zurück. Die Frau, die sie in ihrem Heim aufgenommen hatte, schien es zu spüren.

»Sorge dich nicht«, sagte sie leise. Sie sprach mit dem harten, kehligen Akzent der einfachen Leute aus dem Norden, aber aus ihrem Mund klang der schroffe Dialekt so warm und freundlich, dass er seine Schärfe verlor. »Du bist hier in Sicherheit vor dem Sturm«, fuhr sie fort, »und dein Falke – ich nehme doch an, dass der Vogel dir gehört – hat es im Stall bei den Ziegen warm und gemütlich.« Die Frau griff nach Eirions Hand, eine selbstverständliche kleine Geste, die tröstlich und ermutigend war.

»Ich danke dir für all deine Güte.« Eirion hatte Mühe, die Augen offen zu halten, und ihre Glieder waren so schwer, als seien sie aus Blei. Aber das alles war jetzt nicht wichtig. Die Frage, die ihr am meisten auf der Seele brannte, hatte die alte Frau ihr bereits beantwortet – Barko ging es gut. Es blieb für den Augenblick also nur noch eines.

»Wo bin ich hier?«, fragte sie.

»Du bist in Lemmas«, erwiderte die fremde Frau. »Wenn auch etwas am Rande der eigentlichen Ortschaft.«

Lemmas! Den Namen dieses Orts kannte sie wie jedes Kind Caernadons sehr gut, obwohl sie selbst noch nie dort gewesen war. Sie runzelte die Stirn. Lemmas ... Das hieß, dass sie weit von ihrem Weg abgekommen sein musste, denn Lemmas lag an der äußersten Spitze der Bucht von Orra.

»Aber wenn du zum Markt hergekommen bist, bist du reichlich früh dran. Es sind noch fast sechs Wochen bis dahin.« Die freundliche alte Kätnerin sah sie fragend an.

»Nein«, antwortete Eirion langsam. »Nein, ich bin nicht wegen des Markts gekommen.«

Alljährlich strömten Tausende und Abertausende frommer Pilger an den Ort, an dem ihr Gott, Fál, vor über tausend Jahren in die Welt der Dinge gekommen war. Lemmas ... Wieder drohten Eirion die Augen zuzufallen.

»Du hast viel durchgemacht«, sagte die alte Frau und drückte ermutigend ihre Hand. »Am besten, du schläfst jetzt noch ein wenig, dann sehen wir weiter.«

Eirion schüttelte den Kopf. »Ich bin dir so dankbar für alles, was du für mich – für uns – getan hast«, sagte sie rau. »Dir und deinem Mann.« Sie stützte sich auf einen Ellbogen und sah sich suchend in dem niedrigen Raum um, konnte aber von ihrem Platz aus nicht feststellen, ob der Kätner anwesend war.

»Cynnik ist draußen und hackt Holz für das Herdfeuer.« Die Frau zögerte kurz, dann fügte sie beinahe entschuldigend hinzu: »Er ist im Grunde ein guter Mann, nur manchmal etwas ... barsch. Er hatte ein schweres Leben.«

Ein dumpfes Krachen zerriss die Luft, und einen Augenblick lang glaubte Eirion, es sei die Axt des Kätners, die den Lärm verursacht hatte.

»Der Sturm hat über Nacht nur Atem geschöpft«, erklärte die Kätnerin, die Eirions Verwirrung sah. »Jetzt ist er mit neuer Gewalt zurückgekehrt und bringt Blitz und Donner übers Land. Die Elemente sind völlig aus den Fugen geraten.« Von einem Moment zum nächsten verdunkelte sich die kleine Hütte, und die Frau stand auf, um ein Binsenlicht zu entzünden und es neben Eirions Lager zu stellen.

»Mein Name ist übrigens Salba«, sagte sie mit einem leisen Lachen, als sie sich auf einen grob geschnitzten Holzschemel ans Bett setzte. »Nur damit du weißt, zu wem die Göttin dich geführt hat.«

Eirion sah die alte Frau, die sich Salba nannte, aufmerksam an. Die Augen in dem reizlosen Gesicht waren seltsam fahl und hätten trostlos gewirkt, wären sie nicht von einem inneren Licht erfüllt gewesen, dem Licht einer reinen, bescheidenen Menschlichkeit. Aber noch etwas war Eirion aufgefallen.

»Du hast bereits zwei Mal, seit ich hier bin, die Göttin erwähnt ...«

Ein Ausdruck schuldbewussten Unbehagens trat in Salbas Züge, und nun war Eirion sich endgültig sicher, dass das Schicksal sie zu Freunden gebracht hatte. Hastig griff sie nach Salbas Hand und drückte sie kurz. »Die Wege der Göttin mögen für ihre Kinder oft weit und unverständlich sein, aber sie führen immer ans Ziel.«

Schweigend musterten sie einander, und Eirion wartete auf Anzeichen von Bestürzung im Gesicht der anderen Frau, Zeichen, die sie immer beobachten konnte, wenn jemand sie zum ersten Mal sah: Irgendetwas in ihren Augen, die so grün waren wie geschliffene Smaragde, machte den meisten Menschen Angst.

Salba jedoch sah sie nur mit ruhiger Gelassenheit an, als schien sie nichts Ungewöhnliches an ihr zu bemerken. Schließlich räusperte sie sich und sagte: »Nun, da du jetzt weißt, wer ich bin, darf ich fragen, wer du bist? Und was dich mitten im Winter nach Orra führt?«

Eirion fuhr sich mit der Zunge über die Lippen und war überrascht, dass sie nicht mehr rissig und wund waren wie nach dem seltsamen Schneesturm; ein feiner Geschmack nach Schweinefett und Senneskraut verriet ihr, dass Salba nicht nur freundlich und eine gute Bäckerin war, sondern auch etwas von der Heilkunst verstand.

»Mein Name ist ...« Eirion geriet ins Stocken. Bisher hatte sie es sorgfältig vermieden, Aufmerksamkeit auf sich zu lenken – sie war nicht wie eine Dame von Stand gereist, sondern wie ein Bauernmädchen zu Fuß gegangen. Und natürlich hatte sie niemals ihren eigenen Namen genannt, wenn sie in jeder noch so kleinen Ortschaft nach weisen Frauen gesucht hatte, um ihre Fragen zu stellen. Seit sie an jenem Septembermorgen nach dem Kampf der Königinnen Tarlin-Stadt verlassen hatte, war sie vielen Frauen begegnet, die gut und ehrlich waren, aber dennoch hatte sie keiner von ihnen zu vertrauen gewagt.

Salba ließ ihr Zeit. Schweigend saß sie auf ihrem Schemel, während Eirion mit sich rang. Da wehte plötzlich ein dünner, lang gezogener Schrei über die Kate, und Eirion erkannte den Jagdruf ihres Falken. Barko hatte sie in dieses

Haus gebracht, und sein Ruf schien jetzt direkt zu ihrer Seele zu sprechen.

»Mein Name ist Eirion«, sagte sie fest und ohne dass sie hätte erklären können, woher der Entschluss gekommen war, Salba die Wahrheit zu sagen. Sie wusste nur, dass sie das Richtige tat. »Ich bin Eirion 'ahrd Gwenlian 'ahrd Oda«, setzte sie hinzu, und staunte dabei ein wenig, dass ihr die alte Namensnennung in mütterlicher Linie so leicht über die Lippen ging.

»Eirion 'ahrd Gwenlian 'ahrd Oda«, wiederholte Salba nachdenklich. »Die Tochter der Fremden Königin.«

Seit Eirion Tarlin verlassen hatte, hörte sie immer wieder Menschen ihre Mutter so nennen: die Fremde Königin. Es war, als wagten sie nicht mehr, Gwenlians Namen auszusprechen, nachdem sie nun wussten, dass sie ihren Zauberkünsten niemals wirklich abgeschworen hatte.

»Dann habt Ihr wahrhaftig einen weiten Weg hinter Euch – Prinzessin«, sagte Salba in das Schweigen hinein.

Erschrocken griff Eirion nach der Hand der alten Frau. »Nenn mich nicht Prinzessin!«, stieß sie hervor. Nicht aus Angst, dass Salba sie verraten könnte, sondern weil sie die Kluft fürchtete, die dieser Titel zwischen ihnen auftun würde. Es kam ihr vor, als sei sie schon seit einer Ewigkeit allein, und sie sehnte sich nach der Nähe eines anderen Menschen. »Ich bin Eirion«, sagte sie, »einfach nur Eirion – und ...«

Ein neuerlicher Donnerschlag zerriss die Luft, und kurz darauf teilte ein Blitz den Himmel. Das Binsenlicht neben Eirions Bett zuckte, und schwarzer Qualm stieg zur Decke auf. Der beißende, leicht säuerliche Geruch vertrieb für einen Augenblick den Duft des Brotes im Ofen.

Salba hatte Eirions Erregung gespürt, und es fiel ihr nicht schwer, den Grund dafür zu erraten. »Eirion«, wiederholte sie leise. »Sei willkommen in meinem Haus, das von nun an und solange du es brauchst und willst, auch das deine ist. Möge dich die Göttin davor bewahren, dass du unter diesem Dach Leid oder Kummer erfährst, meine Schwester.«

Der feierliche Ernst, mit dem Salba diese Worte sprach, weckte in Eirion die Erinnerung an das viele Generationen alte Gelübde, das sie selbst vor nicht allzu langer Zeit in Tarlin abgelegt hatte: *Ich gelobe, jeder Frau eine Schwester zu sein – so wie ich Mutter für sie sein will und Tochter.*

Jetzt wusste sie endgültig, dass sie Salba vertrauen konnte, denn sie waren beide Töchter der Großen Mutter und damit wahrhaft Schwestern.

»Ich nehme deine Gastfreundschaft an«, erwiderte Eirion auf traditionelle Weise, »in dem Sinne, in dem sie gegeben wurde. Möge die Göttin meine Seele in Finsternis tauchen, wenn ich jemals etwas tue, das diesem Haus Schaden bringt.«

Eirion ließ sich in das weiche Kissen zurücksinken, und zum ersten Mal seit Wochen wurde die dunkle Last, die auf ihrer Seele lag, ein wenig leichter. Salba hob prüfend den Kopf, zögerte kurz und erhob sich dann von ihrem Schemel. »Das Brot ist so weit.« Sie ging durch den Raum, griff nach einem dicken, sauberen Leintuch und nahm mit ruhigen, selbstverständlichen Bewegungen das goldgelbe Hefebrot aus dem Ofen. Eirion beobachtete, wie sie das alte Segenszeichen über dem dampfenden Laib schlug, so wie sie es Marte in ihrem Haus ungezählte Male hatte tun sehen. Der Gedanke an Marte trieb ihr ein trockenes Brennen in die Augen, dem keine Tränen folgen würden, wie sie wusste. Sie hatte noch nie geweint.

Um das aufkommende Heimweh niederzuzwingen, sah Eirion sich zum ersten Mal richtig in der kleinen Kate um, in der Salba und Cynnik sie aufgenommen hatten. Sie bestand, wie das bei den ärmeren Teilen der Bevölkerung üblich war, nur aus einem einzigen Raum. Solche Behausungen gab es überall in Caernadon, aber in der Provinz Tarlin besaßen selbst die ärmsten Bauern ein gemauertes Heim – Salbas Kate dagegen hatte Wände aus geflochtenen Zweigen, die mit roter Tonerde verschmiert und dann geglättet und gekalkt worden waren. Hier oben im Norden, wo die Winter kalt und unerbittlich waren, konnte das für den größten Teil des Jahres nur ein langes, quälendes Frieren bedeuten.

»Warum sind die Mauern deines Hauses nicht aus Stein?«, fragte Eirion ihre Gastgeberin, nachdem diese einen zerbeulten, gusseisernen Kessel über das Feuer gehängt hatte und sich dann wieder auf den Schemel neben der Bettbank setzte.

Salba lächelte müde. »Weil es hier im Norden keine Steinbrüche gibt und Steine aus Sint oder Macassar herbeigeschafft werden müssen. Leute wie wir können unmöglich das Geld aufbringen, das ein gemauertes Haus kosten würde.«

Eirion schwieg. Sie war in ihrer Kindheit so oft in Orra gewesen, aber sie hatte in Burgen gewohnt und gelegentlich in den vornehmen Häusern der Edelleute gespeist – in ihren Gedanken blitzten prunkvoll geschmückte Säle auf, mit Ubari-Pech bestrichene Fackeln schenkten helles, gleichmäßiges Licht, Kämmerer und Knappen glitten unauffällig durch den Raum, um den hohen Damen und Herren kleine Häppchen und erlesene Weine anzubieten, von denen der größte Teil kaum angerührt wurde. Das üppige Mahl, das dem Tanz voranging, machte es den Gästen unmöglich, noch irgendetwas zu sich nehmen. Die meisten der köstlichen Speisen vertrockneten, die prickelnden Weine wurden schal – aber in diesen Häusern kümmerte niemanden die Verschwendung.

Eirion sah sich erneut in der Kate um. Nicht Geschmack oder Mode hatten die lehmbestrichenen Wände aus Flechtwerk bestimmt, sondern Mangel und Armut. Die Binsenlichter qualmten und verbrannten im Nu, und es kostete viel Arbeit und Mühe, neue zu binden. Das Brot, das so köstlich duftend aus dem Ofen gekommen war, war aus Hafer gebacken und nicht aus dem begehrten schneeweißen Weizen, der nur in den Weiten von Basoko wuchs; daheim auf Tarlin hatte Eirion kaum je etwas anderes gegessen als Brot aus diesem wohlschmeckenden, kostbaren Getreide.

Salba hob mit einem leichten Schulterzucken die Hände. »Die Dinge sind, wie sie sind«, sagte sie und fügte dann energischer hinzu: »Du musst Hunger haben nach der langen Reise. Das Brot ist noch zu heiß zum Essen, aber du könntest schon mal mit einer Schale Fleischbrühe anfangen.«

Wir haben selbst kaum genug zu essen, hörte Eirion im Geiste wieder Cynniks Stimme und war wie so oft in den letzten Wochen zutiefst dankbar, dass ihre Mutter ihr, bevor auf Tarlin alles drunter und drüber gegangen war, einen Beutel mit Goldmünzen gegeben hatte. Und Marte hatte die Münzen dann in der Nacht vor ihrem Aufbruch in ein dickes, gefüttertes Wams eingenäht.

Erschrocken griff Eirion unter die schwere Bettdecke. Das Laken unter ihren Fingern fühlte sich rau und spröde an, ganz anders als die feine, seidene Bettwäsche, in der sie auf Burg Tarlin geschlafen hatte. Aber das war es nicht, was ihr Angst machte.

Sie trug nur ein grobes, aber warmes Leinenhemd am Leib, ein Hemd, das gewiss nicht ihr gehörte.

»Wo sind meine Kleider?«, flüsterte sie. »Meine Sachen ...«

Salba deutete mit dem Kopf zur Feuerstelle. »Du warst bis auf die Haut nass, als Cynnik dich herbrachte. Ich habe deine Sachen zum Trocknen aufgehängt.«

»Mein Wams ...«, fragte Eirion zögernd. »Hatte ich nicht

ein blaues, dick gefüttertes Wams an, als Cynnik mich brachte?«

Salba nickte. »Das und einen derben Reiserock. Darüber einen Umhang und Leibwäsche aus Seide.« Sie lächelte entschuldigend. »Leider konnte ich dir nichts Entsprechendes als Ersatz geben. Aber die meisten deiner Kleider dürften bereits trocken sein, und ich kann sie dir herbringen ...«

»Nein, nein«, unterbrach Eirion sie hastig. »Das Hemd ist wunderbar und genau das Richtige bei dieser Kälte. Ich hatte nur Sorge, dass ich vielleicht einen Teil meiner Sachen im Sturm verloren haben könnte.«

»Du hattest auch ein Bündel bei dir. Soll ich es dir holen? Brauchst du etwas?«

Eirion schüttelte den Kopf und ließ sich erleichtert wieder in die Kissen sinken. »Nein, es ist gut. Hauptsache, es ist noch alles da.«

In dem Bündel, das sie aus Tarlin mitgenommen hatte, befand sich nicht viel Kostbares, aber es enthielt zwei Dinge, die ihrer Ziehmutter gehört hatten und die ihr viel bedeuteten: den Wurfstern, mit dem Gwenlian ihren letzten Kampf gewonnen hatte, und die Opalkette, der Schmuck der Priesterinnen in Fiann.

»Möchtest du jetzt vielleicht etwas essen?«, fragte Salba, aber bevor Eirion Zeit für eine Antwort fand, wurde die Tür auf der gegenüberliegenden Seite des Raumes aufgerissen, und ein Schwall eisiger Luft wehte herein.

Cynnik hatte seine Arbeit in der Scheune beendet.

Salba erhob sich von ihrem Schemel und machte einen Schritt auf ihren Mann zu. »Unser Gast ist wach«, sagte sie, und Eirion hörte einen leicht gehetzten Tonfall in der Stimme der älteren Frau, der sie erstaunte. Aber Salbas nächste Worte erklärten ihr manches. »Sie heißt ... Eriu«, fügte die Herrin des

Hauses hinzu. »Und sie kommt aus dem Süden.« Mit diesen Worten durchquerte Salba die Kate und trat wieder an das Feuer, über dem der Kessel mit Brühe hing.

Cynnik streifte wortlos seine abgetretenen Lederstiefel von den Füßen, hängte seinen Filzumhang, der vom Schnee vollkommen durchnässt war, in die Nähe des Feuers und verschwand dann aus Eirions Blickfeld. Sie vernahm ein dumpfes Scharren auf dem mit Binsen belegten Lehmboden und vermutete, dass der Kätner in der Ecke hinter der Feuerstelle an einem Tisch Platz genommen hatte. Tatsächlich ging Salba mit einer Schale dampfender Brühe zu ihm durch den Raum, und einen Augenblick später hörte sie ein deutliches Schlürfen, als Cynnik die heiße Suppe durch die Zähne zog. Die Brühe verbreitete nun einen angenehmen Duft in der ganzen Kate, und Eirion entdeckte, dass sie tatsächlich großen Hunger hatte.

Salba trat schweigend an ihr Bett und hielt ihr eine irdene Essschale hin. Eirion sah zu ihr auf und wollte ihr ein Wort des Dankes sagen, aber die Kätnerin schüttelte warnend den Kopf und presste die Lippen aufeinander. Dann ging sie wieder zur Feuerstelle, schöpfte eine dritte Schale voll und verschwand wie zuvor Cynnik in der einzigen Ecke des Raumes, die Eirion von ihrem Bett aus nicht einsehen konnte.

Das Gewitter, das ohne einen Tropfen Wasser über dem Land niedergegangen war, war weitergezogen, und in der kleinen Kate hörte man nur noch das Heulen des Windes, das Knistern der Flammen in der Feuerstelle und das rhythmische Schmatzen des Hausherrn, der eine Stimmung der Freudlosigkeit und Düsternis mit hereingebracht hatte.

»Cynnik ist im Grunde ein guter Mann«, verteidigte Salba den Kätner, der zu Eirions Erleichterung gleich nach dem schweigsamen Mahl wieder hinausgegangen war, um nach den Ziegen zu sehen. »Das Leben ist nicht freundlich mit ihm umgegangen, und er ist hart geworden über die Jahre.«

Eirion fragte sich, ob das Leben zu Salba freundlicher gewesen war, und bezweifelte es.

»Ich habe ihm deinen wahren Namen nicht genannt, weil es einfacher so ist.« Dann fügte sie leiser und mehr an sich selbst gerichtet hinzu: »Und sicherer.«

»Ist dein Mann ein gläubiger Fálianer?«, fragte Eirion.

Salba lachte leise. »Cynnik glaubt an gar nichts. Jedenfalls heute nicht mehr. Aber am allerwenigsten glaubt er an die Große Mutter, die die Geschicke der Menschen in Händen hält. Früher einmal ...«

»Ja?«, drängte Eirion die Kätnerin sanft zum Weitersprechen. »Was war früher?«

»Seine Mutter hat ihn im Glauben an die Göttin erzogen, und er hat als junger Mann selbst in den schlimmsten Zeiten, als die höchsten Scheiterhaufen brannten, die heiligen Feste begangen. Aber dann ...« Salba stockte, und Eirion sah die dunklen Schatten der Verzweiflung in den gütigen alten Augen ihrer neuen Freundin.

»Was ist geschehen?«, fragte sie leise.

»Sieben Kinder habe ich geboren, fünf davon Söhne«, flüsterte die Kätnerin. »Und alle sieben hat die Göttin wieder zu sich geholt, bevor sie das dritte Jahr erreichten.«

Es war erst kurz nach Mittag, aber der Himmel draußen war dennoch fast schwarz, und die Binsenlichter spendeten nur wenig Helligkeit. Der Sturm hatte sich noch immer nicht gelegt, aber das unheimliche, trockene Gewitter war verstummt. Zuckende Schatten erfüllten die Kate, und einen Augenblick lang glaubte Eirion, in ihnen die sieben kleinen Gestalten zu erkennen, deren Geister dieses Haus nie verlassen hatten.

»In diesem Teil des Landes«, fuhr die alte Bäuerin fort, »hat ein Mann nur eine Chance, sein Los zu verbessern: Kinder, vor allem Söhne, die mit ihm auf dem Feld und bei den Tieren die Arbeit tun. Und wenn eine Frau unfruchtbar ist – oder nur kranke, schwächliche Kinder zur Welt bringt –, hat der Mann das Recht, sie zu verstoßen und eine andere zu nehmen.«

Salbas Stimme verriet keinerlei Gefühl, nur ihre hellen Augen sprachen für sie. »Cynnik hat es nicht getan. Und ich habe von ihm nie ein Wort der Klage oder des Grolls gehört«, fuhr sie fort. »Aber nachdem wir unseren letzten Sohn hinten im Moor in die Erde gelegt hatten, hat er die weißen Kerzen für die Göttin aus ihrem Versteck geholt und eine nach der anderen ins Feuer geworfen. Ganz langsam und bedächtig, als sei es ein heiliges Gelübde, das er ablegte. Seither ist in diesem Haus kein Fest mehr für die Göttin gefeiert worden, und jetzt ...«

Ein leises Hämmern drang durch die dünnen Wände der Kate, und Salba blickte geistesabwesend zur Tür. »Ach ja, er wollte die Nordwand der Scheune befestigen, damit sie dem Sturm standhält ... er ist wirklich ungewöhnlich, dieser Sturm ...« Ihre Stimme verlor sich, und eine Weile blieben beide Frauen stumm.

»Du siehst also, dass er im Grunde ein guter Mann ist. Man darf ihm nicht nachtragen, dass er hart geworden ist. Das Leben hat ihn so gemacht.«

Eirion griff nach der Hand der alten Frau und drückte sie sanft. »Ich verstehe«, sagte sie leise. Und sie verstand in diesem Augenblick tatsächlich etwas. *Nicht unser Schicksal formt unser Herz, sondern das Herz ist es, das unser Schicksal formt,* dachte sie. *Das gleiche Schicksal kann den einen Menschen hart und kalt machen und in dem anderen dieses Licht entzünden, das heller brennt als jede Flamme.*

Und plötzlich wusste sie, dass Cynnik der Bedauernswertere von den beiden war, denn er hatte nur verloren, während Salba trotz aller Not in ihrer gegenwärtigen Existenz auch viel gewonnen hatte. »Ja, ich verstehe«, wiederholte sie, und Salba erwiderte dankbar den Druck ihrer Finger.

Schweigend hielten die beiden Frauen sich aneinander fest, bis auch das letzte Binsenlicht in der ärmlichen Kate niedergebrannt war und nur noch das Licht von der Feuerstelle dem viel zu frühen Winterabend trotzte.

KAPITEL 3

Was hast du getan?«

Olfros' Stimme verlor sich beinahe im Seufzen der Schilfgräser, die sich grau gegen den wolkenverhangenen Abendhimmel abhoben. Der Schwanenkönig hatte sich, wie so oft in den letzten Jahren, auf die Heilige Insel im Herzen des Sees zurückgezogen, doch diesmal war ihm Nuria, seine Gemahlin, dorthin gefolgt. Jetzt standen sie wie zwei Fremde nebeneinander am Ufer der Insel, den Blick nicht auf den anderen gerichtet, sondern auf das dunkle Wasser des Sees, das seit einigen Stunden seine gewohnte Ruhe verloren hatte. Die sonst lautlosen kleinen Wellen leckten verwirrt an dem gelben, feinkörnigen Sand und zogen sich dann, wie es schien, nur widerstrebend zurück.

Schon lange hatte sich etwas verändert draußen in der Welt, etwas, das selbst die Schwäne in ihrem stillen, so lange vor allen Zwistigkeiten der Sterblichen verborgenen Reich spüren konnten. Immer häufiger wurden jetzt Stimmen laut, dass es an Lados Anwesenheit liege; dass er, der einst ein Teil ihrer Gemeinschaft gewesen und nun ein Ausgestoßener war, Anguli verlassen müsse, damit sich wieder Frieden einstellte.

Doch Nuria wusste es besser. Es würde keinen Frieden für Anguli geben – vielleicht nie wieder.

»Was hast du getan?«, wiederholte Olfros, und Nuria wandte sich zu ihm um. »Du kennst die Warnung, die die Prophezeiung ausspricht! Wie konntest du das wagen?«

Wer das Kind seiner Bestimmung entfremdet, sei es aus Torheit oder aus Liebe, der wird den Untergang alles Lebenden herbeiführen. Die alten Worte, deren sich in der Welt draußen kaum noch jemand entsann, wehten durch Nurias Sinn.

»Wir können nicht einmal ahnen, was du mit deiner Torheit angerichtet hast«, sprach Olfros weiter. Dann stockte er, als sei ihm plötzlich ein neuer Gedanke gekommen, und Nuria wusste, noch bevor er es aussprach, was er sagen würde.

»Du!«, stieß er mit zusammengebissenen Zähnen hervor. »Du bist diejenige, die das Verderben über Lado gebracht hat. Du hast ihn zu den Menschen geschickt, wo er den furchtbaren Frevel beging, der ihn seine Unsterblichkeit kostete. Wo er mit einer menschlichen Frau ein Kind zeugte, das ...«

Olfros' Stimme war jetzt nur noch ein Flüstern, das sich in die leise Klage der Wellen einfügte, als sei es ihre natürliche Ergänzung. Nach einer Weile fügte er fassungslos hinzu: »Wer kann sagen, *was* du mit deiner Tat aus den Tiefen der Zeit emporgeholt hast?«

Nuria hörte ihrem Gemahl zu, bis sie es nicht länger ertrug. »Was macht dich so sicher«, entgegnete sie schließlich, »es müsse etwas Böses sein, das aus der Verbindung Lados mit einer Sterblichen hervorgegangen ist? Die Tatsache, dass sein Sohn anders ist als wir? Genügt dir Arilds Andersartigkeit, um so rasch dein Urteil über ihn zu fällen?«

Sie hatte diese Aussprache aus gutem Grund immer wieder hinausgezögert, aber dann war an diesem Nachmittag der feine Riss im Gefüge des Ork Nuado plötzlich breiter geworden. Doch gleichzeitig war da dieses Gefühl der Nähe gewesen, das ein Schwindel erregendes Glück in ihr aufflackern ließ.

»Anu ...« Obwohl sie den Namen ihrer Tochter in jedem Augenblick des Tages im Herzen trug, war er für ihre Lippen so ungewohnt, dass sie sich nur widerwillig um die beiden Silben formten. Ein leises Beben lief durch den weißen Nebel, der zum Greifen nah vor ihr über dem See und der kleinen, bewaldeten

Ausbuchtung der Insel lag. Es war die kurze Stunde zwischen Tag und Nacht, in der der Nebel langsam aus dem Wasser gen Himmel wuchs und die Stämme der hohen Eichen auf der Insel verschlang, so dass ihre mächtigen Kronen wie körperlose Geister auf diesem weißen, bewegten Meer zu schwimmen schienen. Normalerweise liebte Nuria gerade diese Stunde, denn sie schenkte jenen, die an diesem See lebten, an jedem Tag neu das Versprechen der wartenden Nacht. Wie oft war sie in der Dämmerung mit Olfros zusammen aufgebrochen, um in der kleinen, einsamen Bucht im Osten von Anguli das Mysterium ihres Daseins zu feiern, die wunderbare Verwandlung, die sie in der tiefsten Dunkelheit der Nacht ganz Mensch sein ließ.

Olfros, der früher einmal so empfänglich gewesen war für ihre Stimmungen, schien heute nichts von ihrer Sehnsucht zu ahnen, denn seine Stimme war kalt und abweisend, als er das Schweigen brach.

»Es war der Wille der Götter, dass unsere Tochter in die Welt der Dinge gehen sollte, um das verlorene Gleichgewicht wiederherzustellen. Das ist Anus Bestimmung, der sie sich zu unterwerfen hat, so wie wir alle uns dem Willen der Götter unterwerfen müssen.«

Nuria fuhr bei diesen Worten zu ihrem Gemahl herum, und ihre Augen sprühten zornige Blitze.

»Die Götter!«, rief sie verächtlich. »Wo sind sie denn, deine Götter, die sich die Macht über Tod und Leben anmaßen? Obwohl sie sich so weit von uns entfernt haben, dass wir ihre Stimmen nicht einmal mehr hier, auf der Heiligen Insel, zu hören vermögen?«

»*Ich* kann sie hören«, erwiderte Olfros. »Und sie haben mir ihren Willen unmissverständlich kundgetan.« Bei Nurias wütendem Vorwurf war er einen Schritt zurückgewichen, so dass sie jetzt nicht nur innerlich, sondern auch äußerlich weit voneinander entfernt waren. »Anu ist das uns verheißene Kind, das im Nebel der Zeiten seiner Stunde harrte, wenn die Welt in größter Gefahr schwebte. Anu ist das Kind der drei Welten, von dem die heilige Prophezeiung spricht, und sie muss sich ihrer Aufgabe stellen.«

Der Nebel hatte sich inzwischen weiter ausgebreitet und zerfloss nun, bis er von einer Sekunde auf die andere mit den tief hängenden Wolken verschmolz. Einen Augenblick lang verwirrte das ungewöhnlich abrupte Schwinden des Lichts Nuria, dann wandten sich ihre Gedanken wieder Olfros zu.

»Und wenn sie sich geirrt haben, deine Götter?«

Nuria hatte sehr leise gesprochen, und doch war es, als hätte ein Donnerschlag die stille Atmosphäre auf dem See erschüttert. Die untergehende Sonne, die sich bereits hinter die Nebelwand zurückgezogen hatte, schien plötzlich neues Feuer zu gewinnen und brannte eine Schneise in den dichten weißen Dunst. Nuria hielt den Atem an, als das Wasser des Sees sich in dem seltsamen Abendlicht dunkelrot färbte. Nun sah sie auch, was ihr zuvor verborgen geblieben war: In einiger Entfernung von der Heiligen Insel trieben zwei ihrer Gefährten in ihrer Schwanengestalt übers Wasser. Jetzt hielten sie in ihrer Fahrt erschrocken inne, um zum Himmel aufzublicken.

Nuria erkannte die beiden sofort, denn selbst aus diesem Abstand betrachtet gab zumindest einer von ihnen schon auf den ersten Blick seine Identität preis: Lados Sohn, der Junge mit den Quecksilberaugen. Das Erbe der Niav war sehr stark in ihm – nicht nur seine Augen bezeugten das. Auch in anderer Hinsicht unterschied er sich von allen übrigen Mitgliedern seines Volkes: Er war schwarz.

Ein mächtiger schwarzer Vogel, der durch ein Meer aus Blut schwamm ... Nuria schauderte bei seinem Anblick, der so gar nicht nach Anguli passen wollte, dem letzten Reich der Unschuld, das auf dem Ork Nuado noch existierte. Was hatte es zu bedeuten, dass ausgerechnet zu dieser Zeit wieder ein schwarzer Schwan in Anguli geboren worden war?

Und wenn die Götter sich nun doch nicht irren?, durchzuckte es Nuria. Wenn sie mit ihrer egoistischen Handlungsweise nun tatsächlich, wie Olfros es glaubte, die letzte Chance aufs Spiel gesetzt hatte, ihre Welt vor dem Untergang zu bewahren?

Voller Unbehagen wandte Nuria sich von den beiden näher kommenden Schwänen auf dem See ab und sah ihren Gemahl an.

Olfros hatte sich von seinem anfänglichen Entsetzen über Nurias Geständnis erholt, und die Art, wie sein Kiefer sich um die ebenmäßig weißen Zähne schloss, sagte Nuria deutlicher als Worte, wie wütend er war. Im gleichen Maße wie sein Ärger wuchs, kehrte jedoch Nurias Gewissheit zurück, dass sie richtig gehandelt hatte.

»Wer bist du, dass du es wagst, den Ratschluss der Götter in Zweifel zu ziehen?«, stieß er hervor.

Und ehe Nuria etwas erwidern konnte, fügte er kalt hinzu: »Und nicht nur ihren Ratschluss, sondern auch das Urteil deines Königs?«

»Eines Königs, der seinem einzigen Kind Achtung und Respekt verspricht, wenn er es verstößt? Wenn er es schutzlos in ein ungewisses Schicksal schickt, einen Säugling, der Liebe, Zärtlichkeit und Geborgenheit gebraucht hätte? *Achtung und Respekt?*«

Siebzehn Jahre waren inzwischen vergangen, und noch immer konnte Nuria die Stimme ihres Gemahls hören, als er Anu den gleichgültigen Wellen des Ank überantwortet hatte. Die Worte hatten sich unauslöschlich in ihre Seele eingebrannt, denn sie hatten ihr nicht nur ihr Kind genommen, sondern auch den Mann, den sie geliebt hatte.

Tochter von Nuria und Olfros. Hiermit weihe ich dich den Göttern des Schicksals. Du wirst den anderen Weg gehen, den Weg, den schon so lange keiner der unseren mehr gegangen ist, dass wir dir nicht einmal einen Rat mitgeben können – nur unsere Achtung und unseren tiefen Respekt, die dich begleiten werden, solange du lebst.

»Vielleicht«, sagte sie mit brüchiger Stimme und räusperte sich. »Vielleicht ist es ja weniger mein Verstoß gegen den Ratschluss der Götter, der dich so aufbringt, als die Tatsache, dass ich *deinem* Willen zuwidergehandelt habe?«

Nuria wandte sich wieder dem See zu, um den Ausdruck in Olfros' Augen nicht länger ertragen zu müssen. Der schwarze Schwan mit den Quecksilberaugen war ein wenig von seinem Kurs abgekommen und versuchte nun, seinen Fehler zu korrigieren – etwas unbeholfen, weil es ihm noch an Erfahrung mit dem Element seines Vaters mangelte –, um zur Heiligen Insel hinüberzugelangen. Eine Myriade glitzernder Wassertröpfchen stob hinter ihm auf, ein Schleier feinster, vergänglicher Rubine in dem roten Abendlicht. Einen Flügelschlag lang folgte ihm der rot schillernde Reigen, dann vermischte sich das Wasser wieder mit dem See, als sei nichts geschehen.

Olfros hatte ein leises, böses Lachen ausgestoßen, und als Nuria sich zwang, ihn wieder anzusehen, betrachtete er sie mit einem Ausdruck, in dem nicht nur Fremdheit und Zorn lagen, sondern noch etwas anderes, das Nuria zuerst nicht zu deuten wusste. Seine nächsten Worte verrieten ihn jedoch.

»Was für eine Magie war das«, fragte er, »die stark genug war, meinen Zauber zu brechen?«

Ein leichtes Lächeln zuckte um Nurias Lippen, das allerdings sofort einem ernsten Ausdruck wich.

Furcht war das Gefühl, das sie in Olfros' Augen gelesen hatte, Furcht vor ihr, seiner Gemahlin. Aber mehr noch als Olfros' Furcht erschreckte Nuria ihre eigene Reaktion darauf. Statt Bestürzung und Entsetzen über diese Ungeheuerlichkeit empfand sie Genugtuung – und Triumph über ihre überlegene Stärke.

»Bei den Göttern, Nuria, was hast du nur getan?«, flüsterte Olfros erschüttert.

Wie leicht hätte sie ihm seine Frage beantworten können, wie simpel war die Lösung dieses für Olfros unerklärlichen Rätsels.

Tränen, hätte sie sagen können. *Tränen, mein geliebter Freund und Gefährte, der du mehr als tausend Jahre lang an meiner Seite gewesen bist. Die Macht unserer Tränen ist groß, denn die Götter haben uns die Gabe des Weinens verwehrt, die einzige Gnade, die die Sterblichen uns voraushaben, den Preis, den wir für ewiges Leben zahlen müssen.*

Sie hätte sagen können: *Der Schmerz über die Trennung von unserer Tochter war größer als die Macht der Götter. Nicht einmal die Ewigkeit ist stärker als die Liebe einer Mutter. Und meine Tränen waren pure Magie, die Essenz des Lebens und des Sterbens, die alle Dinge im Gleichgewicht hält.*

So einfach wäre es gewesen. Zu sagen: *Es waren Tränen, mein Geliebter, mein Gefährte. Die Tränen eines Schwans und einer Mutter.*

So einfach.

Aber sie brachte es nicht über sich zu sprechen. Ihre Seele streckte sich nach Olfros aus, aber sein Unverständnis bildete eine Barriere, die sie nicht überwinden konnte. Und so schwieg sie und würde weiter schweigen, bis dieses Schweigen als unüberwindbare Mauer zwischen ihnen stand.

Eines jedoch musste sie ihm sagen. »Sie wird kommen«, flüsterte sie. »Sie ist auf dem Weg nach Anguli.«

Olfros sah Nuria einen Augenblick lang verständnislos an.

Aus den Augenwinkeln sah Nuria, dass sich auf dem See inzwischen ein dritter Schwan zu den beiden anderen gesellt hatte, und sie lächelte grimmig. Bibiana war in den letzten Monaten niemals weit, wenn Olfros zur Heiligen Insel hinausschwamm. Heute jedoch traute sie sich offensichtlich nicht recht näher, denn auch wenn sie Nurias Platz an Olfros' Seite begehrte – noch fürchtete sie die Macht ihrer Königin.

Noch. Wieder fröstelte Nuria. Mehr als tausend Jahre lang war ihre Position in Anguli unbestritten gewesen. Was würde geschehen, wenn das Gleichgewicht endgültig brach? Wenn die alte Ordnung aus den Fugen geriet? An wen konnte sie sich wenden?

»Anu ...«

Olfros' Stimme durchschnitt ihre Einsamkeit wie ein Lichtstrahl die Nacht. Verwundert sah Nuria zu ihm auf. Die Sehnsucht und die Zärtlichkeit, mit der er den Namen ihrer Tochter gesprochen hatte, hätten eine Brücke zwischen ihnen sein können, und einen Herzschlag lang standen sie einander unentschlossen gegenüber.

Nur ein einziger Schritt musste getan werden, ein Schritt auf den anderen zu. Olfros straffte sich und hob die Hand, als wolle er seine Gemahlin berühren. Der Schleier aus Zorn und Furcht hob sich von seinen Augen, und ein fragender, beinahe hilfloser, bittender Ausdruck erschien in seinen Zügen.

»Hier seid ihr also!«

Eine tiefe, volle Stimme ließ die Hoffnung zerspringen wie eine Kugel aus hauchzartem Glas. Nuria war, als würde sich ein besonders scharfer, bösartiger Splitter in ihr Herz bohren.

Bibiana hatte noch in den Untiefen am Seeufer ihre menschliche Gestalt übergestreift und schüttelte jetzt anmutig die letzten Wassertropfen von ihren langen, schlanken Füßen.

»Arild und Lado suchen nach dir, Nuria«, sagte sie statt einer Begrüßung.

Der schwarze Schwan und sein Vater schienen die seltsame Stimmung am Seeufer zu spüren, denn sie hielten sich zögernd im Hintergrund.

Bibiana dagegen sprach vollkommen unbefangen weiter. »Ich glaube, unser junger Freund hat sich endlich dazu durchgerungen, den Kampf gegen sein Erbe aufzugeben und stattdessen Fragen zu stellen.« Bibiana lächelte feenhaft. »Und wer wäre besser geeignet, sie ihm zu beantworten, als seine Königin selbst?«

Der schwarze Schwan streckte seinen langen Hals, und Nuria glaubte, Verachtung in den dunklen Augen lesen zu können – Augen, die, selbst wenn er sein Schwanenkleid trug, manchmal noch quecksilberne Erregung sprühten. Jetzt zog er vorsichtig den rechten Fuß hoch und stakste steifbeinig das Ufer hinauf. Nuria konnte sein Unbehagen und seine Selbstzweifel deutlich spüren und hatte Mitleid mit dem jungen Mann, dem es nicht gestattet war, weiter in seiner vertrauten Welt zu leben.

Bibiana beobachtete ebenfalls den schwarzen Schwan, der jetzt nur noch einen Schritt entfernt war von dem feinen, goldenen Sand des Seeufers, der einem die Federn so hässlich verkleben konnte, wenn man als Schwan mit ihm in Berührung kam. Ihre Mundwinkel zuckten anmutig, und diese winzige Regung genügte, um Nurias Aufmerksamkeit zu wecken.

Sie wandte sich zu der anderen Frau um. Bibiana war in der Tat wunderschön mit ihrem ebenmäßigen Gesicht und den kräftigen, sinnlich geschwungenen Lippen, und sie hatte den

Jahren niemals gestattet, ihre makellose Erscheinung zu berühren und ihr etwas von ihrer Jugend zu nehmen. Dennoch ging etwas Hässliches von ihr aus, als sie jetzt den jungen Schwan musterte, dem der Wechsel von einer Gestalt in die andere noch immer Mühe machte. Unter Bibianas ironischem Blick wurde ihm die für gewöhnlich so simple Prozedur zur Qual.

Nuria zögerte nicht lange. Sie öffnete ihre Lungen für den feuchten, kühlen Nebel über dem See und sog ihn tief in sich hinein. Ohne dass Olfros oder Bibiana etwas davon bemerkten, wob sie aus den weißen Schwaden ein unsichtbares Seil ihrer Magie, das sie Arild zuwarf. Einen Augenblick lang spürte sie die Verwirrung des jungen Schwans, dann hatte er verstanden. An dem feinen magischen Seil entlang kam er langsam näher – sein glänzendes schwarzes Gefieder schimmerte kurz auf, die Konturen seines Körpers zerflossen, die Luft um ihn herum flirrte, dann betrat er den gelben Sand – als Mensch.

Nuria lächelte ihm zu, und er lächelte zurück. Ein stillschweigendes Band der Freundschaft war zwischen ihnen gewachsen, das so leicht nicht zu zerstören sein würde.

»Bibiana hat Recht«, sagte Arild und nickte der schönen Schwanenfrau selbstbewusst zu. Mit keiner Regung verriet er die Unsicherheit, die ihn soeben noch gequält hatte, und ein warmes Gefühl des Stolzes durchströmte Nuria, wie sie es für einen Sohn in dieser Situation empfunden hätte.

»Ich habe in der Tat viele Fragen«, fuhr Arild fort. »Vor allem möchte ich mehr über die Niav wissen, deren Erbe ich es verdanke, dass ich nicht nur anders bin als die Menschen, sondern auch anders als ihr alle.«

Arild drehte sich zu Lado um, der nun ebenfalls seine menschliche Gestalt angenommen hatte und hinter seinen Sohn getreten war.

»Mein Vater sagt, niemand am Verbotenen See wisse mehr über die Niav als du, meine Königin.« Mit einem winzigen Quecksilberfunken in den Augen wandte er sich dann an Bibiana. »Und Bibiana war so freundlich, uns den Weg zur Heiligen Insel zu weisen, damit ich dich auf keinen Fall verfehlen konnte und etwa meine Meinung wieder ändern würde.«

Das liebenswürdige Lächeln, das er Bibiana bei diesen Worten zuwarf, war ebenso falsch wie das ihre zuvor. Gleichzeitig hatte er sie mit feiner Ironie bloßgestellt – kein Schwan, nicht einmal ein so unerfahrener wie er, hätte es fertig gebracht, die Heilige Insel zu verfehlen, die wie ein Wahrzeichen mitten im Verbotenen See lag.

Eine leichte Röte stieg in Bibianas Wangen, und Nuria blickte einer alten Gewohnheit folgend zu Olfros hinüber, um ihre Heiterkeit mit ihrem Gefährten zu teilen.

Sofort war das Lachen in ihren Augen erloschen. Es war, als hätte es diesen Moment der Nähe vor dem Erscheinen Bibianas nie gegeben – und vielleicht hatte es ihn auch gar nicht gegeben, vielleicht hatte er nur in ihrer Einbildung existiert.

Olfros' Kiefer spannte sich wie zuvor, als er Arild antwortete: »Du hast eine kluge Wahl getroffen, Arild. Wenn du nicht auf ewig für das Verbrechen deines Vaters büßen willst …«

Nuria hörte, wie Lado, der wieder einmal ein wenig abseits der anderen stand, scharf die Luft einsog. Impulsiv hob sie die Hand und gebot Olfros Schweigen.

»Es gibt immer viele Meinungen, wenn es um große Dinge geht. Und man muss auch harte Standpunkte akzeptieren lernen«, fügte sie an Lado gewandt hinzu. Ihre nächsten Worte waren jedoch wieder an Olfros gerichtet. »Dem einen mag es als Verbrechen gelten, seinem Herzen und seiner Liebe zu folgen, ein anderer dagegen würde vielleicht von Mut sprechen und von Aufrichtigkeit.«

Als sowohl Olfros als auch Lado etwas erwidern wollten, hob Nuria abermals gebieterisch die Hand. »Aber das gehört jetzt nicht hierher«, sagte sie fest. »Ich bin froh, Arild, dass du dich entschieden hast, Fragen zu stellen, um dein Schicksal so vielleicht doch noch annehmen zu können.«

Der Reihe nach sah sie die vier Schwanenmenschen an, die am Rand des Ufers standen, dann ließ sie ihren Blick über den See wandern, wo das kurze Aufbegehren des Lichts nur noch eine Ahnung war. Schon schickte sich der Nebel an, seinen angestammten Platz wieder ganz auszufüllen.

»Lass uns in die Bucht hinüberschwimmen«, sagte sie schließlich zu Arild. »Dies sind Dinge, über die es sich am besten zu zweit redet.«

Mit einem Nicken verabschiedete sie sich von Olfros, Bibiana und Lado, dann wechselte sie anmutig in ihre andere Gestalt. Noch während der Verwandlung wob sie bereits wieder den Zauber, der Arild helfen sollte, es ihr gleichzutun, aber diesmal brauchte er ihre Hilfe nicht.

KAPITEL 4

Der Morgen schlief noch über Orra, der nördlichsten Provinz des Caernadonischen Königreichs, zwischen dem Großen Meer und den geheimnisvollen, unbekannten Sümpfen. Der Sturm hatte in den frühen Nachtstunden seine letzte Wut herausgeheult und war dann verstummt. Nur eine gelegentliche Bö, die wie ein fernes Seufzen durch die schneebedeckten Hügel fuhr, erinnerte noch an das Unwetter.

Nicht alle Bewohner Orras schliefen jedoch. In einem zugigen Ziegenstall hockte auf einem Dreibein ein Mann, der weit älter aussah, als seine Jahre es vermuten ließen. Mit zitternden Händen entzündete er einen Holzspan an der abgeblendeten Sturmlaterne zu seinen Füßen.

Der erste Zug an der Santaxpfeife – nur eine Ahnung des Kommenden. Hastig folgt der zweite. Mahnungen, Warnungen, kluge Worte noch im Hinterkopf, dann der dritte Zug.

Cynnik entspannte sich. Bis in die Knie hinunter, dann die Erleichterung, die Wohltat nach zu langem Warten. Dass ihm dieses Warten immer mehr zur Qual wurde, wusste er, aber es kümmerte ihn nicht. Jetzt nicht mehr. Wie wenig sie doch wussten, die Stupiden, die sich diese Wonne, dieses kleine Stück Ewigkeit in ihrem kurzen, elenden Dasein versagten. Bela, der Schmied aus dem Dorf, rauchte jetzt auch, das wusste er. Und Bardel, der Dorfvorsteher, tat es schon lange, wenn auch nur heimlich, wie er selbst. Cynnik stopfte sich die Pfeife nach, füllte zerstoßene Wurzelstücke auf die ersten, noch bevor diese verbrannt waren. Der bittere Geschmack störte ihn nicht mehr. Er hatte sich längst daran gewöhnt.

Noch ein Zug und lange die Luft in den Lungen behalten, bis der ganze Körper bis in die Zehen, bis in die Fingerkuppen hinein gefüllt ist von diesem Geschenk der Götter.

Noch ein Zug – aber Vorsicht jetzt. Wenn man zu viel zu hastig rauchte, zahlte man mit Übelkeit, und er wollte sich diese gestohlene Herrlichkeit durch nichts trüben lassen. Endlich lange genug gewartet. Er zog noch einmal an der langen, aus billigem Naropa-Holz geschnitzten Pfeife. Seine Finger waren klamm und die Füße fast abgestorben vor Kälte. Der Ziegenstall, in dem er saß, war immer noch zugig und unfreundlich, und die Ziegen stanken. Salba glaubte, er hätte den Tieren mit seiner emsigen Arbeit an den Holzwänden des Stalls ein wenig mehr Behagen verschaffen, sie vor den eisigen Sturmböen schützen wollen.

Cynniks Gedanken kehrten zu seiner Frau zurück, so wie die Zunge immer wieder den Weg zu einem abgebrochenen Zahn findet. Salba! Sie gehörte auch zu den Stupiden, den Mahnern. Wie Graya, Belas Frau, und wie Konja, Bardels Schwester, von der viele sagten, dass sie die wahre Dorfvorsteherin und Bardel nur ihre Marionette sei.

Salba, Graya, Konja ... Immer waren es die Frauen, die mit ihren im Laufe der Jahre hässlich gewordenen, weichen Leibern keine Freude in ihrem Leben dulden konnten.

Cynnik nahm wütend den nächsten Zug. Jetzt stieg doch eine leichte Übelkeit in ihm auf, die der bittere Geschmack der Wurzel noch verstärkte. Cynnik sehnte sich nach einem Schluck Honigbier, das den pelzigen Belag auf seiner Zunge übertüncht hätte. Seine Finger zitterten, trotz der eisigen Kälte wurde ihm heiß, und seine Nase lief. Er wischte sich den Schleim von der Oberlippe und prallte angewidert zurück. Wenn man Santax mit bloßen Händen berührte – und wie sonst sollte man die Wurzelstücke in den Pfeifenkopf drücken? –, hinterließ es einen beißenden, Ekel erregenden Geruch auf der Haut. Manchmal, wenn Cynnik nachts aufwachte, den Kopf wie ein Kind auf die zusammengelegten Hände gebettet, quälte ihn dieser Geruch, der so abstoßend war und verlockend zugleich. Und dann stahl er sich hinaus in die frostklare Nacht, so wie heute, um sich halb blind und tastend eine Pfeife anzuzünden, solange Salba noch schlief. Manchmal nickte er dann in seiner Ecke in der Scheune ein, trotz der Kälte berauscht und für einen geisterhaften Augenblick lang glücklich. Der Ekel, den er empfand, wenn er Stunden danach erwachte, den Mund voller klebrigem Schleim, die Glieder starr vor Kälte, dieser Ekel war inzwischen nur noch eine verblasste Erinnerung.

Ein Rascheln im Stroh ließ Cynnik auffahren. Trotz der Sturmlampe, die nur einen schwachen Lichtkegel warf, war es noch zu dunkel, um etwas zu sehen, aber Cynnik wusste auch so, was es war. Eins der Muttertiere hatte seine Notdurft verrichtet. Er erkannte inzwischen am Geruch und an den leisen Grunzlauten, die diese Prozedur begleiteten, welche der Ziegen ihre stinkende Frucht an die Erde zurückgegeben hatte. Seine tauben Finger konnten den Pfeifenstiel kaum noch halten.

In der Kate lag noch Glut vom Nachtfeuer in der Herdstelle. Ein, zwei Handgriffe, und wohlige Wärme würde den Raum erfüllen.

Gierig zog Cynnik an der Pfeife. Neben dem Herd stand ein Krug mit Honigbier ... Der bittere Pelz, der seinen Gaumen auskleidete, war ihm plötzlich fast unerträglich.

Am Herd zu sitzen, die Füße auf den Kaminrost gebettet, einen Becher warmen, starken Biers in der einen Hand, die Pfeife in der anderen ...

Salba. Salba, die nicht wissen durfte, dass er Santax rauchte.

Salba, die Kluge, Salba, die Allwissende, Salba, die Tochter der Göttin.

Salba, die nur schwache, kränkliche Kinder geboren hatte.

Cynnik nahm noch einen Zug. Groll stieg in ihm auf. Was bildete sie sich ein, ihm Vorschriften machen zu wollen? Sieben Gräber hatte er ausgehoben, sieben Mal eine Hoffnung in die harte Erde gebettet. Salbas Leib war schlaff und mürbe geworden von den Geburten, die Haut ihres reizlosen Gesichts hatte sich im Laufe der Jahre in Falten gelegt wie die Gehäuse der Kräuselschnecken, die den Schlick unten am Leuchtturm bevölkerten. Und jahrein, jahraus hatte er darauf gewartet, dass das Licht in ihren Augen erlöschen würde, so wie das Licht in seinem Herzen schon lange erloschen war, aber es war nicht geschehen. Sieben Kinder hatte sie begraben, genau wie er, und obwohl sie nie mehr darüber sprachen, wusste er, dass seine Frau heute genauso wie als junges Mädchen zur Großen Göttin betete, wenn sie sich abends still zu Bett legte.

Cynniks Groll verwandelte sich langsam und richtete sich jetzt nicht mehr gegen Salba, sondern gegen die Göttin selbst, die Mutter aller Menschen.

Er nahm noch einen Zug. Seine Lunge brannte jetzt, und mit jedem Zug wurde es schlimmer. Aber er konnte nicht aufhören. Sieben Mal die Hoffnung begraben ... Wenn sie ihm wenigstens den Letzten gelassen hätte. Malik hieß er, und er war ein munterer kleiner Kerl gewesen. Zwei Jahre lang hatten sie ihn gehegt und gehätschelt. Cynnik hatte ihn mehr geliebt als sein eigenes Leben und wäre mit Freuden für ihn gestorben in diesem schrecklichen Winter vor zwölf Jahren. Wie hatten sie gekämpft gegen das Fieber in dem kleinen Körper!

Große Göttin, Heilige Frau und Mutter der Menschen, Bewahrerin und Walterin ihrer Geschicke, öffne deine Hände und gibt uns vom Nektar des Lebens ... Große Göttin, Heilige Frau ...

Cynnik zog an seiner Pfeife und bog die Mundwinkel nach unten. Nur noch Asche war im Pfeifenkopf übrig geblieben, und er kippte den grauen Staub auf den Boden des Stalls. Er machte sich nicht mehr die Mühe, die Krümel auf das Stück Lederhaut zu streuen, das er später zum Strand hinuntertragen wollte, um die Asche ins Meer zu streuen, um die Spuren seiner Schwäche zu tilgen, sie vor Salba zu verbergen.

Große Göttin, Heilige Frau ...

Er konnte die blau gefrorenen Finger kaum noch bewegen, als er aufs Neue hastig zerstoßene Santax-Wurzeln in den Pfeifenkopf drückte. Einige Bröckchen fielen daneben, aber auch das scherte ihn jetzt nicht.

Marban war ein guter Mann. Der Oberste Priester sorgte für die Seinen. Er gab ihnen etwas Licht in ihrem Leben. Ein Fetzchen Ewigkeit. Ein schwacher Lufthauch ließ den Feuerstock, den Cynnik an der Sturmlampe entzündet hatte, aufflammen, und die Wurzelstücke in der Pfeife begannen zu glimmen. Das Brennen in seiner Lunge spürte Cynnik nicht mehr.

Ja, Marban war ein guter Mann. Cynnik wusste erst seit einigen Tagen, dass der Oberste Priester sein Wohltäter war. Er hatte mit Bardel gesprochen, dem Dorfvorsteher, der die Männer am Ort seit zwei Jahren für wenig Geld mit Santax versorgte.

»Ist schon gut«, hatte Bardel gesagt, als Cynnik ihm verzweifelt erklärte, dass er nicht zahlen könne. »Gib mir etwas, wenn du wieder etwas hast. Die Zeiten werden schon wieder besser.«

Bardel war nicht der Mann, der etwas umsonst gab, und Cynnik war misstrauisch geworden. »Woher kommt das Santax?«, hatte er gefragt. Und zögerlicher hinzugesetzt: »Und wieso kannst du es dir leisten, mir welches zu geben, ohne den Preis dafür zu verlangen?« Und bei sich hatte er gedacht: Der Preis ist schon niedrig genug. Wie ist es möglich, dass einer wie ich es sich leisten kann, Santax zu rauchen? Santax, das früher nur in den großen Kirchen Fáls in den bronzenen Opfergefäßen verbrannt werden konnte, weil es fast so kostbar war wie Gold.

Bardel hatte sich in die Brust geworfen und so getan, als stünde er mit dem mächtigen Marban auf freundschaftlichem Fuße, aber Cynnik wusste es besser. Für Marban war einer wie Bardel nicht mehr als Staub unter seinen Füßen.

Aber aus dem Wenigen, was er von Bardel erfahren hatte, setzte sich nun in dem stinkenden, von beißendem Rauch und dem kläglichen Jammern der Ziegen erfüllten Stall ein Bild zusammen, eine Vision, die Cynnik auf den Flügeln des Santax' den Ank hinunterreisen ließ, den großen Fluss, der durch ganz Caernadon führte. Er hob die Pfeife an die Lippen. Der Rauch drang ihm tief ins Blut, und er hörte auf, Cynnik zu sein, Cynnik, der Kätner, Cynnik, der Vater von sieben toten Kindern, Cynnik, der es nötig hatte, sich in einem elenden kleinen Stall vor seiner Frau zu verstecken. Mit weit offenen Augen starrte er auf die dunkle Bretterwand, aber nicht sie war es, was er sah.

Braune, flach bewachsene Felder erstreckten sich entlang des Ufers, so weit das Auge reichte. Dicht an dicht wuchsen kaum mehr als kniehohe, unansehnliche kleine Büsche; die knorrigen Zweige, die die bizarrsten Formen annahmen, glitzerten klebrig in der Sonne, und die winzigen, spärlichen Blätter, die an den Büschen wuchsen, hatten die Farbe und die Form von Blutstropfen. Die Luft über den Feldern flimmerte, wie man es sonst nur in der Wüste beobachten konnte. Zwischen den sorgfältig bewässerten Reihen der rotbraunen Pflanzen schlichen barbrüstige Männer in gebeugter Haltung umher, um nach Ungeziefer Ausschau zu halten, bis die Ausdünstungen der braunen

Pflanze, die aus solch geringer Entfernung giftig waren, die Feldarbeiter blind und damit nutzlos machten.

In dem fernen Ziegenstall befiel ein Schaudern den alten Mann mit der Pfeife in den schlaffen Händen. Was mochte mit diesen Männern geschehen, wenn sie nicht mehr taugten für die Arbeit auf den Feldern? Große Göttin, Heilige Frau und Mutter der Menschen ... Cynnik wollte nicht noch einmal an diesen schrecklichen Ort zurückkehren, aber eine Macht, die er nicht benennen konnte, zog ihn in das fremde Bild zurück.

Ein Summen erfüllte die Luft, manchmal wütend und voller Kampfgeist, dann wieder hoffnungslos und schicksalsergeben, aber immer erfüllt von Todesangst. Es waren die Insekten, die Käfer und Schnecken, die die Arbeiter in kleine Deckelgefäße aus geflochtenen Lederstreifen steckten, wo die Tiere langsam erstickten. Manchmal mischten sich auch gesprochene Worte in den Todesgesang der Insekten, wenn hie und da einige Arbeiter eins der alten Lieder anstimmten, die sie aus ihrer Heimat mitgebracht hatten. Diejenigen aber, die bereits länger auf den Feldern arbeiteten, schwiegen; sie sahen aus, als nährten sie ihre braunen Schützlinge mit ihrer bloßen Lebenskraft. Es waren allesamt Sklaven, Sonnianer, wie die kahl rasierten Schädel verrieten, auf denen nur in der Mitte ein schmaler Streifen borstigen schwarzen Haares wuchs.

Große Göttin, Heilige Mutter ... Cynnik tastete auf dem Boden zu seinen Füßen nach der Santaxpfeife, die ihm entfallen war. Er wollte fort von diesem Grauen, nur fort, und das Einzige, was ihn retten konnte, war seine Pfeife. Wie durch ein Wunder brannte sie noch, und er nahm einen tiefen, langen Zug.

Ein Mann mit wehender purpurroter Robe schritt auf einem sorgfältig geharkten, schmalen Fußweg zwischen den Feldern entlang. Ab und an blieb er stehen und warf einen prüfenden Blick auf die harzigen, kniehohen Büsche. Am Ende der Felder angekommen, blieb der Mann in der purpurroten Robe stehen und wandte sich um.

»Wann?«, fragte er nur, und sein Begleiter, ein unscheinbarer kleiner Bursche, den das rote Stirnband aus dreifach geflochtenem Leder als Sklaventreiber auswies, verbeugte sich drei Mal, bevor er antwortete:

»Mit dem nächsten Mond müssten wir so weit sein, Ehrwürdiger.«

Der Purpurne streifte seine Kapuze ab und hob das Gesicht der Sonne entgegen.

Cynnik, der viele hundert Kilometer entfernt in seinem Santax-Traum gefangen saß, schauderte, obwohl er nicht hätte sagen können, warum. Große Göttin, Heilige Frau ...

Irgendwo, begraben in einem Teil seines Herzens, den er längst tot geglaubt hatte, flammten alte Anrufungen wieder auf, und jetzt lag kein Hohn mehr in ihnen, sondern nur die demütige Bitte eines Kindes um Schutz.

... Mutter der Menschen ... Bewahrerin und Walterin ... öffne deine Hände ... Große Göttin, Heilige Frau ...

Doch dort, wo Cynnik jetzt war, hatte die Große Göttin keine Macht mehr.

KAPITEL 5

Der Mann mit den purpurnen Gewändern – auch unter seiner Robe war er, das erkannte Cynnik jetzt, ganz in Purpur gekleidet – blickte direkt in die Sonne, ohne zu blinzeln. Die schwarzen Augen, die nur aus der Pupille zu bestehen schienen, schienen das Sonnenlicht zu trinken, obwohl sie keinerlei Gefühl dabei verrieten, ebenso wenig wie die fast schnurgeraden Brauen darüber. Was den Betrachter jedoch am meisten an diesem ungewöhnlichen Gesicht fesselte, waren die vollen, sinnlichen und sehr roten Lippen, die einen starken Gegensatz zu den übrigen Zügen des Mannes bildeten. Abermals wurde Cynnik in die ferne Szene hineingezogen.

Der schwitzende kleine Sklaventreiber, der den Purpurnen begleitete, wand sich unter dessen Schweigen vor Unbehagen.

»Ehrwürdiger ...«, begann er zu sprechen und brach dann unentschlossen wieder ab.

Der Purpurne zog die Brauen in die Höhe, und der Sklaventreiber nahm seinen ganzen Mut zusammen.

»Ehrwürdiger«, wiederholte er mit festerer Stimme. »Es gibt ein Problem ... Die Männer ...« Er wies mit dem Kopf auf die Sklaven zwischen den Büschen. »Sie verbrauchen sich unter diesen Bedingungen zu schnell. Letzte Woche musste ich vierundzwanzig Arbeiter wegschicken – in den Dörfern hier wimmelt es von blinden Sonnianern, die den Menschen auf Schritt und Tritt mit ihren Bettelschalen hinterherlaufen und die Bauern bestehlen, bei denen es noch etwas zu stehlen gibt.«

Inzwischen rannen dem Sklaventreiber, obwohl er sich nach außen hin etwas entschlossener zeigte, dicke, ölige Schweiß-

perlen übers Gesicht, während der Purpurne trotz seiner langen Roben die Hitze nicht zu spüren schien.

Ermutigt von dem Umstand, dass der Purpurne noch immer schwieg, plapperte der Sklaventreiber weiter. »Überall auf den Straßen liegen schon ihre verwesenden Kadaver, der Gestank ist entsetzlich, und in einem Weiler ganz in der Nähe grassiert bereits die Totenseuche.«

Der Purpurne hob die Hand, und der Redefluss des kleinen Mannes versiegte. Einen Augenblick lang war nur das verzweifelte Summen der verendenden Käfer zu hören.

»Belästige mich nicht mit Dingen, die nicht meine Sache sind. Wir haben ein Abkommen getroffen, für das du gut bezahlt wirst. Wenn diese Aufgabe dich überfordert, brauchst du es nur zu sagen.«

Der Sklaventreiber schien unter dem Blick des Purpurnen noch zu schrumpfen. Alle scheinbare Festigkeit zerfiel zu Staub.

Cynnik hörte die Worte des Sklaventreibers nicht mehr, sondern sah nur noch, wie die Lippen des Mannes sich bewegten. Gleichzeitig verfinsterte sich das Bild der fremden Landschaft, schien in ein bodenloses Loch gesogen zu werden, und Cynnik, hatte keine Kraft mehr, sich diesem Sog zu widersetzen, der ihm das Geschehen diesmal aus einer gänzlich anderen Perspektive zeigte.

Dunkelheit. Enge. Atemlosigkeit. Qual.

Orientierungslos trieb er durch einen Raum, der kein Oben und Unten zu haben schien, nur gleichförmige Begrenzungen einer Welt ohne Sinn.

Wo ist das Licht?, wehte es durch seine Gedanken, die keine Gedanken waren. Wo sind die süßen, duftenden Blätter, die mein Leben waren? Deren Leben ich war? Keine Worte formten sich in seinem Bewusstsein, nur Bilder und Eindrücke von der Welt, wie sie sein sollte, weil sie immer so gewesen war.

Plötzlich bemerkte er, dass er nicht allein war in diesem Raum, der keinen Sinn ergab. Andere waren auch dort, andere wie er. Aber ihre Anwesenheit half ihm nicht. Er öffnete seine Lungen und atmete Verzweiflung.

Kampf. Er musste kämpfen, um sein Leben kämpfen, das so kostbar war, weil er sonst nichts besaß. Mit aller Kraft, die in ihm war, stürmte er gegen die Hindernisse an, die sich ihm in den Weg stellten.

Das Erste, was er traf, war hart und bewegte sich zuckend. Er hielt inne, überrascht zuerst, dann entsetzt. Es war einer wie er, der dort lag, den Leib gekrümmt im Todeskampf.

Jetzt erst nahm er den dumpfen und doch durchdringenden Lärm wahr, der ihn wie eine zweite Haut umhüllte. Er wusste nicht, dass seine Stimme Teil dieses schrecklichen Gesangs war, der von Qual und Ohnmacht kündete.

Der Käfer, der im Innern seines ledernen Gefängnisses wie eine verglühende Sternschnuppe langsam sein Leben hingab, raste mit dem Kopf gegen die geflochtene Wand, die nicht genug Luft zum Atmen durchließ, aber doch gerade noch so viel, dass ein gnädiger, schneller Tod unerreichbar blieb.

Der Käfer flog weiter. Seine Lungen ächzten. Der Tod – plötzlich waren Gedanken in ihm; zum ersten Mal, seit er als Larve so etwas wie ein Sein erfahren hatte, dachte der *Käfer. Das also ist der Tod, dachte der Käfer, einen Augenblick bevor der dünne Faden des Seins endgültig riss.*

Cynnik verspürte noch die Qualen seines Sterbens und glaubte fest, dass es seine eigenen Lippen waren, die den zitternden, hohen Todesgesang anstimmten, als der Käfer endlich starb.

Aber mochte das Insekt nun auch von dem Grauen erlöst sein, für Cynnik war es noch nicht zu Ende. Die enge, luftleere Finsternis der Lederkugel dehnte sich plötzlich, wurde immer dünner und schließlich substanzlos, so dass er diesen Ort des Schreckens endlich verlassen konnte.

Aber er hatte ihn nicht verlassen – er war hinausgepresst worden, wie ein Kind aus dem Mutterschoß. Und wieder konnte er sich dem Übelkeit erregenden Sog nicht widersetzen, wieder genügten seine vom Santax gelähmten Kräfte nicht, um sich zu entziehen. Der Sog war diesmal noch gewaltiger als zuvor. Cynnik spürte, dass er wuchs, nicht nur innerlich, sondern auch äußerlich. Diesmal hatte er Gedanken, hatte sogar Worte, in die er sie kleiden konnte. Dass es nicht seine eigenen Worte waren, nicht seine eigene Sprache, kümmerte ihn nicht. Er wusste es nicht.

»Die gute Göttin und ihrer Töchter, die vier, die uns
beschirmen, sie hören alles, verborgen in ihren Nebeln aus
Wolkenwein. Alles sehen sie, was die Herren tun, die die
Peitsche schwingen, und sie stehen bei unserem Volke:
Die die Peitsche schwingen, führt die Göttin ins
Verderben, uns aber ist sie Schirm und Zuflucht, und nun
gebietet sie uns Rache mit ihrem starken Donnerwort.
Die gute Göttin, sie führet unsere Arme,
sie schenkt uns Kraft und Schutz.
Das Bild des weißen Gottes aber, des Steinernen,
werft es in den Schmutz.
Es dürstet ihn, und unsere Tränen sind der Trank,
an dem er seinen Durst stillen will ...«

Der in der Sprache der Sonnianer vorgetragene Gesang, der zuerst nur aus seiner eigenen Kehle gekommen war, schwoll von Vers zu Vers an, bis schließlich alle Sklaven auf dem Feld sangen, selbst die, die bereits blind waren und zu ihren Göttern beteten, diese Blindheit noch ein wenig länger verschleiern zu können, bevor man sie in das elende Schicksal des Bettlers hinausschickte in ein Land, in dem es bereits mehr Bettler gab, als es verkraften konnte. Der Gesang des jungen Sonnianers, sein Mut und seine Kraft rissen sie alle mit. Und während er sang, ohne von seiner Arbeit abzulassen, während er einen der schädlichen Käfer nach dem anderen gleichgültig in das Gefäß an seinem Gürtel zwang, spürte er mit unendlichem Wohlgefühl die Stärke und Biegsamkeit seiner Muskeln – junger Muskeln, Muskeln, die zur Arbeit geschaffen waren.

»Hört den Ruf der Freiheit, nach der sich unsere Herzen sehnen.«

Als der letzte Vers verklungen war und das Summen der Insekten die Herrschaft auf den stillen Feldern zurückerobert hatte, hob er stolz den Kopf.

Der Mann in den wallenden Roben, dessen Name in den Sklavenquartieren niemand kannte und den sie deshalb bei sich nur »den Purpurnen« nannten, blickte ihn unverwandt an. Und obwohl vielleicht zwanzig Schritte zwischen ihnen lagen, erschreckte ihn, was er sah. Dabei war er noch jung, war erst vor zwei Wochen von den gefürchteten caernadonischen Häschern auf der Flucht in die Wüste gestellt worden.

»Mach mich zur Stimme meines Blutes ...« Seine Worte wurden unter dem Blick des Purpurnen unsicher, sein Stolz zerrann, seine Erinnerung daran, wie das Leben auch sein konnte, schmolz unter diesem Blick.

»Mach mich zum Gefäß für der Götter Zorn ...« Leere Worte, die über seine Lippen tropften wie verdorbene Milch aus einem zerbrochenen Krug. »Hört den Ruf der Freiheit ...«

Seine Stimme verklang. Und auch wenn er es sich selbst

noch nicht eingestehen konnte, wusste er: Der Purpurne hatte gewonnen.

Es gab keine Hoffnung. Er schloss die Augen.

Dunkelheit. Enge. Atemlosigkeit. Qual.

Cynnik rang nach Luft, während die Bilder in seinem Innern durcheinander gewirbelt wurden. Und wieder wuchs er, wuchs, bis er das Gefühl unendlicher Größe hatte. Wieder stellte sich ihm dieselbe Szene aus einer anderen Perspektive dar.

Er war der Herr der Welt, ihm allein gebührten die Insignien von Macht und Würden. Er straffte sich und spürte die Wärme der Sonne, die liebkosend über sein Gesicht strich. Ah! Was für ein Gefühl.

»Es gibt ein Problem ... letzte Woche musste ich vierundzwanzig Männer wegschicken ...« Das Gewinsel des kleinen Mannes erreichte ihn nicht mehr. Er würde ihn durch einen anderen ersetzen, einen, der die Dinge besser im Griff hatte – oder der ihn zumindest nicht mit solchen Nichtigkeiten behelligte. Er ließ den Blick über die Santaxfelder wandern, die sich bis in eine unendliche Ferne zu erstrecken schienen. Die Andeutung eines Lächelns schwebte über seinen Zügen. Jahrhundertelang hatten die Priester seines Landes mit dem Santax geizen müssen, und in manchen Wintern war es nur in den größten Kirchen des Landes verbrannt worden. Das Wissen um die andere Seite dieser mächtigen Pflanze war nebulös gewesen und nur wenigen wirklich bekannt. Er jedoch hatte die Möglichkeiten der Santaxwurzel erkannt – und gehandelt. Und nun würde alles bald ihm gehören: Thron, Heer und Volk.

Die Sonne brannte heiß vom Himmel, und er sah ihr mit offenen Augen entgegen. Die Welt gehörte ihm, nichts konnte ihn jetzt noch aufhalten.

Die Dunkelheit der Nacht war endgültig vergangen, als Cynnik wieder zu sich kam. Der Wind strich wie ein hungriges Tier um den erbärmlichen kleinen Ziegenstall, und Cynniks Finger waren blau gefroren. Er stand von seinem Schemel auf, mit steifen Gliedern, aber mit durchgedrückten Schultern. Die Asche aus seiner Pfeife ließ er auf dem Boden liegen, ebenso wie das Stück Lederhaut, auf der er sie früher heimlich zum Strand hinuntergetragen hatte, um sie ins Meer zu schütten. Das Leder brauchte er nicht mehr, mochten es die Ziegen zum Spielen nehmen. Er selbst war ein anderer geworden; den verstörten alten Mann, der seine Sucht vor seiner Frau verbergen musste, gab es nicht mehr. Einen Augenblick lang hatte er die Fäden der Macht in Händen gehalten, hatte in die Abgründe geblickt, an denen ein menschlicher Geist stehen konnte.

Er würde nie wieder derselbe sein.

KAPITEL 6

Wieder war es ein Geruch, der Eirion weckte, doch diesmal ließ er sie nicht sanft an die Oberfläche ihres Bewusstseins treiben, sondern überfiel sie wie ein ungebetener Gast in ihrem Traum. In den wenigen Augenblicken zwischen Schlafen und Wachen hörte sie leise Stimmen, zornige Stimmen, und es dauerte eine Weile, bis sie einzelne Satzfetzen verstehen konnte. Es war Salba, die sprach.

»... ich war noch ein junges Mädchen, in Diensten bei Graf Mitja ... ich habe gesehen ... O Große Göttin ...«

Eirion öffnete die Augen, aber es war noch sehr dunkel in der Kate; das Herdfeuer spendete so wenig Helligkeit, dass sie nur schwache Schatten erkennen konnte.

Dieser Geruch – sie wusste jetzt, was es war, und spitzte angewidert die Lippen. Dann hörte sie von neuem Salbas Stimme.

»... ein Gift, das zuerst den Körper zerstört, dann den Geist und schließlich ...«

Salbas Stimme wurde jetzt so leise, dass Eirion sie nicht mehr verstehen konnte.

»Dummes Gerede, Weibergeschwätz.« Cynnik.

»Ich habe gesehen ...« In Salbas Worten lag ein solches Grauen, dass Eirion wusste, ihre Freundin war in diesem Augenblick nicht bei ihnen in der Kate, sondern tief eingetaucht in eine Vergangenheit, die nur sie kannte.

»O Göttin, ich habe ihn gesehen, am Ende ...« Dann hörte Eirion, wie Salba scharf die Luft einsog und schließlich mit veränderter Stimme fortfuhr: »Hör auf damit. Noch kannst du es ...«

Sie konnte den Satz jedoch nicht zu Ende sprechen, denn Cynnik fiel ihr laut und wütend ins Wort.

»Was schert mich dein Gerede von irgendwelchen Gräueln, von denen du heute gar nicht mehr wissen kannst, wie es wirklich gewesen ist.«

Salba machte einen Einwand, so leise, dass Eirion sie nicht verstand. Aber ein wütendes Scharren von Stuhlbeinen auf dem Boden sagte ihr, dass Cynnik aufgesprungen war. Und nun gab er endgültig jedes Bemühen auf, seine Stimme zu dämpfen.

»Dies ist mein Haus, Weib, und ich habe dein ewiges Genörgel satt. Noch bin ich der Herr hier, vergiss das nicht. Ich höre mir das nicht länger an.« Er äffte bösartig Salbas Stimme nach. »Cynnik, tu das, Cynnik, lass jenes, Cynnik, du musst ..., Cynnik, gebrauche deinen Verstand, Cynnik, es ist noch nicht zu spät ...«

Der Kätner ging jetzt im Raum auf und ab, und seine schweren Schritte fanden ein dumpfes Echo auf dem Lehmboden. Das Stroh, mit dem der Boden ausgelegt war, raschelte wütend.

»Scht!«, kam es von Salba.

Ihre nächsten Worte konnte Eirion wieder nicht verstehen, aber sie erfuhr schnell, wovon Salba gesprochen haben musste.

»Ha! Unser Gast!« Wieder Cynnik. »Was schert mich unser Gast! Soll sie doch wach werden. Dies ist mein Haus, und in meinem Haus werde ich die Stimme nicht dämpfen, damit ein dahergelaufenes Mädchen bis in den Morgen hinein schlafen kann, während andere schon lange ihre Pflicht tun.« Cynniks Schritte beschleunigten sich, und das Rascheln des Strohs verriet seine wachsende Erregung. »Unser Gast!«, fuhr er fort. »Je eher sie unser Haus verlässt, umso besser. Und du ...« Er wandte sich zu Salba um, und obwohl Eirion seine Augen nicht sehen konnte, wusste sie, dass ein kaltes, hartes Glitzern darin stand. »Und da wir gerade dabei sind, Salba, noch einmal: Dies ist mein Haus, und ich sage, sie geht. Sie geht noch heute.«

Wieder dieses Kratzen von Stuhlbeinen auf dem Lehmboden, dann kurz darauf leichtere, aber nicht minder erregte Schritte.

»Dieses Haus ist mein Haus genauso wie deines. Und ich sage, sie bleibt.«

Ein zynisches Lachen war die Antwort. »Ich glaube, du verstehst nicht, Salba. Du bist meine Frau, mein Eigentum. Dir gehört – gar nichts. Nicht ein Stein, nicht ein Grashalm, nicht die Tonschale, aus der du deine Suppe löffelst. Nichts gehört dir. Und wenn ich sage, das Mädchen geht, dann wird es gehen. Noch heute.«

Der Morgen war bereits weit fortgeschritten, aber noch immer herrschte das seltsame Zwielicht, das der Sturm des vergangenen Tages mit sich gebracht hatte. Salba hatte sich nach ihrer fruchtlosen Auseinandersetzung mit Cynnik einen Schemel an Eirions Bett gezogen, und die beiden Frauen hatten sich flüsternd beraten, was weiter zu tun sei. Eirions Zustand ließ eine Weiterreise nicht zu – aber Cynnik würde ihr nicht gestatten zu bleiben. Einstweilen jedoch saß der Kätner dösend auf seinem Stuhl am Herdfeuer und achtete nicht auf seine Umgebung.

In der Kate herrschte Stille. Man hörte nur das regelmäßige Ziehen von Cynniks Pfeife und den Wind, der neuen Schnee brachte. Ab und an rutschte im Kamin ein Feuerscheit weg, und leises Prasseln folgte.

»Es ist schrecklich, und sie wissen alle nicht, mit welchem Teufel sie es zu tun haben.« Salba strich sich geistesabwesend über das dünne graue Haar. Eirion wusste, wovon sie sprach. Das Santax beherrschte ihre Gedanken, gerade so wie es den Körper ihres Mannes beherrschte. »Plötzlich ist es überall«, fuhr sie fort. »In jedem Dorf, in jeder noch so entlegenen Kate. Plötzlich ist es überall.«

Eirion hatte in den langen Minuten des Schweigens darüber nachgedacht, ob sie sich wohl mit einer der Goldmünzen, die in ihrem Wams eingenäht waren, Cynniks Gastfreundschaft würde erkaufen können. Allerdings wäre das ein gefährliches Spiel – in dem Kätner schien seit dem vergangenen Abend eine Veränderung vorgegangen zu sein. Was an Menschlichkeit und Güte gestern noch in seinem Wesen geschlummert haben mochte, war heute nicht mehr zu spüren. Eirion wusste, dass sie es nicht wagen durfte, ihm eine ihrer Münzen anzubieten; er würde nicht ruhen, ehe er alles an sich gebracht hatte, was sie besaß.

Der Wind draußen nahm an Kraft zu, und sein Heulen schien Eirion zu verhöhnen. Gib ihm Geld, sagte seine Stimme, und er wird dich berauben. Gib ihm keines, und er wirft dich in die Kälte des Sturms hinaus. Sie rieb sich die Augen, die dank Salbas Kräuterpaste nicht mehr so verschwollen und wund waren wie am Tag zuvor, aber immer noch schmerzten. Sie sah die alte Kätnerin an und beschloss, für den Augenblick ihre eigenen Schwierigkeiten hintanzustellen.

»Was wissen sie nicht?«, fragte sie leise. »Was hast du erlebt, das dir solche Angst macht?«

»Früher gab es nie genug Santax, um alle Kirchen im Land zu versorgen. Santax war in manchen Jahren kostbarer als Gold. Und plötzlich ist es überall.« Wieder hörte man Cynniks Pfeife, und Eirion, die sich im Bett aufgesetzt hatte, sah den gelben Lichtschein, der jetzt aufglomm und gleich darauf wieder zu einem dumpfen Glühen wurde.

Ohne die Stimme zu senken, fuhr Salba zu sprechen fort. »Als junges Mädchen – ich war gerade zwölf geworden – schickten meine Eltern mich zum Schloss in Dienst, zu Graf Mitja. Mitja war sehr reich; er hatte mehr Bedienstete als alle anderen reichen Leute in der Nähe. Bei uns zu Hause gab es so viele Mäuler zu stopfen ... ich hatte neun Geschwister, dann waren da noch die Großeltern ... Meine Mutter wusste oft nicht, woher das Brot nehmen für so viele hungrige Esser.«

Eirion betrachtete die alte Frau, deren Gesicht von dem unruhigen Licht des Herdfeuers beleuchtet wurde. So versunken war sie in ihre Erzählung, dass Eirion mühelos das junge Mädchen in ihren Zügen wiederfinden konnte. Sie spürte die Not, die die junge Salba hinter sich ließ, die Angst, mit der sie einer dunklen Zukunft entgegenging. Die tiefe Zuneigung, die sie für die ältere Frau empfand, schnürte ihr die Kehle zu.

Salba legte den Kopf in den Nacken und rieb sich die vor Anspannung schmerzenden Schultern. Dann nahm sie den Faden ihrer Erzählung wieder auf. »Nun, wenige Wochen nachdem ich in seinem Haus angekommen war, fragte Mitja mich, ob ich bereit sei, einen außergewöhnlichen Dienst für ihn zu übernehmen, über den ich bei Strafe meines Todes unbedingtes Stillschweigen bewahren müsse. Ich war schon damals ein reizloses Geschöpf und hatte mich längst damit abgefunden, dass kein Mann je einen zweiten Blick auf mich verschwenden würde. Umso weniger war ich darauf vorbereitet, mich in einer solchen Lage wiederzufinden. Aber Mitja bot mir einen wahrhaft fürstlichen Lohn, und zu Hause kämpften die Geschwister mit dem Fieber, weil es nie genug Brot und Fleisch für alle gab.«

Eirion blickte Salba an und sah in ihren Augen magere kleine Gestalten, die dicht aneinander gedrängt in dunklen

Winkeln einer engen Kate lagen und sich langsam dem Leben entfernten.

»Ich war entsetzt, wie du dir denken kannst, denn ich glaubte ja zu wissen, was er von mir wollte. Mitja muss meine Gedanken bei unserer nächsten Unterredung wohl erraten haben, denn er lachte plötzlich auf – und da bemerkte ich, was mir zuvor entgangen war, denn als schäbige kleine Magd war ich dem Herrn bisher meist nur von Ferne begegnet.«

Ein lautes Prasseln im Herdfeuer erschreckte Salba, und sie sah sich ängstlich nach Cynnik um. Dieser hob gerade wieder seine Pfeife, die er anscheinend kaum noch halten konnte. Dann folgten wieder das leise Zischeln, das Aufglimmen der Glut zu einem trügerischen gelben Stern und dann der sofortige Rückzug des hellen Lichts hinter das Grau der Asche. Ein leiser, dumpfer Seufzer erklang, ein Seufzer wie von einem Tier, das in sein behagliches Nest kriecht. Sofort ließ Cynnik die Pfeife wieder auf den Schoß sinken und legte den Kopf entspannt an die hohe Rückenlehne seines Stuhls.

»Aber es war nicht das, was du glaubtest?« Eirion flüsterte, weil sie nicht wusste, wie viel Cynnik trotz seines Dämmerzustands von ihrem Gespräch mitbekam. »Mitja begehrte dich nicht als Frau?«

Salba lachte trocken auf. »Nein, ganz und gar nicht. Selbst wenn ich nicht so ein reizloses kleines Ding gewesen wäre, hätte Mitja an dergleichen Dingen kaum Interesse gehabt – oder auch nur die Kraft dafür.«

»War er krank?«

»Krank?«, wiederholte Salba. »Ja, man könnte es wohl so nennen. Allerdings war es eine selbst verschuldete Krankheit. Und es durfte niemand, aber auch *niemand* davon erfahren: Mitja rauchte Santax.«

Eirion sah Salba verständnislos an. »Aber warum war es so

wichtig für ihn, dass niemand etwas erfuhr? Eine Menge Leute rauchen Santax.«

Salba lächelte. »Du bist noch sehr jung, Eirion«, sagte sie. »Früher galt das Santax als heilig – wahrscheinlich weil es so rar war –, und es durfte nur zum Ruhme Fáls in Kirchen und Kapellen verbrannt werden. Verschaffte sich ein reicher Mann, der es sich leisten konnte, Santax und wurde er dabei ertappt, dass er es selbst rauchte, statt es in der Kapelle zu verbrennen, dann war ihm der Tod sicher.«

Einen Augenblick lang hielt Salba in ihrer Erklärung inne, und Eirion zog vorsichtig ein wenig Luft in ihre Lungen. Der Rauch der zerstoßenen Wurzelstücke, die in Cynniks Pfeife schwelten, war inzwischen so überwältigend geworden, dass jeder Atemzug eine Qual war.

»Vor zehn oder zwölf Jahren«, fuhr Salba fort, »erklärte der Oberste Priester das Gebot für nichtig: So lange in den Kirchen Fáls die Opfergefäße wohlgefüllt seien, hieß es jetzt, dürfe jeder, der den Preis zahlen könne, die Wurzel zu seinem eigenen Genuss erwerben.« Salba warf einen von tiefer Sorge erfüllten Blick auf ihren Mann, der vornübergebeugt auf seinem Stuhl kauerte. »Damit hat es angefangen«, sagte sie halb zu sich selbst. »Aber zurück zu Mitja, der noch heimlich rauchen musste. Er brauchte eine Dienerin, die ihn versorgte, während er rauchte, denn er hatte inzwischen das Stadium erreicht, in dem sein Körper so sehr nach dem Gift verlangte, dass Mitja praktisch an seine Wohnräume gefesselt war.«

Wieder huschte Salbas Blick durch die Kate. Cynnik beugte sich soeben leicht vor, um sich aus dem Krug neben seinem Platz Honigbier nachzuschenken.

»Aber auch wenn der Baron nur in seinen eigenen Räumen rauchte«, wandte Eirion ein. »Das Santax lässt sich nicht von Wänden und Türen gefangen halten, es dringt durch alle Poren eines Hauses. Auf Burg Tarlin konnte ich es manchmal sogar in meinen Gemächern im Westturm riechen, obwohl die Kapelle im Ostturm lag.«

Salba zuckte nur die Achseln. »Mitja war nicht dumm – und du musst bedenken, dass er sehr reich war. Er ließ sich gleich zu Anfang seiner Sucht eine eigene Kapelle für Fál bauen, direkt neben seinen Wohnräumen. Das war sehr ungewöhnlich – zum einen, weil kleinere Burgen wie die seine normalerweise keine eigenen Kapellen besitzen, zum anderen, weil sie in der Regel möglichst weit von den Wohnbereichen der Herrschaft entfernt gebaut werden – eben weil der Geruch der Santaxwurzel so durchdringend ist.« Salba verzog das Gesicht zu einem verächtlichen Lächeln. »Im Dorf wurde Mitja wegen seiner Gottesfürchtigkeit und Frömmigkeit gepriesen, und ohne sein Zutun erzählte man sich bald, er zöge sich deshalb die meiste Zeit des Tages in seine Gemächer zurück, weil er sein Leben der Andacht und dem Gebet geweiht habe.«

Ein Husten unterbrach Salba. »Weib!«, rief Cynnik aus seiner Ecke der Kate. »Der Krug ist leer. Bring mir neues Bier!«

Salba warf Eirion einen besorgten Blick zu und zögerte.

»Weib! Hast du mich nicht gehört?«

Der hasserfüllte Unterton in Cynniks Stimme trieb Eirion einen Schauder über den Rücken. Dieser Hass war am vergangenen Abend noch nicht da gewesen. Bitterkeit, ja, und auch unterdrückte Wut und Ohnmacht gegenüber einem Schicksal, das er nicht beherrschen konnte. Aber dieser Hass – nein, auch wenn sie am vergangenen Tag nach dem Sturm nicht recht bei Sinnen gewesen war, einen solchen Hass, wie Cynnik ihn jetzt verbreitete, hätte sie dennoch wahrgenommen.

Salba war aufgestanden und eilte durch die Kate. Eirion hörte sie am Herd hantieren, aber es dauerte eine Weile, bis sie den Honig eingerührt und das Bier über dem Feuer auf eine angenehme Trinktemperatur erwärmt hatte. Eirion konnte Cynniks Ungeduld förmlich spüren.

Endlich war das Bier warm genug, und Cynnik nahm den Becher ohne ein Wort des Dankes entgegen. Bevor Salba jedoch zu ihrem Schemel an Eirions Bett zurückkehren konnte, wurde sie von Cynniks erbostem Aufschrei aufgehalten.

»Das Bier ist verwässert!«

Der Kätner sprang auf, sein Stuhl fiel krachend zu Boden, und im nächsten Augenblick hörte Eirion die Flammen des Herdfeuers wütend aufzischen.

»Nein …!« Salbas erschrockener Protest kam zu spät. Cynnik hatte sein Bier bereits ins Feuer geschüttet. Die feuchten Holzscheite prasselten, und dichter Qualm mischte sich mit dem Geruch des Santax.

»Was bildest du dir ein, du nutzloses Geschöpf?«, polterte Cynnik lallend, als sei er von dem einen Krug Bier bereits betrunken. »Wie wagst du es, deinem Mann, der dein Herr ist, eine solche Brühe vorzusetzen?«

Der Kätner hob die Hand, als wolle er seine Frau schlagen. Salba wich entsetzt zurück, und Eirion fuhr auf ihrem Lager hoch, um ihrer Freundin, wenn nötig, beizustehen.

»Es ist kaum noch Bier da, Cynnik!«, rief Salba. »Du weißt doch selbst, wie die Zeiten sind. Bier ist teuer. Cynnik, komm zur Vernunft! Die Zeiten sind für alle schwer, wir müssen …«

Cynnik fiel ihr barsch ins Wort. »Dann geh die Ziegen melken und verkauf die Milch im Dorf. Und jetzt bring mir ein Bier, das seinen Namen verdient.«

Einen Augenblick lang herrschte Stille, dann ließ ein Klopfen die drei Menschen in der Kate zusammenfahren.

Es war ein seltsames Klopfen, scharf und hoch.

Salba sah ihren Mann furchtsam an. »Wer kann das sein, so

früh am Morgen? Wer würde noch vor Mittag so weit herauskommen?«

Cynnik lachte heiser. Auch ihm schien nicht recht wohl zu sein. »Nun, wenn es der königliche Steuereintreiber ist«, erklärte er, »wird er diesmal das Nachsehen haben. Bei uns gibt es nichts mehr zu holen.«

»Außer den Ziegen«, flüsterte Salba. »Wenn sie uns auch noch die Ziegen nehmen ... Aber es sind noch sechs Wochen bis zur Sonnenwende. Die Steuereintreiber kommen doch auch sonst erst im Frühjahr.«

»Nur dass sie in diesem Jahr noch gar nicht hier waren«, rief Cynnik seiner Frau ins Gedächtnis. Beide blickten sie angstvoll zur Tür hinüber, als sei sie der wahre Feind und nicht der Steuereintreiber des Königs.

Es klopfte abermals, und Eirion hatte den Eindruck, als käme das Geräusch nicht von der Tür, sondern von der Oberschwelle. Der unerwartete Besucher musste sehr groß sein – oder ... Eirion spitzte die Ohren. Ein gedämpftes Rascheln, das für Salba und Cynnik nicht hörbar war, ließ sie aufatmen, auch wenn sie nicht verstand, was es zu bedeuten hatte.

»Geh und öffne die Tür, Salba«, sagte sie. »Es ist gut, du brauchst dir keine Sorgen zu machen.«

Langsam und trotz Eirions Ermutigung noch immer unsicher, ging Salba durch den Raum. Die Scharniere der alten Holztür ächzten, dann stieß die alte Kätnerin einen Laut der Überraschung aus.

»Fasane!«, rief sie ungläubig. »Cynnik, der Falke hat uns zwei Fasane gebracht!« Salba bückte sich, und in dem Licht, das durch die Türöffnung fiel, erkannte Eirion ein dickes, dunkelbraun geflecktes Fasanenmännchen, das Salba an den Füßen in die Höhe hielt.

Cynnik schlurfte mit schleppenden Schritten durch die Kate.

Eirion atmete derweil dankbar die frische, kalte Winterluft ein, die durch die offene Tür hereinwehte und wenigstens für den Augenblick den erstickenden Santaxgestank vertrieb.

Neben seiner Frau blieb Cynnik stehen und besah sich kurz den Falken. Dann drehte er sich um und trat zwei Schritte tiefer in den Raum hinein, so dass er auf halbem Wege zwischen der Tür und Eirions Bett stand. Mit einem Blick, in dem sich Misstrauen mit Schläue und Gier paarte, musterte er seinen Gast und sagte schließlich:

»Wenn der Vogel morgen wieder etwas bringt, kannst du bleiben.« Dann wandte er sich ohne ein weiteres Wort um und kehrte zu seinem Platz am Herdfeuer zurück.

Noch bevor Salba die Tür geschlossen hatte, hielt er die Pfeife wieder in der Hand.

Barko brachte am nächsten Tag wieder zwei Tiere und am übernächsten auch. Was keinem menschlichen Jäger in diesen Zeiten gelingen wollte, dem Falken schien es keine Mühe zu bereiten. Die Tage dämmerten grau in grau dahin, und langsam kehrten Eirions Kräfte zurück. Sie hätte schon bald daran gedacht, weiterzuziehen, hätten Salbas Worte sie nicht zurückgehalten: Welchen Sinn hatte es, die Welt zu suchen, wo die Welt doch bald zu ihr kommen würde, hierher nach Lemmas?

KAPITEL 7

Grelles Sonnenlicht flirrte über der Wüste, und Rikka schloss einen Moment lang die Lider, um ihren brennenden Augen etwas Ruhe zu gönnen. Es war, als hätte sich alles Licht, das sie dem Norden gestohlen hatte, hier in der Wüste gesammelt. Wie eine riesige gläserne Kuppel wölbte es sich über dem verdorrten Land, tropfte auf Mensch und Tier nieder und lähmte alles Leben. Nicht einmal in den Nächten konnte man es ganz vergessen, das Licht, denn seit einiger Zeit wurde es nie mehr vollkommen dunkel in Fiann. Seit einiger Zeit ... Rikka konnte den Zeitpunkt sehr genau bestimmen, zu dem Fiann das Dunkel der Nacht verloren hatte. Trotz der siedenden Hitze fröstelte sie, als ihre Gedanken gegen ihren Willen nach Gekor zurückkehrten, in die Halle des Hohen Rats. Alle geweihten Priesterinnen hatten dort Sitz und Stimme, auch wenn das endgültige Urteil allein Sache des Rats war.

»Ich klage an ...«

Die unheilvollen Worte, mit denen die Verhandlung gegen sie eröffnet worden war, klangen noch in ihr nach, obwohl sie an jenem Tag vor fast sechs Wochen nach außen hin die Ruhe selbst gewesen war.

»Ich klage an ...«

Eine der Frauen, die hinter Rikka ritten, stimmte jetzt ein Lied an, und die anderen fielen ein. Es war eine leise Klage, die man oft in den Sklavenquartieren hören konnte; Rikka mochte die einfache, verhaltene Melodie, denn sie war ein Spiegelbild der alten Ordnung, die im Lauf der letzten Jahrhunderte aufgeweicht war und die sie, Rikka, wiederherzustellen gedachte. Träge lauschte sie den vertrauten Worten.

»Die Schatten meiner Ahnen gehen mit mir,
Tag und Nacht,
sie schwingen lautlos neben mir die Sense,
wenn die Sonne erwacht.
Sie weinen sich an meiner Seite in den Schlaf,
wenn das Licht zerfließt in dunkle See,
mayamba a-hee,
mayamba a-hee ...«

Die monotone Melodie, die sengende Sonne und der allgegenwärtige Staub der Wüste fügten sich zu einem berauschenden Elixier, und Rikka brachte weder die Kraft noch den Willen auf, sich dem Sog einer anderen Stimme zu widersetzen, die trotz Alter und lebenslanger Askese so kraftvoll und so klar war.

Noch einmal durchlebte sie den Tag der Verhandlung, der inzwischen fast sechs Wochen zurücklag.

»Ich klage an.«

Xeira, die Älteste des Rats, stand auf der Empore des Rechts und trug gelassen und mit unbewegter Miene die Anklageschrift vor. Ohne einen einzigen Blick auf die Rolle aus schwerem weißem Papyrus zu werfen, legte die alte Frau den versammelten Priesterinnen des Reichs die Verfehlungen dar, deren Rikka beschuldigt wurde. Und Rikka war davon überzeugt, dass Xeira dabei nicht der kleinste Fehler unterlief, dass sie um keine Silbe von dem langen, umständlich auf traditionelle Weise abgefassten Manuskript abwich.

»... gebrochen zu haben Eid und Schwur der Magiekundigen und aufs Schwerste sich vergangen zu haben gegen die Heilige Konvention ...«

Rikka riss sich mit Gewalt von dem alten, beinahe faltenlosen Gesicht los, das sie so deutlich sehen konnte, als stünde sie Xeira direkt gegenüber, obwohl die Älteste des Rats sich auf einer Empore gut fünfzig Meter über ihr befand. Rikka sah sich in der Halle um. Die Halle des Hohen Rats war wie alle wichtigen Stätten Gekors ein unterirdischer Rundbau, tief in den gewaltigen, atmenden Felsen der Wüstenstadt hineingehauen. Der Boden in der Halle war mit einem in Ringen angeordneten Mosaik bedeckt, das die Geschichte des Alten Reichs bis zur Konvention von Táin Bulâll im Jahr 54 alter Zeitrechnung zeigte. Im Grunde bestand die Halle lediglich aus neben- und übereinander gelegenen, mit blauem Samt ausgeschlagenen Nischen, in denen jeweils eine Priesterin ihren festen Platz hatte. Als kleines Mädchen hatte Rikka in ihrem ersten Jahr auf der Akademie alles über diese Halle gelesen, was sie finden konnte: Dreiunddreißig Sitznischen lagen auf einer Etage; dreiunddreißig Stockwerke tief ragte der Rundbau in den Felsen hinein; im zweiten Ring, dem Platz des Angeklagten oder Bittstellers gegenüber, befand sich die noch ein wenig tiefer in den Stein eingelassene Empore der Königin, wo sie zusammen mit den acht Frauen des Hohen Rats das Herz der Halle bildete. Eintausendneunundachtzig Priesterinnen hatten Raum hier, obwohl eine solche Zahl in der ganzen Geschichte Fianns niemals erreicht worden war. Über jeder Sitznische, die von einer Priesterin besetzt war, brannte eine weiße Lichtkugel – sechshundertsiebenundsechzig waren es zurzeit.

»Ich klage an ...«

Rikka hörte nur mit halbem Ohr zu, während Xeira auf die verbotenen Essenzen zu sprechen kam, die auf unerklärliche Weise aus den streng bewachten Vorratskammern der Priesterinnen gestohlen worden waren.

Da sie keine geweihte Priesterin war, hatte sie für gewöhnlich keinen Zutritt zur Halle des Hohen Rats, diesem seltsamen, von Magie durchdrungenen Gebäude. Dies war das zweite Mal, dass sie hier stand; beim ersten Mal, als zwölfjährige Magierschülerin, war sie als Bittstellerin gekommen – und auch damals hatte sie gegen Xeira gekämpft. Und verloren.

»Ich klage an ...«

Rikka biss die Zähne zusammen und schüttelte unauffällig ihr hüftlanges schwarzes Haar. Sie trug es offen, denn da die Halle des Rats ein unterirdischer Bau war, drang kein Sonnenstrahl in diese Tiefen, und alles künstliche Licht, selbst das durch Magie hervorgerufene, brachte Rikka unwillkürlich einen unschätzbaren Vorteil ein: Ihr Haar, das im Licht der Sonne stumpf und tot wirkte, entfaltete bei künstlicher Beleuchtung ein eigenes überwältigendes, Funken sprühendes Leben und verlieh seiner Besitzerin ungeheure Schönheit. Aber nicht nur ihre Schönheit war es, mit der Rikka die Priesterinnen und den Hohen Rat in Bann zu schlagen hoffte.

»Es ist erwiesen, dass die Magd, Leia 'ahrd Kita 'ahrd Muhana, zu Diensten in Küche und Hof der königlichen Zitadelle bestellt, in der Nacht zwischen dem De-ad und dem Mal-ad des vergangenen Monats Opfer eines Blutzaubers wurde.«

Leia 'ahrd Kita 'ahrd Muhana!, dachte Rikka, und ihre Mundwinkel zuckten kurz – zu kurz, als dass eine der Priesterinnen in ihren Nischen es bemerkt hätte. Einzig Xeira war es nicht entgangen, das wusste Rikka. *Leia 'ahrd Kita 'ahrd Muhana!* Wie viel Mühe musste es Xeira gekostet haben, die Namen von Mutter und Großmutter des Mädchens in Erfahrung zu bringen. Aber es war ein kluger Schachzug gewesen, die unbedeutende kleine Küchenmagd mit Muttersnamen auszustatten. Die alte Hexe war noch genauso gerissen wie damals, vor über zwanzig Jahren. Jetzt war aus Leia, der Magd, also Leia 'ahrd Kita 'ahrd Muhana geworden, und die

Priesterinnen würden tief in ihrem Innersten nicht mehr das nichtsnutzige, in Küchen und Korridoren umherhuschende Geschöpf sehen, das sie gewesen war, sondern eine Person von Rang und Würde, der ein voller Name zustand.

Ein Anflug von Unbehagen befiel Rikka. Einmal schon hatte Xeira sie besiegt, damals, als sie in der Akademie der Magierinnen um Aufnahme in den Meisterkurs gebeten hatte, um den Weg der Priesterin einschlagen zu können. In ihren Leistungen war sie ihren Mitschülerinnen weit überlegen gewesen, und einzig Xeiras Veto hatte einen unter diesen Umständen normalerweise selbstverständlichen Wechsel in die Meisterklasse verhindert. Trotz ihrer Jugend hatte Rikka das Urteil der älteren Priesterin nicht unwidersprochen hingenommen, sondern die Weisheit und den Ratschluss der gesamten Priesterinnenschaft verlangt.

Bitterkeit keimte in ihr auf wie eine schwarze, giftige Blume, als sie an jenen Tag zurückdachte, an das Kind, das sie gewesen war, das Kind, das ohnmächtig um sein Schicksal kämpfte.

Kein Laut drang von draußen in diese Tiefe, weder das Singen der Wüste noch das drohende Knirschen der Sandflöhe. Trotzdem schien die Luft in der Hohen Halle zu summen, als sei sie von einem eigenen, schwer fassbaren Leben erfüllt.

Das Kind Rikka hatte nicht gewusst, dass dieses Summen die Melodie der geballten Magie war, die die Priesterinnen mit in die Halle trugen. Das Gebäude war von alters her durch einen besonderen Zauber geschützt, der verhinderte, dass fremde Magie hinein- oder herausgelangen konnte. Ein anderer Zauber, einer, über den man alles in den Büchern nachlesen konnte, bewirkte, dass alle Priesterinnen einander sehen und mühelos verstehen konnten, obwohl die Halle neunundneunzig Meter hoch – oder eigentlich neunundneunzig Meter tief – war. Wenn man im Zentrum des alten Mosaiks auf dem Boden stand, auf dem Platz des Angeklagten, wähnte man sich in einem riesigen, hoch in den Himmel aufragenden Gebäude. Rikkas Mädchentraum war es gewesen, eines Tages zu jenen Frauen zu gehören, die tagaus, tagein mit selbstverständlicher Würde durch die unterirdischen Korridore der Zitadelle in diese Halle strebten, um die ungeheure Macht ihres Amtes zu verwalten.

»Ich klage an ...«

Zorn wallte in Rikka auf und spiegelte sich im Blitzen ihrer Augen wider. Vor einundzwanzig Jahren war sie sich ihrer eigenen Kraft noch nicht sicher genug gewesen, hatte sie diese seltsame, kostbare Waffe, die das Schicksal ihr mit auf den Weg gegeben hatte, noch nicht so geschickt zu nutzen gewusst, wie sie es heute vermochte. Damals war Xeira stärker gewesen als sie – jetzt freute sie sich beinahe auf den Kampf mit der alten Frau. Sie zwang ihren Zorn in seine Schranken und machte sich bereit für das kommende Duell. Endlich war die Anklageschrift verlesen, und Königin Damona erhob sich.

»Rikka 'ahrd Nehru«, begann sie zu sprechen, »Ihr habt gehört, was gegen Euch vorgebracht wurde. Bekennt Ihr Euch dieser Verfehlungen schuldig? Wenn nicht, so widerlegt jetzt jene Punkte der Anklage, in denen Ihr Eure Unschuld zu beweisen vermögt. Die Angeklagte Rikka 'ahrd Nehru hat das Ohr des Hohen Rats und der versammelten Priesterinnen.«

Damona zögerte kurz, bevor sie einen Schritt zurücktrat und mit angelernter Anmut ihre Gewänder raffte, um sich wieder zu setzen.

Sie ist eine schwache Königin, dachte Rikka verächtlich. *Sie wird nie ganz eine von uns sein. Sie ist wie Wachs in den Händen des Rats und wird tun, was immer man ihr sagt.*

Das weiße Magierlicht beleuchtete Damonas Gestalt, und sosehr sie sich auch bemühte, sich hinter den sieben älteren

Frauen zu verschanzen, die mit ihr in der Königinnenloge saßen – es würde ihr niemals gelingen. Das Erbe ihres fremden Vaters war unübersehbar – sie war zu groß für eine Fianna, zu kräftig und zu hellhäutig, wohingegen die Frauen ihrer eigenen Rasse dunkel und feingliedrig waren. Und zu unsicher, während eine echte Fianna Stärke und Durchsetzungsvermögen gezeigt hätte.

Nein, von Damona war keine Hilfe zu erwarten. Die sieben Frauen, die außer Xeira den Rat bildeten, waren es, die sie überzeugen musste.

Mit ernstem Gesicht hob Rikka die Hände, legte sie über der Brust zusammen und verneigte sich graziös. Das Kind Rikka hatte sich zu tief verbeugt und damit Schwäche gezeigt, das wusste sie jetzt. Heute legte sie genau das richtige Maß an Respekt und Würde in die kurze Bewegung, bevor sie ihre Ansprache begann.

»Ehrwürdige Xeira, Hohe Frauen, meine Königin ...« Mit Bedacht wählte sie die Reihenfolge aus, in der sie die versammelten Frauen ansprach. Dass sie die hohen Frauen des Rats noch vor die Königin setzte, würde ihr bei diesen wiederum einen winzigen Vorteil verschaffen. Mit einem feinen Lächeln – auch hier war das rechte Gleichgewicht von Achtung und Selbstbewusstsein wichtig – ließ sie ihren Blick über die Reihen der Priesterinnen wandern. Viele Gesichter kannte sie noch von ihrer Zeit auf der Akademie: Lissa, die es bis zur königlichen Baumeisterin gebracht hatte, Tuja, die mit ihr zusammen studiert hatte und die außer einer besonderen Begabung für die Formung hübscher Opferkerzen kaum ein Talent gehabt zu haben schien und trotzdem in die Meisterklasse aufgenommen worden war, Balina, die der Wüste mit viel Geschick seit Jahren Blumen für den Schmuck der königlichen Gemächer abrang. »Ihr Priesterinnen des Alten

Reichs, die ihr zu Hüterinnen der Weisheit bestellt seit – hört mich an.«

Sechshundertsiebenundsechzig weiße Lichtkugeln brannten, die Magie von sechshundertsiebenundsechzig Frauen – schwachen wie starken Magierinnen – fügten sich zu der uralten, ungreifbaren Macht zusammen, die die Halle des Rats erfüllte. Rikkas Lächeln vertiefte sich unmerklich. Keine der sechshundertsiebenundsechzig Frauen ahnte, wie geschickt sie diese Macht heute zu nutzen verstand. Sie war wie ein Wind, auf dem sie ritt, wie ein Wolkennebel, der unter ihren Händen jede Form annahm, die sie ihm zu geben wünschte.

»Ich bedaure natürlich den Tod der Magd Leia – Leia ’ahrd Kita ’ahrd Muhana ...« Nur ein Hauch von Zweifel, eine Andeutung von Ironie, als sie der dummen kleinen Magd ihre unverdiente Würde zuerkannte. »... sowie den Verlust kostbarer Essenzen, die einzig in die Hände einer in die Großen Mysterien eingeweihten Priesterin des Alten Reichs gehören.« Wieder eine kleine Verbeugung, um Respekt vor dem erhabenen Amt der Priesterinnen zu bezeugen. »Doch ist mir nicht recht verständlich, wie die Hohe Frau und Älteste des Rats auf den Gedanken kommen konnte, ich, die ich niemals die heiligen Weihen empfangen und die ich keine Macht über die Großen Mysterien habe, könnte die Essenzen missbraucht haben, um einen Blutzauber zu wirken – noch dazu im Inneren Bezirk der Neuen Königsstadt.« Ungläubigkeit, nicht Schuldbewusstsein war die Regung, die ihre Worte in die Halle verströmten. Wie eine Welle überflutete diese staunende Ungläubigkeit jede der dreiunddreißig Reihen, erreichte jede der sechshundertsiebenundsechzig Priesterinnen in der Halle. Einzig von der Empore des Rechts antwortete Rikka kein zustimmendes Echo. Xeira war nicht überzeugt.

Rikka sprach weiter. Wenn sie die anderen Hohen Frauen

auf ihre Seite ziehen konnte, brauchte sie Xeira nicht. »Ihr alle wisst, dass ich vor einundzwanzig Jahren schon einmal hier gestanden habe. Die Aufnahme in die Meisterklasse wurde mir verwehrt, sonst wäre ich heute eine von euch.« Trauer durchzog die Halle, Trauer um eine verpasste Lebenschance. *Ich bin ein Opfer,* lautete die stumme Botschaft, die Rikka zu den über ihr in ihren Nischen stehenden Frauen emporsandte. *Ich bin schon einmal ein Opfer der Ränke einer älteren Frau geworden. Sie fürchtete damals meine Macht, und sie fürchtet sie noch heute. Ich bin stark, und ich möchte meine Stärke in den Dienst des Alten Reichs stellen, an das ich glaube, obwohl es mir den Platz und das Amt verwehrt hat, die mir zugestanden hätten.*

Bedauern antwortete ihr und eine Empörung, die nicht ihr galt.

Ein Wind, auf dem sie ritt ... Rikka hatte Mühe, ihren Triumph nicht zu zeigen. Ein Wolkennebel, der unter ihren Händen Form und Gestalt annahm ... Aber sie wusste, dass es gefährlich sein konnte, zu weit zu gehen, denn die Frauen, die ihr in der Halle gegenüberstanden, waren allesamt Magierinnen. Obwohl sie es bedauerte, verzichtete sie darauf, weiter die Gefühle der Priesterinnen zu manipulieren. Stattdessen setzte sie ihre Ansprache laut fort. »Vor einundzwanzig Jahren habe ich schon einmal hier an dieser Stelle gestanden, um mein Talent und meine Gaben anzubieten. Heute stehe ich wieder hier – aus demselben Grund. Wenn es tatsächlich einer Magierin gelungen sein sollte, im Inneren Bereich Gekors einen Blutzauber zu wirken, wenn diese Ungeheuerlichkeit tatsächlich geschehen sein sollte – dann braucht das Reich verzweifelter denn je alle besonderen Fähigkeiten, mit denen jede Einzelne von uns gesegnet ist.«

Rikka ließ die Hände sinken. Obwohl es ihr riskant erschien, ließ sie noch einmal ein Echo ihrer Worte sich in der Halle verbreiten. *Wenn,* lautete diesmal ihre Botschaft. *Wenn es diesen Blutzauber überhaupt gegeben hat, wenn das nicht abermals die böse List einer alten Frau ist, die die Macht einer stärkeren Magierin, als sie selbst es ist, fürchtet* ... Rikka zögerte kurz; zu gern wäre sie noch weiter in diese Richtung gegangen, zu gern hätte sie alles getan, um Xeiras Ansehen und Autorität bei diesen Frauen zu untergraben. Aber eine der Künste, die eine Magierin beherrschen musste, war die Kunst der Selbstbeschränkung, das Wissen, wann es Zeit war, die eigenen Wünsche zurückzunehmen. Also blickte sie jetzt mit einem offenen, entwaffnenden Lächeln erst zur Loge der Königin empor und dann weiter hinauf zu den sechshundertsiebenundsechzig Priesterinnen, die nun das Recht haben würden, vom Hohen Rat angehört zu werden.

Es herrschte vollkommene Stille in der Halle, einzig das Summen der in den Fels gebannten Magie war zu hören. Die Feindseligkeit und das Misstrauen, die Rikka zu Beginn der Verhandlung gespürt hatte, waren verflogen.

Sie hatte gesiegt.

Doch es sollte ein schaler Sieg werden.

KAPITEL 8

Langsam kehrte Rikka ins Jetzt zurück. Ein wenig erstaunt stellte sie fest, dass ihre kleine Karawane zum Stehen gekommen war.

»Meisterin …« Die furchtsame Stimme einer der Sklavinnen, die mit ihr ritten, drang nur allmählich in ihr Bewusstsein ein, so tief war sie in Gewesenem versunken.

»Meisterin, dies wäre ein guter Platz, um das Nachtlager aufzuschlagen.« Als sie keine Antwort erhielt, fuhr die Frau zaghaft fort: »Die Pferde brauchen dringend Ruhe.«

Rikka sah sich um. Ihr erschien diese Senke nicht besser als jeder andere Ort in der Wüste auch. Aber die Sonne stand tatsächlich schon tief überm Horizont, ein glutroter, gleißender Feuerball, der den Sand zu verbrennen schien.

»Meinetwegen«, murmelte sie und nickte der Sklavin zu. Die Frau verbeugte sich erleichtert und gab den anderen ein Zeichen. Daraufhin saßen auch die übrigen Sklavinnen ab – sieben Frauen, die Rikka auf Grund ihrer besonderen körperlichen Zähigkeit für diese qualvolle Reise ausgesucht hatte. Allerdings wurde die Reise für die Sklavinnen nicht so lang werden, wie diese glaubten. Die Soldaten, die man ihr als Eskorte mitgegeben hatte, schlugen ein wenig abseits von den Frauen ihr eigenes Lager auf. Zwei Dutzend Männer waren es, die der Hohe Rat ihr zur Verfügung gestellt hatte, wo jeder Priesterin für die gleiche Reise die doppelte Zahl gefolgt wäre. Auch hatte sie sich die Männer nicht selbst aussuchen dürfen, was selbstverständlich das Recht jeder Priesterin gewesen wäre.

Rikka biss die Zähne zusammen und ging mit steifen Beinen

in der Senke auf und ab und sah mit mühsam unterdrückter Ungeduld zu, wie die sechs jüngeren Frauen sich unter der Aufsicht der Ältesten mit den Zelten abplagten. Die Soldaten hatten gleich zu Anfang ihrer Reise sehr deutlich klargestellt, dass sie nur dafür bezahlt wurden, die Frauen zu beschützen, nicht sie zu bedienen. So blieben sie für sich, errichteten des Abends ihr eigenes Feuer und kochten ihre eigenen Mahlzeiten – meist um einiges früher als die Frauen.

Wie sie die Wüste hasste! Als wären Staub, Hitze und die gefährlichen kleinen Wüstenbewohner – Wanzen, Moskitos und vor allem Skorpione – nicht schon schlimm genug, war die Wüste auch noch der einzige Ort auf dem Ork Nuado, an dem keine Magie wirkte, und sei sie noch so machtvoll.

Sehnsüchtig dachte Rikka daran, wie einfach es gewesen wäre, mit einem kleinen Zauber dafür zu sorgen, dass die schwerfälligen Planen der Zelte sich spannten und die Pflöcke tief genug in die Erde drangen, um den unberechenbaren nächtlichen Winden standzuhalten – dem »Atem der Wüste«, wie die einfachen Leute in Fiann den Wind nannten.

Endlich hatten die erschöpften Mädchen die Zeltplanen festgezurrt, und Rikka begutachtete ihr Werk. Obwohl es schon Abend war, herrschte noch immer glühende Hitze, die jeden Schritt zur Qual machte. Und dabei war noch lange nicht alles getan, was getan werden musste. Hätte sie sich ihrer Magie bedienen können, müsste sie jetzt nicht endlos warten, bis die Packpferde abgeladen waren, damit ein Feuer angezündet und eine dürftige Mahlzeit zubereitet werden konnte. Schon begann ein schwacher Wind, an den ledernen Planen zu zerren – aber die Holzpflöcke steckten tief im Boden, und für eine Nacht würde das Zelt wohl genügen.

»Habt ihr darauf geachtet, dass sich keine Skorpione in den Falten verkrochen haben?«, fragte Rikka scharf. Diese Sklaven waren alle gleich – wenn man sie nicht ständig überwachte, ließen sie es an der notwendigen Sorgfalt fehlen. »Und was ist mit den Wanzen? Wenn ich heute Nacht wieder eine in meinem Lager finde, werden morgen nur sechs von euch die Reise mit mir fortsetzen.«

Schaudernd dachte sie an die vergangene Nacht, als sich eine dieser schwarzen Wanzen – die zu Recht Mörderwanzen genannt wurden – mit ihren dünnen, behaarten Beinen über ihr Kopfkissen angeschlichen hatte, um ihr Blut zu trinken und ihren Körper zu vergiften.

Die Sklavinnen beteuerten mit hochroten, schweißnassen Gesichtern, dass etwas Derartiges nie wieder vorkommen würde. Rikka wandte sich ab und ging zu den Pferden hinüber. Sie hatte Hunger, und wenn sie nicht selbst mit Hand anlegte, würde es noch eine Ewigkeit dauern, bis auch nur das Wasser für die Suppe kochte. Verdrossen machte sie sich daran, die notwendigen Arbeiten zu verrichten.

Als auch das Zelt für die Sklavinnen stand – mit weitaus geringerer Sorgfalt errichtet als das für Rikka –, rief sie eine der jungen Frauen zu sich.

»Ila, schlag die Pflöcke für den Kessel ein.«

Ila war für eine Sklavin ungewöhnlich schön, mit hohen Wangenknochen und großen, seelenvollen Augen. Sie war etwas Besonderes, das hatte Rikka sofort gespürt, als sie sie in Gekor entdeckt hatte. Und gerade deswegen hatte sie die junge Frau für diese Reise ausgewählt. Aber Ila hatte sich als einzige der Sklavinnen mit Händen und Füßen dagegen gesträubt, ihr in die Wüste zu folgen. Nicht einmal die Androhung der Peitsche hatte sie von ihrem Starrsinn abbringen können. Erst als Rikka Ilas alte Mutter zum Auspeitschen an den Pflock ketten ließ, war Ilas Widerstand gebrochen.

Während sie nun Seite an Seite arbeiteten, sah Rikka die junge Frau zum ersten Mal richtig an. Ihre Glieder waren lang und geschmeidig und von einem dunklen Bronzeton, der nichts mit der allgegenwärtigen Sonne Fianns zu tun hatte. Auch ihre Finger waren ungewöhnlich lang und schmal. Rikka betrachtete diese wohlgeformten Hände, die eher einer Priesterin als einer Sklavin zugestanden hätten, während das Mädchen geschickt drei Pflöcke in die Erde schlug. Die hohen weißen Halbmonde der Fingernägel wölbten sich bis fast in die Mitte des Nagels hinauf. Alles in allem wären diese Hände der Inbegriff makelloser, aristokratischer Schönheit gewesen, hätte nicht die Haut hässliche Risse und Schwielen gezeigt – die Spuren harter Arbeit.

Die junge Frau, die Rikkas Blicke gespürt hatte, sah von ihrer Arbeit auf. »Herrin?« In Ilas Stimme lag ein fragender, unterwürfiger Tonfall, aber die Augen der jungen Frau sprachen eine andere Sprache. Kühler Stolz blickte Rikka daraus entgegen. Sie mochte Ilas Widerstand gebrochen haben, nicht aber ihren Willen.

Eigentlich ist es eine Verschwendung, dachte Rikka. *Aber es lässt sich nicht ändern. Jede große Tat verlangt Opfer.* Um jenseits von Táin Bulåll auf den Linien der Macht reisen zu können, statt sich mühsam durch staubige Garnisonsstädte und über schlecht gewartete Dorfstraßen zu quälen, würde sie ein starkes Blutopfer benötigen.

»Meisterin?«, wiederholte die junge Sklavin fragend. »Ist irgendetwas nicht so, wie es sein sollte?«

Rikka hob abwehrend die Hand und drückte das aus drei Verstrebungen bestehende Holzgestell, an dem der Kessel befestigt wurde, tief in den Sand. Ohne dass sie es Ila befehlen musste, hob die Sklavin den schweren Kupferkessel vom Boden und hängte ihn an das Gestell. Der stolze Trotz, mit dem das Mädchen sie angesehen hatte, weckte in Rikka die verschiedensten Gefühle: Belustigung, Ärger – und eine unleugbare Faszination. Sie schüttelte sich leicht, wie um eine lästige Fliege loszuwerden. Es war einfach absurd, sich für ein Sklavenmädchen zu interessieren – auch wenn sich in seinem Blut das Erbe verschiedener Rassen auf höchst attraktive Weise vermischt hatte.

Ila bückte sich nach einem trockenen Holzscheit, und Rikka sah, dass sie dabei anmutig einen Fuß schräg vor den anderen setzte, bevor sie sich mit geradem Rücken kurz zu Boden sinken ließ und dann federleicht wieder emporschnellte – das Ganze mit einer einzigen, flüssigen Bewegung, als sei es Teil einer tänzerischen Darbietung.

»Warum hast du dich eigentlich so dagegen gesträubt, mich in die Wüste zu begleiten?« Sosehr es Rikkas sonstigen Gewohnheiten widersprach, mit Dienern oder Sklaven persönliche Worte zu wechseln, etwas an diesem Mädchen weckte ihre Neugier.

Ila zögerte, bevor sie antwortete, und Rikka begriff, dass ihre Antwort nur ein Teil der Wahrheit sein würde.

»Ich fürchte die Wüste.«

Eine der anderen Sklavinnen hatte einen Wasserschlauch von den Packpferden geholt und machte Anstalten, den Kessel zu füllen. Rikka nahm ihr den prallen, schweren Schlauch aus Ziegenhaut ab und scheuchte die Frau mit einer herrischen Handbewegung zu den anderen zurück.

»Welchen Grund gibt es, die Wüste zu fürchten?«, fragte sie und ärgerte sich gleichzeitig über sich selbst. Es war im Grunde eine törichte Frage, denn alle Sklaven und selbst die meisten Fianna fürchteten die Wüste.

Die Augen der jungen Sklavin verrieten keinerlei Regung. Nur die schmalen, fein gezeichneten Brauen darüber zuckten kurz.

Ungeduldig korrigierte Rikka sich: »Ich meine, welchen Grund hast du, die Wüste mehr zu fürchten als andere?«

»Mein Vater ist im Land des Feuers gestorben. Noch vor meiner Geburt.« Das Mädchen sah sie ausdruckslos an, und einen Augenblick lang überkam auch Rikka Furcht.

Das Land des Feuers. So hieß der schmale Streifen brennenden Landes, der sich quer durch die Wüste zog und den jeder Reisende auf dem Weg nach Caernadon passieren musste. Der Boden erreichte dort um die Mittagsstunde an manchen Tagen eine Temperatur, die der des Feuers glich, heiß genug, um darauf zu kochen. Morgen Abend, dachte Rikka. Morgen Abend werden wir dort sein. Schaudernd dachte sie an die beiden Male, als sie das Land des Feuers durchquert hatte. Nie war ihr die Wüste so tödlich, so gnadenlos und so abstoßend erschienen. Wie so viele Reisende vor ihr dankte Rikka im Stillen den Göttern, dass sich das Land des Feuers an der Stelle zwischen dem Meer der Tausend Stimmen und dem Odaharun, dem Großen Schweigen, zu einer dünnen Landzunge verengte, die man mit etwas Glück in einer einzigen Nacht passieren konnte. Sie würden den Pferden Lumpen um die Hufe binden und reiten, als seien alle Dämonen der Hölle ihnen auf den Fersen.

Als Ila keine Erwiderung mehr von Rikka erwartete, beugte sie sich vor, um die Holzscheite auf die Feuerstelle zu legen. Rikka gebot ihr mit einer knappen Handbewegung Einhalt.

»Was hatte dein Vater im Land des Feuers zu suchen?« Sie wusste selbst nicht, warum sie diese Frage stellte. »Mit welcher Karawane ist er gereist?« Es hatte in der Vergangenheit so gut wie keine Kontakte mit Caernadon gegeben; erst in den letzten Jahren, nach dem Friedensschluss von Táin Buláll, waren einige wenige wagemutige Kaufleute dorthin gereist, um die in Fiann so begehrte Kokonda-Seide zu beschaffen und im eigenen Land später für teures Geld wieder zu verkaufen. Manch einer dieser Männer war reich geworden, aber die meisten hatten ihre Habgier mit dem Leben bezahlt.

Die Miene des Mädchens war noch verschlossener geworden, wenn das überhaupt möglich war. »Wie ich schon sagte, es ist vor meiner Geburt geschehen«, erwiderte sie. »Ich weiß nichts darüber.«

Rikka sah in die stillen, großen Augen der jungen Sklavin und wusste, dass sie log. Aber für den Moment würde sie nicht weiter in sie dringen. Es blieb noch genug Zeit, bis sie Táin Buláll erreichten.

Die Kühle der Nacht war nach den sonnendurchglühten Stunden des Nachmittags jedes Mal ein Schock für Rikka. Die Sonne, die sich den ganzen Tag über am Himmel kaum von der Stelle zu bewegen schien, legte das letzte Stück ihres Weges so schnell zurück, als könne sie ihre Säumigkeit auf diese Weise wieder wettmachen. Und wenn sie verschwand, nahm sie die Hitze mit sich – und normalerweise auch das Licht.

Rikka legte den Kopf in den Nacken und blickte zum Firmament empor. Ungezählte Sterne standen am tiefschwarzen Himmel; weiße Diamanten auf dunklem Samt. Auf ihren beiden früheren Reisen hatte um die Stunde, bevor der Mond aufging, undurchdringliche Finsternis geherrscht, und die Glut ihres nächtlichen Feuers war weithin zu sehen gewesen. Jetzt aber lag ein seltsames, unheilvolles Zwielicht über der Wüste, das beinahe mit Händen zu greifen war.

»... aber nichts ist so schrecklich wie der südlichste Teil der Wüste, das Land des Durstes, denn dort hat es selbst zur Zeit der Alten Götter kein Wasser gegeben. Auch wenn ihr noch so tief in der Erde grabt, im Land des Durstes werdet ihr niemals Wasser finden.«

Es war die alte Sklavin, die Rikka zur Beaufsichtigung der jüngeren Mädchen mitgenommen hatte, die sprach. »Und davor liegt ein weites, unwirtliches Gebiet, das der Garten der Götter genannt wird. Neunhundertneunundneunzig Städte, darunter prachtvolle Tempelstädte, sollen dort liegen, in den unendlichen Tiefen des Sandes verborgen. Und noch heute kann man im Garten der Götter den Tod in der Luft riechen, den Tod von Abertausenden gläubigen Seelen, die ruhelos durch das Meer der Zeit streifen. Wenn ihr einen Grund braucht, um euch zu fürchten, dann solltet ihr einmal dort hingehen. Das, was uns morgen erwartet, ist dagegen ein Kinderspiel!«

Die jungen Frauen lauschten mit einer Mischung aus Andacht und Zweifel. Das Feuer, über dem sie kurz zuvor Suppe und Hirsebrei gewärmt hatten, zeichnete zuckende Schatten auf die jungen Gesichter, aber Rikkas Blick kehrte immer wieder zu derselben Stelle zurück.

Ila saß ihr gegenüber, und obwohl ihr Gesicht den gewohnt starren Ausdruck zeigte, war es von allen das faszinierendste. Jetzt wandte die junge Frau den Kopf zur Seite, dorthin, wo die Aufseherin saß.

»Wie kommt es, dass du so viel über den südlichen Teil der Wüste weißt?«, fragte sie ruhig. »Bist du dort gewesen?«

Rikka konnte das Gesicht der Aufseherin, die neben ihr saß, nicht sehen, spürte aber, wie sie sich versteifte. »Nicht ich selbst, aber einige Männer, die ich kannte. Und ich habe gut zugehört, wenn sie in heißen Nächten, in denen niemand Schlaf fand, erzählt haben.«

Ila erwiderte nichts darauf, aber Rikka wusste, was die junge Sklavin mit den seltsam leeren Augen dachte. *Niemand geht in den Garten der Götter, und vom Land des Durstes wissen wir nicht einmal mit Sicherheit, dass es existiert. Und wenn jemand so verrückt wäre, sich in diese Gebiete zu wagen, in denen nichts zu gewinnen ist, würde er gewiss nicht zurückkehren, um Geschichten zu erzählen.*

Aber Ila sagte nichts von alledem, sondern sah die ältere Frau nur gelassen an. Die Aufseherin richtete sich noch gerader auf ihrem Sitzkissen, das sie vor Skorpionen, Schlangen und mörderischen Wanzen schützen sollte, auf. Sie war eine engstirnige Frau und wachte mit Argusaugen über das Wenige an Macht, das sie in dieser Welt besaß. Sie würde den scheinbar arglosen Einwand Ilas nicht unerwidert lassen und damit vor den Frauen, die ihrem Wort zu gehorchen hatten, das Gesicht verlieren.

»Du mit deinen neunzehn Jahren, die du noch nie in deinem Leben aus den Sklavenquartieren Gekors herausgekommen bist, du bildest dir ein, die Welt und ihre Wege zu verstehen?« Die Aufseherin holte tief Luft, und wären ihre Augen in diesem Moment Blitze gewesen oder jene winzigen, scharfkantigen Kampfmesser, wie sie in Fiann bei rituellen Kämpfen eingesetzt wurden, dann hätte sie das schöne Sklavenmädchen mit ihrem Blick durchbohrt.

Rikka, die sich zum ersten Mal während ihrer fünfwöchigen Reise nicht sofort nach dem abendlichen Mahl in ihr eigenes Zelt zurückgezogen hatte, stand der Sinn weder nach Streitereien unter den Frauen, noch wollte sie irgendwelche Schauergeschichten aus den Teilen der Wüste hören, die sie selbst niemals kennen lernen würde. Aber eine seltsame Faszination hielt sie davon ab, die alte Aufseherin zu unterbrechen.

»Ich weiß Dinge, die du dir nicht einmal im Traum vorstellen könntest«, fuhr die Frau, die den Namen Muhana trug, fort.

Ila sah über das Feuer hinweg zu Muhana hinüber. »Dann weißt du sicher auch etwas über …« Sie zögerte nur einen winzigen Moment lang, aber das genügte, um Rikkas Aufmerksamkeit zu erregen. »… über das Blaue Labyrinth?«

Ein leichter Luftzug fuhr in die Flammen und ließ das Feuer auflodern. In dem rötlichen Lichtschein, der Ilas Gesicht erhellte, glaubte Rikka plötzlich, einen Knaben vor sich zu sehen. Trotz seiner Jugend schien er der Inbegriff der Männlichkeit zu sein, die Essenz all dessen, was ein Mann sein konnte: stark und schön, kühn und furchtlos – und unendlich begehrenswert. Rikka sog scharf die Luft ein, dann wandte Ila den Kopf zur Seite, und das Trugbild erlosch.

»Ah! Das Blaue Labyrinth!« Ilas Frage hatte die alte Aufseherin offensichtlich besänftigt, denn aus ihrer Stimme war aller Ärger verschwunden. Stattdessen lag in ihren nächsten Worten die überlegene Zufriedenheit einer Frau, die andere mit ihrem Wissen beeindrucken wollte. »Das Blaue Labyrinth, das man in alter Zeit auch das Labyrinth der Elfen nannte.«

Rikka zog die Brauen zusammen. Sie hatte während ihrer Ausbildung auf der Akademie der Magierinnen die Namen der einzelnen Wüstengebiete gelernt und das Wenige, was man gerade über ihre südliche Hälfte wusste, aber dass das Blaue Labyrinth einmal das Labyrinth der Elfen genannt worden war, war ihr neu. Einen Augenblick lang regte sich Unsicherheit in ihr. War es möglich, dass eine alte Slavin Dinge wusste, die den Magierinnen in Fiann unbekannt waren? Sie verwarf den Gedanken, noch ehe er recht Gestalt angenommen hatte. Nur Närrinnen wie Xeira hörten den einfachen Leuten zu, wenn sie ihre törichten Reden führten.

»... aber warum nennt man dieses Teil der Wüste das Blaue Labyrinth?«, wollte Gana, eine der Sklavinnen, wissen.

»Hat es dort wirklich einmal Elfen gegeben?«, kam im selben Augenblick die Frage von Ila.

Die Aufseherin strahlte; sie war jetzt ganz in ihrem Element. »Das Blaue Labyrinth ist der felsigste Teil der Wüste«, sagte sie an Gana gewandt. »Er geht nach Osten hin in das Gebirge über, hinter dem die Sonnianer leben.« Muhana senkte die Stimme zu einem dramatischen Flüstern. »Kein Sterblicher würde seinen Weg in diesen kahlen, baumlosen Bergen finden, deren Stein in der hellsten Mittagssonne wie zur tiefsten Nachtstunde einen seltsamen bläulichen Schimmer hat. Die Felswände verströmen ihr blaues Licht in alle Richtungen, so dass kein gewöhnlicher Mensch aus diesem Labyrinth je wieder herauskäme. Und was die Elfen betrifft ...« Muhana richtete ihre Worte jetzt direkt an Ila, deren gleichmütige Miene Rikka nicht über die Anspannung hinwegtäuschen konnte, mit der sie Muhanas Geschichte lauschte. »Was die Elfen betrifft«, fuhr die alte Sklavin fort, »so glaube ich kaum, dass es jemals welche dort gegeben hat. Weder dort noch anderswo. Obwohl ... Es gibt gewisse Legenden, uralte Erzählungen, die heute kaum noch jemand kennt.«

Das unnatürliche, bleiche Zwielicht, das die Wüste zu umfangen schien, flackerte bedrohlich.

»Ah, ich könnte euch Geschichten erzählen!«, begann die Aufseherin von neuem. »Geschichten nicht nur vom Land des Durstes, dem singenden Sand und dem Blauen Labyrinth, sondern auch aus dem Oda-harun, dem Großen Schweigen, denn dort werden wir in einigen Tagen sein. Manche, die dort waren, sagen, dies sei in Wahrheit der tödlichste Teil der Wüste, weil er die Wanderer in den Irrsinn treiben kann.«

»Genug!« Rikkas scharfer Befehl schnitt der alten Aufseherin das Wort ab. »Das fehlte gerade noch, dass du den Mädchen mit deinen Gräueln und Ammenmärchen den Nachtschlaf raubst, den sie heute noch dringender benötigen denn je.«

Ein angstvolles Raunen setzte sich in der kleinen Runde von einem zum anderen fort, und plötzlich lagen Furcht und Unbehagen über dem Lager der Frauen. Rikka kam es so vor, als wären plötzlich auch die Geräusche vom Lager der Soldaten verstummt.

»Warum ist ausgerechnet heute Schlaf so wichtig? Was wird morgen anders sein als heute?« Es war eins der Sklavenmädchen, das Rikka bisher kaum zur Kenntnis genommen hatte. »Was passiert jetzt mit uns, das so schrecklich ist, dass man das Grauen der Südwüste in die Waagschale werfen muss, um nicht gänzlich den Mut zu verlieren?«

Die Furcht des Mädchens griff auf die anderen Sklavinnen am Feuer über wie der Krankheitskeim der Sandflöhe, sobald sich das erste menschliche Wesen damit infiziert hatte.

Rikka schnalzte ärgerlich mit der Zunge. »Wahrhaftig, Muhana«, wandte sie sich leise an die Frau an ihrer Seite. »Was denkst du dir dabei, gerade jetzt Schauergeschichten über die Wüste zu erzählen?« Sie musste an sich halten, um die Frau nicht vor den Mädchen zu maßregeln. Aber damit hätte sie eine Panik riskiert und schlimmstenfalls am nächsten Morgen allein dagestanden, weil die Sklavinnen zurück nach Fiann geflohen wären. Dort erwartete sie nur die Peitsche und vielleicht ein oder zwei andere Strafen wie eine Einkerkerung in den Verliesen der Zitadelle, wo Ratten und anderes Ungeziefer warteten, aber diese Dinge würden sie überleben.

Als hätte Gana, die junge Sklavin, die sich schon zuvor zu Wort gemeldet hatte, es laut ausgesprochen, konnte Rikka in ihren Gedanken lesen: *Wenn die Wüste wirklich so schrecklich, so mörderisch ist, wie die Aufseherin es schildert – nun, dann lautet die Wahl für uns: bestraft zu werden und zu leben oder zu gehorchen und einen vielleicht grausamen Tod zu sterben.* Laut sagte sie jedoch nur: »Ich finde, obwohl wir nur Sklavinnen sind, Herrin, haben wir doch das Recht, zu erfahren, was uns bevorsteht.«

Einige der anderen Frauen sahen Gana ängstlich an, weil sie es gewagt hatte, in Gegenwart ihrer Herrin von Rechten zu sprechen. Rikka hob jedoch die Hände, und die sieben anderen Frauen am Feuer, die leise und erregt miteinander getuschelt hatten, verstummten. Ein schriller, geisterhaft dünner Schrei zerriss die flüchtige Stille. Ein Schakal hatte ihr Lager entdeckt, ein Goldschakal, der in hungriger Verzweiflung auch schon Menschen angegriffen hatte. Aus den Augenwinkeln sah sie, dass einer der Soldaten seinen Bogen hob. Kurz darauf sirrte ein Pfeil durch die Luft. Ob er sein Ziel gefunden hatte oder nicht, konnte Rikka nicht erkennen. Bevor jedoch der lang gezogene, fast menschlich klingende Schrei des Tieres noch verhallt war, erfüllte ein hartes, rhythmisches Zirpen die Luft, das aus allen Richtungen gleichzeitig kam. Dann mischte sich ein krächzendes, geiferndes Rufen in das unmelodische Konzert. Ein Wüstenuhu hatte seinen Tagesschlaf beendet und begann nun seinen Jagdflug. Von jetzt an würden immer mehr und immer neue Stimmen erklingen und erst mit der Rückkehr der Sonne am Morgen wieder verstummen.

Das Meer der Tausend Stimmen. Rikka verzog angewidert die Lippen. Dies war die längste Etappe ihrer Wüstenreise – zweiunddreißig Tage – oder nein, tagsüber schwieg die Wüste ja zumeist – zweiunddreißig Nächte hatte die Brandung dieses seltsamen und unerbittlichen Meeres sie mit ihrem Rufen und

Heulen, ihrem Seufzen und Stöhnen gequält. Aber es waren nicht nur die zahllosen Tiere, deren Stimmen man hier vernahm, auch der Wind hatte eine Stimme, die mahnte und warnte, orgelte und pfiff, und manchmal schrie sie auch, schrie, bis an Schlaf nicht mehr zu denken war.

Rikka graute vor der bevorstehenden Nacht, aber ihre eigenen Probleme waren im Augenblick unwichtig. Wichtig war nur, die Mädchen bei der Stange zu halten, denn noch war sie auf sie angewiesen. Sie musste zumindest dem Übermaß an Furcht, das die alte Aufseherin in ihren Herzen geschürt hatte, etwas entgegensetzen. Also holte sie tief Atem und sprach mit so großer Überzeugungskraft, wie sie ihr hier in der Wüste und ohne ihre Magie zu Gebote stand.

»Ihr habt richtig gehört – und es ist in der Tat euer gutes Recht, alles zu wissen.« Sie nickte Gana zu, die vor wenigen Minuten mit einer für eine Sklavin höchst ungebührlichen Entschiedenheit Aufklärung verlangt hatte. »Wir werden morgen bis gut in den Mittag hineinreiten und dann unser Lager aufschlagen«, erklärte sie und zuckte zusammen. Nur wenige Schritte von ihrem Feuer entfernt stieß plötzlich ein lautloser Schatten vom Himmel herab. Im nächsten Augenblick wirbelte an dieser Stelle Sand auf, schrilles Pfeifen erklang, die Stimme der Todesangst, dann ein einziger heiserer Ruf, der beinahe beruhigend klang, als wolle der Jäger seine Beute über den Verlust ihres unbedeutenden Lebens hinwegtrösten. Noch einmal entkam die Sandmaus, ein beinahe kugelförmiges, dickes und recht behäbiges Tier, ihrem Peiniger, und Rikka stellte fasziniert fest, dass der Wüstenuhu sich wie eine der Katzen verhielt, die zu Hunderten die schmutzigen Gassen der Armenviertel in Gekor durchstreiften. Die Sandmaus war ihm nicht entkommen, der Uhu hatte sie laufen lassen – um sie mit einem mühelosen, pfeilschnellen Hinabstoßen wieder zu greifen. Und um ihr ein zweites Mal die trügerische Chance zu geben, ihr unwürdiges Leben vielleicht doch noch zu retten. Nachdem sie das amüsante Spiel der beiden Wüstenbewohner bis zum unweigerlichen Ende beobachtet hatte, wandte Rikka sich wieder den anderen Frauen zu.

Ila hatte von ihrem Platz am anderen Ende der Runde das Schauspiel weniger gesehen als erahnt, und zum ersten Mal, seit Rikka ihre Mutter an den Schandpfahl gestellt hatte, verrieten ihre Augen so etwas wie Gefühle.

Gut, dachte Rikka. *Sehr gut. Wir machen Fortschritte.* Laut wiederholte sie: »Wir werden morgen also bis Mittag reiten – so schnell wir können. Ich möchte, dass wir nur noch etwa eine Wegstunde vom Land des Feuers entfernt sind, wenn wir unser Lager aufschlagen.«

Ein jäher Windstoß wirbelte den Sand um sie herum auf, und die alte Aufseherin bekam einige der feinen Sandkörner in die Kehle und begann zu husten. Sie hustete so heftig, dass für Rikka an ein Weitersprechen fürs Erste nicht zu denken war. Rikka drehte sich ungeduldig zu den Sklavinnen um, um eine von ihnen nach Wasser zu schicken. Aber da stand auch schon Ila stumm und schattengleich an Muhanas Seite und hielt ihr einen Becher mit klarem, wenn auch nicht sehr kühlem Wasser hin. Dann ging sie langsam wieder um die Feuerstelle herum und setzte sich an ihren Platz.

Endlich hatte der Hustenkrampf der Aufseherin sich gelegt, aber der Windstoß war keineswegs nur eine flüchtige Laune der Wüste gewesen, wie man es hier so oft erleben konnte. Jetzt wehte ein beständiger, staubiger Nebel über den Lagerplatz, und die Hoffnung auf eine letzte ruhige Nacht, bevor sie morgen ins Land des Feuers aufbrachen, erlosch.

»Geht in euer Zelt, Mädchen. Gana, du belegst das Feuer mit Sand, damit es uns nicht noch alle im Schlaf verbrennt.«

Gana gehorchte eilig, und die anderen Sklavinnen strebten ihrem Zelt entgegen. Nur Ila rührte sich nicht.

Die Flammenzungen des ersterbenden Feuers wehrten sich noch ein letztes Mal gegen den Sand, der sie erstickte, und in ihrem Schein sah Rikka wieder für einen flüchtigen Augenblick jenen fremden, schönen Knaben, der ein solches Begehren in ihr entfachte.

KAPITEL 9

Der Lemmas-Markt! Endlich war es so weit – aus allen Teilen des Landes strömten Händler, Gaukler und Pilger herbei, um die Jahreswende an dem Ort zu begehen, an dem vor gut tausend Jahren Fál in die Welt der Dinge gekommen war. Auch auf Burg Tarlin war – wie überall in Caernadon – der Fálstag mit viel Pomp und traditionellen Leckereien gefeiert worden, aber nirgends wurde das Fest mit solcher Inbrunst begangen wie hier in Lemmas, wo um das ärmliche Haus von Mitjas, dem Schmied, im Laufe der Jahrhunderte eine gewaltige Kathedrale entstanden war.

Eirion war bereits am frühen Morgen auf den alten Leuchtturm gestiegen, den Salba ihr gezeigt hatte, kaum dass sie wieder bei Kräften gewesen war. Dies war der Ort, an dem die alte Kätnerin Zuflucht suchte, wenn ihr das Leben allzu unerträglich wurde, und hierhin zog sich nun auch Eirion oft zurück, um auf die Stimmen von Wind und Meer zu lauschen und die Ungeduld zu bezähmen, die sie drängte, ihre Reise fortzusetzen. Aber sie hatte die Weisheit in Salbas Worten erkannt – welchen Sinn hatte es, die Welt zu suchen, wenn die Welt doch bald zu ihr kommen würde? – und war geblieben.

Und jetzt war es endlich so weit. Eirion legte den Kopf in den Nacken und ließ ihr Gesicht von dem kühlen, würzigen Wind umspielen, der selbst in diese Höhe, auf die oberste Plattform des Leuchtturms, manchmal winzige Gischttropfen hinauftrug. Sie leckte sich über die Lippen, auf denen das Salz bereits eine dünne Kruste gebildet hatte.

Eine plötzliche Bewegung hinter ihr schreckte sie aus ihren Gedanken auf.

»Du siehst also, deine Sorgen waren unbegründet.« Salba war lautlos neben sie getreten. Lächelnd deutete die alte Kätnerin auf die schier unzählbare Schar von Zelten, Wagen und Bretterbuden, die sich unter ihnen erstreckte. »Nicht einmal der vorzeitige Wintereinbruch und die Hungersnot in Orra können die Caernadonier daran hindern, zum Fálstag nach Lemmas zu kommen.«

Eirion nickte, ohne den Blick von dem faszinierenden Schauspiel unter ihr abzuwenden. Sie hatte in der Tat befürchtet, dass die frühen Schneefälle vielen Pilgern die Lust am Reisen vergällen würden. Und die Not in Orra war inzwischen so groß, dass die Händler bei den Einheimischen wohl kaum auf gute Geschäfte hoffen durften. Aber dennoch waren sie in den frühen Morgenstunden in Scharen herbeigeströmt, und noch immer kamen neue Wagenzüge und einzelne Reiter an, die sich in immer größerer Entfernung vom Zentrum des Geschehens einen Platz suchen mussten. Um die Kathedrale herum drängten sich die meisten Zelte und Marktstände, und die Händler, die dort ihre Waren feilbieten konnten, wo jeder Besucher aus einer anderen Provinz und jeder Pilger vorbeikommen musste, würden am Ende der dreitägigen Festlichkeiten trotz der Armut in Orra mit wohlgefüllten Geldbeuteln wieder abreisen.

Salba legte Eirion eine Hand auf den Arm und drehte sie sachte um, weg von der Fálskirche, nach Osten, wo um ein hell loderndes Lagerfeuer gerade eine riesige Wagenburg errichtet wurde.

»Das sind die Leute, mit denen du vor allem sprechen musst«, sagte die alte Kätnerin. Eirion sah sie fragend an. »Die Zigeuner«, fügte Salba erklärend hinzu. »Sie kommen jedes Jahr her, und jedes Jahr lagern sie auf dem Liebfrauenfeld.« Salba verzog spöttisch die Lippen. »Sie brauchen nicht so früh zu kommen wie die anderen, weil niemand es wagen würde, ihnen ihre Plätze streitig zu machen.«

Neugierig beobachtete Eirion, wie auf dem Liebfrauenfeld, das seinen Namen zu Ehren von Fáls Ziehmutter Rosmerta trug, ohne Hast, aber mit großer Zielstrebigkeit, Wagen um Wagen standfest gemacht wurde. Die bunt gekleideten Menschen, die selbst aus dieser Entfernung Heiterkeit und Würde ausstrahlten, weckten ihr Interesse, denn weder auf Burg Tarlin noch in Tarlin-Stadt waren ihr jemals Zigeuner begegnet.

»Ich wusste gar nicht, dass es noch Zigeuner gibt«, sagte sie nachdenklich zu Salba. »Jedenfalls nicht so viele. Und ich hätte nicht gedacht, dass sie sich so offen zu erkennen geben würden. Auf Burg Tarlin habe ich nie welche zu Gesicht bekommen.«

Salba zuckte die Achseln.

»Das wundert mich nicht. Die Zigeuner sind nicht dumm, und eine Dummheit wäre es gewiss, wenn sie gerade nach Tarlin ziehen würden, praktisch in den Schlund des Drachen. Nein, am häufigsten trifft man sie wohl in den Westprovinzen, in Sint und Kokonda. Um Tarlin machen sie einen großen Bogen.«

Eirion sah die alte Frau, die ihr in den vergangenen sechs Wochen so lieb geworden war, lange an, bevor sie eine Frage stellte, die sie jetzt mehr als alles andere interessierte.

»Ich habe gehört, dass die Zigeuner Magie betreiben. Ist das wahr?«

Salba blickte erschrocken um sich, obwohl sie mit Eirion allein auf dem Ausguck des Leuchtturms stand und gewiss niemand ihr Gespräch mit anhören konnte. »Ich weiß es nicht«, flüsterte sie. Zu oft hatte sie in ihrer Jugend Frauen auf dem Scheiterhaufen brennen sehen, zu tief hatten sich ihre verzweifelten Schreie in ihr Herz eingegraben, allzu nah war die Erinnerung an den Geruch von verkohltem menschlichem Fleisch, um von diesen Dingen zu sprechen. Heimlich eine weiße Kerze für die Göttin anzuzünden, wenn einer der hohen alten Festtage nahte, das war eine Sache, aber von Magie auch nur zu reden ...

Eirion nahm Salbas verschrecktes Schweigen für ein Ja auf ihre Frage und sagte, beinahe als spreche sie mit sich selbst: »Ich wüsste nur gern, wie sie es geschafft haben, all diese Jahrhunderte der Verfolgung durch die Hexer zu entgehen.« Sie selbst bedauerte es unendlich, dass sie seit Gwenlians Tod auf jegliche Magie verzichten musste. Ihrer Ziehmutter war es durch jahrelanges geduldiges Experimentieren gelungen, einen Schutzzauber zu entwickeln, der sie gegen die unbarmherzigen Verfolger aller Magiekundigen abschirmte. Ohne Gwenlians Hilfe wagte Eirion es nicht, gegen das Verbot der Magie zu verstoßen, obwohl sie wusste, dass die Hexer im Augenblick durch ihre hohen Verluste in den eigenen Reihen selbst geschwächt waren. Dennoch – man konnte sich nie ganz sicher sein.

»Ist es denkbar«, begann sie von neuem, »dass die Zigeuner einen Schutzzauber gefunden haben, den die Hexer nicht zu durchbrechen vermögen?«

Als sie jedoch die Furcht in den Augen der älteren Frau sah, hob sie eilig die Hand, um ihre Frage zurückzunehmen. Vielleicht würde es ihr ja gelingen, das Vertrauen der Zigeuner zu gewinnen und selbst eine Antwort zu finden.

»Was ist das dort drüben für ein Lager? Ich meine die großen, runden Zelte, die so freudlos aussehen?«, fragte sie, um Salbas Aufmerksamkeit auf ein anderes Thema zu lenken und ihr die Befangenheit zu nehmen.

Ihre Taktik zeigte sofort Wirkung. Salbas Schultern entspannten sich sichtlich, und sie stieß ein trockenes, verächtliches Lachen aus.

»Die da!«, sagte die alte Kätnerin. »Das sind die Grauen, die man ebenfalls in jedem Jahr zum Fálstag hier antrifft. Sie kommen, um sich am Unglück der anderen Besucher zu mästen, und jeder weiß, dass sie nicht davor zurückschrecken, notfalls selbst ein wenig nachzuhelfen, damit auch genug Knochen brechen, dass die Reise sich für sie lohnt.«

Eirion schüttelte verständnislos den Kopf. »Warum unternimmt denn niemand etwas dagegen? Ihr könntet eine Klage gegen sie vorbringen oder Wachen aufstellen, die dergleichen Dinge unterbinden ...« Eirions Stimme verlor sich, weil sie, kaum dass sie ihre Frage ausgesprochen hatte, auch schon die Antwort kannte.

»Wer will sich denn schon mit den Grauen anlegen?«, erwiderte Salba wie erwartet. »Sie stehen unter dem Schutz der Hexer, und wer immer die Stimme gegen sie erhebt ...« Salba brauchte ihren Satz nicht zu vollenden. Wenn jemand den Mut – oder die Dummheit – besaß, eine Klage gegen die Verbündeten der mächtigen Hexer vorzubringen, würde ihm das nichts anderes eintragen als die nähere Bekanntschaft mit den Kerkerverliesen, aus denen nur selten ein Mensch lebend wieder herauskam.

»Außerdem«, fügte Salba mit sachlicher Resignation hinzu, »außerdem brauchen wir die Grauen, denn die alten Heilerinnen, die ihre Kunst nur im Verborgenen ausüben dürfen, werden immer weniger. Welche junge Frau ist heute noch bereit, so viel harte Arbeit und jahrelanges Lernen auf sich zu nehmen, um in dunklen Hütten eine Arbeit zu tun, die sie jederzeit ins Verderben stürzen kann? Nein, sosehr die Menschen die Grauen auch verachten mögen, sie sind für die meisten von ihnen die einzige Chance, Heilung zu finden.«

Eirion dachte an die erbitterten Kämpfe, die ihre Ziehmutter gegen die Dummheit, die Unreinlichkeit und die Habgier dieser Männer geführt hatte. In Tarlin-Stadt und der näheren Umgebung war es ihr gelungen, die Grauen einigermaßen im Zaum zu halten – aber wie mochte es in den übrigen Teilen des Landes aussehen? Und wie waren die Verhältnisse jetzt, da Gwenlian tot war, in Tarlin? Eirion dachte an die Freunde, die sie dort zurückgelassen hatte, und verschloss ihr Herz gegen den Kummer, der sie nur lähmen, aber niemandem helfen würde.

Entschieden wandte sie sich vom Lager der Grauen ab und richtete den Blick wieder auf die beständig wachsende Wagenburg der Zigeuner. Salba hatte Recht. Wenn sie irgendwo eine Antwort auf ihre Fragen finden konnte, dann wohl am ehesten dort.

Ein feiner Schnee lag in der Luft, der wie ein atmender Nebelschleier durch die fast menschenleeren Gassen zwischen den Wagen und Marktbuden wehte. Mit Pech bestrichene Fackeln kämpften gegen die alles durchdringende Feuchtigkeit des Winterabends an, doch ihr Licht genügte kaum, um dem Unrat ausweichen zu können, der schon am ersten Tag der Feierlichkeiten die Durchgänge verschmutzte. Sehnsüchtig dachte Eirion an die Jahrmärkte in Tarlin, wo Gwenlian mit unnachgiebiger Festigkeit für Sauberkeit gesorgt hatte, um die Ausbreitung von Seuchen zu verhindern, die dergleichen Volksvergnügungen nur allzu oft nach sich zogen. Aber der Schmutz war nicht das Einzige, worin sich der Lemmas-Markt von den großen Märkten in Tarlin unterschied. Es schien, als hätten sich die frömmsten und strenggläubigsten Fálianer des ganzen Reichs hier in Lemmas versammelt. Eirion hatte nicht erwartet, dass die Anwesenheit der Pilger die Atmosphäre des Marktes auf solche Weise beherrschen würde. Aber sie waren zu Tausenden hierher gekommen, Männer und Frauen, die mit leidenschaftlichem Eifer auf die genaue Einhaltung der Riten pochten und die jeden Verstoß gegen den Kanon der Gesetze, die heilige Schrift des Fálianismus, vor die Hexer gebracht hätten. Die Folge davon waren eine ständig unter der Oberfläche lauernde Furcht und ein tiefes Misstrauen gegen jeden Fremden. Von Salba wusste Eirion, dass die Hexer seit einigen Jahren Spitzel zum Lemmas-Markt entsandten, die sich unauffällig und unerkennbar unters Volk mischten und nur auf ein unbedachtes Wort warteten, um ihren Herren Bericht zu erstatten. Und jedes Jahr wurden Männer und Frauen in den Tagen nach dem Markt im Morgengrauen aus ihren warmen Betten gerissen und vor die Hohe Feme geführt. Die wenigsten von ihnen kehrten je zu ihren Familien zurück.

Das dünne Eis, das sich in der Kälte der frühen Abendstunden auf den Wegen gebildet hatte, knirschte unter Eirions leichten Schritten. Ansonsten war es vollkommen still. Hier und da traten bewaffnete Männer frierend von einem Fuß auf den anderen. Sie bewachten gegen hohes Entgelt jeweils mehrere Wagen, denn dies war die Stunde der Diebe. Salba hatte ihr erzählt, dass diese Männer zu einer Kaste gehörten, die eifersüchtig über ihre Rechte wachte. Niemand, der nicht Mitglied dieser seltsamen Bruderschaft war, durfte sich seinen Lohn als Wachmann auf dem Lemmas-Markt verdienen.

Zu dieser Stunde befanden sich alle Händler und Pilger in der Mitjas-Kathedrale, um dem großen Gottesdienst und dem daran anschließenden Schauspiel beizuwohnen, das Fáls Ankunft und Aufnahme bei dem Schmied Mitjas und seiner Frau Rosmerta darstellte. Und während die mit kostbaren Waren angefüllten

Marktbuden der Händler leer standen, versuchte lichtscheues Gesindel, auf seine Weise das Beste aus dem Fest zu machen.

Eirion erschrak beinahe, als sie plötzlich ganz in ihrer Nähe gedämpfte Männerstimmen hörte.

»... ich sage dir, Danilo, das Licht kommt nicht mehr wieder. Und dann ...«

»Ach, du mit deiner Schwarzmalerei! Du wirst schon sehen, wenn es Frühling wird, wagt sich auch die Sonne wieder aus ihrem Winterschlaf hervor. So ist es noch immer gewesen, so wird es auch in diesem Jahr sein.« Eine andere Männerstimme antwortete der ersten. Die Worte kamen ein wenig zu langsam und undeutlich; wahrscheinlich hatte der Mann bereits reichlich dem scharfen, starken Bitterpunsch zugesprochen, der eigentlich erst nach der großen Messe in der Kathedrale und dann auch nur an die männlichen Festgäste ausgeschenkt werden durfte.

»Ich weiß nicht recht ...« Ein dritter Mann meldete sich zu Wort. Er sprach mit dem unverkennbaren, singenden Tonfall der Leute aus Sint. »Meine Schwester hat nach Kokonda geheiratet – in den südlichsten Teil der Provinz, der fast bis zur Wüste reicht. Sie ist mit ihrem Mann und den beiden älteren Kindern zum Fest hergekommen. Und sie erzählen ganz merkwürdige Dinge ...«

Ein raues Lachen schnitt dem Sintianer das Wort ab. Es war ein unangenehmes Geräusch, bei dem sich die feinen Härchen auf Eirions Armen warnend aufstellten.

»Ach, hört doch auf mit diesem närrischen Gerede.« Der Mann, der Danilo hieß, fand offenkundig keinen Gefallen an diesem Gespräch. »Das Licht kommt nicht wieder«, äffte er die Stimme des ersten Wächters nach. »Lasst uns lieber darüber nachdenken, wie wir nachher an ein paar dralle Weiber kommen.«

»Auf mich braucht ihr keine Rücksicht zu nehmen. Ich hab schon eins«, erklang plötzlich direkt hinter Eirion eine neue Stimme. Im selben Augenblick legten sich zwei Arme wie ein stählerner Gürtel um ihre Taille und pressten ihr die Luft ab.

Der Mann musste sich unbemerkt angeschlichen haben, während sie das Gespräch der anderen Wachleute belauscht hatte. Und noch während Eirion sich verzweifelt gegen ihren Angreifer wehrte, wusste sie, dass es vergeblich war.

Die schweren Schritte, die sich ihr jetzt näherten, klangen wie Donnerschläge in ihren Ohren. Die klare Winterluft verlor schlagartig ihre Süße, und saurer Schweiß, vermischt mit der Schärfe des Bitterpunschs, umhüllte sie wie eine giftige Wolke.

»Aber Nonno, wer wird denn so geizig sein?«, rief der Sintianer mit spöttischem Tadel. »Hat deine Mutter dir denn gar nichts beigebracht? Ein braver Junge behält das Beste nicht für sich allein, sondern teilt es brüderlich mit seinen Freunden.«

Der so Angesprochene drehte Eirion die Arme auf den Rücken und hielt sie fest. Dann griffen rohe Hände nach ihrem Haar, und sie riss den Kopf herum und biss dem Mann mit aller Kraft in den Finger. Er schrie laut auf.

Der Wachposten, den sie Danilo nannten, lachte abermals sein unangenehmes Lachen.

»Das gefällt mir«, sagte er, und der beißende Geruch des Punschs würgte Eirion in der Kehle, als er nun vor sie hintrat. Vorsichtig geworden durch das Missgeschick, das seinen Kameraden ereilt hatte, mied er Eirions scharfe Zähne und ließ die rechte Hand über ihre Brüste wandern, wie ein Bauer, der ein Stück Vieh prüfte, ob es auch fett genug sei. Eine Welle aus panischer Angst und Ekel lief durch Eirions Körper.

»Ist nicht viel dran an dem Frauenzimmer.« Trotz des schwachen Lichts sah Eirion das böse Grinsen, das Danilos Gesicht verzerrte. Eine wulstige rote Narbe lief von seinem linken Auge bis zum Mundwinkel, so dass nur der rechte Teil seiner Lippen sich nach oben bog, während der linke vollkommen unbewegt blieb. Das Ergebnis war eine Fratze von abstoßender Hässlichkeit. Unerwartet drückte der Mann plötzlich zu und drehte Eirions Brustwarze zwischen Daumen und Zeigefinger. Eirion schrie laut auf.

»Spar dir den Atem, Mädchen«, sagte der Mann, dem sie in den Finger gebissen hatte. »Hier sind nur Leute von der Bruderschaft, die dich hören können, und von denen wird keiner dir helfen.« Er spie hasserfüllt aus. »Aber vielleicht reichen dir ja vier Freier nicht, und du möchtest noch ein paar mehr herbeirufen?«

Der Mann, den sie Nonno nannten und der ihr noch immer die Arme nach hinten bog, zischte dicht an ihrem Ohr: »Immer schön eins nach dem anderen, Peta. Ich habe die Stute gefunden, also bin ich der Erste, der sie reiten wird.«

Der Rest seiner Worte ging im Rauschen ihres Blutes unter, das jetzt jedes andere Geräusch übertönte. Die Nähe der vier Männer machte Eirion das Atmen schier unmöglich, und mit jedem Augenblick, der verstrich, fiel es ihr schwerer, ihre Lungen mit genügend Luft zu füllen.

Denk nach, befahl sie sich. Sie zwang sich zu einem tiefen Atemzug, aber ihr Körper wehrte sich so sehr gegen das Miasma übler Gerüche um sie herum, dass sie nur mit Mühe die Muskeln in ihrer Kehle beherrschen konnte.

Vergiss niemals, wer du bist, Tochter. Eine Stimme, die der ihrer Ziehmutter ähnelte und doch nicht ähnelte, trat in ihre Gedanken. *Vergiss niemals,* was *du bist!*

Es schien, als seien es hundert Hände, die an ihr zerrten,

tausend Finger, die wie gierige Vögel an ihrem Fleisch pickten.

Denk nach! Schwarze Furcht stahl alle Gedanken aus ihrem Kopf.

Schwindel befiel sie, und einen Augenblick lang verharrte sie unschlüssig an der Grenze zur Bewusstlosigkeit. *Atme!*, befahl ihr die Stimme in ihrem Herzen, und diesmal wusste sie, dass es ihre Mutter war, die zu ihr sprach.

Atme!

Sammle deine Kraft!

Du bist eine Magierin.

Kein Sterblicher hat die Macht, dich zu verletzen.

Nutze deine Kraft. Nutze, was ich dich gelehrt habe!

Aber nein, es war nicht eine, es waren zwei Stimmen, die sprachen, und Verwirrung mischte sich in Eirions Furcht. Zwei Stimmen, eine dunkel und fremd, die andere warm und vertraut. Und ihr Herz sagte ihr, dass beide Stimmen die Stimme ihrer Mutter waren.

»Was soll ich tun?«, schrie sie ihnen entgegen und zuckte zusammen, als rohes Gelächter ihr antwortete. In ihrer Verzweiflung hatte sie ihre Frage laut hervorgestoßen und die Wachleute damit zu Heiterkeit gereizt. Im nächsten Augenblick wurde sie von den Füßen gerissen und schlug mit dem Kopf hart auf den eisigen, feuchten Boden.

Kein Sterblicher kann dir etwas antun.

Nutze deine Magie!

»Mutter!« Erneutes Gelächter verriet ihr, dass sie abermals laut gerufen hatte.

Endlich stieg Wut in ihr auf, Wut auf diese erbärmlichen Kreaturen, die nicht mehr waren als Tiere und die dennoch die Macht hatten, einer Frau allein auf Grund ihrer überlegenen Körperkraft Gewalt anzutun. Eirion begrüßte den Zorn voller

Dankbarkeit, denn alles war besser als diese furchtbare Ohnmacht, dieses hilflose Ausgeliefertsein.

Magie! Um ein Haar hätte sie laut gelacht. Plötzlich bereitete das Atmen ihr keine Mühe mehr, und die Luft, die durch ihre Kehle floss, war klar und wohltuend. Ohne sie gerufen zu haben, war die Magierin in ihr bereits erwacht.

Das warme Licht, das sich langsam zu einem festen, kraftvollen Kern in ihrer Seele verdichtete, entspannte ihre verkrampften Muskeln, und der Mann namens Nonno, der jetzt über ihr lag und ihre Röcke hochzuschieben versuchte, hielt einen Augenblick inne, verwundert, dass ihr Widerstand so plötzlich erlahmte.

Eirion lächelte. Sie würde ihn in die Höhe katapultieren wie ein Kind einen bunten Ball. Als sie darüber nachdachte, was sie mit den drei anderen Wachleuten tun würde, vertiefte sich ihr Lächeln – und erstarb.

Der Lichtkern in ihrer Seele erlosch.

Sie muss zu den Schwänen ... dort kommt sie her, dorthin muss sie gehen. Nur sie kann Rettung bringen. Diesmal war Gwenlians Stimme nicht Realität, sondern Erinnerung.

Sie muss nach Anguli gehen, Marte, hörst du mich? Gwenlian hatte im Sterben ihre Botschaft an Marte gerichtet, weil sie glaubte, Eirion sei in der Gedankenrede nicht erfahren genug, um sie zu verstehen. Aber sie hatte verstanden. Und nun war sie auf dem Weg zu dem Ort, zu dem Gwenlian sie geschickt hatte, und nichts durfte sie aufhalten.

Nein, sie durfte diese Männer nicht mit ihrer Magie bekämpfen, oder sie würde noch in dieser Nacht fliehen müssen. Wenn die Hexer ihren Zauber nicht ohnehin aufgefangen hatten, würden die Wachleute ihnen auf der Stelle Meldung machen. Und die Hexer hatten bisher noch jeden gefunden, der gegen ihr oberstes Gesetz verstoßen hatte. *Sie muss zu den*

Schwänen, Marte, dort kommt sie her, dorthin muss sie gehen ...

Der feine Stoff ihres Unterkleides riss, dann spürte sie die raue, kalte Erde unter ihrem nackten Fleisch. Die johlenden Zurufe der anderen Männer umbrandeten sie wie ein gottloses Meer. Vage nahm sie wahr, dass es inzwischen mehr Männer sein mussten als drei, die Nonno anfeuerten oder zur Eile drängten – welches von beidem, hätte sie nicht sagen können.

Anguli ... nur dort kann sie erfahren, wer sie ist ...

Kein Sterblicher hat die Macht, dich zu verletzen ...

Es war eine grausame Wahl, die sie treffen musste, denn welchen Weg sie auch beschritt, beide konnten ihr nur Verderben bringen.

»Mutter!«, schrie sie und scherte sich nicht mehr darum, dass die Männer sie hören konnten.

Wind strich über Eirions brennende Wangen, und so vertraut ihr die mannigfaltigen Stimmen des Windes waren, noch nie hatte sie so deutlich gespürt, dass er auch eine eigene Seele besaß. Und es war eine mächtige alte Seele, eine Seele, die aus freiem Willen ihre gegenwärtige Gestalt angenommen hatte.

Eine Berührung, die zu zart und zu vertraut war, als dass sie von dem Barbaren über ihr kommen konnte, lockte Eirion ein Stück weit aus der inneren Zuflucht hervor, in die sie sich zurückgezogen hatte. Der seltsame Wind wurde stärker, und Eirion spürte die Nähe seiner Seele jetzt ganz deutlich.

Dann war das Gewicht, das sie niedergedrückt hatte, plötzlich fort, und ein gellender Schmerzensschrei holte Eirion vollends auf den schmutzigen Festplatz zurück. Allerdings traute sie ihren Augen nicht, denn was sie sah, konnte unmöglich Wirklichkeit sein.

Ein geflügelter Dämon hatte sich auf Nonno gestürzt und schoss jetzt zielstrebig auf den Mann zu, der direkt hinter ihm stand. Der Dämon musste wohl auch den Wind gebracht haben, denn als er sich von Eirion entfernte, nahm er den Wind mit sich fort. Neue Schreie mischten sich in das Geheul Nonnos, das kurz darauf zu einem Wimmern verklang. Eirion hörte das unverkennbare Klicken einer Armbrust, die gespannt wurde, doch das Zischen des durch die Luft sirrenden Pfeils blieb aus. Stattdessen brach ein Tumult los, als seien tatsächlich alle Dämonen der Unterwelt entfesselt worden. Eirion wagte es nicht, sich zu bewegen. Schreie, Schritte und ein seltsames, drohendes Schnarren vermischten sich zu einer Symphonie der Angst. Wieder strich dieser lebendige Wind über Eirion hinweg, und diesmal nahm sie ein vages Gefühl der Vertrautheit wahr. Kurz, so kurz, dass sie nicht wusste, ob es Einbildung oder Wirklichkeit war, kitzelte etwas Weiches ihre Lippen, wie Tautropfen an einem frühen Herbstmorgen. Und diese Berührung, die so rein und sanft war nach der brutalen Grobheit, mit der die Wachleute sie beschmutzt hatten, gab Eirion die Kraft, sich langsam aufzurichten. Um sie herum tobte noch immer der geflügelte Dämon, und sein wildes Fauchen schien aus allen Richtungen gleichzeitig zu kommen. Eirion rappelte sich mit steifen, schmerzenden Gliedern hoch und sah sich um. Durch den dunklen Korridor zwischen den Wagen näherten sich jetzt tanzende Lichtpunkte, und neue Stimmen wurden langsam lauter.

Die Festgäste kehrten von der Messe in der Kathedrale zurück. Sie war gerettet!

Ein letztes Mal spürte sie den Wind in ihrem Haar, dann erhob sich der geflügelte Dämon und wurde eins mit dem dunklen Nachthimmel. Eirion blickte ihm nach – und hielt unwillkürlich den Atem an, denn was sie gerettet hatte, war keineswegs ein Dämon gewesen.

Erst nach und nach nahm Eirion wieder ihre Umgebung wahr. Man hatte sie auf eins der zwischen den Wagen aufgebauten Podeste gebracht, auf denen morgen die Kinder ihre Darbietungen zeigen sollten.

»... geht nicht mit rechten Dingen zu ...«

»Es war ein Dämon, so wahr ich hier stehe ...«

»... hat Nonno und Peta ein Auge aus dem Kopf geschlagen, als hätte er Hammer und Meißel dafür benutzt!«

»... mindestens zwei Meter maßen seine Schwingen, und sein Kopf war so groß wie der Euter einer tragenden Kuh ...«

Eirion, die ein wenig abseits des von Fackeln beleuchteten Podests stand, hatte so gut es ging ihre zerfetzten Röcke geglättet und hielt mit einer Hand das aufgerissene Mieder über ihren Brüsten zusammen.

Plötzlich löste sich ein Mann aus der Menge und zerrte sie brutal am Arm hinter sich her, in den Lichtkreis der Fackeln.

»Sie ist eine Hexe!«, rief der Wachmann in die Menge hinein. Jetzt erst erkannte Eirion Danilos Stimme, denn das betrunkene Lallen war aus seinen Worten verschwunden, und er klang vollkommen nüchtern. »Ich sage euch, sie hat den Dämon gerufen, der über diese braven Männer hergefallen ist. Sie ist eine Hexe!«

Ein angstvolles Raunen ging durch die Menge, und Eirion sah, dass einige der Männer und Frauen, die ihr am nächsten standen, zurückwichen oder das Heilige Zeichen schlugen.

»Auf den Scheiterhaufen mit ihr!«, brüllte ein Mann, der die Uniform der Bruderschaft trug.

»Nein!«, rief ein anderer. »Sie muss zuerst vor die Hohe Feme geführt werden, so will es das Gesetz.«

»Wir wollen sie brennen sehen, die Hexe!«

Eirion schauderte, als sie in die gierigen, hasserfüllten Augen des Mannes sah, von dem dieser Zuruf gekommen war. Seine Lippen glänzten feucht im Licht der Fackeln, die jetzt heller zu brennen schienen als in den Stunden zuvor. Angst schnürte ihr die Kehle zu.

»Wir wollen sie brennen sehen!«

Eine Frau, an deren Röcke sich zwei kleine Kinder klammerten, senkte die Augen vor Eirions Blick und schlich verstohlen davon. Andere folgten ihrem Beispiel.

»Auf den Scheiterhaufen mit der Hexe!«

»Lasst sie brennen!«

Eine Frauenstimme, die zu leise war, um sich über dem Gebrüll Gehör zu verschaffen, rief: »Erst muss es bewiesen werden! Ihr müsst erst Beweise haben, bevor ...« Es war sinnlos. Niemand achtete auf sie.

Einige Männer entfernten sich lachend und johlend von den anderen, und Eirion brauchte ihnen nicht nachzusehen, um zu wissen, was sie vorhatten. Sie konnte das Feuer bereits riechen, das ihr Fleisch verzehren sollte, vermeinte die Hitze zu spüren, die langsam näher kriechen würde.

»Barko!«, schrie sie innerlich, doch sie wusste, dass ihr Falke ihr diesmal nicht würde helfen können. Er konnte gegen fünf Männer kämpfen, gegen zehn oder gegen fünfzehn – aber dies waren Dutzende, Hunderte ...

Überall erschienen jetzt wie aus dem Nichts große Krüge mit Bitterpunsch, und Eirion wusste, dass das das Ende war. Wenn die Männer sich erst ausreichend Mut angetrunken hatten, würden selbst die Besonneneren unter ihnen nicht mehr zu halten sein.

Sie muss zum See ... dort kommt sie her, dorthin muss sie gehen ...

Mehr als alles andere, mehr als den Verlust von Gegenwart und Zukunft, bedauerte Eirion, dass sie nun keine Gelegenheit mehr haben würde, ihre Vergangenheit zu finden.

Auf dem eilig frei geräumten Platz zwischen zwei großen Marktständen fing das gebündelte Stroh Feuer, und die ersten Funken stoben in den Nachthimmel empor.

KAPITEL 10

Halt, habe ich gesagt! Ihr sollt einhalten, ihr Narren!« Eine herrische, befehlsgewohnte Stimme übertönte alle anderen, und es schien, als zögen sich selbst die hell lodernden Flammen auf dem Scheiterhaufen furchtsam zurück; als versuchten sie, das Prasseln ihrer roten Zungen ein wenig zu dämpfen, um nicht den Zorn dieser vierschrötigen großen Frau zu erregen.

»Habt ihr denn jetzt vollends den Verstand verloren?«

Betretene Stille senkte sich über die ersten Reihen der Gaffer, unter denen jetzt keine einzige Frau mehr war.

»Heute ist Fálstag, und ihr habt nichts Besseres zu tun, als euch voll laufen zu lassen und wüste Anschuldigungen gegen ein harmloses junges Mädchen zu erheben, das obendrein unser Gast ist.«

»Sie ist *nicht* harmlos!«, rief Danilo, aber die Frau beachtete seinen Einwurf überhaupt nicht.

»Schämt euch, alle miteinander«, fuhr sie fort.

Das verlegene Schweigen hatte sich inzwischen wie eine Welle ausgebreitet und auch die weiter hinten Stehenden erfasst, aber Eirion wusste, dass sie noch lange nicht gerettet war.

Danilo riss seinen rechten Arm in die Höhe. Der Stoff seines braunen Mantels hing in blutigen Fetzen herunter. »Seht ihr das?«, schrie er. »Seht nur her! Was glaubt ihr, wer mir das angetan hat? Und was glaubt ihr, wer Nonno und Peta ihre Augen gestohlen und nur blutige Höhlen zurückgelassen hat? Nonno ist bereits tot.«

Wieder wurde wütendes Murmeln laut. Die Bruderschaft der

Wachleute würde den Tod eines der ihren nicht ungesühnt lassen.

»Vier weitere Männer sind so schwer verletzt, dass niemand sagen kann, ob sie leben oder sterben werden!«

Abermals entzündete sich der Funke des Zorns, aber die Frau, die schon einmal die Menge zum Schweigen gebracht hatte, sorgte dafür, dass daraus kein zweites Mal ein Feuer entstehen konnte.

»Du!« Diesmal ignorierte sie Danilo nicht, sondern fuhr mit einer für ihre behäbige Gestalt überraschenden Behändigkeit zu ihm herum. Jetzt, da das Licht der hohen Fackeln direkt auf ihr Gesicht fiel, erkannte Eirion sie: Es war Konja, die Schwester von Bardel, dem Dorfvorsteher. Und hinter ihr entdeckte Eirion nun auch Bardel selbst, der zu versuchen schien, sich hinter dem breiten Rücken seiner Schwester zu verstecken.

»Du!«, zischte Konja Danilo an, und zum ersten Mal verspürte Eirion jetzt so etwas wie Furcht bei dem Wachmann. »Du wirst uns jetzt erst einmal erklären, wie das arme Mädchen in diesen Zustand gekommen ist«, fuhr Konja fort und zog Eirion dann zu sich heran, ins Licht der Fackeln. »War das etwa auch dein Dämon?« Mit sanfter Gewalt drückte Konja Eirion die Arme herunter, die sie instinktiv vor der Brust überkreuzt hatte. Als sie die tiefen Kratzer und Bisswunden auf Eirions nacktem Fleisch sah, schlug sie betroffen das Heilige Zeichen. Dann streifte sie ihren Umhang ab und hüllte Eirion behutsam in das alte, vom vielen Waschen verfilzte Kleidungsstück, das einen schwachen Duft von Lavendel verströmte.

Konjas Stimme zitterte vor Zorn, als sie sich wieder an Danilo wandte. »Du!«, rief sie noch einmal. »Du bist uns noch eine Erklärung schuldig, Danilo. War es der *Dämon,* der über dieses Mädchen hergefallen ist, oder waren es vielleicht wilde Tiere von ganz anderer Art?«

Als Danilo nicht sofort antwortete, rief ein Mann, der das strenge schwarze Gewand der Pilger trug: »Ja, erklär es uns, Danilo.«

»Sie trägt die Schuld, dass ein guter Mann sein Leben verloren hat und vier weitere schwer verletzt sind. Genügt euch das nicht?«, brüllte Danilo mit sich überschlagender Stimme. »Ich bin ein Mitglied der Bruderschaft, und wer es wagt, sich gegen einen der unseren zu stellen ...«

»Steht die Bruderschaft über dem Gesetz?«, rief Konja und stieß ihren eingeschüchterten Bruder an den Rand der Plattform. »Du bist der Dorfvorsteher hier, der Hüter von Recht und Moral. Sag es uns – steht die Bruderschaft über dem Gesetz des Königs?«

»Nein, natürlich nicht«, stammelte Bardel erschrocken. »Niemand tut das ... aber wenn Dämonen im Spiel sind ...«

»Dämonen!«

Salba, die unbemerkt auf das Podest gestiegen war, stellte sich mit einer mütterlichen Geste vor Eirion.

»Ihr redet hier die ganze Zeit von nichts anderem als Dämonen! Aber wer von euch *glaubt* denn überhaupt an Dämonen?« Sie sah Bardel an, der daraufhin voller Angst den Blick senkte. »Also, wer unter euch glaubt an Dämonen? Wer unter euch möchte vor die Hohe Feme treten und den Richtern erklären, warum er an die Existenz von Dämonen glaubt? Nur Mut! Hebt die Hand, alle, die an Dämonen glauben!«

Diesmal war die Stille, die sich über den Festplatz senkte, von ganz anderer Art als wenige Minuten zuvor, denn an die Stelle des Blutrauschs war nackte Angst um das eigene Leben getreten. Zum ersten Mal wagte Eirion es, ihre verhärteten Muskeln ein wenig zu lockern.

»Du, Bela!«, rief Salba in die Menge hinein. »Dich habe ich

mit am lautesten schreien hören, und du warst einer der Ersten, die den Scheiterhaufen errichtet haben.«

Wie um ihre Worte zu unterstreichen, züngelten die Flammen des Scheiterhaufens plötzlich hoch und gelb in den Himmel hinauf. »Was ist nun mit den Dämonen, die du gerade noch so eifrig beschworen hast?«, fragte Salba an Bela gewandt.

»Ich habe keinen Dämon beschworen!«, rief Bela mit erstickter Stimme. »Ich würde niemals ... ich habe nur ... *er* hat gesagt ...« Bela zeigte mit ausgestrecktem Finger auf Danilo, wie um alle Schuld von sich abzuweisen.

Danilo, der nicht der Mann war, der vor zwei Frauen klein beigab, hatte inzwischen seinen Schrecken überwunden. »Da wir gerade von Dämonen reden, Salba«, stieß er mit kalter Wut hervor, »wie erklärst du uns, dass ihr plötzlich wieder Fleisch habt, seit *sie* hier aufgetaucht ist?« Er deutete mit dem Kinn auf Eirion, die bei seinen Worten neben Salba getreten war. »Fleisch genug, um sogar welches zu verkaufen?«

Eirion sog scharf die Luft ein, aber Salba drückte beruhigend ihren Arm. Dann lachte sie verächtlich auf. »Wenn das alles ist«, rief sie, »was dir Kopfzerbrechen bereitet – die Erklärung ist einfach. Unser Gast reist mit einem Falken, einem großartigen Jäger, der von einem der besten Falkner des Königreichs ausgebildet wurde. Und er vermag, was dir und deinesgleichen nicht gelingen will, nämlich Spuren zu lesen und Fährten zu finden.«

Eirion krampfte die Finger fester um das zerrissene Mieder. *Jetzt,* dachte sie. *Jetzt werden sie die Verbindung erkennen zwischen dem geflügelten Dämon und dem Falken, der so ein geschickter Jäger ist.* Ihr Blick fiel auf Cynnik, der in der ersten Reihe der Gaffer stand, nur wenige Schritte von ihr entfernt. In seinen Augen lag ein hämischer, berechnender Ausdruck. Er vor allen anderen musste begriffen haben, was es mit dem »Dämon« auf sich hatte. Mit hämmerndem Herzen wartete sie darauf, dass er die Worte sprechen würde, die nur ihren Tod bedeuten konnten.

Eine vereinzelte Schneeflocke landete auf ihren Lippen, und sie zuckte zusammen wie unter einem Schlag.

Cynnik, der ihr Mienenspiel beobachtet hatte, schwieg.

»Also«, fuhr Salba mit ruhiger, fester Stimme fort, in der mehr als ein Hauch von Ironie lag. »Zurück zu unserem eigentlichen Problem. Wer von euch glaubt nun an Dämonen?«

»Du darfst die Hoffnung nicht aufgeben!«

Salba sah sie beschwörend an und legte eine Hand auf Eirions Arm. Ihre Haut war schwielig und rau, aber die Wärme, die sie verströmte, tat Eirion wohl. Dennoch fiel es ihr schwer, den Rat der älteren Frau zu befolgen.

»Wenn selbst die Zigeuner jetzt nicht mehr wagen, mit mir zu sprechen, wie wird es dann erst bei den anderen sein?«

Sie saßen allein in Salbas Kate; Cynnik hatte sich, ohne auf das Frühstück zu warten, bereits auf den Weg zum Festplatz gemacht. Es war der dritte Tag der Feierlichkeiten, der Mitjastag, der dem Gedenken an Fáls Ziehvater gewidmet war. Heute würde es einen feierlichen Umzug durch all die verschwiegenen Gassen und engen Viehwege von Lemmas und der näheren Umgebung geben, und die Männer versammelten sich bereits in aller Frühe vor der großen Kathedrale, um einen Umtrunk zu nehmen. Gestern, am Liebfrauentag, war Eirion unermüdlich zwischen den Podesten und Wagen der Zigeuner umhergeschweift, anfangs noch voller Hoffnung, später mit wachsender Mutlosigkeit. Wohin sie sich auch wandte, überall fand sich irgendjemand, der mit dem Finger auf ihr leuchtend rotes Haar deutete und ein Wort rief, das sie nicht kannte.

»Kannst du mir sagen, was ›Angala‹ bedeutet?«, fragte sie Salba.

»Anga-là«, wiederholte die alte Kätnerin zögernd.

»Du kennst das Wort?« Eirion sah Salba forschend an. Sie war sich gar nicht sicher, ob sie die Bedeutung dieses fremdartig klingenden Ausdrucks wirklich wissen wollte. Denn wo auch immer eine der Zigeunerinnen dieses Wort gerufen hatte, waren ihr Angst und Ablehnung entgegengeschlagen.

»Nein«, sagte Salba langsam.

»Aber?« Eirion spürte, dass ihre Freundin mehr wusste, als sie verraten wollte.

»Ich habe dieses Wort schon einmal gehört.«

»Bei den Zigeunern?«

Salba nickte wortlos.

»Bei welcher Gelegenheit war das?«, hakte Eirion nach.

»Ich erinnere mich nicht mehr«, antwortete Salba. Dann nahm sie die Tonschale, aus der Eirion die Gerstengrütze gegessen hatte. »Bist du satt geworden? Es ist noch etwas da.«

Eirion schüttelte dankend den Kopf. Sie würde lieber später auf dem Markt etwas essen. Die Grütze, die Salba jeden Morgen aus Wintergerste und mit Wasser verdünnter Ziegenmilch zubereitete, schmeckte fad und leicht bitter, da die Kätner sich keinen Honig leisten konnten – ein schier unbezahlbarer Luxus in den weiter nördlich gelegenen Provinzen Caernadons.

Salba räumte die Essschalen und den Topf ab, der einmal eine fröhliche Blumenglasur auf blauem Grund getragen hatte. Jetzt waren die Blumen nur noch geisterhaft blasse Schemen, und von der blauen Glasur waren große Stücke abgesprungen. Als Salba nach dem Topf griff, schien dieser Eirion plötzlich wie ein Symbol für das Leben dieser gütigen, großzügigen Frau zu sein: bunte Blumen der Hoffnung, die in einem allzu langen Winter von Leid und Armut verdorrt waren, sich aber allen Unbilden des Schicksals zum Trotz weigerten, endgültig zu sterben.

Eirion sprang von ihrem Schemel auf und schlang mit einer Geste spontaner Zuneigung die Arme um die alte Frau, die gut einen Kopf kleiner war als sie selbst.

Salbas kurzes, trockenes Aufschluchzen verriet ihr deutlicher, als Worte es vermocht hätten, wie lange es her sein musste, seit ihre Freundin das letzte Mal menschliche Zärtlichkeit erfahren hatte.

Salba wandte sich ab und stellte das Essgeschirr in den stets blank gescheuerten Zuber, in dem sie den Abwasch erledigte. Eirion ließ ihr Zeit, sich wieder zu fangen, und stellte umständlich die beiden Teebecher ineinander.

Die wenigen Augenblicke hatten Salba genügt. Als sie sich wieder zu Eirion umdrehte, zeigte ihr Gesicht den gewohnten gelassenen Ausdruck.

»Ich glaube, ich habe eine Idee«, sagte die alte Kätnerin mit fester Stimme. »Vielleicht war es ein Fehler, dass du gestern allein gegangen bist. Ich wohne schon so lange hier in Lemmas, dass viele der Marktbesucher mich zumindest vom Sehen kennen. Und besonders die Zigeuner ...« Salba stockte kurz, dann fügte sie hinzu: »Ich habe ihnen in früheren Jahren, als wir noch mehr Ziegen hatten, Käse und Milch verkauft und manchmal auch Getreide, wenn wir welches erübrigen konnten.«

»Und du meinst, sie würden dir Antworten geben, wo sie mich nicht einmal Fragen stellen lassen?« Eirion schöpfte neue Hoffnung.

»Mag sein. Es käme auf einen Versuch an.« Salba griff nach ihrem Umschlagtuch und band es sich mit langsamen Bewegungen um den Kopf. Sie schien jetzt mit ihren Gedanken weit fort zu sein.

»Salba?«, fragte Eirion vorsichtig. »Ist dir noch etwas eingefallen? Etwas, das mir weiterhelfen könnte?«

»Es gibt da eine alte Frau«, erwiderte Salba nachdenklich. »Ich glaube nicht, dass sie selbst eine Zigeunerin ist, aber sie reist mit ihnen, seit ich denken kann.« Salba hatte inzwischen ihren Mantel angezogen, und Eirion band sich ihren dicken, wollenen Umhang zu. »Ich weiß allerdings nicht, ob sie noch lebt. Eigentlich kann ich es mir kaum vorstellen, denn sie war schon alt, als ich noch ein junges Mädchen war. Aber vor einigen Jahren habe ich sie noch einmal gesehen.«

»Dann lass es uns versuchen«, antwortete Eirion. »Und wenn sie selbst nicht mehr lebt, dann hat sie ihre Geschichten vielleicht an eine Jüngere weitergegeben.« Eirion wusste, dass die Zigeuner niemals etwas aufschrieben, sondern ihre Geschichten wie einen Schatz von einer Generation an die andere weiterreichten. Auf diese Weise konnte kein Wissen verloren gehen, und niemand konnte ihnen ihr Erbe stehlen.

Nachdem Salba den Tisch abgeräumt hatte, zogen sie ihre Umhänge über. Klirrende Kälte schlug ihnen entgegen. Seit den späten Stunden des Fálstages hatte es nicht mehr geschneit, dafür schienen die Temperaturen jetzt immer weiter zu sinken. Eirion passte ihre Schritte der langsameren Gangart ihrer Freundin an, obwohl sie am liebsten den Weg bis zum Lager der Zigeuner gerannt wäre.

Plötzlich hielt Salba mitten im Schritt inne. »Dein Haar!«, sagte sie, und Eirion griff unwillkürlich nach einer langen Locke, die der Wind ihr ins Gesicht geweht hatte.

»Was ist mit meinem Haar?«, fragte sie verwundert.

Statt einer Antwort trat Salba vor sie hin und zog Eirion die weite Kapuze, die sie nur selten benutzte, über den Kopf. »So ist es besser«, sagte die alte Kätnerin zufrieden.

Als sie ihr auch noch die Bänder unterm Kinn verschnüren

wollte, protestierte Eirion. »Nein, ich will das nicht! Ich muss den Wind spüren ...«

»Ein paar Stunden wirst du schon auf deinen geliebten Wind verzichten können«, erklärte Salba resolut. »Was glaubst du wohl, warum die Mütter gestern ihre Kinder weggesperrt haben, wenn sie dich auch nur von weitem sehen?« Unbarmherzig beendete die Kätnerin ihr Werk, und Eirion dachte, dass sie jetzt wohl wusste, wie ein Kätzchen sich fühlte, das zum Ersäufen in einen Sack gesperrt wurde – nur dass ihr immerhin ein Guckloch für Augen und Mund blieb.

»Dein Haar ist nicht nur wunderschön«, sagte Salba nun, »es ist auch überaus verräterisch. Ebenso gut könntest du dir ein Schild um den Hals hängen: Ich bin die Frau, die vorgestern den Dämon auf eure Wachmänner gehetzt hat.« Salba lachte trocken auf, und Eirion biss sich, ärgerlich über ihre eigene Dummheit, auf die Unterlippe. Sie hatte schon als kleines Kind in den kalten Monaten auf Tarlin einen verbissenen Kampf gegen Gwenlian und Marte ausgefochten und, sobald die beiden außer Sichtweite gewesen waren, Mützen und Schals in ihre Taschen gestopft. Sie empfand es als so unnatürlich und beengend, ihren Kopf mit dicken Tüchern zu verhüllen, dass sie gestern nicht einmal auf den Gedanken gekommen war, ihr rotes, wie ein Wahrzeichen weithin leuchtendes Haar könne ihre Identität preisgeben.

Mit einem leisen Stoßseufzer ließ sie Salba ihr Werk zu Ende bringen und unterdrückte das Heimweh, das diese mütterliche Geste in ihr wachrief. Gwenlian ... Marte ...

Sie gingen weiter, und es dauerte nicht lange, bis sie den Festplatz erreichten. Es herrschte bei weitem nicht so ein Gedränge wie am Vortag, dem Liebfrauentag, als überall Kinder auf kleinen und großen Podesten ihre Schauspielkunst dargeboten hatten. Andererseits war der Festplatz auch nicht so verlassen wie während der Großen Messe am Fálstag, denn die Frauen und Kinder nahmen nicht am Umzug teil. Die ganze Atmosphäre war deutlich entspannter als an den Tagen zuvor – aber vielleicht, dachte Eirion, empfand sie nur deshalb so, weil niemand bei ihrem Anblick in Panik geriet oder hastig das Heilige Zeichen zum Schutz gegen das Böse schlug. Salba hatte also Recht gehabt.

Sie kamen von Süden auf den Festplatz; links von ihnen konnten sie in einiger Entfernung die Spitze des alten Leuchtturms sehen, von dem aus sie vor drei Tagen die Ankunft der Marktbesucher beobachtet hatten. Vor ihnen erhob sich abweisend und düster die mächtige Fálskathedrale. Wie ein feindseliger Wächter ragte das graue Gemäuer in den Himmel, dessen bleierne Schwere den passenden Hintergrund dafür bildete.

Salba, die Eirions Blick gefolgt war, sagte: »Ich gäbe etwas darum, endlich mal wieder die Sonne zu sehen – oder die Sterne.«

Ich sage dir, das Licht kommt nicht mehr wieder. So sehr Eirion sich dagegen wehrte, immer wieder gingen ihr die Worte der Wachleute durch den Kopf. *... meine Schwester hat nach Kokonda geheiratet ... sie erzählen ganz merkwürdige Dinge ...* Eirion schluckte den Kloß in ihrer Kehle herunter. Nein, sie glaubte nicht, dass Peta, der gestern am frühen Morgen Nonno in den Tod gefolgt war, Schwarzmalerei betrieben hatte. Unwillkürlich beschleunigte sie ihren Schritt, bis ihr wieder einfiel, dass ihre Gefährtin zu alt und zu kurzatmig war, um ihr folgen zu können.

Schon bevor sie die Wagenburg der Zigeuner erreichten, wehten ihnen köstliche Düfte entgegen und erinnerten Eirion unliebsam an ihren knurrenden Magen. Zu gern hätte sie etwas von dem Spanferkel gekostet, das ein breitschultriger

Zigeuner geschickt über dem offenen Feuer drehte. Die Haut des Tiers glänzte bereits knusprig und war so kross, dass sie leise knisterte. Daneben blubberte über einer kleineren Flamme in einem Topf aus gegossener Bronze eine dicke, süß duftende Tunke, die gewiss zum Fleisch gereicht wurde. Eirion sog hungrig die Luft durch die Nase ein und schluckte, als ihr das Wasser im Mund zusammenlief. Am ärgerlichsten war der Umstand, dass sie durchaus das Geld gehabt hätte, um für sich und Salba eine Portion von dem verlockenden Mahl zu kaufen. Aber sie besaß nur noch die Goldmünzen, die Marte vor ihrer Abreise aus Tarlin in ihr Wams eingenäht hatte – und sie wagte es nicht, damit zu bezahlen. Die Gefahr war zu groß, dass sie auf einen unredlichen Händler stieß, der ihren Reichtum witterte und versuchen würde, sie zu berauben.

Tapfer ging sie weiter.

Ein schmaler Reifen, wie sie selbst auf Tarlin einen besessen hatte, rollte schwankend über den Weg vor ihr, und ein kleiner Junge, der hinter ihm herlief, prallte mit ihr zusammen. Reifen und Kind fielen vor Eirions Füßen zu Boden. Sie bückte sich, um dem Kleinen aufzuhelfen, der arglos zu ihr aufsah. Plötzlich jedoch zog sich das schmale braune Kindergesicht erschrocken zusammen. Der Junge stieß ihre Hand weg und flüsterte das Wort, das sie gestern bei den Zigeunern so oft gehört hatte.

»Anga-là!«

Stolpernd rannte er in die entgegengesetzte Richtung davon und ließ Eirion ratlos stehen. Sie griff nach dem am Boden liegenden Reifen und sah Salba fragend an. Die alte Kätnerin hob – ebenso ratlos wie sie selbst – die Hände.

»Mir scheint, wir müssen nicht nur dein Haar verstecken, sondern auch deine Augen.« Sie zuckte die Achseln. »Und das dürfte schwerlich möglich sein.«

Sie gingen weiter.

Salba schien eine genaue Vorstellung zu haben, wo sie hinwollte, und Eirion staunte über die Sicherheit, mit der sie sich in dem Gewirr bunter Wagen zurechtfand.

»Die Zigeuner haben alle einen mehr oder weniger festen Platz innerhalb des Lagers«, erklärte ihr Salba kurz darauf ungefragt. »Es hat etwas mit ihrer Stellung innerhalb ihrer Hierarchie zu tun – obwohl ich nie recht dahinter gekommen bin, wie genau diese Ordnung eigentlich funktioniert.«

Vor einem der größeren Wagen blieb die Kätnerin stehen. Die niedrige, zweigeteilte Tür hatte einen frischen roten Anstrich, auf dem mit großer Sorgfalt ein Zeichen aufgemalt war, das Eirion noch nie gesehen hatte. Auf den ersten Blick sah es wie ein gegenstandsloses Gekritzel aus, aber bei näherem Hinsehen glaubte Eirion, ein Tier darin zu erkennen. Sie wollte gerade Salba nach der Bedeutung des Zeichens fragen, als diese ihr zuvorkam.

»Das ist der Wagen ihres Anführers, Tschalek. Er stammt aus einem der ältesten Zigeunergeschlechter, einer der wenigen Familien, die ein eigenes Wappen führen dürfen.« Sie deutete mit dem Kopf auf das seltsame Zeichen an der Tür. »Sein Wappen ist der Wüstenschakal. Er behauptet, seine Familie stamme von einem der Nomadenvölker ab, die vor Jahrtausenden die Oda-harun durchstreift haben sollen.« Salba lachte kurz auf. »Aber ich habe das Gefühl, dass nicht einmal seine eigene Sippe daran glaubt ... allerdings ist er ein sehr stolzer Mann, und niemand würde es wagen, ihm das ins Gesicht zu sagen.« Die alte Kätnerin warf Eirion einen prüfenden Blick zu und fügte dann leiser hinzu: »Ich denke, es wird besser sein, wenn du dich während unseres Gesprächs ein wenig im Hintergrund hältst.«

Als Eirion einen Schritt zurücktrat, hob Salba die Hand und

klopfte drei Mal an die Tür. Kurz darauf wurde die obere Hälfte der Klapptür geöffnet, und das Gesicht eines dunkelhaarigen kleinen Jungen wurde sichtbar. Nachdem Salba einige Worte mit ihm gewechselt hatte, verschwand das Kind wieder. Dann wurden schwere Schritte im Wagen laut, und ein hoch gewachsener, breitschultriger Zigeuner trat heraus, ohne den vor der Tür liegenden Trittstein zu benutzen. Sein wildes, mehr als schulterlanges Haar war schneeweiß, und sein von Wind und Wetter zu Leder gegerbtes Gesicht war von tiefen Furchen durchzogen, aber er hielt sich so gerade wie ein Jüngling in der Blüte seiner Jahre. Noch bevor er ein Wort gesprochen hatte, konnte Eirion mit ihrem feinen Gespür auch ohne Magie erkennen, dass hier ein Mensch war, der alle Eigenschaften eines Herrschers besaß: Weisheit paarte sich mit Fantasie, Strenge wurde durch Güte gemildert und Entschlossenheit durch geistige Beweglichkeit ergänzt.

Während Salba ihr Anliegen vortrug, tat Eirion so, als sei sie ganz in die Betrachtung der Ochsen vertieft, die zwischen Tschaleks Wagen und dem nächsten versuchten, dem kargen Winterboden ein wenig Nahrung abzuringen. Es waren massige, von Gesundheit und Kraft strotzende Tiere mit einem langen, zottigen Fell. Alles an ihnen war von einem tiefen, leuchtenden Schwarz, nur die Mäuler schimmerten rosig und samten wie die Haut eines Säuglings. Aus ihren glänzenden Nüstern stieg wie eine weiße Fahne der Dunst ihres Atems gen Himmel.

»... Großvater ... ich bitte dich ...« Eirion spitzte die Ohren, als Salbas Stimme plötzlich lauter und dringlicher wurde. Großvater? Was für eine seltsame Anrede für den Anführer einer mächtigen Sippe.

Die Antwort des Mannes konnte Eirion nicht verstehen, sehr wohl aber die Ablehnung in der tiefen Stimme, deren Vibrationen sich über den eisigen Boden und die Luft bis zu ihrem eigenen Körper übertrugen. Sie ballte die Fäuste in den Taschen ihres Umhangs und widmete sich weiter den Ochsen. Aus dem Nachbarwagen war jetzt eine junge Frau gekommen, die eine übergroße, farbenfroh emaillierte Schüssel mit beiden Armen umfasst hielt. Eirion musste an Salbas abgeschlagenen Kochtopf denken. Ob auch die Blumen dieser jungen Zigeunerin eines Tages nur mehr vom Leben ausgelaugte Schatten ihrer selbst sein würden?

Die Ochsen, insgesamt acht Tiere, hatten die Frau, die ihnen Futter brachte, bereits gewittert, und Eirion erwartete, dass sie nun sofort losstürzen würden, um über das gekochte Getreide herzufallen. Aber sie hatte sich geirrt. Das Verhalten der Tiere schlug sie so sehr in ihren Bann, dass sie für eine Weile sogar vergaß, Salbas Gespräch mit Tschalek zu belauschen. Alle acht Ochsen hatten gespannt die Köpfe gehoben, blieben aber reglos stehen. Erst als die junge Zigeunerin sie fast erreicht hatte, setzte eines der Tiere sich in Bewegung. Es war bisher von seinen Gefährten verdeckt gewesen, deshalb bemerkte Eirion jetzt erst, dass sich feine graue Strähnen durch sein sonst schwarzes Fell zogen. Mit selbstverständlicher Würde beugte der alte Ochse sein mächtiges Haupt über die Schüssel, die die Zigeunerin mit einer respektvollen Geste vor ihn hingestellt hatte, als bediene sie ein besonders geschätztes Oberhaupt ihrer Familie.

Der Ochse fraß ohne Gier, obwohl Eirion vermutete, dass er durchaus hungrig war. Lange bevor das schwere Tier satt sein konnte, hob es den Kopf und neigte ihn dann leicht zur Erde. Es war, als wolle es der jungen Frau, die zwei oder drei Schritte hinter der Schale stehen geblieben war, seinen Dank bezeugen. Dann wandte er sich ohne Hast um und nickte einem der anderen Tiere zu, das sich daraufhin langsam in Bewegung setzte.

Eirion griff instinktiv nach ihrer Magie, um die Seele des alten Anführers zu berühren – denn dass er der Anführer des Gespanns oder gar der ganzen Herde war, daran bestand für sie kein Zweifel, obwohl der Ochse, der als zweiter seinen Anteil an dem Futter bekam, gewiss sein Nachfolger sein würde und wohl jetzt schon einen Teil seiner Aufgaben übernommen hatte.

Der warme Lichtkern, den sie in ihrem Innern wachsen lassen musste, bevor sie Zugriff auf ihre Magie bekam, nahm langsam Gestalt an, und sie freute sich auf die Begegnung mit der Seele dieses würdevollen Tieres – als ein vertrautes Wort sie plötzlich aus ihrer Versunkenheit riss.

»... Anga-là ...«

Sie wusste nicht, ob der alte Zigeuner die Stimme gehoben hatte oder ob seine Gedanken so mächtig waren, dass sie sie auf anderem Weg erreicht hatten. Außerdem hatte Tschalek sie soeben vor einer großen Dummheit bewahrt.

Bedauernd wandte Eirion sich von dem Ochsen ab – und zuckte erschrocken zurück.

Unmittelbar vor ihr stand Tschalek und sah sie durchdringend an.

»Ich werde dich zu ihrem Wagen führen«, sagte er. Sie hatte keine Mühe, ihn zu verstehen, obwohl der alte Mann den Dialekt der Zigeuner sprach, die das R wie ein Donnergrollen klingen ließen und die einzelnen Wörter zusammenzogen, so dass ihre Sprache mehr wie ein seltsamer, wunderschöner Gesang klang. »Aber ich werde zuerst mit ihr sprechen. Und wenn sie dich nicht sehen will, dann wirst du es nicht wagen, sie in ihrer Ruhe zu stören – weder heute noch an irgendeinem anderen Tag.«

Sie hatte sich tatsächlich nicht getäuscht. Tschalek besaß in der Tat alles, was einen guten Führer ausmachte. Und sie würde sich seiner Entscheidung beugen, was immer es sie kosten mochte.

Hinter ihr begann ein Kind schrill zu weinen. Die junge Frau, die den Ochsen das Futter gebracht hatte, sprach beruhigend auf das Kleine ein. Der zweite Ochse trottete zu den anderen zurück. Der harte Boden knirschte unter seinen schweren Hufen. Ein Hund bellte. Es war ein vollkommen gewöhnlicher Tag für die Zigeuner. Die Tiere mussten versorgt, Kinder getröstet werden. Einige Frauen wuschen in einem großen, hölzernen Zuber lachend und schwatzend ihre Wäsche. Der Duft von Seifenlauge lag in der Luft, von den geröteten Händen der Zigeunerinnen stieg weißer Dampf empor. Am Abend würden sie sich vor dem Feuer ihrer Sippen versammeln, würden ihre alten Lieder singen und Geschichten aus längst vergangenen Zeiten erzählen.

Für sie würde es ein Tag wie alle anderen Tage sein, der nach und nach zu einem Tropfen im Meer des Gewesenen werden würde.

Eirion aber würde jeder Augenblick, jedes Geräusch und jedes Bild dieses Tages auf ewig im Gedächtnis bleiben.

KAPITEL 11

»Ich habe dich erwartet.«

Die ersten Worte der Frau – von der Eirion nur deshalb wusste, dass sie eine Frau war, weil Salba es ihr gesagt hatte – waren nicht der einzige Schock, den Eirion verkraften musste. Der eine kurze Schritt über den Trittstein des Wagens hatte sie in eine vollkommen andere Welt geführt.

Tschalek war nur kurz in dem Wagen gewesen – wobei er zu Eirions Verwunderung die Tür einen Spaltbreit offen gelassen hatte –, und Salba hatte die Zeit genutzt, um ihr hastig einige Erklärungen zu geben.

»Sie wird Radscha genannt«, hatte sie hervorgestoßen, ein wenig atemlos von dem schnellen Tempo, das Tschalek vorgegeben hatte. »Ihr richtiger Name ist unaussprechlich, lauter A's und R's ... aber das ist jetzt nicht wichtig. Du musst darauf vorbereitet sein, dass sie ... anders ist als ...«

In diesem Moment war Tschalek wieder herausgekommen. »Sie will dich sehen«, hatte er nur gesagt und Eirion zugenickt. Er war überrascht gewesen, dass die Besitzerin des Wagens so entschieden hatte, das konnte Eirion deutlich erkennen.

Als sie Salba dann wortlos den Vortritt lassen wollte, hatte Tschalek die alte Kätnerin am Arm festgehalten. »Nur das Mädchen«, hatte er gesagt. Und bevor Eirion protestieren konnte, war Salba zur Seite getreten, und sie selbst wurde in den Wagen geschoben.

Sie wird Radscha genannt ... sie ist anders ..., klangen Salbas Worte noch in ihr nach. Dann wurde die Tür des Wagens hinter ihr geschlossen.

»Ich habe dich erwartet.«

Die Stimme kam aus einer Ecke des Raumes, und Eirion wandte sich instinktiv dorthin um. Es herrschte pechschwarze Finsternis, und Eirion blickte nach oben, wo eigentlich ein Rauchabzug hätte sein müssen. Es war keiner da.

»Ich würde dich gern sehen können«, sagte sie, ohne lange darüber nachzudenken.

Ein kurzes, trockenes Geräusch antwortete ihr, das wie das Rascheln von Blättern klang und aus keiner menschlichen Kehle stammen konnte. Dennoch wusste Eirion, dass es ein Lachen war.

Im nächsten Moment hörte sie ein leises Knacken, dann flammte ein Licht auf, und wieder erklang diese merkwürdige Stimme. »Verzeih mir meine Unhöflichkeit. Ich selbst brauche kein Licht, um zu sehen.«

Eirion trat langsam und staunend vor. Das Licht war buchstäblich aus dem Nichts gekommen – ein nach oben spitz zulaufender Kegel, der keine Ähnlichkeit mit dem Zauberlicht hatte, das Gwenlian heraufbeschwören konnte. Der Kegel war von einem reinen Weiß und schwebte ohne das geringste Zittern oder Flimmern in der Luft. Er maß an der breitesten Stelle nicht mehr als eine Handspanne und erfüllte dennoch den ganzen Wagen mit seiner Helligkeit, als sei er pures Licht, die Essenz des Lichts.

»Magie!«, flüsterte Eirion halb erschrocken, halb ehrfürchtig.

Wieder dieses raschelnde Geräusch. *Birken,* schoss es ihr durch den Kopf. *Birkenblätter im Herbstwind, kurz bevor sie vom Baum abfallen und sterben. Die Stimme dieser Frau klingt wie Birkenlaub – und doch wieder ganz anders.*

Zögernd hob Eirion den Blick – und vergaß beinahe, weiterzuatmen.

Das Wesen, das dort in der Ecke an einem kleinen, niedrigen Tisch saß, war ganz gewiss keine Zigeunerin.

Sie ist anders ...

Was für eine Untertreibung!

Sie wollte eine Frage stellen, aber vorher musste sie erst einmal Luft holen. Vorsichtig füllte sie ihre Lungen und nahm am Rande ihres Bewusstseins wahr, dass es nicht die abgestandene, staubige Luft war, die sie in diesem Wagen ohne sichtbare Öffnungen erwartet hätte. Der saubere, klare Atem des Waldes erfüllte ihren Körper.

»Wer bist du?«, fragte sie leise und fügte in Gedanken hinzu: *Und was bist du?*

Ein Räuspern folgte, das Eirion an den leichten Aufprall einer Baumfrucht erinnerte, die auf einen weichen Boden fiel.

»Ich bin Rajaga'ráh Ran'thanabu'ráh. Du kannst mich Radscha nennen – das tun alle hier.« Radscha hielt kurz inne, dann lachte sie wieder ihr eigentümliches Lachen. »Und *was* ich bin – nun, das tut jetzt nichts zur Sache.« Sie hob die Hand und deutete auf den Platz ihr gegenüber. »Setz dich.«

Eirion gehorchte. Die Holzbank knarrte leise unter ihrem Gewicht. Der Lichtkegel schwebte dicht vor ihr, ohne sie jedoch zu blenden. Die Frau – Radscha – sah sie so offen an, dass sie es wagte, sie ihrerseits ohne Scheu zu mustern. Radscha schien nichts anderes zu erwarten und erwiderte gelassen ihren Blick. Eirion entspannte sich und atmete langsam aus.

Jetzt, da sie sie sehen konnte, erkannte Eirion, dass die Stimme in jeder Weise zu ihrer Besitzerin passte; alles andere hätte die vollkommene Harmonie zerstört, die von Radscha ausging. Ihr Gesicht ähnelte ebenfalls einer Birke, allerdings einer, die ihr Blätterwerk schon vor langer Zeit abgestreift hatte. Ihr Kopf war vollkommen kahl und ohne jedes Gesichtshaar; selbst Wimpern oder Augenbrauen fehlten. An der Stelle, wo bei einem gewöhnlichen Menschen die Brauen waren, konnte Eirion zwei ungleichmäßige, scharf hervortretende

Wölbungen erkennen, die scheinbar zufällig knapp über den Augen Radschas Gesicht durchzogen. Die Haut der alten Frau war von fahler Blässe und schuppig. Ihre Augen waren kleine, harzig glänzende Astlöcher, und die Ohren erinnerten an in sich gedrehte, knorrige Auswüchse an einem alten Baum. Es war ein atemberaubendes Gesicht.

Sie hat seit vielen Jahren ihren Wagen nicht mehr verlassen, und ich störe sie nicht gern in ihrer Ruhe, hatte Tschalek gesagt, nachdem er sich widerstrebend bereitgefunden hatte, Eirion zu ihr zu führen.

Nun, jetzt verstand Eirion, warum diese Frau nicht mehr unter Menschen ging. Man hätte sie sofort als das erkannt, was sie war – aber *was* war sie? Eirion hatte schon einmal keine Antwort auf diese Frage bekommen und verzichtete darauf, sie zu wiederholen.

Stattdessen stellte sie die erste Frage, die ihr in den Sinn kam: »Kannst du mir sagen, was Anga-là bedeutet?«

Radscha lachte leise, ein Geräusch, das Eirion jetzt so vertraut war, als hätte sie es ein Leben lang gehört.

»So nennen sie dich also, ja?«, erwiderte sie, und Eirion fiel auf, dass ihre Lippen sich beim Sprechen kaum bewegten, was die Eigenartigkeit ihres Gesichtes noch unterstrich. »Sie wissen nichts«, fuhr die Greisin fort. »Aber du musst ihnen ihre Unwissenheit nachsehen. Alles in allem sind sie gute Menschen, besser als die meisten, die mir begegnet sind. Sie wagen viel – das siehst du schon daran, dass sie mir erlaubt haben, mit ihrer Sippe umherzuziehen –, aber auch sie haben Angst.« Radscha runzelte die Stirn, und Eirion rechnete fast damit, dass ihre trockene Haut knarren würde, so wie es kurz zuvor das Holz der alten Bank getan hatte, auf der sie saß. »Und sie machen sich Sorgen um die Zukunft. Es geschehen schlimme Dinge auf dem Ork-Nuado. Dinge, die schon einmal geschehen sind.«

Eirion hatte plötzlich das Gefühl, in einem dunklen Wald zu stehen, über dem sich Gewitterwolken zusammenzogen. Die Baumkronen wiegten sich drohend im Wind und warnten die Bewohner ihrer Schatten vor einem nahenden Unwetter.

»Aber zurück zu deiner Frage.« Radscha kicherte leise. »Anga-là – nein, sie wissen nichts. ›Anga-là‹ heißt in der Sprache der Zigeuner ›Tochter des Dämons‹. Und wenn dein Vater irgendetwas *nicht* ist, dann ein Dämon.«

Da Radscha abermals in ihre eigene Gedankenwelt zu versinken schien, hakte Eirion rasch nach. »Aber was *ist* mein Vater? Und wer ist er? Was weißt du über ihn?«

Radscha beachtete ihre Fragen nicht. »Aber der Dämon, der die Leute so erschreckt hat, dass sie von nichts anderem mehr reden, der gehört doch tatsächlich zu dir, oder irre ich mich?«

»Er ist kein Dämon«, protestierte Eirion. »Er ist mein Falke.«

»Ein Falke also ...« Radscha sah sie lange an, und in ihren wimpernlosen, kreisrunden Augen stand ein Ausdruck, als suche sie nach einem halb vergessenen Wissen. Dann hellte ihre Miene sich auf. Die beiden knochigen Erhebungen über ihren Augen zuckten in die Höhe, und ihre Nasenflügel blähten sich kurz. Eirion beobachtete fasziniert, wie das Greisinnengesicht sich verwandelte. Es wirkte plötzlich jünger, glatter, als sei Radscha für einen flüchtigen Moment in den Frühling ihres Lebens zurückgekehrt.

Doch als sie sprach, war ihre Stimme wieder die eines alten Baums, der den Herbst schon lange hinter sich gelassen hatte.

»Ja«, sagte sie langsam. »Das passt gut. Ein Falke ...« Sie unterbrach sich und fragte scharf: »Wie heißt dein Falke?«

Eirion zuckte ein wenig verlegen die Achseln. »Barko«, antwortete sie, und wieder überraschte sie Radschas Reaktion.

Die alte Frau klatschte in die Hände. »Wunderbar«, rief sie. »Wunderbar! Ah, Barko ... Barko.« Die Mischung aus Zärtlichkeit und Respekt in Radschas Stimme verwirrte Eirion. Sie sprach beinahe so, als kenne sie den Vogel. Es schien, als könne Radscha Eirions Fragen bereits hören, bevor sie sie gestellt hatte, und wenn sie nicht darauf antworten wollte, ließ sie ihrer jungen Besucherin einfach keine Zeit, auch nur den Mund zu öffnen, sondern sprach selbst weiter. Eirion hatte das deutliche Gefühl, dass es kein Zufall war, welche ihrer Fragen bereits im Keim erstickt wurden.

»Ich nehme an, du weißt, dass Barko der Falke der Regenbogengöttin war?« Wieder eine Bemerkung von solcher Selbstverständlichkeit, als sei die Regenbogengöttin für sie nicht eine in unerreichbare graue Ferne entrückte Schimäre, sondern ein vertrauter Teil ihres Lebens.

Eirion nickte nur. Ihre Neugier, die schon bei ihrem Eintritt in Radschas Wagen Funken gesprüht hatte, war jetzt eine hell lodernde Flamme. Zu viele Fragen schossen ihr gleichzeitig durch den Kopf, als dass sie eine davon schnell genug hätte in Worte kleiden können. Und wieder kam Radscha ihr zuvor.

»Wer hat dem Vogel seinen Namen gegeben?«, wollte sie wissen.

»Das war ich«, antwortet Eirion. »An meinem siebzehnten Geburtstag, als ich ihn geschenkt bekam.«

Radscha nickte zufrieden. »Das war klug von dir.« Dann legte sie den Kopf zur Seite und dachte kurz nach, bevor sie weitersprach: »Wer hat den Falken für dich ausgesucht?«

Weniger als die Fragen selbst erstaunte Eirion die Dringlichkeit, mit der sie vorgebracht wurden.

»Meine Mutter«, erwiderte sie ratlos. »Meine Ziehmutter.«

Radschas Augen leuchteten auf. »Und sie hat von dir verlangt, dass du ihn selbst zähmst?«

Eirion nickte. Ihre Verwirrung wuchs immer mehr, und jetzt

war sie fest entschlossen, ihrerseits ein paar Fragen zu stellen. »Warum ist das so wichtig? Was …?«

Draußen wurden plötzlich Stimmen laut, und Radscha hob gebieterisch die Hand.

»Scht …«

Es war ein Gesang, den Eirion gut kannte und kaum noch recht wahrnahm, aber in diesem Wagen, in der Gegenwart dieser seltsamen Frau wirkte er anders als sonst. Fast wie … Eirion suchte nach dem richtigen Ausdruck. Wie eine Beleidigung – ein Sakrileg.

»… seht, dies ist der Stab Fáls, der das Verderben der Welt hinwegnimmt und Licht schafft, wo vorher Dunkelheit war …«

Die Priester, die die Mitjas-Prozession anführten, mussten jetzt ganz in der Nähe sein.

»Allmächtiger Fál, der du die Welten und Himmel durchmessen hast …«, kam der Antwortgesang der Gläubigen.

Radscha schnalzte mit der Zunge. »Diese Toren mit ihrem steinernen Gott!«, sagte sie verächtlich. »Und der größte Narr von ihnen allen war Fál selbst.«

Eirion blinzelte. Ihre Mutter, Gwenlian, hatte sie gelehrt, alle Götter zu achten, auch wenn ihre Lehren ihr noch so fremd und unverständlich erschienen. Niemals in ihrem Leben würde sie jene Szene vergessen, als Gwenlian ihr zum ersten Mal erlaubt hatte, dem Einmarsch des königlichen Heeres nach einem der zahlreichen Sklavenfeldzüge beizuwohnen. Sie war neun Jahre alt gewesen und hatte mit ihrer Mutter auf einem der Balkone auf Burg Tarlin gestanden. Die königliche Garde mit ihren tadellos gepflegten dunkelroten Uniformen hatte Eirion ebenso wenig interessiert wie die wunderschönen, kraftvollen Pferde mit ihren im Sonnenlicht blitzenden Mähnenpanzern, obwohl sie Pferde normalerweise über alles liebte. An jenem Tag aber hatte sie nur Augen für die Sklaven gehabt, die kurz darauf in den Hof gebracht wurden. Sie gingen zu Fuß, immer zwanzig Männer, die mit schweren Fesseln an den Füßen aneinander gekettet waren. Sie starrten vor Schmutz, ihre Gewänder waren nur noch zerrissene Lumpen, und kaum einer von ihnen, der nicht blutige Striemen auf Rücken und Armen hatte. Und während sie Gwenlians Hand fest umklammert hielt, hatte sie in die Gesichter dieser Männer geblickt und ihr Leben gesehen ... und das Grauen, das die Soldaten des Königs über sie und ihre Familien gebracht hatten. Später hatte ihre Mutter ihr erklärt, dass der König die Sklaven zur Errichtung einer gewaltigen Kathedrale zum Ruhme seines Gottes benötige.

»Dann ist es ein dummer Gott, der so etwas von ihnen verlangt. Er ist grausam, und ich hasse ihn! Ich hasse ihn!«

Gwenlian hatte sie in die Arme genommen und ihr erklärt, dass alle Dinge immer *zwei* Dinge seien. Dass die Göttin den Tag geboren habe und auch die Nacht. Noch heute erinnerte sie sich an die Worte ihrer Mutter, die sich tief in ihre Seele eingegraben hatten: *Die große Mutter gebar den Tag und gebar die Nacht. Sie gebar das Schöne und das Gute, und weil das Schöne allein nicht wahrhaft schön sein kann und das Gute nicht gut, weil alle Dinge immer zwei Dinge sind, gebar die Göttin auch das Hässliche und das Böse. Der Tag wäre bald schon stumpf und schal, gäbe es die Nacht nicht. Das Schöne ohne seine dunkle Schwester Hässlichkeit wäre ein Gut, dessen wir schnell überdrüssig würden. Nun, so entstand also die Welt der Dinge, in der es ein jedes Ding zwei Mal gab, in seiner hellen und seiner dunklen Seite.*

Sie hatte damals gefragt, woran man denn erkennen könne, welches Ding auf die eine und welches auf die andere Seite gehörte. Gwenlian hatte sich, wie sie es so oft tat, eine Strähne aus dem Gesicht gestrichen, bevor sie antwortete.

Zunächst einmal musst du begreifen, dass es nicht so einfach ist, Dinge zu unterscheiden. Der Tag ist zum Beispiel hell – aber ist er deswegen auch gut? Oder nur gut? Und ist die Nacht schlecht? Nur schlecht? Tag und Nacht sind die beiden Seiten einer Münze. Sie ergänzen sich, und eines lebt nur durch das andere, so wie Ebbe und Flut ... wie Mann und Frau ... das ist eines der größten Mysterien, in die die meisten Menschen niemals eingeweiht werden, die zu verstehen nur wenigen vorbehalten ist.

Eine plötzliche Bewegung Radschas holte Eirion in die Gegenwart zurück.

»Deine Mutter war eine kluge Frau«, sagte die Greisin leise und sehr behutsam. »Doch auch sie wusste nicht alles, auch sie hat die Zeichen nicht gesehen – bis es zu spät war. Aber sie war eine gute Frau«, fügte Radscha mit fester Stimme hinzu. »Und ich bin froh, dass sie dich so vieles gelehrt hat – auch wenn das, was du jetzt weißt, nur ein Sandkorn vor dem Meer ist. Aber vor allem bin ich ihr dankbar dafür, dass sie dir einen weisen und starken Gefährten gegeben hat, der dir beistehen kann, wo kein anderer es vermag.«

Der festliche Umzug der Gläubigen war inzwischen vorbeigezogen. Das »Elahá, so sei es«, das den Gesang beendete, klang bereits sehr fern, und Eirion atmete unbewusst auf.

Radscha hob den Kopf und straffte sich dann unwillig. In ihren Zügen malte sich Abscheu ab. Eirion brauchte einen Augenblick länger, um wahrzunehmen, was die alte Frau störte.

Ein schwacher Geruch von Santax lag in der Luft. Natürlich – die Novizen, die das Schlusslicht der Prozession bildeten, hatten ihre unvermeidlichen Opfergefäße geschwenkt, und die Santaxschwaden drangen selbst durch die Ritzen dieses dunklen Wagens.

Radscha machte eine winzige, achtlose Handbewegung – Eirion konnte nicht genau erkennen, was sie tat –, und ein leises Knacken wie von einem Fingerschnippen erklang. Im nächsten Augenblick drang klare, duftende Waldluft in Eirions Lungen.

Erschrocken sah sie die alte Frau an. Diesmal war sie zu schnell, als dass Radscha ihr hätte zuvorkommen können.

»Magie!«, stieß sie hervor. Dann deutete sie auf den Lichtkegel, der die ganze Zeit sein unerschütterliches Leuchten verbreitet hatte. »Wie ist es möglich, dass du es wagst, für solche Nichtigkeiten Magie zu verwenden – noch dazu ...«

»Du nennst Licht und Luft Nichtigkeiten?«, unterbrach Radscha sie spöttisch.

»... noch dazu«, wiederholte Eirion unerbittlich – so leicht würde sie sich nicht von ihrer Frage ablenken lassen –, »wo die Priester nur ein paar Schritte entfernt sind? Hast du einen Schutzzauber?«

»Schutzzauber!« Die Geringschätzigkeit, die Radscha in dieses eine Wort legte, ließ keinen Zweifel, was sie *davon* hielt. »Du denkst an die Hexer mit ihren jämmerlichen kleinen Kunststückchen?«, sagte sie lachend. »Diese traurigen alten Männer, vor denen sich das ganze Land so sehr fürchtet?« Wieder dieses eigenartige, trockene Auflachen wie das Knacken von morschen Zweigen. »Nun, mir können sie nichts anhaben. Meine Magie ist so alt, dass sie nicht einmal etwas von ihrer Existenz ahnen.« Wieder hob die alte Frau die Hand, und obwohl Eirion sie diesmal genau beobachtete, konnte sie doch nicht erkennen, was sie mit ihren Fingern tat – es ging zu schnell.

Ein frischer Wind wehte durch den Wagen, der nicht einmal eine Rauchöffnung besaß. Der Geruch von wilden, reifen Brombeeren ließ Eirion das Wasser im Mund zusammenlaufen, im nächsten Augenblick umtanzten sie winzige Staubfäden eines Tausendsterns – und waren im Nu wieder verschwunden.

»Und selbst wenn sie etwas ahnten, diese Männer, die ihr Hexer nennt, sie könnten nichts dagegen unternehmen.«

Eine Magie, die so alt war, dass die Hexer davon nichts wussten? Und überhaupt – gab es denn mehr als *eine* Art von Magie? Davon hatte Gwenlian ihr niemals etwas gesagt.

Deine Mutter ist eine kluge Frau … doch auch sie wusste nicht alles …

Der Gedanke war neu für Eirion, die immer geglaubt hatte, es könne nichts geben, was ihre Mutter nicht wusste – erst recht nicht, wenn es um Magie ging. Sie kannte niemanden sonst in Caernadon, dem es gelungen war, einen Schutzzauber zu entwickeln – und jetzt tat diese alte Frau so, als sei ein Schutzzauber bloße Kinderei und nicht einmal einer Erwähnung würdig.

Eirion holte tief Luft, doch Radscha schüttelte entschieden den Kopf. »Genug jetzt. Keine Fragen mehr«, sagte sie mit einer Stimme, die Widerspruch zwecklos machte. »All diese Dinge gehören in die Vergangenheit, und du wirst Näheres darüber erfahren, wenn die Zeit gekommen ist. Einstweilen ist nur wichtig, dass du da bist.«

»Du sagtest vorhin, du hättest mich erwartet?«, fragte Eirion behutsam, nachdem Radscha lange geschwiegen hatte.

»Das Kind der drei Welten«, flüsterte Radscha kaum hörbar, fast als spräche sie zu sich selbst. Dann fügte sie lauter hinzu: »Ja, ich habe auf dich gewartet. So lange schon, dass ich beinahe die Hoffnung aufgegeben hatte. Aber eben doch nur beinahe …« Sie sah Eirion prüfend an. »Die alten Götter halten ihre Versprechen, auch wenn sie selbst diese Welt schon lange vergessen haben. Aber ob du der Aufgabe auch gewachsen bist?«

Radscha streckte eine Hand aus, und Eirion legte unwillkürlich ihre hinein. Die Haut der Alten fühlte sich warm und trocken an – zu trocken, als dass sie einem wahrhaft menschlichen Wesen hätte gehören können.

»Bist du stark genug, um eine schwere Last zu tragen?«

Irgendwo im Lager brachen mehrere Hunde gleichzeitig in wütendes Gebell aus. Eine Männerstimme herrschte sie an. Etwas, das wie der Knall einer Peitsche klang, folgte den barschen Worten. Aber all diese Dinge schienen unendlich fern zu sein. Der Lichtkegel verströmte weiterhin sein substanzloses Leuchten, und lange Minuten verstrichen, während Radscha abermals schwieg.

Eirion starrte in den Lichtkegel und begriff, dass sie die alte Frau nicht drängen durfte. Zeit spielte für sie keine Rolle mehr; sie spielte überhaupt keine Rolle in diesem Wagen, der sich von außen durch nichts von den anderen Zigeunerwagen unterschied. Hinter seiner niedrigen Tür jedoch, das war Eirion klar, auch ohne dass sie die anderen Zigeunerwagen von innen gesehen haben musste, hörten die Gemeinsamkeiten auf.

Während Radscha ihre Hand umfasst hielt und in ihrer eigenen zeitlosen Tiefe versunken war, blickte Eirion sich um.

Alles hier war aus Holz gemacht, es gab keine Gegenstände aus Metall oder Porzellan. Selbst die beiden Essschalen auf dem Regal über Radscha waren nicht aus Ton, sondern aus Wurzelholz. Die Schnitzerei ähnelte nichts, was Eirion in Caernadon jemals gesehen hatte, und auch das sanft schimmernde Holz musste von einem ihr fremden Baum stammen. Und alle Dinge, die sie in den karg möblierten Wagen sah, waren alt, ungeheuer alt. Eirion ließ ihren Blick weiterwandern, bis er von selbst zu Radscha zurückkehrte. Aus was für einem Gewebe ihr Gewand wohl sein mochte? Es fiel weit und lose von ihren Schultern herab, so dass Eirion nicht hätte sagen können, ob die Gestalt darunter dick oder dünn war, muskulös oder eher schmächtig.

Endlich sprach Radscha weiter, und ihre Worte erschütterten Eirion zutiefst.

»Ich kann dir nicht helfen, Eirion 'ahrd Gwenlian 'ahrd Oda ...«

Die Worte schienen zwischen ihnen zu schweben, und wieder drängte sich der Wald in ihre Gedanken, der Wald, über dem ein Sturm aufzog. Selbst die Luft schmeckte nach Gewitter, nach Schwefel und nach drohender Gefahr.

»Nein, ich kann dir nicht helfen«, wiederholte die Greisin. »Ich bin zu alt, um noch einmal den Kampf mit ihm aufzunehmen.«

»Mit ihm?«

»Der Eine und Erste«, sagte die alte Frau versonnen. »Er, der unser Bruder war.« Eirion wusste, dass Radscha ihre Anwesenheit für den Augenblick vergessen hatte. »Die Saat des Bösen trägt bittere Früchte, und wer sie bekämpfen will, zahlt einen hohen Preis.«

Plötzlich hob sich der Schleier der Erinnerung von Radschas Augen, und die Finger, die noch immer Eirions Hand umfangen hielten, krampften sich zusammen. »Bist du bereit, den Preis zu zahlen, Eirion?«, fragte sie scharf und eindringlich.

Eirion konnte nur stumm nicken, obwohl sie nicht hätte sagen können, was sie zu dieser Reaktion trieb. Sie wusste nur, dass sie soeben ein ungeheuerliches Versprechen gegeben hatte, ein Versprechen, das ihre Kräfte vielleicht bei weitem überstieg.

Radschas Züge entspannten sich, und sie ließ Eirions Hand los. Die Luft im Wagen war mit einem Mal wieder so klar und frisch wie bei ihrem Eintreten. Der süße Duft von sonnenwarmen Brombeeren hüllte sie ein und linderte ihr Entsetzen ein wenig.

»Aber wenn nicht einmal du mir helfen kannst, wie soll ich dann ...«

Radscha hob die Hand und legte den Kopf schräg. Dann strich ein Lächeln über ihr faltiges Gesicht.

»Er kommt«, sagte sie, »ich habe ihn gerufen.«

Eirion lauschte, aber sie hörte nichts anderes als die alltäglichen, gedämpften Laute aus dem Lager der Zigeuner. Ein Hahn krähte zur Unzeit, sonst konnte sie nichts Ungewöhnliches wahrnehmen.

Ein kurzes, dreimaliges Klopfen ließ sie zusammenzucken. Dann wurde die Tür geöffnet.

Ein Mann trat ein. Eirion wusste sofort, dass Radschas Besucher ein Mann war – und das nicht nur, weil Radscha es gesagt hatte –, obwohl sie sein Gesicht nicht sehen konnte. Seine Männlichkeit verströmte sich mit dem gleichen Nachdruck in dem kleinen Raum wie kurz zuvor die Staubfäden des Tausendsterns und der Geruch der wilden Brombeeren.

»Ich grüße dich, Rajaga'ráh Ran'thanabu'ráh.«

Eirion registrierte kaum, dass Radschas voller Name dem Fremden so mühelos über die Lippen kam. Die weite Kapuze warf einen Schatten über sein Gesicht, so dass sie nur seine lange, leicht gebogene Nase und seinen Mund sehen konnte. Er trug einen kurzen Bart – viel kürzer, als es bei den Männern in Caernadon Mode war, fast so kurz, als hätte er ihn erst seit wenigen Tagen wachsen lassen. Seine Haut war trotz der winterlichen Jahreszeit sonnengebräunt und glatt, und dort, wo sein Umhang den Hals freigab, konnte Eirion feine, dunkle Haare entdecken, die sich sachte um eine dünne, silbern schimmernde Kette kräuselten. An der Kette hing ein kleiner Anhänger. Es war ein fremdartig geformtes Schmuckstück, und Eirion wusste instinktiv, dass es mehr war als nur ein Schmuck. Es war etwas sehr Altes, Heiliges, aber Eirion blieb keine Zeit, sich näher mit dem Anhänger zu beschäftigen, denn im nächsten Augenblick trat Radschas Besucher noch einen Schritt vor und sprach weiter.

»Du hast nach mir gerufen?«, sagte er an Radscha gewandt.

Ein merkwürdiges, ihr gänzlich unvertrautes Gefühl stieg in Eirion auf. Es war angenehm, dieses Gefühl – warm und prickelnd wie der Schaumwein, von dem sie seit ihrem sechzehnten Jahr auf Burg Tarlin gelegentlich hatte kosten dürfen –, aber auch beängstigend in seiner Fremdheit.

Dann tat Radschas Besucher etwas Ungeheuerliches, und Eirion zog scharf die Luft durch die Zähne.

Der fremde Mann hielt plötzlich eine Pfeife in der Hand – trotz ihres Schreckens fiel Eirion auf, dass seine ringlosen Finger lang und wohlgeformt waren – und führte sie an die Lippen.

Eirion verfolgte atemlos jede seiner Bewegungen, während er die Pfeife stopfte und entzündete. Wie konnte er es wagen, in Radschas Anwesenheit Santax zu rauchen? Sie wartete auf die Reaktion der alten Frau – aber es kam keine.

Als sei weiter nichts Außergewöhnliches geschehen, sagte Radscha: »Ich danke dir, dass du meinem Ruf so schnell Folge geleistet hast.« Dann hörte Eirion wieder dieses Fingerschnippen, dem bisher jedes Mal jene Magie gefolgt war, über die Radscha so mühelos gebot.

Der Fremde setzte sich auf einen Schemel, der vorher ganz gewiss nicht dort gestanden hatte.

»Sie ist endlich gekommen.« In Radschas Stimme lagen Befriedigung und Triumph – und fast so etwas wie Sehnsucht.

Ein würziger Duft, der Eirion vage an die winterlichen Torffeuer in der Großen Halle auf Burg Tarlin erinnerte, mischte sich mit der Waldluft im Wagen und schien sie auf natürliche Weise zu ergänzen und zu bereichern. In der Pfeife des Fremden leuchtete die Glut auf. Ein kaum hörbares Zischen, fast wie das Raunen einer menschlichen Stimme, fügte sich in die vollkommene Harmonie ein, die in Radschas kleiner Welt herrschte – und Eirion begriff, dass es ganz gewiss kein Santax war, das dieser Mann in seiner Pfeife rauchte. Die Erleichterung, mit der diese Erkenntnis sie erfüllte, überraschte sie.

Radschas Besucher zog noch einmal bedächtig an seiner Pfeife – die im Schein des Lichtkegels einen warmen, goldenen Schimmer hatte –, dann streifte er mit der gleichen Muße seine Kapuze ab. Da er Eirion nach wie vor keines Blickes würdigte, sondern sich einzig auf die alte Frau ihr gegenüber konzentrierte, ließ sie ihrer Neugier freien Lauf und musterte den Fremden unverhohlen.

Das in der Mitte achtlos gescheitelte braune Haar fiel ihm bis auf die Schultern; es war ungleichmäßig geschnitten und leicht gewellt, und es umrahmte ein Gesicht, das sehr schmal und sehr ernst war – und auf eine ganz eigene Art und Weise schön.

Langsam hob Eirion den Blick, um in die Augen des Fremden zu sehen.

Sie waren blau.

Eirion spricht:

Das Torffeuer brennt hell in diesen Nächten, in denen die Wüste schweigt, weil es nichts mehr zu sagen, nichts hinzuzufügen gibt. Seine gelbe Glut ist das einzige Licht, das ich zum Schreiben brauche, das einzige Licht, das ich dulde in diesen Nächten.

Ich habe die Fenster geschlossen und atme tief den Geruch des Torfs ein, der den Raum mit Rauch füllt. Am Morgen wird die junge Priesterschülerin, die in diesen Wochen Dienst in meinen Gemächern tut, wieder den Kopf schütteln, sich die Augen reiben und mich verstohlen ansehen. Ich lächele bei diesem Gedanken. Meine Augen haben sich längst an den beißenden Qualm gewöhnt, und sie würden ohnehin niemals tränen. Sie haben es nur ein einziges Mal getan, in all den langen Jahrhunderten meines Daseins, und ich weiß, es wird nie wieder geschehen.

Der Morgen ist noch fern, und ich genieße die Freiheit, die der Tag mit seinen Pflichten, seinen Stimmen und seinen Bildern mir wieder nehmen wird. Aber noch ist es Nacht, und ich brauche nicht mehr viel Schlaf.

Der Regen hat dem Land wohl getan, und die kargen Ernten, die die Menschen dem Wüstenboden abringen, sind gesichert. Die Nomaden, die zum Fest der Regenbogengöttin nach Léth gekommen sind, in die vor Jahrhunderten verlassene und nun in der Wüste wiedergeborene Königsstadt, sind weitergezogen, und in Léth wird nun wieder der Alltag einkehren. Ich bedauere die Abreise meiner wortkargen Freunde in jedem Jahr ein wenig mehr, aber vor allem bin ich dankbar dafür, dass diese uralte Kultur, die während jahrtausendelanger Dürre die Wüste fliehen und in kleinen Zigeunersippen umherreisen musste, nun wieder blühen und weiterleben kann. Die Bewäs-

serungskanäle, die ich entgegen vielen feindseligen Stimmen in der Wüste habe bauen lassen, haben ein Wunder wahr gemacht. Der Ork Nuado hat seine Nomaden wieder, ohne die er um so vieles ärmer wäre. Wenn man jetzt durch die Wüste reist, die so lange für Mensch und Vieh unbewohnbar war, kann man mit ein wenig Glück des Nachts von einer hohen Sanddüne aus eines ihrer Lagerfeuer sehen, wo sie sitzen und sich die alten Geschichten erzählen.

Das Torffeuer in meinem Gemach mag manch einem von euch als ein schwacher Ersatz für diese hell und wild in die Nacht leuchtenden Nomadenfeuer sein – aber mir ist es wie eine kleine Schwester dieser ungezähmten Flammen, und es schenkt mir nicht nur sein Licht und seine Wärme, sondern auch Nähe und Trost. Und vor allem erinnert es mich an ihn, dem die Liebe meines Gestern und meines Morgen gehört.

Ich schließe die Augen und atme seinen Duft ein, der mich hält und trägt ... zurück in eine Zeit, die so fern ist, so unendlich fern ...

KAPITEL 12

Marban, der Oberste Priester des Caernadonischen Reichs, der sich jetzt König nannte, ging unzufrieden in dem kleinen, quadratischen Raum auf und ab, der ihm zur Zeit als Amtsstube genügen musste. Er war am Ziel seiner Wünsche angelangt – und diesem gleichzeitig so fern wie nur je. König der Vereinten Reiche von Caernadon und Sonniana nannte er sich, aber auf dem alabasternen Thron auf Burg Tarlin saß ein anderer. Wie schnell sie nach Uisnachs Tod mit einem neuen König aufgewartet waren, beinahe so schnell, als hätten *sie* die Ermordung ihres Herrschers und seines einzigen ihm verbliebenen Erben, Herzog Ido, geplant.

»Heil dem König«, hatte es plötzlich aus Tausenden heiserer Soldatenkehlen geklungen. »Lang lebe König Braan! Heil dem Führer von Volk und Heer!«

Marban drosch wütend mit seiner Reitgerte auf das Pult ein, das bereits von einem feinen Gitter dünner Risse gezeichnet war. Einen Augenblick lang starrte der Oberste Priester, der sich selbst zum König erhoben hatte, auf die Tischplatte aus weichem Mangroviaholz. Wie ein Spinnennetz verwoben sich die Spuren seines Zorns miteinander, und in ihrem Zentrum prangte wie eine fette, lauernde Spinne das Purpurne Feuer, die magische Öllampe, ein uraltes, verbotenes Relikt.

Sein Plan war perfekt gewesen, oder zumindest hatte er das geglaubt. Zwei Novizen – junge Männer, auf die er sich unbedingt verlassen konnte – hatten in der Verwirrung nach dem Kampf der Zauberinnen Uisnach und seinen Bruder Ido erstochen; der junge Narr, den Uisnach seinen Sohn genannt hatte, war schon Wochen zuvor zu einer vergeblichen Reise aufgebrochen, die ihm den Tod oder Schlimmeres eingetragen hatte. Der Weg zum Caernadonischen Thron war damit frei gewesen.

»Lang lebe König Braan …«

Wieder zuckte Marbans Gerte über das Schreibpult, und wie zur Antwort flammte das Purpurne Feuer, das für gewöhnlich so ruhig und unerschütterlich brannte, ungeduldig auf.

Er wartete. Er wartete seit dem frühen Nachmittag. Marban lächelte, ein Lächeln, das seine Augen jedoch nicht erreichte, sondern nur die sehr roten, vollen Lippen leicht nach oben zog. Bedachtsam legte er die Gerte auf die niedrige alte Kommode, deren Holz weder von der Beschaffenheit noch von der Farbe her zu dem Mangroviapult passte. Ebenso wenig passte die Truhe zu dem hohen Lehnstuhl, dessen lederne, einstmals blaue Sitzfläche zu einem hässlichen, faden Grau abgenutzt war. Marban, der viel auf die äußere Erscheinung eines Raumes – oder eines Menschen – gab, wagte kaum, sich vorzustellen, welche Kreaturen vor ihm den Stuhl benutzt hatten.

Langsam zog er sich den Stuhl heran, setzte sich jedoch nicht. Erneut flammte die dünne, purpurne Lichtzunge auf. *Er* rief nach ihm. *Er* wurde von Tag zu Tag ungeduldiger und fordernder. Marban runzelte die Stirn, und seine schnurgeraden schwarzen Brauen berührten sich beinahe. Das Purpurne Feuer flackerte jetzt heftiger. Marban wandte sich ab und trat vor das einzige, hohe Fenster des Raums. Er wusste, dass es fest verschlossen war, aber er ließ dennoch die Hand über die drei eisernen Riegel gleiten, die er dort hatte anbringen lassen, um abträgliche Luftströme fern zu halten. Kein Laut drang durch das massive Holz, aber gerade das war es, was ihm zu schaffen machte. Sein untrügliches Zeitgefühl sagte ihm, dass in ebendiesem Augenblick die Novizen auf Burg Tarlin den ersten Nachtgesang anstimmten.

Kommt, ihr Gesegneten, und empfangt die Gnade des Lichts, begann der Gesang. Das Raunen der jungen Stimmen, das ihn all die Jahre bei seinen verbotenen Streifzügen in das Reich der Magie begleitet hatte, fehlte ihm jetzt, auch wenn ihm die Worte selbst in Wahrheit niemals etwas bedeutet hatten. Und der Santaxgeruch ... Zu Anfang hatte er Opfergefäße in seinen Räumen in diesem Haus brennen lassen, aber das war nicht dasselbe. Auf Burg Tarlin, nur einen Tagesritt von diesem schäbigen Haus entfernt, wurde der Rauch von dicken, kühlen Wänden gefiltert und durchstreifte weite Korridore, bevor er ihn in seiner Amtsstube erreichte. Wenn er dann bei ihm ankam, hatte er sich zu etwas verwandelt, das mehr war als nur der Geruch von zerstoßenen und verbrannten Wurzelstücken: Es war der Atem altehrwürdiger Weisheit, das Aroma jahrhundertelanger Disziplin, die Essenz aus göttlicher und menschlicher Macht.

Marban schloss die Augen. »Ich, Marban, Spross aus dem Geschlecht Ahuds, Oberster Priester und Großkönig der Vereinten Reiche, Caernadon und Sonniana – und *Fiann* – grüße mein Volk, das vom heutigen Tage an in Frieden leben soll, zum Ruhme Fáls, des all-einen Gottes ...« Er sah sich auf einer eigens für diesen Tag erbauten Empore stehen, ein wilder Frühlingswind bauschte seine purpurnen Gewänder, weiches Sonnenlicht wärmte sein Gesicht.

Ein winziges Geräusch, so sachte wie das Wischen eines buschigen Katzenschwanzes auf glattem Marmor, schreckte den Obersten Priester aus seinem Tagtraum auf. Langsam wandte er sich von dem verschlossenen Fenster ab und setzte sich an sein Schreibpult. Das Purpurne Feuer zischte leise und zornig, und wieder musste Marban an eine Katze denken. War sie ein flinker, eleganter Jäger, der sein Opfer mit einem achtlosen Hieb niederstreckte, oder war es eines dieser fetten, übersättigten Geschöpfe, wie manche der Hofdamen sie auf Burg Tarlin gehalten hatten, träge und eitel geworden von zu viel gutem, leichtem Leben?

Marban blickte in das seltsam leblose Licht des Purpurnen Feuers und versuchte, sich *ihn* vorzustellen, der Hunderte von Wegstunden entfernt in seinem zeit- und raumlosen Gefängnis saß. Was mochte das für ein Gefühl sein, Jahrhunderte dahingehen zu sehen, ohne *sehen* zu können, abgeschirmt gegen alle Stimmen, die zu ihm sprechen könnten? Bewacht von dumpfen Geschöpfen, die Seele und Ewigkeit gepfändet hatten, um *seine* Rückkehr in die Welt der Lebenden zu verhindern? Und die einzige, dünne Hoffnung auf ein Entkommen aus dieser zeitlosen Hölle war er, Marban. Diese Tatsache pflegte er sich seit seinem teuer erkauften Sieg nach dem Kampf der Zauberinnen, der zugleich seine bitterste Niederlage gewesen war, stets vor Augen zu halten, bevor er Kontakt zu *ihm* aufnahm.

Marban griff nach dem kühlen schwarzen Stein, der geduldig wartend neben dem Purpurnen Feuer gelegen hatte. Unter seinen Fingern erwärmte sich der glatte Stein langsam, bis er sanft zu pulsieren begann. Marban genoss dieses Gefühl stets aufs Neue – es war berauschender als Wein, berauschender selbst als das Santax, das er sich versagte, nachdem er als junger Mann ein einziges Mal davon gekostet hatte. Seine ehrgeizigen Pläne verlangten einen klaren Kopf, und nur Narren opferten ihren Verstand, um für kurze Zeit eine billige Lüge leben zu können. Dies hier war etwas anderes, denn *dieser* Rausch war denen vorbehalten, die die echte Macht in Händen hielten, die einzig *wahre* Macht – die Macht über Leben und Tod. Marban hielt kurz inne, um diesen Augenblick in die Länge zu ziehen, bevor er zur Tat schritt.

Es war ein schöner, noch unberührter, aber bereits geschlechtsreifer Knabe, den er für das heutige Ritual ausgesucht hatte, aber er würde *ihm* sagen, dass sie in Zukunft sparsamer sein sollten. Die seltsamen Todesfälle in dem kleinen Dorf erregten bereits Verdacht. Auf Burg Tarlin war es einfacher gewesen, Opfer zu beschaffen; vor allem in den Sklavenunterkünften auf dem Falkenberg galt ein Menschenleben nicht mehr als die Schale Gerstensuppe, die am Abend unberührt blieb. Hier jedoch, in dem verschlafenen Dorf jenseits des Ank, in das er sich mit seiner kleinen Truppe getreuer Gefolgsleute zurückgezogen hatte, hier lagen die Dinge anders. Immer häufiger berichteten ihm seine Männer jetzt, dass die Dorfbewohner ihnen aus dem Weg gingen und die Händler auf dem Markt hinter ihrem Rücken verstohlen das Heilige Zeichen schlugen.

Der schwarze Stein war jetzt sehr warm – wärmer als Marbans Blut. Der Oberste Priester wappnete sich gegen den kalten Sog, der von der Stimme seines Meisters ausging, sobald er zu sprechen begann.

Du hast mich lange warten lassen, König von Caernadon!

Das Bild der Katze – sei sie nun flink oder fett, wachsam oder träge – erlosch vor Marbans innerem Auge, und an seine Stelle trat eine zischelnde Schlange, die sich zu einer kraftvollen, aufs Äußerste gespannten Spirale zusammengerollt hatte. Jetzt hob die Schlange den Kopf, und auf den Schuppen ihrer ledrigen Haut brach sich ein Licht, das aus keiner natürlichen Quelle gespeist wurde.

Ich bin das Seil, das ihn in die Freiheit zurückziehen kann, dachte Marban. *Ich bin seine einzige Chance, seine einzige Hoffnung* ... Dann räusperte er sich, ein Laut, den sein fernes Gegenüber nicht wahrnehmen konnte. *Du musst mir meine Säumigkeit nachsehen, mein Freund und Gefährte.*

Ich nehme an, wichtige Amtsgeschäfte haben dich aufgehalten, König von Caernadon?, unterbrach ihn die lispelnde

Stimme des anderen. *Dinge, die wichtig genug sind, um dich meinem Ruf zu verschließen?*

Mein Freund und Gefährte, ich ...

Ssssssh ...

Marban zuckte zurück, als sei aus dem Purpur der Flamme vor ihm tatsächlich eine leibhaftige Schlange gewachsen, die ihre scharfen Zähne in seine Haut schlagen wollte. Es kostete ihn seine ganze Willenskraft, sein Erschrecken unter Kontrolle zu halten. *Er* würde jedes Anzeichen von Schwäche mit Häme beantworten. Der Oberste Priester zwang sich, seine verkrampften Nackenmuskeln zu lösen, biss jedoch im nächsten Moment die Zähne zusammen, als ein unangenehmes Knirschen die scheinbare Stille des Raums durchbrach.

Du Narr! Das Purpurne Feuer dehnte sich bedrohlich aus, und einen Herzschlag lang befürchtete Marban, er könne den anderen unterschätzt haben. War es möglich, dass *er* bereits genug Kraft gesammelt hatte, um sein Gefängnis zu verlassen? Doch dann zog sich das Purpurlicht wieder zusammen, und Marban atmete vorsichtig auf.

Du Narr!, wiederholte er, der sich selbst der Eine und Erste nannte. *Glaubst du, ich rufe dich ohne Grund? Denkst du, ich könnte nicht ohne deine törichte menschliche Gesellschaft auskommen? Ich bin mir viele tausend Jahre lang selbst genug gewesen, und ich habe dich nur deshalb auserwählt, weil die Zeit gekommen ist, da der Ork Nuado für meine Wiederkehr reif ist. Aber wenn dir die Last, die ich auf deine Schultern gelegt habe, zu viel wird, brauchst du es nur zu sagen.*

Ein einzelner Schweißtropfen bildete sich mitten auf Marbans Stirn, wie ein Mal, das ihn zu einem Gezeichneten machte. Die letzten Worte des Einen und Ersten klangen vertraut, aber ihm fiel nicht sofort ein, wo er sie schon einmal gehört hatte.

Der Stein ist in die Welt zurückgekehrt!

Marban war in Gedanken weit fort und nahm kaum wahr, was das Purpurne Feuer ihm übermittelte.

Ach ja, dieser nutzlose kleine Sklaventreiber, der die Santax-Plantagen in Kokonda überwacht hatte. Mit ähnlichen Worten, wie er selbst sie soeben von *ihm* gehört hatte, hatte er den Mann fortgeschickt, um das Los der blinden Bettler zu teilen. Es war eine unangenehme Parallele, die sich ihm da aufdrängte: ein nutzlos gewordenes Werkzeug, das man ohne Zögern beiseite fegte, wenn man einen besseren Ersatz gefunden hatte. Der Oberste Priester riss sich zusammen. Einfach lächerlich, dass er, Marban, ein Spross aus dem hohen Geschlecht Ahuds – oder zumindest gab er vor, das zu sein, und niemand konnte das Gegenteil beweisen –, lächerlich also, dass er sich mit einem Sklaventreiber verglich. Absolut lächerlich. Marban wischte die Regung fort und löschte den erbärmlichen kleinen Mann für alle Zeit aus seinem Gedächtnis. Allerdings musste er den Faden seines Gesprächs mit *ihm* verloren haben, denn der Eine und Erste schien jetzt ehrlich aufgebracht.

Hörst du nicht?, fauchte er. *Der Stein ist in die Welt zurückgekehrt!*

Marban biss sich auf die Unterlippe und zog scharf die Luft durch die Zähne. Dass ihm eine solche Unaufmerksamkeit unterlaufen war, war unverzeihlich. Er hatte die Strafe, diesen feinen, scharfen Schmerz, der seinen Körper durchlief, durchaus verdient.

Ich bitte um Vergebung, Meister, hörte er seine dünne Gedankenstimme und hätte sich am liebsten gleich noch einmal auf die Lippe gebissen. Er vermied es seit langem – und ganz bewusst –, *ihn* Meister zu nennen. Das Ungleichgewicht, das diese Anrede mit sich brachte, die Kluft, die sie schuf, vertrug sich nicht mit dem Bild, das er von sich selbst hatte.

Der Eine und Erste lachte höhnisch auf, eine Regung, die nicht von einem Laut, sondern von einem Geruch getragen wurde. Die Übelkeit erregende Süße von Bitterklee durchzog plötzlich den Raum.

Ich muss gestehen, dass ich mit meinen Gedanken anderswo war, fügte der Oberste Priester hinzu und versuchte, so viel Gleichmut und Selbstsicherheit wie nur möglich in seine Worte zu legen. *Von welchem Stein sprichst du, mein Freund und Gefährte?*

Du bist wirklich *ein Narr, König von Caernadon.*

Marban gestattete sich keinerlei Gefühlsregung angesichts des Spotts, mit dem der andere ihn »König« nannte. Der Eine und Erste fuhr fort: *Ich spreche von dem* Stein der Gnade!

Der Stein der Gnade? Marban runzelte die Stirn. Tief in seinem Gedächtnis begann eine Saite zu schwingen. Der Stein der Gnade ...?

Mit einem Mal wurde ihm, dessen Blut für gewöhnlich kühler war als das seiner menschlicheren Gefährten, heiß. Seine Haut schien plötzlich zu eng für sein Fleisch zu werden. Der *Stein der Gnade!* Der bittere Geruch im Raum band den Speichel in seinem Mund zu einem zähen Schleim, den er unmöglich schlucken konnte.

Ein uralter Text, den er als junger Novize in einem kleinen Bergkloster in Ubari – seiner wahren Heimat – gelesen hatte, stieg in ihm auf.

Ein Kind, so stand es dort geschrieben, *harrt im Nebel der Zeiten der Stunde, da die Welt seiner am dringendsten bedarf. Alle Gaben und alle Irrtümer der Menschen schlummern in diesem Kind, das Dunkle wie das Helle, die Kraft zur Liebe wie zum Hass. Es wird den Menschen geben, was sie wollen, und ihnen nehmen, was sie am wenigsten missen möchten. Es wird säen und ernten, und das oft in umgekehrter Reihenfolge. Viele werden es hassen, doch die es lieben, werden bereitwillig ihr Leben für das Kind geben. Die meisten aber werden es fürchten, denn es gebietet über eine wahrhaft furchtbare Macht.*

Der Eine und Erste unterbrach den Fluss von Marbans Erinnerung, als hätte er in seinen Gedanken gelesen. *Jawohl,* sagte er. *Du folgst immerhin der richtigen Fährte. Meinen Respekt, König von Caernadon. Das Kind ist der wahre Besitzer des Steins, und nun hat der letzte seiner Hüter den Stein der Gnade aus seinem Versteck geholt und in die Welt der Dinge zurückgebracht.* Deshalb *wollte ich dich so dringend sprechen.*

Der letzte Hüter ... die Hüter des Steins ... Es gab noch einen Text, einen Text, in dem diese Hüter Erwähnung fanden, und einmal mehr hatte Marban Grund, für sein außerordentliches Gedächtnis dankbar zu sein. Jetzt fügte sich langsam sein halb vergessenes Wissen um diese Dinge zu einem immer klareren Bild zusammen. *In den alten Legenden heißt es, der Stein der Gnade sei das letzte Stück eines im Großen Meer untergegangenen göttlichen Reiches, und bevor die Götter das Land den ewigen Fluten überantworteten, erwählten sie unter seinen Bewohnern den Würdigsten und Weisesten und überantworteten ihm den Stein der Gnade. Er sollte später an den würdigsten Schüler dieses Mannes weitergegeben werden und so fort, von einer Generation zur nächsten, auf dass er die Welt erretten möge, wenn sie ein zweites Mal vor dem Untergang stünde.*

Als junger Novize hatte er diese Geschichten zum Zeitvertreib durchgeblättert, während er es seinen Kameraden überlassen hatte, die ermüdenden, sinnentleerten Nachtgesänge vor sich hin zu murmeln, bis ihnen die Augen zufielen. In Ubari hatte es keinen strengen Zuchtmeister gegeben, der darauf achtete, dass die Last der Ewigen Gebete gerecht auf alle seine Schüler verteilt wurde, und er, Marban, hatte sich die

Schwäche der anderen zunutze gemacht und alles gelesen, was er finden konnte.

Es gab ihn also wirklich, diesen sagenumrankten Stein der Gnade, von dem es in den alten Büchern außerdem hieß, er sei eine bloße Legende und existiere ebenso wenig wie jenes göttliche Reich, dem er angeblich entstammte. Aber wenn es den Stein der Gnade gab, bedeutete das, dass es auch dieses Kind gab, das Kind, das eines Tages aus dem Nebel der Zeiten in die Welt der Dinge zurückkehren würde, um dem Bösen zu trotzen. Und das wiederum bedeutete ... Leise lachte Marban ungläubig auf. Bei allem Respekt, den er vor der Magie hatte – an diese »Reiche der Unschuld« glaubte er nun wirklich nicht. Er war bei all seinen Studien niemals auf einen einzigen Beweis dafür gestoßen, dass sie außerhalb der Legenden je existiert hatten.

Ich muss ihn haben!

Marban atmete vorsichtig durch die Nase ein. Er würde seine Gedanken später ordnen, wenn er nicht mehr befürchten musste, dass der andere zu viel von dem erriet, was er wusste oder ahnte.

Weshalb?, fragte er und stellte befriedigt fest, dass seine Gedankenstimme jetzt wieder kühl und unbeteiligt klang. *Weshalb ist der Stein der Gnade so wichtig für dich?*

Der Eine und Erste schien seine Frage nicht gehört zu haben. *Ich habe kaum noch daran geglaubt, dass es wirklich einmal geschehen könnte,* murmelte er. *Sie ist also gekommen ... die Tochter der drei Welten ...* Und mit plötzlicher Eindringlichkeit fügte er hinzu: *Ich muss den Stein haben!*

Marban zwang den Schleim in seiner Kehle hinunter. *Das Kind der drei Welten – es ist also wirklich ein Mädchen?,* fragte er.

Es gab verschiedene Übersetzungen jenes alten Textes, dessen Original vor unendlich langer Zeit verloren gegangen war. In den meisten dieser Übersetzungen war lediglich die Rede von einem Kind, nur ein einziges Buch sprach ausdrücklich von einem Mädchen.

Wieder ging der Eine und Erste nicht auf seine Frage ein, und Marban war dankbar dafür. Wenn sich sein Verdacht bestätigte, stellte sein Wissen vielleicht eine wichtige Trumpfkarte dar.

Und tatsächlich.

Ich weiß nicht, wo sie ist, fuhr der Eine und Erste fort. Marban unterdrückte das Gefühl des Triumphs, das diese Worte in ihm weckten. Er hatte eine ziemlich genaue Vorstellung davon, in welche Richtung Eirion gegangen war.

Aber ich werde es wissen, sagte der andere jetzt. *Ich werde es wissen, sobald sie den Stein der Gnade das erste Mal benutzt.*

Plötzlich erklang im Hof seines schäbigen Quartiers lautes Hufgetrappel. Marban runzelte verärgert die Stirn. Er erwartete keine Besucher – jedenfalls noch nicht heute – und konnte gerade jetzt keine Störung gebrauchen.

Ich werde es dich wissen lassen, sobald das geschehen ist. Der Eine und Erste hatte Marbans neuerliche Unaufmerksamkeit nicht bemerkt, was dieser überaus aufschlussreich fand. Das Kind und der Stein mussten für *ihn* in der Tat von größter Bedeutung sein.

Bevor Marban jedoch ein drittes Mal – und ohne rechte Hoffnung auf Antwort – nach der Bewandtnis des Steins fragen konnte, flackerte das Purpurne Feuer kurz auf und verlor dann jenes besondere Leuchten, das die Anwesenheit seines Herrn heraufbeschwor.

Im gleichen Augenblick drang eine vertraute, herrische Frauenstimme durch die dicke Eichentür des Raums, und

Marban blieb gerade noch genug Zeit, um das Purpurne Feuer und den schwarzen Stein wegzuräumen, der die Macht über Tod und Leben besaß.

Rikka zog nachdenklich die schwere silberne Bürste, die sie zu ihren kostbarsten Besitztümern zählte, durch ihr Haar. Das Silber hatte sich unter ihren Fingern angenehm erwärmt, und sie strich mit dem Daumen über die Linien, die in das Metall eingeritzt waren und sich rund um den Griff der Bürste rankten. Sie kannte jede noch so kleine Abzweigung des unvollkommenen Musters, auch die Stellen, an denen der Meißel des Künstlers abgerutscht war und hier eine Kerbe, dort eine zu lang gezogene Rille hinterlassen hatte. Sie hätte sich längst eine kunstvollere Bürste zulegen können, mit weicheren Borsten und einem tadellos gearbeiteten Schnitzwerk. Aber sie liebte diese Bürste, die sie seit ihrer Zeit auf der Akademie in Gekor begleitete, ebenso wie sie es liebte, sie eigenhändig bei Kerzenlicht durch ihr langes schwarzes Haar zu ziehen.

Rikka hob den Blick. Zu beiden Seiten des Spiegels, vor dem sie saß, brannten jeweils zwei Fackeln, die ihr Haar in einen lebendigen Regenbogen verwandelten. Heute Abend widmete sie ihm noch größere Sorgfalt als sonst, nicht weil sie sich für ihren Liebhaber herrichten wollte, sondern weil diese Beschäftigung ihr half, Klarheit in ihre Gedanken zu bringen.

Marbans Empfang war merkwürdig gewesen. Nun gut, er hatte sie nicht erwartet, und sie wusste, dass er keine Überraschungen liebte. Aber dennoch – etwas an seinem Verhalten war seltsam gewesen, fast so, als hätte sie ihn bei etwas Verbotenem ertappt.

Sie spitzte die Lippen und betrachtete kritisch ihr Spiegelbild. Das ungeschickte Bauernmädchen, das sie zurzeit bediente, hatte die feine Spitze, aus der das Dekolleté ihres

Nachtgewands gearbeitet war, beim Ankleiden zerrissen, und Rikka strich mit der Hand vorsichtig über die Verunstaltung des blauen Gewebes. Dann zog sie mit einer jähen Bewegung den Spitzenansatz zur Gänze heraus. Marban hasste jedwede Unvollkommenheit. Jetzt sah es so aus, als trüge sie einfach ein besonders tief ausgeschnittenes Gewand, und die dunkle, schimmernde Seide brachte obendrein ihre makellose Haut vorteilhaft zur Geltung. Nachdem sie noch einige kleine Fadenreste aus der Naht gezupft hatte, war sie mit dem Ergebnis höchst zufrieden. Im Grunde hatte der kleine Trampel mit den ungeschickten Händen ihr einen Gefallen getan.

Sie zog ein letztes Mal die Bürste durch ihr Haar und strich sich dann eine weiche, sanft gelockte Strähne nach vorn, die sich sofort wie zufällig um ihren langen weißen Hals schmiegte. Dann warf sie noch einen prüfenden Blick auf das Feuer, das im Kamin an der Stirnseite des Raums kräftiger brannte als eigentlich notwendig. Marban zog für die Liebe die Dunkelheit vor, aber dieses eine Mal würde sie darauf bestehen, dass weder die Fackeln noch das Kaminfeuer gelöscht wurden. Es war an der Zeit, dass sie ihrem verschlossenen Liebhaber einige seiner Geheimnisse entlockte, und dafür würde sie die zusätzliche Macht, die sie vom Feuer bezog, dringend benötigen.

Ein kurzes, energisches Klopfen an der Tür sagte ihr, dass sie nicht länger zu warten brauchte. Anmutig schlug sie die Beine übereinander und lehnte sich entspannt auf dem hohen Lehnstuhl zurück. Sie war bereit für ihren Liebhaber – mehr als bereit.

KAPITEL 13

Wie wahrscheinlich ist es wohl, dass jemand ganz ohne fremde Hilfe den Weg durch die Grotten in die Welt der Dinge findet?«

Bibiana sah, dass Nimu Zeit brauchte, um zu erfassen, welche Konsequenz sich aus ihren Worten ergab. Sie hatte ihn am Morgen um dieses Gespräch gebeten, und nun standen sie in einer kleinen, wenig besuchten Bucht im Osten des Sees und blickten über das Wasser. Bibiana wusste, dass sie ihr Ziel am ehesten erreichen würde, wenn sie Nimu seine eigenen Schlüsse ziehen ließ. Er war die älteste Seele Angulis und daher Mitglied des Siebenerrats, der alle wichtigen Entscheidungen zu fällen hatte. Der Siebenerrat war es auch gewesen, der Lado vor fünfzehn Jahren für immer aus der Gemeinschaft der Schwäne ausgeschlossen hatte. Und Nimu hatte damals als Erster die Stimme erhoben, um sein Urteil über Lado zu fällen – sein Wort hatte den Ausschlag gegeben; Uliastei und Gurwan, ebenfalls Mitglieder des Rats, hatten sich ihm widerspruchslos angeschlossen – und sie würden ihm auch jetzt folgen, dessen war Bibiana gewiss. Wenn sie Nimu überzeugen konnte, gehörte der Sieg schon beinahe ihr.

»Die Anschuldigung, die du erhebst, ist absolut ungeheuerlich«, sagte der alte Mann nun langsam. Er war mit den Jahren so dünn geworden, dass man beinahe erwartete, seine Knochen ächzen zu hören, wenn er sich bewegte, wie die Äste eines vertrockneten Baumes. Sein durchscheinendes Haar hüllte seinen Kopf wie ein feiner Nebel ein, und Bibiana staunte einmal mehr darüber, dass er es so weit hatte kommen lassen, denn als Schwan konnte er den Alterungsprozess nach eigenem Belieben steuern.

»Es ist auch ein ungeheuerliches Vergehen«, erwiderte Bibiana bedächtig. Noch hatte keiner von ihnen ausgesprochen, gegen wen sich ihre Anschuldigung richtete, obwohl sie es beide wussten. Es gab nur zwei Mitglieder ihrer Gemeinschaft, die den geheimen Weg in die Welt der Dinge kannten.

»Es ist undenkbar, unvorstellbar«, flüsterte Nimu. Er hatte den Blick nach wie vor fest auf den See gerichtet, dorthin, wo die Heilige Insel lag. Der Abend dämmerte bereits, und die ersten Nebelschwaden legten sich übers Wasser, so dass die Insel an manchen Stellen wie aus dem Nichts zu wachsen schien. »Sie ist immerhin unsere Königin«, fuhr der alte Mann mit gerunzelter Stirn fort. »Sie ist unsere Königin.«

Bibiana atmete tief durch. Endlich hatte er es ausgesprochen. Darauf hatte sie gewartet. »Sie hat ihren heiligen Eid gebrochen – und sie hat gegen den Willen der Götter verstoßen und dem Urteil des Rats zuwidergehandelt.« *Langsam!*, ermahnte Bibiana sich, als sie sah, dass Nimus farblose Augen schmal wurden. »Gewiss«, sagte sie mit falscher Ratlosigkeit, »sie ist unsere Königin – aber steht die Königin über dem Gesetz? Und was das betrifft, steht der *König* über dem Gesetz?«

Nimu sah sie mit unverhohlener Abneigung an, aber sie hielt seinem Blick gelassen stand. Sie brauchte seine Freundschaft nicht, seine Unterstützung genügte ihr vollauf.

»Was hat der König mit der Angelegenheit zu tun?«, fragte der alte Mann scharf.

»Er hat Nuria nicht zu diesem Frevel ermutigt«, beeilte Bibiana sich zu versichern. Eine Schwächung von Olfros' Position war das Letzte, was sie wollte. »Aber er weiß, was sie getan hat – wenn auch erst seit kurzem.« Wieder ließ sie Nimu Zeit, ihre Worte zu bedenken. Nach einer Weile fuhr sie mit verständnisvollem Tonfall fort: »Natürlich kann man kaum von ihm erwarten, dass er derjenige sein möchte, der offiziell vor dem Rat Anklage gegen Nuria erhebt – sie ist schließlich seine Gefährtin.« Sie hatte sich ihre Formulierung genau zurechtgelegt, so dass Nimu daraus schließen musste, dass sie mit Olfros über dessen Dilemma gesprochen hatte; dass der König mit ihrem Vorgehen einverstanden war.

»Nuria hat Lado also den Geheimen Weg verraten«, sagte Nimu. »Kannst du das beweisen?«

Bibiana neigte anmutig den Kopf. »Ich habe einmal zufällig ein Gespräch zwischen Lado und der Königin mit angehört.« Der verächtliche Ausdruck in den Augen des alten Mannes erboste sie, und sie biss kurz die Zähne zusammen, um ihren Ärger im Zaum zu halten. O nein, sie würde nicht zulassen, dass Nimu den Spieß umdrehte und plötzlich sie diejenige war, die ihr Verhalten rechtfertigen musste. »Ich hatte guten Grund zu der Annahme, dass die beiden gegen die Interessen der Gemeinschaft handelten, und ja, ich habe sie beobachtet.« Sie lachte leise auf, ein hartes, unangenehmes Geräusch, das die Stille über dem Seeufer zerschnitt. »Nein, es war wohl kein Zufall, dass ich zur rechten Zeit am rechten Ort war, um das Gespräch der beiden zu hören.«

»Du hast der Königin nachspioniert«, bemerkte der alte Mann trocken.

»Ich hatte, wie gesagt, gute Gründe dafür – und wie sich herausgestellt hat, lag ich vollkommen richtig mit meinen Vermutungen.« Bibiana warf unwillig ihren langen Zopf, den sie sich über die Schulter gelegt hatte, zurück.

»Lado wurde vor fünfzehn Jahren aus Anguli verbannt«, erwiderte Nimu. »Warum hast du so lange geschwiegen?«

Auf diese Frage war Bibiana vorbereitet. Obwohl es ihr im Augenblick schwer fiel, zwang sie ihre Züge zu einem Ausdruck hilfloser Bescheidenheit. Dann strich sie sich sachte über ihr perfekt geflochtenes Haar – eine sehr weibliche Geste, die an Nimu jedoch verschwendet war. »Nun, ich wollte keinen Unfrieden über die Gemeinschaft bringen.«

»Aber jetzt willst du es?«

Die vollkommen sachlich vorgebrachte Bemerkung, die mehr Feststellung als Frage war, ließ Bibianas Zorn noch größer werden. Sie ballte die Fäuste, dass die Nägel in das weiche Fleisch ihrer Hände bissen. »Nein«, stieß sie hervor, beinahe ohne die Lippen zu bewegen. »Ich will keineswegs den Frieden in Anguli gefährden – ganz im Gegenteil.« Das Gespräch mit Nimu erwies sich als schwieriger, als sie gedacht hatte. Sie hätte dem vertrockneten kleinen Mann am liebsten die ganze Wucht ihrer Verachtung entgegengeschleudert – aber sie brauchte ihn, und deshalb hielt sie sich zurück. »Gerade die Sorge um unsere Gemeinschaft ist es, die mich nach all diesen Jahren zu diesem Schritt treibt.«

Der Nebel über dem See war inzwischen noch dichter geworden, und die Umrisse der Heiligen Insel verschwammen immer mehr. Wie ein dunkles, schlafendes Tier lag sie eingebettet in den weißen Schwaden auf dem reglosen Wasser.

Bibiana beschloss, ihre Taktik ein wenig zu korrigieren. Weibliche Hilflosigkeit beeindruckte Nimu nicht; er war zu alt und zu erfahren, um auf dergleichen Spielchen hereinzufallen. Also würde sie an seine Eitelkeit appellieren: Alle Männer waren eitel, man musste nur ihre Schwäche erkennen.

»Ich denke«, begann sie langsam, »du siehst mehr als alle anderen hier – und weiter. Die Zeichen mehren sich, aber das brauche ich gerade dir wohl kaum zu sagen. Die alte Ordnung ist aus den Fugen geraten, und wenn nicht einmal die Königin sich noch an die Heiligen Gesetze hält …« Sie ließ den Satz unvollendet verklingen. »Anguli braucht in diesen Zeiten

Männer, auf die Verlass ist, Männer, die bereit sind, Verantwortung für das Ganze zu übernehmen, und zum Wohle der Gemeinschaft auch Entscheidungen treffen können, vor denen schwächere Naturen vielleicht zurückschrecken würden.«

Verantwortung, Verlässlichkeit, Stärke – das plötzliche Flackern in Nimus Augen sagte Bibiana, dass sie den richtigen Köder ausgeworfen hatte.

»Du bist dir also ganz sicher, dass Nuria Lado den Geheimen Weg verraten hat?«, fragte Nimu, immer noch ein wenig zögerlich.

»Sie hat noch mehr getan als das«, erwiderte Bibiana mit wachsender Sicherheit. »Lado ist nicht aus freien Stücken in die Welt der Dinge gegangen. Er hat es in Nurias Auftrag getan.«

Der alte Mann wirkte einen Moment lang wie versteinert. Dann ging ihm langsam das ganze Ausmaß dieser Worte auf.

»Das ist ja ...«, flüsterte er erschüttert. »Das ist ungeheuerlich! Wir haben Lado aus der Gemeinschaft von Anguli ausgestoßen, wir haben ihm seine Unsterblichkeit genommen, die sein Geburtsrecht war – und er hat lediglich dem Befehl seiner Königin gehorcht.« Nimu verstummte. Seine dünnen, von Altersflecken gezeichneten Hände krampften sich ineinander, als folgten sie einem eigenen Willen. »Warum? Warum nur hat sie das getan?« Er sah Bibiana ratlos an, dann zog er plötzlich scharf den Atem ein. »Das Kind!«, rief er, beinahe erleichtert. »Sie hat es getan, weil sie über ihre Tochter wachen wollte!«

»O nein«, unterbrach Bibiana ihn scharf. »Nicht Mutterliebe hat sie zu diesem Schritt getrieben.« Als Nimu protestieren wollte, hob sie herrisch die Hand, um ihm Schweigen zu gebieten, eine Geste, die dem alten Mann gegenüber unter anderen Umständen unverzeihlich gewesen wäre. »Als sie Lado zum ersten Mal in die Welt der Dinge hinausschickte«, fuhr sie fort, »war ihre Tochter noch nicht geboren, ja, sie war noch nicht einmal gezeugt worden. Welches Motiv Nuria auch für ihren Verrat an der Gemeinschaft von Anguli gehabt haben mag, Mutterliebe kann es nicht gewesen sein.«

Nimu ließ die Arme sinken, verschränkte die Hände hinterm Rücken und begann, am Seeufer auf und ab zu gehen. Bibiana ließ ihn gewähren, obwohl sie wünschte, der alte Mann würde sich endlich zu einer Entscheidung durchringen. Es herrschte inzwischen fast vollkommene Finsternis über dem See, eine Stunde, in der viele Schwäne zu ihren nächtlichen Streifzügen aufbrachen. Von Minute zu Minute wuchs die Gefahr, dass einer von ihnen sich in die Bucht verirrte. Bibiana wollte auf keinen Fall mit Nimu zusammen gesehen werden. Sosehr Olfros sich auch seiner Gemahlin entfremdet hatte, er durfte nicht erfahren, welche Rolle sie, Bibiana, beim Sturz Nurias spielte. Ein feines Lächeln breitete sich auf ihren makellosen, jugendlichen Zügen aus. Nurias Sturz ... süßere Worte als diese konnte es kaum geben.

Endlich hielt Nimu in seinem rastlosen Auf und Ab inne und wandte sich wieder Bibiana zu.

»Du hast gesagt, Nuria habe nicht nur ihren Königinneneid gebrochen und gegen den Willen der Götter verstoßen, sondern auch gegen das Gebot des Siebenerrats gehandelt«, erklärte er. »Was hat das zu bedeuten?«

Bibiana sagte es ihm.

Bibiana und Nimu waren nicht die Einzigen, die an diesem Abend in Anguli eine geheime Zusammenkunft abhielten. In dem kleinen Wäldchen auf der Heiligen Insel, aus dessen dunklem Schoß die alte Quelle der Götter entsprang, hatte sich eine kleine Gruppe junger Männer versammelt. Sie nannten sich selbst »die Unzufriedenen«, und nicht nur Königin Nuria beobachtete sie voller Sorge.

»Von Lado werden wir nichts erfahren, so viel steht fest.« Es war Ergar, der sprach. Er war der Älteste in der Schar junger Männer und hatte sich selbst von Anfang an zum Wortführer der Unzufriedenen ernannt. »Ich habe gestern Abend noch einmal mit ihm gesprochen, aber er redet nicht anders als die Königin.« Die junge Stimme troff vor Verachtung. »›Es ist der heilige Wille der Götter, dass kein Mitglied der Gemeinschaft von Anguli das Reich verlässt, um in die Welt der Dinge zu gehen‹«, äffte er Lado nach. »›Ich habe diesem Willen zuwidergehandelt und einen hohen Preis gezahlt. Sei dankbar für den Frieden und die Sicherheit, die du in Anguli findest. Es gibt hier so vieles, wofür es sich zu leben lohnt‹«, fügte Ergar salbungsvoll hinzu und rang mit einer komischen Gebärde die Hände.

»Ich habe immer geglaubt, Lado sei anders als die anderen«, meldete sich jetzt Kola zu Wort. »Ich dachte, er kümmere sich nicht um all diese dummen Vorschriften und Gesetze, die uns zu Gefangenen in unserem eigenen Land machen. Ich dachte, er sei ein Mann, der seine eigenen Gesetze macht und lebt, wie es ihm gefällt. Aber in Wahrheit ist er genauso schlimm wie *sie.*« Er deutete mit dem Kopf auf das Nordufer des Sees, wo schon die ersten Schwäne in ihre warmen Nester krochen.

»Hört auf zu lamentieren, das bringt uns nicht weiter«, wurde er von Mino unterbrochen, einem untersetzten jungen Mann mit strohblondem Haar und sommersprossigem Gesicht. »Lasst uns lieber nach einer Möglichkeit suchen, wie wir ohne die Hilfe von Lado oder Nuria den Weg in die Welt der Dinge finden können.«

»Aber ist das nicht ziemlich gefährlich?«, gab Steban zu bedenken, ein knochiger, ängstlicher Junge, der sich den Unzufriedenen erst vor kurzem angeschlossen hatte. »Ich meine, wenn man uns dann ebenfalls aus Anguli verbannen würde, wie es Lado geschehen ist? Wir würden unsere Unsterblichkeit verlieren.«

»Ha!«, rief Ergar mit einem verächtlichen Schnauben. »Was nutzt uns unsere Unsterblichkeit, wenn sie uns dazu verdammt, eine Ewigkeit an diesem See zu leben, wo alle Tage gleich sind und wir nicht mehr sein können als diese Kröten, die im Schlamm leben und sich von Schlamm ernähren?« Er versetzte einem der braunen, glitschigen kleinen Tiere einen wütenden Tritt. Die Kröte stieß einen Laut aus, der zwischen einem Quaken und einem Kreischen lag. Steban zuckte ob solch unnötiger Brutalität erschrocken zusammen. Ergar schien den Blick des Jungen jedoch nicht bemerkt zu haben, denn er fuhr unbeeindruckt fort: »Ich sage euch, es ist ausgeschlossen, den Weg durch die Grotten rein ›zufällig‹ zu entdecken, wie Lado es angeblich getan haben will.«

Mino horchte auf. »Woher willst du das wissen? Hast du es versucht?«

Ergar sah seinen Freund herablassend an. »Im Gegensatz zu euch, die ihr offensichtlich nur leere Reden schwingt, ziehe ich es vor zu handeln.«

Plötzlich breitete sich erwartungsvolle Stille über dem schattigen Platz im Wald aus. Die Kröte, die nach Ergars Tritt zu Reglosigkeit erstarrt am Boden sitzen geblieben war, suchte jetzt mit kurzen, verzweifelten Sprüngen im Unterholz zwischen zwei hohen Eichen Schutz, und der Aufprall ihres fetten, nassen Körpers auf dem weichen Waldboden war das einzige Geräusch, das das Schweigen der jungen Männer durchbrach.

Da keiner der anderen etwas zu sagen wagte, fasste sich Mino schließlich ein Herz. »Du warst in den Grotten?«, flüsterte er. »Du warst wirklich dort?«

Ergar blickte selbstbewusst von einem seiner Freunde zum anderen. »Natürlich«, sagte er lässig. »Schon oft.«

»Und du hast dich nicht verirrt?« Steban sah ihn ehrfürchtig an.

»Verirrt!« Ergar stieß seinen Fuß abermals in den schlammigen Boden, und Steban hielt ängstlich nach kleinen Tieren Ausschau, die womöglich ein ähnliches Schicksal erleiden könnten wie zuvor die Kröte. Aber nur ein dicker Wurzelkäfer mit schwarzschillerndem Rückenpanzer befand sich in der Gefahrenzone, und er war wohl zu klein, um Ergars Aufmerksamkeit würdig zu sein.

»Das ist auch nur eins von den Märchen der Älteren, um uns hier festzuhalten. Ich habe jeden Abzweig in den Grotten ausprobiert, und ganz gleich, welchem Weg ich folgte, sie führten alle zurück zum See. Es ist wie verhext. Wenn ich nicht sicher wüsste, dass Lado den Weg gefunden hat, würde ich nicht mehr daran glauben, dass es ihn überhaupt gibt.«

Niemand wagte es, Ergar zu widersprechen, und schließlich war es Steban, der, wenn auch zaghaft, den Vorschlag machte, der ihnen allen im Kopf herumging.

»Wenn es unmöglich ist, den Weg in die Welt der Dinge ohne Hilfe zu finden«, sagte er, »und wenn Lado nicht reden will ... Der König und die Königin würden das Geheimnis niemals preisgeben ...« Er geriet ins Stocken und warf Mino einen hilflosen Blick zu. Als dieser jedoch nur kaum merklich die Achseln zuckte, holte Steban tief Luft und fuhr zögernd fort: »Dann bleibt uns nur noch eine einzige andere Möglichkeit ...« Wieder brach er ab, endgültig mutlos geworden. Da er sich erst vor so kurzer Zeit den Unzufriedenen angeschlossen hatte, fand er, dass er sich nicht allzu weit vorwagen sollte. Diesmal jedoch erbarmte sich Mino der Situation.

»Es gibt noch jemanden, der den Weg kennt«, stellte er fest. »Und ich glaube, dass wir zumindest versuchen sollten ...«

»Arild!«, stieß Ergar hervor, und der Name des fremden Schwans klang aus seinem Mund wie ein Schimpfwort. »Das ist ja wohl das Allerletzte!«

»Er hat keinem von uns ein Unrecht getan«, widersprach Mino dem selbst ernannten Anführer ihrer Gruppe. »Und ich sehe nicht ein, warum ...«

»Du siehst nicht ein, warum!«, unterbrach Ergar ihn höhnisch, und Mino ärgerte sich einmal mehr darüber, dass der Ältere die Macht besaß, ihn wie einen dummen kleinen Jungen dastehen zu lassen. »Du siehst nicht ein, warum!«, wiederholte Ergar kalt. »Dann muss ich es dir wohl erklären. Erstens.« Ergar richtete sich noch ein wenig höher auf, obwohl er die anderen ohnehin fast um Haupteslänge überragte. »Er ist keiner von uns und wird es niemals sein. Wo immer sein Platz sein mag, hier ist er jedenfalls nicht.«

»Warum nicht?«, fragte Mino gelassen. Langsam wurde Ergars selbstherrliche Herablassung wirklich unerträglich.

Ermutigt von Minos ruhigem Widerspruch, sagten nun auch Steban und Kola wie aus einem Mund: »Ja, warum nicht?«

Ergar blickte sprachlos in die Runde. Dann wurden seine Augen plötzlich schmal. Er spürte, dass hier mehr auf dem Spiel stand als die Frage, ob man Arild ins Vertrauen ziehen solle oder nicht. Er, Ergar, war bisher der unangefochtene Anführer der kleinen Gruppe gewesen, der Richtung und Tempo ihrer Aktivitäten vorgegeben hatte. Und er hatte nicht die Absicht, sich seinen Platz streitig machen zu lassen.

»Seine Mutter ist eine Sterbliche«, erklärte er mit erzwungener Versöhnlichkeit. »Sein Vater hat gegen die Gesetze der Gemeinschaft verstoßen.«

»Aber genau das wollen wir doch auch tun!«, unterbrach ihn

Steban und wurde sofort dunkelrot im Gesicht, als Ergar ihn mit dem gleichen angewiderten Blick musterte, den er kurz zuvor auf die Kröte gerichtet hatte.

»Das ist etwas anderes«, erwiderte Ergar kalt. »Lado hat sich wie ein Dieb in der Nacht aus Anguli fortgeschlichen und dann mit einer Sterblichen ein Kind gezeugt.«

»Wenn wir Anguli ohne die Erlaubnis des Rats verlassen, dann werden wir auch sterblich.« Steban sah Ergar störrisch an. Wie ein kleiner Hund, der sich in einen zu großen Knochen verbissen hatte, würde er jetzt nicht mehr locker lassen. Wenn er sich ohnehin die Verachtung des Älteren zugezogen hatte, dann hatte er jetzt nichts mehr zu verlieren. »Du kannst Arild nicht das Vergehen seines Vaters vorwerfen, wenn du selbst das Gleiche zu tun beabsichtigst.«

»Ich beabsichtige, unser Volk in die Freiheit zu führen«, erklärte Ergar großartig. »Ich tue das alles hier nicht, um wie Lado nur meinen eigenen, egoistischen Neigungen nachzugeben.«

Als die anderen zweifelnd schwiegen, fügte er hinzu: »Und außerdem lässt sich wohl kaum übersehen, dass Arild einfach anders ist als wir alle.«

»An der Wende der Zeiten werden die Götter einen schwarzen Schwan als ihren Boten in die Welt senden, auf dass er die Dinge des Lebens umkehren möge, zum Guten oder zum Bösen.« Es war Mino, der aussprach, was vielen der jungen Männer im Kopf herumging.

Ergar blitzte ihn mit wütenden Augen an. Aber bevor er den Mund zu einer Erwiderung öffnen konnte, kam Steban ihm zuvor.

»Du bist doch immer derjenige, der sagt, das seien alles nur dumme Legenden«, erklärte er fest. »Märchen, um den Jungen die Lust zu vergällen, Wagnisse einzugehen.«

Ergar ballte die Fäuste, und Steban musste seinen ganzen Mut zusammennehmen, um nicht vor ihm zurückzuweichen.

»Ist dir nicht aufgefallen«, zischte der ältere Schwan, »dass dein ach so geschätzter Arild ständig um die Königin herumscharwenzelt? Die beiden sind offensichtlich dicke Freunde. Und ein Freund der Königin kann unmöglich unser Freund sein.«

»Warum nicht?«

Einen Herzschlag lang schien in dem kleinen Wäldchen die Zeit stillzustehen. Selbst der schwarze Wurzelkäfer, der bisher emsig damit beschäftigt gewesen war, einen dünnen, vertrockneten Grashalm zu seinem Nest hinüberzuzerren, hielt einen Moment lang in seinem Tun inne.

Die sechs jungen Männer, die zuvor einen geschlossenen, verschwörerischen Kreis gebildet hatten, traten auseinander.

»Warum nicht?«, wiederholte der Fremde mit den quecksilbernen Augen ruhig. Neben ihm stand Feke, Kiljas Sohn und das mit Abstand jüngste Mitglied der Gruppe, dessen Fehlen bisher keinem weiter aufgefallen war.

Ergar musterte die beiden Neuankömmlinge mit unverhohlener Feindseligkeit.

KAPITEL 14

Eirion lag in Salbas kleiner Kate und fand keinen Schlaf. Eine beunruhigende Rastlosigkeit hatte sie erfasst, und die Geräusche der Nacht drangen überdeutlich zu ihr vor. Eine Eule schrie, und im Stroh huschte raschelnd eine Maus umher, die tagsüber in einem unbewachten Augenblick in Salbas ordentliches Häuschen eingedrungen sein musste. Von der Bettstelle auf der anderen Seite des nur noch schwach glimmenden Herdfeuers kam das heisere, ungleichmäßige Schnarchen des alten Kätners. Cynnik hatte seit den frühen Morgenstunden heftig dem Honigpunsch zugesprochen, und zusammen mit dem Santax, das er jetzt ganz unverhohlen auch in der Öffentlichkeit rauchte, bescherte ihm der Alkohol einen tiefen, benommenen Schlaf. Eirion drehte sich auf die Seite und drückte sich ihr Kopfkissen zurecht. Der raue Stoff der Bettdecke kratzte über ihre Wange, und sie schob die Decke, die noch den Geruch des Torffeuers vom Tag zuvor verströmte, unwillig beiseite. Nach einer Weile zog sie sie fröstelnd wieder bis zum Kinn hoch. Es half alles nichts; die Bilder in ihrem Kopf waren zu bunt, die Stimmen zu eindringlich, um ihnen zu entkommen. Vor allem eine Stimme war es, die sich nicht zum Schweigen bringen ließ.

»Die *Tochter der drei Welten* ... Du also bist die wahre Besitzerin des Steins, die, auf deren Kommen wir so lange gewartet haben.« Die Stimme des Einsiedlers war voll und dunkel und viel tiefer, als man es bei einem Mann von seiner schlanken Statur erwartet hätte.

Eirion gab den Kampf gegen die Erinnerung auf und ließ sich noch einmal zurücktragen in den dunklen, von duftender

Waldluft durchwehten Wagen der alten Frau mit dem unaussprechlichen Namen.

In den Worten des Fremden hatte ein fragender, fast ironischer Unterton gelegen, und Radscha hatte bestätigend genickt. »Sie ist es.«

»Sie ist noch sehr jung.« Der skeptische Blick, mit dem Radschas Besucher sie musterte, ärgerte Eirion, aber bevor sie zu einer Erwiderung ansetzen konnte, hob Radscha lächelnd die Hand.

»Die Zeit der Götter kennt kein Alter, Tork«, sagte sie, »aber wenn du zweifelst, dann lass den Stein entscheiden.«

Der Mann, den sie Tork genannt hatte, hob die Hände, und eine dünne Rauchwolke wehte aus seiner Pfeife zu Eirion hinüber.

»Ich vertraue auf dein Urteil, Rajaga'ráh Ran'thanabu'ráh«, antwortete er. »Wer wäre besser geeignet, sie zu erkennen, als du?« Er zog bedächtig an seiner Pfeife und fuhr dann, nach wie vor an Radscha gewandt, fort: »Sie kommt aus dem Land am See?«

»Ich bin in Caernadon groß geworden«, ergriff Eirion das Wort. »In Tarlin. Meine Mutter war Gwenlian, Gwenlian 'ahrd Oda 'ahrd Cyraneika, Königin von Caernadon und Tochter aus dem Geschlecht der Kasseiden.«

Tork runzelte die Stirn: »Deine Mutter ...«

»Sie ist ein Kind vom See«, erklärte Radscha. »Aufgewachsen in Caernadon, erzogen und in der Magie unterwiesen von einer Priesterin des Alten Reichs – die Verheißung hat sich erfüllt; die Götter haben eine Tochter dreier Welten zu uns gesandt. Jetzt ist sie auf der Reise nach Anguli, und um den Weg zu finden, braucht sie deine Hilfe – und die des Steins.«

Bei allem Respekt vor der alten Frau war Eirion es langsam

leid, dass die beiden anderen über ihren Kopf hinweg sprachen, als sei sie gar nicht anwesend.

»Dann wäre es wohl das Beste ...«, setzte Tork an.

»Es wäre das Beste, wenn du mir erst einmal erklären würdest, was *du* mit der ganzen Angelegenheit zu tun hast und was es mit diesem Stein auf sich hat, von dem ihr sprecht«, unterbrach sie ihn scharf. »Verzeih, Radscha«, fügte sie an die alte Frau gewandt hinzu. »Aber da es *mein* Schicksal zu sein scheint, über das ihr verhandelt, habe ich wohl das Recht auf ein paar Fragen.« Als sie die Belustigung in Torks Augen sah, stieg ihr eine unwillkommene Röte in die Wangen.

Eirion drehte sich abermals auf die andere Seite. Ein dünnes, hohes Fiepen hatte für einen Augenblick ihre Aufmerksamkeit abgelenkt. Das Rascheln im Stroh der kleinen Kate war lauter geworden und plötzlich von einer zielstrebigen Betriebsamkeit erfüllt. Ein Lächeln glitt über Eirions Züge. Die Maus, die irgendwann am Tage unbemerkt ins Haus geschlüpft war, hatte offensichtlich ein warmes Plätzchen gesucht, an dem sie ungestört ihre Jungen zur Welt bringen konnte. Salba würde am nächsten Morgen wohl nicht allzu begeistert von diesen neuen Mitbewohnern sein. Aber zumindest für die nächsten Stunden waren die kleinen Tiere sicher vor den Eulen, die hungrig die Nacht durchstreiften.

Eirion lauschte dem neuen Leben im Stroh, und langsam wurden ihre Lider schwer, und sie kehrte noch einmal in Radschas geheimnisvolles Reich zurück.

»Ich bin der letzte Hüter des Steins, der letzte in einer langen Reihe von Männern, die in der Einsamkeit zwischen Sümpfen und Meer geduldig auf den Tag gewartet haben, da einer von ihnen ihre Mission würde erfüllen können.« Die Stimme des Mannes floss wie frischer dunkler Honig durch den kleinen Zigeunerwagen. »Es war die Wende der Zeiten, das Ende der Zeit, aus dem ein neues Beginnen geboren wurde, die Zeit, da die Götter jener Tage die Welt verließen und ihr Reich den ewigen Fluten der Ozeane überantworteten. Doch sie waren weise und gütig, und sie besaßen die Gabe, weit in die Zukunft zu sehen. Sie konnten das Kommen des Bösen nicht verhindern, denn auch die Macht der Götter kennt Grenzen. Aber, wie man es wohl von ihnen erwarten durfte, da sie schließlich Götter waren, sie fanden einen Weg, um den Morgigen eine Brücke zu bauen – oder doch die Möglichkeit einer Brücke. Beschreiten müssen wir jene Brücke nun allein. Die Götter können nur Wege *weisen*. Gehen müssen wir sie selbst.« Tork sah sie eindringlich an. »Und wir, die wir ihre Kinder sind, haben die Wahl. Wir haben *immer* die Wahl, Eirion 'ahrd Gwenlian 'ahrd Oda.«

Die Stille in Radschas Wagen, der nur von dem klaren weißen Licht des magischen Kegels erhellt wurde, war mit Händen zu greifen. Kein Laut von draußen, aus dem Lager der Zigeuner, drang jetzt zu ihnen hinein. Aber während das Schweigen sich in die Länge zog, meinte Eirion abermals, das erwartungsvolle Raunen hoher Baumkronen ahnen zu können.

»Welche Wahl wirst du treffen, Tochter der drei Welten?«

Eirion richtete sich auf und sah dem Mann, der sich als Hüter des Steins bezeichnete, fest in die Augen. »Es sind schöne Worte, die du gewählt hast, Einsiedler«, sagte sie. »Aber am Ende sind es doch nur *Worte.*«

Tork zog überrascht die Brauen hoch. Radscha kicherte ihr trockenes Kichern, das wie das Knacken dürrer Zweige klang. »Du sagst, wir hätten eine Wahl; wir könnten selbst entscheiden, welche Wege wir gehen, welche Brücken wir beschreiten wollen – aber das ist nicht wahr.« Eirion ließ ihren Blick zwischen dem Einsiedler und der alten Frau hin- und herwandern. Während Tork eher verärgert über ihren Widerspruch wirkte, schien Radscha sich bestens zu amüsieren. Unbeeindruckt fuhr Eirion fort: »Manche Wege werden mit uns geboren, manche Entscheidungen, die wir zu treffen haben, sind schon in der Stunde, da wir den Mutterschoß verlassen, in unser Schicksal gemeißelt wie die Linien, die die Innenflächen unserer Hand durchziehen.« Plötzlich überkam sie eine große Ruhe, ein Gefühl absoluter Gewissheit, dass ihre Worte die Wahrheit waren – oder doch ein Teil davon. *Denn alle Dinge sind immer* zwei *Dinge, so wie es niemals nur die* eine *Wahrheit gibt.*

Als sie weitersprach, klang ihre eigene Stimme fremd in ihren Ohren, denn es war die Stimme der Priesterin, die aus ihr sprach, eine Stimme, die erst noch die ihre werden musste.

»Es gibt keine Wahl für mich, Hüter des Steins.« Die Stille im Wagen war jetzt von einer anderen Natur als zuvor. An die Stelle des schweigenden, wispernden Waldes war die erhabene Würde eines hohen, sehr alten, heiligen Raumes getreten. Eirions Blick durchbrach die holzvertäfelte Decke des Zigeunerwagens und glitt immer höher und höher, bis in den Himmel hinein, bis sie wusste, dass ihr Tempel kein aus Steinen erbauter war, sondern das Vermächtnis jener vergessenen Götter, die sie zur Brücke auserwählt hatten, einer Brücke, über die die Menschen in ein Reich neuen Friedens gehen konnten.

»Ich werde den Weg beschreiten«, fuhr sie mit ihrer fremden Stimme fort, »den Weg, der mir bestimmt wurde, als die Welt noch ein unschuldiges Kind war und eins mit Himmel und Sternen, mit Feuer und Donner, als alle Dinge noch *ein* Ding waren und es weder Wahrheit gab noch Lüge.«

Eirion bemerkte nicht, dass ein neues Licht Radschas Wagen erhellte, neben dem der magische Kegel verblasste. Ein Summen erfüllte die Luft um sie herum, aber sie nahm es nicht wahr. Sie konnte später nicht sagen, wie viel Zeit vergangen war, während sie ein Teil des uralten Wissens wurde, das mit den Göttern jener lang vergangenen Tage die Welt verlassen hatte. Aber als sie wieder in ihren eigenen Körper zurückkehrte, als sie wieder das unsichere, siebzehnjährige Mädchen wurde, das seinen Platz in der Welt noch nicht kannte, war in die Augen des Einsiedlers ein neuer Ausdruck getreten.

Ein Knacken in der Lehmwand an ihrem Bett ließ Eirion aus ihrem Halbtraum auffahren. Vielleicht die Maus, die sich auf der Suche nach Futter für ihre Jungen in den falschen Teil der Kate verirrt hatte, dachte sie. Aber dann folgte ein Schnarren, leise, beharrlich – und sehr vertraut.

Barko! Eirion stützte sich auf einen Ellbogen und lauschte. Es war eindeutig ihr Falke, der dort draußen nach ihr rief. Blinzelnd und verwirrt schwang sie die Beine über die Bettkante. Ihre nackten Füße berührten das Stroh, und im nächsten Augenblick spürte sie die scharfe Kälte des Bodens darunter. Von dem Bett auf der anderen Seite des Herdfeuers kam nach wie vor das stockende, schwere Schnarchen des Kätners. Cynnik hatte so viel Punsch und Honigbier getrunken, dass er wohl kaum aufwachen würde. Salba jedoch hatte einen leichten Schlaf, daher tappte Eirion möglichst lautlos zur Tür hinüber. Dort jedoch musste sie den eisernen, an einigen Stellen bereits von langer Benutzung dünn gewordenen Riegel anheben, und sein Knarren klang in der Stille der Nacht wie das Bersten einer Tonschüssel über einem zu heißen Herdfeuer. Eirion versagte es sich, zurückzublicken, und trat entschlossen über die Schwelle. Ein eisiger Wind schlug ihr entgegen, und sie biss die Zähne zusammen. Sie trug zwar ein dickes Wollnachthemd, aber als Schutz gegen die winterliche Kälte war es kaum ausreichend.

Suchend sah sie sich um. Der Mond war fast voll, aber es hatte sich eine dicke, an den Rändern wie ein Wattebausch ausgefranste Schneewolke davor geschoben, so dass vor der Kate undurchdringliche Finsternis herrschte.

»Eirion!«

Sie zuckte zusammen, denn die Stimme war direkt neben ihr. Einen Augenblick lang glaubte sie, ihr Falke, der sie am Tag zuvor auf so wundersame Weise gerettet hatte, sei tatsächlich ein magisches Geschöpf und besitze die Gabe der menschlichen Rede. Aber dann nahm sie einen feinen, erdigen Geruch wahr und wusste plötzlich, wer sie gerufen hatte.

»Tork!« Sie hatte lauter gesprochen als beabsichtigt, und im nächsten Moment spürte sie die sachte Berührung seines Fingers auf ihren Lippen. Seine Haut war angenehm warm, und ein flüchtiges Bedauern regte sich in ihr, als er die Hand sofort wieder sinken ließ.

»Es ist etwas passiert«, sagte er leise. »Wir müssen sofort aufbrechen.«

Eine Bewegung hinter ihr ließ Eirion herumfahren. Salba stand auf der Türschwelle, eine kleine, geisterhafte Gestalt, die sich fröstelnd in ein graues Schultertuch hüllte. In diesem Augenblick brach der Mond hinter dem Schweif der Wolke hervor, und Eirion konnte den verstörten Ausdruck auf dem Gesicht der alten Frau sehen.

»*Was* ist passiert?«, fragte sie Tork.

»Cynnik«, murmelte Salba, und in ihren Augen glänzten plötzlich Tränen.

Mehr brauchte sie nicht zu sagen. Eirion hatte den harten, gierigen Ausdruck gesehen, mit dem Cynnik sie seit dem Zwischenfall mit den Wachleuten verfolgte.

Tork räusperte sich. »Im Dorf sammeln sich die Männer, um dich zu holen. Jemand hat sie aufgehetzt, und sie glauben nun, dass du doch eine Magierin bist. Sie wollen dich vor die Hexer bringen.«

Salba schluchzte leise auf, und Eirion legte ihr behutsam eine Hand auf den Arm. Ein Schatten huschte über den Boden; Barko zog dicht über ihnen lautlos seine Kreise.

»Ich hätte ohnehin übermorgen abreisen müssen«, sagte sie. »Vielleicht ist es ja besser so.« Sie zog Salba fest an sich. »Keine langen Abschiede.«

»Dafür bleibt tatsächlich keine Zeit.« Tork trat einen Schritt näher. »Der Weg vom Dorf ist kurz, und die Männer werden bald hier sein. Zieh dich an, und nimm nur mit, was du unbedingt brauchst.«

»Ich reise nicht mit großem Gepäck!« Eirion schob Salba sanft in die Kate zurück. Nach der schneidenden Kälte des Erdbodens draußen erschien ihr die hölzerne Türschwelle unter ihren nackten Füßen wohltuend warm. »Warte hier«, flüsterte sie über ihre Schulter Tork zu, dann zog sie die Tür sehr vorsichtig hinter sich zu.

Ohne Salba ansehen zu müssen, wusste sie, dass ihre alte Freundin zu der Bettstelle hinüberblickte, wo Cynnik gerade im Schlaf aufstöhnte. Zorn und Ohnmacht erfüllten die kleine Kate wie giftiger Rauch.

»Die Hexer zahlen jedem, der ihnen einen Magier bringt, zehn Silbermünzen«, sagte die alte Frau, ohne sich die Mühe zu machen, leise zu sprechen. »Und es soll in schweren Fällen sogar manchmal noch mehr sein.«

»Ich weiß.« Eirion hatte bereits ihr Nachthemd über den Kopf gezogen und streifte jetzt ihr blaues Wams über, in dessen dickes Futter der größere Teil ihrer Barschaft eingenäht war. Dann schlüpfte sie in ihr weißes Reitgewand; der Rock war in der Mitte geteilt, eine Mode, die in Caernadon als dirnenhaft verpönt war, zum Reisen aber ideal. Marte hatte ihr das Gewand genäht, und Gwenlian hatte es mit einem sehr alten, traditionellen Muster der Kasseidenpriesterinnen bestickt. Als Eirion jetzt ihre Finger über den Stoff gleiten ließ, überkam sie eine tiefe, verzweifelte Sehnsucht nach diesen beiden Frauen, die ihr Beschützerinnen, Lehrerinnen und Freundinnen gewesen waren. Aber obwohl Gwenlian tot war und sie Marte vielleicht nie wieder sehen würde, durfte sie nicht den Mut verlieren, denn sie war nicht allein und würde es niemals sein. Der Schwur, den sie beim Ganna-Ritual im Herbst abgelegt hatte, ging ihr durch den Sinn.

Ich gelobe, jeder Frau eine Schwester zu sein, so wie ich Mutter für sie sein will und Tochter.

Und hier, in dieser ärmlichen Kate, hatte sie zum ersten Mal erlebt, wie viel Weisheit in diesen Worten lag. Obwohl die Zeit knapp war, legte sie ihr Bündel, das sie mechanisch zusammengepackt hatte, noch einmal beiseite und trat neben Salba. Die alte Kätnerin stand vor dem nur noch orange glimmenden Herdfeuer und starrte blicklos in die Glut. Das verräterische Rascheln im Stroh, mit dem die gerade erst geborenen kleinen Mäuse sich bemerkbar machten, schien sie gar nicht wahrzunehmen.

»Das ist nicht mehr der Mann, den ich geheiratet habe«, murmelte sie, als sie Eirions Arm um ihre Schultern spürte. »Ich habe ihn verloren ... und schlimmer noch, ich habe mich selbst verloren.«

Die Trostlosigkeit in ihrer Stimme schnürte Eirion das Herz zusammen.

»Kein Mensch verliert sich, solange er seine Liebe bewahrt, solange er sein Herz immer wieder aufs Neue verschenken kann«, sagte sie und dankte im Stillen der Göttin, als sie spürte, dass Salbas verkrampfter Körper sich ein wenig entspannte. »Und wir«, fügte sie hinzu, »denen die Göttin das wunderbare Geschenk einer weiblichen Seele gemacht hat, wir vor allen anderen werden niemals wahrhaft verloren gehen, wenn wir uns nicht selbst von unserer weiblichen Seite abschneiden.« Dann sagte sie mit jener fremden Stimme, die an diesem Tag schon einmal über ihre Lippen gekommen war: »Der schlimmste Fluch, den die Götter uns auferlegen können, ist Blindheit, Blindheit bis zum Ende oder sogar darüber hinaus.«

Salba löste die ineinander verkrallten Finger und ließ langsam die Hände sinken.

»Nein«, fuhr Eirion fort, »du wirst dich nicht verlieren, Salba 'ahrd Melea 'ahrd Salba.« Eirion wusste nicht, woher diese Worte kamen, denn Salba hatte ihr nie ihre Muttersnamen genannt, und als Caernadonierin führte sie sie auch nicht offiziell, wie die Frauen der Fianna es taten. »Du besitzt eine alte und starke Seele, und du wirst eines Tages in eine neue Welt zurückkehren, um deinen Platz unter den Töchtern der Göttin einzunehmen. Lass nicht zu, dass die Leere dieser Existenz in deiner Seele Raum greift und sie vergiftet.«

Eirion bückte sich und streckte mit sicherem Griff die Hand aus, nach etwas, das wohlverborgen im Stroh dicht bei der Herdstelle gelegen hatte. Als sie sich erhob, klammerte sich eine winzige, nackte Maus an ihren Zeigefinger. Sie hatte die Augen fest geschlossen, und ihr kleines Herz schlug einen schnellen, gleichmäßigen Trommelwirbel.

»Ein neues Leben«, sagte die Priesterin, die sie einmal sein würde. »Ein neues Beginnen, das unseren Schutz, unsere Sorge und unsere Liebe braucht. Wir sind die Hüterinnen des Lebens, Salba 'ahrd Melea 'ahrd Salba, wir sind seine Bewahrerinnen und Sachwalterinnen.« Sie legte die Maus in Salbas Hand und schloss behutsam die Finger der alten Frau um den kleinen, atmenden Körper. »An uns ist es, ein Morgen möglich zu machen, eine Welt, die besser, gerechter und weiser sein wird als die, die wir kennen. Dein Leben ist nicht leer, solange du die Flamme nährst und weiterträgst, die Licht, Wärme und Trost schenkt.«

Die Maus, die vor wenigen Stunden ihre Jungen geboren und sie so gut sie es vermochte in Sicherheit gebracht hatte, verließ ihr Versteck im Stroh und blickte ohne Angst zu Eirion auf. Eirion bückte sich abermals und nahm sie auf.

»Wir sind alle Teil einer Gemeinschaft, und auch die Geringsten unter uns haben ihren Platz darin. Gib diesen Tieren eine Zuflucht, bis sie stark genug sind, selbst ihr Glück in ihrer kleinen Welt zu wagen. Suche nicht in den großen Dingen, Salba, in den Dingen der Welt und des Kosmos, suche in deinem eigenen Herzen.«

Wieder waren es Gwenlians Worte, die aus ihr sprachen, und plötzlich wusste sie, dass es nicht ihre Ziehmutter war, die diese Worte erdacht hatte. Sie stammten aus dem Herzen der Göttin selbst.

Ein drängendes Klopfen an der Tür schob die Priesterin in Eirion beiseite und zwang sie, sich dem Jetzt zuzuwenden. Sie strich der Maus noch einmal über den grauen, spitzen Kopf und setzte sie dann zu ihren Jungen ins Stroh zurück.

»Sie kommen.« Tork stand auf der Schwelle und trat ein, ohne auf eine Aufforderung zu warten. »Man sieht bereits den Schein ihrer Fackeln. Es ist vielleicht schon zu spät.«

Eirion streifte mit der einen Hand ihren Reiseumhang über

und griff mit der anderen nach ihrem Bündel. Sie schnürte es jedoch nicht zusammen, sondern zog etwas heraus.

Tork trat neben sie und griff nach ihrem Arm. »Wir müssen sofort aufbrechen«, sagte er, und seine Stimme verriet Ungeduld und Sorge. »Was immer du tun willst«, zischte er, »vergiss es. Du benimmst dich wie das Kind, das du bist ...«

Eirions grüne Augen glühten, als sie zu ihm aufsah. Das spärliche Licht vom Herdfeuer genügte, um wütende Blitze darin zu entzünden. Sie riss ihren Arm aus Torks Umklammerung.

»Was immer ich tun *will*«, zischte sie zurück, »ich *werde* es tun.«

»Ich bin der Herr der Welt ...«

Einen Herzschlag lang erstarrten die drei Menschen am Herdfeuer zu einer lebendigen Skulptur.

»Mir allein gebühren die Insignien von Macht und Würden ...«

Salba fasste sich als Erste. »Er träumt.« Sie deutete mit dem Kopf auf das Bett, in dem Cynnik lag. »Er spricht manchmal im Schlaf. Es sind seltsame, schreckliche Dinge, von denen er dann erzählt – aber er schläft.«

»Was man von den Männern, die aus dem Dorf heraufkommen, leider nicht sagen kann«, fuhr Tork auf. »Wenn du nicht die Feuer der Hohen Feme kennen lernen willst, bevor du deinen Auftrag auch nur beginnst ...«

Eirion warf ihm einen vernichtenden Blick zu. Trotzdem verspürte sie jetzt zum ersten Mal selbst Angst. War es Einbildung, oder hörte sie wirklich schon die aufgebrachten Männer, die Rache für ihre beiden toten Kameraden verlangten?

Trotzdem griff sie abermals in ihr Bündel und holte den schweren, unförmigen Stoffbeutel mit den Kupfermünzen heraus. Der Anführer der Zigeuner hatte sie am Nachmittag nach ihrem Gespräch mit Radscha zu einem vertrauenswürdigen Händler geführt, bei dem sie zwei ihrer Goldmünzen gegen Kupfergeld eingetauscht hatte.

»Hier, nimm das.«

Salba trat hastig einen Schritt zurück, als Eirion ihr den Beutel hinhielt. Sie schüttelte erschrocken den Kopf.

»Du wirst dein Geld selbst brauchen«, stieß sie hervor. »Mir fehlt es an nichts.«

Tork, der eine lange – eine zu lange – Diskussion um die jeweiligen Nöte der beiden Frauen voraussah, griff ein. »Bei allen Göttern, Frau«, fuhr er Salba an. »Nimm das Geld, oder ihr werdet es *beide* nicht mehr brauchen!«

Solchermaßen eingeschüchtert, ließ Salba sich den prall gefüllten Beutel in die Hand drücken.

»Die Göttin sei allzeit mit dir, Schwester«, sagte Eirion mit rauer Stimme.

Nach einer letzten, viel zu kurzen Umarmung lösten die beiden Frauen sich voneinander. Tork hatte inzwischen Eirions Bündel verschnürt und über seine Schulter geworfen.

»Verschließ die Tür«, sagte er zu der alten Kätnerin, auf deren Wangen blitzende Tränen ihre Spur hinterlassen hatten. »Und dann leg dich zu Bett, als sei nichts geschehen. Aber vorher versteck noch den Beutel mit den Münzen an einem sicheren Ort, und wenn sie kommen, dann weißt du von nichts. Dein Gast ist in der Nacht verschwunden, und ihr habt nichts bemerkt, weder du noch dein Mann.«

Im nächsten Augenblick stand Eirion mit Tork vor der Tür der Kate, deren Riegel hinter ihnen leise über das Holz kratzte. Über dem Moor zwischen Salbas Kate und dem Dorf tanzten wie kleine gelbe Geister die Fackeln der Männer, die Eirion vor die Hexer bringen wollten. Es waren viele Lichter, und sie waren bereits so nahe, dass Eirion die Silhouetten ihrer Träger vor dem dunklen Nachthimmel erkennen konnte. Ohne zu zögern, zog Tork sie in die entgegengesetzte Richtung.

»Wo ist Barko?«

Eirion hastete atemlos hinter Tork her, der mit seinen langen Beinen einen entschiedenen Vorteil hatte. Einmal mehr war sie dankbar für den geteilten Rock, der es ihr ermöglichte, undamenhaft große Schritte zu machen.

»Er kommt schon noch.«

Torks kurze, schroffe Antwort ärgerte sie. »Wohin gehen wir überhaupt?«, fragte sie in dem gleichen Tonfall.

»Verschwende deinen Atem nicht auf törichte Fragen. Du keuchst ohnehin schon wie ein lahmer Gaul, der seine besten Tage längst vergessen hat.«

Tork selbst schien dagegen wunderbar mit ihrem halsbrecherischen Tempo zurechtzukommen. Seine Worte klangen so ruhig und gelassen, als säße er noch immer auf dem Schemel in Radschas Wagen.

»Ich will es wissen!«, erwiderte Eirion und biss sich auf die Unterlippe. Sie hörte sich tatsächlich wie ein störrisches Kind an – *wie das Kind, das du bist,* hatte er in Salbas Kate gesagt.

Sie verzichtete daher darauf, ihre Frage zu wiederholen, und eilte hinter dem Einsiedler her.

Nach einer Weile wehte Eirion ein kühler, frischer Windhauch entgegen, und sie konnte plötzlich Salz auf ihren Lippen schmecken. Im nächsten Moment hörte sie das inzwischen vertraute Murmeln der Brandung. Das Meer! Tork hatte sie zum Meer geführt. Wenige Schritte später erkannte sie die Umrisse des alten Leuchtturms und blieb jäh stehen.

»Das ist wirklich eine blendende Idee, sich hier zu verstecken«, zischte sie verächtlich und zu ihrem eigenen Ärger noch atemloser als einige Minuten zuvor. »Denn hier werden sie mich als Erstes suchen, wenn sie mich in der Kate nicht finden. Es gibt genug Leute im Dorf, die wissen, dass ich ...«

»Scht!« Tork war ebenfalls stehen geblieben und lauschte jetzt in die Nacht hinein. Aber außer dem Meer war nichts zu hören. Dann griff er unsanft nach Eirions Arm und zog sie weiter auf den Leuchtturm zu.

»Kannst du wenigstens reiten?«, fragte er, und Eirion zog scharf die Luft durch die Zähne.

Auf der windabgewandten Seite des Leuchtturms standen, angebunden an einen in die Erde eingelassenen, von der Gischt durchgerosteten Eisenpfahl, zwei schwarze, gesattelte Pferde.

In einiger Entfernung, nur noch durch wenige Schritte von Salbas Kate getrennt, erlebten die Männer aus dem Dorf eine böse Überraschung. Sie waren sich ihres Sieges bereits sicher gewesen, hatten die Silbermünzen der Hexer schon glatt und kühl in ihren Taschen spüren können, als plötzlich aus dem Nichts ein schwarzer Schatten aufgetaucht war. Ihrem Anführer, dem Dorfvorsteher, der in Abwesenheit seiner Schwester von Mut und Pflicht gesprochen hatte, blieb nicht einmal Zeit für einen Schrei, als der nächtliche Gräuel auf ihn herabstürzte und ihm mit einem riesigen, gebogenen Schnabel die Fackel aus der Hand hieb. Die Federn, die dem Dorfvorsteher ins Gesicht peitschten, mussten jede einzelne von der Länge eines Männerarms sein und verfügten wohl auch über dieselbe Kraft, denn als seine Schwester ihn eine Stunde später in ihrer Hütte versorgte, traten unter dem Blut tiefe Striemen zutage. Die Narben, die sie hinterließen, würden ihn zeit seines Lebens begleiten. Auch etliche der Männer, die ihm auf seinem mutigen Feldzug gegen ein wehrloses junges Mädchen gefolgt waren, gingen als Gezeichnete aus diesem Kampf hervor, denn die Bestie hatte sie den ganzen Weg bis zurück ins Dorf verfolgt, ein zorniger, unerbittlicher Sturm der Götter, die sie hatten verraten wollen.

Der Morgen graute bereits, als einige von denen, die unversehrt geblieben waren, wieder von Mut sprachen und von Pflicht.

KAPITEL 15

»Wo ist Barko? Ich reite nicht ohne meinen Falken weiter. Er wird uns nicht finden, wenn wir uns immer weiter entfernen.«

Tork, der es irgendwie schaffte, stets eine Pferdelänge vor ihr zu bleiben, wie sehr sie sich auch bemühte, ließ sich ein wenig zurückfallen. »Du kennst deinen Vogel schlecht, wenn du glaubst, dass es ihm schwer fällt, dich wiederzufinden, und wenn du noch so weit reitest.«

»Und du kennst ihn besser?« Wieder blickte Eirion zum Himmel auf, der sich am Horizont endlich rötlich färbte. Ihre Augen brannten vor Müdigkeit, und ihr Rücken schmerzte, weil sie während der letzten Stunden so voller Anspannung im Sattel gesessen hatte, als ritte sie tatsächlich zum ersten Mal in ihrem Leben auf einem Pferd. Sie konnte nicht sagen, ob es die Furcht vor ihren Verfolgern, ihre Sorge um Barko oder ihre Empörung über Torks herablassende Behandlung war, die ihre Muskeln verkrampfte. Jetzt ließ der Einsiedler, der so selbstverständlich die Kontrolle über ihr Leben übernommen hatte, seinen Blick abschätzend zwischen ihr und ihrem Pferd hin- und herwandern.

»Ich denke, wir können es jetzt wagen, eine kurze Rast einzulegen«, erklärte er. »Die Tiere brauchen etwas Ruhe.«

Und ich auch, dachte Eirion, obwohl sie es niemals ausgesprochen hätte. Und wenn Tork sie noch den ganzen Tag weiterreiten ließ, sie würde eher in diesem Sattel sterben, als um eine Pause zu bitten.

»Hinter diesem Hügel liegt ein verlassener Bauernhof.« Tork deutete auf eine Erhebung in der sonst flachen Landschaft, in der sich das Moor endlos auszudehnen schien. »Das alte Bauernhaus steht schon seit zwei Generationen leer, und das Dach ist vor kurzem eingestürzt. Aber bei meinem letzten Besuch dort war einer der Ställe noch so weit unbeschädigt, dass es wohl für ein notdürftiges Lager reichen dürfte.«

Eirion fand, dass der Mann für den Einsiedler, der er angeblich war, erstaunlich weit herumgekommen sein musste, aber sie war zu müde, um ihn danach zu fragen. Schweigend ritt sie weiter und fand nicht einmal die Kraft, sich darüber zu ärgern, dass Tork abermals sein Pferd vor das ihre brachte.

Dafür, dass der Hof seit zwei Generationen nicht mehr bewirtschaftet wurde, befand er sich in einem bemerkenswert guten Zustand. Das Stroh in dem ehemaligen Kuhstall, in dem sie geschlafen hatte, war sauber und frisch gewesen, und die Herdstelle im Haus selbst machte nicht den Eindruck, als sei sie jahrzehntelang nicht mehr benutzt worden. Das Feuer, das Tork darin entzündet hatte, brannte hell und kräftig, und es verströmte den starken Geruch von gut getrocknetem Torf, der jedoch nicht so angenehm und beruhigend auf sie wirkte wie sonst.

Der eckige Holztisch, an dem sie saß, war blank gescheuert, und wenn er auch die Spuren ausgiebiger Benutzung aufwies, war er doch besser erhalten als alles, was sie in Salbas Kate gesehen hatte. Wer immer hier einmal gelebt hatte, musste sich eines gewissen Wohlstands erfreut haben.

Eirion legte wärmesuchend beide Hände um die Tonschale mit dem heißen Tee, den Tork gebraut hatte. Während er nun dünne Scheiben von einem tiefroten, beinahe schwarzen Schinken abschnitt, beobachtete sie ihn verstohlen. Jetzt, da Barko wieder bei ihr war und sie einige Stunden geschlafen hatte, lagen ihr tausend Fragen auf den Lippen. Aber da der verschlossene Ausdruck auf dem Gesicht des Einsiedlers ihr jede Bemerkung verbot, begnügte sie sich für den Augenblick damit, sich in dem Haus umzusehen.

Die Decke war tatsächlich eingebrochen, allerdings nur über dem Teil des großen Raumes, in dem sich früher wohl die Schlafstellen der Bewohner befunden hatten. Der Schutt war jedoch säuberlich beiseite geräumt worden, und jemand hatte aus den noch brauchbaren Dachziegeln und ein oder zwei Eimern Lehm um die Herdstelle herum einen kleinen Wall errichtet, so dass man dort einigermaßen windgeschützt saß. Es war beinahe gemütlich in diesem Raum innerhalb des größeren Raums, obwohl irgendetwas keine echte Behaglichkeit aufkommen ließ. Eirion kam zu dem Schluss, dass es wohl an dem großen Loch liegen musste, das wie ein Krater in der Decke hinter ihr klaffte.

Tork hatte eine Öllampe auf den Tisch gestellt, deren Flamme ruhig und stetig brannte, auch wenn sie gelegentlich unter einem Luftzug aus der übergroßen Rauchöffnung des Dachs erzitterte.

Jetzt legte Tork sein Messer beiseite. Auf einem großen, emaillierten Teller erhob sich ein appetitlich aussehendes Häufchen dünner, dunkler Schinkenscheiben.

»Was ist das für ein Fleisch?« Die Frage schien Eirion harmlos genug, um Tork nicht abermals zu einer herablassenden Erwiderung anzustacheln.

»Es ist Hirsch«, antwortete er dann auch sachlich. »Ich habe den Schinken im Frühjahr über einem Torffeuer geräuchert.« Er sah sie mit hochgezogenen Brauen an. Seine Augen waren tatsächlich verwirrend blau, wenn auch gesprenkelt mit kleinen, bernsteinfarbenen Tupfen, die, wie Eirion bei näherem Hinsehen festgestellt hatte, in der rechten Iris zahlreicher und leuchtender waren als in der linken. »Oder isst du vielleicht kein Fleisch?«

Da war er wieder, dieser spöttische Unterton, den sie seit gestern so sehr zu verabscheuen gelernt hatte. Eirion richtete sich unwillkürlich auf ihrem Stuhl auf. »O doch«, sagte sie. »Ich esse Fleisch, ich kann reiten, und ich bin *kein* Kind.«

»Wie kommt es dann, dass du dich ...«, er zögerte kurz, »meistens wie eines benimmst?«

Bevor sie antworten konnte, stand Tork auf, kam um den Tisch herum auf sie zu und griff hart nach ihrem Ellbogen. Die Flamme der Öllampe züngelte empor, und Barko, der auf dem kleinen Wall aus Ziegeln und Lehm geschlafen hatte, hob aufmerksam den Kopf. Aber wenn sie erwartet hatte, dass ihr Vogel sich jetzt auf den Einsiedler stürzen würde, so wie er es bei den Wachleuten auf dem Markt getan hatte, dann hatte sie sich getäuscht. Barkos gelbe Augen blitzten nur denkbar flüchtig im Schein des Feuers auf, dann schloss er sie wieder und barg, so gut es ging, den Kopf im Gefieder, um in aller Seelenruhe weiterzuschlafen.

Tork zog sie grimmig von ihrem Stuhl hoch und drängte sie um die niedrige Ziegelmauer herum zur Tür und weiter ins Freie.

»Riechst du das?«

Eirion zog die Nase kraus. Jetzt wusste sie auch, warum das Torffeuer im Haus nicht die gewohnte Süße verströmt hatte. Bitterklee! Seit ihrem Aufbruch aus Tarlin hatte sie diesen schweren, widerlichen Geruch nicht mehr in der Luft wahrgenommen.

»Riechst du das?«, wiederholte Tork ungeduldig seine Frage. Dann griff er Eirion plötzlich ins Haar, so dass sie den Kopf in den Nacken legen und nach oben blicken musste. »Siehst du den Himmel?«, zischte es direkt an ihrem Ohr.

Wütend schlug sie Torks Hand herunter. »Ja, ich *rieche* es«, fuhr sie ihn an. »Ich habe nämlich eine Nase. Und ja, ich *sehe* den Himmel, denn auch wenn es dir entgangen sein mag, ich habe Augen im Kopf.«

»Und welche Schlüsse ziehst du daraus?«

Ein Windstoß vom Meer überlagerte kurz den unangenehmen Geruch in der Luft, aber schon im nächsten Moment hatte die Bitternis wieder die Oberhand gewonnen.

Welche Schlüsse sie aus dem Geruch und dem Grau des Himmels zog? *Ich sage euch, das Licht kommt nicht mehr wieder ... Meine Schwester hat nach Kokonda geheiratet ... Sie erzählen ganz merkwürdige Dinge ...*

»Also schön«, sagte sie erbittert. »Wenn du mehr weißt als ich, Hüter des Steins, dann wäre jetzt vielleicht der richtige Zeitpunkt, um mich an deinem Wissen teilhaben zu lassen.«

Der feine Schnee, der seit den frühen Morgenstunden gefallen war, wurde jetzt immer dichter, und schwere, feuchte Flocken hatten sich in den Haaren des Einsiedlers niedergelassen, wo sie langsam zu schmelzen begannen. Tork strich sich eine dunkle Strähne aus dem Gesicht.

»Lass uns wieder hineingehen.«

Ohne auf Eirions Antwort zu warten, trat er an ihr vorbei zurück ins Haus, wobei er sich unter der niedrigen Oberschwelle der Tür ducken musste.

Diesmal nahm Barko nicht einmal den Kopf hoch, als sie an ihm vorbeigingen. Tork griff, bevor er wieder am Tisch Platz nahm, nach dem Schüreisen und schob einen großen Holzscheit näher an den Kern der Flammen heran.

Als er sich endlich gesetzt hatte, begann er jedoch noch immer nicht zu sprechen, sondern nahm seine Pfeife zur Hand, die im Licht der Öllampe lebendig golden schimmerte. Eirion fragte sich flüchtig, aus welchem Material sie wohl sein mochte. Tork nahm unterdessen mit Daumen und Zeigefinger einen hellen Tabak aus einem ledernen Beutel und drückte ihn bedächtig in den Pfeifenkopf.

»Vor vielen tausend Jahren war die Welt von magischen Wesen bevölkert, die in Frieden und Harmonie miteinander lebten«, erklärte er schließlich. »Bis der Älteste von ihnen eines Tages den Stachel der Unzufriedenheit in sich verspürte. Vielleicht war er aber auch bereits mit diesem Stachel geboren worden.«

»Der Älteste der sieben«, wiederholte Eirion und runzelte die Stirn. Irgendwo hatte sie diese Worte schon einmal gelesen, aber es dauerte einen Augenblick, bis sie wusste, wo. »Bleidwan!«, rief sie schließlich verwundert. »Fáls Chronist.«

Tork nickte und blies eine dünne Rauchwolke aus. Der Rauch war süß und stark, und Eirion füllte dankbar ihre Lungen mit dem wohltuenden Duft, der an Honig erinnerte. »Das Buch ›Mythen und Legenden‹ war das erste, das Bleidwan als Chronist des neuen Gottes verfasste«, sagte er, »und obwohl es mehr Wahrheit enthielt als all seine späteren Werke, kennt es heute kaum noch jemand, und die wenigen, die es gelesen haben, belächeln es. Was einmal mehr beweist, dass die Menschen Narren sind, die sich von sanften Lügen einlullen lassen wollen.«

Eirion dachte an Gwenlian, die für die Worte des Chronisten ebenfalls nur ein Lächeln übrig gehabt hatte, und verspürte den Drang, ihre Mutter gegen diesen arroganten, so sehr von sich selbst überzeugten Mann zu verteidigen. »Alles, was du bisher gesagt hast, sind nur Worte«, fuhr sie auf. »Worte, Worte, Worte. Bisher hast du mir noch keinen einzigen Beweis dafür geliefert, dass du tatsächlich mehr weißt als wir anderen.«

Tork lächelte. »Du glaubst also nicht an Worte, Tochter der

drei Welten, du, die du von einer Priesterin erzogen wurdest? Dann hat deine Ziehmutter dir wohl nicht viel beigebracht.«

»Wie kannst du es wagen, meine Mutter zu beleidigen!« Eirions Zorn war plötzlich wie ein viertes Lebewesen, das in das Haus eingetreten war. Selbst Barko schien die veränderte Atmosphäre im Raum zu spüren, denn er hob, hellwach jetzt, den Kopf.

Tork dagegen hatte ihr wütender Protest offensichtlich nicht beeindruckt. Er zog abermals an seiner Pfeife, lehnte sich dann auf seinem Stuhl zurück und musterte Eirion mit einem Blick, der keineswegs dazu angetan war, sie zu versöhnen.

»Bevor du weiter unsere Zeit mit Nichtigkeiten vergeudest«, sagte er gelassen, »möchte ich dir diese ›Worte‹, die du so sehr verschmähst, noch einmal ins Gedächtnis rufen – dann können wir darüber reden, was sie bedeuten und welche ›Beweise‹ sie uns vielleicht aus sich selbst heraus liefern.«

Barko hatte sich auf seinem Ausguck auf der Lehmmauer hoch aufgerichtet und seine Schwingen leicht gespreizt, wie er es zu tun pflegte, kurz bevor er sich von ihrem Arm erhob und zu einem Jagdflug aufbrach. Eirion spürte seine Konzentration; es war, als lausche er Tork mit höchster Aufmerksamkeit. Gleichzeitig lag so viel Respekt in der Haltung des Falken, dass Eirion einen Moment lang verunsichert war. Alles in ihr wehrte sich dagegen, dem Einsiedler Glauben zu schenken, denn das wäre ihr wie ein Verrat an Gwenlian erschienen. Andererseits hatte auch Radscha dem Einsiedler offenkundig vertraut.

»›In den Nebeln des Gestern versunken und von den Heutigen längst vergessen, schlummert das Wissen um das, was war und ist und sein wird, wenn die Zeit sich erfüllt.‹«

Wieder schlug Torks Stimme Eirion in ihren Bann, so wie es bereits in Radschas Wagen geschehen war. Das Feuer im Herd hinter ihm knisterte leise und wie beifällig. »›Einst herrschten

Friede auf der Welt und unendliche Güte; einer war dem anderen Freund, und kein böser Gedanke störte das Gleichgewicht.‹«

Eirion erkannte diese Sätze: Mit ihnen hatte Bleidwan, der große Streiter und Chronist Fáls, sein Werk begonnen. Tief in ihrem Herzen brachten diese Worte eine Saite in ihr zum Schwingen, aber noch immer weigerte sie sich, sich ihrem Sog zu überlassen.

»›Es gab nicht einmal Worte für Krieg, für Hass, für Neid oder falsches Begehren. Zauberwesen bevölkerten Wälder und Fluren.‹« Die Stimme des Einsiedlers erfüllte den Raum und hüllte alles ein, was darin enthalten war. Eine Ahnung von dem Frieden jener vergessenen Zeit stieg in Eirion auf, und am Rande ihres Bewusstseins nahm sie wahr, dass der Geruch nach Bitterklee aus der Luft verschwunden war. Aber vielleicht war es auch nur eine Illusion, gewoben aus dem Duft des Tabaks und Torks Erzählung.

»›Zauberwesen bevölkerten Wälder und Fluren‹«, fuhr er fort. »›Niemand weiß heute mehr zu sagen, was geschah. Vielleicht waren die Zauberwesen ihres Seins einfach überdrüssig, vielleicht ist allem Lebenden – und sei es auch dem ewigen – doch am Ende nur eine gewisse Spanne zugemessen. Jedenfalls gingen die Zauberwesen, deren Natur niemand mehr kennt, in eine Welt hinüber. Eines dieser Zauberwesen, das letzte, so heißt es, das auf dem Ork Nuado lebte, zeugte jedoch mit einer Menschenfrau Nachkommen, die es in der Welt der Dinge zurückließ. Sieben waren es, sieben, in denen die großen Gaben von Wissen und Weisheit schliefen. Die Sieben wurden die Stammväter der Sieben Reiche der Unschuld. Ein jedes hatte seine besondere Eigenart, keines war ganz dem anderen gleich. Manchen war die Luft Heimat, anderen das Meer, wieder anderen das feste Land. Einige besaßen sogar die Gabe, sich zwischen den Elementen zu bewegen. Die sieben Geschwister herrschten in Wohlstand und Glück über ihre Völker, ein jedes an seinem Platz. Und so wäre es geblieben, über Zeiten und Äonen hinweg, bis ans Ende aller Dinge.‹«

Bei seinen letzten Worten hatte sich etwas in der Stimme des Einsiedlers verändert. Und obwohl Eirion den Text vor einigen Jahren einmal flüchtig gelesen hatte, war ihr doch vieles davon entfallen, und sie wartete voller Spannung darauf, dass Tork weitersprach. Er griff jedoch zuerst nach seinem Tabaksbeutel, holte eine seiner langstieligen, golden schimmernden Pfeifen aus seinem Bündel und stopfte sie.

Barko, der immer noch unbeweglich auf der Lehmmauer hockte, schnarrte leise, als warte auch er ungeduldig auf die Fortsetzung der alten Geschichte.

Endlich glomm der Tabak im Pfeifenkopf auf, und Tork nahm bedächtig den ersten Zug. Dann sah er Eirion eindringlich an.

Wie blau seine Augen sind, dachte sie abermals. So blau, dass sie selbst im Licht des Feuers leuchteten, als spiegele sich helles Sonnenlicht darin.

»So wäre es wohl geblieben«, wiederholte er, »über Zeiten und Äonen hinweg.« Er zog noch einmal an seiner Pfeife, dann nahm er den Faden der Geschichte wieder auf. »›Doch einer war da, dem dies nicht genügen wollte, in dem ein fremdes Begehren schlummerte – wer weiß, woher es kam? – und der mehr sein wollte als seine Brüder und Schwestern. Es war dies der Erstgeborene jenes in Rauch und Vergessen verlorenen gottgleichen Wesens. Er trug den Namen Sanor, nannte sich aber bald der Eine und Erste. Seine Geschwister sahen dies, staunten ein wenig und gingen ihrer Wege. Noch immer herrschten allenthalben Heiterkeit und maßvolle Zufriedenheit. Bis es dem Einen und Ersten gelang, die Bergelfen, eines der Sieben Reiche, mit Unmut zu vergiften. Die Berge waren weit und hoch, und jeder Elf hatte seinen Platz darin. Aber er, der Eine und Erste, sagte ihnen, dass es noch Besseres gebe, noch Süßeres, noch Lockenderes ... und plötzlich wollten sie mehr, und die Berge genügten ihnen nicht länger.‹«

Das Gefühl drohenden Unheils durchwehte jetzt den Raum, und Eirion fragte sich, ob es wirklich Zufall sein konnte, dass der Geruch des Bitterklees mit einem Mal wieder so deutlich wahrzunehmen war. Sie sah zu Barko hinüber. Der Falke erwiderte ihren Blick wie ein Freund, der einem Freund Mut zusprach. Tork fuhr fort: »›Die Elfen sahen die grünen Wälder der Feen, das wunderbare Spiel von Licht und Schatten im Blätterwerk, sahen die köstlichen Wurzeln und Beeren, die verborgenen, sanften Teiche – und wollten auch dies. Die Feen staunten ein wenig, rückten zusammen und ließen ihre Brüder an ihren Schätzen teilhaben. Aber bald genügten den Bergelfen die ihnen zugewiesenen Plätze nicht mehr. Sie wollten auch noch den Rest der Wälder. Das Reich der Feen war das erste der Sieben, das zu Grunde ging.‹«

Lange herrschte Schweigen in dem halb verfallenen Haus. Torks Pfeife war erloschen, aber er machte keine Anstalten, sie wieder anzuzünden. Zu stark war das Gefühl des Verlusts, das sie nun miteinander teilten, als dass einer von ihnen auch nur eine einzige überflüssige Bewegung machen mochte. Die hellen, sanften Wesen, deren Seele kein Falsch gekannt hatte, waren vernichtet worden, ohne sich zur Wehr zu setzen. Ja, sie hatten den Feind sogar bereitwillig in ihrer Mitte aufgenommen und hatten ihren Reichtum mit ihm geteilt. Die Trauer schnürte Eirion die Kehle zu. Obwohl sie die Feen nicht gekannt, ja, bisher nicht einmal an ihre Existenz geglaubt hatte, war ihr plötzlich, als hätte sie etwas unendlich Kostbares verloren.

Das Reich der Feen war das erste, das zu Grunde ging ...

Eirion streckte, ohne darüber nachzudenken, ihre Seele über Raum und Zeit aus, um nach einem Widerhall jener magischen Wesen zu suchen – aber sie fand nur Leere.

»›Das Böse war in die Welt gekommen‹«, fuhr Tork nach geraumer Zeit heiser fort, »›und eine Saat, einmal gesät, wird vom Wind weitergetragen, von den Flüssen aufgesogen und im Licht der Sonne mit jedem Morgen neu geboren.‹«

Der klagende Ruf einer Möwe, die sich landeinwärts verirrt hatte, wehte durch die klaffende Öffnung im Dach zu ihnen herein und war alsbald wieder verklungen.

Tork räusperte sich. »Und nun deuten alle Zeichen darauf hin, dass er, der sich den Namen der Eine und Erste gegeben hat, nach Jahrtausenden der Entmachtung langsam wieder erstarkt, um sein Werk der Zerstörung fortzusetzen.« Tork hob seine Pfeife an die Lippen, stellte fest, dass die Glut erloschen war, und ließ die Hand wieder sinken. »Verstehst du jetzt«, fuhr er mit mühsam unterdrückter Leidenschaft fort, »verstehst du jetzt, dass die Welt keine verwöhnte kleine Prinzessin braucht, die störrisch ihren Kopf durchsetzt und mit der Macht, die sie zweifellos besitzt, nur spielt wie mit einem bunten Kreisel? Die Welt braucht nicht das Kind, sondern die Frau. Die Frau, die sich ihrer eigenen Stärke bewusst ist und diese mit Verstand und Disziplin einsetzt, um dem Ruf der alten Götter zu folgen. Wenn du tatsächlich und mit ganzem Herzen den Weg gehen willst, der, wie du sagst, mit dir geboren wurde, dann wirst du jetzt sehr schnell erwachsen werden müssen, Eirion 'ahrd Gwenlian 'ahrd Oda.«

KAPITEL 16

In Caernadon, einen Tagesritt von Tarlin entfernt

Rikka stand in ihrem Zimmer vor dem Spiegel und wartete ungeduldig darauf, dass das Bauernmädchen, das ihr als Zofe für den Augenblick genügen musste, endlich begriff, was es mit den Haken und Ösen ihres am Rücken geschlossenen Tageskleides auf sich hatte. Hoffnungslos, von diesem Geschöpf zu erwarten, dass es ihr später eine passable Frisur würde richten können.

Um sich von ihrem Unmut abzulenken, der, wie sie inzwischen wusste, die Prozedur nur in die Länge ziehen würde, richtete sie ihre Gedanken auf andere Dinge. Während das Bauernmädchen, dessen Namen sie sich weder merken konnte noch wollte, an ihr herumfingerte und dabei den zarten, duftigen Stoff ihres Kleides wahrscheinlich vollkommen ruinierte, nahm in ihr das Bild eines anderen Mädchens langsam Gestalt an. Seit jenem Abend in der Wüste, bevor sie das Land des Feuers erreichten, hatte sie Ila zu kleinen persönlichen Diensten herangezogen und sie schließlich zu ihrer Zofe gemacht. Als sie dann in Táin Bulâll ankamen, lag ihr nichts ferner als ihre ursprüngliche Idee, Ila für den Blutzauber zu benutzen, der es ihr ermöglichte, auf den Linien der Macht weiterzureisen. Sie hatte es sogar einen törichten Augenblick lang erwogen, die mühsame Reise auf üblichen Wegen auf sich zu nehmen, um sich nicht von ihrer Zofe trennen zu müssen. Einfach lächerlich! Sie schüttelte, ohne sich dessen bewusst zu sein, den Kopf, und das Bauernmädchen zuckte ängstlich zurück.

»Ich hab's gleich«, beteuerte sie beflissen und setzte dann

hastig hinzu: »Herrin!« Sie zerrte so heftig an dem Seidenband, das über Kreuz durch die Öse gefädelt werden musste, dass Rikka vollauf darauf gefasst war, den feinen Stoff reißen zu hören. »Ich werde das schon noch lernen, ich schwör's ... Herrin.«

Rikka brachte das Mädchen mit einer unfreundlichen Handbewegung zum Schweigen. Wie sehr sie es genießen würde, sich wieder von Ila aufwarten zu lassen, wenn die junge Sklavin endlich Tarlin erreichte. Sie hatte zuerst drei der Sklavinnen getötet, um genug Kraft für den Weg über die Linien der Macht zu sammeln, aber die Frauen waren schwächer gewesen, als sie erwartet hatte, und so hatte sie zur Sicherheit noch zwei weitere getötet. Sie war davon überzeugt, dass Ilas Lebenskraft allein vollauf genügt hätte, um sie auf den Linien der Macht bis nach Tarlin und wieder zurück wandern zu lassen ... Ein nachdenklicher Ausdruck legte sich über Rikkas Züge. Sie hatte mehrere Wochen in Gesellschaft der jungen Sklavin verbracht und währenddessen immer wieder versucht, ihr ihre Geheimnisse zu entlocken. Aber während Ila mit ihren langen, schön geformten Fingern wahre Wunder mit ihrem Haar vollbrachte, bekam Rikka zu ihrem Verdruss stets dieselben ausweichenden Antworten:

»Warum ist dein Vater in das Land des Feuers gegangen?«

»Ich weiß es nicht. Es geschah vor meiner Geburt.«

»Aber deine Mutter hat dir doch gewiss von ihm erzählt?«

»Sie spricht niemals von meinem Vater.«

»Und die Familie deines Vaters? Was ist mit ihr?«

»Ich kenne sie nicht. Ich weiß nicht, wo sie lebt.«

»Stammt er aus Sonniana?« Die meisten Sklaven kamen aus Sonniana, auch wenn es seit langem genug Sklaven in Fiann gab und die letzten Sklavenfeldzüge Jahrzehnte zurücklagen.

»Ich weiß es nicht.«

»Und die Familie deiner Mutter?«

»Meine Mutter hat keine Familie. Ihre Mutter kam aus Sonniana, und sie hatte nur die eine Tochter.«

»Deine Großmutter ist tot?«

»Ja, Herrin.«

Und während all dieser fruchtlosen Gespräche hatte Ila gelassen Strähne um Strähne ihres Haares zu eleganten, immer neuen Frisuren geflochten, gesteckt und gedreht. Rikka hatte im Spiegel scheinbar gleichgültig die flinken, knappen Bewegungen der Hände der jungen Sklavin beobachtet. Priesterinnenhände. Und im Laufe der Woche waren die hässlichen Risse und Schwielen langsam verschwunden, nachdem Rikka klargestellt hatte, dass Ila einzig zu ihrer persönlichen Bedienung zu Verfügung zu stehen habe. Dann hatte sie Ila eine Salbe gegeben, die die Priesterschülerinnen an der Akademie aus balsamischen Ölen und heilenden Tinkturen mischten. Als Ila die Salbe zunächst zurückwies, hatte Rikka keinen Protest geduldet. »Ich ertrage nichts Unvollkommenes in meiner Nähe – bade deine Hände jeden Abend vor dem Schlafengehen in warmem Lavendelwasser und massiere dann die Salbe ein«, hatte sie der jungen Sklavin befohlen, und die Haut des Mädchens hatte bald einen weichen, seidigen Schimmer angenommen.

»Herrin?«

Rikka drehte sich um. Ihre derzeitige Zofe sah sie halb erleichtert, halb ängstlich an. »Euer Kleid ist ...« Sie suchte nach dem richtigen Wort. »Es ist ... Ich bin fertig«, stammelte sie nervös. »Soll ich Euch jetzt das Haar aufstecken?«

Das möge die Göttin verhindern, dachte Rikka. Die letzten Versuche des Trampels hatten ihr vollauf genügt.

»Das mache ich selbst«, sagte sie und, als das Mädchen sich nicht rührte: »Du kannst jetzt gehen.«

Die Zofe stolperte aus dem Raum, und Rikka blickte ihr ohne Bedauern nach. Hoffentlich würde Ila bald in Tarlin eintreffen. Eine steile Falte erschien auf Rikkas Stirn. Wenn Ila in Tarlin ankam, würde sie selbst nicht mehr da sein. Außerdem stand keineswegs fest, dass sie ihr Ziel überhaupt erreichte. Rikka hatte ihr Bestes getan, um das Mädchen zu schützen; sie hatte die alte Aufseherin, Muhana, verschont und auch darauf verzichtet, Gana für den Blutzauber zu benutzen. Die beiden besaßen mehr Mut und Zähigkeit als die übrigen Sklavinnen und gaben daher die besten Begleiterinnen für Ila ab. Die Soldaten hatten vom Hohen Rat strikte Order gehabt, sie lediglich bis nach Táin Bulâll zu eskortieren und dann sofort nach Gekor zurückzukehren. Nur drei der Männer hatten sich von ihr bestechen lassen, die kleine Gruppe bis nach Tarlin zu bringen – und ob sie Wort halten oder die Frauen bei der ersten sich bietenden Gelegenheit im Stich lassen würden, das konnten nur die Götter wissen.

Seufzend nahm Rikka an ihrem Ankleidetisch Platz und begann, sich für eine einfache Frisur das Haar zu flechten, das im hellen Licht des Tages wie immer reizlos und stumpf wirkte. Sie hätte Marban gern mit einer der raffinierten Frisuren beeindruckt, die Ila ihr in der Wüste gesteckt hatte. Aber es musste auch so genügen – würde genügen. Ein Lächeln vertrieb die letzten Spuren des Ärgers und der Ungeduld aus Rikkas Zügen. Sie hatte allen Grund, mit der vergangenen Nacht zufrieden zu sein. Marban war, als er endlich zu ihr kam, in einer rastlosen, undeutbaren Stimmung gewesen, und sie hatte darauf verzichtet, ihn mit allen Künsten, die ihr zu Gebote standen, zu verführen – zunächst. Stattdessen hatte sie sich einen weiten, seidigen Umhang über ihre nackten Schultern gestreift und die verständnisvolle Geliebte und Freundin gespielt, der man alles sagen konnte.

Mit sparsamen Worten und noch sparsameren Gesten hatte sie ihn dazu gebracht, von den jüngsten Entwicklungen auf der politischen Bühne Caernadons zu sprechen, obwohl sie bereits über alle wesentlichen Ereignisse im Bilde gewesen war. Während Marban sich in Rage redete, änderte sie mit einem geschickt eingeflochtenen Wort hier und einer fragend hochgezogenen Augenbraue dort langsam die Richtung ihres Gesprächs. Noch nie war Marban so bereitwillig in eine von ihr gestellte Falle getappt.

Der Stein der Gnade war also wieder aufgetaucht – und Marban hatte in der Tat Verbindung zu einem Wesen in weiter Ferne, das über große magische Macht verfügte. Was Näheres dazu betraf, war sie in der vergangenen Nacht jedoch nicht weitergekommen, denn darüber hatte Marban sich nichts entlocken lassen.

Aber gleichwie – das Auftauchen des Steins der Gnade sagte ihr mehr als genug. Und im Gegensatz zu Marban, dem König ohne Krone, wusste sie jetzt, dass Eirion auf dem Weg nach Anguli war, an dessen Existenz der Oberste Priester noch immer nicht glaubte. Und sie wusste noch etwas, etwas, woraus sie Kapital zu schlagen gedachte. Sie hatte Marban in der vergangenen Nacht einen Handel vorgeschlagen, und wenn er darauf einging ...

Mit einem energischen Griff schob sie die letzte Nadel in ihr Haar – wie schaffte Ila es bloß, dass man diese Nadeln niemals sah, wenn *sie* ihr eine Frisur steckte? –, dann erhob sie sich, ohne noch einen Blick auf ihr Spiegelbild zu werfen. Sie hatte längst aufgehört, sich bei Tageslicht zu betrachten, ja, es gelang ihr mittlerweile sogar, sich zu frisieren, ohne sich dabei wirklich zu sehen. Auf diese Weise erhielt sie sich auch tagsüber die Illusion der Schönheit, die erst die Nacht mit ihrem Licht von Feuer und Kerzen ihr verlieh.

Sie traf Marban wie erwartet in seinem Arbeitszimmer an – aber er war nicht allein. Zwei Männer waren bei ihm. Der eine, der die triste, strenge Kutte eines Novizen der fálianischen Kirche trug, kam ihr vage bekannt vor, während der andere offensichtlich ein hoher Offizier der Armee war.

»Ah, guten Morgen, meine Liebe«, begrüßte Marban sie mit ungewohnter Herzlichkeit. »Wir haben bereits auf dich gewartet.«

Rikka zog eine Augenbraue hoch. Die beiden fremden Männer sahen sie respektvoll und mit unverhohlener Bewunderung an. Aber ja, Marban liebte wie sie – wenn auch wohl aus anderen Gründen – das Tageslicht nicht, und in seinem Zimmer waren die Fensterläden fest verschlossen. Im Kamin brannte ein gut geschürtes Feuer, und an den Wänden waren die Fackeln trotz der frühen Stunde bereits entzündet worden. Selbstbewusst trat Rikka weiter in den Raum hinein.

»Ich möchte dir zwei Männer vorstellen, die mein volles Vertrauen genießen«, erklärte Marban und deutete mit der Hand auf den Offizier. »Das ist Kaylas, ehemaliger Feldwebel der königlich-caernadonischen Armee.«

»Ehemaliger Feldwebel?«, fragte Rikka.

Marban lächelte. »Jetzt ist er General der *neuen* caernadonischen Armee – meiner Armee.«

Kaylas machte eine tiefe Verbeugung vor ihr, und als er sich wieder erhob, stand in seinen Augen mehr als nur Bewunderung.

Gut, dachte Rikka. Sie hatte im Laufe der Jahre gelernt, wie nützlich Männer für sie sein konnten, viel nützlicher als Frauen, obwohl auch diese ihre Reize hatten. Sie erwiderte Kaylas Blick ohne Koketterie, nur mit gerade einer Spur von Interesse.

»Er trägt die Verantwortung für die Ausbildung meiner Soldaten«, sprach Marban weiter, und Rikka wurde hellhörig.

Der Oberste Priester ging jedoch nicht weiter auf dieses Thema ein, sondern stellte ihr zuerst den anderen Mann vor, den grau gewandeten Novizen. »Und dies ist Bruder Donnoban, der mir gute Dienste geleistet hat seit dem unglücklichen Tag, an dem König Uisnach sein Leben ließ.«

Täuschte sie sich oder hatte bei diesen Worten ein boshafter Unterton in Marbans Stimme gelegen? Der Novize jedenfalls reagierte mit einem spürbaren Unbehagen und neigte zum Gruß nur kurz den Kopf in Rikkas Richtung – so kurz, dass es fast an eine Unhöflichkeit grenzte. Er hatte einen kräftig ausgeprägten Adamsapfel, der auf seinem mageren Hals krampfartig auf und ab hüpfte. Und er schien sich inzwischen daran erinnert zu haben, dass er als Jünger Fáls die Frauen zu verachten hatte und eine Regung wie etwa Begehren ihm so fern liegen musste wie die Anerkennung eines anderen Gottes als dessen, dem er ewige Treue geschworen hatte. Allerdings verriet der Ausdruck seiner Augen noch mehr als die ihm auferlegte Reserviertheit gegenüber einer schönen Frau. Und Marbans nächste Worte lieferten Rikka auch den Grund dafür.

»Und nun«, sagte der Oberste Priester, »möchte ich euch Rikka vorstellen, eine gute ... Freundin.« Dann tat er etwas, was er noch nie in Gegenwart Dritter getan hatte: Er griff nach ihrer Hand. »Eine gute Freundin«, wiederholte er, »und eine der größten Magierinnen unserer Zeit.«

Rikka, die schon in jungen Jahren auf der Akademie gelernt hatte, in jeder Situation ihre Gesichtszüge zu beherrschen, zuckte kaum merklich zusammen. Es war nur eine winzige Regung, aber da Marban ihre Hand hielt, musste er sie gespürt haben. Ob das der Grund für seine untypische Vertraulichkeit gewesen war? Wollte er ihre Reaktion testen? Und wenn ja, warum?

Rikka fasste sich schnell, zumal die beiden Männer, der

Novize Donnoban und der Soldat Kaylas, keinerlei Überraschung zeigten. Offensichtlich hatten sie mit etwas Derartigem gerechnet.

»Rikka«, sagte Marban nun an Kaylas gewandt, »wird unsere Männer in der Magie unterweisen, damit wir das Neue Caernadon Wirklichkeit werden lassen können.«

Marban hatte ihren Handel also angenommen – obwohl sie es bei weitem vorgezogen hätte, es auf anderem Weg zu erfahren. Allerdings sah ihm diese Vorgehensweise durchaus ähnlich, und einen Augenblick lang beschlich Rikka das wenig angenehme Gefühl, sie habe dem Obersten Priester mit ihrem Vorschlag in der vergangenen Nacht in die Hände gespielt. War er ihr am Ende gar nicht, wie sie geglaubt hatte, in die Falle gegangen, sondern hatte sie vielmehr geschickt manipuliert? Rikka tat den Gedanken als absurd ab, aber ein gewisses Misstrauen blieb.

»Und wie gedenkst du diesen Aufbau des Neuen Caernadon zu bewerkstelligen, mein ... Lieber?«, fragte sie. Sie hatte in ihre beiden letzten Worte gerade so viel Spott gelegt, wie sie es wagen konnte, und sie zeigten den gewünschten Erfolg. Marban ließ ihre Hand los, als hätte er sich daran verbrannt. Plumpe Vertraulichkeit mochte von seiner Seite noch angehen, aber es war etwas gänzlich anderes, wenn sie in Anwesenheit Dritter von einer Frau kam, noch dazu von einer Magierin. Sein Ärger über ihre Anmaßung verschaffte Rikka eine flüchtige Befriedigung, aber sie war zu klug, um sich von diesem kleinen Triumph lange ablenken zu lassen. Und sie kannte Marban; sie tat recht daran, auf der Hut zu sein.

»Es dürfte offenkundig sein, was als Erstes zu geschehen hat«, erwiderte Marban herablassend. »Aber ich werde es dir trotzdem erklären.«

Rikka sah den Obersten Priester kühl an. Wenn er den allwissenden Lehrmeister spielen wollte – nun gut. Sie würde ihm nicht den Gefallen tun, als dummes Schulmädchen dazustehen. »Ich denke«, entgegnete sie langsam und ohne sich auch nur einen Wimpernschlag zu gönnen, »du wirst zuerst Ordnung in deinem eigenen Land schaffen müssen.« Was Marban recht war, sollte ihr nur billig sein. Aus den Augenwinkeln sah sie, dass der Novize unruhig von einem Fuß auf den anderen trat. Der Wortwechsel zwischen ihr und dem Priester gefiel ihm nicht, das spürte sie, er gefiel ihm ganz und gar nicht.

»Und falls dir das gelingen sollte« – nur eine winzige Betonung des unscheinbaren kleinen Wörtchens *falls* –, »dann dürfte es wohl auf der Hand liegen, worauf sich dein Augenmerk als Nächstes richten wird.«

»Sei so gut und erzähl es uns.« Marban war nicht so leicht einzuschüchtern.

Rikka seufzte, wie ein Mensch, der sich gezwungen sah, überflüssige Worte um Nichtigkeiten zu machen.

»Fiann«, sagte sie ruhig. »Du brauchst den Zugriff auf Fiann, weil ...«

»In der Tat«, unterbrach Marban sie eine Spur zu hastig, und Rikka spitzte leicht die Lippen. Wie oft die Dinge, die ungesagt blieben, doch aufschlussreicher waren als alles, was ausgesprochen wurde! Marban schenkte diesen beiden Männern zwar angeblich sein volles Vertrauen, aber er ging nicht so weit, ihnen auch die volle Wahrheit zu sagen.

Rikka griff nach dem Weinbecher, der auf Marbans Pult stand, und prostete erst dem Obersten Priester, dann den beiden anderen Männern zu. »Auf das Neue Caernadon«, sagte sie, und an Marban gewandt: »Und auf unseren Handel – möge er uns beiden die Erfüllung unserer Wünsche bringen.«

Der Novize sog scharf die Luft ein, wagte es jedoch nicht, die Frage zu stellen, die ihm auf den Lippen brannte. Kaylas war es schließlich, der ihm eine Antwort auf seine unausgesprochene Frage gab.

»Alle Dinge haben ihren Preis, Bruder Donnoban, und dasselbe gilt für Menschen«, bemerkte er. »Das solltest du eigentlich wissen – besser als jeder andere.« Das liebenswürdige Lächeln des Offiziers und sein etwas unbeholfenes Gebaren mochten an einen gutmütigen, mit nicht übermäßigen Geistesgaben gesegneten Hund erinnern, aber etwas in seinen Augen sagte Rikka, dass das eine gefährliche Täuschung war. Seine Worte an Donnoban waren beinahe eine Drohung gewesen, und die Magierin nahm sich vor, den Krieger nicht zu unterschätzen.

Eine fleckige Röte stieg dem Novizen in die Wangen, und alle Selbstgerechtigkeit wich aus seinen Zügen. Sein Adamsapfel hüpfte in seiner Kehle hektisch auf und ab, und plötzlich wusste Rikka, wo sie den Mann schon einmal gesehen hatte. Er war einer der Novizen, die auf Burg Tarlin einen Teil ihrer Ausbildung absolviert hatten – aber es waren so viele gewesen, alle gekleidet in die schmucklosen grauen Roben ihrer Zunft, dass Rikka sie als Personen kaum wahrgenommen hatte. Für sie waren sie alle gleich gewesen – törichte, verblendete Narren –, doch dieses eine Gesicht hatte sich ihr eingeprägt.

»Und dies ist Bruder Donnoban, der mir gute Dienste geleistet hat ...«

Sie war während des Vierkampfs – den die Caernadonier inzwischen den *Kampf der Königinnen* nannten – dem Geschehen nicht nahe genug gewesen, um die Tat selbst zu beobachten, aber sie hatte das Gesicht des Novizen gesehen, der kurz nach der Ermordung Uisnachs an ihr vorbei zur Kapelle auf Burg Tarlin gestürzt war. Die gleiche fleckige Röte hatte seine Wangen überzogen, und in seinen Augen hatte ein fanatischer, irrsinniger Ausdruck gestanden.

Er hat mir gute Dienste geleistet ...

»Wie Recht du hast, Kaylas«, sagte sie zu dem Offizier und neigte leicht den Kopf. »Alles hat seinen Preis. Und alle Rechnungen wollen irgendwann beglichen sein, das sollte man nie vergessen. Sonst zahlt man eines Tages einen Preis, der einem allzu hoch erscheint.« Dann wandte sie sich um. »Stimmst du mir nicht zu, *Bruder* Donnoban?«

Der Novize ballte die Fäuste, erwiderte jedoch nichts. Rikka beobachtete interessiert das Auf und Ab seines Adamsapfels, das ihr bereits an jenem letzten Tag auf Burg Tarlin aufgefallen war. »So«, sagte sie, »und da wir nun alle übereinander im Bilde sind, können wir endlich zum Geschäftlichen kommen. Ich möchte schon morgen weiterreisen. Es gibt dabei nur ein kleines, aber sicher lösbares Problem ...«

KAPITEL 17

Sieben Tage waren sie nun schon unterwegs, und Tork gab nach wie vor ein unerbittliches Tempo vor. Eirion wunderte sich bereits nicht mehr darüber, dass auch an diesem Abend eine seit langem verlassene, aber durchaus bewohnbare Unterkunft auf sie wartete. Diesmal war es die Hütte eines Schäfers, die seit Jahrzehnten leer stand, weil kein Tier auf dieser unfruchtbaren Erde noch Futter finden konnte, hatte Tork ihr kurz erklärt. Seit ihrem ersten gemeinsamen Abend hatten sie nur noch das Nötigste miteinander gesprochen.

Du wirst jetzt sehr schnell erwachsen werden müssen, Eirion 'ahrd Gwenlian 'ahrd Oda.

Wieder hatte Tork gut getrocknetes Holz in der Herdstelle entzündet und von seinem schier unerschöpflichen Schinken dünne Scheiben abgeschnitten. Und wieder hatte in einem gut gegen Ratten und anderes gefräßiges Getier gesicherten Behälter Hirse für einen Grützebrei bereitgestanden.

Aber an diesem Abend war die Stimmung anders als an den Abenden zuvor. Sie hatten schweigend ihr Mahl verzehrt und dafür gesorgt, dass auch Barko seinen Anteil bekam. Der Falke hockte in einer Ecke der Schäferhütte, schien jedoch genau wie Eirion zu spüren, dass etwas in der Luft lag, dass Tork von einer gewissen Rastlosigkeit erfüllt war, als sei er drauf und dran zu sprechen, hätte nur noch nicht den rechten Augenblick dafür gefunden.

Sie hatten das Meer inzwischen weit hinter sich gelassen, und die Stimmen der Meeresvögel waren längst nur noch eine Erinnerung, was Eirion bedauerte. Sie hatte sich so sehr an ihren heiseren Gesang gewöhnt, dass sie ihn jetzt vermisste, ebenso wie das leise Flüstern der Wellen, wenn sie in der Bucht von Orra an dem gelben Sand leckten. Auch die Landschaft hatte sich auf dramatische Weise verändert. Immer häufiger kamen sie jetzt durch totes Land, Gebiete, in denen nicht einmal mehr Gras wuchs. Nur ab und zu reckte dort ein abgestorbener Baum seine kahlen, grauen Zweige gen Himmel, ein stummer Mahner, der davon kündete, dass das Land nicht immer so leblos und unfruchtbar gewesen war. Eirion wusste auch, ohne Tork danach fragen zu müssen, dass sie sich den Sümpfen der Verlorenen näherten. Seit dem vergangenen Morgen wehte jetzt der bittere Atem der Sümpfe unablässig über die Tiefebene, durch die sie ritten, und verfolgte sie bis in ihre Träume. Hatte Eirion mit ihren scharfen Augen an den Tagen zuvor noch hier und da eine Wühlmaus oder wenigstens einen Käfer entdecken können, so nahm sie seit gestern nur noch Leere um sich herum wahr. Es war ein unheimliches und verstörendes Gefühl, zu wissen, dass es außer ihr und ihren beiden Reisegefährten nichts Lebendiges in diesem Teil der Welt gab.

Tork räusperte sich, und Eirion zuckte leicht zusammen. Auch Barko hob jäh den Kopf.

»Es ist wichtig, dass du dir sehr genau darüber im Klaren bist, was in jener Zeit geschah«, sagte er, und Eirion brauchte nicht zu fragen, von welcher Zeit der Einsiedler sprach. Sie nickte nur.

»Ich habe dir den Anfang der Geschichte erzählt, nun sollst du auch den Rest hören.«

Barko spreizte die Flügel und schwang sich lautlos und mit der ihm angeborenen Eleganz auf einen hohen Schemel neben dem knisternden Feuer. Dann richtete er den Blick seiner wachen gelben Augen auf Tork und wartete.

»›Von den Sieben Reichen der Unschuld waren nur noch

sechs geblieben‹« nahm der Einsiedler den Faden seiner Geschichte auf, als sei nur ein einziger Atemzug verstrichen, seit er das letzte Mal davon gesprochen hatte, und nicht sieben Tage und sieben Nächte. »›Und zwei von ihnen hatten ihre Unschuld bereits verloren, das der Bergelfen und das der geflügelten Faune, deren Herrscher Sanor war, der Eine und Erste.‹«

Eirion hatte in den vergangenen Tagen vergeblich versucht, den weiteren Text aus den »Legenden und Mythen« in ihrem Gedächtnis wieder entstehen zu lassen. Tork war mit Bleidwans Erzählung offenbar so vertraut, dass er sie wortgetreu wiederzugeben vermochte. Eirion lehnte sich auf dem niedrigen Stuhl zurück, der bequemer war, als er aussah, und widerstand der Versuchung, die Augen zu schließen, um sich ganz der weichen Stimme des Einsiedlers zu überlassen. Die wohlige Wärme des Feuers machte ihre Glieder schwer, aber ihr Geist war hellwach, während sie dem Einsiedler lauschte.

»›Die Berge waren längst leer und verlassen, weil alle Elfen hinab in die Wälder gezogen waren, die einst den Feen gehört hatten. Die Bergelfen hatten die Haine und Täler bevölkert, es gab nichts mehr darin, was ihnen besser, süßer oder lockender erschien als das, was sie schon besaßen. Da begannen sie, nach den Sümpfen und Mooren zu schielen. Die Sumpfleute hatten mit Angst und fassungslosem Schrecken gesehen, was ihren Schwestern, den Feen, widerfahren war, und sie kämpften um das, was ihnen gehörte.‹«

Obwohl sie niemals auf bildliche Darstellungen jener mythischen Wesen gestoßen war, konnte Eirion die Sumpfleute und ihre Widersacher, die Elfen, deutlich vor sich sehen, während Tork weitersprach.

»›Und so kam zu dem Neid auch der Krieg in die Welt und mit ihm der Hass ...‹«

Ein unwiderstehlicher Drang zwang Eirion, nun doch die Augen zu schließen. Schöne Geschöpfe mit langen, schlanken Gliedmaßen und goldbrauner Haut nahmen in ihrem Geist Gestalt an. Sie wusste nicht, ob Tork diese Bilder in ihr heraufbeschworen hatte oder ob sie Teil eines ererbten Wissens waren, das schon immer in den Tiefen ihrer Erinnerung verborgen gewesen war. Sie wusste jedoch mit absoluter Sicherheit, dass das, was sie sah, die Wahrheit war.

Die Elfen liebten das leise Raunen des Windes in den Blättern der hohen Bäume um sie herum, und sie hatten sogar Namen ersonnen für seine Gesänge. In den Bergen, aus denen sie kamen, hatte der Wind mit ganz anderer Stimme zu ihnen gesprochen, laut und bisweilen auch zornig. Hier, in ihrer neuen Heimat, lernten sie seine sanfte Seite kennen. »Atem der Sterne« nannten sie den Wind, der ihnen in mondhellen Frühlingsnächten den Schlaf raubte; »Zug der Kraniche« tauften sie die warme, kaum merkliche Brise, mit der der Sommer den Abend einläutete. Doch als der Kreis der Jahreszeiten sich wieder und wieder geschlossen hatte und die Feen längst vernichtet waren, verspürten die ersten von ihnen eine unbestimmte Sehnsucht. Sie wussten nicht, dass es der Anblick der gewaltigen Berge weit hinten am Horizont war, der sie so sehr verstörte. Die Berge, die Heimat, die sie um der Verheißungen der Täler willen aufgegeben hatten, waren im Laufe vieler Jahrhunderte so sehr Teil ihrer Seelen geworden, dass sie nirgendwo echtes Glück und wahre Heimat finden konnten als dort. Und mochte der Gesang des Waldwindes noch so süß, noch so vielgestaltig und lockend sein, so sprach er doch nicht zu ihren Herzen, die nach der Wildheit und Majestät der Berge hungerten.

Ein schmerzhaftes Drängen befiel sie, denn sie wussten nicht, wohin mit ihrer Sehnsucht. Da erschien, gerade zur rechten Zeit, als der liebliche Waldfrühling kaum noch erträglich für sie war, der Eine und Erste wie ein Freund in einer einsamen Nacht.

Und er sagte ihnen, wo sie Speise für ihren Hunger finden konnten. Doch es würde nicht einfach werden, fügte er hinzu, denn die Sumpfleute würden eifersüchtig hüten, was sie als ihr Eigentum betrachteten. Bedauernd zuckte der Eine und Erste die Achseln und ließ die Elfen allein mit diesem namenlosen Sehnen in ihren Herzen.

Der Sommer kam, und der »Tanz der Kraniche« stahl sich wie ein Gift in das Blut der Elfen. Immer häufiger wanderte jetzt einer aus ihrer Mitte, und manch einer kehrte mit wunderbaren Geschichten vom schweren, erdigen Duft des Torfs und dem Funkeln des Sonnenlichts auf den Moorteichen zurück. Viele jedoch kehrten nie zurück – denn die Sumpfleute erkannten ihre Absicht, und wenn sie einen Elf in ihrem Reich entdeckten, töteten sie ihn, ohne zu zögern.

»Die Sumpfmänner sind unsere Feinde«, verbreitete es sich wie ein gieriges Feuer in den sonnengrünen Wäldern. »Sie haben Elfenblut vergossen!«, hieß es weiter. »Das darf nicht ungesühnt bleiben!«

Doch die Sumpfleute waren zwar klein, aber von ungeheurer Körperkraft – und sie waren gewarnt. Im Kampf Mann gegen Mann würden die Elfen kaum einen Sieg erringen können, das wussten sie.

Und so durchstreiften sie voller Unrast ihre neue Heimat, bis einer von ihnen eines Tages an eine Lichtung kam, auf der die silbernen Pferde grasten, die wie viele andere, kleinere Tiere den Wald bevölkerten. Zuerst misstrauisch, dann mit wachsender Zuversicht machten die Elfen sich zum ersten Mal in der langen Geschichte ihrer Welt Tiere zunutze, um zu kämpfen. Wie aus weiter Ferne drang Torks Stimme zu Eirion hinüber. »›Bald entstanden Wörter für Feind, für Sieg und Niederlage, für Tod und Furcht ...‹«

Die Elfen zähmten Pferde für ihren Krieg, Pferde, die wohl genau wie die Elfen selbst später ausgestorben sein mussten, denn Eirion hatte solche Tiere nie gesehen. Ihr Fell war silbern und schimmerte im Licht der Sonne so hell, dass es beinahe farblos wirkte. Weiches, seidiges Haar umwogte ihre Köpfe, und ihre langen Beine ließen sie beinahe über die Sümpfe fliegen, in die die Elfen sie führten. Es waren stolze, edle Tiere, und Eirion konnte etwas von dem tiefen Kummer spüren, den sie empfanden, als sie sich einem fremden Willen unterwerfen mussten.

»Das Böse hatte seine Saat geworfen, und die Saat hatte erste Früchte getragen.«

Die Sumpfleute unterschieden sich sehr von den Elfen; sie waren klein und gedrungen, Geschöpfe mit kurzen Armen und Beinen, geformt und geprägt von der kargen Sumpflandschaft, der sie jedoch so viel buntes, warmes Leben abzuringen wussten, dass sie sich keine andere, keine schönere Heimat hätten wünschen können. Sie liebten ihre niedrigen, strohgedeckten Hütten, in denen sie ihre Kinder gebaren, ihre einfachen Feste feierten und ihren stillen Frieden genossen – oder ihn genossen hatten, bis die ersten Nachrichten vom sinnlosen Sterben der Feen sie erreicht hatten.

Die silbernen Pferde der Elfen fuhren wie gewaltige Schwerter in die Hütten der Sumpfleute, und während die ersten Siedlungen am Rand der Sümpfe noch mühelos überrannt werden konnten, trafen die Angreifer bald schon auf erbitterten Widerstand. Die Sumpfleute waren geschickte Handwerker, und aus der Not geboren entstanden auf dem Ork Nuado zum ersten Mal klug erdachte Gerätschaften, die nicht dazu dienten, Leben zu erhalten und zu mehren, sondern es zu zerstören.

Hunderte silberner, freundlicher Elfenpferde starben in den Fallen der Sumpfleute, die noch aus geringer Entfernung betrachtet so aussahen wie gewöhnliches Erdreich, aber bei der ersten Berührung ihr grausames Geheimnis preisgaben: dolchscharf gespitzte Holzpfähle, die den Pferden die weichen Bäuche aufschlitzten und ihre Reiter, die Elfen, in einer tiefen Fallgrube bei lebendigem Leib verschütteten.

»Die Ernte des Bösen war diesmal eine reiche: Bergelfen und Sumpfleute vernichteten sich in jahrhundertelangem Krieg gegenseitig, und Sanor, der Herrscher der Faune, frohlockte.«

Eirion hätte sich am liebsten die Ohren zugehalten, aber sie wusste, dass die Todesschreie von Elfen, Sumpfleuten und Pferden in ihrem Herzen durch nichts mehr zum Schweigen gebracht werden konnten.

Erst als Tork von neuem zu sprechen begann, und obwohl seine Stimme seltsam leise war, trat das fremde Leid, von dem Eirion wusste, dass es auch ihres war, ein wenig in den Hintergrund.

»Von den Sieben Reichen der Unschuld waren also nur noch vier übrig; Feen, Sumpfleute und Bergelfen hatten bereits zu existieren aufgehört. Es herrschten Angst und Verzweiflung auf der Welt. Ein jedes der Völker beäugte seinen Nachbarn voller Misstrauen. So vergingen Jahrhunderte, dunkle Jahrhunderte.«

Eirion wollte schreien, dass er aufhören möge, dass sie die Bilder nicht länger ertragen könne, die seine Worte in ihr wachriefen. Die Last schrecklicher Angst verfinsterte ihre Seele, aber sie konnte nichts tun, um sich dagegen zu wehren. Mit weit aufgerissenen Augen starrte sie jetzt in das Feuer der Schäferhütte, aber was sie sah, waren nicht die gelben Flammen, die ahnungslos und fröhlich in der Herdstelle tanzten.

»Alle harrten voller Furcht in ihrem Element aus, die Niav in den Meeren, die Trolle in den Schatten, die Schwäne auf ihren Seen und Flüssen und die geflügelten Faune in Bergen, Sümpfen und Wäldern – denn sie waren es, über die der Eine und Erste herrschte, und sie hatten nach und nach von der Welt bevölkert, was einst den Feen, Elfen und Sumpfleuten gehört hatte. Doch der Eine und Erste wurde ungeduldig. Die Meere, diese wunderbar weiten Flächen schimmernden Wassers, quälten ihn mit ihrem Strahlen, wann immer er auf sie hinabblickte.«

Eirion sah die Meere vor sich, aber sie waren nicht wie das Meer, das sie in Orra so sehr verzaubert hatte. Sie waren so viel reicher, so viel schöner und geheimnisvoller noch als das Meer, das sie kannte, und sie empfand einen ungeheuren Verlust, als sie begriff, was die Veränderung bewirkt hatte.

»So ging er, der Eine und Erste«, fuhr Tork fort, »zu den Trollen, den Bewohnern der Schatten. ›Brüder‹ raunte er. ›Ich leide für euch!‹, und weinte bittere Tränen. Und als der Eine und Erste die Trolle verließ, rüsteten sie zum Krieg. ›Die Niav werden uns zerstören! Die Niav wollen unsere Schatten!‹ Das war die Botschaft, die der Eine und Erste in ihre Herzen gesät hatte, und wieder ging ihre Saat auf.«

Kleine, bucklige Gestalten mit tief zerfurchten, nach menschlichem Maß ungeheuer hässlichen Gesichtern erschienen vor Eirion. Eine vage Vertrautheit dämmerte in ihr auf, versank aber sofort wieder in Vergessen, denn neue Bilder lösten die alten ab und ließen Eirion den Atem stocken.

»Die Niav waren sanft und riesig ...«

Gewaltige, perlmuttartig schillernde Geschöpfe teilten die Wellen des Meeres, Lebewesen, die größer waren als alle anderen, die Eirion je gesehen hatte.

»Sie trugen in ihrem Wesen die Tiefe und Weite der Meere, sie besaßen Reinheit und Klarheit und waren munter und heiter wie die Wellen, die im Sonnenlicht die Felsen neckten und foppten ...«

Ein Lachen perlte von Eirions Lippen, doch es schien sich in Blutstropfen zu verwandeln, noch bevor es in der kargen kleinen Schäferhütte seinen Widerhall finden konnte.

»... doch jetzt zeigten sie auch das andere Gesicht dieses gewaltigen Elements, seine Wildheit, seine Unberechenbarkeit, das grausame Sichaufbäumen turmhoher Wasserberge, die mit zornbrodelnder Gischt verschlangen, verzehrten, vernichteten.«

Die buckligen kleinen Kraftpakete, die gegen die Niav in die Schlacht gezogen waren, hatten niemals wirklich eine Chance gehabt. Die riesigen Bewohner der Meere überrollten die Trolle und fluteten ihre Schatten mit salziger Gischt, bis sie alles erstickt hatten, was dort je lebendig gewesen war.

»Das Reich der Schattentrolle war das vierte der Sieben, das starb. Das Böse hatte seinen giftigen Dorn tief in das Fleisch alles Seienden geschlagen; es war unsterblich geworden.«

Eirion hielt den Blick auf das Feuer gerichtet; sie hätte es in diesem Moment nicht ertragen, Tork anzusehen, denn sie wusste, dass das schwerste Stück des Weges noch vor ihr lag.

Doch bevor Tork Atem holen konnte, um weiterzusprechen, befiel Eirion mit einem Mal eine heftige Übelkeit. Das Feuer schien plötzlich alle Kraft verloren zu haben, und Eirion kam es so vor, als herrsche in der kleinen Schäferhütte jetzt eisiger Frost. Kalter Schweiß drang ihr aus allen Poren.

»Was ist mit dir?« Die Stimme des Einsiedlers erreichte sie nur noch schwach. Irgendwo am Rand ihres Bewusstseins nahm sie wahr, dass Barko mit einem leisen Fauchen die Flügel spreizte.

»Sie kommen.« Eirion erhob sich von ihrem niedrigen Stuhl, als hätte ihr Körper einen eigenen Willen. »Wir müssen uns bereitmachen.« Etwas streifte ihre Wange, aber sie spürte kaum, dass der Falke sich auf ihrer Schulter niedergelassen hatte.

»Wir müssen uns bereitmachen«, wiederholte sie heiser, »oder wir werden den nächsten Sonnenaufgang nicht erleben.«

KAPITEL 18

Und darum, Männer und Frauen von Anguli, fordere ich die Verbannung der Kö... – die Verbannung Nurias aus unserem Reich.«

Erregtes Stimmengewirr wurde laut, noch bevor der alte Nimu sich wieder gesetzt hatte. Der Siebenerrat war zusammengekommen, um eine Verhandlung gegen ein Mitglied der Gemeinschaft zu führen, wie schon einmal, vor fünfzehn Jahren. Wie bei dergleichen Zusammenkünften üblich, waren alle Bewohner Angulis an den Versammlungsort am Seemund gerufen worden, und die meisten von ihnen waren der Aufforderung gefolgt. Für gewöhnlich herrschte bei solchen Zusammenkünften eine ausgelassene, frohe Stimmung, aber für gewöhnlich ging es ja auch um erfreulichere Dinge wie die Zeremonien des Jahreslaufs oder Feste, die einzelne von ihnen betrafen, die Geburt eines Kindes oder die Verbindung mit einem Seelengefährten. Heute jedoch lagen Furcht und Zweifel in der Luft, und sie waren, je länger der Abend sich hinzog, immer bedrückender und lastender geworden. Die Dämmerung hatte längst nächtlicher Dunkelheit Platz gemacht, und der fast volle Mond stand bereits hoch am Himmel. Sein fahles, silbernes Licht mischte sich mit dem der Fackeln, die in regelmäßigen Abständen auf dem ganzen Versammlungsplatz verteilt waren.

Nuria hatte während der vergangenen Stunden das Gefühl gehabt, das Gleiche schon einmal erlebt zu haben, so deutlich war ihr jene Nacht vor über fünfzehn Jahren in Erinnerung geblieben, als der Siebenerrat über Lados Schicksal entschieden hatte. Und war die Zerrissenheit unter den Schwänen damals schon gewaltig gewesen, so erreichte die Anspannung diesmal den Siedepunkt. Selbst für gewöhnlich so friedfertige und sanfte Naturen wie Vilja, die die Verhandlung gegen Lado mit tiefem Kummer, aber schweigend verfolgt hatte, konnten Zorn und Empörung heute nicht unterdrücken.

»Wie kannst du es wagen?«, zischte Vilja, nachdem sie mit einer Behändigkeit aufgesprungen war, die niemand der zierlichen, älteren Frau zugetraut hätte. »Wie kannst du es wagen, solche Lügen zu verbreiten? Nuria ist unsere Königin und unsere Freundin, sie ist die Mittlerin zwischen uns und den alten Göttern, sie ist die Hüterin unserer Seelen und die Gefährtin unseres ...«

»Du bist eine Schande für unsere Gemeinschaft, Nimu.« Eine andere Frauenstimme übertönte Viljas letzte Worte.

»Sie hat gegen das Gebot der Götter verstoßen.«

»Sie ist unsere Königin!«

»... den geheimen Weg preisgegeben ... Die ganze Gemeinschaft in Gefahr gebracht ...«

»Es kann verblendete Neugier gewesen sein, die sie dazu getrieben hat, Neugier auf eine Welt, vor deren Kriegen und Fehden wir Anguli über Jahrtausende bewahren konnten!«

»Es muss ein Ende haben.«

Nurias Geist verbiss sich in diese Worte, die aus ihrer unmittelbaren Nähe gekommen waren, auch wenn sie nicht hätte sagen können, von wem. *Es muss ein Ende haben ... Es muss ein Ende haben ... Ein Ende ... Es muss ... Es muss ...* Was ging vor da draußen in der Welt? Wann hatte es begonnen, wo hatte es seinen Ursprung – und wie hatte es seinen Weg nach Anguli finden können, um langsam und unerbittlich die Seelen der Schwanenmenschen zu vergiften? Seit über zwanzig Jahren – oder waren es noch mehr? – quälten diese und andere Fragen sie, drangen in ihre Träume ein und raubten ihr Schlaf und Frieden. Dann hatte sie eines Tages gespürt, dass sie ein Kind erwartete, und über ihrem eigenen Glück einige wunderbare Monate lang die Welt jenseits der Grenzen Angulis vergessen können, bis zu jener furchtbaren Nacht, in der sie ihre Tochter hergeben musste – dem Willen der alten Götter folgend.

Ihre Gedanken wanderten zurück zu dieser dunkelsten Stunde ihres Lebens, als etwas in ihr gestorben war, als ein Teil ihrer Seele sie verlassen hatte.

Es muss ein Ende haben ...

Was waren das für Götter, die einer Mutter ihr Kind nahmen, die einen Mann zwangen, seiner Gefährtin solches Leid zuzufügen? Die Menschen dazu brachten, einen aus ihrer Mitte zu verbannen, weil er etwas getan hatte, das gut und notwendig war, aber gegen eines ihrer Gebote verstieß?

Es muss ein Ende haben ...

Was war das für eine Gemeinschaft, in der sich einer zum Richter über den anderen machte? In der ein Leben so wenig galt, dass an einem einzigen Abend, in einer einzigen Nacht darüber entschieden werden konnte? In der das Recht nicht nach der Liebe fragte und das Gesetz sich nicht an der Messlatte von Würde und Güte maß?

Es muss ein Ende haben ...

Nuria sah, dass Nimu sich erhob; sie sah, dass seine Lippen sich bewegten, doch sie hörte seine Worte nicht. Was immer er sagte, es konnte nicht von Belang sein, denn das Gift, das die Unschuld im Menschen tötete, hatte seinen Geist bereits verbogen.

Nuria blickte zum Himmel auf und suchte nach dem Elfenstern, jenem unberechenbaren, schelmisch blinkenden Diamanten am Firmament, der manchmal da war und dann plötzlich fort, wie ein Elf eben, und dem deshalb die Kinder einer lange alt gewordenen Generation seinen Namen gegeben hatten. Damals, vor fünfzehn Jahren, hatte der Elfenstern tröstend und wie ein Freund auf sie herabgeblinkt. Heute jedoch hielt sie vergeblich nach ihm Ausschau. Es schien ihr wie ein Zeichen zu sein – selbst die Sterne wandten ihr Antlitz von den Menschen ab.

Jemand berührte sie sachte an der Schulter, und sie schreckte hoch. Es war Preta, die zu ihrer Rechten im inneren Kreis des Siebenerrats saß. Jetzt erhob sie sich.

»Jeder, der sprechen wollte, hat nun das Wort gehabt«, sagte Preta, und Nuria war dankbar für die Wärme in der Stimme der klugen alten Frau. »Wir haben viel gehört über das, was geschehen ist, nun möchte ich hören, *warum* es geschah.«

Preta beugte sich zu Nuria herunter, und ihr langes graues Haar fiel ihr übers Gesicht. Sie machte sich jedoch nicht die Mühe, es zurückzustreichen; es war nicht wichtig. Nuria ergriff die ihr dargebotene Hand und ließ sich von Preta aufhelfen. Obwohl sie um so vieles jünger war als diese, brauchte sie die Kraft der anderen Frau, die sie noch stützte, als sie bereits stand. Ein kurzer Händedruck sagte ihr, dass einer ihrer Gefährten im Rat zumindest noch kein Urteil über sie gesprochen hatte.

Ein wenig verwirrt, weil sie offensichtlich einen großen Teil der hitzigen Debatte verpasst hatte, blickte sie in die Runde. Nimu sah ihr hart und entschlossen entgegen, Uliastai und Gurwan, die schon bei der Verhandlung gegen Lado dem Beispiel des ältesten Ratsmitgliedes gefolgt waren, hatten links und rechts neben ihm Platz genommen, als hätten sie auch diesmal von Anfang an nicht vorgehabt, eine andere Meinung als die seine zu vertreten. Immerhin hatten sie den Anstand – oder war es Feigheit? –, zu Boden zu blicken, als Nuria in ihre Richtung sah. Kisila, neben ihr selbst und Preta die dritte Frau im Rat, saß direkt neben Nuria, zu ihrer Linken, so dass sie ihrem Blick entzogen war. Blieb als Letzter also nur noch Olfros übrig, aber ihn anzusehen wagte Nuria nicht. Mochte er sie später verurteilen, wenn der Siebenerrat abstimmte, jetzt hätte sie seine Verachtung nicht ertragen, ohne ihre Würde zu verlieren. Und auch wenn sie in dieser Nacht ihre Heimat, ihre Freunde und ihre Unsterblichkeit verlor, so war sie doch fest entschlossen, zumindest ihre Würde zu retten.

»Männer und Frauen von Anguli«, sagte sie und war verwundert, dass ihre Stimme nicht brüchig klang, wie sie es erwartet hatte, sondern ruhig und fest. »Ich werde mein Tun vor euch nicht rechtfertigen, noch werde ich euch um Gnade oder Vergebung bitten. Vergebung brauche ich nicht, denn ich habe kein Unrecht getan, und Gnade kann man nicht erbitten, sie ist ein Geschenk, das einem reinen Herzen entspringt und ohne Maß oder Eigenliebe sich verströmt – oder es eben nicht tut.«

Einige Männer und Frauen im äußeren Rund der Versammlung senkten beschämt die Köpfe, aber Nuria bemerkte es nicht. Beinahe heiter fuhr sie zu sprechen fort, erleichtert, dass das Warten und die Angst nun bald ein Ende finden würden. »Es ist wahr, ich habe das Gesetz gebrochen und Lado in die Welt der Dinge geschickt ...« Hinter ihr unterdrückte eine Frau einen Aufschrei, und andere Stimmen folgten. Nuria drehte sich um, und ihr Blick begegnete dem Viljas, die entsetzt von ihrem Platz aufgesprungen war. Lamar, ihr Seelengefährte, versuchte, sie wieder zu sich hinunterzuziehen. Nuria sah die zierliche kleine Frau an, in deren Haus sie so viele wunderbare Mahlzeiten genossen, so viele stillvergnügte Abende erlebt hatte, und hoffte aus tiefster Seele, dass zumindest Vilja sie nicht verurteilen würde.

Dann, als endlich Ruhe eingekehrt war, wandte sie sich

wieder dem Rat zu. »Aber nicht Neugier war es, die mich zu diesem Schritt getrieben hat«, sagte sie und sah dabei Nimu, von dem die härtesten Vorwürfe gekommen waren, gelassen in die Augen. »Nicht Neugier, sondern Sorge. Und nein – bevor einer von euch diese Frage stellt«, fügte sie hinzu, »es war nicht die Sorge um Anguli, die mich dazu gebracht hat, sondern die Sorge um die Welt ...«

Ein Zischen wie von einer wütenden Schlange unterbrach sie. Jetzt war es Nimu, der es nicht länger ertrug, auf seinem Platz zu bleiben und zu schweigen.

»Ihr habt es gehört!«, rief er, und seine dünne Greisenstimme überschlug sich. »Was braucht ihr noch mehr als dieses Zeugnis aus ihrem eigenen Mund, dass die Welt der Dinge ihr mehr gilt als ihr eigenes – als unser! – Land? Sie ist eine Verräterin, und die Verbannung aus Anguli ist noch eine viel zu milde Strafe für sie!«

Die Verachtung, die der alte Mann ihr entgegenschleuderte, traf Nuria nicht und hätte sie auch nicht getroffen, wäre Olfros nicht gerade in diesem Moment aufgestanden.

Sofort kehrte Stille ein, und das erregte Flüstern, das kurz zuvor noch aus allen Richtungen auf Nuria eingestürmt war, war abgeschnitten wie ein straff gespannter Faden über einer scharfen Klinge.

»Wenn es ein Verstoß gegen unser Gesetz ist«, erklärte Olfros an Nimu gewandt, »über den wir hier zu Gericht sitzen, dann sollten wir selbst nun als Erste diesem Gesetz folgen, das das Rederecht im inneren und im äußeren Rund einer solchen Versammlung sehr klar regelt.« Er sah zu Nuria hinüber, doch sein Blick war zu flüchtig, seine Miene zu verschlossen, als dass sie seine Gefühle hätte erahnen können. »Nuria hat jetzt das Wort«, fügte er hinzu und hatte sich bereits wieder von ihr abgewandt. »Und Nuria allein ist es, die jetzt sprechen wird.«

Olfros ließ sich auf seinen Platz zurücksinken, und Nimu folgte seinem Beispiel, obwohl Nuria den Zorn des alten Mannes, der sich nun auch gegen seinen König richtete, förmlich mit Händen greifen zu können glaubte. Sie holte tief Luft und setzte ihre Ansprache fort, als sei nichts geschehen.

»Es war nicht die Sorge um Anguli«, wiederholte sie ihre letzten Worte, »die mich zu diesem Schritt getrieben hat, sondern die Sorge um die Welt …« Sie hielt kurz inne, um ganz sicher zu sein, dass sie auch wirklich die ungeteilte Aufmerksamkeit ihrer Zuhörer hatte. »Nein, ich spreche nicht von dem, was ihr ›die Welt der Dinge‹ nennt. Auch Caernadon und Fiann sind nicht ›die‹ Welt, ebenso wenig, wie Anguli ›die‹ Welt ist. Vielleicht haben wir hier am See viel zu lange geglaubt, wir könnten die Welt aufteilen in ›unsere‹ Welt und ›ihre‹ Welt.«

Jetzt war auch der letzte Rest von Angst von ihr abgefallen, denn sie sah plötzlich vollkommen klar. Was galt schon ihr eigenes kleines Leben im Angesicht des Großen und Ganzen, das hier auf dem Spiel stand? »Wir haben alle nur die *eine* Welt, wir alle, hier in Anguli nicht mehr und nicht weniger als die Menschen in Caernadon und Fiann«, setzte sie hinzu.

Schweigen antwortete ihr, ein Schweigen, in dem sie so viel Verständnislosigkeit und Abwehr spürte, dass sie um ein Haar der Mut verlassen hätte. Aber was sie zu sagen hatte, war zu wichtig, und sie selbst hatte nichts mehr zu verlieren, also holte sie tief Atem und sprach dann weiter: »Wir haben viele Jahrtausende in Abgeschiedenheit von der übrigen Welt gelebt, denn wir hatten Schreckliches durchgemacht, und unser Friede war uns heilig …«

»Und sollte es auch heute noch sein!«, fuhr Nimu dazwischen und sah erst Olfros, dann Nuria herausfordernd an.

»Nicht *unser* Friede sollte uns heilig sein«, erwiderte Nuria mit weit tragender Stimme, und die verständnislose Abwehr, die ihr entgegenschlug, verwandelte sich in Feindseligkeit. Dennoch sprach sie weiter: »Ja, ich sage es noch einmal: Nicht *unser* Friede sollte uns oberstes Gebot und Ziel sein, sondern der Friede der ganzen Welt, von der wir nur ein kleiner Teil sind.«

»Was schert uns die Welt da draußen«, rief ein Mann aus dem äußeren Rund der Versammlung. »Die Sterblichen mit ihren Kriegen und ihrer engherzigen Gier nach Besitz und Macht haben kein besseres Schicksal verdient. Wenn die Götter sie mit Verderben schlagen – sollen sie doch verderben!« Beifälliges Gemurmel wurde laut.

Nuria drehte sich langsam um und sah den Mann, der gesprochen hatte, direkt an. Es war Savas, was sie besonders schmerzte, weil sie ihn bisher für einen klugen und besonnenen Mann gehalten hatte. Er war Aneas Seelengefährte, und die beiden waren jahrhundertelang so sehr in ihrer Liebe aufgegangen, dass sie kaum am Leben der Gemeinschaft teilgenommen hatten, obwohl sie den anderen gegenüber immer freundlich und voller Güte gewesen waren. Nuria hatte Savas und Anea seit jener Nacht, da Olfros ihr Kind fortgeschickt hatte, oft mit einer quälenden Sehnsucht beobachtet, weil sie selbst glaubte, die Liebe verloren zu haben. Und jetzt also war auch Savas die Liebe verloren gegangen oder zumindest die Reinheit und Größe der Liebe, die in ihrem tiefsten und edelsten Wesen wusste, dass sie niemals nur einem einzelnen Menschen galt. Die wahre Liebe wusste, dass sie in dem geliebten Menschen und durch ihn *alles* liebte.

Nuria spürte eine Bewegung hinter sich, und das zornige Raunen, das immer lauter geworden war, erstarb plötzlich. Sie wandte den Kopf um. Olfros hatte sich abermals erhoben, um die Gemeinschaft daran zu erinnern, ihre eigenen Gesetze zu befolgen. Nuria, die inzwischen jenseits aller Angst um ihr eigenes Schicksal stand, sah den Mann, den sie einmal geliebt hatte, mit nüchternem Interesse an. Aber seine Miene war starr und ausdruckslos und verriet ihr nichts über seine Gefühle. Er war der König dieses Reiches und als solcher Hüter von Recht und Ordnung, der dafür Sorge tragen musste, dass die Regeln befolgt wurden.

Sie wandte sich wieder dem äußeren Rund der Gemeinschaft zu und blickte von einem zum anderen. Neben Savas saß dessen Gefährtin, Anea, die sich die Hände vors Gesicht geschlagen hatte. Ein Stück weiter entdeckte sie Kola und neben ihm seine Seelengefährtin, Vilja, mit großen, entsetzten Augen. Feke, ihr Sohn, fehlte, aber andererseits war er noch sehr jung, und vielleicht langweilte ihn die Aussicht auf stundenlanges Gerede über ein Schicksal, das seiner Meinung nach wenig mit seinem eigenen zu tun hatte. Hinter allen anderen, die im äußeren Rund saßen, erkannte Nuria jetzt die schlanke, dunkle Gestalt Lados, der nicht mehr zu ihrer Gemeinschaft gehörte, aber dennoch dabei sein wollte, wenn über die Zukunft seiner Königin entschieden wurde. Sein Sohn Arild, der fremde Junge mit den Quecksilberaugen, war dagegen nirgends zu sehen.

Nuria wandte sich wieder Savas zu. »Du sprichst von Engherzigkeit«, sagte sie, »und prangerst sie als Schuld an, die Verderben verdient.« Es war jetzt so still, dass sie das leise Raunen der Wellen am Seemund hören konnten, wo eine schwache Brise das Wasser kräuselte. »Aber laden wir hier in Anguli nicht ebenfalls diese Schuld der Engherzigkeit auf uns, wenn wir nur auf unser eigenes Wohl bedacht sind, auf *unseren* Frieden, ganz gleich, was mit dem Rest dieser Welt geschieht, deren Kinder auch wir sind?«

»Die Sterblichen haben sich ihr Bett selbst gemacht, sollen sie nun auch darin liegen!«, rief jemand von der anderen Seite des äußeren Runds.

»Wenn die da draußen sich gegenseitig vernichten, willst du dann auch Anguli, das letzte Reich der Unschuld, aus lauter Torheit und unverdientem Mitgefühl der Vernichtung preisgeben?«, pflichtete eine andere Stimme der ersten bei.

»Wir sind nur für Anguli verantwortlich, nicht für die Welt!«

Immer mehr und immer wütender wurden die Zurufe aus dem äußeren Rund, bis Olfros erneut aufsprang und mit donnernder Stimme Ruhe verlangte. »Wenn noch einer von euch das Wort an sich reißt, ohne das Rederecht zu haben, wird der Rat sich zurückziehen und die Verhandlung ohne euch zu Ende führen.«

Wie ein Schwall frischen Flusswassers kühlte Olfros' Drohung die erhitzten Gemüter ab, und Nuria wusste, dass sie kein weiteres Mal unterbrochen werden würde. Doch sie war plötzlich unendlich müde. Sie schloss die Augen und senkte den Kopf.

»Ja, meine Freunde«, sagte sie leise, aber dennoch für alle hörbar. »Ihr sagt, wir seien nur für Anguli verantwortlich, aber ich erwidere euch, Anguli trägt auch Verantwortung für die Welt. Würde ein Arm sagen: Ich will eins sein und getrennt von meinem Körper, denn dann bin ich ganz Arm und nur Arm? Würde ein Bein sagen: Das Gehen ist das höchste Geschenk der Götter, ich will fortan nur noch Bein sein und nichts als Bein und mich von meinem Körper trennen?« Eindringlich blickte sie durch die Reihen, sah immer wieder einem Einzelnen fest in die Augen und flehte von ganzem Herzen, dass er sie verstehen möge, aber sie stieß wieder und wieder auf eine Mauer von Eigensinn und Vernarrtheit in die Lehren, die seit Jahrtausenden in Anguli verbreitet worden waren. Noch einmal nahm sie all ihre Kraft zusammen und begann von neuem: »Versteht doch! Wenn ein Teil des Ganzen sich dauerhaft von allem anderen abtrennt und nur für sich allein lebt, wenn er vergisst, dass er nur ein Teil von etwas Größerem ist, dann gibt es keine Hoffnung mehr. So wie ein abgetrenntes Glied nicht ohne den Körper überleben kann und der Körper nie mehr heil sein wird, wenn ihm ein Arm oder ein Bein genommen wurde, so kann und darf Anguli sich nicht für alle Zeit als etwas von der Welt Getrenntes betrachten!«

Die ersten Fackeln waren inzwischen heruntergebrannt, und die Schwanenmenschen, denen man diese Aufgabe übertragen hatte, huschten jetzt zwischen den Reihen umher, um die verbrauchten Fackeln durch neue zu ersetzen. Nuria schloss die Augen. Lange Minuten vergingen, bis alle Fackeln ausgetauscht waren und jeder wieder an seinem Platz saß. Nuria wusste, dass sie mit ihrer Ansprache nun fast am Ende war; jedes weitere Wort wäre Zeitverschwendung gewesen.

»Männer und Frauen von Anguli«, sagte sie und versuchte nicht länger, einzelne von ihnen anzusehen, um ihnen vielleicht etwas von ihrem eigenen Herzen einflößen zu können. »Sechs der Sieben Reiche der Unschuld sind gestorben, zu Grunde gegangen an Kriegen und engherziger Gier nach Besitz und Macht. Anguli ist als einziges geblieben.« Nuria blickte auf, und in ihren Augen lagen nur noch Verzweiflung und Mutlosigkeit. »Aber ich sage euch, auch Anguli ist bereits tot, selbst wenn ihr es noch nicht wisst.« Sie schwieg, und kein Laut war um sie herum zu hören. Es war, als hätten die Menschen am Seemund zu atmen aufgehört. »Auch das siebte Reich der Unschuld ist heute gestorben«, fuhr sie tonlos fort. »Denn die Unschuld selbst ist tot.«

KAPITEL 19

Lange Stunden waren vergangen, in denen Nuria immer vehementer aufgefordert wurde, ihr Tun zu rechtfertigen und ihren Irrtum zu bekennen. Doch sie schüttelte jedes Mal nur stumm den Kopf, wenn das Wort an sie gerichtet wurde, und hüllte sich beharrlich in einen Mantel des Schweigens. Sie hatte gesagt, was gesagt werden musste; es gab nichts mehr hinzuzufügen.

Der Mond hatte bereits seinen Zenit überschritten, und ein Stern nach dem anderen verblasste am Himmel. Die Kälte der winterlichen Nacht, die hier in Anguli weit erträglicher war als andernorts in der Welt, kroch den Schwanenmenschen nun doch langsam in die Glieder, und immer wieder hatte sich in den vergangenen Stunden der eine oder andere aus dem äußeren Rund kurz davongestohlen, um sich in seiner Hütte am Südufer des Sees ein wenig aufzuwärmen. Zuletzt war Malea gegangen, die Seelengefährtin des jungen Ergar, den Nuria während der ganzen Verhandlung noch nicht gesehen hatte.

Endlich schien sich selbst die Energie der hitzigsten Gemüter erschöpft zu haben, und als es minutenlang still geblieben war, erhob sich Olfros schwerfällig von seinem Platz im inneren Rund. Nuria schien es, als sei er in den vergangenen Stunden um Jahre gealtert: Die silbernen Strähnen in seinem fast weißen Haar wirkten grau und stumpf im zuckenden Licht der Fackeln, seine hohe, schlanke Gestalt hatte ihre kraftvolle Ausstrahlung verloren, und die winzigen Fältchen, die schon lange sein Gesicht durchzogen, waren jetzt tiefe Furchen um Mund und Augen. Auch seine Stimme klang, als er nun zu sprechen begann, wie die eines Greises.

»Männer und Frauen von Anguli«, sagte er müde. »Es war eine lange Nacht für uns alle, und ich denke, jeder, der sprechen wollte, hat das Wort gehabt. Daher wird der Siebenerrat ...« Er stockte kurz. »Daher wird der Rat nun das Urteil fällen.« Olfros blickte in Nurias Richtung, doch er sah sie nicht an; er sah an ihr vorbei. »Es ist in der langen Geschichte unseres Reichs noch nie vorgekommen, dass der Siebenerrat gegen einen aus seiner Mitte verhandelt hat, und so gibt es auch kein Gesetz für diesen Fall, nach dem wir uns richten können.« Wieder brach Olfros ab, und Nuria spürte, wie schwer es ihm fiel, die Lippen um die Worte zu formen, die über ihr Schicksal entschieden – als hätte sich alle Kälte der Nacht über Anguli an einem einzigen Punkt konzentriert, um das Fleisch seiner Lippen zu Eis gefrieren zu lassen. »Für einen Fall wie diesen, für den das Gesetz keine Vorsorge getroffen hat, schreibt ebendieses Gesetz vor, dass der König eine Regelung finden muss. Nuria.« Olfros sah sie noch immer nicht an, obwohl er jetzt das Wort direkt an sie richtete. Stattdessen hatte er den Blick auf einen Punkt hinter ihr gerichtet, irgendwo in weiter Ferne, wo das Licht der Fackeln keine Helligkeit mehr schenkte. »Nuria«, wiederholte er tonlos, »da diese Verhandlung gegen dich geführt wird, wirst du von der Abstimmung ausgeschlossen sein.«

Einen Augenblick lang herrschte tödliche Stille über dem Versammlungsplatz am Seemund, dann schienen auf einmal alle gleichzeitig zu sprechen.

»Ruhe!«, donnerte Olfros, dessen Stimme für dieses eine Wort beinahe ihre alte Kraft wiedergefunden hatte. Sofort verebbten die Rufe und das Raunen aus dem äußeren Rund. »Nuria«, sagte Olfros leise und wandte den Kopf abermals in ihre Richtung.

Nuria schluckte trocken. Sie hatte verstanden. Mit steifen

Gliedern erhob sie sich von ihrem Platz und trat einen Schritt zurück, so dass sie nun zwischen dem inneren und dem äußeren Kreis stand – allein, weder der einen noch der anderen Gruppe zugehörig.

Und Olfros sah sie immer noch nicht an.

»Der übrige Rat wird nun das Urteil fällen auf die Art und Weise, wie es unser Brauch ist«, fuhr er fort. »Wer von uns sechs der Meinung ist, dass ...« Er zögerte kurz, »dass die Königin für das, was sie getan hat, aus Anguli verbannt werden soll, der möge sich niedersetzen.«

Nuria hatte das seltsame Gefühl, aus ihrem Körper herausgetreten zu sein und irgendwo hoch über dem Versammlungsplatz zu schweben, wo sie nichts mehr berühren konnte, was unter ihr gesagt oder getan wurde.

»Wer der Meinung ist, dass sie bleiben soll«, klang es schwach in ihre luftigen Höhen herauf, »weil er Nurias Beweggründe nachvollziehen kann, der möge stehen bleiben.«

Nuria fühlte sich jetzt so leicht wie eine Schneeflocke, die in einem sanften Wind einen heiteren, schwerelosen Tanz vollführte. Was scherte es die Schneeflocke, wenn die Steine am Boden nicht mit ihr tanzen konnten? Sie selbst war reine Bewegung, war Licht und Spiel – und wenn die Sonne kam und ihr Leben stahl, klagte die Schneeflocke dann etwa?

Nuria lächelte – und wusste nicht, dass sie in diesem Augenblick so schön und jung war, wie sie seit siebzehn Jahren niemand mehr gesehen hatte.

Eine der sechs Gestalten im inneren Rund ließ sich zu Boden sinken, zwei weitere folgten ihr, ohne zu zögern.

Nimu.

Uliastai.

Gurwan.

Eine Schneeflocke sein. Heiterkeit und Schweben und irgendwann ein Ende ohne Klagen.

Eine leichte Bewegung in unmittelbarer Nähe irritierte Nuria. Unwillig kehrte sie in ihren Körper zurück, fest entschlossen, ihn alsbald wieder zu verlassen.

Zu ihrer Verwunderung stellte sie fest, dass sie nicht mehr allein war, in ihrem eigenen, einsamen Rund zwischen den beiden Kreisen. Preta stand neben ihr, die rundliche, kleine Frau, die nie ein Kind geboren hatte und die dennoch in ihrem tiefsten Wesen ganz Mutter war. Jetzt griff sie nach Nurias linker Hand und drückte sie fest.

Eine Schneeflocke sein, dachte Nuria verzweifelt. Sie hatte sich mit der Hoffnungslosigkeit abgefunden und war in ein Land weit jenseits allen Hoffens gegangen. Es mochte kalt dort sein, in diesem Land, aber sie hatte dort einen gewissen Frieden gefunden. Ihr diesen Frieden jetzt wieder zu nehmen, wäre grausam. *Schneeflocke sein,* dachte sie noch einmal, doch das schwebende, heitere Gefühl wollte sich nicht mehr einstellen.

Preta musste ihren inneren Aufruhr gespürt haben, denn die alte Frau hatte nun auch ihre andere Hand ergriffen. Nuria blinzelte und wandte langsam den Kopf nach rechts. Nicht Preta war es, die ihre Finger zusammendrückte, als wolle sie sie brechen – sondern Kisila. Fassungslos blickte Nuria von einer der Frauen zur anderen. Wäre nicht der Schmerz in ihrer rechten Hand gewesen, die Kisila noch immer mit eisernem Griff umklammert hielt, sie hätte geglaubt, bereits in einen Traum hinübergeglitten zu sein, der sie mit sehnsuchtsvollen Bildern ihrer verlorenen Heimat narrte.

Aber dies war kein Traum. Sie war noch immer in Anguli, dem Land am Verbotenen See, das sie mit allen Fasern ihres Seins liebte.

Und erst fünf der sechs Ratsmitglieder hatten ihr Urteil gefällt, drei gegen sie, zwei für sie ...

Ihr Herz begann einen dumpfen Wirbel zu schlagen – nicht schnell und sich überstürzend, wie es die Liebe, aber auch deren dunkle Seite, die Angst, zu bewirken wusste, sondern langsam, unendlich, schmerzhaft langsam.

Die Zeit dehnte sich.

Olfros stand als Einziger im inneren Rund, wie eine steinerne Säule, die sich aus dem Meer erhob.

Nuria wusste nicht, ob jemand sprach, hätte es auch nicht gewusst, wäre die Nacht von einem Schrei zerrissen worden. Das Dröhnen des Blutes in ihren Ohren übertönte jedes irdische Geräusch.

Langsam, eine Gefangene ihrer eigenen Stille, hob sie den Blick.

Und Olfros sah sie an.

Als er ruhig und mit neu gefundener Kraft vor sie hintrat, brauchte sie nicht zum Himmel aufzuschauen, um zu wissen, dass irgendwo dort oben soeben der Elfenstern aufgegangen war.

Die Finsternis hatte ein Licht geboren.

Es war eine Frauenstimme, die schließlich das lähmende Schweigen brach, das über dem Versammlungsort lag.

»Drei zu drei«, sagte Bibiana kalt und schneidend. »Das ist keine Entscheidung!«

Als sei ein Damm an seiner dünnsten Stelle aufgebrochen, brandeten nun einzelne Worte und Rufe über den Seemund.

»Wenn die Königin in Anguli bleibt, heißt das, dass die alten Gesetze ihre Gültigkeit verloren haben!«

»Der Rat hat keine Entscheidung getroffen, also müssen wir das Urteil sprechen, wir, die Gemeinschaft von Anguli!«

»Sie ist seine Gefährtin. Natürlich steht der König auf *ihrer* Seite und nicht auf unserer!«

»Du hast Recht! Die Stimme des Königs darf nicht mitgerechnet werden! Er muss von der Urteilsfindung ausgeschlossen werden, genauso wie die Königin selbst, weil er kein unabhängiges Urteil sprechen kann.«

»Wir haben Lado aus Anguli verbannt, für ein weit geringeres Verbrechen, als die Königin es begangen hat!«

»Nuria muss aus Anguli verbannt werden!«

»Das persönliche Glück des Königs ist ihm wichtiger als das Wohl der Gemeinschaft!«

»Niemand steht über dem Gesetz, auch die Königin nicht!«

»Und was ist mit dem König? Steht der König über dem Gesetz?«

Steht der König über dem Gesetz?

Diese letzte Frage hing lange über der Gemeinschaft am See. Aller Augen waren jetzt auf Olfros gerichtet, der immer noch reglos vor Nuria stand.

Steht der König über dem Gesetz?

Olfros tauchte langsam aus seiner Erstarrung auf. Er hatte Nuria nicht berührt, konnte sie nicht berühren, dennoch fiel es ihm schwer, sich jetzt von ihrem Blick zu lösen. Widerstrebend wandte er sich von ihr ab und kehrte an seinen Platz zurück.

»Setzt euch«, sagte er, und als niemand seiner Aufforderung folgte, wiederholte er lauter und befehlend: »Setzt euch! Alle!«

Einer nach dem anderen nahmen die Männer und Frauen am See wieder ihre Plätze ein. Einzig Nimu blieb stehen. Olfros unterdrückte ein Seufzen. Es war nicht gut, Nimu zum Feind zu haben, sein Wort wog schwer bei den Bewohnern Angulis. Und er, Olfros, würde nichts erreichen, wenn er den stolzen alten Mann jetzt vor allen anderen demütigte, indem er ihn zwang, sich seinem Willen zu unterwerfen. Es würde die ganze Situation nur noch verschlimmern. Er nickte Nimu zu.

»Du wirst der Sprecher der Gemeinschaft sein, Nimu«, erklärte er entschlossen. »Und du allein wirst das Wort führen für den Rest dieser Zusammenkunft. Wer gegen dieses Gebot verstößt, wird den Versammlungsplatz verlassen oder sich morgen selbst vor der Gemeinschaft für seinen Verstoß gegen das Gesetz verantworten.«

Olfros sprach mit einer ruhigen Autorität, die ihm während der vergangenen Monate abhanden gekommen zu sein schien. Sein Atem ging ruhig und gleichmäßig, und er hatte das Gefühl, als sei mit einem Mal eine schwere Last von seinen Schultern genommen worden. Für einen Augenblick genoss er das Spiel der leichten Brise in seinem Haar, die bereits den neuen Morgen ahnen ließ. Dann drückte er die Schultern durch und richtete sich zu seiner vollen Größe auf.

»Ihr habt in den letzten Minuten schwere Vorwürfe gegen mich erhoben«, sagte er an die gesamte Gemeinschaft gewandt. »Lasst mich mit dem letzten und schwerwiegendsten Vorwurf beginnen. Ihr fragt, ob der König über dem Gesetz stehe. Ihr wollt mich – euren König – vom Urteil des Rats ausschließen, weil euch dessen Entscheidung nicht gefällt.«

Nimu wollte etwas erwidern, aber Olfros brachte ihn mit einer gebieterischen Geste zum Schweigen. »Ich bin noch nicht fertig«, sagte er. »Die Zeit, da du mir antworten kannst, wird schon noch kommen.« Er wandte sich wieder der schweigenden Gemeinschaft zu. »Ihr habt mich gefragt, ob der König über dem Gesetz stehe«, wiederholte er. »Aber *ich* frage jetzt euch, ob *ihr* denn über dem Gesetz steht, das die alten Götter uns gaben. Steht ihr über dem Gesetz, dass ihr euch anmaßt, eine Entscheidung zu missachten, die Rat und König in eurem

Namen, im Namen Angulis und im Namen der alten Götter getroffen haben?«

»Es wurde keine Entscheidung getroffen!« Nimu konnte nicht länger an sich halten, und Olfros akzeptierte diesmal seinen Einwurf. Gleichzeitig spürte er, dass die Menschen, die er so viele Jahrhunderte lang geführt hatte, drauf und dran waren, wieder aufzuspringen und damit gegen sein gegebenes Gebot offen zu verstoßen. Und was dann geschehen würde …

Olfros suchte Nurias Blick. *Wenn du fällst, wird auch Anguli fallen,* sagten ihm ihre Augen im Licht einer der Fackeln, die man in den weichen Boden neben ihr gedrückt hatte. Noch ein zweites Mal hatten in dieser Nacht die Fackeln gegen neue ausgetauscht werden müssen, und auch diese waren inzwischen schon fast heruntergebrannt.

Wenn du fällst, wird auch Anguli fallen.

Olfros wusste, dass jetzt alles auf dem Spiel stand, nicht nur seine Stellung in Anguli, sondern auch der Friede und vielleicht sogar das Leben der Menschen in seinem Reich. Wenn er diesen Kampf verlor, war mehr verloren als nur eine einzige Schlacht.

Wenn du fällst, wird auch Anguli fallen.

Als er wieder zu sprechen begann, legte er die ganze Autorität seiner jahrhundertelangen Regentschaft in seine Stimme. »Der Rat *hat* eine Entscheidung getroffen …« *Es genügt nicht,* dachte er verzweifelt. *Meine Macht genügt nicht.*

Wie von selbst suchte sein Blick abermals den Nurias.

Nur einen Herzschlag lang dauerte der Austausch zwischen ihm und der Frau, die er verloren zu haben geglaubt hatte. Dann entspannten sich seine Züge.

Als er nun erneut zu sprechen anhob, lag in seinen Worten nicht nur die Macht, die er in diesem Land besaß, sondern auch seine Liebe zu ihm. »Männer und Frauen von Anguli«, sagte er mit einer neuen Weichheit in der Stimme. »Meine Freunde.«

Obwohl gut zehn Schritte ihn jetzt von Nuria trennten, glaubte er, ihre Hand auf seiner zu spüren, und begriff, dass sie es war, die ihm diese beiden letzten Worte eingegeben hatte.

»Ich sage es noch einmal«, fuhr er fort, »der Rat *hat* eine Entscheidung getroffen, und sie steht in vollem Einklang mit unserem Gesetz. Denn ebendieses Gesetz gibt dem König von Anguli nicht nur das Recht, seine Stimme in allen Dingen in die Waagschale zu werfen, es *verlangt* es von ihm. Und ich habe euch schon einmal an diesem Abend erklärt, dass das Gesetz dort, wo sich nicht vorhersehbare Lücken in seinem fein gesponnenen Gewebe auftun, den König und niemand anderen als ihn dazu aufruft, diese Lücken zu schließen und an seinem Gewebe weiterzuspinnen.«

Sekundenlang herrschte Schweigen, und Olfros glaubte schon, sein Ziel, den Frieden der Gemeinschaft, erreicht zu haben, als Nimu hart und unerbittlich erwiderte: »Und ich wiederhole noch einmal die Frage, die unsere Herzen in dieser Stunde bewegt: Steht der König über dem Gesetz der Götter?«

Die Waagschale, die sich erst wenige Momente zuvor zu Olfros Gunsten gesenkt zu haben schien, hob sich erneut. Olfros sah den alten Mann an, der ihm kerzengerade gegenüberstand, und erschrak. Denn was er in seinen Augen las, war etwas, das er in Anguli niemals zu sehen erwartet hatte: Es war Gier, die Gier nach eigener Macht.

Sechs der Sieben Reiche der Unschuld sind gestorben, zu Grunde gegangen an Kriegen und engherziger Gier nach Besitz und Macht ... Auch das siebte Reich der Unschuld ist heute gestorben ... Anguli ist tot ... Die Unschuld ist tot ...

Als er kurz zuvor zu Nuria getreten war, um sein Urteil abzugeben – waren wirklich nur wenige Minuten seither verstrichen und nicht eine kleine Ewigkeit? –, hatte er selbst nicht gewusst, warum seine Entscheidung zu ihren Gunsten ausgefallen war. Er hatte einem inneren Zwang gehorcht, dem er sich nicht zu widersetzen vermochte. Jetzt erst wurde ihm klar, dass er so gehandelt hatte, weil sie Recht hatte. Anguli war bereits tot, auch wenn seine Bewohner es noch nicht wussten.

Er schluckte den bitteren Geschmack, der ihm plötzlich auf Zunge und Lippen lag, herunter und straffte sich. Alle Wärme und Weichheit waren aus seiner Stimme verschwunden, als er den alten Mann, der ihm nach lebenslanger Freundschaft binnen Minuten zum Feind geworden war, kalt ansah.

»Nein, Nimu«, sagte er und konnte sich eines Schauderns nicht erwehren, als er seine eigene Stimme hörte. »Der König steht nicht über dem Gesetz. In Zeiten wie dieser *ist* er das Gesetz.«

Tiefe Stille trat ein, aber Olfros wusste, es war nur die Stille, die einem Sturm voranging. Aus den Augenwinkeln sah er, wie hier und da im äußeren Rund die ersten Schwanenmenschen sich erhoben und damit offen gegen das Gebot ihres Königs verstießen. Eine Rebellion lag in der Luft.

Olfros sah immer noch Nimu an, und in den Augen des Greises glitzerte bösartiger Triumph.

Wenn es in dieser Nacht, die bereits von dem ersten zarten, violetten Strahlen des Morgens durchzogen wurde, tatsächlich zum Aufruhr kam, würde nichts mehr zu retten sein, dann erst hatte Sanor wahrhaft gesiegt, dann hatte seine Saat die süßesten Früchte hervorgebracht, die er jemals hatte ernten können: Dann würde das letzte der Sieben Reiche der Unschuld sich selbst zerstören.

Verzweifelt suchte Olfros nach Worten, um den Menschen, die in ihm jahrhundertelang einen Vater, einen Freund und einen Ratgeber gesehen hatten, klar zu machen, was auf dem Spiel stand. Aber noch während er die Götter um die richtigen Worte anflehte, wusste er, dass nichts, was er sagen konnte, diese Menschen erreichen würde. Immer mehr von ihnen erhoben sich jetzt, und einige der jüngeren Männer traten nun sogar trotzig vor.

Plötzlich wurden jedoch vom Ufer her Schritte laut, und ein unterdrücktes, trockenes Schluchzen war zu hören. Am äußersten Rand der Versammlung tauchte eine kleine, dunkle Gestalt auf, stolperte über ein ausgestrecktes Bein, raffte sich wieder auf und rannte weiter.

Jetzt erkannte Olfros die Frau, die auf ihn zustürmte – es war Malea –, und seine Verwirrung wuchs. Ohne zu zögern oder sich um die Etikette zu scheren, die die rebellischen jungen Männer bisher noch davon abgehalten hatte, in das dem Rat vorbehaltene innere Rund der Versammlung vorzudringen, trat Malea vor ihn hin.

»Sie sind fort ...«, stieß sie hervor und musste erst einmal um Atem ringen, bevor sie weitersprechen konnte. Offensichtlich war sie den ganzen weiten Weg vom Südufer des Sees gerannt.

Olfros streckte beruhigend eine Hand aus, aber Malea ergriff sie nicht, sondern warf sich ihm in die Arme. Olfros zögerte nur den Bruchteil eines Augenblicks, dann zog er die junge Frau fest und beschützend an sich, wie ein Vater sein Kind. Maleas Schultern zuckten unter einem schrecklichen, tränenlosen Schluchzen, und die Umstehenden schwiegen erschüttert – erschüttert, aber immer noch vollkommen ratlos.

Olfros dagegen glaubte zu ahnen, was Malea so sehr aus der Fassung gebracht hatte, und ihm wurde eng ums Herz.

Endlich hatte die junge Schwanenfrau sich so weit gefasst, dass sie wieder sprechen konnte.

»Ergar«, flüsterte sie rau. »Ergar ... Steban ... Milo ... Sie sind alle fort.«

Malea blickte um sich, und als sie in den Augen ihrer Freunde nur Unverständnis las, fügte sie beinahe wütend hinzu: »Begreift ihr denn nicht? Sie sind in die Grotten gegangen! Sie haben Anguli verlassen, um in der Welt der Dinge zu leben!«

Das entsetzte Schweigen, das ihren Worten folgte, währte nur kurz. Nimu hatte sich schnell von seinem Schrecken erholt. »Sollen sie ihr Glück in den Grotten ruhig versuchen!« rief er verächtlich. »Sie werden wieder in Anguli sein, noch bevor der neue Tag sich neigt. Niemand kann den geheimen Weg durch die Grotten der Seelen finden, nicht ohne genaue Anweisungen oder einen Führer.«

»Nimu hat Recht«, kam es aus dem äußeren Rund. »Heute Nacht gibt es Wichtigeres zu regeln als die Frage nach dem Verbleib einer Hand voll junger Narren, die doch bis zum Abend reumütig nach Anguli zurückgekehrt sein werden!«

Abermals bahnte sich nun jemand einen Weg zwischen den Männern und Frauen auf dem Versammlungsplatz hindurch, die teils standen, teils sitzen geblieben waren. Und wieder drehten die Menschen die Köpfe alle in eine Richtung. Doch wo bei Maleas Erscheinen nur Verblüffung geherrscht hatte, machte sich jetzt zusehends ehrliche Bestürzung breit.

Als Lado in das Licht der Fackeln im inneren Rund trat, war er sehr blass. Olfros sah seinen Freund von einst, an dessen Verbannung aus Anguli er allein die Schuld trug, ernst an.

»Ich fürchte«, erklärte Lado mit brüchiger Stimme, »ich fürchte, sie *haben* einen Führer.«

Während Lado sprach, schloss Olfros die Augen, aus Scham und aus Reue über Gewesenes, aber auch aus Furcht vor dem, was kommen würde.

Als er die Augen wieder öffnete, gab es niemanden mehr, der außer ihm selbst, Lado und Nimu noch stand. Für den Augenblick war es unwichtig geworden, ob der König es sich anmaßen durfte, sein eigenes Gesetz zu sein, unwichtig auch die Frage, ob vielleicht ein anderer dieses Amt besser ausfüllen würde als er.

Ein gutes Dutzend junger Männer hatte unter der Führung Arilds die Gemeinschaft am See verlassen, und die Folgen ihres Tuns waren unabsehbar.

Olfros wusste, dass er – für den Moment zumindest – gesiegt hatte. Aber manche Siege waren so teuer erkauft, dass selbst eine Niederlage weniger bitter geschmeckt hätte.

KAPITEL 20

Draußen vor der Schäferhütte erwartete sie nichts als Dunkelheit und Kälte. Barko hatte sich, gleich nachdem sie ins Freie getreten waren, von Eirions Schulter erhoben, um über ihnen das Land nach den Feinden abzusuchen. Eirion fühlte sich seltsam verlassen, als der Falke davonflog. Sie hatte das Gefühl, als würde sie immer tiefer und tiefer in einen engen Schacht gezogen. Schwarze Schneeflocken umtanzten sie in einer endlosen Nacht. Doch dieser Tanz hatte keine Ähnlichkeit mit dem schwebenden Tanz der tausend Sterne ihrer Kindheit, die der Sonne entgegenstrebten, Boten von Licht und Frühling, duftend und sanft. Dies war ein Tanz, der den Göttern des Verderbens Huldigung sang. Die Musik, der er folgte, waren die Stimmen von Dämonen, und ihr Lied war sehr alt und sehr böse.

In einem verborgenen Teil ihres Seins erkannte Eirion das Lied, das sie schon einmal aus weiter Ferne vernommen hatte. Jetzt jedoch war es ganz nah, und sie begriff, dass es vom Ende all dessen kündete, woran sie glaubte, wofür sie lebte, wozu sie geboren war.

»Magie ...«

Nur der Schmerz in ihren kalten Lippen, durch die kein Blut mehr floss, sagte ihr, dass sie selbst es war, die gesprochen hatte.

»Was siehst du?«

Gefahr.

Ihre Lippen weigerten sich, die Silben zu formen, ihre Zunge versagte ihr den Dienst.

Da war ein Gedanke ... Irgendwo ... Es war wichtig, unendlich, unvorstellbar wichtig. Aber was war es? Was?

Verzweifelt versuchte sie, danach zu greifen. Es war ein nadelspitzenfeiner Lichtpunkt am Ende des dunklen Schachts, der sie gefangen hielt. Winzig und unscheinbar im Tanz des schwarzen Schnees und doch mächtig, so mächtig ... Sie streckte ihre Seele nach dem kleinen Licht aus, kam ihm näher, näher ...

Ein scharfer Schmerz durchzuckte sie, etwas riss sie von dem Licht weg, sie wollte es abschütteln, was immer es war – aber es war zu spät. Das Licht war bereits fort, erloschen, vielleicht für immer.

»Was siehst du?« Tork hatte seine Finger in das weiche Fleisch ihres Oberarms gebohrt und damit den dünnen Faden der Hoffnung auf Rettung zerrissen.

Resigniert ließ Eirion die Schultern sinken. Es hatte keinen Sinn, ihm Vorwürfe zu machen. Und ohnehin war sie viel zu müde, um Zorn oder auch nur einen milden Ärger in sich heraufzubeschwören.

»Sie kommen«, wiederholte sie nur tonlos. »Und sie bringen dieselbe Magie, die mich im Stevensmoor getötet hätte, wäre Barko nicht gewesen. Aber diesmal wird er nicht helfen können. Kein Lebender, und sei er auch noch so mächtig, kann dieser Magie etwas entgegensetzen.«

»Was für eine Magie ist das, die solche Kraft hat?«, fragte Tork drängend.

»Ich weiß es nicht«, erwiderte Eirion langsam und spähte suchend in die Dunkelheit. »Ich weiß nur, dass sie sehr stark ist ... stärker als ich.«

Die letzten Worte klangen scharf und endgültig, wie das Zuschlagen eines Buchs, das sein letztes Geheimnis nun nie mehr preisgeben würde.

Rikka atmete in tiefen Zügen die frostklare Nachtluft ein, die so berauschend auf sie wirkte wie einst die geheimen Elixiere der Priesterinnen in Gekor. Sie war mit Kaylas, dem früheren Feldwebel der königlich caernadonischen Armee und jetzigen General der *neuen* caernadonischen Armee, auf den Linien der Macht bis an den Rand der Sümpfe der Verlorenen gereist, wo zwei Dutzend von Marbans Soldaten ausgeharrt hatten. Jetzt ritten sie seit dem frühen Morgen mit ihnen durch die Sümpfe. Es beeinträchtigte Rikkas Hochstimmung jedoch nicht im Mindesten, dass das Land um sie herum verödet und leblos war und dass die wenigen Spuren einstiger menschlicher Behausungen, auf die sie stießen, nur noch traurige, tote Skelette waren. Im Gegenteil. Es beflügelte sie eher: Das also konnte diese verborgene, rätselhafte Macht bewirken, deren sie sich bedienen wollte – deren sie sich bedienen *würde* –, wenn die Zeit reif war. Ganze Landstriche würde sie auslöschen können, ganze Zivilisationen würde sie im Meer des Vergessens versinken lassen. Ihre Gedanken wanderten nach Fiann, nach Gekor und in die Halle des Hohen Rats, wo sie nur Demütigung und Schmach erlebt hatte. In ihrer Fantasie verwandelte sich Gekor, das reiche, trotz der Nähe zur Wüste von buntem, quirligem Leben erfüllte Gekor, in eine Geisterstadt. Und die Halle des Hohen Rats wurde zu einer leeren Hülse, ihrer Frucht beraubt, nutzlos geworden und achtlos beiseite geworfen.

»Ich klage an ...«

Zum ersten Mal seit ihrer Abreise aus Gekor, die in Wahrheit mehr eine Flucht gewesen war, erfüllte die Erinnerung an Xeiras Worte Rikka nicht mit Bitterkeit, sondern mit Triumph. Sie hoffte nur, dass das boshafte alte Weib, das von Anfang an ihre Feindin gewesen war, lange genug leben würde, um den Untergang ihrer Welt mit anzusehen. Und dann ...

Kaylas, der an ihrer Seite ritt, räusperte sich und lenkte sie damit von ihren angenehmen Fantasien ab.

»Was gibt es?«, fragte sie ungehalten. Ihr war nicht nach überflüssiger Unterhaltung zumute, und Kaylas wusste das inzwischen nur allzu gut.

Der General, der auf einem kräftigen, temperamentvollen Hengst neben ihr ritt, ließ sich jedoch nicht von ihr einschüchtern, was sie in den vergangenen Tagen schon mehrfach mit widerwilligem Respekt beobachtet hatte.

»Wenn meine Männer Recht haben«, sagte er nun, »und ich gehe davon aus, dass es so ist, dann müssten wir unser Ziel jetzt bald erreichen.«

Aus den Augenwinkeln sah Rikka, dass Kaylas die linke Hand vom Zügel nahm und eine winzige, lässige Bewegung machte. Sofort schlossen die Soldaten, Einheimische, die auf Marbans Geheiß am Rand der Sümpfe in einer ärmlichen Siedlung ausgeharrt hatten, zu ihnen auf.

»Ich schlage vor«, fuhr Kaylas leise fort, bevor Rikka etwas erwidern konnte, »dass wir das Mädchen und seine Begleiter, wer immer sie sein mögen, zunächst mit herkömmlichen Mitteln zu besiegen versuchen, bevor wir deine Magie einsetzen.«

Rikka wusste inzwischen, dass Kaylas im Gegensatz zu den meisten anderen Caernadoniern, die sie kannte, keine Scheu gegenüber der Magie hatte. Selbst Marban schien – wenn auch erfolgreich – jedes Mal gegen einen tiefen, inneren Widerwillen anzukämpfen, bevor er einen noch so geringen Zauber benutzte. Kaylas dagegen ging so selbstverständlich mit allem Magischen um, dass Rikka den Verdacht hatte, der General stamme aus einer der wenigen caernadonischen Familien, in denen sich die Frauen trotz aller Verfolgung durch Hexer und Priester im Verborgenen einen gewissen Zugriff auf magische Praktiken bewahrt hatten.

»Es wäre ... einfacher«, setzte Kaylas, nur für Rikkas Ohren verständlich, hinzu, »einfacher für meine Männer.«

Rikka lachte geringschätzig auf, und Kaylas brachte sie mit einem leisen, verärgerten Zischen zum Schweigen. Dann hob er abermals die linke Hand, und die Soldaten, die dicht hinter ihnen geritten waren, ließen sich augenblicklich zurückfallen. Marban hatte eine kluge Wahl getroffen, als er diesen Mann zum General machte; er besaß offensichtlich alle Fähigkeiten, die ein Kommandant brauchte, um Männer zu führen. Obwohl er ein Fremder für diese Soldaten war, die erst seit gestern mit ihnen ritten, gehorchten sie noch seinem leisesten Wink, ohne Fragen zu stellen oder auch nur zu zögern.

»Verachte niemals die Menschen, deren Sense das Korn mäht, das dir als Speise dient, die den Wein keltern, der deinen Durst löscht«, sagte Kaylas, sobald er seine Männer außer Hörweite wusste. Und er machte sich nicht die Mühe, seinen Ärger über Rikkas Arroganz zu unterdrücken. »Oder die das Schwert schwingen, das deinen Sieg erkämpft«, setzte er kühl hinzu.

»Ich brauche kein Schwert, um zu siegen«, entgegnete Rikka hochmütig. Nicht zum ersten Mal in diesen Tagen schwankte sie zwischen Verdruss über diesen allzu stolzen, allzu selbstbewussten Mann und Bewunderung.

»Nicht in diesem Kampf«, räumte Kaylas ein, »das mag sein. Aber wenn du all deine Pläne verwirklichen willst, wirst du das nicht allein tun können.«

Rikka zog eine Augenbraue hoch und legte eine trügerische Sanftheit in ihre Züge, von der sie wusste, wie überaus betörend sie war. Ein Jammer nur, dass das Licht des Mondes zu schwach war, um ihre Schönheit voll zur Geltung zu bringen. *»Meine Pläne?«*, wiederholte sie fragend.

Jetzt war es Kaylas, der verächtlich auflachte. »Oh, mich täuschst du nicht mit deiner Freundlichkeit gegen Marban«, sagte er leichthin. »Was immer du vorhast, ich glaube nicht, dass der König der Vereinten Reiche in deinem Plan ganz die Rolle spielt, die er selbst sich zugedacht hat. Nicht wahr?«

Kaylas erwartete offensichtlich eine Antwort von ihr, und Rikka krampfte unwillkürlich die Finger zusammen, mit denen sie die Zügel hielt. Ihre Stute, ebenso schwarz und ebenso kraftvoll wie der Hengst, den Kaylas ritt, warf den Kopf hoch.

»Sch ...«, kam es beruhigend von Kaylas. Seine Stimme, in der noch einen Augenblick zuvor scharfer Spott gelegen hatte, klang erstaunlich sanft – beinahe zärtlich –, als er nun auf das scheuende Pferd einsprach.

»Ganz ruhig, meine Schöne«, sagte er, und tatsächlich, die Stute entspannte sich merklich.

»Du musst die Zügel sanft halten, Rikka«, sprach er dann mit leisem Tadel weiter. »Sie dürfen nicht spüren, dass ein fremder Wille sie beherrscht, dann werden sie dir folgen, wo immer du sie hinführst.« Er schwieg kurz und setzte schließlich hinzu: »Und das gilt nicht nur für Tiere, sondern auch für Menschen.«

Rikka wandte mit schmalen Augen den Kopf um. »Sag du mir nicht, wie ich Menschen zu führen habe«, zischte sie wütend.

»Irgendjemand sollte es dir aber sagen, wenn du wirklich herrschen willst«, entgegnete er gelassen. »Und das willst du doch, nicht wahr?«

Rikka presste die Lippen zusammen. Vielleicht war es eine Torheit gewesen, in diesem Mann ein amüsantes Spielzeug zu sehen, das sie benutzen, und, wenn sie seiner überdrüssig wurde, wieder fallen lassen konnte. Fest stand jedoch, dass Kaylas keine willenlose Spielfigur war, kein tumber Bauer, den sie nach Belieben für ihre Züge einsetzen konnte. Oder war er es doch? Hatte sie ihre Spielfigur bisher einfach nur falsch geführt? Eine vage Idee nahm in ihr Gestalt an, aber sie hütete sich, ihre Haltung auch nur im Mindesten zu verändern.

»Ein kluger Herrscher«, sprach Kaylas weiter, »erkennt den Nutzen aller Geschöpfe, über die seine Macht gebietet, und führt sie mit leichter Hand, so dass sie willig *seine* Ziele zu den ihren machen.«

O ja, dachte Rikka und war jetzt froh darüber, dass das Mondlicht schwach und blass war und ihr Mienenspiel vor unerwünschten Blicken schützte. *In der Tat, Kaylas. Weise Worte. Meine Ziele werden deine sein ...*

Plötzlich fiel ihr auf, dass das Tempo ihres Ritts sich auf einen gemächlichen Trab reduziert hatte. Sie drückte ihrer Stute die Absätze ihrer Stiefel in die Flanken – *sanft und behutsam, damit sie den fremden Willen nicht spürt, der sie beherrscht,* dachte Rikka spöttisch. Laut sagte sie: »Also dann! Worauf warten wir noch? Gib deinen Männern Befehl, dass sie ihre Schwerter bereithalten sollen.«

»Es hat keinen Sinn.«

Eirion hatte sich neben der Herdstelle in der alten Schäferhütte zu Boden sinken lassen. Das Feuer war zwar fast heruntergebrannt, weil sie sich nicht mehr die Mühe gemacht hatten, es zu schüren – wozu auch? –, aber es vermittelte ihr zumindest die Illusion von Wärme. Sie lehnte den Kopf an die hölzerne, mit Lehm bestrichene Wand und schloss die Augen. »Es hat keinen Sinn«, wiederholte sie tonlos. Sie hatte mit einem Mal das Gefühl, als hätte sich aller Kampf und alle Anstrengung der letzten Monate auf ihre Seele gelegt. Sie war so müde, so unendlich müde ... Wie schon vor einigen Wochen im Stevensmoor wollte sie sich nur noch überlassen, wollte, dass alles ein Ende nähme. Es war gut, alles war gut ...

Ein plötzliches Geräusch ließ sie auffahren, und fast im selben Moment kratzte etwas über ihre Wange. Sie öffnete verwundert die Augen, gerade rechtzeitig, um zu sehen, wie Tork erneut den Arm hob, um auch noch die letzte Tonschale vom Tisch zu fegen. Diese unbeherrschte Geste passte so wenig zu dem besonnenen Wesen des Einsiedlers, dass der seltsame Sog, der Eirion in teilnahmslose Resignation ziehen wollte, mit einem Mal seine Macht über sie verlor.

»Ein Kind«, zischte Tork mit vor Wut fast unkenntlicher Stimme und durchmaß mit einem einzigen Schritt den kleinen Raum, um drohend auf Eirion hinabzublicken. Eirion hob mechanisch eine Hand an ihr Gesicht, wo ein Tonsplitter ihr die Haut aufgeritzt hatte.

»Ein dummes, verwöhntes Kind«, flüsterte Tork, und seine Worte klangen, obwohl er so leise sprach, jedes einzelne wie ein wohlgezielter Peitschenhieb. »Aufgewachsen auf einem Schloss und von einer Närrin zur Närrin erzogen.«

Wenn es irgendetwas gab, dass Eirion endgültig aus ihrer Apathie herausziehen konnte, dann war es diese Beleidigung ihrer Mutter, die weise und gütig gewesen war und die am Ende ihr Leben und ihre Liebe geopfert hatte, um Menschen zu retten, die ihr mehr als zwanzig Jahre lang nur Verachtung und Gleichgültigkeit entgegengebracht hatten.

Eirion sprang mit der flinken Anmut einer jungen Katze vom Boden auf, aber Tork war noch nicht fertig.

»Manche Wege werden mit uns geboren, manche Entscheidungen, die wir zu treffen haben, sind schon in der Stunde, da wir den Mutterschoß verlassen, in unser Schicksal gezeichnet wie die Linien, die die Innenflächen unserer Hand durchziehen.« Torks Stimme troff von Hohn, einem bitteren Hohn, als er nun Silbe für Silbe wiederholte, was Eirion in Radschas Wagen gesagt hatte.

Eirions Augen, die so wandelbar waren, hatten einen scharfen, ungetrübten Grünton angenommen, aber die Blitze, die sie daraus auf den Einsiedler abschoss, prallten von ihm ab wie kleine Kieselsteine von einer gläsernen Fensterscheibe.

»Ich habe dich in den letzten Tagen immer wieder die Bedeutung und die Macht von Worten bezweifeln hören«, fuhr Tork unerbittlich fort. Dann packte er Eirion bei den Schultern und riss sie zu sich heran, bis sie seinen Atem in ihren Wimpern und auf ihren Lippen spüren konnte.

»Und jetzt wird mir auch klar, warum du Worten nicht traust«, stieß er hervor. »Worte bedeuten dir nichts. Du sagst viel, und du sagst es leicht, denn es sind ja *nur Worte,* und auf die ist kein Verlass, so wenig, wie Verlass ist auf dich, *Tochter der drei Welten«*

Obwohl Eirion sich jetzt aus Leibeskräften gegen den Griff des Einsiedlers wehrte, schien es diesen keinerlei Anstrengung zu kosten, sie festzuhalten. Als sie einsah, wie würdelos es war, sich wie eine Schlange in seinen Armen zu winden, öffnete sie den Mund, um ihm zu widersprechen, aber er ließ sie wiederum nicht zu Wort kommen.

»Aufgeben willst du, ja?«, redete er sie nieder, ohne auch nur die Stimme erheben zu müssen. »Aufgeben und nicht einmal kämpfen! Die Alten Götter müssen wahrlich Narren gewesen sein, ausgerechnet dich zu wählen, um den Menschen gegen die Macht des Bösen beizustehen! *Ich werde den Weg gehen, der mir bestimmt wurde, als die Welt noch ein unschuldiges Kind war und eins mit Himmel und Sternen, mit Feuer und Donner, als alle Dinge noch* ein *Ding waren und es weder Wahrheit noch Lüge gab.* Das hast du doch gesagt, nicht wahr?«

Tork stieß sie so plötzlich von sich, dass sie um ein Haar das Gleichgewicht verloren hätte.

»Welchen Weg haben die Alten Götter dir denn bestimmt, Tochter der drei Welten, den Weg eines Schwächlings, der lieber im Staub kriechend aufgibt, als zu kämpfen, ganz gleich, wie hoch der Preis ist und wie gering die Hoffnung auf einen Sieg? Den Weg des Narren, der Taten und Entscheidungen anderen überlässt und greinend von Sinnlosigkeit murmelt? Den Weg des Wurms, den die Sonne nur verbrennen würde und der sich deshalb in den weichen, feuchten Schoß der Erde flüchtet? Was bist du, Eirion 'ahrd Gwenlian 'ahrd Oda: ein Schwächling, ein Narr oder ein Wurm? Oder treffen alle drei Beschreibungen auf dich zu und man nennt dich deshalb Tochter der drei Welten?«

Während Tork seine Worte wie Pfeile auf sie abschoss, hatte sich in Eirions Seele zuerst Resignation in Zorn verwandelt, dann Zorn in Ruhe. Wie das An- und Abschwellen der Brandung an einem stürmischen Tag waren ihre Gefühle auf- und niedergewogt, um endlich ihre eigene Ordnung wiederzufinden. Jetzt hob sie den Kopf und sah den Einsiedler mit klarem, gefasstem Blick an.

»Ich werde einen Schutzzauber um die Hütte legen«, erklärte sie ruhig. »Ich glaube zwar nicht, dass wir die, die kommen, damit aufhalten können, aber zumindest werden wir etwas Zeit gewinnen, um einen Plan zu machen.«

In diesem Augenblick hörten sie deutlich und aus nächster Nähe das Wiehern eines Pferdes östlich der Hütte – und gleich darauf das Antworten eines Pferdes auf der gegenüberliegenden Seite.

Eirion würde keinen Schutzzauber mehr weben, der die kleine Hütte zumindest für eine Weile gegen Angriffe abschirmte. Die feindlichen Reiter hatten sie bereits umstellt.

Ihre Zeit war abgelaufen.

Es war zu spät.

KAPITEL 21

»Sind sie in der Hütte?« Kaylas hatte Mühe, sein Pferd ruhig zu halten, und auch die Tiere der anderen Soldaten wieherten ängstlich oder scharrten mit den Hufen auf dem frostharten Boden, während die meisten ihrer Reiter sie mit nur einer Hand bändigen mussten, da sie in der anderen nun alle brennende Fackeln hielten.

Rikka nickte und zog hart am Zügel ihrer scheuenden Stute. Sie war zu erregt, um Sanftheit walten zu lassen, und beschloss, Kaylas' Ermahnungen für den Augenblick in den Wind zu schlagen.

»Pferde sind sensible Geschöpfe«, sprach der General weiter, nachdem er sein eigenes Reittier mit einem freundlichen Wort und einem liebevollen Streicheln beschwichtigt hatte. »Und sie reagieren sehr empfindlich auf Magie – insbesondere auf deren dunkle Seite.« Dann fügte er beinahe beiläufig hinzu: »Ich nehme an, du hast dich mit Hilfe eines Zaubers davon überzeugt, dass die, die du suchst, sich tatsächlich in der Hütte befindet?«

»Das habe ich in der Tat getan«, erwiderte Rikka kühl. »Und ich dachte, du wolltest die *Männer* nicht mit meiner Magie beunruhigen. Ich konnte ja nicht wissen, dass deine Rücksicht sich auch auf Tiere erstreckt.«

»Meine Rücksicht, wie du es nennst, erstreckt sich auf alles, das lebt.«

»Nun, dann hoffe ich, du wirst deine Skrupel überwinden und für die da drin«, sie deutete mit dem Kinn auf die Schäferhütte, »eine Ausnahme machen. Oder ist der General der *neuen* caernadonischen Armee ein Krieger, an dessen Händen kein Blut klebt?«

Rikka war auf Kaylas leichten Plauderton eingegangen, behielt den General aber, während sie sprach, genau im Auge. Im Licht seiner Fackel sah sie, wie er kurz die Zähne zusammenbiss. Sie selbst hatte ihre Züge bestens unter Kontrolle, so dass kein Lächeln sie verriet. Sie hatte offensichtlich einen wunden Punkt getroffen – Kaylas war ein Soldat, der keinen Gefallen an der blutigen Seite seines Gewerbes fand.

»Ich verstehe«, bemerkte sie leichthin. »Alle Dinge haben ihren Preis, wie du selbst einmal gesagt hast. Und du tötest nur, wenn der Preis hoch genug ist. Andernfalls gewinnt deine zart besaitete Natur die Oberhand.« Sie hörte, wie Kaylas scharf die Luft durch die Zähne zog, und fügte gelassen hinzu: »Dann kann ich nur hoffen, dass Marban dich gut bezahlt – denn die drei da drin werden sterben, ob es dir gefällt oder nicht.«

Kaylas hatte sich wieder gefasst. »Sie sind zu dritt? Bist du dir sicher?«

Rikka runzelte die Stirn. »Ja. Ich bin mir sicher. Obwohl ...«

»Was ist?«, fragte Kaylas. »Die Hütte ist klein, allzu viele Menschen dürften dort kaum Platz finden. Und das Land hier ist eben und frei – niemand kann sich hier versteckt halten.« Dann fügte er mit plötzlichem Argwohn hinzu: »Oder gebietet die, die du suchst, ebenfalls über Magie, und wir müssen damit rechnen, jeden Augenblick aus dem Hinterhalt angegriffen zu werden?«

Rikka lachte leise. »Das Mädchen ist zur Magierin ausgebildet worden. Aber«, erklärte sie hastig und hob die Hand, um Kaylas am Sprechen zu hindern, »aber ihre Magie ist ein Nichts gegen die Kraft, die mir zu Gebote steht. Nein, wir haben von ihr nichts zu befürchten.«

»Hör mir zu«, sagte Kaylas und wandte ihr das Gesicht zu. »Ich trage die Verantwortung für zwei Dutzend Männer – und für dich. Ich werde nicht in diese Hütte hineinstürmen, ohne zu wissen, wer – oder was – mich dort erwartet.«

Inzwischen hatten die meisten Soldaten ihre Pferde wieder zur Ruhe gebracht, was, wie Rikka wusste, nicht an ihren besonderen Fähigkeiten lag, sondern am Abklingen der Magie, die sie selbst kurz zuvor benutzt hatte. »Du kannst unbesorgt sein«, sagte sie zu Kaylas. »Ich habe in der Hütte drei Seelen ausgemacht – unter anderem die des Mädchens, das wir suchen –, obwohl ich bei einer der anderen Seelen nicht mit Sicherheit weiß, in welcher Art von Körper sie wohnt. Es ist eine sehr alte Seele.« Sie runzelte kurz die Stirn und sprach dann weiter: »Älter als alle, denen ich je begegnet bin, aber ich kann dir versichern, dass auch ihre Magie der meinen unterlegen ist.«

Als Kaylas immer noch zögerte, fügte sie hinzu: »Du vertraust doch auf den Instinkt der Pferde.« Sie deutete zu den Soldaten hinüber, die sich um die Schäferhütte verteilt hatten. »Die Tiere sind jetzt vollkommen ruhig. Wenn irgendeine Magie in der Luft läge, würden sie es spüren, oder nicht?«

»Also gut«, sagte Kaylas langsam. »Aber ich werde es trotzdem nicht auf einen Kampf ankommen lassen.« Wieder hob er die linke Hand, und vier Männer verließen ihren Posten und ritten herbei. »Wir werden es auf meine Weise tun.« Er wandte sich den Soldaten zu. Rikka bemerkte, dass sie nicht mit Schwertern bewaffnet waren wie ihre Kameraden, sondern Langbögen bei sich führten. Und sie trugen keine Fackeln, so dass sie beide Hände frei hatten. Auf ein Zeichen von Kaylas, das Rikka nicht zu deuten vermochte, zogen alle vier lange Pfeile aus ihren Köchern, hielten die mit einer bösartig glitzernden, schwarzen Substanz bestrichenen Spitzen in die Flamme von Kaylas Fackel und zogen sich wortlos ein kleines

Stück hinter den Kreis der anderen Soldaten zurück. Ihre Kameraden machten ihnen ebenso wortlos Platz.

Rikka beobachtete voller Faszination, wie kurz darauf vier Pfeile durch die Luft sirrten. Wie kleine, sanfte Sterne verließen sie die Bögen der Schützen, doch bereits im Flug verwandelten sie sich in zischende Kometen, deren Schweife eine Ahnung ihrer zerstörerischen Kraft verhießen. Noch bevor sie ihr Ziel erreichten, so schien es Rikka, wurden hinter ihr vier weitere Lichtsterne geboren, die ihren Vorgängern folgten.

Das wintertrockene Strohdach der Schäferhütte atmete die Flammen der pechbestrichenen Pfeile gierig ein und vervielfachte sie zu einem Meer aus gelben Feuerzungen. Im nächsten Augenblick hatte sich der Feuermantel um die ganze Hütte gelegt. Anmutig wie feinste Seide flossen die Flammen am Flechtwerk der dünnen Lehmwände hinunter und verschonten auch die niedrige Tür nicht.

Wer immer dort drinnen ausgeharrt hatte, saß jetzt in einer tödlichen Falle, aus der es kein Entrinnen mehr gab.

Stumm und ehrfürchtig vor der Gewalt dieses alles verzehrenden Elements beobachteten die Menschen draußen, wie die kleine runde Schäferhütte in Flammen aufging: lebendiges Feuer, das die Nacht über der weiten, flachen Landschaft bis zum Horizont erhellte.

Worte umschwirrten Eirion wie lästige Mücken im Sommer. Die falschen Worte. »Steh nicht einfach nur da ... Das Dach ... Brennende Pfeile ... Muss einen Weg geben ... Besinne dich darauf, wer du bist ...«

Hilf mir! Ein stummer Schrei hallte in ihrer Seele wider. Endlich ließen die Worte, die von außen kamen, von ihr ab, zogen sich wie das abebbende Wasser vom Land aus ihrer Wahrnehmung zurück. Eine andere Stimme erklang stattdessen in ihrem Innern, eine Stimme voller Trauer. Eirion verstand die Trauer nicht, wohl aber die Liebe, die darunter verborgen lag.

Meine Tochter ... Hiermit weihe ich dich den Göttern des Schicksals. Du wirst den anderen Weg gehen ... Tochter ... Bei Wind und bei Feuer ... Feuer ... Ein Sog wollte sie aus ihrer Welt zurückreißen, aber die Stimme in ihrem Innern war mächtiger. Eirion spürte eine Brise auf ihren Wangen, die die Erstarrung des tödlichen Winters um sie herum schmelzen ließ.

... Bei Meer und bei Sturm ...

Eine Ahnung von Kraft dämmerte in ihr auf, unermessliche Kraft, wie sie keinem Wesen aus Fleisch und Blut zukam, wie sie nur dem gewaltigsten und reinsten aller Elemente innewohnte.

Dies ist der Weg, den die Götter dir bestimmt haben. Geh und erfülle deine Verheißung!

Plötzlich war ihr Geist so ruhig und klar wie das Meer nach einem großen Sturm. Ihr angestammtes Element, ihr Geburtsrecht, war das Wasser, und ihm konnte kein irdisches Feuer etwas anhaben. Dafür war sie geboren, dafür hatte sie Jahrtausende schlafend in den Nebeln der Zeit ausgeharrt. Die Stunde, da die Welt der Sterblichen ihrer Kraft bedurfte, wenn sie nicht in ewiger Finsternis versinken wollte, war angebrochen.

»Der Stein«, sagte sie laut. Nie zuvor hatte sie sich selbst so deutlich gespürt; sie spürte ihr Blut, wie es durch ihre Adern floss, wie es vom Herzen aus ihren ganzen Körper durchströmte, um schließlich wieder dorthin zurückzukehren und diesen wunderbaren Kreis des Lebens von neuem zu beginnen. Sie spürte ihre Haut, die sie von allem anderen trennte und doch mit allem verband. Sie spürte ihren Atem, ruhig und stetig, eine Kraft, die trug und hielt, ein Fließen von reinster Energie, das ganz ihr gehörte und doch gleichzeitig allem Seienden gemeinsam war. Und während sie so ganz sie selbst war, mit allen Sinnen bei sich und in sich, wusste sie, dass das, was die Menschen »Ich« nannten, in Wahrheit nur Illusion war, dass es nicht existierte, dieses Ich. Alles war eins, und das Eine war alles.

Die Ahnung von einer Weisheit, die größer war als sie selbst, größer sogar als die Göttin, der sie diente, dämmerte in ihr herauf. Doch ihre Seele war noch zu jung, um die Grenzenlosigkeit dieser Wahrheit ganz in sich aufzunehmen oder zu bewahren.

»Der Stein«, wiederholte sie tonlos. »Gib mir den Stein.« Sie streckte die Hand aus und wusste zum ersten Mal in ihrem Leben wirklich, dass sie eine Hand besaß; sie *war* ihre Hand, und als Tork den Stein hineinlegte und ihre Finger sich um seine kühle Glätte schlossen, *war* sie der Stein, und der Stein war lebendiger Atem, war Welt und Himmel, war Gottheit und Mensch, war das Eine, in dem alles war.

Eine Stille, die tiefer und weiter war als jede Stille zuvor, senkte sich über die drei Seelen in der brennenden Hütte.

»Kommt.«

Nur ein Wort, gesprochen von einer Stimme, die einer sehr alten, weise gewordenen Frau gehörte, doch es genügte. Tork griff nach seinem Bündel, verschnürte es und nahm dann auch Eirions Bündel auf. Dann folgten der Einsiedler und der Falke ihr, ohne eine Frage zu stellen. Eirion öffnete die niedrige Holztür, an deren Oberschwelle ein Funkenregen in Raum und Zeit erstarrt war. Als sie mit ihren beiden Begleitern ins Freie trat, sahen sie die dunklen Silhouetten ihrer Angreifer, reglose, schwarze Schatten vor einer noch schwärzeren Nacht. Ohne innezuhalten, nahm Eirion die einzelnen Gestalten wahr:

Fremde, bis auf eine. Langes, dunkles Haar, auf das selbst der verhaltene Schein der stummen und bewegungslos brennenden Fackeln die Farben des Regenbogens zeichnete.

Rikka.

Weder Erstaunen noch Erschrecken begleiteten diesen Gedanken. Eirion ging ruhig und zielsicher um die Hütte herum, zu den beiden Pferden, die dort festgebunden waren. Sie verstand nicht, was sie tat oder warum, sie wusste nur, dass es so sein musste: Sie berührte die beiden Tiere, strich ihnen sachte und voller Liebe über die Nüstern, wo sie am tiefsten und unmittelbarsten mit der äußeren Welt verbunden waren, und die Tiere tauchten aus ihrer Reglosigkeit auf.

Tork zurrte ihr geringes Reisegepäck fest, dann ritten sie zwischen zwei der feindlichen Soldaten hindurch in die schweigende Nacht hinaus, ungesehen und ungehört.

KAPITEL 22

In Caernadon, einen Tagesritt von Tarlin entfernt

Eirion hielt das Gesicht in den Wind und öffnete unbewusst die Lippen, als wolle sie die süß schmeckende Luft trinken, die von Westen her über den Fluss wehte. Obwohl kein Sonnenstrahl durch die dichte graue Wolkendecke drang, die seit vielen Wochen wie ein Leichentuch über dem Land lag, schien es hier auf dem Wasser viel wärmer zu sein als in den eisüberhauchten, feuchten Sümpfen. Das rhythmische Knarren der hölzernen Planken, das Schlagen der breitflächigen Segel des Schiffs, die so straff gespannt waren wie die Lederhaut einer Trommel, drangen ihr ins Blut, bis ihr Puls sich ihrem Takt unterworfen zu haben schien. Eirion löste das schmale Band ihrer Kapuze, unter der sie ihre weithin leuchtenden, kupferfarbenen Locken verborgen hatte, zog ihr Haar aus dem Umhang und überließ es dem Spiel des kräftigen Westwindes.

Seit dem frühen Morgen fuhren sie jetzt mit günstigem Wind auf der *Silbermöwe,* einem behäbigen Handelsschiff, den Ank hinauf, und obwohl sie, als sie an Bord gegangen waren, verkündet hatte, dass sie nichts wolle als schlafen, genoss sie ihre erste große Flussfahrt viel zu sehr, um auch nur einen Augenblick davon verpassen zu wollen.

Dennoch vermochte sie es nicht, die Bilder und Gedanken abzuschütteln, die ihr in einem unablässigen bunten Reigen durch den Kopf gingen. Die farblose Flusslandschaft zog gemächlich an ihr vorbei, doch sie wusste, dass der stille Friede, der sich ihrem Auge darbot, täuschte: Wie ein Lauffeuer hatte es sich überall im Land verbreitet, dass Marban, der sich selbst zum neuen König von Caernadon ausgerufen hatte, Truppen aus Kokonda angeworben hatte. Jetzt zog er mit einem schlagkräftigen Heer gegen Tarlin, wo Braan, nach Uisnachs Tod rechtmäßig von den Generälen der caernadonischen Armee zum König erklärt, nur eine kurze Zeit der Ruhe auf dem alabasternen Thron der Burg vergönnt gewesen war. Im Land herrschte jetzt offener Bürgerkrieg, und niemand wusste mehr, wer sein Freund war und wer sein Feind.

Tork hatte ihr kurz vor ihrer Einschiffung auf der *Silbermöwe* noch eingeschärft, nur ja kein unbedachtes Wort zu sprechen. Kapitän Mo, Besitzer des Handelsschiffs, der sich, obwohl es ihm offenkundig an seemännischem Wissen gebrach, großspurig mit Kapitän anreden ließ, stammte aus Macassar, und die Quelle seines jüngst erworbenen Reichtums schien mehr als zweifelhaft zu sein. Man konnte nicht ausschließen, dass er das Geld, mit dem er dieses Schiff erworben hatte, von Marban erhalten hatte, für geleistete Dienste, worin auch immer diese bestanden haben mochten. Jedenfalls hatte der Mann, der wie die meisten Macassaner von kleinem Wuchs und eher vierschrötig als schlank war, nicht lange gezögert, das Gold zu nehmen, dass sie ihm für die Fahrt stromaufwärts geboten hatten. Er hatte trotz des Krieges mit keinem Wort nach ihrem Woher und Wohin gefragt. Eine goldene Münze sagte ihm alles, was er über einen Menschen zu wissen begehrte.

Andererseits verstand Eirion Torks Unbehagen gegenüber dem »Kapitän« nicht; es hatte durchaus sein Gutes, dass der Mann sich nicht für sie interessierte. So belästigte Mo sie wenigstens nicht mit seiner Neugier, und sie konnten die Fahrt, die gute drei Tage dauern würde, in vollen Zügen genießen.

»Woran denkst du?«, erklang plötzlich eine leise, vertraut gewordene Stimme neben ihr. Tork hatte sich gleich nach ihrer

Einschiffung in die enge kleine Kajüte zurückgezogen, die man ihm zur Verfügung gestellt hatte. Eirion hatte ihn, seit sie miteinander reisten, schon des Öfteren in ein ledergebundenes, quadratisches Büchlein schreiben sehen, und sie vermutete, dass er während der letzten Stunden die Aufzeichnungen nachgeholt hatte, für die während ihrer überstürzten Flucht durch die Sümpfe der Verlorenen keine Zeit geblieben war.

»Wie anders der Ank doch hier oben im Norden aussieht, obwohl es derselbe Fluss ist, der auch durch Tarlin fließt«, sagte sie versonnen. »In Tarlin ist er ein silbernes Band, das sich durch üppige grüne Wälder und Weiden windet. An manchen Stellen schneidet er sich durch den Fels hoher Hügel, von deren Gipfeln aus er im Sommer in allen Farben leuchtet. Und so weit das Auge reicht, kann man dann überall kleine Fischerboote sehen, die wie Kinderspielzeug auf seinem Wasser tanzen. Und manchmal taucht zwischen ihnen eins der leuchtend roten Segel der Barkassen auf, in denen die reichen Kaufleute ihre Lustfahrten stromabwärts unternehmen.«

Eirion war sich der Sehnsucht in ihrer Stimme selbst nicht bewusst gewesen, bis Tork, sanft und beinahe ein wenig traurig fragte: »Du vermisst deine Heimat sehr, nicht wahr?«

Eirion wandte dem Einsiedler das Gesicht zu, und der verträumte Ausdruck verschwand aus ihren Zügen.

»Meine Heimat«, wiederholte sie nachdenklich. »Was *ist* Heimat?« Sie sah mit schräg gelegtem Kopf zu Tork auf, und der Wind fuhr in ihr Haar, so dass es wie ein kupfernes Banner hinter ihr herwehte. »Grüne Hügel, ein silberner Fluss, die Gerüche von frischem Brot und gebratenem Fleisch aus der Küche?« Sie legte die Stirn in Falten und hielt Torks Blick fest. »Wenn ich das Wort ›Heimat‹ denke«, fuhr sie fort, »und dabei die Augen schließe, dann sind es nicht Wiesen und Weiden, die ich sehe, und auch nicht die hohe, stolze Burg, auf der ich aufgewachsen bin ...« Ihre Worte liefen ins Leere. Der Unterton von Sehnsucht in ihrer Stimme war jetzt noch deutlicher zu hören, sogar für sie selbst.

Tork strich ihr mit einer sachten Berührung über die Lider, so dass sie nun tatsächlich die Augen schließen musste. Und als er die Hand wieder sinken ließ, hielt sie sie geschlossen.

»Was siehst du jetzt?«, fragte er.

»Ich sehe ... Menschen«, sagte Eirion langsam. »Gwenlian, meine Mutter. Und Marte, die für mich Mutter, Freundin und Lehrerin in einem war. Und Diann, ihre Tochter, meine liebste Freundin. Wir waren immer zu dritt – Diann und ich – und Tarannis ...« Eirions Stimme brach. Sie konnte das ungewohnte Brennen hinter den Lidern nicht länger ertragen und riss die Augen weit auf.

Als sie den Einsiedler wieder ansah, lagen in seinem Blick Wärme und Verstehen – und noch etwas anderes, das sie jedoch nicht zu deuten wusste.

»Dann hast du diese Lektion, so jung du bist, also bereits gelernt«, sagte er.

Eirion blickte ihn fragend an.

»Dass Heimat nicht Häuser sind und Städte«, er zögerte kurz, als fiele das Sprechen ihm schwer, »sondern Menschen. Man kann neue Häuser bauen, sich in neuen Städten einrichten – aber ein Mensch, den man verloren hat, ist niemals zu ersetzen. Und da, wo die Menschen sind, die wir lieben, da ist auch unser Herz, da ist unsere Heimat.«

Torks Augen, die so blau waren wie selbst das Meer nur an ganz seltenen klaren, windstillen Tagen, verdunkelten sich, so dass sie jetzt fast violett wirkten. Und nun wusste Eirion auch, was sie kurz zuvor nicht hatte in Worte fassen können. Was sie in den Augen des Einsiedlers las, waren Schmerz und eine tiefe, kaum fassbare Einsamkeit.

Abrupt wandte er den Kopf von ihr ab und sah auf den Fluss hinaus, so dass sie in aller Ruhe sein Profil studieren konnte.

Er hatte sein gut schulterlanges braunes Haar lose im Nacken zurückgebunden, eine Mode, die Eirion im Allgemeinen bei Männern überhaupt nicht schätzte – zu weibisch für ihren Geschmack, zu affektiert –, aber der Einsiedler strahlte eine derart intensive Männlichkeit aus, dass wohl nicht einmal eine diamantbesetzte Tiara auf dem Kopf seiner Wirkung hätte Abbruch tun können.

Unweigerlich drängte sich Eirion, wie es ihr so oft geschah, ein höchst lebendiges Bild dieser absurden Fantasie auf, und sie lachte unwillkürlich auf. Sie erstickte das Lachen jedoch, kaum dass es in ihrer Kehle Gestalt angenommen hatte, und wartete auf ein Zeichen, dass der Einsiedler ihre unangebrachte Heiterkeit bemerkt hatte. Er hatte sie mehr als einmal in den wenigen Tagen ihrer Bekanntschaft kindisch genannt, eine verwöhnte kleine Prinzessin, die noch lange nicht reif war für die schwere Verantwortung, die die Götter ihr – unvorsichtigerweise, wie er meinte – auferlegt hatten. Sie wollte ihm keine Handhabe geben, abermals ihre Ernsthaftigkeit oder ihre Würde zu bezweifeln.

Aber Tork sah noch immer unbewegt über den Fluss, als sei er mit seinen Gedanken weit fort. Eirion war sich jetzt ganz sicher, dass er ihren forschenden Blick nicht wahrnahm, und so setzte sie ihre Musterung fort.

Die Wangenknochen seines schmalen, beweglichen Gesichts, das doch so ausdruckslos sein konnte, wenn er dies wünschte, traten im hellen Tageslicht scharf hervor, und jetzt bemerkte sie auch, dass er die Zeit unter Deck nicht nur zum Schreiben genutzt hatte; er hatte sich auch den Bart gestutzt, etwas, wozu in den Tagen zuvor wahrlich keine Gelegenheit gewesen war. Wieder stellte Eirion fest, dass der Einsiedler eigentlich kein Mann war, der ihr gefallen konnte. Sie schätzte es nicht, wenn Männer sich nicht entscheiden konnten, ob sie nun einen Bart tragen wollten oder nicht – in Caernadon hatten die meisten Männer lange, wallende Bärte, auf die sie ungeheuer stolz waren. Konall war einer der wenigen Caernadonier gewesen, die sie niemals anders gesehen hatte als glatt rasiert. Konall – ein Stich durchzuckte ihr Herz, als sie an den Mann dachte, der wie ein Vater für sie gewesen war, der sie in der Kunst der Jagd unterwiesen hatte und dem sie das schönste Geschenk ihrer Jugend und vielleicht ihres ganzen bisherigen Lebens verdankte, die Liebe zur Falknerei und schließlich sogar Barko, ihren Freund und Beschützer. Auch Konall war an jenem furchtbaren letzten Tag auf Burg Tarlin gestorben.

Eirion biss die Zähne zusammen und zwang ihre Gedanken gewaltsam in eine andere Richtung.

Tork schaute noch immer nach Osten, wo nichts zu sehen war als das eintönige graubraune Land am Ufer des Flusses. Eirion runzelte die Stirn. Torks Bart war so kurz, dass man die Haut hindurchschimmern sehen konnte. Und doch ... widerstrebend gestand sie sich ein, dass er keineswegs lächerlich aussah. Auf eine unerklärliche Weise fügten sich seine Züge zu einem harmonischen und durchaus anziehenden Ganzen.

Eine Möwe schoss dicht über ihre Köpfe hinweg, und ihr unmelodischer Schrei riss Eirion aus ihrer Versunkenheit. Verwundert blickte sie dem Tier nach, das dem Schiff nun schimpfend das Geleit gab. Sie hatte schon so lange außer ihrem Falken keinen anderen Vogel mehr gesehen, dass die Anwesenheit der Möwe geradezu unwirklich erschien. Die Sümpfe waren wie ausgestorben gewesen; kein Tier, nicht einmal ein so kleines und unscheinbares wie eine Mücke, hatte sich ihnen dort gezeigt.

Eirion löste ihren erstaunten Blick von der Möwe, die nun in Richtung Ufer davonflog, und wandte sich wieder dem Mann an ihrer Seite zu.

Sein Gesicht verriet keinerlei Gefühl, nur in seinen Augen stand noch ein Abglanz des Schmerzes, den sie kurz zuvor darin gesehen hatte.

»Du weißt so viel über mich«, sagte Eirion behutsam und unterdrückte eine spontane Regung, ihn berühren zu wollen, »und ich weiß immer noch nichts von dir. Was ist mit deiner Familie? Mit deinen Eltern?«

Ein Schatten glitt über Torks Gesicht, und Eirion wünschte, sie hätte diese Frage nicht gestellt. Aber jetzt gab es kein Zurück mehr.

»Sind sie tot?«, fragte sie leise.

Das Schiff hob sich und klatschte kurz darauf mit dem Bug in die Wellen. Vielleicht eine kleine Unregelmäßigkeit in der Strömung, denn gleich darauf setzte es seine ruhige Fahrt fort.

»Ich weiß es nicht.« Tork schien das kurze Stampfen ebenfalls bemerkt zu haben und hatte deshalb kurz innegehalten, bevor er ihr antwortete.

Eirion blinzelte.

»Du weißt es nicht?«, fragte sie fassungslos. »Du weißt nicht, ob deine eigenen Eltern noch leben?«

»Ich weiß auch nicht, wo sie sind«, erwiderte er.

Abermals flog eine Möwe über das Schiff hinweg, aber diesmal schenkte Eirion dem Tier keine Beachtung.

»Ich weiß nicht einmal, *wer* sie sind.« Tork sah dem schweren grauen Vogel nach, der nun seinem Kameraden in Richtung Osten folgte. Das Schiff stampfte erneut, diesmal heftiger als zuvor, und Eirion machte einen Schritt nach vorn, um nicht die Balance zu verlieren. Gleichzeitig griff sie Halt suchend nach der Reling – im selben Moment wie Tork. Ihre Hände berührten sich auf dem kalten Metall, und einen losgelösten Augenblick lang hatte Eirion das Gefühl, als sei das Beben, das das Schiff durchlief, in ihr. Es war ein seltsames Gefühl – als stürze sie in ihre eigene Tiefe hinab. Seltsam, aber nicht unangenehm.

Dann zog Tork seine Hand behutsam zurück, und die Regung verebbte. Eirion strich sich verlegen eine Haarsträhne aus den Augen, die gar nicht da war.

Wieder stampfte das Schiff, doch Eirion verließ sich lieber auf ihre eigene Standfestigkeit, als abermals nach der Reling zu greifen. Schließlich räusperte sie sich und fragte mit einer Stimme, die beinahe normal klang: »Wie ist das möglich? Dass du nicht weißt, wer deine Eltern sind?« Im gleichen Moment dämmerte ihr plötzlich, dass so etwas durchaus möglich war: Ihr eigenes Leben war bisher so behütet gewesen, dass sie von den schrecklichen Dingen, die in den Elendsvierteln der Städte und Dörfer zum Alltag gehörten, kaum etwas wusste. Aber sie hatte als Kind oft in den Dienstbotenquartieren von Burg Tarlin gespielt, wenn sie Gwenlians und Issas Fürsorge einmal entwischen konnte. Und an einem dunklen Winternachmittag hatte eine der Küchenmägde unter herzzerreißendem Schluchzen einer Freundin ein schreckliches Geheimnis anvertraut.

»Bist du ein ...« Eirion stockte kurz, denn der Begriff, den sie als Sechsjährige aufgeschnappt hatte, schien ihr wenig passend für die Tragödie, die sich dahinter verbarg. »Bist du ein ›verschenktes‹ Kind?«, fragte sie schließlich doch.

Tork stieß ein freudloses Lachen aus. »Nicht einmal das kann ich sagen«, erwiderte er. »Ich weiß nicht, ob meine Mutter mich ausgesetzt hat, wie so viele verzweifelte Frauen es tun, oder ob es einfach ein Unglück war, das uns trennte. Ich habe keinerlei Erinnerung an die ersten Jahre meines Lebens. Ein alter Mann hat mich, als ich etwa drei oder vier Jahre alt war, ... gefunden ... im äußersten Süden von Kokonda.«

Eirion glaubte, mit ihrem feinen Gehör einen seltsamen, aber vertrauten Misston in der Stimme des Einsiedlers gehört zu haben, und sah Tork prüfend an. Doch sein Gesicht zeigte keine Spur von Unwahrheit, und auch das kurze, verräterische Flackern in den Augen, mit dem sich selbst die geschicktesten Lügner oft dem scharfsichtigen Beobachter verrieten, fehlte gänzlich. Sie musste sich geirrt haben; schließlich kannte sie Tork erst seit kurzem.

»Er hat mich gefunden, als ich nicht wusste, wohin«, fuhr Tork langsam fort. Zwei Möwen, die einander aufgeregt kreischend über den Fluss jagten, schossen dicht an ihnen vorbei, und Eirion sah ihnen irritiert nach.

»Meine Geschichte langweilt dich«, sagte Tork sachlich. »Verzeih.«

»Nein!« Eirion fuhr erschrocken auf. »Nein, das tut sie nicht.« Sie zeigte mit der Hand auf die beiden Möwen, und im gleichen Moment stießen drei weitere Vögel dazu. »Wir haben jetzt nur so lange keine Tiere mehr gesehen, dass mich ihr Erscheinen einfach verwirrt.« Sie sah Tork direkt in die Augen und sagte mit ehrlicher Anteilnahme: »Der alte Mann hat dich gefunden. Und was geschah weiter?«

»Er war ein gütiger und freundlicher Mensch und tat sein Bestes, um mir Vater und Mutter zu ersetzen. Einige Jahre zog er mit mir durch ganz Caernadon, und so kamen wir schließlich auch nach Orra«, antwortete Tork. »Es war gerade die Zeit des Lemmas-Marktes. Du hast ja selbst erlebt, wie viel Volk dort zusammenkommt – und nicht alle kommen, um zu feiern. Schon damals hatten die Hexer ihre Spione dort, wenn sie sie auch nicht ganz so gezielt einsetzten wie gerade in den letzten Jahren. Ich war damals etwa zehn oder elf.« Der Blick des

Einsiedlers verdunkelte sich, und Eirion schluckte. Sie ahnte, wie die Geschichte weitergehen würde.

»Jemand hat ihn bezichtigt, der Magie kundig zu sein? Man hat ihn vor die Hohe Feme gebracht?«, fragte sie einfühlsam, um es Tork zu ersparen, die schrecklichen Worte selbst auszusprechen.

Ein winziges Zögern ging der Antwort des Einsiedlers voran, aber Eirion führte es auf den Schmerz der Erinnerung zurück, den dieser Bericht in ihm wieder lebendig gemacht haben musste.

Tork nickte, und sein Gesichtsausdruck verhärtete sich kurz. Dann räusperte er sich. »So war es«, sagte er. »Aber wie dem auch sei. Ich hatte auf dem Markt jenen Mann kennen gelernt, der vor mir der Hüter des Steins war, und er nahm mich als seinen Schüler auf. Er lehrte mich alles, was er selbst wusste, und gab mir genaue Anweisung für den Fall, dass ich derjenige sein sollte, zu dessen Zeit das Kind der drei Welten geboren würde, um das Erbe der Alten Götter zu fordern.« Nach einem kurzen Schweigen setzte er mit einem abschließenden Tonfall, der keine weiteren Fragen duldete, hinzu: »Das ist meine ganze Geschichte, mehr gibt es nicht zu wissen über mich.«

Eirion dagegen hatte gerade bei seinen letzten Worten immer deutlicher das Gefühl gehabt, dass Tork, mochte sein Gesicht auch noch so unbewegt sein, keineswegs die ganze Wahrheit sagte, dass es sehr wohl noch mehr über ihn zu wissen gab, als er preisgeben wollte. Mit schmalen Augen und fest entschlossen, nicht lockerzulassen, sah Eirion ihn an, aber bevor sie den Mund öffnete, um zu sprechen, folgte sie instinktiv seinem Blick nach Norden – und hörte auf zu atmen.

Der Ank machte an dieser Stelle eine Biegung – auf der Landkarte nur eine winzige Krümmung und kaum wahrnehmbar. Aber hier, mitten auf dem Fluss selbst, schien es, als würden sie in eine vollkommen andere Welt eintreten.

Ein gewaltiges Bergmassiv war in Sicht gekommen. Während zu beiden Seiten des Ank noch immer das leblose, stumpfe Grau der Sümpfe die flache Landschaft prägte, ragten jetzt vor ihnen im Nordosten die gewaltigen Höhenzüge des Orkischen Gebirges auf.

So atemberaubend war das Bild, das sich ihr bot, dass Eirion das eigentliche Wunder dieses Augenblicks erst mit Verspätung bewusst wurde: Strahlendes Sonnenlicht ließ sie blinzeln und kitzelte sie in der Nase, bis sie niesen musste. Verwundert, als könne die Sonne nur ein Trugbild ihrer übermüdeten Fantasie sein, schüttelte sie sich wie ein junger Hund nach dem Regen. Sie rieb sich die Augen – aber der Himmel blieb blau, und das Lichtgestirn am Firmament sandte weiterhin seinen warmen, freundlichen Gruß zu ihr hinab.

Jubilierend drehte sie sich zu Tork um, um ihre Freude mit ihm zu teilen, doch die Miene des Einsiedlers war so verschlossen und abweisend, dass Eirion unsicher wurde und sich wieder den Bergen zuwandte.

Das Schiff hob sich jetzt leicht unter ihren Füßen, und ein Blick in die Wellen des Flusses verriet Eirion auch den Grund dafür: Die Strömung war an dieser Stelle stärker als anderswo, und das große Handelsschiff hatte alle Mühe, sich ihr entgegenzustellen, zumal der Wind jetzt aus einer weniger günstigen Richtung wehte. Im nächsten Moment ging ein heftiger Ruck durch das Schiff, und Eirion zuckte zusammen; sie waren dem östlichen Ufer bereits so nahe, dass sie das Schlimmste befürchtete.

»Sind wir auf Grund gelaufen?«, fragte sie ängstlich. Ganz in der Nähe von Burg Tarlin gab es gefährliche, unter der Wasseroberfläche verborgene Felsen, die schon so manchen

Schiffsrumpf aufgerissen hatten. Viele unvorsichtige Fischer, die ihr Handwerk nicht gut genug verstanden, waren dort im Laufe der Jahre ertrunken. Die gefährlichsten dieser unsichtbaren steinernen Riesen waren die Mormonfelsen, wo man sie als Säugling in einem kleinen Weidenkorb gefunden hatte. Sie wusste nur zu gut, wie viel Bauka, der alte Fischer, für ihre Rettung riskiert hatte.

Tork schüttelte jedoch beruhigend den Kopf und deutete nach unten, aufs Wasser. Die hölzernen Planken unter ihr ächzten und stöhnten, dann ragten plötzlich dunkle, breitflächige Auswüchse daraus hervor, als sei dem Schiff mit einem Mal eine Vielzahl kleiner Finger gewachsen.

»Dieses Schiff ist ein so genannter Doppelläufer«, erklärte Tork, und als Eirion ihn immer noch verständnislos ansah, fügte er hinzu: »Solche Schiffe werden noch nicht lange und auch nicht oft gebaut, weil die meisten Schiffsbauer sich gegen diese Neuerung sträuben. Ein Doppelläufer kann nicht nur unter Segel fahren, sondern verfügt auch über eine ausgeklügelte Technik zum Rudern.«

Und nun tauchten tatsächlich zwei Reihen von Riemen in das aufgewühlte Wasser ein – und gleichzeitig erklang unter Deck das dumpfe Dröhnen einer Trommel, die den Ruderern den Takt gab.

Schon bald fuhr das Schiff wieder in der Mitte des Flusses, und Eirion atmete auf.

»Du siehst also«, sagte Tork leichthin, »dass uns jetzt nicht einmal mehr der Wind daran hindern kann, unser Ziel zu erreichen.«

Tork wollte sie mit seinen optimistischen Worten gewiss nur ein wenig aufmuntern, aber Eirion wünschte dennoch, er hätte die Götter nicht so unvorsichtig herausgefordert.

Die gewaltigen Massive des Orkischen Gebirges ragten glitzernd und bedrohlich in den Himmel, und die Sonne entzündete mit ihrem Licht blaue und rote Blitze auf ihren vereisten Gipfeln. Eirion wusste wenig über Berge – echte Berge, denn verglichen mit diesen hier erschien ihr sogar der Falkenberg unweit von Tarlin nur noch wie ein von einem selbstvergessen spielenden Kind aufgeworfener Sandhügel –, aber sie ahnte, dass diese Berge mächtige und überaus ernst zu nehmende Gegner sein konnten.

Während ihrer ganzen langen Reise hatte sie sich ihrem Ziel noch nie so fern gefühlt wie in diesem Augenblick.

KAPITEL 23

Sie sind entkommen?«

Marban war dermaßen außer sich, dass er vollkommen vergaß, seine Gefühle zu beherrschen, und ihre ungebremste Wucht jetzt sein fernes Gegenüber traf, wenn auch nicht ganz unerwartet.

»Sachte, sachte«, tadelte ihn der, der sich der Eine und Erste nannte, und Marban verspürte ein vages Unbehagen, das sich ihm über das Purpurne Feuer vermittelte. Die magische Öllampe stellte die Brücke zu seinem seltsamen Verbündeten dar. Und er hatte schon vor langer Zeit – durch schmerzhafte Erfahrung am eigenen Leib – gelernt, wie wichtig es war, Selbstbeherrschung zu üben, wenn man mit Hilfe der Gedankenrede ein Gespräch führte. Jedes zu starke Gefühl, jede zu leidenschaftliche Regung musste sorgsam im Zaum gehalten werden, sonst wirkte sie auf den, dem man sich mitteilte, wie ein körperlicher Schlag. Marban hatte allerdings den Verdacht, dass der Eine und Erste besser gegen dergleichen Ungemach geschützt war als er selbst.

Dennoch wollte er auf keinen Fall den Unmut jener seltsamen und mächtigen Kreatur im hohen Norden seines Reiches – *seines* Reiches! – auf sich ziehen, daher mäßigte er seinen Zorn, bevor er wiederholte:

Sie sind also entkommen. Plötzlich jedoch stieg Argwohn in ihm auf, denn er war auf eine Frage gestoßen, die eigentlich die erste hätte sein müssen.

Aber wieso weißt du *etwas darüber, das ich nicht weiß?* Marban war sehr zufrieden mit sich: Seine Gedankenstimme hatte vollkommen ruhig und leidenschaftslos geklungen.

Kurz darauf zog er jedoch angewidert die Stirn kraus. Einer der unangenehmeren Aspekte seiner Kommunikation mit dem Einen und Ersten war der Gestank von Bitterklee, der immer dann besonders stark war, wenn Sanor sein jeglicher Heiterkeit bares Lachen ausstieß.

Ja, König von Caernadon, zischte es durch das Purpurne Feuer. *Ich weiß viele Dinge, von denen du nicht einmal etwas ahnst. Und ich vermag viele Dinge zu tun, die dein kleines menschliches Fassungsvermögen bei weitem übersteigen. Du tätest gut daran, das nicht zu vergessen.*

Die Gedankenstimme Sanors, die sich als ein lispelndes Wispern in Marbans Kopf bemerkbar machte, klang keineswegs bedrohlich, als er dies sagte, sondern wie eine sachliche Feststellung einer unumstößlichen Wahrheit. Wäre Marban eine ängstlichere Natur gewesen, hätten diese Worte ihm eine Warnung sein können. Aber der König des Neuen Caernadon kannte nur noch seinen eigenen blinden Ehrgeiz; menschliche Regungen wie Furcht und Selbstzweifel waren ihm fremd geworden. Und wenn sie ihn doch einmal streiften, so wie jetzt, wusste er ihre Stimme zu unterdrücken, bis sie wieder vollends verstummt war.

Nun, sagte er leichthin, *wie du weißt, kann auch ich Dinge tun, die deine Möglichkeiten übersteigen, denn ich bin frei und du nicht, und* du *tätest gut daran,* das *nicht zu vergessen.*

Das Purpurne Feuer loderte auf, und einzelne Funken lösten sich aus dem Flammenkern, stoben zur Decke empor und erloschen.

Sanor gab Marban jedoch kaum Gelegenheit, seinen kleinen Triumph auszukosten.

Wir wollen keine Zeit mit nutzlosen Worten vergeuden, sagte er, ohne auf Marbans Bemerkung einzugehen, *dir mag es bedauerlich scheinen, dass deine Freundin ...* Sanor erstickte

Marbans Protest gegen dieses Wort im Keim, indem er jenen feinen, aber durchaus unangenehmen Strom durch seinen Kopf zucken ließ. *... dass deine Freundin es nicht geschafft hat, das Mädchen zu vernichten. Aber ...*

Marban verlor langsam die Geduld. Der vor ihm liegende Tag würde seine volle Aufmerksamkeit verlangen, denn heute war endlich die Nachricht gekommen, auf die er schon so lange gewartet hatte.

Woher weißt du, dass Eirion entkommen ist?, fragte er schroff und hätte sich im gleichen Augenblick am liebsten die Zunge abgebissen. *Und wie ist es der Tochter der drei Welten gelungen, meine Soldaten und Rikkas Magie zu überlisten?*, fuhr er hastig fort.

Der Geruch von Bitterklee wehte jetzt mit Macht durch Marbans schäbige, dunkle Amtsstube.

Eirion heißt sie also, lachte Sanor. *Aber ärgere dich nicht über deine Unbedachtsamkeit, König von Caernadon. Ich wusste ohnehin schon alles über sie, und mir ist auch klar, welche Rolle du in ihrem Schicksal gespielt hast. Dass ich nun auch ihren Namen kenne – der im Übrigen nicht ihr wahrer Name ist –, tut nichts zur Sache.*

Marban ballte die Fäuste und hüllte sich in verbissenes Schweigen.

Der Eine und Erste sprach weiter. *Die, die du Eirion nennst, verfügt über eine starke Magie, auch wenn sie selbst es bisher nicht ahnt. Sie ist deinen Häschern entkommen, weil sie eine Oase in der Zeit geschaffen hat.*

Eine Oase in der Zeit, wiederholte Marban ratlos und durchforstete blitzschnell sein Gedächtnis. Aber dieser Begriff war ihm niemals begegnet, weder während seiner Studien in Ubari noch später.

Nein, mein Schüler, sagte Sanor spöttisch. *Spar dir die*

Mühe. Nicht einmal in den ältesten Büchern, die ihr Sterblichen besitzt, ist etwas über diesen Zauber zu finden. Eine solche Information wäre auch vollkommen nutzlos für euch, denn keine noch so gründliche Unterweisung in der Magie, kein noch so gewaltiges Talent würde euch befähigen, euch diesen Zauber zu Eigen zu machen.

Als Marban immer noch schwieg, erklärte Sanor: *Der Stein der Gnade besitzt ungeheure Macht, aber nur in den Händen weniger. Die, die du Eirion nennst, ahnt nicht einmal, welche Kräfte er besitzt. Dennoch ...*

Das Purpurne Feuer flackerte unruhig, und unter anderen Umständen hätte es Marbans Neugier geweckt, was den Einen und Ersten so sehr erregte. Wie die Dinge lagen, konnte er jedoch nur mit Mühe den Impuls unterdrücken, nervös mit den Fingern auf die rissige Fläche seines Arbeitspultes zu trommeln.

Wie dem auch sei. Das Purpurne Feuer brannte jetzt wieder ruhig und stetig, auch wenn das Purpur in seinem Herzen von noch größerer Intensität schien als sonst. *Es ist ihr jedenfalls gelungen, die Macht des Steins genügend zu aktivieren, um eine Oase in der Zeit zu schaffen.*

Was ist *denn nun eine Oase in der Zeit?* Marban hatte endgültig die Geduld verloren. *Würdest du bitte endlich zur Sache kommen?*

Eine Oase in der Zeit hebt die Zeit selbst in gewisser Weise auf. Zwischen einem Herzschlag und dem nächsten können Stunden vergehen, Tage sogar, wenn der, der über die Macht des Steins gebietet, über genügend Wissen und eigene Magie verfügt. Die, die du Eirion nennst, ist noch lange nicht so weit, dass sie eine solche Oase in der Zeit über Tage hinweg ausdehnen könnte. Aber sie hat sich immerhin genügend Zeit verschafft – zwei oder drei eurer menschlichen Stunden, würde ich sagen –, um deinen Häschern zu entkommen. Und das, obwohl sie nichts über den Stein der Gnade und seine Macht wissen konnte. Erstaunlich.

Also schön, erklärte Marban, erleichtert, dass das Gespräch sich dem Ende zuzuneigen schien und er sich bald dringlicheren Angelegenheiten würde widmen können. *Eirion ist entkommen. Ich erinnere mich jedoch, dass du sagtest, du würdest sie finden können, wenn sie den Stein der Gnade das erste Mal benutzt. Wo ist sie also?*

Der Eine und Erste ließ sich Zeit mit seiner Antwort, und Marban lockerte den Kragen seines Priestergewands ein wenig. Das Gespräch dauerte schon viel zu lange für seinen Geschmack, nicht nur, weil er darauf brannte, sich endlich wieder seinen Plänen für den morgigen Tag zuzuwenden, sondern auch, weil der intensive Geruch von Bitterklee ihm das Atmen schwer machte.

Ja, sagte Sanor schließlich. *Ich weiß, wo sie ist.*

Dann sag mir, welchen Weg sie genommen hat, und ich werde Rikka eine Nachricht schicken, damit wir die Sache hinter uns bringen und uns wieder auf wichtigere Dinge konzentrieren können. Marban fingerte immer noch an seinem plötzlich viel zu engen Kragen herum.

Ich will nicht länger, dass du sie tötest, erklärte Sanor ebenso gleichmütig wie bestimmt, und Marban zog überrascht seine schnurgeraden schwarzen Brauen zusammen. *Deine Soldaten sollen ihr in einigem Abstand folgen und sie im Auge behalten, aber sie werden sie* nicht *töten.* Als habe er Marbans unwilliges Zögern gespürt, fügte er hinzu: *Das ist ein Befehl, Priester, hörst du mich? Ich habe meine Pläne geändert, und ich will, dass sie am Leben bleibt.*

Jetzt war es vollkommen still in Marbans Kopf, und einzig das stetige Brennen des Purpurnen Feuers sagte ihm, dass der andere das Gespräch noch nicht abgebrochen hatte. Der Oberste Priester zwang sich, in gleichmäßigen, flachen Zügen zu atmen. Er brauchte Sanor – noch. Und obwohl er den versteckten Drohungen des Einen und Ersten nicht wirklich Glauben schenkte, konnte er sie auch nicht ganz außer Acht lassen.

Marban lächelte. Sanor war in seinem fernen Gefängnis vielleicht doch ganz gut aufgehoben. Einstweilen würde er sich, scheinbar zumindest, seinem Willen beugen.

Also schön, sagte er in das Purpurne Feuer hinein. *Ganz wie du wünschst. Wo werden meine Soldaten sie finden?*

Marte stand in ihrem großen, nach getrockneten Kräutern duftenden Haus und blickte aus dem Fenster in den Garten hinaus, über dem sich langsam der neue Tag erhob. Sie vermisste ihr altes Häuschen auf dem Falkenberg immer noch, das um so vieles bescheidener und kleiner gewesen war als das, was König Uisnach ihr zur Entschädigung gegeben hatte, weil der Platz für Marbans Kathedrale gebraucht wurde. Aber noch mehr als das Haus und der von ihrer Großmutter ererbte Milchhof fehlte ihr der kleine Wald mit den hohen, stolzen Eichen, die so fest in der Erde verwurzelt waren, dass ihnen jahrhundertelang kein Sturm etwas hatte anhaben können.

Martes Herz zog sich zusammen, als sie daran dachte, wie es jetzt wohl auf dem Falkenberg aussehen mochte. Die mächtigen alten Bäume waren schon vor Jahren den Äxten von Marbans Männern zum Opfer gefallen, und die heilige Quelle, die schon ihre Urgroßmutter voller Liebe und Ehrfurcht gehütet hatte, war abermals geschändet und verschüttet worden, wie schon einmal, vor fast tausend Jahren.

Aber die Zerstörung des uralten Heiligtums auf dem Falkenberg, wo zwei Linien der Macht sich kreuzten, war heute das geringste ihrer Probleme.

Tarlin, das erst vor wenigen Monaten seine letzte Schlacht erlebt hatte, stand heute ein neuer Kampf bevor. Und heute würde es viele Verletzte und Tote geben, anders als an jenem Septembertag im vergangenen Jahr, an dem der Blutzoll nur von einigen wenigen entrichtet worden war. Marte schloss einen Moment lang die Augen, um die Tränen niederzukämpfen, die ungebeten in ihr aufgestiegen waren. Tarannis, ihr Sohn, hatte zu denen gezählt, die im September beim Kampf der Zauberinnen ihr Leben verloren hatten. Tarannis, der seine Milchschwester Eirion so ohne jedes Maß, ohne jede Selbstsucht geliebt hatte, dass er ohne zu zögern für sie gestorben war. Und sosehr es Marte schmerzte und manches Mal auch erbitterte, in ihrem tiefsten Herzen wusste sie, dass dies das Schicksal war, das zu erfüllen ihn die Götter in die Welt geschickt hatten. Er war geboren worden, um für Eirion zu sterben.

Marte blieb heute jedoch keine Zeit, um mit den Göttern zu hadern, die ihrem Kind ein solches Geschick in die Wiege gelegt hatten. Mit jedem Lichtstrahl, der sich vom östlichen Horizont her Tarlin-Stadt näherte, rückte die Gefahr näher heran.

Marte dachte an all die Mütter, die heute Abend ihre Söhne beweinen würden, an die Kinder, die ihre Väter, an die Frauen, die ihre Männer verlieren würden, und jetzt haderte sie wirklich mit der Göttin, die solches Leid zuließ.

Aber wiederum war ihr nicht viel Zeit für ihre zornige Zwiesprache mit der fernen Göttin vergönnt, denn das leise Klicken einer Tür drängte sich in ihre Gedanken. Sie wandte sich vom Fenster ab. Diann war aus ihrer Schlafkammer gekommen, voll bekleidet trotz der frühen Stunde, das braune Haar streng aus dem Gesicht gekämmt, einen fiebrigen Glanz in den Augen.

Wie sehr sie sich wünschte, auf ihre Tochter zuzugehen, sie in die Arme nehmen und trösten zu können, wie sie es so oft getan hatte, als Diann noch klein gewesen war und ihre Kümmernisse von der Art, die Mutterliebe leicht zerstreuen konnte. Aber seit Tarannis' Tod hatte sich eine Kluft zwischen ihr und ihrer Tochter aufgetan, die durch nichts zu überwinden war.

»Leckst du mal wieder deine Wunden?«, fragte Diann statt eines Morgengrußes. In ihren Augen stand der kalte, unnahbare Ausdruck, den Marte seit Tarannis' Tod so oft – zu oft – darin gesehen hatte. Auch jetzt taten Dianns Worte ihr weh – so wie es ihre Tochter beabsichtigt hatte. »Ein bisschen spät für Reue, nicht wahr?«, setzte Diann hinzu. Dann ging sie gelassen und mit einer Miene, als hätte sie soeben nur eine Bemerkung übers Wetter fallen lassen, zur Herdstelle, wo eine Kanne mit starkem, süßem Kräutertee am Feuer warm gehalten wurde. Sie füllte den Becher, der für sie bereitstand, und setzte sich an den gedeckten Tisch.

Lange Minuten verstrichen, während Diann den Brotkorb ignorierte und auch Quark und Käse unberührt ließ. Marte beobachtete sie voller Sorge, versuchte aber nicht, sie zum Essen zu drängen. Seit jenem schrecklichen Tag, an dem sie Tarannis beerdigt hatten, war Diann kaum mehr wiederzuerkennen. Sie war dünn und hohlwangig geworden und ihr einst wohlgerundetes Gesicht wirkte kantig und scharf.

»Es gibt da etwas, das ich dich schon lange einmal fragen wollte, Marte«, bemerkte Diann jetzt in einem beiläufigen Plauderton, und Marte zog unbewusst die Schultern hoch. Nach Tarannis' Tod hatte Diann nie mehr *Mutter* zu ihr gesagt, als hätte ihre Mutter jedes Recht an ihr verloren. Wenn sie überhaupt noch mit ihr sprach, benutzte sie nun ihren Vornamen. Aber vielleicht war es ja ein Fortschritt, dass sie zumindest jetzt ein Gespräch mit ihr suchte.

»Du kannst mich alles fragen, das weißt du doch«, sagte Marte mit trockenem Mund. Dann ging sie durch den Raum und setzte sich zu ihrer Tochter an den Tisch. Vielleicht war ja doch noch nicht alles verloren. Vielleicht würde Diann mit der Zeit, wenn der Schmerz seinen schlimmsten Stachel verloren hatte, doch noch einsehen, dass sie, Marte, keine Schuld an Tarannis' Tod traf. Marte griff nach ihrem Becher, in dem der Tee längst kalt geworden war, und drehte ihn nervös und ohne davon zu trinken in ihren Fingern.

Diann lachte. Es war ein herzloses Lachen, und Marte wappnete sich gegen neuen Schmerz.

»Oh, du brauchst mich gar nicht wie ein waidwundes Reh anzusehen«, erklärte Diann. »Meine Frage ist vollkommen harmlos. Unwichtig eigentlich.« Sie sah ihre Mutter abwägend an, als sei sie sich nicht sicher, ob es sich überhaupt lohnte, ihren Atem an sie zu vergeuden.

»Warum hast du gerade diesen Namen für mich ausgesucht – Diann?«, sagte sie schließlich.

»Nicht ich habe den Namen gewählt ...«, begann Marte zu sprechen, aber Diann fuhr ihr mit einem Laut, der zwischen einem Fauchen und einem Zischen lag, über den Mund.

»Komm mir nicht wieder mit deiner Göttin!«, rief sie hasserfüllt. »Die Große Göttin, die unser aller Mutter ist, hat dir deinen Namen gegeben«, äffte sie Martes Stimme nach. »Nicht dein Name wurde für dich gewählt, du wurdest für diesen Namen erwählt ... Das glaubst du doch selbst nicht!« Diann sah ihre Mutter herausfordernd an. »Was ist der *wirkliche* Grund, warum du mir meinen Namen gegeben hast?«

Wie jung sie doch ist, durchzuckte es Marte. *Und wie furchtbar verletzlich die Jugend uns macht* ... Bevor sie jedoch etwas erwidern konnte, fuhr Diann unerbittlich fort:

»Ich kann dir sagen, warum du es getan hast. Es ging um Eirion, nicht wahr?«

Marte nahm einen Schluck von ihrem kalten Tee, der jetzt trotz des Honigs einen bitteren Geschmack angenommen hatte. Draußen meckerte eine Ziege, eins der Muttertiere, wie Marte unbewusst registrierte. Mehrere hohe, dünne Stimmen fielen ein. Die Jungtiere waren inzwischen entwöhnt und verlangten ebenso wie ihre Mutter nach ihrer morgendlichen Portion Hafer. *Ich muss ihnen das Futter bringen,* dachte Marte und hielt sich an diesem Gedanken fest, als gäbe es auf der Welt kein dringlicheres Problem als den Hunger ihrer Ziegen.

»Bei dir ging es ja immer nur um Eirion, nicht wahr, Marte?«, setzte Diann nun unerbittlich hinzu. »Wie schade, dass Tarannis vor ihr zur Welt kam. Sonst hättest du ihn sicher Barko genannt, wie Eirion ihren dummen Falken. Barko, der Bote der Regenbogengöttin, der die Mondgeborene aus höchster Gefahr rettet.« Der Spott in der Stimme ihrer Tochter war so scharf, dass man damit eine Glasscheibe hätte zerschneiden können. »Aber zumindest kam ich ja nach ihr, und deshalb musste ich Diann heißen.« Diann zog ihre fast schwarzen Augen zusammen, die Marte so sehr an ihren Vater erinnerten, den Gewürzhändler Selall aus Georna in Sint. »Nicht wahr, Marte?«, hakte Diann nach. »Aber ich verdanke Eirion nicht nur meinen Namen, ist das nicht richtig? Ich denke heute, dass ich ihretwegen überhaupt existiere, dass du mich einzig und allein geboren – und empfangen – hast, um deiner geliebten Eirion eine Dienerin zu geben.«

»Wie kannst du so etwas nur sagen!«, fuhr Marte auf. »Ich habe dich geboren – und empfangen! –, weil ich dich wollte, *dich,* meine Tochter. Eirion hatte nichts damit zu tun.«

»Das glaube ich dir nicht«, warf Diann ein, aber Marte ließ sich nicht beirren. »Und wenn du schon über Namen nachdenkst, Diann«, fuhr sie fort, »dann solltest du dich auch daran erinnern, was die alten Mythen erzählen.«

»Oh, ich erinnere mich, Marte«, antwortete Diann mit kaltem Hohn. »Ihr habt ja kaum von etwas anderem geredet, du und diese Möchtegernkönigin aus dem Alten Reich, während eurer idiotischen Rituale und Zeremonien für eine Göttin, die längst tot ist.« Marte wollte gegen Dianns Schmähungen protestieren, aber ihre Tochter fuhr unbeirrt fort. »Die drei Gesichter, in denen sich die Göttin der Welt zeigt: Cyraneika, die Regenbogengöttin, Eirion, die Mondgeborene, und Diann, die Sonnengeborene, die unerschrockene Dienerin und Beschützerin der Mondgeb...«

»Diann ist *nicht* Eirions Dienerin – sie ist ein Teil des großen Dreiecks des Lebens, des Deltas, aus dem alles wurde und in das alles zurückkehren wird. Eirion und Diann, die Mondgeborene und die Sonnengeborene, sind die Säulen der Welt, die alles halten ...«

»... und zusammen mit Cyraneika, der Regenbogengöttin, aus der Flüsse und Meere sich speisen, und der Großen Göttin, die über allem ist«, höhnte Diann, *»bilden sie das ewige Gestirn der Vier, die in Wahrheit eine sind* ... o nein, Mu... Marte«, fuhr sie fort, »erzähl mir nichts. Ich kenne die alten Geschichten inzwischen besser als du, und ich weiß genau, warum du mich geboren hast – aus demselben Grund, aus dem du Tarannis, deinen eigenen Sohn und meinen Bruder, geopfert hast.«

Da war er wieder, dieser rohe Schmerz in der Stimme ihres Kindes, der Marte mehr wehtat als all die verletzenden Worte, die Diann ihr an den Kopf warf. Einen Augenblick lang durchzuckte sie die Frage, ob Dianns Vorwürfe wirklich so unsinnig waren – hatte sie ihre Tochter jemals so tief und vorbehaltlos geliebt wie Eirion, hatte sie sich ihr je so nahe gefühlt wie diesem anderen Kind, das sie zwar an ihrer Brust genährt, aber nicht geboren hatte? Hastig schob sie den Gedanken beiseite, denn er schnürte ihr die Kehle zusammen.

»Ich habe Tarannis nicht geopfert«, sagte sie mit brüchiger Stimme, aber Diann lachte nur. Dann erhob sie sich, so dass sie auf Marte hinabblickte.

»Aber wenn du die Wahl gehabt hättest«, sagte ihre Tochter, »ihn sterben zu lassen oder Eirion, dann hättest du keinen Moment gezögert, nicht wahr? Du hättest jederzeit jeden von uns beiden für dieses Nichts von einem Findelkind geopfert, nicht wahr? Nicht wahr, *Mutter?«*

Dieses letzte Wort war mit so wohlberechneter Grausamkeit gesprochen worden, dass es Marte den Atem raubte. Sie sah ihre Tochter an, die erst vierzehn Jahre alt war und doch wie ein Fleisch gewordener Dämon vor ihr stand, mit leblosen, kalten Augen, die so viel älter waren als ihre Jahre.

»Immer drehte sich alles nur um Eirion, für dich genauso wie für Tarannis. Ich konnte es ihm nie recht machen, ich war nie gut genug für ihn – denn ich war ja nicht ... Eirion.«

Diann hatte den Namen ihrer Kindheitsgefährtin mit so viel nacktem Hass hervorgestoßen, dass Marte erschrak. Wie hatte sie nur all die Jahre so blind sein können, dass sie diese bohrende Eifersucht, diesen zerstörerischen Neid ihres Kindes nicht gespürt hatte? Sie wusste, dass sie sich das niemals würde verzeihen können.

Während sie noch hilflos nach Worten suchte, die vielleicht eine Brücke oder auch nur der erste Stein für eine solche Brücke hätten sein können, durchdrang ein Geräusch den Schleier ihrer Benommenheit. Zuerst glaubte sie, es seien Ziegen, die nun endgültig nicht länger auf ihr Futter warten wollten, aber dann erkannte sie die Wahrheit.

Während sie mit Diann gesprochen und die Welt um sich herum vergessen hatte, war Marbans Armee näher gerückt.

Das hässliche Tönen von Schlachtenhörnern läutete zum Sterben unschuldiger Männer, Frauen und Kinder.

Als Marte aufblickte, stand in Dianns Augen wieder dieser fiebrige Glanz, der ihr schon zuvor darin aufgefallen war.

»Endlich«, stieß ihre Tochter hervor. »Endlich ist es so weit. Das Neue Caernadon wird sich aus dem Schutt und der Verdorbenheit des einstigen Caernadon erheben. Es wird eine neue Welt entstehen, in der das Alte keinen Platz mehr hat. Und ich«, fügte Diann triumphierend hinzu, »ich werde dabei sein.«

Marte war in Gedanken bereits zu sehr mit all dem Leid und dem Schmerz beschäftigt, die ihr als Heilerin in den nächsten Stunden begegnen würden, um die letzten Worte ihrer Tochter ganz in sich aufzunehmen. Aber einige Tage später würde sie sich daran erinnern, und dann würde es zu spät sein.

KAPITEL 24

Siehe, die Krone der Ahuden, gegossen aus unvergänglichem Gold und geschmückt mit den reinsten Juwelen des Ork Nuado.«

Marban, der stolz erhoben mit einem Knie auf dem purpurnen Samtkissen kniete, sog die Worte der alten Krönungsformel gierig in sich auf. Fast eine Woche lang hatte er Tarlin-Stadt und die Burg bestürmt, und es hatte auf beiden Seiten Tausende von Toten und noch mehr Verletzte gegeben. Die Ströme von Blut, die zur Erfüllung seines Traums geflossen waren, kümmerten ihn indes wenig.

»Hiermit kröne ich dich, Marban, Spross aus dem heiligen Geschlecht Ahuds und Bewahrer seines edlen Bluts, im Namen Fáls, des all-einen Gottes, zum Großkönig der Vereinten Reiche von Caernadon und Sonniana. Empfange nun diese Krone zum Zeichen der weltlichen Macht, über die du fortan gebieten wirst.«

Marban senkte den Kopf vor Quran, der auf den marmornen Stufen des Throns über ihm stand, und spürte im nächsten Augenblick bereits das kühle, glatte Metall auf seiner Stirn. Vor gut zwanzig Jahren hatte er selbst an der Stelle dieses Mannes gestanden – den er erst gestern und mit unziemlicher Hast zum Obersten Priester geweiht hatte –, um Uisnach, diesen verblendeten, kraftlosen Narren in den höchsten Rang des Reichs zu erheben. Nun, er, Marban, würde sich als ein würdigerer Nachfolger des großen Ahud erweisen.

»Siehe, der Stab Fáls«, sprach Quran nun weiter, »geschnitzt aus dem tausendjährigen Holz der Bluteiche und für alle Ewigkeit bewahrt in dem kostbarsten Metall, das diese Welt hervorgebracht hat.«

Quran hielt den mit Léthsilber ummantelten Stab für alle Augen sichtbar in die Höhe. Braan, den die Generäle der alten Armee nach Uisnachs Tod zum König ausgerufen hatten, hatte Krone und Zepter bei der Flucht aus Burg Tarlin nicht mitgenommen. Das war für Marban allerdings nur ein geringer Trost gewesen angesichts der Tatsache, dass Braan mit einer Hand voll Hexer sowie einigen ranghohen Offizieren während der letzten, entscheidenden Schlacht um die Burg hatte entkommen können. Einen Moment lang verfinsterte sich Marbans Miene – solange Braan lebte, stellte er eine Gefahr für ihn dar, denn es würde immer Menschen geben, die in ihm den einzig rechtmäßigen König sahen. Aber dies war nicht der Zeitpunkt, um solchen Gedanken nachzuhängen.

»Empfange nun dieses Zepter, den Fálsstab, zum Zeichen der geistlichen Macht, die fortan allein in deinen Händen liegen wird.«

An dieser Stelle hatte Marban die alte Krönungsformel abgeändert, in der der König sich die geistliche Macht im Reich mit dem Obersten Priester und den Hexern teilte – er hatte nicht die Absicht, mit irgendjemandem zu teilen.

Kaum dass seine Finger sich um den Fálsstab geschlossen hatten, erhob sich Marban, und Quran trat zur Seite, zu den zwanzig zumeist jüngeren Männern, die Marban morgen als erste offizielle Amtshandlung als König von Caernadon zu Hexern weihen wollte.

Marban ließ den Blick durch den festlich geschmückten Thronsaal wandern, der keinerlei Spuren der vorangegangenen Kämpfe um die Burg aufwies; er hatte seinen Soldaten den ausdrücklichen Befehl gegeben, dafür Sorge zu tragen, dass die königlichen Räume in der Burg keinerlei Schaden nahmen. Und er hatte unmissverständlich klar gemacht, was mit Plünderern geschehen würde, die sich an seinem Besitz vergriffen. Der Thronsaal erstrahlte daher an diesem Abend in seiner alten Pracht – oder vielmehr in neuer Pracht, denn Marban hatte trotz der knappen Zeit, die ihm vor seiner Krönung geblieben war, die Wände mit purpurner Seide verhängen und zusätzliche Halter für Fackeln anbringen lassen. Jetzt wurde der Saal zusätzlich von mehr als hundert Kerzen erhellt, und die Wirkung war gewaltig. Die Tatsache, dass der Jubel der Fanfaren zum Gruß des neuen Königs der Vereinten Reiche ein wenig dünner ausfiel als in Marbans Fantasien, tat seiner Befriedigung keinen Abbruch. Etliche Bläser waren in den Schlachten um Tarlin gefallen, und nicht wenige hatten es vorgezogen, Braan ins Exil zu folgen. Aber Fanfarenbläser waren leicht zu ersetzen.

Langsam setzte er seinen Weg die neun Stufen zu dem dreigeteilten Thron hinauf fort, wo links und rechts neben dem König auf etwas niedrigen Plätzen die Königin und der Thronfolger zu sitzen pflegten. Dies war der Augenblick, auf den er jahrzehntelang hingearbeitet hatte, dies hätte für ihn die Stunde größten Triumphs und Glücks sein sollen – und doch wollte sich der erwartete Jubel nicht recht einstellen. Solange Braan nicht tot und auch die letzten Provinzen nicht unterworfen waren, durfte er sich nicht in falscher Sicherheit wiegen, das wusste er. Und dann waren da noch Sanor und Rikka, deren Magie er einstweilen dringend bedurfte und die nicht tatenlos zusehen würden, wie er die alleinige Macht im Land – und schließlich auf dem gesamten Ork Nuado – an sich zu reißen versuchte. Mit einem unterdrückten Seufzer verharrte Marban kurz vor dem altehrwürdigen Thron der Ahuden, dann drückte er die Schultern durch, drehte sich um und hielt den silberbeschlagenen Fálsstab in die Höhe.

In der Großen Halle hatten sich alle Edelleute versammelt, die von Braan abgefallen waren, um an Marbans Seite für das Neue Caernadon zu kämpfen, einen Gottesstaat auf der Grundlage des fálianischen Kodex.

»Es lebe Großkönig Marban!«, kam der erste Zuruf, nicht unerwartet, von Herzog Mabilius. Er stand ein wenig abseits von den anderen Edelmännern, umringt von seinen drei ältesten Söhnen.

»Heil dem König«, folgten nun mit mehr oder minder großer Begeisterung auch die anderen Anwesenden Mabilius' Beispiel.

»Lang lebe König Marban!«

»Heil dem Sohn aus dem edlen Geschlecht Ahuds!«

Marban ließ sich auf den mittleren, eigens für ihn mit purpurnem Samt gepolsterten Thron sinken, legte sich den Fálsstab bedächtig über die Knie und strich dann nachdenklich über die alabasternen Armlehnen.

Die Hochrufe der Edelleute brachen nicht ab, doch Marban konnte nicht umhin zu bemerken, dass es vor allem Mabilius und seine Söhne waren, die die anderen mitrissen. Mabilius war der erste unter den Herzögen gewesen, der sich mit seinen Truppen auf Marbans Seite geschlagen hatte, und ihm war es zu verdanken, dass sich schließlich auch die Herzöge von Basoko und Kokonda zum Verrat an König Braan entschlossen hatten. Ohne die Heere der drei Provinzfürsten hätte die Schlacht um Tarlin sich noch endlos hingezogen, das wusste Marban. Aber Mabilius wusste es ebenfalls ...

Marban ließ seinen Blick unauffällig über die drei jungen Männer wandern, die neben ihrem Vater standen; sie hatten allesamt nicht nur die spitzen, viel zu langen Nasen und die scharfen Gesichtszüge ihrer wenig anziehenden Mutter geerbt, sondern auch deren schnellen, stets auf den eigenen Vorteil bedachten Verstand. Mabilius war ein mächtiger Mann, und sein Seitenwechsel war für Marban von unschätzbarer Wichtigkeit gewesen. Allerdings hatte der Herzog auch einen überaus schwer wiegenden Fehler: Er war ein fanatischer Anhänger der fálianischen Lehren und würde keinen noch so geringen Verstoß gegen die ehernen Gesetze seines Gottes unwidersprochen hinnehmen. Was schon in nächster Zeit zu erheblichen Schwierigkeiten führen konnte, denn Marban hatte nicht die Absicht, sich selbst an die Gesetze des Steinernen Gottes zu halten. Der fálianische Gesetzeskodex war etwas für die, die beherrscht wurden, nicht für ihre Herrscher. Unter halb geschlossenen Lidern musterte Marban Mabilius' Söhne. Silvad, der Älteste, war bereits ein ebenso blinder Fanatiker wie sein Vater. Nessim, der Zweitgeborene, schien sich dagegen nicht allzu sehr um Religion und Moral zu scheren. Er trug den linken Arm in der Schlinge und war damit einer der wenigen Edelleute, die sich im Kampf eine Verletzung zugezogen hatten. Er war ein verwegener Soldat und scheute kein noch so großes Risiko. Außerdem war er, auch das wusste Marban, ein Frauenheld, der gern trank und um hohe Summen spielte. Er würde leicht zu lenken sein.

»Lang lebe König Marban!«

»Heil dem, der uns den verheißenen Gottesstaat bringen wird!« Dies kam von Mabilius, und Marban runzelte die Stirn. »Heil dem all-einen Gott, der das Verderben der Welt hinwegnimmt und Licht schafft, wo vorher Dunkel war! Elahá, so sei es!«, rief Mabilius nun und fiel auf die Knie. Einige Edelleute, darunter Silvad, sein Sohn, taten es ihm nach.

»Lasst uns Fál huldigen, der allein unsere irdischen Geschicke zu lenken vermag, Fál, der unser wahrer Gott und König ist! Stimmt mit mir die Große Litanei des heiligen Hochgebets an!«

Marban biss die Zähne zusammen. Was für eine Unverschämtheit von dem Mann, seine Krönung in einen Lobpreis Fáls zu verwandeln! Er musterte Mabilius mit undurchdringlicher Miene, dann kreuzte sein Blick den Nessims. Der junge Mann war nicht auf die Knie gefallen, sondern stand hoch aufgerichtet und selbstbewusst neben seinem Vater, und in seinen Augen lag unverhohlene Erheiterung. Marban spitzte die Lippen. Nessim würde vielleicht doch nicht so leicht lenkbar sein, wie er geglaubt hatte: Kühnheit, Selbstbewusstheit und Humor konnten eine gefährliche Mischung sein.

Die Große Litanei zum Ruhme Fáls, die Mabilius angestimmt hatte, verebbte langsam, doch bevor Marban zu seiner ersten Ansprache als König des Neuen Caernadon ansetzte, ließ er seinen Blick kurz auf dem Gesicht von Mabilius' Drittgeborenem verweilen. Pikas war ein mürrischer, in sich gekehrter Junge; als Drittgeborener waren seine Hoffnungen auf Land und Titel seines Vaters extrem gering, und er besaß auch nicht die schillernden Eigenschaften seines Bruders Nessim, dem die Herzen der Menschen, Männer wie Frauen, zuflogen. Er würde immer im Schatten seiner älteren Brüder stehen; vor Silvad würde er eines Tages das Knie beugen und ihm Gehorsam und Gefolgschaft schwören müssen – Marban, der den jungen Mann musterte, während dieser sich unbeobachtet wähnte, wusste plötzlich, wie bitter diese Stunde für den schon vor seiner Geburt zu Bedeutungslosigkeit verurteilten und vom Schicksal nicht einmal mit besonderen Gaben gesegneten Jungen sein würde.

Bis auf Mabilius und Silvad hatten sich inzwischen alle Edelleute wieder erhoben und sahen halb verlegen, halb unsicher zu Marban empor. Vielleicht war ihnen aufgegangen, dass es ein wenig unpassend sein mochte, bei der Krönung eines weltlichen Herrschers auf die überlegene Macht eines überweltlichen Herrschers hinzuweisen. Marban lächelte. Sollten sie ruhig ein wenig nervös werden. Ihm konnte das nur recht sein.

Nessim oder Pikas? Ein verwegener Kämpfer und Lebenskünstler oder ein blasser, von Ehrgeiz zerfressener Dummkopf? Welchen von beiden wollte er auf dem Herzogsstuhl Macassars sehen, der wichtigsten und größten Provinz Caernadons, deren immenser Reichtum auf den dort gezüchteten und für jeden Krieg unverzichtbaren schwarzen Macassarpferden gründete? Marban genoss das Gefühl der Macht, das Wissen, dass er nach eigenem Gutdünken Männer wie Spielfiguren auf dem Schachbrett seiner Herrschaft hin und her schieben konnte.

Nessim oder Pikas? Er würde diese Frage später entscheiden. Für den Augenblick stand nur so viel fest: Mabilius, der immer noch kniete und sinnentleerte Gebete abspulte, musste sterben, und zwar bald.

»Elahá, so sei es«, brabbelte Mabilius weiter, ohne die wachsende Unruhe der Menschen um sich herum wahrzunehmen. Selbst Silvad schien sich langsam etwas unbehaglich zu fühlen und warf seinem Vater einen warnenden Blick zu, als dieser nun auch noch ein Rosmerten-Gebet anstimmte.

»Heilige Frau und erhabene Mutter unseres Gottes, der ...«

Marban erhob sich. »Wir sind alle geziemend beeindruckt von Eurer Frömmigkeit, Herzog«, erklärte er mit lauter Stimme. »Aber da wir uns noch immer mitten in einem Krieg befinden – einem Krieg unter dem Banner Fáls, wie ich betonen möchte –, sollten wir es dabei vielleicht fürs erste bewenden lassen.«

Mabilius erhob sich steif und drückte sich eine Hand ins Kreuz, als wolle er andeuten, dass ihm kein Opfer zu groß, kein Schmerz zu quälend war, wenn es galt, seinem Gott zu huldigen. Als er zu Marban aufsah, ließ seine Miene keinen Zweifel daran, dass er mit seinem König unzufrieden war. Nicht einmal der Krieg rechtfertigte seiner Meinung nach eine Abkürzung der heiligen Litanei, die allein den Menschen Trost schenkte in ihrem irdischen Elend. Nun, der Herzog würde in Kürze von *allem* Elend befreit sein.

»Hohe Herren von Caernadon«, begann Marban nun die Ansprache, die er sich schon vor Jahren zurechtgelegt und an der er immer wieder gefeilt hatte. »Dies ist ein großer Tag in der Geschichte unseres Landes, ein Tag, dessen die Menschen noch in tausend Jahren gedenken werden, denn er bezeichnet den Neubeginn der Geschichte unserer Welt. Als die Menschen die Größe Fáls erkannten, beschlossen sie, sich eine neue Zeitrechnung zu geben und das Jahr, da unser Gott in die Welt der Dinge kam, fortan das Jahr null zu nennen.« Marban machte eine bedeutungsvolle Pause – auch sie hundert Mal geprobt, hundert Mal genussvoll ausgekostet –, bevor er feierlich und mit einem winzigen, aber sehr wirkungsvollen Beben in der Stimme fortfuhr: »Und wer weiß, vielleicht werden eines nicht allzu fernen Tages die Menschen abermals nach einer neuen Zeitrechnung verlangen und dies als das Jahr null ansehen. Meine Freunde ...« Eine Spur Wärme, ein klein wenig echte Herzlichkeit schwangen in diesen Worten mit, etwas, das Marban besonders häufig allein in seiner abgedunkelten Amtsstube neben der Kapelle geprobt hatte, weil Wärme und Herzlichkeit so gar nicht in seinem Wesen angelegt waren und deshalb eine besondere Herausforderung für ihn darstellten. »Meine

Freunde«, wiederholte er und lauschte zufrieden dem Ton der Aufrichtigkeit nach, »mit eurer Entscheidung, mir, dem einzig wahren Nachfolger des großen Ahud, zu folgen, habt ihr heute den Grundstein für das Neue Caernadon gelegt, wie wir alle es herbeisehnen.«

Ein Geräusch an der hohen, fest verschlossenen Doppeltür, vor der Marban seine neue Ehrengarde postiert hatte, durchbrach die atemlose Stille im Thronsaal, und Marban legte ärgerlich die Stirn in Falten. Wer immer es wagte, diesen erhabenen Augenblick zu stören, würde sich später dafür verantworten müssen.

»Die, die nach uns kommen werden«, nahm er den Faden seiner Ansprache wieder auf, »werden unseren Namen in den Schulen lehren und an den abendlichen Feuern an ihre Kinder und Kindeskinder weitergeben ...«

Gedämpftes Stimmengewirr drang durch die schweren Eichentüren, was bedeutete, dass jemand sie einen Spaltbreit geöffnet haben musste. Marbans Atem beschleunigte sich, und er hatte Mühe, den maßlosen Zorn, der in ihm aufwallte, unter Kontrolle zu halten. Wer immer es gewagt hatte, ihm diese kostbaren Minuten zu verderben, da er die Früchte jahrzehntelanger Entsagung ernten durfte, würde diesen Frevel mit dem Leben bezahlen, schwor er sich.

Eine tiefe, verzweifelte Männerstimme murmelte aus der Vorhalle einen letzten Protest, dann wurde die Tür geöffnet und Marban erstarrte. Einen Herzschlag lang weigerte sich sein Gehirn zu glauben, was seine Augen ihm zeigten.

Eine große, schlanke Frau kam mit weiten, selbstsicheren Schritten durch den Saal, in dem heute ansonsten nur Männer zugegen waren. Sie trug ein weich fließendes, unter ihren vollen Brüsten gegürtetes Gewand, für das sie die Farbe von königlichem Purpur gewählt hatte. Ihr Haar fiel ihr lose bis zur Taille herab, und die ungezählten Fackeln und Kerzen im Raum ließen es in allen Schattierungen des Regenbogens leuchten.

Rikka! Aber Rikka war doch hoch oben im Norden des Landes, wo er selbst sie hingeschickt hatte, um Eirion zu töten, einen Befehl, den er entgegen Sanors Anweisungen nicht aufgehoben hatte. Sie konnte unmöglich hier in Tarlin sein!

Aber sie *war* hier.

Gelassen und mit wahrhaft königlicher Würde schritt sie durch den Saal, wobei sie huldvoll hier und da vor einigen der ranghöchsten Edelmänner den Kopf neigte. Dann hörte man ein Zischen – Marban wusste nicht, ob er selbst diesen Laut ausgestoßen hatte oder einer der anderen Anwesenden –, als Rikka die Stufen zum Thron hinaufstieg und sich, als sei es das Selbstverständlichste der Welt, auf den Platz zu Marbans Rechten setzte.

»Verzeih die Störung, mein König«, sagte sie leise und doch bis in den letzten Winkel des Raums hörbar, »aber ich konnte leider nicht früher hier sein.« Dann hob sie freundlich die Hand, wie um ihn zum Weitersprechen zu ermuntern.

Marban widerstand dem Drang, die Augen zu schließen, denn er wusste, dass alle Edelleute im Saal jede seiner Regungen wie gebannt verfolgten. Er durfte sich kein Zeichen von Schwäche leisten, nicht jetzt, nicht vor diesen Männern, von denen er einen Großteil seiner militärischen Schlagkraft bezog.

»Nun, meine Freunde«, sagte er mit einer Stimme, aus der jede Wärme verschwunden war, »wir alle haben harte Tage hinter uns. Ich möchte es nicht versäumen, euch und die

Soldaten, die an eurer Seite für das Neue Caernadon gekämpft haben, meinen Dank auszusprechen. Uns erwartet jetzt im Festsaal ein wohlverdientes Bankett. Lasst uns miteinander auf diesen ersten Tag einer neuen Zeit einen Trinkspruch ausbringen!«

Die Fackeln an den Wänden waren schon fast heruntergebrannt, als Rikka durch den langen Korridor im Ostturm ging, in dem die Frauengemächer lagen. Sie hatte dafür Sorge getragen, dass man Gwenlians ehemalige Räume für sie herrichtete – keine leichte Aufgabe für die wenigen Dienstboten, die zurzeit auf Burg Tarlin arbeiteten, doch Rikka hatte ihnen mit freundlichem Nachdruck klar gemacht, dass es in ihrem eigenen Interesse lag, all ihren Wünschen prompt und umfassend nachzukommen. Es wunderte sie daher nicht im Geringsten, schon den Vorraum tadellos sauber und die pastellfarbenen Kissen auf den Sofas und Sesseln aufgeschüttelt vorzufinden. Rikka verweilte nicht lange in dem kleinen, engen Raum, in dem die Hofdamen für gewöhnlich geduldig darauf gewartet hatten, auf den leisesten Wink ihrer Herrin aufzuspringen und ihr jede Bitte zu erfüllen, noch bevor sie sie ausgesprochen hatte. Denn Gwenlian hatte niemals befohlen, sie hatte um die Dinge *gebeten,* die ihr rechtmäßig zustanden.

Rikka lachte spöttisch auf, bevor sie die Tür öffnete, die in Gwenlians – nein, in *ihr* – Boudoir führte. Was für eine Närrin diese Frau doch gewesen war! Was hätte sie nicht alles erreichen können mit den Gaben, die ihr zu Gebote standen! Nun, sie, Rikka, würde gewiss nicht dieselben Fehler machen.

Angewidert sah sie sich in dem hohen, freundlichen Raum um, der noch immer die Gegenwart seiner früheren Bewohnerin zu atmen schien. Die ganze Einrichtung war pastellfarben und zutiefst weiblich – aber das ließ sich ändern.

Erst ein leises, verlegenes Räuspern machte sie auf die junge Dienerin aufmerksam, die neben der Feuerstelle stand und so aussah, als hätte sie schon seit Stunden dort ausgeharrt. Jetzt versank das Mädchen in einen so tiefen, ungelenken Knicks, dass es dabei um ein Haar das Gleichgewicht verloren hätte. Rikka brauchte nicht einmal einen Blick auf die Hände der Dienstmagd zu werfen, um zu wissen, dass sie rot und rissig sein würden. Hatte denn ganz Tarlin mit nichts Besserem zu ihrer Bedienung aufzuwarten? Dieses Geschöpf war eine einzige Beleidigung für sie, keinen Deut besser als der kleine Bauerntrampel, der sie in Marbans Haus bedient hatte. Mit einem leisen Seufzer dachte sie an Ila, die noch immer nicht in Tarlin eingetroffen war. Sie konnte nur hoffen, dass der Sklavin auf ihrer langen Reise kein Unheil widerfahren war.

»Du kannst jetzt aufstehen«, sagte sie schließlich zu ihrer »Zofe«, die die ganze Zeit bedenklich schwankend vor ihr gekniet hatte. »Ich halte es für wenig wahrscheinlich, dass du mir von großem Nutzen sein wirst«, fügte sie verächtlich hinzu, »aber für heute Abend ...«

Ein kurzes, aber dennoch kräftiges Klopfen an der Zwischentür zum Boudoir ließ das Mädchen angstvoll zusammenzucken, als erwarte es in Gegenwart dieser schönen, dämonischen Frau nur das Schlimmste. Rikka drehte sich mit schmalen Augen um. Ihr Instinkt sagte ihr, dass sie in dieser Nacht nicht mit Marban zu rechnen hatte – er war einstweilen zu beschäftigt damit, seiner Wut Herr zu werden –, andererseits konnte sie sich nicht vorstellen, wer außer ihm es wagen würde, sie zu dieser Stunde in ihrem Schlafgemach aufzusuchen.

Es klopfte abermals, und die kleine Magd machte einen Satz

nach hinten, so dass sie mit dem Rücken schmerzhaft gegen den gemauerten Kaminvorsatz prallte.

Bei der Göttin, dachte Rikka halb belustigt, halb verärgert, *was glaubt diese dumme Kreatur, was ihr hier zustoßen kann? Vielleicht ein nettes kleines Menschenopfer, bei dem ich ihr die Hauptrolle zugedacht habe?* Dann wurde ihre Miene plötzlich ernst, weil ihr einfiel, dass die junge Dienerin mit ihrem Argwohn gar nicht so falsch lag. Als es zum dritten Mal klopfte, durchzuckte Rikka jedoch der Gedanke, dass auch Marban nicht vor Mord zurückschreckte, wenn jemand seine Pläne durchkreuzte – und genau das hatte sie an diesem Abend zweifellos getan.

Sie griff nach der Magie, die tief in ihrem Innern schlummerte, und wappnete sich gegen einen möglichen Anschlag.

»Herein!«, rief sie mit fester Stimme, und augenblicklich wurde die Tür aufgedrückt.

Eine dunkelhaarige junge Frau trat ein und versank in einen anmutigen Knicks.

»Meine Königin«, sagte die Fremde, und in ihrer Stimme lag so viel echte, hingebungsvolle Bewunderung, dass Rikka ihre magische Schutzbarriere unverzüglich zurücknahm.

Und sie hatte sie Königin genannt, diese junge Fremde, etwas, das keiner der Edelmänner heute Abend, wie höflich sie auch gewesen sein mochten, über die Lippen gebracht hatte.

»Steh auf«, sagte sie freundlich. Erst als die Fremde sich erhob, sah Rikka, dass sie fast noch ein Kind war – obwohl ihre fast schwarzen Augen mehr Kummer und Einsamkeit verrieten, als man sie bei einem Kind erwartet hätte. Außerdem kam das Mädchen ihr vage bekannt vor. Sie hatte dieses Kind schon einmal gesehen, ihr fiel nur nicht ein, wo.

»Wer bist du?«, fragte sie ohne Umschweife.

»Mein Name ist Diann, meine Königin«, antwortete das Mädchen, als müsste dies Rikka Erklärung genug sein.

»Diann«, wiederholte Rikka mit hochgezogenen Augenbrauen. »Diann und sonst nichts? Und was gibt dir das Recht, zu dieser Stunde meine Ruhe zu stören? Außerdem ...«, sie legte die Stirn in Falten, »siehst du nicht wie eine Dienerin aus. Andererseits bist du ganz sicher keine von den Edelfrauen, die zurzeit auf der Burg wohnen. Wie hast du es überhaupt geschafft, hier einzudringen?«

Das junge Mädchen richtete sich zu seiner vollen Größe auf und begegnete Rikkas Blick ohne Angst, dafür aber mit einer gehörigen Portion Stolz, was Rikka widerwilligen Respekt abnötigte.

»Nein, meine Königin«, erwiderte sie selbstbewusst. »Ich bin nicht ›Diann und sonst nichts‹. Mein Name ist Diann 'ahrd Marte 'ahrd Rosmerta. Ich bin Diann, die Tochter von Marte, der Gefährtin Königin Gwenlians; ich bin Diann, die Schwester von Tarannis, der unter Eurem Dolch sein Leben ließ, um Eirion zu retten. Und ich bin Diann, Magierin aus eigenem Recht und Tochter der Göttin, genau wie Ihr es seid.«

Die junge Frau sah Rikka beinahe herausfordernd an und wartete offensichtlich auf eine Erwiderung. Die Dienstmagd, die das Gespräch fassungslos verfolgte, machte eine hastige Bewegung, und Rikka sah aus den Augenwinkeln, dass sie sich mit dem Rücken zur Wand vorsichtig in Richtung der Tür schob. Rikka schenkte ihr genau die Beachtung, die sie verdiente: gar keine.

»Sprich weiter«, sagte sie fasziniert zu dem Mädchen namens Diann. Jetzt erinnerte sie sich auch, woher sie sie kannte: Sie hatte ständig irgendwo in der Burg herumgelungert, meistens in Eirions Gesellschaft. Und sie war Eirions beste Freundin gewesen – ihre einzige Freundin.

»Ich habe mir das Recht genommen, Eure Ruhe zu stören«, fuhr Diann fort, »weil ich Euch meine Dienste anbieten will. Und das so bald wie möglich.« Sie deutete mit dem Kopf auf die graue kleine Magd, die die Zwischentür zum Vorraum nun fast erreicht hatte. »Bevor irgendein unwürdiges Geschöpf wie dieses Euch Ungemach bereiten kann«, setzte Diann hochmütig hinzu.

Rikka dachte belustigt, dass das junge Mädchen ihr ausnehmend gut gefiel. Die Magd war unter Dianns Worten zusammengezuckt, als hätte sie sie geschlagen.

»Und was Eure Frage betrifft, wie ich in die Burg gelangt bin«, sprach sie ruhig weiter, »nun, ich bin praktisch hier aufgewachsen; es gibt kaum ein Geheimnis in dieser Burg, das ich nicht kenne; keinen verborgenen Durchgang, den ich nicht schon hundert Mal benutzt hätte.«

Das leise Klappen einer Tür und von panischer Hast getriebene Schritte verrieten ihnen, dass die Küchenmagd endgültig das Weite gesucht hatte.

Diann und Rikka tauschten einen kurzen, beinahe verschwörerischen Blick, aber bevor Rikka an dieser Vertraulichkeit noch hätte Anstoß nehmen können, machte Diann abermals einen tiefen, demütigen Knicks.

»Ich bin gekommen, Euch meine Dienste als Zofe anzubieten, meine Königin«, wiederholte sie.

Rikka berührte sie an der Schulter, und als Diann sich wieder erhob, sagte sie: »Ich nehme dein Angebot an, Diann 'ahrd Marte 'ahrd Rosmerta, aber ich möchte dich nicht als Zofe in Dienst nehmen, denn ich habe bereits eine Zofe.« Wieder stieg in Rikka das Bild der undurchschaubaren, auf seltsame Weise schönen Sklavin auf, die sie in der Wüste bedient hatte. Dann fügte sie an Diann gewandt hinzu: »Für dich, mein Kind, habe ich eine weit bessere Verwendung, eine um ein Vielfaches größere Aufgabe.« Ein seltsamer Glanz war bei Rikkas Worten in Dianns Augen getreten, und Rikka wusste mit absoluter Sicherheit, dass ihr Instinkt sie nicht getrogen hatte. Diann mochte ihr in hunderterlei Dingen unterlegen sein – natürlich war sie das –, aber sie waren dennoch verwandte Seelen. Die Gier, die sie in den Augen der jüngeren Frau sah, der Hass auf die Welt, die ihr verwehrte, was ihr zustand, und die Entschlossenheit, sich diese Dinge doch noch zu nehmen, ganz gleich, um welchen Preis – all das kannte sie selbst nur zu gut.

»Du wirst meine Gefährtin sein, Diann 'ahrd Marte 'ahrd Rosmerta, meine Vertraute, meine rechte Hand.«

Und es waren keineswegs leere Versprechungen, die sie machte: Noch während sie gesprochen hatte, noch während Dianns Züge erst ungläubiges Staunen, dann selbstbewusstes Begreifen widerspiegelten, war in Rikka ein Plan herangereift, der ihre kühnsten Hoffnungen übertraf.

Mit diesem Trumpf in ihrem Blatt gab es nichts mehr, was sie aufhalten konnte.

Eirion spricht:

Ich habe das Fenster meines Schlafgemachs weit geöffnet, um den Atem der Wüste zu spüren, der in so vielen rastlosen Nächten meinen Geist beruhigt hat, aber seit einigen Wochen – oder sind es bereits Monate? – kann mir selbst die Wüste keinen dauerhaften Frieden mehr schenken. Was geschieht mit mir? Oder ist das, was mich umtreibt, gar nicht in mir, sondern in der Welt? Und woher kommt dieser plötzliche, unwiderstehliche Drang, diese Chronik niederzuschreiben? Dieser Drang, der nun selbst tagsüber, inmitten der lärmenden Betriebsamkeit des Tempelbezirks, meine Gedanken beherrscht, auch wenn ich nur in den Nächten Zeit und Muße zum Schreiben finde?

Der Teller mit meinem Abendessen steht unberührt auf dem kleinen Tischchen neben der Herdstelle: kleine Dreiecke aus einem würzigen, in einem feinen Teigmantel gebackenen Ziegenkäse auf frischem, mittlerweile jedoch schlaff gewordenem Salat – eine seltene Kostbarkeit hier in der Wüste und eine umso traurigere Verschwendung. Ich weiß, dass die Frauen, die in der Küche arbeiten, sich um mich sorgen, denn sie ersinnen täglich neue Leckereien, um mich zum Essen zu ermuntern. Ich sende einen zärtlichen Gedanken zu ihnen – sie sind inzwischen alt geworden, und ich denke mit Schrecken daran, dass ich auch sie, die lange nach mir geboren wurden, wieder werde sterben sehen. Kein Mensch sollte so viel Tod erleben wie ich, sollte immer wieder und wieder Freunden das Geleit in die Stadt der Toten geben müssen, draußen vor den Toren von Léth. Ich habe längst aufgehört, die Generationen zu zählen, die ich habe kommen und gehen sehen. Es ist nicht recht, es kann nicht gewollt sein im großen Plan der Dinge, so viele Abschiede ertragen zu müssen.

Ah, ich werde langsam zu alt für dieses Leben. Der Hader

mit meinem Los vergiftet meine Seele. Und doch – ich weiß, dass ich noch nicht am Ende meines Weges angelangt bin. Meine Kraft muss noch ein Weilchen reichen.

Ich bin von meiner Schreibarbeit aufgestanden und ans Fenster getreten, um meine Gedanken von mir selbst abzulenken. Der Himmel über der Wüste ist voller schimmernder Sterne, tausend Lichter in weiter Ferne, die mir immer wieder helfen, nicht Maß und Perspektive zu verlieren. Beinahe heiter blicke ich auf die beschriebene Seite hinab. Ich sage, ich sei alt, und spreche im gleichen Atemzug von meinem Hader mit Göttern und Schicksal, was entweder ein Vorrecht der Jugend ist oder, wenn es sich bei den Alten zeigt, auf allzu viel ungelebtes Leben hindeutet, auf einen Menschen, der es versäumt hat, am Leben zu wachsen. Wer noch im Alter gegen die Götter zürnt, wer die Sterne betrachtet und keine Demut empfindet, der hat das eigentliche Ziel des Daseins verfehlt: Mensch unter Menschen zu sein.

Denn das ist genug. Das ist wahrhaft alles.

Wieder spüre ich ein Lächeln auf meinen Zügen. Ich weiß, ich werde noch oft an geöffneten Fenstern stehen und den freundlichen Gruß der Sterne brauchen, um mich auf diese Wahrheit zu besinnen. Ich weiß, es wird noch lange dauern, bis auch der letzte bittere Geschmack des Haders aus meiner Seele vertrieben ist. Und ich werde nicht den Fehler machen, mit dem Hader zu hadern. Wenn er erscheint, will ich ihm begegnen, wie man einem Freund begegnet, der einen Irrweg beschritten hat und den man deswegen doch nicht verflucht. Denn auch Irrwege sind Wege, und viele Wege wollen im Leben beschritten sein.

Mein Blick fällt auf das liebevoll angerichtete Mahl, von dem ich keinen Bissen herunterbringen konnte. Die Frauen, die jetzt in der Küche arbeiten, waren zusammen jung, haben zu-

sammen die niederen Priesterinnenweihen und die Kleinen Mysterien erfahren. Ich habe sie alt werden und ihre Kräfte erlahmen sehen. Und doch stehen sie noch immer mit dem ersten Morgenrot über der Wüste auf, um Kerzen für die Göttin zu entzünden, ihre Gebete zu sprechen und für uns andere das Brot zu backen. Brot, das mit so viel Liebe gebacken wird, dass ich es oft kaum ertragen kann, es anzurühren. Die Tränen, die meine Augen nicht weinen können, machen mir das Schlucken unmöglich. Denn ich werde diese Frauen sterben sehen, eine nach der anderen, und das schon sehr bald.

Die Nacht nähert sich ihrem tiefsten, dunkelsten Punkt; ich weiß es auch, ohne nach den Sternen sehen zu müssen, denn die Luft schmeckt anders, wenn es so weit ist.

Und wenn es so weit ist, wenn die Zeit dieser wunderbaren, schlichten Frauen sich erfüllt hat, dann werde ich sie gehen lassen. Ich werde in den letzten Stunden an ihrem Lager sitzen, ihre Hände in meinen halten, und sie ziehen lassen in dem festen Vertrauen, dass wir uns eines Tages in der Göttin wiederfinden werden.

Und wenn dann der Schmerz kommt, dann werde ich auch ihm begegnen.

Mir ist ein wenig leichter ums Herz geworden, und bevor ich mich in ein oder zwei Stunden für eine kurze Nachtruhe zu Bett legen werde, will ich essen, was meine Schwestern mir mit so viel Liebe zubereitet haben.

Aber jetzt werde ich erst einmal den Faden meiner Chronik weiterspinnen, die Geschichte jener sonnendurchfluteten Tage auf der Silbermöwe, *dem großen Handelsschiff.*

Es war eine seltsame Fahrt, diese Reise über den Fluss Ank, der sich durch das Gebiet jenseits der Sümpfe windet. Ich hatte unbewohntes, ödes Land erwartet und staunte nicht wenig, immer wieder zu beiden Seiten des Flusses Dörfer und Sied-

lungen zu sehen, die zum Teil beinahe die Größe von Städten hatten. Gehörte dieses Gebiet noch zu Caernadon oder war es Niemandsland? Ich jedenfalls hatte auf Burg Tarlin nie etwas von einer Provinz in diesem östlichsten Teil des Reichs gehört, die eingebettet zwischen den Sümpfen der Verlorenen und dem Orkischen Gebirge lag.

Das Schiff, auf dem wir segelten, fuhr bis zu unserem Bestimmungsort ohne Fracht, und die Mannschaft gab sich wortkarg und suchte keinerlei Kontakt zu uns, den beiden einzigen Passagieren an Bord. Auch sonst gab es wenig Abwechslung auf unserer sechstägigen Fahrt; ich hatte mich bald daran gewöhnt, dass bei Nachlassen des Windes, wenn die Segel erschlafften, von für uns unsichtbaren Händen die Riemen aus dem Rumpf des Schiffes ausgefahren wurden. Die einzigen Höhepunkte dieser Tage waren die kleinen Boote, die uns von Osten entgegenkamen. Drei Mal begegneten wir solchen Booten auf dem Fluss, Booten, die keine Ähnlichkeit mit denen hatten, die ich aus Tarlin kannte. Sie waren offensichtlich schwer beladen, was mich erstaunte; was konnte es in diesem Teil des Landes geben, dass es sich lohnte, solch große Boote zu bauen, um es nach Orra zu bringen oder vielleicht sogar in die weiter westlich gelegenen Provinzen von Caernadon? Mehr noch als diese Frage fesselten mich jedoch die Menschen, die uns von diesen Booten aus zuwinkten. Ich hatte bei den Jahrmärkten in Tarlin gelegentlich einige Luber gesehen und einmal sogar einer ihrer selten gewordenen Tanzdarbietungen beigewohnt. Die Luber hatten fast silbernes Haar und lange schlanke Gliedmaßen, die sie mit unnachahmlicher Eleganz zu bewegen wussten. Von meiner Ziehmutter Gwenlian hatte ich gehört, dass sie in früheren Zeiten begehrte Tänzer gewesen seien und bei keiner Lustbarkeit in den vornehmen Häusern Tarlins gefehlt hatten. Ihre Tänze waren einfach und doch kunstvoll, und als Kind hatte ich nach der einen Vorstellung, die ich miterlebt hatte, in meinem Zimmer, wenn ich mich unbeobachtet wähnte, oft versucht, ihre scheinbar so mühelosen Bewegungen zu imitieren – vergeblich natürlich, denn mir fehlte die angeborene Grazie und Leichtigkeit dieser begnadeten Tänzer. Ich habe Gwenlian oft sagen hören, wie sehr sie es bedaure, dass die meisten Luber in ihre Heimat am Fluss des Orkischen Gebirges zurückgekehrt waren, da die Reichen in Tarlin ihre Dienste immer seltener in Anspruch nahmen. Als ich diese silberhaarigen Geschöpfe nun auf ihren Booten sah, die sie mit der gleichen selbstverständlichen Anmut handhabten, die ich in ihrem Tanz gesehen hatte, erinnerte ich mich wieder an eine Bemerkung, die meine Ziehmutter einmal gemacht hatte: An den Künsten, an denen ein Volk sich erfreut, kannst du seinen Geist und seine Seele erkennen. Ist die Musik der Menschen starr und freudlos, dann erwarte keine Weite in ihren Seelen. Sind ihre Tänze ohne Feuer und Fantasie, dann hoffe nicht auf Leidenschaft in ihren Herzen. Wenn du auf solche Menschen triffst, dann geh und suche dir deine Freunde an einem anderen Ort.

Ich war noch ein Kind damals und habe den Kummer in Gwenlians Stimme nicht verstanden. Heute jedoch weiß ich, dass sie in Tarlin, wo die Menschen die Freude an den Tänzen der Luber verloren hatten, furchtbar einsam gewesen sein muss.

Wie gesagt, abgesehen von den kurzen Begegnungen mit den Schiffen aus Luba verliefen unsere Tage in ruhigem Gleichmaß – oder zumindest hätte es auf einen unbeteiligten Beobachter diesen Eindruck gemacht.

Und doch sage ich, dass es eine seltsame Fahrt war, und dafür gibt es zwei Gründe. Einmal kam in den Stunden des Schlafs nun immer wieder diese dunkle Traumstimme zu mir, die ich zum ersten Mal in der kurzen Nachtruhe nach unserer

Flucht vor Rikka gehört hatte. Ich hatte sie mir anfangs als einen aus Furcht geborenen Albtraum erklärt, aber seither hatte sich diese Stimme immer wieder beharrlich Zutritt zu meinem Schlaf verschafft. Wenn ich des Morgens erwachte, gelang es mir jedoch stets, die Stimme wieder abzuschütteln, zumal ihre Botschaft, die in meinen Träumen so eindringlich erschien, im Sonnenlicht immer wieder verblasste. Das war der eine Grund. Der andere war Tork.

Aus dem Abstand allzu langer Jahre erscheinen mir diese unwirklichen, stillen Tage viel realer, viel klarer als manch andere Dinge, die zu dieser Zeit meine volle Aufmerksamkeit in Anspruch nahmen.

Tork – der Einsiedler, der doch so viel von der Welt wusste – und ich lebten in einer Art Luftblase, einer schwebenden, schillernden Blase, durch die wir die Menschen um uns herum zwar sehen, aber nicht berühren konnten.

Und wir wollten es auch gar nicht.

Damals wusste ich noch nicht, dass dieses Gefühl, das immer mehr um sich griff in meiner Seele, die Liebe war. Der Wind, der in mein Haar fuhr und es über Torks Wange streichen ließ, dass ich selbst die zarte Berührung auf meiner Haut zu spüren glaubte. Die Nacht, die uns gemeinsam umfing, wenn wir Seite an Seite an der Reling standen und der Bug der Silbermöwe *lautlos die dunklen Wellen des Flusses teilte. Die Morgensonne, die blass und doch verheißungsvoll über den hohen Bergen vor uns emporstieg, einzig um uns mit ihren ersten zaghaften Strahlen zu wärmen … All das waren stumme Boten des Kosmos, mit denen die Liebe zu unseren Herzen sprach.*

Mir waren die Züge des Mannes, der noch wenige Wochen zuvor ein Fremder für mich gewesen war, inzwischen so vertraut geworden, dass ich glaubte, sein Gesicht besser zu kennen als mein eigenes: die hohen, glatten Wangen, auf denen kein Barthaar wuchs, die gerade, ein wenig zu lange Nase, die kleinen, bernsteinfarbenen Einsprengsel in seinen Augen, die in der rechten Iris ein wenig kräftiger ausgeprägt waren als in der linken.

Und ich mochte sein Lachen, das manchmal so unerwartet aus ihm herausbrach wie ein Sonnenstrahl durch dichte Wolken. Er zeigte der Welt die ruhige Selbstsicherheit eines Mannes, den nichts erschüttern konnte, aber ich wusste, dass unter der Oberfläche starke Leidenschaften wohnten.

Eine Wüstennachtigall hat sich vor meinem Fenster niedergelassen, und ich weiß, dass ihr Besuch ein besonderes Geschenk ist, denn diese kleinen, unscheinbaren Vögel, die so großartige Sänger sind, verirren sich nur selten in die Städte. Sie ziehen die Weite und Einsamkeit der Wüste vor, wie ich es täte, hätte ich die Freiheit dazu.

Der betörende, perlende Gesang der Nachtigall fällt wie Tau in meine Gedanken und vermischt sich mit dem sanften Plätschern der Wellen in jenen letzten Stunden an Bord der Silbermöwe …

KAPITEL 25

Eirion betastete den kleinen Lederbeutel, der an einer dünnen Schnur um ihren Hals hing, zusammen mit der Opalkette, einem der wenigen Besitztümer, die Gwenlian ihr hinterlassen hatte. Tork hatte ihr den Beutel mit dem Stein der Gnade noch in den Sümpfen der Verlorenen gegeben, bei ihrer ersten kurzen Rast nach ihrer Flucht aus der brennenden Schäferhütte.

»Ich weiß nicht, was du getan hast oder wie du es gemacht hast«, hatte er gesagt, während der Himmel am östlichen Horizont bereits heller wurde. »Aber ich denke, dies hier gehört dir.« Dann hatte er den Lederbeutel aus seiner Tasche gezogen und ihr um den Hals gehängt. Die lederne Schnur hatte sich in ihren von ihrem wilden Ritt zerzausten Locken verfangen, und Tork hatte behutsam ihre widerspenstigen Haare entwirrt, um ihr nicht wehzutun.

An diese Berührung musste sie jetzt denken, während sie neben Tork am Bug des Schiffes stand, eher als an den unscheinbaren Stein, diesen angeblichen Heilsbringer. Sie hatte den kleinen schwarzen Kristall aus dem Beutel hervorgeholt und sich insgeheim gewundert, dass dieses unscheinbare Objekt solche Macht verheißen konnte; dass dieses kleine Ding ganze Generationen von Hütern beschäftigt hatte, von denen Tork nun der letzte war. Sie erwähnte ihre Enttäuschung ihrem Gefährten gegenüber nicht.

Die *Silbermöwe* fuhr stetig und beinahe lautlos über den dunklen Fluss, und ab und zu glitt ein Schatten über die mondbeschienenen Wellen vor ihnen. Barko flog vor ihnen her, wie er es in den vergangenen Nächten immer getan hatte, wenn das Schiff unter Segeln durch die Dunkelheit fuhr. Es war, als halte der Falke Ausschau nach plötzlichen Stromschnellen oder unsichtbaren Felsenriffen unter der Wasseroberfläche, um sie im Falle einer drohenden Gefahr zu warnen. Eirion setzte kein allzu großes Vertrauen in die seemännischen Fähigkeiten des Kapitäns, aber unter Barkos Schutz fühlte sie sich vollkommen sicher.

»Ich habe in den vergangenen Wochen viele Dinge zu dir gesagt«, durchbrach Tork schließlich das Schweigen, »Dinge, die ungerecht waren und unfreundlich.« Als Eirion etwas erwidern wollte, hob er die Hand, um sie daran zu hindern. Dann sprach er weiter. »Als ich dich in Radschas Wagen das erste Mal sah, war ich entsetzt über deine Jugend, hinter der ich Unreife und Leichtsinn vermutete. Und über deine Schönheit, hinter der ich Eitelkeit und weibliche Torheit zu sehen glaubte«, fügte er hinzu und strich ihr eine Locke aus der Stirn, die eine nächtliche Brise ihr ins Gesicht geweht hatte. »Die Torheit lag auf meiner Seite, Eirion 'ahrd Gwenlian 'ahrd Oda, das wollte ich dir sagen, bevor wir morgen früh von Bord gehen und vielleicht keine Muße mehr für ein solches Gespräch finden, denn wir haben unser Ziel jetzt fast erreicht.«

Wieder hob er die Hand und fuhr ihr sachte mit dem Zeigefinger über die Wange. Eirion hatte das Gefühl, als konzentriere sich alle Wahrnehmung, deren sie fähig war, in diesem kleinen Teil ihres Körpers. Die Berührung, in der so viel Zärtlichkeit lag, schien eine kleine Ewigkeit zu dauern und war doch so schnell vorüber. Als Tork die Hand wieder sinken ließ, verspürte sie mit einem Mal eine entsetzliche Leere in sich, eine Leere, die wie ein körperlicher Schmerz war. Denn sie wusste bereits, was seine nächsten Worte bringen würden.

»Wenn die alten Überlieferungen die Wahrheit sagen«, erklärte er schließlich, und Eirion hörte den Kummer in seiner

Stimme, obwohl seine Miene vollkommen ausdruckslos war, »dann ist es von Luba, dem Bestimmungsort des Schiffes, nur noch ein knapper Tagesmarsch bis zu den Grotten der Seelen. Der Stein der Gnade wird uns durch das Labyrinth der Grotten bis an die Grenzen von Anguli führen.«

Eirion wandte den Blick von Tork ab und sah auf den Fluss hinaus. Der volle runde Mond spiegelte sich vor ihnen silbern auf den Wellen. Doch dann kräuselte sich das Wasser, und das Bild zerbrach in tausend hoffnungslose Splitter.

»Und dort«, sprach Tork weiter, »dort werden sich unsere Wege trennen. Kein Sterblicher vermag den Verbotenen See zu finden; wenn er es versuchte, würde er endlos durch das Land irren, denn die Magie von Anguli stellt einen undurchdringlichen Schutz dar.«

»Aber wenn es wahr ist, dass ich ein Kind vom See bin, dann ...«

Tork lachte leise. »Dann würdest auch du, solange ich bei dir bin, Anguli niemals finden. Die Magie der Schwäne lässt sich nicht überlisten, Eirion. Kein Sterblicher hat Zutritt zu diesem letzten Reich der Unschuld, sonst hätte es nicht all die Jahrtausende überdauert. So haben es die Hüter des Steins von einer Generation auf die nächste weitergegeben, und bisher haben sich die Überlieferungen noch in keinem Punkt geirrt.«

Ein weicher Ausdruck trat in Torks Augen. »Auch nicht, was die Tochter der drei Welten betrifft. Sie ist in der Tat die *Eine, die in den Nebeln der Zeit ausgeharrt hat, um mit Weisheit und Wahrhaftigkeit die Geschicke der Menschen zu lenken.«*

Eirion wollte protestieren, wollte sagen, dass sie einen anderen Weg gehen wollte; sollte die Menschheit sich doch selbst retten, sollten die Götter, die ihr ungebeten ein solches Los zugemessen hatten, ihre Kämpfe doch selbst austragen! Wer wollte schon eine Brücke sein, die nur anderen diente, die anderen Frieden und Freiheit brachte, um den Preis des eigenen Glücks? In diesem Moment war ihr die Welt, waren ihr die Menschen, die sie brauchten, gleichgültig, unendlich gleichgültig.

Sie öffnete den Mund, um all das zu sagen, doch bevor sie sprechen konnte, legte Tork einen Finger auf ihre Lippen, und sein Blick ließ sie verstummen.

Ich werde den Weg beschreiten, den Weg, der mir bestimmt wurde, als die Welt noch ein unschuldiges Kind war und eins mit Himmel und Sternen, mit Feuer und Donner, als alle Dinge noch ein *Ding waren und es weder Wahrheit gab noch Lüge. Es gibt keine Wahl für mich ...*

Wie leicht es gewesen war, diese Worte in Radschas Wagen auszusprechen, wie leicht, auf etwas zu verzichten, von dessen bloßer Existenz sie damals nicht einmal etwas geahnt hatte.

»Es gibt keine Wahl für mich«, wiederholte sie jetzt, obwohl ihre Lippen sich kaum um die Worte formen mochten. »Es gibt keine Wahl für mich ...«

Luba – Eirion hatte ein verschlafenes Fischerdorf erwartet, eine Hand voll ärmlicher, strohgedeckter Hütten und verhärmte, gebeugte Menschen, die zwischen dem Fluss und den schroffen Felsen der Berge um ihr tägliches Überleben kämpften. Hier, wo die Berge abweisend in den Himmel aufragten, wohin sich niemals ein Reisender aus Caernadon verirrte, musste das Leben von Entbehrungen und Einsamkeit geprägt sein – so jedenfalls hatte sie es sich vorgestellt.

Stattdessen hatte das erste Morgenlicht ihnen dichte Wälder gezeigt und kleine, schimmernde Seen zu beiden Seiten des Flusses. Und jetzt empfing sie das bunte Treiben einer sich längs des Flusses erstreckenden Hafenstadt, die durchaus keinen ärmlichen Eindruck machte. Vielleicht lag es daran, dass die Sonne, die sich sonst überall im Land zurückgezogen zu haben schien, hier im Osten ihre volle winterliche Kraft entfaltete; jedenfalls wirkten die Menschen, die dem Schiff vom Ufer aus zuwinkten, fröhlich und zuversichtlich – ein deutlicher Gegensatz zu Orra, wo Eirion allenthalben auf ängstliche Anspannung und Sorge gestoßen war. Auch der drohende Bürgerkrieg, der im übrigen Land wie ein dunkler Schatten über den Gemütern der Menschen lag, schien hier weit fort zu sein. Aber noch während Eirion dieser Gedanke durch den Kopf ging, entdeckte sie etwas, das sie beunruhigte. Sie beschirmte die Augen mit einer Hand, um durch das grelle Sonnenlicht zu spähen. Die Segel des Schiffes waren gestrichen worden, kurz bevor sie sich dem Hafenbecken genähert hatten, und die Ruderer manövrierten das Schiff nun geschickt auf seinen Anlegeplatz zu. In wenigen Minuten würden sie ihr Ziel erreichen, und sie konnten bereits die Kleidung einzelner Gestalten in der großen Menschenmenge am Hafen erkennen.

»Soldaten«, sagte Tork, der neben ihr stand, leise und wie zur Antwort auf Eirions Gedanken.

Eirion blickte verwirrt zu ihm auf. »Aber sie tragen nicht die Uniform der caernadonischen Armee«, entgegnete sie. »Was hat das zu bedeuten?«

Tork sah konzentriert zum Hafen hinüber. Die Männer unter Deck hatten die Ruder eingezogen, und das Schiff glitt nun sehr langsam auf das Ufer zu. »Ich fürchte, es liefert uns die Erklärung dafür, warum ein so riesiges Schiff wie dieses ohne Fracht die weite Fahrt von Tarlin, oder wo immer es herkommt, bis an diesen entlegenen Ort unternommen hat«, sagte er und zeigte auf das gähnend leere Deck, wo gut und gern hundert Männer Platz finden konnten.

Die Kaimauer kam jetzt immer näher, und vom Vorschiff wurden die ersten Festmachleinen an Land ausgebracht. Dann schwenkte auch das Heck des Schiffs sanft Richtung Kai, und auch von dort gingen Matronen mit Leinen an Land.

Eirion bemerkte die Seeleute an Deck kaum; sie hatte nur Augen für die Krieger im Hafen. Die Männer trugen gut geschnittene schwarze Uniformen, die offensichtlich noch ganz neu waren und von weitaus besserer Qualität, als Uisnachs Soldaten sie je besessen hatten. Vor allem aber fiel ihr der in leuchtendem Purpur aufgestickte Fálsstab auf der Brustseite ihrer Uniformmäntel auf. Allerdings war es nicht das altvertraute, stilisierte Bild des geschwungenen Stabs, das Eirions Aufmerksamkeit fesselte, sondern etwas anderes: Am unteren Ende des Stabs hockte ein bronzefarbenes, sprungbereites Tier, das den Stab auf einer überlangen Zunge zu balancieren schien. Eirion kniff die Augen zusammen. Das Tier sah ebenso seltsam wie bedrohlich aus; sein Kopf war im Verhältnis zum übrigen Körper zu klein, und aus seiner Stirn wuchs ein langes, spitzes Horn. Eirion war sich ganz sicher, dass sie eine solche Kreatur noch nie gesehen hatte. Sie sah Tork fragend an.

Die Nasenflügel des Einsiedlers bebten leicht, und seine blauen Augen wirkten fast schwarz, so dass die hellen Einsprengsel in der Iris deutlicher denn je hervorstachen. Einen Moment lang vergaß Eirion die Krieger am Ufer und streckte die Hand nach ihm aus. Aber dann begann er plötzlich zu sprechen. »Der Suscha-Tiger«, sagte er mit fremder, rauer Stimme, und Eirion ließ die Hand wieder sinken, ohne ihn berührt zu haben. »Ein mystisches Tier«, fuhr er fort, »das den alten Legenden zufolge vor vielen tausend Jahren etwa in der Gegend des heutigen Ubari gelebt haben soll. Der Suscha-Tiger war, wenn es ihn denn wirklich gegeben hat, der gefährlichste Räuber unter den Tieren. Mit seinem dolchscharfen, unzerbrechlichen Horn konnte er jeden Gegner in Stücke reißen, und nicht einmal die Bewohner der Sieben Reiche der

Unschuld waren vor ihm sicher, so behaupten es jedenfalls die alten Schriften. Angeblich beherrschten die Tiger zu ihrer Zeit bereits das ganze Gebiet zwischen den beiden Bergketten, die das heutige Ubari von Westen und Osten einschließen, und waren im Begriff, ihr Territorium auch über die Berge hinaus auszudehnen, um sich den ganzen Ork Nuado untertan zu machen.«

»Aber dazu ist es nicht gekommen. Was ist passiert?«, fragte Eirion, die jetzt wieder wie gebannt die Uniformröcke der Soldaten betrachtete.

Tork lachte leise. »Nun, wie gesagt, das alles stammt aus uralten Legenden, von denen nur Bruchstücke erhalten geblieben sind«, erklärte. »Mag sein, dass es nur Märchen sind. Aber wie dem auch sei, es heißt, in der Zeit der Sieben Reiche seien die Suscha-Tiger nach und nach ausgestorben, vielleicht weil es in einer Welt, die von Liebe und gegenseitiger Achtung geprägt war, keinen Platz mehr für solch räuberische Geschöpfe gab. Die alten Schriften halten es jedoch auch für möglich, dass die Tiger sich in die Berge im Osten zurückgezogen haben, wo kein menschliches Wesen überleben kann. Vielleicht harren sie dort aus und warten auf die Zeit, da sie in die Täler zurückkehren können.«

Nur ein leichter Ruck fuhr durch die *Silbermöwe,* als sie gegen die Dalben an der Kaimauer gedrückt wurde. Eirion hörte den Bootsmann knappe Kommandos geben, während die Leinen an Land belegt wurden.

»Fest steht nur«, sprach Tork weiter, »dass ein Herrscher, der sich den Suscha-Tiger zum Wappentier gewählt hat, ohne Skrupel oder Gnade seinen Weg zu gehen beabsichtigt.«

»Marban«, flüsterte Eirion.

»Wer sonst?«

Die lange Laufplanke wurde heruntergelassen, und jetzt

war der Jubel der Menschenmenge im Hafen so groß, dass ein weiteres Gespräch unmöglich wurde.

Tork schulterte sein Bündel, das fest verzurrt zu seinen Füßen bereitgestanden hatte, und Eirion tat es ihm nach. Nun erst wurde ihr die schneidende Kälte bewusst, die trotz des strahlenden Sonnenscheins herrschte. Hier, in unmittelbarer Nähe der Berge, deren Gipfel das ganze Jahr über vereist waren, war es im Augenblick selbst für den Schnee zu kalt, und Eirion konnte mit ihren steifen, rot verfrorenen Fingern die Tragriemen ihres Bündels kaum festhalten.

Tork half ihr mit selbstverständlicher Gelassenheit, das Gepäck zu schultern. Dann wandten sie sich von der Reling ab, um von Bord zu gehen. Bevor sie jedoch den ersten Schritt in Richtung der Laufplanke tun konnte, hielt Eirion verwundert inne. So sehr hatten die Menschen am Ufer ihre Aufmerksamkeit gefesselt, dass sie ihre unmittelbare Umgebung überhaupt nicht mehr wahrgenommen hatte. Tork musste es ähnlich ergangen sein, denn sie hörte, wie er neben ihr scharf die Luft durch die Zähne zog.

Auf dem Deck wimmelte es von Männern, die allesamt auf die Laufplanke zudrängten. Es mussten die Ruderer sein, die während der ganzen Flussfahrt für sie unsichtbar geblieben waren. Eirion erkannte sie sofort, schließlich hatte sie in Tarlin Hunderte dieser Menschen gesehen. Es waren Sonnianer, Sklaven, die Uisnachs Heere aus ihrer Heimat jenseits der Berge von Kokonda geraubt hatten. Auch in Gefangenschaft hielten sie, so gut sie es vermochten, an ihren Sitten fest und rasierten sich bis auf einen schmalen Streifen in der Mitte des Schädels die Köpfe. Und trotz der Kälte und des eisigen Windes von den Bergen weigerten sie sich, irgendeine Kopfbedeckung zu tragen. Stolz und schweigend gingen sie auf die Laufplanke zu.

»Und vergesst nicht«, wurde plötzlich eine Stimme neben Eirion laut. Der kleinwüchsige, unsympathische Kapitän der *Silbermöwe* war neben ihr aufgetaucht. »Für jeden, der heute Abend bei Sonnenuntergang nicht zurück ist, werden zehn von euch anderen sterben.« Er lachte unangenehm; die Sonnianer gingen weiter, als hätten sie ihn nicht gehört. »Und ich werde dafür sorgen, dass es ein langes und qualvolles Sterben für sie sein wird!«, fügte Kapitän Mo hinzu.

Eirion schauderte, nahm sich jedoch ein Beispiel an den Sklaven und beachtete den Mann nicht weiter. Sie spürte Torks Hand an ihrem Ellbogen und entspannte sich ein wenig. Sie blieben ein wenig zurück, um den Sonnianern den Vortritt zu lassen. Einmal kreuzte sich Eirions Blick mit dem eines Sklaven. Sie las Verachtung in den Augen des Mannes und antwortete mit Freundlichkeit. Der Sonnianer musterte sie prüfend, zögerte und neigte dann den Kopf zu einem kurzen Gruß, bevor er seinen Weg fortsetzte. Es war nur eine flüchtige, wortlose Begegnung gewesen, aber wie schon als Kind hatte Eirion das Gefühl, auf innige Weise mit diesen fremdartigen, stolzen Menschen verbunden zu sein und in ihr Herz blicken zu können. Und genau wie damals, als sie mit neun Jahren neben ihrer Ziehmutter auf dem Balkon von Burg Tarlin gestanden hatte und Uisnachs triumphierende Rückkehr von einem seiner Sklavenfeldzüge miterlebt hatte, verspürte sie den leidenschaftlichen Wunsch, den Sonnianern Freiheit und Würde zurückzugeben.

Wer will schon eine Brücke sein, die nur anderen dient, um den Preis des eigenen Glücks?, hörte sie in ihrem Kopf noch einmal den Gedanken, den sie erst vor wenigen Stunden um ein Haar laut herausgeschrien hätte. Sie sah dem Mann nach, der zwischen zwei seiner Gefährten sicheren Schritts die Laufplanke hinunterging.

Eine Brücke sein ...

Als Eirion an die Reihe kam, die Laufplanke hinunterzugehen, und das schwere, dicke Brett unter ihren Füßen federte, war ihr das Gefühl, an Bord der *Silbermöwe* einen Teil ihrer Seele zurückzulassen, ein wenig erträglicher geworden.

»Ich hätte nie gedacht, dass Luba so groß ist«, bemerkte Eirion, »und ich glaube nicht, dass irgendjemand in Tarlin auch nur eine Ahnung davon hat, wie viele Menschen hier leben!«

Tork antwortete ihr nicht sofort, denn er nahm gerade den ersten Schluck von dem starken, dunklen Tee, den die Luber mit einer dicken Sahnehaube servierten.

Sie waren in einer behaglichen, zu dieser frühen Stunde des Tages noch kaum besuchten Taverne eingekehrt, um sich ein wenig aufzuwärmen, und saßen nun in einer Fensternische, von der aus sie die ganze Schankstube im Blick hatten, aber dennoch für sich waren.

Zuvor hatten sie einen Spaziergang durch die Stadt unternommen, in der gerade Markttag sein musste; anders konnte sich Eirion das bunte Gedränge und die vielen kleinen Verkaufsstände nicht erklären, die in fast allen Gassen zu finden waren. Die Luber, die dort ihre Waren feilboten, schienen unempfindlich gegen die Kälte zu sein, denn sie waren mit so dünnen, leichten Stoffen bekleidet, dass Eirion schon beim Hinsehen gefroren hatte. An einer der Buden waren sie schließlich etwas länger stehen geblieben, und Eirion hatte ein farbenfrohes Schultertuch erstanden, das mit seinen warmen Kupfer- und Rottönen zu ihrem Haar passte, als sei es eigens für sie angefertigt worden. Jetzt lag es auf ihrem Schoß und verströmte eine wohlige Wärme. Eirion lächelte. Das also war das Geheimnis der Luber, der Grund, warum sie mit diesen dünnen Stoffen auskamen.

Tork setzte seinen Becher ab und sah Eirion an. Er hatte wohl nicht bedacht, dass die dicke, süße Sahne ihre Spuren in seinem Gesicht hinterlassen würde, jedenfalls zeichnete sich jetzt auf seiner Oberlippe ein weißer, schaumiger Kranz ab, was ihn mit einem Mal jung und verletzlich erscheinen ließ. Eirions Lächeln vertiefte sich, und Tork zog fragend die Augenbrauen hoch. Dann erfasste er die Situation und fuhr sich verlegen mit dem Handrücken über den Mund. In den Mundwinkeln blieben immer noch Reste der Sahne zurück, aber Eirion hütete sich, ihn darauf hinzuweisen. Aus irgendeinem Grund gefiel es ihr, ihn so zu sehen. Und sie wusste, dass sie dieses Bild neben all den anderen, ernsteren von ihm, die sich ihr eingeprägt hatten, niemals vergessen würde.

»Ich fürchte, dass es zumindest einen Mann in Tarlin gibt, der nur allzu genau weiß, wie viele Menschen hier leben«, erklärte Tork nun zur Antwort auf die Bemerkung, die Eirion kurz zuvor gemacht hatte.

Eirion nickte langsam. »Aber woher kann er das nur wissen?«, fragte sie. »Nicht einmal König Uisnach wusste es, davon bin ich fest überzeugt.«

Tork zuckte die Achseln. »Es ist ein weiter Weg von Tarlin nach Luba; auf dem Landweg muss man die Sümpfe der Verlorenen durchqueren, und du weißt selbst, wie sehr die Caernadonier sich vor den Sümpfen fürchten.« Tork runzelte die Stirn. »Bis auf diese jungen Narren, die in letzter Zeit wieder in Scharen dort verschwunden sind.«

»Und Schiffe wie die *Silbermöwe* hat es bisher nie gegeben«, ergänzte Eirion nachdenklich, »so dass der Weg über den Ank ebenfalls zu beschwerlich gewesen wäre. Aber trotzdem muss Marban irgendwie erfahren haben, dass ...«

»Wie er es erfahren hat, ist im Grunde gleichgültig«, unterbrach Tork sie. »Fest steht nur, dass er es weiß und dass er hier ein gewaltiges Truppenkontingent angeheuert hat.«

Plötzlich wurde die hölzerne Schwingtür, die zur Küche führte, aufgestoßen, und Eirion wandte den Kopf um. Ein kleines Kind von vielleicht zwei oder drei Jahren kam jauchzend in den Schankraum gelaufen. Es sah sich kurz um und trippelte dann zielstrebig auf Eirion zu. Seine silbern schimmernden Locken flatterten wie eine fröhliche Fahne hinter ihm her. Vor Eirion angekommen, stellte sich der Knirps – Eirion konnte unmöglich erkennen, ob es ein Junge oder ein Mädchen war – auf die Zehenspitzen, spähte erst neugierig in ihr Gesicht und packte dann mit einer kleinen, nicht ganz sauberen Faust eine Strähne von ihrem Haar. Belustigt nahm Eirion das Kind hoch und setzte es sich auf den Schoß.

»Hallo«, sagte sie lächelnd. »Wer bist denn du?«

Das Kind tippte sich mit dem Zeigefinger auf die Brust. »Ich!«, zwitscherte es vergnügt und beschäftigte sich dann wieder mit Eirions kupferfarbenen Locken, als seien sie das faszinierendste Spielzeug auf der Welt.

»Sie – oder er – hat wohl noch nie rotes Haar gesehen«, bemerkte Tork und lächelte Eirion, immer noch mit weißen Sahnezipfeln in seinen Mundwinkeln, zu.

Das Kind hatte ob der freundlichen Behandlung Mut gefasst und zog jetzt kräftiger an Eirions Locken.

»Au!«, lachte sie. Die dunklen Augen des Kindes blickten schelmisch auf, und Eirion dachte, wie schon so oft an diesem Tag, was für schöne Menschen die Luber doch waren, mit ihren geschmeidigen Gliedern und dem seidigen, silbernen Haar, das einen seltsamen Kontrast zu ihren dunkelbraunen Augen darstellte.

Im nächsten Moment ließ das Kind jedoch abrupt von ihr ab und rutschte von ihrem Schoß. Als Eirion verwundert aufblickte, erkannte sie auch den Grund dafür. Die Tür zur Küche hatte sich abermals geöffnet, und eine junge Luberin war herausgetreten.

»Ich geht!«, rief das Kind und rannte lachend davon. Die junge Frau lief ihm nach, aber das Kind war für sein Alter erstaunlich flink. Kein caernadonisches Kind in diesem Alter würde ihm das nachmachen, schoss es Eirion durch den Kopf, während das Kleine geschickt seine Haken zwischen den Tischen und Stühlen im Raum schlug. Dann jedoch wurde es unvorsichtig, denn als es zwischen zwei dicht nebeneinander stehenden Stühlen hindurchlief, kippte einer davon polternd um. Bestürzt blieb das Kind stehen, und die junge Luberin, seine Mutter wahrscheinlich, nutzte die Gelegenheit, um es einzufangen und vom Boden aufzunehmen.

»Ich spielt«, erklärte das Kind halb abbittend, halb anklagend.

»Ich *spiele,* Aischa«, verbesserte es die Mutter.

»Mama auch spielt«, erwiderte das Kind strahlend, und die junge Luberin seufzte. Dann kam sie, ihre Tochter auf der Hüfte, an Eirions Tisch.

»Ihr müsst verzeihen«, sagte sie entschuldigend. »Ich habe ihr immer wieder verboten, die Gäste zu belästigen.«

»Sie hat uns nicht belästigt«, protestierte Eirion.

»Haare!«, rief die Kleine und sah zwischen Eirion und ihrer Mutter hin und her. Eirion stand auf und strich Aischa über den Kopf. Aischa streckte sofort wieder ihre kleine Hand aus und wickelte eine von Eirions flammend roten Locken darum.

Es war nur eine kleine Berührung und doch voller inniger Zärtlichkeit und Nähe. Eirion sah in einem einzigen Augenblick das Leben des kleinen Mädchens vor sich, wie es zur Frau heranreifte, wie es die Liebe fand und selbst Kinder gebar, fröhliche, silberhaarige kleine Geschöpfe, die das Lachen und die Anmut ihrer Rasse in die nächste Generation hineintragen würden.

Die Welt wird in Finsternis versinken, eine Finsternis, die nie mehr enden wird, eine Nacht, aus der kein Tag geboren werden kann.

Das Bild in Eirions Innern veränderte sich jäh. Wieder zeigte es ihr Aischa – verhärmt und trostlos diesmal, mit stumpfen, hoffnungslosen Augen, und auch ihre Kinder hatten kein Lachen mehr, das sie weitertragen konnten.

Eirion tauchte aus ihrer ungebetenen Vision auf und sah wieder die kleine Aischa, für die die Zukunft zwei Wege bereithielt. Und von ihr, Eirion, hing es ab, welcher von beiden es sein würde.

Eine Brücke sein ...

Als Eirion das Kind zum letzten Mal ansah, bevor seine Mutter es in die Küche zurücktrug, war ihr Blick ein Versprechen.

KAPITEL 26

Sie saßen noch immer in der Taverne, die sich inzwischen mit Gästen gefüllt hatte.

Nachdem Aischa wieder mit ihrer Mutter in der Küche verschwunden war, hatte Tork lange geschwiegen und schließlich bemerkt: »Du hast dein Schicksal also endgültig angenommen, Tochter der drei Welten.« Es war keine Frage gewesen, sondern eine Feststellung. Dann hatte er nach Eirions Hand gegriffen, und sie hatte seinen Kummer ebenso deutlich gespürt wie ihren eigenen. Dennoch war die Rebellion, die sie noch wenige Stunden zuvor an Bord der *Silbermöwe* verspürt hatte, aus ihrem Herzen gewichen, und es hatte sie nicht verwundert, dass Tork beides wahrgenommen hatte, sowohl den Hader mit ihrem Schicksal als auch später die demütige Unterwerfung unter den Willen der Götter.

Zwei scheinbar so unwichtige, kurze Begegnungen mit fremden Menschen, die einander nicht unähnlicher hätten sein können, ein Sklave aus dem südlichen Sonniana und ein kleines Lubermädchen. Aber hinter ihnen, das war Eirion in diesen kurzen Augenblicken klar geworden, standen Tausende und Abertausende anderer, die ein Recht auf Leben und Zukunft hatten.

Aischas Mutter stellte soeben dampfende Suppenschalen vor die Gäste am Nachbartisch, und Tork machte ihr ein Zeichen, auch zu ihnen zu kommen. »Wir sollten etwas essen und uns dann um ein Quartier für die Nacht kümmern«, sagte er an Eirion gewandt. Dann bestellte er bei der jungen Luberin die gleiche Suppe, die auch alle anderen Gäste zu essen schienen, und das mit sichtlichem Behagen.

Eirion, die in der letzten Stunde ganz und gar mit sich selbst beschäftigt gewesen war, sah sich in der Taverne um. Die übrigen Gäste waren ausnahmslos Luber, und ihre Anwesenheit gab der Schankstube eine vollkommen neue Atmosphäre. Für gewöhnlich hatte Eirion das Gefühl, dass ein Raum enger wurde, wenn er sich füllte. Hier jedoch schien es sich geradezu umgekehrt zu verhalten. Die Taverne wirkte plötzlich größer und weiter als zuvor, mit all diesen Menschen, deren Haar das Licht, das durch die Fenster fiel, zu vervielfachen schien.

Aischas Mutter, von der sie inzwischen wussten, dass sie Elija hieß, stellte kurz darauf mit einer graziösen Bewegung die schweren Suppenschalen vor sie hin. »Die Spezialität des Hauses«, sagte sie und lachte dann. »Genau genommen ist es die Spezialität Lubas. Wir Luber sind, was das Essen angeht, nicht so sehr auf Abwechslung erpicht wie die Menschen hinter den Sümpfen.«

Eirion sah sie fragend an.

»Meine Großmutter hat als Tänzerin in der Hauptstadt gearbeitet«, erklärte Elija, »und sie hat viel von dem Leben dort erzählt, auch von den großen Banketten, bei denen es zwanzig und mehr verschiedene Speisen gab. Bei uns gibt es eigentlich nur ein Gericht: Manjoli. Das ist ein Fischeintopf«, setzte sie erklärend hinzu. »Das heißt, im Winter ist es ein Eintopf mit scharfen Gewürzen, die innere Wärme geben. Das Sommermanjoli ist eher eine Suppe und wird mit frischen Kräutern gekocht, vor allem mit Bergminze, die eine angenehm kühlende Wirkung hat.«

Tork deutete auf den dritten, freien Stuhl an ihrem Tisch. »Möchtest du uns nicht Gesellschaft leisten?«, fragte er. »Das heißt, wenn du Zeit hast.«

Elija sah sich kurz im Raum um. Alle Gäste waren für den Augenblick zufrieden.

»Ihr lebt, wie ich sehe, in einigem Wohlstand«, bemerkte Tork, nachdem Elija zwischen ihnen Platz genommen hatte. »Das ist in den übrigen Provinzen des Landes zurzeit anders.«

Elija nickte. »Das stimmt, aber auch wir haben harte Jahre hinter uns. Früher haben uns die Tänzer mit all dem Reichtum versorgt, den sie jenseits der Sümpfe erarbeiteten.« Sie legte die Stirn in Falten. »Aber dann kam die Zeit, da die Menschen ihrer Kunst überdrüssig wurden, und schließlich kehrten die meisten von ihnen in ihre Heimat zurück. Eine Weile konnten wir noch unsere Felle und unsere Stoffe nach Orra verkaufen, von wo aus sie in die anderen Provinzen gebracht wurden. Vor etwa fünfzehn Jahren jedoch machte sich die wachsende Armut im Land auch bei uns bemerkbar; immer weniger Menschen konnten sich Dinge leisten, die sie nicht dringend zum Überleben brauchten.«

»Aber das muss sich irgendwann wieder geändert haben, nicht wahr?«, hakte Tork nach, und Eirion begriff, dass er mit seinen Fragen ein bestimmtes Ziel verfolgte.

Elijas Miene hellte sich auf. »Ja. Plötzlich ist wieder Gold ins Land gekommen, mehr noch als selbst in den besten Zeiten unserer Tänzer. Unsere Stoffe, die wir von den Laran-Schafen gewinnen, halten im Winter wunderbar warm und sorgen gleichzeitig dafür, dass man auch im heißesten Sommer nicht schwitzt. Der neue König hat Hunderte von Ballen gekauft, die seit Jahren in unseren Lagern gelegen hatten. Und er hat auch hier in Luba die Uniformen für sein Heer schneidern lassen. Wir haben nämlich nicht nur begabte Spinner und Weber hier in Luba, sondern auch Schneider, die ihr Handwerk verstehen wie nur wenige andere«, fügte sie voller Stolz hinzu.

»Der neue König«, wiederholte Tork beiläufig. »Du meinst König Braan?«

Elija schüttelte den Kopf, und ihr Haar, das sich nur bei den kleinen Kindern gelegentlich lockte, bei den erwachsenen Lubern jedoch stets vollkommen glatt war, umspielte ihr Gesicht wie eine silberne Wolke. »Den Namen habe ich noch nie gehört«, erklärte sie verwundert. »König Braan?«

Eirion und Tork tauschten einen vielsagenden Blick.

»Ihr müsst Euch irren«, fuhr sie fort. »Der Mann, dem wir unseren neuen Reichtum verdanken, heißt Marban. König Marban.«

»König Marban«, sagte Tork und nickte langsam. »Aha. Und wann hat ... König Marban ... die Stoffe und die Uniformen bei euch in Auftrag gegeben?«

Elija dachte kurz nach. »Vor zwei Jahren, glaube ich, nein eher vor drei Jahren – ich lag gerade mit Aischa in den Wehen, als Boten aus dem Westen nach Luba kamen. Und noch bevor ich das Wochenbett verließ, hatten die ersten Schneider ihre Arbeit aufgenommen.«

Wieder tauschten Eirion und Tork einen Blick. Vor drei Jahren!

»Aber ...«, fuhr Eirion heftig auf. Doch Tork kam ihr zuvor.

Mit ruhigem, scheinbar desinteressiertem Tonfall fragte er: »War er damals schon König, dieser Marban?«

»Ich ...« Elija zögerte. »Ich glaube nicht ... aber er muss wohl der Thronerbe des alten Königs gewesen sein, denn er war sich seiner Sache ganz sicher. Wahrscheinlich war der alte König krank. Jedenfalls wusste Marban ziemlich genau, dass er die Stoffe und Uniformen bald benötigen würde.«

Tork setzte zu einer weiteren Frage an, als in unmittelbarer Nähe ihres Tisches mehrere Stühle über den Boden scharrten.

Elija stand sofort auf, um die neuen Gäste freundlich zu begrüßen.

»Fischsuppe!«, rief kurz darauf einer der Männer am Nachbartisch. Er saß mit dem Rücken zu ihnen hinter einer niedrigen Trennwand, so dass sie sein Gesicht nicht sehen konnten. Aber Eirion erkannte seine Stimme sofort. Es war der Kapitän der *Silbermöwe*. Und die vier Männer, die mit ihm gekommen waren, waren keine Luber.

»Ich habe seit Wochen nur Fisch gegessen, und ich werde heute ganz sicher nicht auch welchen essen! Bring mir einen Braten, Weib! Einen schönen, saftigen Braten mit einer fetten Sauce!«

»Ich weiß nicht, Herr, ob wir Fleisch in der Küche haben«, erwiderte Elija befangen. »Für gewöhnlich essen wir ...«

»Es schert mich nicht, was ihr esst, hörst du?«, polterte Kapitän Mo, und Eirion wünschte, er hätte sich eine andere Taverne ausgesucht, vielleicht am entfernten Ende der Stadt, jedenfalls möglichst weit weg von dieser hier.

»Ich werde meinen Mann fragen, was er Euch anbieten kann«, sagte Elija und eilte in Richtung Küche davon.

»Also«, erklärte Kapitän Mo selbstzufrieden, sobald sie fort war. »Was habt Ihr mir anzubieten? Aber ich sage Euch gleich, Männer habe ich für die Rückfahrt mehr als genug, selbst wenn ein paar von diesen sonnianischen Hunden heute Abend nicht zurückkommen und ich die Hälfte dieser faulen Tiere auspeitschen und kielholen lasse. Wenn Ihr mir also Eure Arbeitskraft anbieten wollt, dann verschwendet Ihr nur Eure Zeit – und meine.« Dann fügte er mit mehr als nur einer Spur Habgier in der Stimme hinzu: »Habt Ihr Gold?«

»Nein«, antwortete der junge Mann, der Mo gegenübersaß.

»Dann vergesst es!« Mos Interesse war sofort wieder erloschen.

»Nicht so schnell!« Ein dunkelhaariger Mann, anscheinend der Wortführer der kleinen Gruppe, hob die Hand. Eirion bemerkte, dass sie ihn die ganze Zeit über angestarrt hatte, senkte hastig den Blick und nahm einen Löffel von dem köstlichen, heißen Fischeintopf. Etwas an dem Mann kam ihr merkwürdig vertraut vor, obwohl sie sich sicher war, dass sie weder ihn noch seine Begleiter je zuvor gesehen hatte.

»Wir haben etwas«, fuhr der Mann fort, »das noch mehr wert ist als Gold.«

»Mehr wert als Gold?«, fragte Mo, der nun wieder ganz bei der Sache war. »Edelsteine?«

»Es ist auch mehr wert als Edelsteine.«

Der Fremde griff nach dem Bündel zu seinen Füßen, doch einer seiner Kameraden, ein halbes Kind noch, wie Eirion schien, hielt ihn fest. »Ergar«, zischte er. »Nein!«

»Halt den Mund, Josa!« Der Mann, der Ergar genannt wurde, schüttelte die Hand des Jungen ab. »Wir haben ... das hier«, erklärte er großspurig und zog etwas aus seinem Bündel, das er dem Kapitän hinhielt. Eirion spähte zum Nebentisch hinüber, doch sie konnte nicht genau erkennen, was es war; sie sah nur, dass es etwas Schimmerndes, Weißes war.

Kapitän Mo schnalzte mit der Zunge. »Das soll kostbarer sein als Gold und Edelsteine?«, rief er abfällig.

»Seid Ihr immer so voreilig, Kapitän?«, entgegnete Ergar, stand auf und ging um den Tisch herum. Er nahm dem Kapitän das kleine Päckchen ab und hielt es hoch.

»Ergar«, flüsterte der Junge, Josa, der mit ihm gekommen war, warnend. Aber Ergar beachtete ihn nicht. Mit einer dramatischen Gebärde wie ein Schausteller auf einem Jahrmarkt entrollte er das Päckchen. Eirion beobachtete mit weit aufgerissenen Augen, wie Meter um Meter eines feinen weißen Stoffes zu Boden floss. Der kleine Ballen Stoff schien genug Material für ein Dutzend Ballkleider zu liefern.

»Die vornehmen Damen in Tarlin werden Euch anflehen, ihnen ein paar Meter davon zu überlassen, ganz gleich zu welchem Preis.« Ergar machte sich daran, den Stoff wieder aufzuwickeln, der nicht die kleinste Knitterfalte aufwies, obwohl er zu einem winzigen Bündel verschnürt gewesen war.

»Habt Ihr noch mehr davon?« Es erstaunte Eirion nicht, dass das die erste Frage war, die Mo in den Sinn kam.

Ergar lachte. »Nicht so gierig, Kapitän. Wir haben noch viel vor; wir wollen die ganze Welt sehen, alles, Macassar und Tarlin, Kokonda im Süden und die Wüste dahinter – alles! Und das ist der einzige Schatz, den wir besitzen. Dieses Bündel für die Reise auf Eurem Schiff für uns vier, oder wir werden einen anderen Weg durch die Sümpfe finden.«

Kapitän Mo zögerte nur kurz, dann willigte er in den Handel ein. »Also gut«, sagte er. »Aber verratet mir noch eins, wie nennt sich dieser Stoff, von dem dreißig Meter oder mehr nur einen kleinen Ballen ergeben?«

Ohne auf den Protest seiner Begleiter zu achten, die jetzt wie aus einem Mund zu sprechen begannen, gab Ergar dem Kapitän Antwort auf seine Frage. »Das«, sagte er laut, »das ist Anguli-Seide.«

»Was hat das zu bedeuten?« Eirion eilte atemlos neben Tork her, der mit langen, zornigen Schritten durch das Gewirr der ungezählten, verwinkelten Straßen Lubas lief, in denen Eirion selbst kaum die Orientierung behielt.

In einer kleinen Gasse, in der sich dicht an dicht die bunt bemalten Steinhäuser der Luber schmiegten, blieb Tork plötzlich stehen, wandte sich zu ihr um und packte sie an den Schultern. »Das bedeutet«, stieß er grimmig hervor, »dass das letzte Reich der Unschuld nicht mehr existiert. Es bedeutet, dass kein Verlass mehr ist auf das Volk vom See.«

»Du meinst, diese Männer sind Schwäne?«, fragte Eirion, obwohl sie die Antwort bereits kannte. »Aber wieso sind sie ...«

»Ich weiß auch nicht, warum sie hier sind, Eirion«, erwiderte

Tork, und eine weiße Atemwolke stieg von seinen Lippen auf. »Ich weiß nur, dass sie nicht hier sein *dürften*. Und erst recht dürften sie die Schätze Angulis nicht in die Welt der Dinge bringen. Wenn schon die Sümpfe der Verlorenen Narren und Abenteurer in Scharen anlocken, obwohl sie nichts zu bieten haben außer dem Geheimnis, das sie umgibt, was glaubst du, wird erst geschehen, wenn die Menschen erfahren, dass eins der sagenumwobenen alten Reiche tatsächlich noch existiert?«

»Aber du hast doch gesagt, kein Sterblicher könne Anguli finden«, wandte Eirion ein und blickte zum Himmel auf, wo Barko ihnen, seit sie das Schiff verlassen hatten, beharrlich folgte. Zum ersten Mal kam ihr der Gedanke, dass sie sich in Anguli auch von ihrem Falken würde trennen müssen und damit auch ihren letzten Freund verlor. Sie beobachtete Barko eine ganze Weile, wie er ruhig und sicher über ihnen seine Kreise zog. Es war kaum vorstellbar für sie, dass sie ihn schon morgen nicht mehr am Himmel finden sollte, wenn sie nach ihm Ausschau hielt. Dann wandte sie sich wieder Tork zu. Er hatte ihre Frage noch immer nicht beantwortet. »Kein Sterblicher kann Anguli finden, so ist es doch, oder?«, wiederholte sie.

Tork zögerte, und Eirion spürte, wie Furcht in ihr aufstieg. »Unter normalen Umständen nicht, nein«, sagte er langsam.

»Und unter ›anormalen‹ Umständen?«

»Weißt du, was die Konvention von Táin Buláll ist?«

Eirion nickte ungeduldig. »Meine Mutter war eine Magierin aus dem Alten Reich«, sagte sie. »Natürlich kenne ich die Konvention von Táin Buláll.«

»Dann weißt du auch, was die ›Verbotenen Flüche‹ sind.« Tork, der sie die ganze Zeit über an den Schultern festgehalten hatte, ließ die Hände sinken. Eine Gruppe junger Luber kam lachend und plaudernd in ihre Richtung, und Tork wartete, bis sie außer Hörweite waren, bevor er weitersprach. »Ich verstehe nicht genug von diesen Dingen. Ich bin nur ein Hüter des Steins, kein Magier aus eigenem Recht«, sagte er, während die Luber hinter der nächsten Ecke verschwanden, und wieder vermeinte Eirion, diesen kleinen Misston in der Stimme des Einsiedlers zu hören, den sie schon früher ein oder zwei Mal wahrgenommen hatte.

Tork fing ihren Blick auf und sah zur Seite.

»Wie dem auch sei«, fuhr er mit einem tiefen Atemzug fort, »wenn die Menschen in der Welt der Dinge von Anguli erfahren – und sie werden davon erfahren, dafür haben diese Männer in der Taverne gesorgt –, dann ist die Gefahr groß, dass irgendjemand einen Zauber wirken kann, der vielleicht mächtig genug ist, um es mit der Magie von Anguli aufzunehmen.«

»Ich glaube kaum, dass es in Caernadon einen Magier gibt, der dazu in der Lage wäre«, entgegnete Eirion lahm.

»Du hast selbst gehört, dass diese jungen Narren in die Wüste wollen, und das heißt, sie werden auch nach Fiann gehen, und ...«

Tork brauchte seinen Satz nicht zu beenden. In Fiann war die Magie über Jahrtausende hinweg kultiviert und weiterentwickelt worden. *Wenn* irgendjemand einen Zauber weben konnte, der auch der Magie der Schwanenmenschen standhielt, dann würde er dort, im Alten Reich, zu finden sein.

Tork hatte ihre niedergeschlagene Miene bemerkt. »Aber lass das ein Problem von morgen sein«, sagte er sanft. »Heute können wir nichts tun, um uns der Flut entgegenzustellen, die auf den Ork Nuado zurollt.«

Wieder zog ein Trupp fröhlicher junger Leute an ihnen vorbei, und auch sie bogen zielstrebig in die gleiche Richtung ab wie die anderen zuvor.

»Komm«, sagte Tork und zeigte mit dem Kopf auf die Häuserecke, hinter der sie verschwunden waren. »Lass uns nachsehen, was es dort so Besonderes gibt, dass alle hinwollen.«

Staunend schlenderte Eirion zwischen den Jahrmarktständen einher. Elija hatte ihnen beim Verlassen der Taverne erklärt, dass der Jahrmarkt eine Art Abschiedsfest für die Soldaten war, die am nächsten Morgen mit der *Silbermöwe* in Richtung Süden segeln würden. Auch aus den anderen Ortschaften waren zahlreiche Männer nach Luba gekommen, so dass sich eine Armee von beträchtlicher Größe angesammelt hatte.

Eirion hatte in Tarlin schon viele große Jahrmärkte gesehen, zumindest in den Zeiten vor dem Krieg und der Hungersnot, aber jetzt kam es ihr so vor, als sei keiner davon so bunt und quirlig gewesen wie dieser, der hier sein Zentrum zu haben schien. Vielleicht entstand dieser Eindruck jedoch nur deshalb, weil die Luber ihre Stadt ganz anders angelegt hatten, als Eirion es aus Tarlin kannte. Hier gab es keine großen, übersichtlichen Hauptstraßen, die die Stadt durchzogen, sondern ungezählte schmale Gassen, von denen immer wieder weitere abzweigten. Ganz Luba schien ein einziges riesiges Labyrinth zu sein, in dem es heute noch dazu von Menschen wimmelte.

Ganz in Eirions Nähe, in einer Gasse zu ihrer Linken, wurden plötzlich tosender Beifall und Zurufe laut. Neugierig wandte sie sich im Lärm zu, mitgezogen von anderen Schaulustigen. Sie brauchte nur wenige Schritte zu tun, dann sah auch sie, was die Menschen so begeisterte. Auf einem erhöhten Podest zeigten lubische Akrobaten ihre Kunst. Mit hautengen, dünnen Trikots bekleidet, von denen Eirion inzwischen wusste, dass sie sie trotz der Kälte warm hielten, verbogen sie ihre

Körper zu den unmöglichsten Stellungen. Jetzt legten vier der insgesamt acht Akrobaten sich in den vier Ecken des Podests auf den Bauch, und im nächsten Augenblick hatten sie mit den Händen ihre Fußgelenke umfasst und mit ihrem Körper perfekte Räder gebildet, die kurz darauf in symmetrischen Mustern über die Bühne rollten.

Ein atemberaubendes Kunststück jagte das andere. Eirion vergaß die Welt um sich herum und staunte wie ein Kind über die Wunder, die sich ihrem Auge darboten.

Immer mehr Menschen waren in die kleine Gasse geströmt, doch niemand schien sich an dem Gedränge zu stören. Dicht an dicht standen die Zuschauer mit offenem Mund da, Kinder wie Erwachsene, bis schließlich keine noch so leidenschaftlich vorgebrachte Bitte um Zugabe die erschöpften Artisten erweichen konnte.

»Die Vorstellung ist zu Ende«, rief der Anführer der Künstler, ein hoch gewachsener Luber, der auch zwischendurch gelegentlich kurze Erklärungen zu den einzelnen Nummern abgegeben hatte. »Wir machen Schluss für heute!«

Ein enttäuschtes Murmeln ging durch die Reihen der Zuschauer, aber der Mann schüttelte nur den Kopf. »Auch die schönste Stunde hat irgendwann ein Ende«, erklärte er lachend. »Wenn es anders wäre, wären *wir* nämlich bald am Ende!«

Auf dieses Stichwort hin traten seine sieben Gefährten zu ihm an den Rand des Podests, und im nächsten Moment sanken alle acht Artisten mit einer komischen kleinen Pantomime und mit Gliedern, die nur noch aus Gummi zu bestehen schienen, zu kleinen Menschenhäufchen auf die Bretter.

Ein letztes Mal klatschten die Zuschauer begeistert Beifall, warfen Kupfermünzen in die kleinen Körbe, mit denen einige Kinder der Artisten durch die Menge gingen. Dann zerstreuten sie sich. Eirion blickte sich mit glänzenden Augen nach Tork um. Der Einsiedler war nirgends zu sehen.

Das Lachen floss aus Eirions Zügen wie Wasser aus einem umgeworfenen Krug. Die Menschen um sie herum schienen plötzlich sehr weit weg zu sein. Sie blickte zum Himmel auf, gewiss, ihren Falken dort zu finden. Der Himmel wölbte sich hoch und blau über der Stadt. Eirions Herz schlug schneller.

Sie war allein.

Die Dämmerung kam schnell hier in den Bergen. Luba hatte sich in ein Meer von Fackeln verwandelt, das der Stadt ein ganz neues Gesicht gab. Eirion jedoch hatte keinen Blick für die schillernde Schönheit der Winternacht und für die faszinierenden Schauspiele der Jongleure und Tänzer, der Pantomimen und Akrobaten, die auch in der Dunkelheit nicht abrissen. Verzweifelt irrte sie durch das Labyrinth der lubischen Gassen, das ihr jetzt böse und bedrohlich erschien. Sie hatte Dutzende Male nach Elijas Taverne gefragt, weil sie hoffte, Tork würde dasselbe tun. Aber es gab so viele Tavernen in Luba, und der Name Elija war, wie sie jetzt wusste, einer der häufigsten Frauennamen in der Stadt. Drei Mal hatte man sie in eine kleine Taverne geschickt, drei Mal hatte eine Wirtin, die Elija hieß, bedauernd die Achseln gezuckt.

Blind stolperte Eirion weiter. Noch nie in ihrem Leben, nicht einmal bei ihrem einsamen Marsch durch den Schneesturm im Stevensmoor, hatte sie sich so allein gefühlt, so absolut verlassen. Damals war zumindest Barko bei ihr gewesen, ihr treuer Freund und Wächter. Und sie hatte die Nähe Gwenlians in ihrem Herzen gespürt, ihre Liebe und ihren Trost. Jetzt jedoch schwiegen selbst die Stimmen in ihrem Innern. Hunderte von Menschen umgaben sie, aber sie hätten ebenso gut auf einem der fernen, am Nachthimmel blinkenden Sterne sein können, so wenig hatten sie mit ihr zu tun. Und jeder Schritt, den sie tat, brachte sie noch weiter von ihnen fort.

Tausend Gedanken schossen ihr durch den Kopf, während sie ziellos weiterlief. Sie war ihrem Ziel schon so nah ... *jetzt kann uns nicht einmal der Wind daran hindern, Anguli zu erreichen* ... Torks Worte an Bord der *Silbermöwe* waren ihr damals wie eine Herausforderung der Götter erschienen, und jetzt wusste sie, dass ihr Gefühl sie nicht getrogen hatte. *Bis zu den Grotten der Seelen ist es von Luba aus nur ein knapper Tagesmarsch.* Aber in welche Richtung musste sie sich wenden? *Der Stein wird uns durch die Grotten führen.* Und wenn sie den Eingang zu den Grotten nicht fand? *Ein Sterblicher würde endlos durch das Land irren.* Würde es ihr in Luba ebenso ergehen? Würde sie endlos umherirren, ohne Anguli jemals zu finden? *Die Magie der Schwäne lässt sich nicht überlisten.* War vielleicht alles nur ein Irrtum gewesen? War sie gar nicht die Tochter der drei Welten? War ihre Hoffnung, in Anguli ihre Eltern zu finden, von Anfang an nur ein Irrglaube gewesen?« *Die Magie der Schwäne lässt sich nicht überlisten.*

Große Göttin, flehte Eirion, *hilf mir! Hilf mir!*

Doch auch die Göttin schwieg.

KAPITEL 27

Ich erkenne ihn einfach nicht mehr wieder, Nuria. Was geschieht nur mit uns?«

Nuria sah ihre alte Freundin an und wünschte, sie hätte ihr Antworten auf ihre Fragen geben können. Sie saßen in Viljas Hütte, die vielleicht die behaglichste am ganzen See war. Vilja war eine begeisterte Köchin, im Gegensatz zu den meisten anderen Schwänen, die sich der Einfachheit halber von den wilden, in Anguli das ganze Jahr über im Überfluss wachsenden Beeren und Früchten ernährten oder in ihrer Schwanengestalt von Gräsern und Algen. Es schien jedoch lange her zu sein, seit sie das letzte Mal in Viljas und Lamars Hütte ein spontanes, fröhliches Fest gefeiert hatten. An diesem Abend saßen sie allein an dem langen Holztisch, an dem immer Platz war für einen Freund.

»Ich habe dich hergebeten«, brach Vilja schließlich das unglückliche Schweigen, »weil ich glaube, dass sich neues Unheil zusammenbraut.«

Nuria atmete tief durch. »Ich hätte gedacht, dass wir in letzter Zeit genug Unheil erlebt haben«, sagte sie seufzend. »Aber sprich. Was weißt du? Seit der Verhandlung gegen mich halten sich die meisten unserer Freunde von mir fern, selbst die, von denen ich gedacht habe, dass sie auf meiner Seite ständen.« Nurias Stimme verlor sich; die vergangenen Tage waren eine bittere Erfahrung für sie gewesen. Bis auf Kisila und Preta, die mit ihr zum Siebenerrat gehörten, und Vilja und Lado, der selbst ein Ausgestoßener war, gingen ihr die Schwäne aus dem Weg oder senkten zumindest den Blick, wenn eine Begegnung unvermeidlich war. Und sie wusste, dass Olfros das Gleiche erlebte, obwohl sie seit jenem Abend, an dem er so unerwartet für sie eingetreten war, kaum ein Wort miteinander gewechselt hatten. »Was weißt du, Vilja?«, wiederholte sie schließlich und sah die ältere Frau fragend an.

Vilja stellte ihren Holzbecher mit dem frischen Kräutertee auf den Tisch und erhob sich, um mit hinterm Rücken verschränkten Händen vorm Feuer auf und ab zu gehen.

»Lamar ist jetzt jeden Abend fort«, sagte sie nach einer Weile. »Zuerst dachte ich, das sei einfach seine Art, damit fertig zu werden, was ...« Ihre Stimme brach. »Damit fertig zu werden, was Feke getan hat.«

Feke, Viljas und Lamars Sohn, war einer der jungen Männer, die Anguli unter Arilds Führung heimlich verlassen hatten, und beide Eltern trugen schwer an seinem Verrat, das wusste Nuria. Doch im Augenblick schien es nicht nur ihr Sohn zu sein, der Vilja Kummer bereitete, sondern auch ihr Mann. Jetzt griff Vilja geistesabwesend nach dem Schürhaken und stocherte in dem Feuer herum, das ohnehin schon hell und kräftig brannte. Plötzlich warf sie das Eisen zu Boden, drehte sich um und ließ sich vor Nuria auf die Knie nieder. Dann barg sie zu Nurias Entsetzen den Kopf in ihren Schoß und brach in ein verzweifeltes, tränenloses Schluchzen aus.

»Nuria, sie wollen sich einen neuen König wählen«, stieß sie hervor.

Nuria blinzelte. »Was sagst du da?«, fragte sie verständnislos. »Aber dazu müsste Olfros tot sein – erst nach seinem Tod wählt der Siebenerrat einen neuen König. Man kann doch ... einen König ... nicht ...« Sie brach ab. Erst nach und nach wurde ihr klar, was Viljas Worte bedeuten mussten.

Jetzt war Nuria diejenige, die es nicht länger ertragen

konnte, still zu sitzen. Sanft schob sie Vilja von sich und stand auf. Auch Vilja erhob sich, und die beiden Freundinnen sahen einander hilflos an.

»Erzähl mir alles, was du weißt, von Anfang an«, sagte Nuria schließlich mit hohl klingender Stimme.

»Nachdem Feke ... nachdem sie fort waren«, antwortete Vilja, »wollte Lamar nicht reden. Er saß zwei Tage und zwei Nächte lang hier in der Hütte und brütete vor sich hin. Aber dann ... am Abend des dritten Tages, ging er plötzlich fort und kam erst am nächsten Morgen wieder heim. Er wollte immer noch nicht reden, aber er war ... verändert. Er ...« Sie suchte nach den richtigen Worten. »Er wirkte mit einem Mal so hart und fremd, dass ich ihn kaum mehr wiedererkannte. Und von da an ging er jeden Abend fort. Heute habe ich es nicht länger ausgehalten und ihn zur Rede gestellt.«

Nur das Feuer in der Herdstelle prasselte, sonst war alles still. Die Flammen zeichneten rötliche Schatten auf die einfachen Holzmöbel in der Hütte. Lamar hatte sie angefertigt, als Feke noch ein kleiner Junge gewesen war. Nuria vermeinte einen Augenblick lang, das fröhliche Lachen der beiden zu hören, wenn wieder ein Stück fertig gestellt war und ihnen einen neuen Grund lieferte, eines ihrer wunderbaren Feste zu feiern, die die kleine Hütte bis tief in die Nacht mit Lachen und Frohsinn erfüllten.

»Was hat Lamar gesagt?«, fragte Nuria, nachdem sie lange geschwiegen hatten.

»Er sagt, Olfros trage die Schuld daran, dass es überhaupt so weit kommen konnte. Ein stärkerer König als er hätte es zu verhindern gewusst. Ein weiserer König als er hätte die Gefahr erkannt, die von Arild ausging, und ihn niemals in Anguli geduldet. Lamar sagt, es sei ein unverzeihlicher Fehler von Olfros gewesen, Arild und Lado nicht sofort wieder wegzuschicken. Nur deshalb seien Feke und die anderen überhaupt auf die Idee gekommen, die Welt der Dinge sehen zu wollen.«

Nuria setzte sich wieder an den Tisch, stützte die Ellbogen auf und legte die Fingerspitzen aneinander. »Und jetzt wollen sie also einen neuen König wählen«, sagte sie. »Wer soll das sein? Olfros hat keinen Sohn, das heißt, es muss einer der anderen Männer von Anguli gewählt werden.« Plötzlich wurden ihre Augen schmal. »Nimu?«, fragte sie scharf. »Will Nimu König werden?«

Vilja nickte. Dann setzte sie sich ebenfalls wieder und griff nach ihrem Becher.

»Und ich nehme an, sie werden diesmal nicht nur mir die Stimme im Siebenerrat entziehen, sondern auch Olfros.« Es war keine Frage gewesen, sondern eine Feststellung. Blitzartig überlegte Nuria, was in einem solchen Fall geschehen würde. Wenn ein König in die Grotten der Seelen ging, um sich mit den Göttern zu vereinen – und es war noch nie geschehen, dass einer der Schwanenmenschen diesen Schritt ohne seinen Seelengefährten tat –, dann wurden im Rat zwei Plätze frei. Die beiden ältesten Seelen in Anguli, die noch nicht dem Rat angehörten, würden vorübergehend die frei gewordenen Plätze einnehmen. Nurias Gedanken überschlugen sich, doch ihr wollte nicht einfallen, welche von ihren Freunden das sein würden.

»Wer sind die ältesten Seelen nach Kisila und Gurwan?«, fragte sie Vilja ratlos.

»Vena ...«, antwortete die ältere Frau zögernd. »Vena und Santas.« Dann runzelte sie die Stirn. »Aber das spielt in diesem Fall keine Rolle.«

»Natürlich!«, rief Nuria und sprang auf. Erleichtert schöpfte sie Atem. »Ein neuer König muss einstimmig vom Rat gewählt werden. Und Kisila und Preta würden einem solchen Plan niemals ihre Zustimmung geben.« Dann fügte sie beinahe trotzig hinzu: »Soll Nimu ruhig den Rat zusammenrufen, um sich als König anzubieten. Er wird nichts dabei gewinnen!«

Vilja starrte auf ihre auf dem Schoß verkrampften Hände hinab und schwieg.

»Vilja?«, fragte Nuria plötzlich von neuer Sorge erfüllt. »Vilja, so ist es doch, nicht wahr? Du kennst das Gesetz.«

»Sie werden sich nicht an das Gesetz halten«, antwortete Vilja tonlos. »Der neue König soll nicht vom Siebenerrat gewählt werden.«

Nuria starrte ihre Freundin fassungslos an, dann lachte sie unsicher. »Aber eine andere Möglichkeit gibt es nicht ...«

»Es gibt eine andere Möglichkeit.«

»Das Gesetz ...«, unterbrach Nuria sie.

»Verstehst du nicht, Nuria?«, rief Vilja und stützte den Kopf in die Hände, um ihre Königin nicht ansehen zu müssen. »Sie haben nicht die Absicht, sich an das Gesetz zu halten. Deshalb sind die Männer an den vergangenen Abenden zusammengekommen. Sie wollen das Gesetz ... ändern. Von nun an soll der König nicht mehr vom Siebenerrat gewählt werden, sondern vom ganzen Volk. Von allen Männern und Frauen Angulis, die das Ritual der Reife vollzogen haben. Und Lamar ...« Wieder brach Viljas Stimme.

»Was ist mit Lamar?«

»Er sagt, dass ich wählen muss«, flüsterte sie heiser. »Er sagt, wenn ich meine Stimme für Olfros abgebe, entscheide ich mich damit gegen *ihn*. Wenn ich Olfros wähle, werden sich unsere Wege trennen. Wir werden nicht länger eins sein vor den Göttern, wir werden nicht mehr Mann und Frau sein.«

Ein trockenes Schluchzen erschütterte den kleinen Raum, und Nuria wusste nicht, ob es von ihr gekommen war oder von Vilja.

»Ja, glaubt ihr denn wirklich, dass es Zufall war, dass eure Söhne ausgerechnet den Abend der Verhandlung gegen Nuria gewählt haben, um Anguli zu verlassen?«

Bibiana sah die Frauen, die im Halbkreis um sie herumsaßen, beschwörend an. Sie hatte alle Mütter hergebeten, die einen Sohn an die Welt der Dinge verloren hatten – alle bis auf eine. Vilja war eine enge Vertraute Nurias und somit eine Gefahr für sie. Aber dic anderen Frauen, dreizehn waren es insgesamt, waren alle in die kleine Bucht am Ostufer des Sees gekommen, in der Bibiana vor langen Jahren das Gespräch zwischen Nuria und Lado belauscht hatte.

Der runde volle Mond stand hoch überm See und tauchte das Land in ein silbernes Licht. Bibiana blickte zu der Heiligen Insel hinüber, deren uralte Eichen schwarz und würdevoll in den Himmel aufragten. Aber Bibiana hatte keine Augen für die Schönheit der klaren Winternacht. Die Dinge drohten ihr zu entgleiten, und sie musste schnell handeln, wenn sie Erfolg haben wollte. Dabei war ihr Plan so einfach und brillant gewesen; in all den Jahren, die sie geduldig gewartet hatte, schien sich alles genauso zu entwickeln, wie sie es vorhergesehen hatte. Und jetzt ... Aber wer konnte auch ahnen, dass dieser alte Narr, Nimu, mit einem Mal Gefallen an der Macht fand? Und sie selbst hatte ihn auf den Weg gebracht, das wusste sie. *Anguli braucht in diesen Zeiten Männer, auf die Verlass ist, Männer, die bereit sind, Verantwortung für das Ganze zu übernehmen.*

Sie hatte ihm den Köder hingeworfen, weil sie geglaubt hatte, mit seiner Eitelkeit spielen zu können, um ihn in ihrem Sinne zu lenken. Und es hatte ja auch bestens funktioniert – bis ihm die Rolle, die sie ihm zugedacht hatte, plötzlich zu gering wurde. König Nimu, wahrhaftig!

Und wer hätte geahnt, dass es in Anguli so viele leichtgläubige Narren gab, die ihn unterstützten! *Das Volk vom See soll in Zukunft selbst entscheiden, wer seine Geschicke lenken wird,* so lautete der Beschluss der Männer, die auch jetzt, in ebendiesem Augenblick, am Westufer, in der Nähe der Flussmündung, zusammengekommen waren. Gestern Abend und an den Abenden zuvor hatte sie heimlich ihre Debatten belauscht und wusste jetzt, dass sie nicht länger warten durfte.

»Ich sage euch«, fuhr sie mit ihrer weichen, vollen Stimme fort, »ich für meinen Teil glaube nicht an Zufälle, ich glaube nicht, dass die Wahl des Zeitpunkts für ihre Flucht aus Anguli nichts zu bedeuten hat. Irgendjemand hat das alles von langer Hand geplant, jemand, der sehr genau weiß, was er tut und warum er es tut.«

»Ich verstehe das nicht«, meldete sich eine junge Frau zu Wort. Es war Senna, Josas Mutter. »Warum sollte überhaupt jemand den Wunsch haben, so viel Unglück über unsere Gemeinschaft zu bringen? Es kann doch nichts Gutes daraus erwachsen.«

»Für die Gemeinschaft nicht, da hast du Recht«, erwiderte Bibiana freundlich. »Aber einem Einzelnen könnte es durchaus von Nutzen gewesen sein.« Die Frauen sahen sie verständnislos, aber sehr aufmerksam an. »Wir müssen uns die Frage stellen«, sprach sie weiter, »wer Gewinn daraus zieht, dass viele unserer jungen Männer, Männer, die unser aller Zukunft sind, das Land verlassen haben. Und wem kann es nutzen, dass sie es ausgerechnet jetzt getan haben, da die Position unseres

Königs geschwächt ist wie nie zuvor, und das nur deshalb, weil er treu und ehrenhaft zu seiner Seelengefährtin steht?«

Ein Rascheln im Schilf ließ Bibiana herumfahren, und sie eilte beherzt auf das Geräusch zu, das neben ihr laut geworden war. Dann teilte sie die hohen Gräser und sah sich suchend um. Nur Dummköpfe ließen sich bei wichtigen Dingen belauschen, und sie hatte nicht die Absicht, sich wie ein Dummkopf zu benehmen. Sie trat noch einen Schritt weiter in das Schilf hinein, hielt kurz inne und kehrte dann zu den Frauen zurück.

»Es ist nichts«, erklärte sie. »Nur ein paar Kröten, die sich im Schlamm suhlen. Also.« Sie sah die Frauen eine nach der anderen eindringlich an. »Glaubt ihr wirklich, dass eure Söhne ganz allein auf die wahnsinnige Idee verfallen sind, Anguli zu verlassen?« Jetzt wandte sie sich direkt an Tara, Ergars Mutter, die ein wenig abseits von den anderen am rechten Rand des Halbkreises saß. Tara wirkte blass und verhärmt, und Bibiana wusste, dass sie von den anderen Frauen gemieden wurde, denn ihren Sohn, Ergar, hatte man bisher als den Hauptverantwortlichen für dieses Unglück angesehen. Er war der Älteste der Unzufriedenen, der Einzige von ihnen, der bereits eine Seelengefährtin hatte. Und jeder wusste, dass Ergar der Wortführer der kleinen Gruppe war, dem die jüngeren Männer ergeben folgten. Jetzt hob Tara den Blick, und ein Hoffnungsfunke glomm in ihren Augen auf.

»Wollt ihr wissen, was ich denke?«, fragte Bibiana und sah dabei immer noch vor allem Tara an. Die Frauen nickten. »Ich denke«, fuhr Bibiana fort, »dass das alles Teil eines sehr klugen Plans ist. Und dass dieser Plan bald Früchte tragen wird, wenn ...« Bibiana machte eine bedeutungsvolle Pause. »Wenn wir, die Frauen von Anguli, nicht Schlimmeres verhüten. Wenn wir jetzt versagen, dann wird es dieses Land, wie wir es kennen und lieben, bald nicht mehr geben.«

Bestürztes Murmeln wurde laut, und Bibiana ließ ihren Zuhörerinnen Zeit, ihre Worte zu überdenken.

Schließlich räusperte sich Senna. »Der Mann, von dem du sprichst, ist Nimu, nicht wahr? Und er hat unsere Söhne zu dieser Torheit angestachelt, sagst du?«

Bibiana hob die Hand. »Das habe ich nicht behauptet«, erklärte sie scharf. »So etwas habe ich niemals gesagt. Ich bitte euch nur, euch selbst zu überlegen, wem die Geschehnisse in der letzten Zeit den größten Nutzen bringen. Eine Antwort auf diese Frage müsst ihr jedoch selbst finden.«

»Aber ist es denn wahr, dass Nimu König werden will?«, fragte Tara, die durch Bibianas Worte ein wenig mutiger geworden war.

»Ja«, warf Senna ein, »Resar hat gestern, als er heimkam, dasselbe gesagt. Aber ich verstehe nicht, wie das möglich sein soll. Olfros ist unser König ...«

»Und wenn ihr eure Söhne jemals wieder sehen wollt, dann sollte er es auch bleiben«, versetzte Bibiana gelassen. Sie wusste genau, was sie als Nächstes sagen würde; sie hatte sich die Worte sorgfältig zurechtgelegt und war sie im Geiste wieder und wieder durchgegangen. Dennoch ließ sie sich Zeit.

»Was hat das zu bedeuten«, flüsterte Tara entsetzt. »Was willst du damit sagen? *Was weißt du?«* Die letzten Worte hatte die ältere Frau beinahe herausgeschrien, und Bibiana hob warnend die Hand, obwohl sie wusste, dass niemand sie hören konnte.

»Sch!«, sagte sie. »Nicht so laut.« Dann sah sie die Frauen verschwörerisch an. »Wenn ihr eure Söhne nicht für immer verlieren wollt, wenn ihr verhindern wollt, dass Anguli ins Verderben stürzt, dann ist es von allergrößter Wichtigkeit, dass wir besonnen zu Werke gehen. Wir müssen uns einig sein, nur dann können wir das Unglück von uns allen abwenden.

Und niemand – hört ihr? –, *niemand* darf erfahren, was heute Abend hier besprochen wurde.«

»Was müssen wir tun?«

»Ich will meinen Sohn nicht verlieren, ganz gleich, was ich dafür tun muss!« Es war Tara, die gesprochen hatte, und die anderen Frauen nickten. Plötzlich schien sie nicht länger eine Außenseiterin in der Gruppe der Frauen zu sein, der man vorwarf, dass ihr Sohn die anderen jungen Männer zu einer furchtbaren Torheit verführt hatte. Sie war eine Mutter, die um ihr Kind kämpfte, genau wie alle anderen auch. Senna, die neben ihr gesessen, aber fast eine Schrittlänge Platz zwischen ihnen gelassen hatte, rückte ein wenig näher an sie heran.

Bibiana lächelte zufrieden. »Erinnert ihr euch an die Verhandlung gegen Lado vor fünfzehn Jahren?«, fragte sie.

Die Frauen nickten. Natürlich erinnerten sie sich an den Tag, an dem zum ersten Mal in der viele tausend Jahre langen Geschichte ihres Landes einer von ihnen aus der Gemeinschaft von Anguli ausgeschlossen worden war.

»Nimu«, fuhr Bibiana fort, »Nimu war der Erste, der Lados Verbannung gefordert hat. Er war es, der die Worte gesprochen hat, die Lados Schicksal besiegelten. Gurwan und Uliastai sind nichts als Puppen, die noch seinem leisesten Wink folgen würden.«

»Aber auch der König hat gegen Lado gestimmt«, gab Alania zu bedenken, deren Sohn Steban ebenfalls mit den Unzufriedenen gegangen war.

»Olfros hatte keine andere Wahl – sonst wäre damals schon geschehen, was wir heute erleben«, erklärte Bibiana mit großer Festigkeit. »Ich denke, Nimu war fest davon überzeugt, dass der König für Lado stimmen würde. Dass er es nicht getan hat, zeugt von Olfros' großer Klugheit. Und für Nimu muss es ein schwerer Schlag gewesen sein. Wahrscheinlich hat er all die

Jahre nur darauf gewartet, dass Olfros ihm eine neue Gelegenheit gibt, an seiner Macht zu rütteln. Und ich sage euch, Nimu ist kein Mann, der die Hände in den Schoß legt und darauf wartet, dass ein glücklicher Zufall ihm die richtigen Karten zuspielt. Nimu ist ein Mann, der im Verborgenen an unsichtbaren Fäden zieht. Und Nimu war es, der sich vor einigen Wochen, als Lado zurückgekehrt ist, dagegen ausgesprochen hat, ihn vorübergehend wieder in Anguli zu dulden und seinen Sohn, dessen Mutter eine Sterbliche ist, in unsere Gemeinschaft aufzunehmen. Nimu war es auch, der die Verhandlung gegen Nuria verlangt hat.«

»Nuria ... Eins verstehe ich nicht, Bibiana«, wandte Kira ein, die bisher noch nichts gesagt hatte. »Jede von uns weiß, dass auch du Nurias Verbannung aus Anguli verlangst. Und jetzt verteidigst du sie?« Kira sah sie mit hochgezogenen Augenbrauen an, und Bibianas Miene verhärtete sich.

»O nein«, widersprach sie. »Ich verteidige nicht *Nuria.* Was die Königin betrifft, hat sich meine Meinung nicht geändert. Sie hat Lado aus törichter, eitler Neugier in die Welt der Dinge geschickt und damit alles Unheil verschuldet, das über uns gekommen ist – über euch, über eure Söhne und über eure Ehemänner, die jetzt nicht mehr ein noch aus wissen. Nuria ist der Stachel in unserem Fleisch, der das Gift der Verdorbenheit in das Lebensblut der Gemeinschaft getragen hat. Nuria *muss* aus Anguli verbannt werden, aber Olfros trifft keine Schuld an ihrem Frevel. Er war uns über viele Jahrtausende hinweg ein weiser und gerechter König, so wie die Götter es ihm und uns bestimmt haben.«

Eine schwache Brise kräuselte die Wasseroberfläche auf dem See, und kleine Wellen leckten plätschernd über den körnigen Sand am Strand. Bibiana holte tief Luft und setzte dann erneut zum Sprechen an. Sie hatte recht daran getan, sich zuerst an diese Frauen zu wenden, für die das Kostbarste in ihrem Leben auf dem Spiel stand: ihre Kinder. Mit ihrer Hilfe würden ihre Pläne vielleicht doch noch Früchte tragen, auch wenn Nimu alles daran setzte, sie zu durchkreuzen.

Bibiana hielt das Gesicht in den Wind und lächelte. »Olfros hat Arild, der nur zur Hälfte einer von uns ist, in Anguli willkommen geheißen«, sagte sie einschmeichelnd. »Er hat Lado verziehen, der unsere Gemeinschaft aus freien Stücken verließ, um in die Welt der Dinge zu gehen, so wie es eure Söhne getan haben. Er wird auch ihnen verzeihen«, fügte sie hinzu. »Nimu dagegen fordert mit aller Härte die strengste Bestrafung für eure Kinder. Wenn ihr sie also nicht für immer verlieren wollt, dann müsst ihr Olfros bei der Wahl des Volkes, wenn sie denn wirklich stattfinden wird, eure Stimme geben. Und vor allem – ihr müsst dafür sorgen, dass möglichst viele von den anderen es ebenfalls tun. Redet mit euren Männern, mit euren Vätern und Müttern, mit euren Freundinnen.«

»Aber was sollen wir ihnen sagen?« fragte Senna. »Was sollen wir denen sagen, deren Kinder nicht fortgegangen sind und die glauben, dass Olfros ein zu schwacher König ist, um weiteres Unheil von uns – und damit auch von *ihren* Kindern – fern zu halten?«

Das Lächeln in Bibianas Zügen vertiefte sich. Sie hatte diese Frage erwartet, und sie war aufs Beste gerüstet, eine Antwort darauf zu geben.

Die Götter selbst waren ihre Verbündeten.

KAPITEL 28

Diann!«

Eirion traute ihren Augen nicht, als sie plötzlich inmitten all der fremden Menschen das Gesicht ihrer alten Freundin entdeckte, die für sie immer wie eine Schwester gewesen war.

»Diann!«, rief sie noch einmal ungläubig und stürzte auf das andere Mädchen zu. Als sie Diann fast erreicht hatte, zögerte sie jedoch. In der Einsamkeit des Stevensmoors hatte sie geglaubt, Gwenlian zu sehen, aber es war nur ein Trugbild gewesen. War auch Diann vielleicht nur eine Ausgeburt ihrer verzweifelten Sehnsucht nach einem vertrauten Menschen?

Dann aber trat Diann einen Schritt vor und breitete lächelnd die Arme aus. Eirion ließ sich dankbar und erschöpft von ihrer Freundin umfangen. Es dauerte eine ganze Weile, bis sie ihre Stimme wiedergefunden hatte. »Was tust du hier, Diann?«, fragte sie halb lachend, halb schluchzend. »Wie um alles in der Welt bist du hierher gekommen?«

Diann sah sich argwöhnisch um, dann zog sie Eirion entschlossen hinter eine kleine Bretterbude, vor der ein Feuerschlucker gerade eine brennende Fackel hob, die Flamme einatmete und als eine rot glühende Wolke wieder ausspie.

Der schmale Durchgang zwischen der Mauer des einstöckigen Hauses und der davor aufgebauten Schaustellerbude wurde offenkundig als Latrine benutzt, denn als Eirion und Diann sich dorthin zurückzogen, gürtete gerade ein junger Luber hastig seine Hose und verschwand blitzartig um die Ecke. Zurück blieb der saure Geruch von frischem Urin. Unter anderen Umständen hätte Eirion ebenfalls schleunigst das Weite gesucht, aber im Augenblick überwog die Erleichterung, Diann gefunden zu haben, jede andere Regung. Der Lichtschein der Laternen, die in der Gasse vor allen Buden hingen, drang nur als ein schwaches, orangefarbenes Glimmen zu ihnen hinüber, aber Eirion genügte es vollauf, um in den braunen Augen ihrer Freundin ein Stück Heimat wiederzufinden. Gleichzeitig fiel ihr mit einiger Sorge auf, dass Diann in den Monaten ihrer Trennung furchtbar dünn geworden war.

»Was tust du hier in Luba, Diann?«, wiederholte sie schließlich ihre Frage, und wieder blickte Diann ängstlich nach rechts und links, aber sie waren allein.

»Das ist eine lange Geschichte«, sagte Diann leise, »und wir haben nicht viel Zeit, deshalb ...«

»Zeit?« Eirion sah sie verständnislos an. »Warum haben wir keine Zeit? Was ist passiert?«

Diann griff nach ihrem Arm und schüttelte sie ungeduldig. »Lass mich reden und hör mir einfach nur zu«, sagte sie eindringlich, und Eirion nickte. »Ich bin mit Rikka hergekommen.«

»Rikka!«

»Hör auf, mir alles nachzuplappern«, fuhr Diann sie an, dann seufzte sie. »Ich sehe schon, du hast dich kein bisschen verändert. Du wolltest schon als Kind immer alles ganz genau wissen.« Die Zuschauer des Feuerschluckers klatschten laut Beifall, und Diann zuckte bei dem Geräusch heftig zusammen. Wieder sah sie sich um. Eirion hätte gern gefragt, wovor sie sich fürchtete, hielt es aber für besser, ihre Freundin mit ihrer Neugier nicht weiter zu verärgern.

»Also«, fuhr Diann fort, nachdem es wieder still geworden war. »Marban hat Tarlin genommen, aber das weißt du inzwischen ja vielleicht schon.« Eirion nickte nur, obwohl sie es keineswegs gewusst hatte. Aber sie hatte es befürchtet.

»Was du nicht wissen kannst«, sprach Diann weiter, »ist,

dass Rikka sich mit ihm verbündet hat.« Sie hob die Hand, um jede mögliche Nachfrage Eirions im Keim zu ersticken. »Und ich habe Rikka meine Dienste angeboten, um herauszufinden, was sie vorhatte. Ich *habe* es herausgefunden, und deshalb bin ich hier. Zusammen mit Rikka. Wir sind auf den Linien der Macht gereist ...« Ein seltsamer Glanz trat in Dianns Augen, und sie senkte hastig die Lider. »Rikka will dich töten, Eirion«, fügte sie hinzu.

»Das weiß ich«, erwiderte Eirion und brach dann ab. Ein Mann war von der anderen Seite um die Bretterbude gekommen, in offenkundiger Absicht. Als er die beiden Frauen entdeckte, trat er eilig den Rückzug an. »Sie hat es schon einmal versucht, in den Sümpfen der Verlorenen«, erklärte sie Diann, sobald der Mann wieder außer Hörweite war. »Aber woher weiß sie überhaupt, wo sie mich findet?«

Diesmal ließ Diann sich immerhin zu einer Antwort auf ihre Frage herab. »Sie verfügt über eine sehr starke Magie, Eirion«, sagte sie. »Du bist ihr in den Sümpfen nur deshalb entkommen, weil sie darauf verzichtet hat, diese Magie einzusetzen. Es waren zu viele Soldaten dabei. Diesmal jedoch ist sie allein gekommen – das heißt, nur mit mir –, und sie wird alles daransetzen, kein zweites Mal zu versagen.«

Eirion nickte benommen. Rikka mit Marban verbündet? Was konnten die beiden gemeinsam haben? Und was bedeutete das für Caernadon? Aber für den Moment gab es drängendere Probleme.

»Ich kann dir helfen«, sagte Diann in ihre Gedanken hinein. »Aber wir dürfen keine Zeit mehr verlieren. Ich habe Stunden gebraucht, um dich zu finden.«

Ein Licht flammte über der Bretterbude auf, dann ein zweites und ein drittes. Staunendes »Oh« und »Ah« von den Zuschauern war die Antwort. Der Feuerschlucker warf seine

Fackel hoch in die Luft, und Eirion vermutete, dass er sie mit dem Mund wieder auffing. Ein gelbes Licht nach dem anderen blinkte über ihnen am dunklen Himmel auf.

»Bei der Göttin«, entfuhr es ihrer Freundin, die Eirions Unaufmerksamkeit bemerkt hatte. »Hörst du mir überhaupt zu? Rikka will dich töten, und du gaffst wie ein Kleinkind in die Luft!«

Eirion nahm sich zusammen, obwohl sie Mühe hatte, ein Kichern zu unterdrücken. Ihre ganze Situation erschien ihr so unwirklich und absurd, dass es einfach lachhaft war. Hier stand sie, in einer riesigen Stadt, von deren Existenz sie bisher nicht einmal etwas geahnt hatte, in einer stinkenden Latrine, vor der ein lubischer Feuerschlucker mit silbernem Haar ein einfältiges Publikum ergötzte, während sie sich mit Diann unterhielt. Sie hatte Monate gebraucht, hatte Schneewüsten, Sümpfe und den gewaltigen Ank überwunden, um an diesen Ort zu gelangen, was Diann in wenigen Tagen oder Stunden gelungen sein musste, das stand fest. Und wie schon in ihrer Kindheit übernahm die um drei Jahre jüngere Freundin mit größter Selbstverständlichkeit das Kommando und mahnte sie streng zur Vernunft.

»Was soll ich tun?«, fragte Eirion schließlich demütig. Das unterdrückte Lachen bebte noch immer in ihrer Stimme, doch es stand nicht in ihrer Macht, etwas daran zu ändern, um Diann nicht weiter zu ärgern. Erleichterung und Erschöpfung waren einfach zu groß, als dass sie hätte ernst bleiben können. »Aber wie kannst du mir helfen?«, fügte sie, immer noch mit diesem unbezähmbaren Lachen in der Stimme, hinzu.

»Zuerst einmal müssen wir von hier weg«, erklärte Diann mit niederschmetternder Nüchternheit. »Und ich kann dir helfen, weil ich von Marte einen Zauber mitbekommen habe, der ...«

»Marte!«, rief Eirion laut. »Wie geht es ihr?« Bei der Erwähnung Martes war sie schlagartig ebenfalls ernst geworden.

»Das ist im Augenblick unwichtig«, entgegnete Diann kalt. »Wir müssen so schnell wie möglich von hier fort. Rikka sucht nach dir, und es kann nicht mehr lange dauern, bis sie meinen Zauber, der dich schützt, durchschaut. Und dann sind wir *beide* verloren, denn du kannst dir sicher vorstellen, was sie mit mir machen wird, wenn sie meinen Verrat bemerkt.«

Eirion nickte.

»Und zieh um der Göttin willen deine Kapuze hoch. Wenn Rikka dich mit ihrer Magie nicht findet, dann entdeckt sie bestimmt dein dummes Haar, das wie eine rote Fahne durch die Nacht leuchtet. So habe ich dich nämlich auch gefunden«, setzte sie hinzu und machte sich dann sofort daran, die Bänder von Eirions Kapuze zu verschnüren, die Eirion sich bereits gehorsam über den Kopf gezogen hatte. Die energische Geste erinnerte sie so sehr an Gwenlian, dass es ihr einen Moment lang den Atem raubte.

Kurz darauf gingen sie an der Bude des Feuerschluckers vorbei, in die Richtung, aus der Eirion wenige Minuten zuvor gekommen war, verzweifelt und mutlos. Jetzt hatte sie Diann an ihrer Seite, die genau zu wissen schien, wie sie aus dem Labyrinth der lubischen Gassen herauskamen. Zielstrebig steuerte sie ihre Freundin zwischen den bunten Lampions vor den Schaustellerbuden hindurch, hinaus aus dem Getümmel des Jahrmarkts, in eine stille dunkle Straße. Eine leise Furcht stieg in Eirion auf, als sie plötzlich ganz allein zu sein schienen. Erst jetzt kam ihr zu Bewusstsein, dass die vielen Menschen auf dem Fest auch einen gewissen Schutz dargestellt hatten. In den Sümpfen der Verlorenen hatte Rikka auf ihre Magie verzichtet, weil sie es nicht wagte, in Anwesenheit der Soldaten einen allzu augenfälligen Zauber zu wirken. War es wirklich klug gewesen, sich aus dem lärmenden Gedränge des Jahrmarkts zu entfernen? Sie wollte Diann gerade bitten, wieder umzukehren, als von hinten etwas ihre fest verschnürte Kapuze streifte.

»Tork!«

Einen Herzschlag lang hatte pures Entsetzen sie gelähmt, und Diann hatte erschrocken nach ihrer Hand gegriffen. Das heisere Zischen dicht an ihrem Ohr war Eirion fremd und bösartig erschienen – bis sie die sanfte Berührung weicher Federn auf ihrer Wange spürte. Barko hatte sich auf ihre Schulter gesetzt.

Langsam beruhigte sich ihr rasender Puls wieder. Der Einsiedler, nach dem sie in den letzten Stunden vergeblich gesucht hatte, war neben sie getreten, und sie wäre ihm in ihrer Erleichterung stürmisch um den Hals gefallen, hätte seine Miene sie nicht zurückgehalten. Ihre Augen hatten sich mittlerweile an die nur vom Mondlicht erhellte Dunkelheit in der Gasse gewöhnt, und sie sah, dass Torks Gesicht grau und ungewohnt spitz wirkte.

»Du verdammte Närrin«, zischte er wütend und packte sie an den Schultern, um sie schmerzhaft zu schütteln. »Wo bist du gewesen?«

»Dasselbe könnte ich dich fragen«, zischte Eirion zurück. Auch ihre Erschöpfung hatte sich jetzt von einem Augenblick auf den anderen in Zorn verwandelt, und grüne Blitze sprühten durch die Nacht. »Ein großartiger Beschützer bist du mir, der seinen Schützling mitten in einer fremden Stadt einfach verliert.«

»Ich *habe* dich nicht verloren!«, rief Tork wütend. »Du warst mit einem Mal einfach fort, wie vom Erdboden verschluckt. Wahrscheinlich bist du irgendeinem kindischen Spektakel hinterhergelaufen, ohne eine Sekunde lang nachzudenken.«

»Während du über einem anderen kindischen Spektakel

deine Pflicht vergessen hast!«, gab sie zurück. Tork kam mit seiner Vermutung der Wahrheit so nahe, dass Eirions Ärger sich noch steigerte.

Ihre Stimmen waren während der hitzigen Auseinandersetzung immer lauter geworden und hallten zwischen den gemauerten Häusern wider.

»Falls ihr es darauf anlegt, möglichst viel Aufmerksamkeit auf euch zu ziehen«, meldete sich eine neue Stimme mit befremdlicher Belustigung zu Wort, »dann kann ich euch zu diesem raffinierten Plan nur beglückwünschen.«

Eirion fuhr mit offenem Mund herum. Und zum zweiten Mal in dieser Nacht hatte sie allen Grund, an ein Trugbild zu glauben.

Vor ihr stand Arild, der Junge mit den quecksilbernen Augen.

»Seid ihr zusammen hergekommen?«, fragte Eirion ungläubig und sah zwischen Arild und Diann hin und her.

»Ganz bestimmt nicht«, antwortete Diann prompt. »Allerdings finde ich es äußerst merkwürdig, dass er hier ist.« Sie warf Arild einen feindseligen Blick zu.

»Würdest du mir vielleicht erklären, wer das ist?«, bemerkte Tork im gleichen Augenblick und deutete mit dem Kopf auf Diann. Er sprach zwar leiser als zuvor, aber der Ärger in seiner Stimme war immer noch unüberhörbar.

»Das ist meine Freundin, Diann«, antwortete Eirion mit mehr Hochmut, als sie beabsichtigt hatte. »Und sie ist hier, um mir zu helfen«, fügte sie etwas versöhnlicher hinzu und verkniff sich die Bemerkung, dass sie wohl alle Hilfe nötig hatte, die sie bekommen konnte, mit einem Beschützer wie ihm. Aber sie wusste, dass ein solcher Vorwurf im Grunde ungerecht gewesen wäre; sie trug nicht weniger Schuld an ihrem Missgeschick als Tork – mehr allerdings auch nicht, dachte sie trotzig.

Barko schien sich immer noch nicht von der Aufregung erholt zu haben, denn er stieß in regelmäßigen Abständen ein wütendes Schnarren aus, und Eirion spürte seine Unruhe. »Ist ja gut«, flüsterte sie. Sie wollte ihm besänftigend über das Gefieder streichen, aber als sie die Hand nach ihm ausstreckte, schüttelte sich ihr Falke und stieg über ihr in die Luft auf. Als er sich von ihrer Schulter erhob, bohrten sich seine scharfen Krallen durch ihren dicken Umhang in ihre Haut, und sie zuckte zusammen. Verwundert blickte sie ihm nach. Es sah Barko gar nicht ähnlich, ihr wehzutun.

Tork räusperte sich. »So«, sagte er zweifelnd, »sie will dir helfen.« Dann wandte er sich zu Diann um und musterte sie eindringlich. »Wenn ich recht verstehe, kommst du ebenfalls aus Tarlin. Das ist ein weiter Weg. Eirion hat viele Monate bis nach Luba gebraucht – du musst also etwa zur selben Zeit aufgebrochen sein wie sie.« In seinen Worten schwang die unausgesprochene Frage mit, wie Diann – noch dazu ohne seine Hilfe – dieses Kunststück fertig gebracht hatte.

»Das ist eine lange Geschichte«, kam Eirion ihrer Freundin mit denselben Worten zuvor, die Diann kurz zuvor ihr gegenüber gebraucht hatte. »Sie kann sie dir später selbst erzählen. Im Augenblick bin ich einfach nur müde. Wir sollten uns zuerst einmal eine Herberge suchen, wo wir den Rest der Nacht verbringen können.«

Tork sah sie mit schmalen Augen an, und Eirion bemerkte erleichtert, dass sein Gesicht inzwischen fast wieder die gewohnte Farbe angenommen hatte.

»Kann ich dich kurz allein sprechen?«, sagte er und zog sie auch schon mit sich fort, ein kleines Stück von den anderen weg. »Es gefällt mir nicht, dass sie plötzlich hier aufgetaucht ist. Irgendetwas stimmt da nicht.«

Eirion folgte seinem Blick, hinauf zum Himmel, wo Barko kleine, enge Kreise zog.

»Und was macht *er* hier?«, fragte Eirion zurück und zeigte mit dem Kinn auf Arild, der schweigend neben Diann stand. »Und wieso seid ihr überhaupt zusammen?«

»Das ist eine lange Geschichte«, schlug Tork sie mit ihren eigenen Worten.

Sekundenlang fochten sie mit Blicken ein stummes Duell aus, dann lenkte Eirion ein. »Diann ist mit Rikka hergekommen. Sie hat sich zum Schein mit ihr verbündet, um mir beizustehen.«

»Zum Schein?«, wiederholte Tork zweifelnd.

»Was sonst?«, fuhr Eirion ihn an. »Diann ist meine liebste Freundin, sie ist, seit ich denken kann, wie eine Schwester für mich. Ihr Bruder, Tarannis, hat sein Leben für mich gegeben, und ihre Mutter hätte dasselbe getan. Diann würde niemals etwas tun, um mir zu schaden!«

Tork atmete tief ein. »Das heißt also, sie wird heute Nacht bei uns bleiben? Bist du dir ganz sicher, dass das eine gute Idee ist?«

Eirion spürte plötzlich wieder die ganze Erschöpfung der vergangenen Stunden. »Sie kann sonst nirgendwohin«, sagte sie müde. »Rikka wird inzwischen gewiss Verdacht geschöpft haben, so dass auch Diann nicht länger vor ihr sicher ist.«

Tork hob resigniert die Hände. »Also schön ...«, erwiderte er, aber Eirion unterbrach ihn erneut.

»Und was ist mit Arild?«, fragte sie. »Ich habe dir erklärt, was es mit Dianns Erscheinen in Luba auf sich hat – aber was ist mit *ihm?«* Dann fügte sie hinzu: »Ich mag ihn nicht besonders.«

»Das war unübersehbar«, versetzte Tork, »obwohl Arild ein weit besserer Freund für dich ist, als du ahnen kannst.« Dann griff er nach Eirions Arm und schob sie sachte zu den beiden anderen zurück. »Ein paar Straßen von hier entfernt ist eine Herberge, in der wir zwei Kammern für die Nacht bestellt haben.« Als sie Diann und Arild erreicht hatten, fügte er hinzu: »Ich werde mir eine Kammer mit Arild teilen, und du nimmst Diann mit zu dir.«

Sie saßen zu viert in der leeren Gaststube der kleinen Herberge, die Tork und Arild für die Nacht ausgesucht hatten, und warteten darauf, dass der Wirt ihnen etwas Heißes zu trinken brachte. Der Weg dorthin war Eirion grausam lang erschienen, obwohl Tork ihr versichert hatte, dass sie nur wenige Straßen weit zu gehen hatten.

»Ich sehe mal nach, ob ich unserem Herbergsvater etwas auf die Sprünge helfen kann«, bemerkte Diann, die in den vergangenen Minuten deutliche Zeichen von Ungeduld gezeigt hatte. Jetzt stand sie von dem Ecktisch, an dem sie saßen, auf und eilte mit bewunderungswürdiger Tatkraft auf die Schwingtür zu, hinter der der lubische Wirt verschwunden war.

»Also«, fragte Eirion an Arild gewandt, »was machst du hier und wie bist du auf Tork gestoßen?« Sie war zu müde, um die alte Abwehr gegen Lados Sohn heraufzubeschwören. Sie wollte nur noch die Tatsachen wissen, und nicht einmal die vermochten im Augenblick ihre volle Aufmerksamkeit zu fesseln.

»Die letzte Frage ist schnell beantwortet«, erklärte Tork an Arilds Stelle. »Barko hat uns miteinander bekannt gemacht.«

Eirion zog fragend die Augenbrauen hoch: »Barko?«

»Er kennt mich aus Tarlin, das weißt du doch«, warf Arild ein.

Einen Moment lang verwirrte es Eirion, dass die beiden Männer von ihrem Falken sprachen, als sei er ein menschliches

Wesen. Aber andererseits verwunderte sie inzwischen nichts mehr, was ihren Falken betraf – bis auf eins.

»Ich verstehe nicht, wieso auch Barko mich aus den Augen verlieren konnte«, sagte sie. »Er ist mir gefolgt, als wir in Lemmas angegriffen wurden und wir anschließend einen weiten Weg ohne ihn zurückgelegt haben. Da hatte er doch auch keine Schwierigkeiten, mich wiederzufinden.«

Tork blickte nachdenklich drein. »Ja, das ist ein Rätsel, das ich gern gelöst sähe, bevor ...«

Bevor er seinen Satz jedoch beenden konnte, öffnete sich die Schwingtür zwischen Gaststube und Küche, und Diann kam mit einem Tablett herein, auf dem sie vier hohe, dampfende Zinnbecher balancierte. »Ich habe dem Wirt gesagt, er könne schlafen gehen«, bemerkte sie und stellte lächelnd jedem von ihnen einen Becher hin, dann nahm sie sich selbst den letzten und setzte sich wieder zu ihnen.«

Eirion kostete von dem milchigen, süß duftenden Gebräu, das stark nach Alkohol schmeckte, und verzog leicht angewidert das Gesicht. Im Grunde hätte sie Tee mit Honig vorgezogen, aber da sie vollkommen durchgefroren war und der Wirt sich bereits zurückgezogen hatte, musste sie sich mit dem begnügen, was es gab.

»Na schön«, sagte sie, nachdem sie ein paar Schlucke getrunken hatte. »Barko hat euch also zusammengebracht, aber wie bist du überhaupt hierher gekommen, Arild? Was tust du in Luba?«

Arild warf Tork einen fragenden Blick zu, und Eirion begriff.

»Ich habe keine Geheimnisse vor Diann!«, rief sie ärgerlich. »Sie kann alles hören, was du zu sagen hast.«

Arild sah immer noch Tork an, als erwarte er die Entscheidung darüber von ihm und nicht von Eirion, was diese noch mehr gegen ihn aufbrachte. »Sie ist meine Freundin – meine

Schwester –, und ich würde ihr jederzeit mein Leben anvertrauen!« Dann fügte sie an Tork gewandt trotzig hinzu: »Ich habe ihr übrigens schon erzählt, wohin ich will und warum.«

Wieder tauschten Tork und Arild einen Blick, dann begann der Junge mit den Quecksilberaugen zu berichten.

»Sie schlafen?« Rikka deutete mit dem Kopf zu der kleinen Herberge hinüber, von der sie sich nur wenige Schritte entfernt hatten.

»Tief und fest. Ich habe vorsichtshalber auch dem Wirt etwas von deinem Schlaftrunk gegeben«, antwortete Diann mit einem zufriedenen Lächeln. »Dein Plan hat ausgezeichnet funktioniert. Der Vogel hat sie unter der magischen Glocke nicht gefunden, und ich habe gewartet, bis sie vollkommen verzweifelt war.« Diann stieß ein hartes, verächtliches Lachen aus. »Sie hat mir alles erzählt, was wir wissen wollten – ich brauchte nicht einmal danach zu fragen. Außerdem habe ich noch etwas erfahren, das dich interessieren dürfte.«

Rikka hob die Hand. »Hast du ihn?«, fragte sie ungeduldig. Der Mond stand schon dicht überm Horizont, und die Stunden der Dunkelheit waren die beste Zeit, um auf den Linien der Macht zu reisen, wenn man sein Ziel schnell erreichen wollte.

Diann nickte, und im nächsten Augenblick schlossen Rikkas Finger sich um den unscheinbaren kleinen Stein, der für sie der Schlüssel zur Erfüllung all ihrer Träume sein würde. Während der Stein die Wärme ihrer Hand annahm, ließ sie sich mit geschlossenen Augen von der ungeheuren Kraft erfüllen, die dieses letzte Stück einer längst vergangenen Welt verströmte. Die Götter jener Tage hatten in dem kleinen Kristall die Essenz ihrer geballten Macht zusammenfließen lassen, auf dass er in ferner Zukunft in Händen dieses törichten, unfertigen Kindes, Eirion, den Menschen zur Brücke in eine bessere Welt werden möge. Stattdessen war er nun in den Besitz einer klugen, erwachsenen Frau gelangt, die es verstehen würde, ihn weit besser zu nutzen. Rikka atmete in tiefen Zügen die kalte, klare Nachtluft ein. Flüchtig regte sich Bedauern in ihr, dass sie selbst nicht über die Magie gebot, die die volle Macht des Steins entfesseln konnte. Aber es gab jemanden, der es konnte, und auch Umwege führten schließlich zum Ziel.

Jetzt gab es nur noch ein Letztes zu tun, bevor sie endlich aufbrechen konnte, und hastig machte sie sich ans Werk.

KAPITEL 29

Es war ein Fliegen durch endlose Korridore aus Licht und Schatten, und Rikka kostete diese Reise auf den Linien der Macht doppelt aus, weil sie diesmal wieder allein unterwegs war. Bei ihren letzten Reisen hatte sie zuerst Kaylas, Marbans General, dann Diann bei sich gehabt, und es verlangte größte Konzentration, einen der Magie unkundigen Begleiter durch diese Korridore zu lotsen, ohne ihn zu verlieren. Bei Diann war es im Laufe der Reise deutlich einfacher geworden, denn sie besaß ein erstaunlich gutes Gespür für Magie, auch wenn sie nicht in Fiann ausgebildet worden war. Gwenlian musste eine gute Lehrerin gewesen sein, obwohl Rikka ihre ehemalige »Herrin« gut genug kannte, um zu wissen, dass sie ihren Schülerinnen gewiss niemals Einblick in die dunklen Seiten der magischen Künste gewährt hatte. Aber Diann lernte schnell; sie sog wie ein trockener Schwamm alles auf, was man ihr beibrachte.

Rikka runzelte die Stirn, und ein Beben durchlief ihren Körper. Hier in den Korridoren der Macht wurde jede noch so kleine Regung hundertfach verstärkt, ähnlich wie bei der Gedankenrede, nur dass es hier kein Gegenüber gab, das unter solchen Unachtsamkeiten zu leiden hatte. Das war einer der Gründe, vermutete sie, warum die Priesterinnen von Fiann von dieser überaus bequemen und schnellen Reisemöglichkeit keinen Gebrauch machten. Nun gut, es bedurfte eines Blutzaubers, um über die Linien der Macht zu gehen, und diese Art der Magie war seit der Konvention von Táin Bulàll im Alten Reich verboten, aber es gab so viele nutzlose Sklaven in Fiann, dass es auf ein paar mehr oder weniger wahrhaftig nicht angekommen wäre. Rikka konnte sich nicht vorstellen, dass so viele Frauen im Laufe so vieler Generationen allesamt zu zimperlich gewesen sein sollten, um ein paar Sklaven zu opfern. Da erschien es weitaus wahrscheinlicher, dass die Risiken, die in den Korridoren der Macht auf sie selbst lauerten, sie von solchen Reisen abgeschreckt hatten.

Was wohl geschehen mochte, wenn man jemanden, der der Magie nicht oder nur in ungenügendem Maße kundig war, in den Korridoren »verlor«, ging es Rikka durch den Kopf. Sie dachte an Diann, an ihren kindlichen Eifer, ihr zu gefallen, ihr alles recht zu machen, ihr jeden Wunsch von den Lippen abzulesen, noch bevor sie ihn ausgesprochen hatte. Einstweilen war das Mädchen sehr nützlich. Andererseits war sie so furchtbar reizlos, mit ihren groben Knochen, der fahlen, leblosen Haut und den verhärmten Gesichtszügen, die so gar nicht zu ihrer Jugend passten. Rikka liebte nichts Unschönes, Unvollkommenes in ihrer unmittelbaren Nähe. Nun, man würde sehen ...

Rikka legte behutsam den Kopf in den Nacken – keine schnellen Bewegungen in den Korridoren – und ließ ganz langsam in ihren Gedanken Ilas Bild in sich aufsteigen. Sofort floss ein angenehmes Prickeln durch ihren Körper. Es war ein gefährliches Spiel, das sie spielte, aber gerade das Risiko erhöhte den Reiz für sie. Sie ließ sich von der Welle der Lust erfassen, bis sie darin zu ertrinken drohte. Nicht einmal auf dem Höhepunkt der körperlichen Liebe konnte man solche Wonnen erleben wie hier, auf den Linien der Macht. Es war, als ritte man ein ungezähmtes Pferd in wildem Galopp – man konnte jederzeit stürzen, und der Preis der Lust war das eigene Leben. Rikka fühlte sich so lebendig wie nie zuvor und genoss gleichzeitig das Gefühl, die Zügel fest in der Hand zu halten. Licht und Schatten in den Korridoren wechselten sich ab, verwoben sich, zerflossen, verschmolzen, wurden zu Stromschnellen aus purem Leuchten, aus purer Finsternis ...

Genug, ermahnte Rikka sich und ließ die Welle, die sie trug, ein wenig abebben. *Nicht zu viel, nicht zu lange* ... Ein wildes Pferd in gestrecktem Galopp – sie bog den Rücken durch, wölbte sich der Lust entgegen und nahm sich wieder zurück. Diese silberhaarigen Menschen mussten sehr stark sein, mussten der Essenz der Magie noch sehr nahe sein, denn ihre Lebenskraft war ungeheuer groß. Sie hatte eine gute Wahl getroffen, als sie in Luba nach Opfern für den Blutzauber Ausschau gehalten hatte.

Sie wusste nicht, wie lange dieser Flug durch die Korridore gedauert hatte, aber mit sicherem Gespür erkannte sie, wann der Punkt gekommen war, sich für den Ausstieg aus dieser unsichtbaren Schneise, die den ganzen Ork Nuado durchzog, bereitzumachen. Jetzt war sie vollkommen konzentriert; Ilas Bild verblasste zu nichts, und Rikka trat ein in diese vollkommene Leere des Geistes, die allein den Übertritt zwischen den Dimensionen von Wirklichkeit und Magie ermöglichte.

Kein Gedanke streifte sie, kein Gefühl konnte sie jetzt erreichen. Licht umgab sie, und sie war eins mit dem Licht, *war* Licht. Dunkelheit umfing sie, und sie wurde eins mit der Dunkelheit, *wurde* zu Dunkelheit. Ihr Körper war so leicht wie ein Sonnenstrahl, weniger als ein Staubkorn in seinem flirrenden Leuchten. Selbst der Atem eines schlafenden Kindes wog schwerer als ihr ganzes Sein.

Dann hatte sie ihr Ziel erreicht.

Einen Augenblick lang erschien ihr Körper ihr als eine unsägliche Last. Ihre Glieder wollten sie zu Boden ziehen, tödliche Erschöpfung hüllte sie in Schwindel, und sie musste gegen die Übelkeit ankämpfen, die sie in der Kehle würgte.

Aber das alles kannte sie von früheren Reisen auf den Linien der Macht, und sie wusste, dass es sich mit Willenskraft überwinden ließ. Einige Herzschläge lang rang ihr Geist mit ihrem Körper, dann hatte sie sich wieder in der Gewalt.

Das Erste, was sie wahrnahm, war der widerliche Gestank von Bitterklee, und sie verzog die Lippen. Natürlich! Wie hätte es auch anders sein können. Sie sah sich um. Graues, verödetes Land umgab sie, Sumpfland, in dem selbst die Erde kein Leben mehr zu haben schien. Langsam setzte sie einen Fuß vor den anderen.

Schon von weitem konnte sie ihr Ziel ausmachen, aber aus der Nähe betrachtet, wirkte es noch imposanter: ein gewaltiger Baum, der bis in den Himmel hinaufzureichen schien. Rikka schätzte, dass mehr als fünfzig Männer notwendig gewesen wären, um seinen Stamm zu umfassen. Die Baumrinde war grau und schuppig, und ihre Furchen waren an manchen Stellen so tief, dass ein Mensch mühelos darin Platz gefunden hätte. Rikka musste den Kopf in den Nacken legen, um die ersten massigen Äste zu entdecken, die wie riesenhafte, gewundene Schlangen aus dem Fleisch des Baumes herauswuchsen. Und obwohl sie keine Blätter trugen, konnte Rikka durch das wilde Wuchern der Äste und Zweige kein noch so kleines Stückchen Himmel erkennen. Abweisend und bedrohlich überragte der Baum das weite, leere Land.

Ein wahrhaft ehrfurchtgebietendes Gefängnis.

Aber schließlich war der, der dort seit Jahrtausenden eingekerkert war, nicht weniger ehrfurchtgebietend.

Mara. Das Herz der Sümpfe der Verlorenen und der dritte Ort auf dem Ork Nuado, wo sich die drei großen Lebensadern der Macht kreuzten.

Rikka riss sich vom Anblick des Baumes los und betrachtete stattdessen die Geschöpfe, von denen die meisten um ihn herumsaßen, während drei oder vier in einiger Entfernung mit unvorstellbar langsamen Bewegungen irgendwelchen Verrichtungen nachgingen. Dies also waren die Wächter des Einen und Ersten, die gleichzeitig seine Diener und Sklaven waren und ebenso alt wie er selbst.

Sie atmete vorsichtig ein, um nur ja keine Aufmerksamkeit zu erregen, und trat einen Schritt näher. Sanor hatte ihr bei ihrer einzigen Unterredung mit Hilfe des Purpurnen Feuers versichert, dass sie von den Trollen nichts zu befürchten haben würde. Aber ganz hatte er ihre Sorge nicht beschwichtigen können. Behutsam ging sie noch einen Schritt weiter auf sie zu und prallte erschrocken zurück, als einer der Trolle, die vor dem Baum saßen, den Kopf hob. Diese Kreaturen mussten einmal über eine ungeheure Magie verfügt haben, eine Magie, die älter war als alles, womit sie selbst während ihrer Ausbildung an der Akademie Bekanntschaft gemacht hatte. Rikka wagte es nicht, sich zu bewegen, während der Troll – wiederum unendlich langsam – den Kopf in ihre Richtung drehte.

Sanor!, rief sie mit ihrer Gedankenstimme.

Der Troll richtete seine Augen – winzige, schwarze Öffnungen in seinem kahlen Schädel – direkt auf sie.

Sanor!

Der Troll sah sie an.

Eine nie gekannte Furcht schnürte Rikka die Kehle zu. Die Zeit dehnte sich. Rikka rührte sich nicht, wagte nicht einmal mehr, ihre Gedankenstimme zu erheben. Minuten schienen zu verstreichen.

Der Troll sah durch sie hindurch.

Sie sind taub und blind geworden für ihre Umgebung, hatte Sanor gesagt, nachdem sie sich eines Nachts auf Burg Tarlin, als alles schlief, in Marbans Amtsstube gestohlen und das Purpurne Feuer entdeckt hatte. *Sie haben so viele Jahrtausende in den Sümpfen ausgeharrt, dass ihre Augen und Ohren in ihren Körpern gestorben sind. Und mein Geruch, der meine einzige mir verbliebene Waffe ist, hat ein Übriges getan, ihre Sinne verdorren zu lassen. Du hast von ihnen nichts zu befürchten.*

Rikka räusperte sich. Der Troll reagierte nicht.

Einer seiner Gefährten stand auf, langsam, sehr langsam. Wieder hielt Rikka den Atem an.

Der Troll, der sich erhoben hatte, kam mit schweren Schritten auf sie zu, von denen jeder einzelne ihn mehr Kraft zu kosten schien, als er besaß. Er bewegte sich nicht direkt in ihre Richtung, sondern schräg an ihr vorbei. Mit klopfendem Herzen beobachtete Rikka, wie er geraume Zeit später in die Hocke ging, offensichtlich, um seine Notdurft zu verrichten.

Rikka wandte sich angewidert von ihm ab und räusperte sich abermals, etwas lauter diesmal. Nichts geschah. Sie nahm ihren ganzen Mut zusammen.

»Sanor?«, rief sie leise.

Ein Geräusch, das wie das Rascheln von Blättern klang, antwortete ihr. Rikka sah erstaunt zu der hohen Baumkrone auf. Die dicken Zweige waren vollkommen kahl; nicht ein einziges Blatt wuchs an ihnen. Dennoch klang das, was sie hörte, tatsächlich wie das Raunen eines großen Waldes, wenn der Wind hindurchfuhr.

»Sanor?«, wiederholte sie zögernd.

Das Raunen wurde kräftiger und formte sich endlich zu Worten.

Du bist also gekommen!

Rikka sah sich irritiert um. Sie wusste nicht, woher die Stimme gekommen war.

»Ich bin hier!«, sagte sie in Richtung des Baumes.

Nach einem kurzen Schweigen konnte sie in demselben Raunen wie zuvor abermals Worte erkennen.

Ich kann dich nicht hören. Nicht solange ich ein Gefangener des Za'mar-a bin. Du musst deine Gedankenstimme benutzen, wenn du zu mir sprechen willst.

Des Za'mar-a?, erwiderte Rikka fragend.

Ein Lachen wehte durch ihren Kopf. *Wie du dir sicher denken kannst, ist es kein gewöhnlicher Baum, der meine Kraft zu fesseln vermag,* antwortete Sanor. *Und diese erbärmlichen Kreaturen, die man zu Wächtern bestellt hat, haben alle Magie, über die sie einmal verfügen konnten, längst verloren.* Wieder lachte Sanor, und Rikka konnte Verbitterung und Verachtung gleichzeitig aus diesem kurzen Laut heraushören. Dann fuhr Sanor fort: *Der Za'mar-a, der den Sümpfen ihren Namen gegeben hat, sieht aus wie ein Baum – oder jedenfalls wie etwas, das entfernte Ähnlichkeit mit einem Baum hat. Aber in Wirklichkeit ist er ein lebendiger Dämon, der mit seinem Stein gewordenen Fleisch meine Seele geißelt.* Ein lang gezogenes »Ahhh« folgte diesen Worten, und in der einen Silbe lag unermessliche Qual.

Rikka schauderte.

Der Dämon wird mit jedem Jahr, das vergeht, größer und stärker, sprach er, der sich vor langer Zeit den Namen der Eine und Erste gegeben hatte, weiter. *Was du über der Erde von ihm siehst, ist nur ein kleiner Teil seiner körperlichen Erscheinung in der Welt der Dinge.* Ein frustriertes Heulen erklang. *Seine wahre Macht kannst du, kleine Menschenfrau, nicht einmal erahnen! Es gibt kein Entrinnen für den, den er einmal in seine Fänge bekommen hat.*

Der Geruch von Bitterklee war jetzt so überwältigend, dass Rikka glaubte, keinen Atemzug mehr tun zu können.

Wenn du willst, dass ich dir helfe, fuhr Rikka Sanor mit

ihrer Gedankenstimme an, *dann hör auf, meine Lungen zu vergiften! Wie du dich vielleicht erinnern kannst, falls der Dämon nicht auch deine Sinne bereits hat verdorren lassen, brauchen wir »kleinen Menschenfrauen« Luft zum Atmen.* Es hatte ihr zutiefst missfallen, von Sanor so tituliert zu werden, und sie machte sich nicht die Mühe, ihren Zorn zu dämpfen, der in der Gedankenrede einen gewöhnlichen Sterblichen wie ein Peitschenhieb getroffen hätte.

Doch Sanor lachte nur. Allerdings ebbte die widerliche Flut des Geruchs um sie herum augenblicklich ab. Rikka atmete erleichtert auf.

Wie gesagt, fuhr Sanor ungerührt fort, als sei nichts geschehen, *es gibt keinen Ausweg für den Gefangenen von Za'mar-a, es sei denn, er könnte über eine Magie verfügen, die noch älter und noch mächtiger wäre als der Dämon selbst.*

Rikka musterte die gewaltige graue Kreatur, von der sie gerade erfahren hatte, dass sie weit mehr war als nur ein sehr alter und sehr hoher Baum. Und auch wenn sie nur eine »kleine Menschenfrau« sein mochte, ahnte sie jetzt, da sie unmittelbar vor ihm stand, was einem solchen Wesen möglich sein musste. Aber sie war nicht nur eine Menschenfrau, wie Sanor gesagt hatte, sie war auch das Kind der Heiligen Schlange und damit ein Teil von etwas, dass seinerseits tief in die Wurzeln der Zeit hinabreichte.

Wieder lachte Sanor. *Du bist wütend auf mich, kleine Sterbliche? Das gefällt mir.*

Rikka runzelte die Stirn.

O ja, sagte Sanor. *Ich kann mehr in deinen Gedanken lesen, als du preisgeben willst, Tochter der Heiligen Schlange.*

Rikka biss die Zähne zusammen und konzentrierte sich darauf, eine Barriere um ihren Geist zu errichten, die sie vor dem unerwünschten Eindringen eines anderen schützen sollte.

Das hilft dir wenig. Diesmal war es weniger ein Lachen als ein Kichern, das Sanor ausstieß. *Aber sei unbesorgt. Was ich in dir lese – und ich sage dir, ich lese in dir wie in den Seiten eines aufgeschlagenen Buches –, gefällt mir.*

Rikka ballte die Fäuste ob des herablassenden Tonfalls, den Sanor angeschlagen hatte. Aus den Augenwinkeln sah sie, dass der Troll, der zuvor seine schmutzige Notdurft verrichtet hatte, an seinen Platz zurückgekehrt war. Die runzligen Geschöpfe beunruhigten sie nicht länger; sie waren harmlos – waren es immer gewesen – im Vergleich zu dem, was sie hier vor sich hatte, das wusste sie jetzt.

Du willst Macht, fuhr Sanor fort. *Und du willst Unsterblichkeit.* Er schwieg kurz. Der Bitterklee war nur noch eine schwache Erinnerung, die die Luft durchzog. Offensichtlich hatte der Eine und Erste sein inneres Gleichgewicht wiedergefunden. *Das ist gut,* sagte er dann, *denn beides will ich auch.*

Seine Worte brachten eine Saite in Rikka zum Schwingen, und sie legte ihre ganze Magie in ihr Bemühen, ihre Gedanken gegen Sanor abzuschirmen.

Du verschwendest deine Kraft, erklärte Sanor nüchtern. *Warum glaubst du mir nicht einfach. Wir wollen beide dasselbe – und wir wollen es beide nicht teilen.*

Rikka atmete langsam durch die Zähne aus, dann ließ sie ihren magischen Schutzschild, der sie in der Tat viel Kraft kostete, endgültig sinken.

Was bedeutet, dass wir in einer Sackgasse angekommen sind, nicht wahr?, erwiderte sie ironisch. *Du willst alles – und ich will nicht weniger. Für mich sieht das so aus, als hätten wir ein Problem.*

Sanor lachte schallend, und Rikka wusste, wenn er in diesem Augenblick eine körperliche Gestalt gehabt hätte, hätte er den Kopf in den Nacken geworfen.

Wenn zwei alles *wollen und es nicht in Erwägung ziehen, zu teilen, dann bleibt immer noch eine Möglichkeit.*

Rikka brauchte ihre Frage nicht zu formulieren, um von Sanor eine Antwort zu erhalten.

Sie müssen sich zusammentun, dann haben sie beide *alles.*

Rikka zögerte. Sie tastete nach dem schwarzen Kristall, der sicher aufgehoben in ihrer Tasche lag.

O ja, sagte Sanor. *Mir ist durchaus klar, dass du den Schlüssel zu meiner Erlösung in Händen hältst – aber das ist nicht die einzige Möglichkeit für mich zu entkommen, wie du weißt.*

Abermals beantwortete Sanor Rikkas Frage, bevor sie sie gestellt hatte.

Ah, du weißt es nicht! Eine Spur von Erstaunen lag in seiner Stimme, aber er fasste sich schnell. *Aber ja, ich vergaß, dass es noch jemanden gibt, der* alles *will.*

Rikka nickte langsam. *Was bedeutet das? Und was hast du mit Marban zu schaffen?*

Das ist eine lange Geschichte, erwiderte Sanor. *Aber du weißt doch zumindest ...* Er zögerte kurz. *Ja,* das *weißt du ... Und wie ich sehe, hatten wir auch den gleichen Plan. Die drei Zentren der Macht. Wer sie besitzt, besitzt alles. Aber es ist ein mühsamer Weg bis dorthin, ein Spiel mit höchst ungewissem Ausgang. Ich habe Marban und den Falkenberg, du kannst dir Zugriff auf das Zentrum in Fiann verschaffen, auch in dieser Hinsicht könnten wir viel erreichen, wenn wir uns zusammentäten.*

Den Falkenberg?, fragte Rikka argwöhnisch.

Marban, erwiderte Sanor lakonisch und mit einem Tonfall, der wie ein Achselzucken klang.

Rikka dachte kurz nach. *Die Kathedrale?*

In der Tat, sagte Sanor. *Du siehst also, ich halte zwei der drei Zentren besetzt, du eines. Wir könnten jeder für sich allein versuchen, alle drei Zentren zu gewinnen. Aber wenn wir gegeneinander kämpfen, haben wir viel zu verlieren – wir haben* alles *zu verlieren. Tun wir uns zusammen, können wir dagegen* alles *gewinnen – und das nicht erst in einer fernen, ungewissen Zukunft, sondern bald. Bald ... Bald ...*

Sanors Stimme sank zu einem halb schmeichelnden, halb sehnsuchtsvollen Raunen herab.

Bald ... Bald ...

Wieder schloss Rikka die Finger um den Stein der Gnade, der so glatt und kühl war. Bald ... Bald ...

Gib mir den Stein, flüsterte Sanor drängend.

Rikka trat noch einen Schritt näher an den Baum heran, so dass sie jetzt nur noch die Hand auszustrecken brauchte, um ihn berühren zu können.

Bald ... Bald ...

Zusammen werden wir die Welt regieren, wir werden alles *sein, wir werden Götter sein ...*

Rikka nahm den Stein aus ihrer Tasche. Aber sie zögerte noch immer. Wenn sie Sanor den Stein überließ, würde er über eine Macht verfügen, die sie sich kaum vorzustellen vermochte. Was würde er mit dieser Macht anfangen? Würde er sie nicht als Erstes dazu benutzen, sie, Rikka, zu vernichten? Sie an seiner Stelle würde jedenfalls keinen Augenblick zögern, genau das zu tun.

Vergiss nicht, wer du bist!, raunte Sanor in ihren Gedanken. *Niemand kann ein Kind der Heiligen Schlange so leicht betrügen, nicht einmal ich. Und vergiss nicht, dass du noch einen Trumpf gegen mich in der Hand hast: Du hast den Zugriff auf Fiann, den ich mir ohne deine Hilfe nur schwer verschaffen kann, denn die vereinte Kraft der Priesterinnen des Alten Reichs wird nicht so leicht zu überwinden sein. Hörst du mich,*

Tochter der Schlange? Ich will alles, das ist wahr, aber vor allem will ich es – bald!

Rikka versuchte, tief in den Geist des Einen und Ersten hineinzuspüren. Sie las Gier in seinen Gedanken, sie las Hass und Verbitterung. Der Eine und Erste ließ sie ohne Rückhalt in sein Wesen ein. Jahrtausendelange Qual, jahrtausendelange Einsamkeit, Kampf, Auflehnung und Frustration. Sie tastete sich immer weiter in das Gewebe seines Geistes hinein, durchforschte auch die kleinsten Verästelungen seines Wesens.

Wir werden Götter sein ... Es ist ein langer Weg bis dorthin, ein Spiel mit ungewissem Ausgang ... Bald ...Ich will es – bald ...

Rikka streckte die Hand aus und strich vorsichtig über die raue, geborstene Haut des Dämons, in dem Sanor eingekerkert war. Sie war seinem Wesen jetzt so tief verbunden, dass sie auch das Schaudern spürte, das ihn bei dieser Berührung durchlief. Es musste die erste menschliche Berührung seit unvorstellbar langer Zeit sein, durchzuckte es sie. Was für ein Gefühl musste das sein, nach Jahrtausenden uneingeschränkter Einsamkeit zum ersten Mal wieder berührt zu werden? Wie würde die Lust schmecken, wenn man nach so langer Zeit wieder von ihr kosten durfte?

Ein Stöhnen antwortete Rikka, und in diesem Laut lag ein solch quälendes Verlangen, dass Rikka sich unwillkürlich entspannte. War es möglich, dass Sanor übersehen hatte, dass sie noch einen zweiten, weitaus mächtigeren Trumpf gegen ihn in Händen hielt?

Noch einmal fuhr Rikka über die Rinde des alten Baums, der kein Baum war, sehr zart und langsam diesmal, mit einer spielerischen Sinnlichkeit, die durch ihre Fingerspitzen floss wie ein starker, süßer Wein.

Sanors Antwort beseitigte auch den letzten Zweifel in ihr.

Was muss ich tun?, fragte sie mit weicher, lockender Stimme, und es dauerte lange, bis der Eine und Erste sich wieder so weit in der Gewalt hatte, dass er ihr sagen konnte, wohin sie den Stein legen musste.

KAPITEL 30

Ein pulsierendes, in allen Rottönen schimmerndes Licht erfüllte die Grotten, obwohl keiner von ihnen eine Fackel trug. Langsam und schweigend ging die kleine Gruppe unter Arilds Führung tiefer in das Höhlenlabyrinth, das das Orkische Gebirge durchzog, hinein. Das Klopfen ihres eigenen Herzens war das einzige Geräusch, das die Stille um Eirion herum durchbrach. Sie hatten den verborgenen Eingang zu den Grotten der Seelen erst vor wenigen Minuten hinter sich gelassen, und doch hätten sie ebenso gut in einer anderen Welt sein können. Bizarre steinerne Wucherungen hingen von der Decke des unterirdischen Gewölbes herab oder wuchsen aus dem Boden. Einige davon waren glatt und liefen am Ende spitz zu wie die Eiszapfen an den Dächern in Luba. Andere waren wulstig und uneben und hatten sich im Laufe der Jahrhunderte immer wieder in sich selbst gedreht, als hätten sie sich nicht entscheiden können, in welche Richtung sie wachsen wollten. Manchmal berührten sich zwei oder drei dieser Gebilde und umschlangen einander wie Liebende oder wie Ringer in einer tödlichen Umarmung. Und jede Felswand, jede Versteinerung des unaufhörlich daran herabrieselnden Wassers warf das flackernde Licht zurück, das von überall und nirgendwo zu kommen schien.

Immer weiter folgten sie nun dem gewundenen Weg, bis Arild, der vorausging, sich umdrehte und Eirion fragend ansah.

»Spürst du immer noch nichts?«, wollte er wissen, und Eirion schüttelte den Kopf. Sie spürte nichts, absolut nichts. Der Stein der Gnade, der sie durch die Grotten führen sollte, wenn sie wirklich die Eine war, auf die die Hüter des Steins seit Generationen warteten, schwieg beharrlich.

Sie hatte bereits, zusammen mit Tork und Diann, vor zwei Tagen versucht, in die Grotten zu gelangen, aber sie hatte nicht einmal den Eingang gefunden, der so unübersehbar wirkte, als Arild sie heute dort hingeführt hatte. Aber sie hatte es zunächst abgelehnt, Hilfe von dem Jungen mit den unheimlichen Augen anzunehmen, den sie aus ihrer Kindheit in keiner guten Erinnerung hatte. Er war anmaßend und eigenbrötlerisch, und sie mochte ihn nicht.

»Vielen Dank«, hatte sie erwidert, als Arild ihr vor zwei Tagen in der Herberge seine Hilfe angeboten hatte. Sie hatten viel länger geschlafen, als sie wollten, und die Sonne stand bereits am Himmel, als sie zu einem hastigen Frühstück in die Gaststube gekommen waren. Genauso wie Tork hatte Eirion nur den einen Wunsch gehabt, endlich aufzubrechen, aber anders als er wollte sie dies keineswegs in Arilds Gesellschaft tun.

»Es schadet doch nichts, wenn er mitkommt«, hatte Tork gesagt. »Er kennt den Weg.«

»Der Stein der Gnade wird mich führen, das hast du selbst gesagt.« Eirion tastete nach dem kleinen Lederbeutel an ihrem Hals und stockte kurz. Einen Moment glaubte sie, der Stein fühle sich anders an als zuvor, aber dann dachte sie, dass er sich wohl nur in seinem Beutel gedreht haben müsse. Zuversichtlich erklärte sie: »Seine Magie hat uns sicher durch die Sümpfe der Verlorenen gebracht, sie wird mich auch nach Anguli bringen.«

Sie sah, dass Tork und Arild einen Blick tauschten wie zwei Freunde, die keine Geheimnisse voreinander hatten. Aus irgendeinem Grund schürte diese kleine Geste der Vertrautheit ihren Ärger, der in Arilds Gegenwart schon in Tarlin jedes Mal in ihr aufgestiegen war. Hier in Luba war es jedoch noch schlimmer geworden; sie konnte Arilds Nähe einfach nicht ertragen. Ihre Seele schien entzweigerissen zu werden, wann immer sie ihn auch nur ansah. Vielleicht lag es ja an seinen Augen, diesen Augen, die ihr nicht recht menschlich erschienen, weil man jeden Moment damit rechnen musste, dass sie sich in reines Quecksilber verwandelten.

Wie sie es auch jetzt taten. »Wenn du meinst, dass du ohne mich zurechtkommst«, erwiderte er hochmütig, »dann versuch es doch!«

Und sie hatte es versucht. Bis spät in die Nacht hinein hatte sie zusammen mit Tork und Diann gesucht – sie hatte gegen Torks Willen darauf bestanden, dass Diann mitkam, weil sie den Gedanken nicht ertragen konnte, sich so bald schon wieder von ihrer Freundin trennen zu müssen. Aber dann hatten sie nirgendwo einen Durchlass in den Felsen gefunden, geschweige denn einen Eingang von der Größe, wie Arild ihn ihnen kurz zuvor gezeigt hatte. Tork und Diann hatten sich schließlich bereits an einer windgeschützten Stelle ein notdürftiges Lager aus Fellen bereitet und sich schlafen gelegt, als Eirion immer noch verbissen jeden Zentimeter des eisigen, undurchdringlichen Felsens abgesucht hatte. Sie hatte sich geweigert aufzugeben, weil das einer Niederlage gleichgekommen wäre. Arild hatte am Morgen gleichmütig erklärt, dass er in Luba warten würde, falls sie seine Hilfe doch benötigen sollten, und eine Rückkehr in die Stadt kam für Eirion einfach nicht in Frage.

Aber schließlich hatte Tork, als der Himmel über den Bergen bereits heller wurde, unerbittlich darauf bestanden, dass Eirion sich wenigstens für ein paar kurze Stunden niederlegte, damit sie am Morgen überhaupt Kraft zum Gehen haben würde.

»Es hat keinen Sinn«, hatte er gesagt und sie tröstend in die Arme genommen. Da erst war Eirion bewusst geworden, dass sich eine knochentiefe Erschöpfung ihrer bemächtigt hatte. Mit einem unkontrollierten Zittern war sie in seinen Armen zusammengesunken.

»Aber warum versagt der Stein?«, hatte sie schluchzend hervorgestoßen.

»Ich weiß es nicht, Eirion«, erwiderte Tork und wiegte sie sanft hin und her. »Ich kann es mir nicht erklären – und dir auch nicht.«

»Wenn ich wirklich die wäre, für die du mich hältst ...«

Tork unterbrach sie sanft, aber bestimmt. »Ich weiß, dass du es bist«, sagte er. »Du bist die Tochter der drei Welten, ganz gewiss. Der Stein der Gnade hat dir in den Sümpfen gedient, als er uns vor Rikka und ihren Soldaten rettete.« Er legte ihre eine Hand auf die Lippen und erstickte jeden weiteren Protest im Keim. »Es ist eine sehr alte Magie, Eirion, der der Stein gehorcht. Niemand kann mit Sicherheit sagen, welchen Gesetzen er folgt. Und wer weiß«, fügte er hinzu. »Vielleicht hat es ja der Stein der Gnade selbst so gefügt, dass Arild zur richtigen Zeit am richtigen Ort war. Vielleicht ist nicht der Stein selbst der Führer, vielleicht hat er dir stattdessen einen der Schwanenmenschen geschickt, damit *er* dich führen kann.«

Eirion hatte sich von Torks Worten besänftigen lassen und tatsächlich einige Stunden geschlafen, bevor sie nach Luba zurückgekehrt waren. Und nun waren sie hier in den Grotten, und Arild erwartete von ihr, dass sie irgendetwas *spürte!*

»Nein«, antwortete sie auf seine Frage. Ihre Augen, die ihren Begleitern in diesem Moment genauso unheimlich erschienen wie die Arilds, schossen ihm smaragdgrüne Blitze zu. »Und wenn du irgendwelche dummen, kindischen Spiele spielen willst, dann such dir jemand anderen dafür aus. Entweder du führst uns nach Anguli, oder du lässt es bleiben, ganz wie du willst. Aber hör auf, mir deine idiotischen Fragen zu stellen. *Eirion, spürst du nichts*«, äffte sie ihn nach. »*Ach, Eirion, spürst du immer noch nichts?* Verdammt, nein! Ich spüre *nichts!*«

Arild hob beschwichtigend die Hände, und Tork warf ihr einen verständnislosen Blick zu. Diann verfolgte das Ganze mit gleichgültigem Interesse.

Eirion rieb sich müde ihren schmerzenden Nacken. »Entschuldigung«, sagte sie schließlich leise. »Ich weiß selbst nicht, was in mich gefahren ist.« Das entsprach jedoch nur zum Teil der Wahrheit. Als sie nun die beiden Männer wieder so dicht nebeneinander stehen sah, wusste sie plötzlich, dass diese tiefe Zerrissenheit, die schlimmer war als ein körperlicher Schmerz, etwas mit Tork und Arild zu tun haben musste, auch wenn sie nicht verstand, warum das so war. Das Gefühl ähnelte dem, das jeder Blick in einen Spiegel oder in eine andere spiegelnde Oberfläche in ihr auslöste. Der Schwindel, der dem Zersplittern ihres Bildes folgte, zerriss ihre Seele auf eine ähnliche Weise, wie es die unmittelbare Nähe dieser beiden Männer tat. Nur dass sie in den vergangenen Monaten gelernt hatte zu verhindern, dass etwas Derartiges mit ihr geschah. Sie konnte jetzt ohne große Konzentration an allem vorbeisehen, das ihr Gesicht spiegelte – aber wie sollte sie dieses Problem lösen, dessen Ursache sie nicht begriff?

Dann blieb ihr jedoch keine Zeit mehr zu längerem Grübeln, denn Arild tat etwas vollkommen Unerwartetes. Er wandte sich um und ging zielstrebig auf eine Felswand zu, vor der gewaltige Kalkversteinerungen sich wie die Zähne eines Riesen ineinander verschränkten. Sie wuchsen von der Decke und aus dem Boden, und nicht einmal eine junge Ziege oder auch nur ein Eichhörnchen hätte durch die winzigen Lücken in diesem bedrohlich schillernden Maul hindurchgepasst – und erst recht kein ausgewachsener Mann.

Arild stand jetzt unmittelbar vor dem Felsmassiv, blieb jedoch nicht davor stehen, sondern hob die Hand, strich über die obere Reihe der versteinerten Kalkgebilde – und war verschwunden.

Tork fasste sich als Erster. »Ich schätze, wir haben soeben eins der Geheimnisse dieser Grotten entdeckt«, sagte er leise und folgte Arild.

Eirion und Diann sahen sich fragend und ein wenig nervös an. Dann lachte Diann unsicher. »Nun, da Arild diesen Weg schon einmal gegangen ist und die Grotten unbeschadet wieder verlassen hat«, meinte sie, »muss er wohl wissen, was er tut.« Sie griff nach Eirions Hand, und gemeinsam traten sie durch das erste Tor von Anguli – denn ein Tor war es, so wenig es auch danach aussah.

Eirion blinzelte. Das Licht, das sie auf der anderen Seite erwartete, war nicht mehr rötlich gefärbt, sondern grün, und es war ein Licht, wie sie es noch nie in ihrem Leben gesehen – oder vielmehr gefühlt – hatte. Es durchdrang ihren ganzen Körper und erfüllte sie mit einer seltsamen Leichtigkeit, wie sie sie sonst nur im Wasser verspürte, das ihr die Schwere aus den Gliedern nahm und sie sanft und sicher über einen See trug.

Sie schüttelte sich leicht, denn das Licht war nur die erste Sinneswahrnehmung, die zu ihr durchdrang. Sie sah ihre Begleiter an; Tork und Diann schienen ebenso verwundert zu sein wie sie selbst. Arild lächelte nur überlegen.

»Der Gesang der Feen«, erklärte er, nachdem er ihnen Zeit gegeben hatte, auf das feine Klingen zu lauschen, das in der Luft lag.

»Der Gesang der Feen?«, wiederholte Eirion.

Arild nickte. »Es gab Sieben Reiche der Unschuld«, erklärte

er ihr mit mehr Geduld, als ihr gefiel. »Davon wirst du doch inzwischen gehört haben.« Wieder wechselte er einen dieser verschwörerischen Blicke mit Tork, als seien sie in Geheimnisse eingeweiht, die sonst niemand kannte. Tork erwiderte sein Lächeln, und Eirion begriff plötzlich, dass eins der Gefühle, die ihr zu schaffen machten, wahrscheinlich den Namen Eifersucht trug.

»In der Tat«, antwortete sie so würdevoll wie möglich. »Von den Sieben Reichen der Unschuld habe ich schon einmal gehört, und das nicht erst von Tork.« Dann fügte sie, weniger der Wahrheit zuliebe als weil Tork zuhörte und ihm natürlich klar war, wie wenig sie bisher über diese Dinge gewusst hatte, hinzu: »Obwohl ich das alles bis vor kurzem für eine Legende gehalten habe.«

»Nun, die Sieben Reiche der Unschuld sind keine Legende«, sagte Arild, »es sei denn, du hältst dich selbst ebenfalls für eine Legende?«

Eirion knirschte leise mit den Zähnen, zwang sich dann aber, sich nichts anmerken zu lassen. »Da du dich so gut mit den alten Legenden – den alten Reichen, meine ich – auskennst; was hat es also mit dem Gesang der Feen auf sich?«

»Das Reich der Feen war das erste, das starb«, begann Arild zu sprechen.

»Das weiß ich«, unterbrach Eirion ihn.

Ein zweifaches, gezischtes »Sch!« von Tork und Diann brachte sie zum Schweigen.

Arild sah sie beinahe mitleidig an, bevor er erneut zu seiner Erklärung ansetzte: »Die Feen sind schon lange nicht mehr Teil unserer Welt, aber als sie fortgingen, ließen sie etwas von der Essenz ihres Wesens hier in den Grotten der Seelen zurück. Hört ihr das?«, fragte er dann und hob lauschend die Hand. Das leise Singen in der Luft war jedoch weniger ein Geräusch, das man mit den Ohren hören konnte, als eine zarte Vibration, die man auf der Haut spürte. Eirion begriff, dass es nicht das seltsame grüne Licht war, das diese Wirkung hatte, sondern etwas anderes, etwas sehr Altes und Kostbares.

»Aber warum ausgerechnet hier?«, flüsterte sie ehrfürchtig. »Ich meine, die Feen haben doch nicht in Anguli gelebt?«

»Nein«, antwortete Arild, und zum ersten Mal fühlte Eirion sich ihm nahe – vielleicht weil sie spürte, dass er ihren Kummer über den Verlust dieser nie gekannten Gefährten teilte. »Aber die Grotten der Seelen«, fuhr er zu sprechen fort, »gehören uns Schwänen nicht allein, haben uns nie allein gehört. Hier, wo das gewaltigste Gebirge des Ork Nuado die Welt der Dinge von einem der sieben Alten Reiche trennt, hier kamen schon vor unvordenklichen Zeiten jene von uns hin, die ihre Unsterblichkeit ablegen wollten, um eins mit den Göttern zu werden.«

Lange Minuten verstrichen, während sie schwiegen und vor allem Eirion und Arild dem eigentümlichen Klang nachspürten, der das Vermächtnis ihrer Brüder, der Feen, war.

»Aber woher weißt du das alles?«, brach Eirion schließlich den Bann.

Arild zog erstaunt die Augenbrauen hoch, und Eirion stellte beinahe erleichtert fest, dass ihre alte Abneigung gegen ihn zurückkehrte.

»Ich habe dir doch erzählt, dass Lado mein Vater ist«, sagte er – wieder mit ungebührlich deutlicher Geduld. »Du erinnerst dich? Der, den sie in Tarlin den ›Jäger‹ nennen? Nun, er ist ein Schwanenmensch und im Gegensatz zu uns beiden in Anguli geboren und aufgewachsen. Wundert es dich, dass ein Kind vom See die Geheimnisse des Sees kennt?«

Eirion sparte sich eine Antwort. »Ich denke, wir sollten nicht noch mehr Zeit mit alten Geschichten verschwenden«, sagte sie hochmütig. »Lasst uns weitergehen.«

Sie kamen noch an sechs weitere Tore, von denen jedes so abweisend und bedrohlich aussah wie das erste. Aber auch die anderen Tore ließen sich mühelos durchschreiten, wenn man wusste, wo sie zu finden waren. Und hinter jedem Tor erwartete sie ein neues Gewölbe, das seine ganz eigene Atmosphäre hatte.

»Dies ist das Haus der Schwäne«, sagte Arild endlich, als sie die achte Grotte erreicht hatten. Eirion wusste inzwischen, dass es neun Grotten gab – sieben, die als Haus für die Seelen eines jeden der alten Reiche dienten, und jeweils eine Grotte am Anfang und am Ende des Höhlenlabyrinths, die jeden verwirren sollte, dem es wider Erwarten gelang, sich Zutritt zu dieser verborgenen, heiligen Welt zu verschaffen.

Eirion schloss die Augen. Ein leiser Windhauch schien diese letzte Grotte zu erfüllen, und sie erinnerte sich daran, wie oft sie in schlaflosen Nächten auf Burg Tarlin das Gefühl gehabt hatte, der Wind spräche direkt zu ihrem Herzen, wenn auch in einer Sprache, die sie nicht verstand.

Dann geschah etwas Seltsames. Sie hatte das Gefühl zu zerfließen, über ihren Körper hinauszuwachsen, eins zu werden mit etwas, das größer war als sie.

»Anu«, flüsterte sie kaum hörbar. »Anu ...« Die beiden Silben gehörten ihr, ebenso wie ihre Haut zu ihr gehörte, die ihren ganzen Körper umfasste. »Mein Name ist Anu.«

Ein Laut, der die tiefe, vollkommene Harmonie der Grotte durchschnitt, riss Eirion aus ihrer Versunkenheit heraus, und sie öffnete die Augen.

Diann sah sie ungeduldig an. »Was redest du da? Ich bin

müde und will endlich irgendwo *ankommen!* Und steh nicht so herum, als wolltest du den Rest deines Lebens hier verbringen.«

Sie hat Recht, dachte Eirion verwundert, *ich fühle mich tatsächlich so, als wollte ich nie wieder von hier fortgehen.* Eine wunderbare Stille wuchs in ihrem Innern heran, ein heller Friede, der ihr ganzes Sein in ein Lächeln verwandelte.

Das muss die Ewigkeit sein, dachte sie. Sie hatte bisher nicht verstanden, warum unsterbliche Wesen, die alles hatten, was sie sich wünschen konnten, die in einer Welt ohne Not und Kummer lebten, jemals das Bedürfnis verspüren sollten, diese Grotten aufzusuchen, um ihre Unsterblichkeit abzustreifen und eins mit den Göttern, eins mit dem Atem der Ewigkeit zu werden.

Jetzt wusste sie es. Mochten die Bewohner der Sieben Reiche der Unschuld auch alles gehabt haben, in diesem Augenblick wusste Eirion, dass es irgendwo noch mehr als alles geben musste.

Die Seelen aller, die vor ihr den Weg in die Grotten gegangen waren, streckten sich ihr entgegen, und das Lächeln, das gleichzeitig Farbe war und Klang, Stille und Melodie, Liebe und Freundschaft, dieses Lächeln der Seele, das mehr als alles war, zog sie immer weiter und weiter und weiter ...

»Eirion!«

Irgendetwas störte ihren Frieden, und sie wehrte es ab wie eine lästige Mücke im Sommer.

»ANU!«

Der Klang ihres Namens, der ihr wahrer Name und ihr erstes Geburtsrecht war, zerriss das Gewebe, in das sie eingetaucht war, um nie wieder daraus emporzusteigen. Helles Tageslicht blendete sie.

Ein letztes Mal noch kämpfte sie gegen die Kraft an, die sie um ihre Heimat betrügen wollte, aber sie wusste bereits, dass es vergeblich war. Die Farben in ihr verblassten, die Klänge zogen sich zurück, Stille und Melodie waren nicht länger eins.

Als sie die Augen aufschlug, wusste sie, dass sie das Kostbarste verloren hatte, das ein Mensch besitzen konnte. Sie hatte etwas verloren, das mehr als alles war.

KAPITEL 31

Marban musterte die Frau, die am Morgen auf der Burg erschienen war, mit einem langen, zweifelnden Blick. Sie war zerlumpt und schmutzig, ihre Haare hingen ihr wirr bis zur Taille herab und waren offensichtlich ziemlich lange nicht mehr gewaschen worden, und es war unmöglich, ihre genaue Gesichtsfarbe unter der grauen Staubschicht zu erkennen, die eine wochenlange Reise unter gewiss widrigen Umständen dort hinterlassen hatte.

»Du bist also Rikkas Zofe«, sagte er abschätzig. »Das erstaunt mich.«

Die fremde junge Frau hielt seinem Blick gelassen stand.

»Und Ihr seid also der König von Caernadon«, antwortete sie in dem gleichen kühlen Tonfall, und Marban hielt den Atem an. Würde sie es wagen, ihm mit gleicher Münze heimzuzahlen? Aber sie sagte nichts mehr, auch wenn ihre dunklen Augen für sie zu sprechen schienen.

»Hast du auch einen Namen?«, fragte er dann, nachdem er sich wieder gefasst hatte. »Oder genügt es dir, genau das zu sein – Rikkas Zofe und sonst nichts?«

»Ich habe einen Namen, König von Caernadon.« Wieder griff sie seinen Tonfall auf, obwohl es Marban schien, als hätte er bei ihr eine noch vernichtendere Wirkung als bei ihm selbst. »Ich heiße Ila«, fügte sie hinzu, »und nein, es genügt mir nicht, Rikkas Zofe und sonst nichts zu sein.«

Sie sah ihn ruhig an, und wieder fiel Marban das Atmen seltsam schwer. Sie hatte etwas an sich, das ihn irritierte. Die großen Augen und die hohen Wangenknochen gaben ihrem Gesicht trotz des Schmutzes einen seltsamen Reiz, und Marban fragte sich unwillkürlich, wie sie wohl gewaschen und ordentlich gekleidet aussehen mochte. Er warf einen flüchtigen Blick auf die beiden anderen Frauen, die mit ihr gekommen waren, doch sie waren keiner weiteren Aufmerksamkeit würdig. »Wenn du also nicht Rikkas Zofe und sonst nichts bist, was bist du dann?«, fragte er, wider Willen fasziniert.

»Ich bin eine Sklavin aus dem Alten Reich«, antwortete Ila mit solchem Stolz, als hätte sie sich als die Herrscherin Fianns zu erkennen gegeben.

Marban blieb jeder Hohn, mit dem er unter anderen Umständen auf eine derartige Unverfrorenheit reagiert hätte, im Hals stecken.

Obwohl er selbst auf dem erhöhten, alabasternen Thron der Ahuden saß und die junge Frau unter ihm vor den Stufen des Podests stand, hatte er mit einem Mal das Bedürfnis, sich zu erheben, um sie noch kleiner erscheinen zu lassen. Doch etwas warnte ihn, dass Ila diese Geste als das durchschauen würde, was sie war: der aus Verlegenheit geborene Wunsch eines Narren, eine Macht zu demonstrieren, auf die er keinen wahren Anspruch hatte. Es schien ihm das Klügste zu sein, die Unterredung zu beenden, bevor ihm die Zügel endgültig entglitten, daher gab er einem seiner Lakaien, die in geziemender Entfernung links und rechts zu beiden Seiten des Throns postiert waren, ein kurzes Zeichen mit der Hand. »Führ die Frau ...« Das Wort *Sklavin* wollte ihm nicht recht über die Lippen kommen, obwohl er eigentlich genau das zu sagen beabsichtigt hatte. »Führ sie zu Rikkas Gemächern im Westflügel«, sagte er schließlich. »Sie wird in der Kammer der Zofe wohnen.«

Der Lakai, ein älterer Mann bereits, verbeugte sich tief und trat auf Ila zu, die jedoch keine Anstalten machte, ihm zu folgen, als er an ihr vorbei zur Tür ging.

»Was ist mit meinen Begleiterinnen?«, fragte Ila und sah

gelassen zu Marban empor. »Sie werden ebenfalls ein Quartier benötigen, zumindest so lange, bis entschieden ist, ob sie in Tarlin bleiben oder nach Fiann zurückkehren sollen.«

Marban spürte, dass die sichelförmige Narbe auf seinem Kinn zu prickeln begann, ein untrügliches Zeichen dafür, dass er die Fassung zu verlieren drohte. »Ich weiß nicht, ob sich in Fiann die Königin um die Unterbringung von Sklaven kümmert«, sagte er mit eisiger Selbstbeherrschung, »aber hier in Caernadon haben wir für dergleichen Dinge Quartiermeister.«

»Das ist alles, was ich wissen wollte«, erwiderte Ila liebenswürdig und versank in einen exotisch anmutenden Knicks, den sie ebenso stolz wie graziös ausführte.

Marban sah ihr nach, bis die Tür sich hinter ihr und den beiden anderen Frauen schloss. Dann schickte er mit einer kurzen, herrischen Handbewegung alle Lakaien hinaus, die noch im Thronsaal verblieben waren.

Die Narbe an seinem Kinn zuckte wie eine Schlange, der ihre Haut zu eng geworden war.

Der Boden unter ihren Füßen bebte, und ganz in ihrer Nähe stob ein Funkenregen auf. Der Burghof, der bei ihrer Ankunft bis auf einige verfroren umherhuschende Dienstmägde vollkommen verlassen gewesen war, hatte sich in den kurzen Stunden des Wartens in einem ungemütlichen Vorzimmer und der anschließenden, ein wenig merkwürdigen Audienz beim König mit Leben gefüllt. Vor allem die Waffenschmiede schienen es zu sein, die bereits fleißig am Werk waren. Rotglühende Schwerter wurden von wuchtigen Hämmern geformt, und das Klirren von Stahl auf Stahl machte jedes Gespräch unmöglich. Neidvoll sah Ila ihren beiden Gefährtinnen nach, die jetzt von einem der schwarz gewandeten Lakaien in den Teil der Burg geführt wurden, in dem sich offensichtlich die Sklavenunterkünfte befanden. Und ebenso offensichtlich lagen dort auch die Küchen, denn aus dieser Richtung kamen die verlockenden Gerüche von frisch gebackenem Brot und gesottenem Fleisch, die Ila schmerzhaft daran erinnerten, dass sie in den vergangenen Tagen kaum etwas gegessen hatte. Die Soldaten, die sie bis nach Tarlin begleitet hatten, waren immer habgieriger geworden, je näher sie der fremden Hauptstadt gekommen waren, und am Ende war von dem Geld, das Rikka ihr für die Reise gegeben hatte, nichts mehr übrig geblieben, um in einer Gaststube eine Mahlzeit zu bezahlen, geschweige denn ein Bett für die Nacht.

Müde und hungrig folgte Ila dem Lakaien, der sie in ihr Quartier bringen sollte. Sie war sich ihrer ungepflegten Erscheinung überdeutlich bewusst und vermied es, irgendjemanden direkt anzusehen. Am Eingang zu den Ställen bemerkte sie allerdings dennoch, dass zwei junge Caernadonier erschrocken auseinander fuhren, als sie den Lakaien näher kommen sahen. Der Stallbursche, der kaum mehr als ein Knabe war, strich mit hochrotem Gesicht über einen Bart, der erst noch wachsen musste. Die Magd, mit der er sich vergnügt hatte, war einige Jahre älter als er und fingerte kokett an den Bändern ihres geöffneten Mieders herum. Ihr schien es nichts auszumachen, dass sie bei einer verbotenen kleinen Tändelei ertappt worden war, und sie warf dem Diener einen herausfordernden Blick zu.

Das kleine Zwischenspiel machte Ila bewusst, was sie zuvor nicht hätte benennen können – trotz des geschäftigen Treibens auf dem Burghof fehlte etwas dort. In Gekor gab es selbst in der Inneren Tempelstadt überall Kinder, deren Lachen sich in allen Gassen fing und von den Mauern der Häuser zurückgeworfen wurde, während sie hinter bunten Reifen und Bällen herjagten oder sich mit komplizierten Fadenspielen die Zeit vertrieben. Hier war die verstohlene Liebkosung der beiden jungen Caernadonier die erste wirklich menschliche Regung, die sie beobachtet hatte. Es schien keine Kinder in der Burg zu geben, kein Lachen, keinen Gesang. Auch in Gekor wurde hart gearbeitet, das wusste Ila nur zu gut, aber die Verbissenheit und Freudlosigkeit, die die Menschen hier ausstrahlten, war Ila fremd.

Endlich hatten sie den Westflügel erreicht, in dem ihr neues Quartier lag, und der alte Lakai führte sie wortlos durch lange Korridore und schließlich in einen hohen, hellen Raum, wie Ila ihn noch nie gesehen hatte. Sie hatte kaum Zeit, die behaglichen, zu kleinen Gruppen zusammengestellten Sofas mit den liebevoll bestickten Kissen richtig wahrzunehmen, als sie auch schon in den angrenzenden Raum traten, das Boudoir einer Dame.

»Das sind Rikkas Gemächer?«, rief sie erstaunt, und der wortkarge Lakai sah sie zum ersten Mal wirklich an. Sie glaubte, Kummer in seinen Augen zu lesen, doch im nächsten Moment senkte er bereits wieder die Lider.

»Es sind die Gemächer der Königin«, erklärte er dann tonlos. »Die Kammer ihrer Zofe, in der du schlafen sollst, liegt gleich nebenan.«

Die Gemächer der Königin? Einen Augenblick lang war sie verwirrt, dann begriff sie. Die warmen Pastelltöne, die diesem Raum so viel Weite und Weiblichkeit gaben, gehörten nicht zu Rikka, ebenso wenig wie der feine Duft, der in der Luft lag, kaum wahrnehmbar zwar, aber immer noch vorhanden. All das hatte zu einer anderen Frau gehört, und Ila fühlte sich ihr sofort verbunden. Hier also hatte die verstorbene Königin gelebt, Gwenlian, die eine Tochter des Alten Reichs gewesen war, ein Kind des Kasseidengeschlechts. Ila kannte die Geschichte ihrer Liebe zu dem ungestümen jungen Prinzen aus Caernadon, der nach Fiann gekommen war, um ihre Schwester Brenna zur Frau zu nehmen, der aber am Abend vor dem offiziellen Verlöbnis sein Herz an die jüngere Gwenlian verloren hatte. Selbst in den Sklavenquartieren hatte man sich diese Geschichte immer und immer wieder erzählt, hatte voller Bewunderung vom Mut der jungen Prinzessin gesprochen, die ihrem Geburtsrecht entsagte, um ihrer Liebe zu folgen, und von Brenna, deren Leben seither Hass vergiftet hatte.

Ila schloss die Augen und öffnete ihre Seele für die fremde Frau, die dem Raum ihr Siegel aufgeprägt hatte.

»Sie war eine großartige Frau«, sagte der alte Lakai leise in ihre Gedanken hinein. »Ich war bereits viele Jahre in Diensten des alten Königs, als Uisnach sie auf die Burg brachte.«

Ila wandte sich zu dem Mann um, der jetzt alle Wachsamkeit über Bord geworfen hatte und mit einer beinahe zärtlichen Geste über einen der hohen Sessel vor der Feuerstelle strich. »Hier hat sie immer gesessen ...« Seine Stimme verlor sich. Dann räusperte er sich und fügte noch leiser hinzu: »Sie hatte ein großes Herz und verschenkte ihre Liebe nicht nur an die, die von vornehmer Geburt waren. Für jeden von uns hatte sie ein freundliches Wort, jeden von uns kannte sie mit Namen. Und sie hat viel Gutes bewirkt, hier in der Burg wie auch unten in Tarlin-Stadt.« Der alte Diener seufzte bekümmert. »Sie war noch so jung, als sie herkam, so voller Leben und Hoffnung. Und selbst als sie ihre eigene Hoffnung und ihre Liebe begraben musste, hat sie nicht aufgehört, Anteil zu nehmen am Geschick anderer.«

Ila nickte dem Mann zu, um ihn zum Weitersprechen zu ermuntern. Ein Lächeln glitt über seine Züge, und er fuhr sich mit der Hand durch sein schütteres Haar.

»Meiner Santa hat sie das Leben gerettet«, fuhr er leise fort,

»das werde ich ihr nie vergessen, ganz gleich, was die Leute über sie erzählen. Sie verfluchen sie als eine Zauberin und sagen, ihre Magie sei schlecht und böse gewesen, aber meine Santa hat sie mir gerettet. Sie war noch fast ein Kind damals und verdingte sich als Magd in der Küche. Keine der vornehmen, hochgeborenen Damen hätte sich um sie gekümmert, als sie schreiend vor Schmerz im Burghof lag, nachdem ein Kutschrad ihr das Bein zertrümmert hatte. Sie hätten nur die Nase gerümpft, sich ein Taschentuch auf den Mund gedrückt, um den bitteren Geruch des Bluts von sich fern zu halten, und wären eilig weitergegangen. Aber Gwenlian war anders. Sie kam in ihrem feinen weißen Kleid herbeigestürzt und scherte sich nicht darum, dass sie sich die kostbare Seide mit dem Blut eines Kindes ruinierte, das den Edelfrauen weniger galt als eine ihrer gemästeten, trägen Katzen, die sie jeden Abend auf dem Schoss hätschelten.«

Der alte Lakai brach erschrocken ab; es stand ihm nicht zu, über jene zu urteilen, denen er sein Brot und sein Heim schuldete. Ila legte ihm begütigend eine Hand auf den Arm.

»Sprich weiter«, sagte sie sanft. »Ich bin eine von euch, das siehst du doch.«

Der alte Mann sah sie prüfend an und schüttelte langsam den Kopf. »Nein, das bist du nicht«, erwiderte er nachdenklich. »Das weiß ich – und du weißt es auch. Ich weiß nicht, *was* du bist, aber du bist nicht wie wir.«

»Ich bin eine Sklavin aus dem Alten Reich«, wiederholte sie, was sie kurz zuvor zu Marban gesagt hatte, als sie den zweifelnden Blick des Dieners bemerkte, fügte sie hastig hinzu: »Du hast erzählt, dass Gwenlian deine Tochter gerettet hat. Was hat sie getan?«

»Sie hat sich mit ihrem weißen Kleid vor sie hingekniet, mitten in all das Blut und den Unrat, und hat mit ihrer Magie den zersplitterten Knochen und das aufgerissene Fleisch geheilt«, antwortete der alte Mann prompt. »Obwohl sie ihr eigenes Leben damit gefährdet hat, denn die Magie ist in Caernadon verboten. Man sagt, sie sei böse, aber ich glaube das nicht. Meine Santa hat sie mir gerettet.« Dann verzog ein stolzes Lächeln die dünne Haut um seine Augen herum zu tausend winzigen Fältchen. »Meine Santa ist heute eine gesunde, kräftige Frau, die selbst Kinder hat.« Das Lächeln in seinen Augen erlosch. »Aber ich sehe meine Enkel nur noch selten ... Der neue ... König ... duldet keine Kinder auf der Burg. Sie machen Lärm und Schmutz, und er hat den Dienern und Sklaven verboten, sie bei sich zu behalten. Sie leben jetzt in einem viel zu kleinen, heruntergekommenen Hof vor den Toren der Burg.« Er schwieg unglücklich, dann besann er sich auf seine Pflichten und nahm wieder den starren Gesichtsausdruck an, den er ihr im Thronsaal gezeigt hatte. »Es ist furchtbar kalt hier«, sagte er und deutete auf den leeren Kamin. »Ich werde dafür sorgen, dass du ein Feuer bekommst und etwas zu essen.«

Er wandte sich zum Gehen, aber Ila rief ihn wieder zurück. »Wie heißt du?«, fragte sie.

Die Maske der Leblosigkeit riss noch einmal kurz auf. »Mein Name ist Henar«, antwortete er und lächelte.

Der Morgennebel über dem See hatte sich noch nicht wieder gehoben; die Nacht war ungewöhnlich kühl gewesen, und der Wind, der in launischen Böen in die kleine Bucht am Ostufer drang, schien unsichtbare, nadelspitze Krallen zu haben. Nuria schlang fröstelnd die Arme um sich. Es wurde Zeit, dass der Frühling kam, ging es ihr durch den Kopf, aber dieser Gedanke verstärkte ihr Frösteln nur noch, denn es war keineswegs sicher, ob sie noch einen Frühling in Anguli erleben würde.

Eine Bewegung auf dem Wasser ließ sie aufblicken. Ein Schwan tauchte aus dem grauen Dunst auf, und sie erkannte ihn sofort. Lado legte die letzten Meter bis zum Ufer zurück und wechselte mit unziemlicher Hast seine Gestalt. Die Luft um ihn herum flimmerte nur kurz, dann stoben winzige Wassertropfen auf und besprühten Nurias Gesicht. Ein leiser Schauder durchlief sie, als das kalte Wasser sie traf, aber es kümmerte sie nicht. Sie war genauso ungeduldig, Lados Neuigkeiten zu erfahren, wie er, sie zu berichten.

Ein Blick in seine Augen beantwortete ihr jedoch alle Fragen, bevor er noch zu sprechen beginnen konnte.

»Sie wollen also wirklich eine Wahl abhalten«, sagte sie tonlos.

Lado glättete das lange weiße Gewand, das die Schwäne in ihrer menschlichen Gestalt trugen, und hob dann resigniert die Hände. »Sie haben abgestimmt«, erwiderte er. »Kisila und Preta haben bis zum Schluss mit aller Macht für das Gesetz gekämpft, wie es über Jahrtausende hinweg in Anguli Gültigkeit hatte, aber die drei Männer haben sie überstimmt.«

»Es wundert mich, dass Nimu überhaupt eine Abstimmung im Rat wollte«, sagte Nuria heftig. »Wenn er ohnehin nichts mehr auf unsere Gesetze gibt, hätte er sich das doch ebenfalls sparen und einfach tun können, was er ohnehin tun wollte.«

»Es war ein kluger Schachzug von ihm, den Rat – oder das, was von ihm übrig geblieben ist, ohne dich und Olfros – die endgültige Entscheidung treffen zu lassen«, unterbrach Lado sie und zog sie ein kleines Stück vom Ufer weg, zu dem hohen Schilf hinüber, wo sie vor dem kühlen Wind vom See geschützt waren.

»Das Urteil stand von Anfang an fest«, fuhr er fort, nachdem sie sich in den feuchten Sand gesetzt hatten. »Gurwan und Uliastai kleben wie Saugschnecken an Nimu; er tut keinen Schritt mehr ohne sie, und ich glaube nicht, dass die beiden auch nur Atem holen, ohne ihn vorher um seine Meinung zu fragen.«

Nuria musste wider Willen lächeln. Für einen flüchtigen, heiteren Moment verwandelten sich die beiden Männer, Uliastai und Gurwan, vor ihrem inneren Auge in diese abscheulichen kleinen Tiere, die an der Unterseite ihres schleimigen Leibs winzige Saugvorrichtungen hatten, mit denen sie sich auf die Haut anderer Tiere, insbesondere Kröten, heften konnten. Es bereitete Nuria einen gewissen Genuss, den dürren alten Nimu, der schon lange jeden Sinn für Humor verloren hatte, im Geiste zu einer feisten, abstoßenden Warzenkröte werden zu lassen – dann wurde sie plötzlich wieder ernst.

»Die Saugschnecken ziehen ihrem Wirt bei lebendigem Leibe alle Kraft aus den Adern«, sagte sie nachdenklich. »Und wenn ihm das klar wird und er sie abzuschütteln versucht, ist es bereits zu spät.«

Lado nickte langsam. »Das ist durchaus möglich.« Er strich geistesabwesend über den grobkörnigen Sand, auf dem sie saßen und in dem deutliche Spuren erkennen ließen, dass auch andere diesen abgeschiedenen Ort in den vergangenen Tagen als Treffpunkt benutzt hatten. »In der Welt draußen«, sagte er nach einer Weile, den Blick auf den See gerichtet, »geschieht so etwas häufig – ein Mann schart andere um sich, sie bereiten ihm den Weg zur Macht, er fühlt sich sicher, glaubt, dass es immer so sein werde – er, der Herr, und sie, seine Diener –, und eines Tages, ohne dass er die Zeichen gesehen hätte, senken sich die Waagschalen von Herrschen und Dienen, und sein Traum von Macht wird zu dem, was er immer war: einer Seifenblase, die schillert und leuchtet, die der Sonne entgegenfliegt – und schließlich zerbirst.« Plötzlich schüttelte Lado sich und lachte kurz und hart auf. »Aber das wird dann nicht mehr unser Problem sein, denn falls es auch hier in Anguli geschehen sollte, werden wir nicht mehr hier sein, um es mitzuerleben.« Er atmete tief durch und wandte sich dann wieder Nuria zu. »Aber wie gesagt, es war sehr klug von Nimu, den Rat der Form halber über die Wahl entscheiden zu lassen. Auf diese Weise wahrt er zumindest den Anschein, als hielte er sich noch immer an die alten Gesetze, als hätte er sie nur ein wenig korrigiert – sie dem Wandel der Zeiten angepasst, wie er es ausdrückt. Jedenfalls wird er damit auch einige von denen auf seine Seite ziehen, die bisher noch skeptisch waren.«

Nuria schloss die Augen und drückte mit beiden Händen auf ihre pochenden Schläfen. Es gab weder Tod noch Krankheit in ihrer Welt, und der dumpfe Schmerz in ihrem Kopf irritierte sie. »Das bedeutet also, dass nichts mehr zu retten ist«, brachte sie mühsam hervor. »Die Wahl des Volkes wird stattfinden, und Anguli wird einen neuen Herrscher bekommen. Gemäß dem Heiligen Willen der Männer und Frauen vom See«, fügte sie mit bitterem Hohn hinzu. Auch dies war ein Wort, das Nimu ersonnen hatte, um Anhänger unter den Menschen von Anguli zu finden.

»Nicht unbedingt«, erwiderte Lado zögernd, und Nuria sah ihn überrascht an.

»Aber du hast doch gesagt, die Wahl sei beschlossene Sache?«, sagte sie verwirrt.

»Die Wahl, ja. Aber ihr Ausgang steht noch keineswegs fest.«

Nuria sah ihn ratlos an. Eine winzige Hoffnung keimte in ihr auf, die sie jedoch sofort wieder unterdrückte. Sie wollte keine Hoffnungen mehr, die ihr nur Enttäuschungen und neuen Kummer bringen konnten. Zu oft in der letzten Zeit hatte sie gegen jede Vernunft, gegen besseres Wissen und alle Erfahrung gehofft, um diesen Fehler noch einmal zu machen.

»Wir ...«, sagte Lado und brach dann wieder ab. »Olfros hat einen Verbündeten, dessen Einfluss nicht zu unterschätzen sein dürfte. Ich weiß nicht, *warum* dieser Verbündete auf seiner Seite steht ...« Wieder brach er ab, und Nuria hatte das Gefühl, als sage er ihr nicht alles, was er wusste, nicht die ganze Wahrheit, so wie er sie kannte. Dann fuhr er fort: »Aber dieser ... Verbündete ... hat keine Zeit verloren, um möglichst viele von denen, die morgen ihre Stimme abgeben werden, in seinem Sinn zu beeinflussen.«

Der ungewohnte Schmerz hinter ihrer Stirn machte es Nuria schwer, sich zu konzentrieren. Zwei Dinge schossen ihr gleichzeitig durch den Kopf, zwei Fragen, die gestellt werden mussten. Sie blinzelte gegen das Pulsieren zwischen ihren Schläfen an und konzentrierte sich auf die erste, wie es ihr schien wichtigere Frage.

»Wer?«, sagte sie heiser. »Wer ist dieser *Verbündete?«*

Als sich Lado zu ihr umwandte, glaubte sie kurz, Mitleid in seinen Augen zu lesen, doch dann senkte er den Blick, und als er sie wieder ansah, war der seltsame Ausdruck aus seinem Gesicht verschwunden. »Es ist Bibiana«, antwortete er knapp und erhob sich.

Erst lange nachdem sie sich wieder getrennt hatten, fiel Nuria ein, dass sie vergessen hatte, ihre zweite Frage zu stellen.

KAPITEL 32

Ila hatte sich mit Heißhunger über das Tablett mit den fremdartigen Speisen hergemacht, die Henar ihr selbst in ihre Kammer neben Gwenlians Boudoir gebracht hatte, am Ende jedoch nur wenig davon gegessen. Nach den kargen Wochen ihrer Reise durch Caernadon hatte sie geglaubt, dass sie keinen Krümel von dem noch warmen, süßen Brot und dem fetten Eintopf übrig lassen würde, aber ihr Magen war schneller gefüllt als erwartet. Außerdem hatte das Feuer im Kamin die kleine Kammer, in der sie sich jetzt aufhielt, schnell mit behaglicher Wärme gefüllt, und sie war binnen weniger Minuten fest eingeschlafen.

Wie so oft führten ihre Träume sie in eine andere Welt, eine Welt, die sie noch nie gesehen hatte. Aber in ihren Träumen wusste sie, dass diese Welt zu ihr gehörte, dass sie ihre wahre Heimat war. Blaues Licht verströmte sich zwischen hohen Felsen, von denen das Lachen froher Stimmen widerhallte, bis ein jähes, zorniges Geräusch ihren glücklichen Traum zerriss.

Ila blinzelte und wusste einen Augenblick lang nicht, wo sie war. Der Raum, in dem sie sich befand, war dunkel und fremd, doch das Gesicht, das auf sie hinabblickte, kannte sie gut.

»Muhana!« Mühsam richtete sie sich auf dem kleinen Sofa auf, das zum Sitzen sehr bequem war, aber eindeutig nicht zum Schlafen gedacht. Das Feuer im Kamin war weit heruntergebrannt, und seine Glut spendete kaum noch Helligkeit. Das dunkelgraue Licht, das durch das Fenster fiel, sagte ihr, dass sie bis in den späten Nachmittag hinein geschlafen haben musste. Sie streckte ihre langen Beine aus und hätte gern noch einen Augenblick Zeit gehabt, um bei ihrem Traum zu verweilen, der bereits wieder halb verblasst war. Aber unter dem missbilligenden Blick der alten Aufseherin erhob sie sich schnell.

Muhana hatte sich inzwischen gewaschen und trug sogar ein einfaches, aber sauberes Gewand, das ihr eine der Dienerinnen geliehen haben musste. Aber diese Wohltat, die Ila selbst noch nicht vergönnt gewesen war, hatte Muhanas Laune offensichtlich nicht gebessert.

»Komm mit«, sagte die ältere Frau scharf, und Ila, die es gewohnt war, den Befehlen der Aufseherin ohne Nachfrage zu gehorchen, folgte ihr aus der kleinen Kammer in das helle, nun ebenfalls geheizte Boudoir. Dort erwarteten sie zwei Dienerinnen der Burg, die Ila genauso missbilligend musterten, wie Muhana es zuvor getan hatte. Sie wusste nicht, womit sie sich den Unmut der Aufseherin zugezogen hatte, aber die beiden anderen Frauen kannte sie überhaupt nicht und konnte sich die Ablehnung in ihren Augen daher nicht erklären. Ein wenig erstaunt eilte sie den drei Frauen nach, in der Erwartung, dass sie ihr eine Arbeit zuteilen würden.

Sie führten sie durch den Korridor, den sie Stunden zuvor mit Henar gekommen war, und die Treppe ins Untergeschoss hinunter. Aber statt durch das Portal in den Burghof zu gehen und von dort aus weiter zu den Küchen, wo es gewiss genug Arbeit für ein zusätzliches Paar Hände gab, bogen sie in die andere Richtung ab, tiefer in den Westturm hinein.

Und im nächsten Moment erlebte Ila, die niemals ein anderes Leben als das in der wasserarmen Wüste gekannt hatte, etwas, das für sie ein Wunder war.

Der hohe, von Kerzen erhellte Raum, den sie betraten, war von dichtem, feuchtem Dunst erfüllt – und in der Mitte stand ein großes, rundes Porzellanbecken, das fast bis an den Rand mit Wasser gefüllt war und genug Platz für einen erwachsenen Menschen bot, auch wenn er sich lang ausstreckte.

Ehrfürchtig trat Ila weiter in den Raum hinein. Sie hatte natürlich die zahlreichen, derzeit vereisten Seen und Flüsse gesehen, die es gerade in der Provinz Tarlin gab – nicht umsonst wurde sie das Land der tausend Bäche genannt –, aber dennoch konnte Ila sich nicht vorstellen, wozu man so viel Wasser benötigte, außer um es zu trinken oder um Suppe davon zu kochen.

Muhana ließ ihr jedoch keine Zeit zu längerem Staunen. »Zieh dich aus«, befahl sie.

Ila sah sie verständnislos an und zuckte erschrocken zurück, als eine der Dienerinnen sich mit spitzen Fingern an ihrem vollkommen verdreckten Gewand zu schaffen machte.

»Lass das!«, fuhr sie die Frau an, die sie daraufhin verächtlich musterte.

»So viel Schmutz auf einmal habe ich selten gesehen«, erwiderte die Frau und rümpfte die Nase. »Ich glaube nicht, dass ein einziges Bad genügen wird, um die Haut darunter zum Vorschein zu bringen.«

»Ein Bad?«, wiederholte Ila verwirrt.

Die beiden caernadonischen Dienerinnen tauschten einen vielsagenden Blick, aber bevor sie Ila mit weiterem Spott übergießen konnten, verlor Muhana die Geduld.

»Zieh dich aus«, befahl sie noch einmal und versetzte Ila einen Stoß, hinüber zu einem kleinen Hocker. »Du sollst baden.« Sie zeigte mit dem Kopf auf das dampfende Becken, und langsam begriff Ila, was man von ihr wollte, wenn auch nicht, warum.

Trotzdem zögerte sie, denn die drei anderen Frauen machten keine Anstalten, den Raum zu verlassen.

»Worauf wartest du noch?«, zischte Muhana sie an.

So würdevoll, wie ihr das in ihrem zerlumpten Zustand möglich war, sah sie die ältere Frau an. »Ich warte darauf, dass ihr mich allein lasst.«

Eine der Dienerinnen begann zu kichern. »Die hohe Dame ziert sich. Sie ist wohl zu vornehm, um sich von unsereinem begaffen zu lassen«, bemerkte sie gehässig zu ihrer Gefährtin, die soeben aus einem hohen Krug aus geschliffenem Kristall eine ölige Flüssigkeit in das Badewasser tröpfelte. Sofort drang ein süßer, blumiger Duft an Ilas Nase, und die Verlockung, in das Becken einzutauchen, steigerte sich zur Qual. Dennoch schüttelte Ila entschlossen den Kopf.

»Ich verlange, dass ihr mich allein lasst.«

»Was bildest du dir ein, du nutzloses Geschöpf?«, fuhr Muhana sie an und riss wütend an ihrem Gewand.

Ila wehrte die Aufseherin mit einer flinken Drehung ihres Körpers ab, und wieder kicherten die beiden Caernadonierinnen. Ila musterte sie hochmütig, auch wenn ihr keineswegs danach zumute war. Selbst in der Wüste war es ihr gelungen, die Geheimnisse ihres Körpers zu hüten, auch wenn sie von Anfang an gewusst hatte, dass das ein beinahe unmögliches Unterfangen sein würde. Das war einer der Gründe, warum sie sich so sehr gegen diese Reise gesträubt hatte, die ansonsten ein wunderbares Abenteuer für sie gewesen wäre. Denn alles musste besser sein, so hatte sie gedacht, als ihr Sklavendasein in Gekor.

Schon in den engen, überfüllten Sklavenunterkünften hatte sie es allein mit der Hilfe ihrer listenreichen Mutter fertig gebracht, sich zu schützen. Der feine Schmerz, der sie jedes Mal durchzuckte, wenn sie an ihre Mutter dachte, schnürte Ila die Kehle zu. Ihre Mutter war der zweite Grund, warum sie die Reise durch die Wüste nicht gewollt hatte. Aber dann war es gerade der Gedanke an sie, der Ila neuen Mut gab. Ihre Mutter sollte nicht all die Jahre umsonst für sie gelitten haben. Sie würde nicht zulassen, dass all ihre Sorgfalt und Umsicht in den elenden Sklavenquartieren Gekors hier, in einem caernadonischen Bad, zunichte gemacht wurde. Denn wenn es schon in Fiann gefährlich gewesen wäre, ihr Geheimnis preiszugeben, hier in Caernadon würde es ihren sicheren Tod bedeuten, das wusste sie.

Sie zog ihr schmutzstarrendes Gewand am Hals fest zusammen. »Es ist ganz einfach«, erklärte sie den drei Frauen, die sie feindselig anstarrten. »Wenn ihr wollt, dass ich in dieses Becken steige – und mir ist schleierhaft, *warum* ihr das unbedingt wollt –, dann werdet ihr mich allein lassen. Andernfalls werde ich mich mit einem Schwamm und einem Krug Wasser begnügen, wie ich es mein Leben lang getan habe.«

Atemlose Stille antwortete ihr. In den Gesichtern der caernadonischen Dienerinnen malte sich erst Unbehagen ab, dann echte Furcht. Ila hätte ihre Angst komisch gefunden, für die sie sich keinen Grund vorstellen konnte, hätte sie nicht so echt gewirkt. Aber was immer diese beiden Frauen zu befürchten hatten, es war nichts im Vergleich zu dem, was ihr selbst im Falle einer Entdeckung drohte, daher blieb sie fest.

»Du *musst* baden«, sagte die Frau, die das Öl in den Zuber gegossen hatte.

»Und sie *wird* baden«, warf Muhana wütend ein.

»Gibt es in Caernadon ein Reinlichkeitsgebot, gegen das ich verstoße, wenn ich es nicht tue?«, fragte Ila, obwohl sie sehr genau wusste, dass es etwas Derartiges nicht gab, denn solche Gebote galten nur für Priesterinnen, die ein heiliges Ritual für die Göttin vollziehen wollten. Und in Caernadon gab es nicht einmal Priesterinnen der Göttin, geschweige denn ein Reinlichkeitsgebot.

»Du musst es tun«, wiederholte die Frau. »Er hat es befohlen.« Als ihre Kameradin daraufhin wieder zu kichern begann, warf sie ihr einen bösen Blick zu, der sie sofort verstummen ließ.

»Er?«, wiederholte Ila, deren Verwirrung jetzt noch größer war.

Muhana sah sie mit schmalen Augen an und kam der Caernadonierin mit einer Antwort zuvor. »Der König«, erklärte sie mit zusammengebissenen Zähnen. »Er will dich heute Abend sehen – gebadet und angetan mit diesen Gewändern.« Sie deutete mit dem Kopf auf ein langes, unterm Busen gegürtetes Kleid aus weißer Kokondaseide, das hinter Ila neben der Wand hing, so dass sie es bisher nicht entdeckt hatte.

»Und der König hat uns durch einen seiner Lakaien befohlen, dir beim Baden und Ankleiden aufzuwarten«, fügte Muhana eisig hinzu, und Ila begriff, was die alte Aufseherin so sehr aufgebracht hatte. Es verletzte ihre Ehre, eine andere Sklavin bedienen zu müssen, noch dazu eine, die in der strengen Hierarchie der Sklaven weit unter ihr stand.

Aber Muhanas Zorn war im Augenblick das kleinste ihrer Probleme, dessen war sich Ila bewusst.

Marban trommelte ungeduldig mit den Fingern auf den Ebenholztisch, an dem noch vor wenigen Monaten König Uisnach gesessen hatte. Aber heute Abend verschaffte es ihm keinen rechten Genuss, an diesem Platz zu sitzen. Er war es nicht gewohnt, dass man ihn warten ließ, als Oberster Priester nicht und erst recht nicht jetzt, da er den höchsten Rang im Land bekleidete. Rastlos erhob er sich von dem hohen Lehnstuhl und wanderte ohne Ziel im Raum umher, befingerte hier einen silbernen Kelch, ließ dort die Hand über eins der kostbaren

Schwerter gleiten, die die Wände von Uisnachs Amtsstube schmückten – seiner Amtsstube, verbesserte er sich im Geiste.

Schließlich ging er in den angrenzenden Raum, ein behagliches kleines Speisezimmer, in dem Uisnach die Mahlzeiten einzunehmen pflegte, wenn keine hohen Gäste in der Burg weilten.

Der Tisch war für zwei Personen gedeckt, nicht zu festlich, doch auch nicht zu einfach; er hatte den Dienern genaue Anweisungen gegeben. Dennoch überkamen ihn abermals Zweifel, ob er klug gehandelt hatte. Das Sklavenmädchen aus Fiann war ihm den ganzen Tag lang nicht aus dem Kopf gegangen – vor allem nicht die Frage, wie sie wirklich aussehen mochte, ohne den Schmutz in ihrem Gesicht und in dem langen Haar und bekleidet mit einem Gewand, wie er es an einer Frau am meisten liebte – weiß und weiblich, hoch unterm Busen gegürtet und aus fließender, weicher Seide gearbeitet. Zu guter Letzt war er zu dem Schluss gekommen, dass es nur eine Möglichkeit gab, sich von der Illusion zu heilen, die seine Fantasie gefangen nahm. Und er hatte den Befehl gegeben, die Sklavin zu ihm zu bringen, in duftendem Ambraöl gebadet und in schneeweiße Seide gekleidet.

Geistesabwesend rückte Marban die silbernen Messer und Gabeln zurecht, die ohnehin perfekt ausgerichtet auf dem Tisch gelegen hatten. Dann hielt er inne.

Ein Geräusch im Korridor ließ ihn aufhorchen; jemand näherte sich den königlichen Räumen. Marban wandte sich um, straffte sich und blickte zur Tür. Doch die leisen Schritte draußen entfernten sich wieder.

Ärgerlich auf sich selbst kehrte Marban in seine Amtsstube zurück und zwang sich, sich den Papieren dort zuzuwenden, die seiner Beachtung bedurften. Es waren Pläne für das Dachgestühl der Kathedrale auf dem Falkenberg, wo trotz des Winters die Arbeit gleich nach seiner Krönung wieder aufgenommen worden war. Er vertiefte sich in die komplizierte Zeichnung des hohen Kuppelgewölbes, das über dem Altar, von gewaltigen Pfeilern gestützt, seine Vollendung finden sollte.

Die schwarzen, geschwungenen Linien auf dem Pergament formten sich, ohne dass er es wollte, zu den hohen Wangenknochen einer Frau, deren Schönheit jedem Mann den Atem rauben würde. Augen wie dunkle Seen, in denen zu ertrinken der Gipfel der Lust sein musste ...

Marban schüttelte sich wütend. Es war eine Illusion, konnte nur eine Illusion gewesen sein, was er in dieser Frau – einer Sklavin! – gesehen zu haben glaubte. Es würde eine Erleichterung sein, ihren Zauber zerstreut zu sehen, sobald der Lakai sie zu ihm hereinbrachte.

Ila hatte einige Mühe gehabt, das seidene Gewand ohne Hilfe anzulegen, zumal es viel komplizierter gearbeitet war als alles, was die Frauen in Fiann trugen. Selbst die Priesterinnen und sogar die Königin bevorzugten schlichte, weite Gewänder oder praktische Reitkleider, wenn sie zu Pferd reisten. Dennoch war es ein Genuss, den feinen Stoff auf der Haut zu spüren. Auch das Bad war eine einzige Wonne gewesen – das erste Bad, das sie in ihrem Leben genommen hatte, und dann noch in einem Wasser, das sich selbst wie Seide anfühlte und dabei diesen wunderbaren Duft verströmte.

Allerdings war es kein ganz ungetrübter Genuss gewesen. Sie hatte sich längst nicht so entspannt diesem ungewohnten Luxus hingeben können, wie es ihr ohne Muhanas letzte Worte möglich gewesen wäre: »Der König will mit dir zu Abend speisen – und was das bedeutet, kannst du dir ja denken.«

Und nun stand sie in diesem Gewand vor dem Spiegel, aus dem ihr eine vollkommen fremde Frau entgegenblickte. Außerdem hatte sie den König, den sie auf Anhieb nicht gemocht hatte, auch noch warten lassen, denn ohne die ihr zugedachte Hilfe hatte die Prozedur viel länger gedauert als geplant. Nachdem sie endlich den raffinierten Schließmechanismus am Rücken bewältigt hatte, mit dem das Mieder direkt unter dem Busen gegürtet wurde, ging sie noch einmal zu dem kleinen Hocker hinüber, auf den sie ihre schmutzigen Kleider achtlos hingeworfen hatte. Die Sachen verströmten einen unangenehmen Geruch, so dass es Ila zutiefst widerstrebte, sie noch einmal zu berühren. Aber es musste sein. Mit spitzen Fingern, wie zuvor die caernadonische Dienerin, griff sie nach ihrem Reitkleid, in das ihre Mutter mit großem Geschick eine von außen vollkommen unauffällige Innentasche eingenäht hatte. Nachdem ihre Finger die kleine Tasche ertastet hatten, zog sie zwei Dinge daraus hervor, die sie wie einen Schatz gehütet hatte: die schmale Phiole mit der Salbe für ihre Hände, die Rikka ihr gegeben hatte, und ein noch kleineres Behältnis, das ebenfalls ein Geschenk ihrer Mutter war. Sie hatte diese zweite Phiole noch nie benutzt, aber am heutigen Abend würde sie, wenn ihre Befürchtungen sich bewahrheiteten, vielleicht ihr Leben retten.

Das vornehme Seidenkleid hatte jedoch keine Taschen, und nachdem Ila hin und her überlegt hatte, wo sie das Fläschchen am besten verstecken konnte, entschied sie, dass ihr Mieder der günstigste Platz dafür war. Sie schob sich die Phiole tief zwischen die Brüste in den Ausschnitt und wappnete sich dann gegen das Kommende. Zwei oder drei Mal würde sie auf diese Weise Rettung finden, aber dann wäre entweder der Inhalt der Phiole aufgebraucht, oder Marban hätte ihre List durchschaut, denn auch wenn sie den Mann nicht mochte –

dumm war er nicht, und sie machte nicht den Fehler, ihn zu unterschätzen.

Angstvoll drückte sie die Klinke der Tür, die sie zwei Stunden zuvor fest verschlossen hatte, herunter. Das Pulver würde ihr in dieser Nacht helfen – doch das bedeutete nur einen kurzen Aufschub, das wusste sie. Beklommen und mit wild schlagendem Herzen trat sie in den Korridor hinaus, an dessen Wänden jetzt eine Vielzahl von Fackeln brannte. Vor der Tür zu den Baderäumen für die Edelfrauen erwarteten sie wieder die beiden Dienerinnen, diesmal jedoch ohne Muhana.

Als Ila endlich erschien, atmeten beide Frauen erleichtert auf und führten sie, ohne auch nur ein einziges Wort an sie zu richten, aus dem Westflügel in den Burghof hinaus und von dort direkt zu dem gegenüberliegenden Turm der Burg.

Ausnahmsweise einmal war Ila dankbar dafür, dass sie nicht mit ihr sprachen, denn in Gedanken arbeitete sie fieberhaft an einem Plan, der ihr helfen sollte, zumindest diese eine Nacht zu überstehen. Was morgen war – nun, das war eben ein Problem, mit dem sie sich morgen beschäftigen würde.

Kurze Zeit später öffnete ein Lakai die Flügel einer schweren Eichentür für sie.

»Die Sklavin aus Fiann, die Ihr sehen wolltet, Majestät«, erklärte der Diener, und Ila trat in den königlichen Empfangsraum.

KAPITEL 33

Eirion hatte den ganzen Tag in einem seltsamen Dämmerzustand zwischen Wachen und Träumen verbracht. Irgendwann am Morgen mussten sie die Grotten der Seelen verlassen haben, denn sie erinnerte sich vage an helles Tageslicht und weites Land, das sie umgeben hatte, bevor sie abermals in diesen tiefen, von fremdartigen Klängen und Farben durchfluteten Schlaf versunken war. Eine Weile später hatte sie das leise Murmeln erregter Stimmen für kurze Zeit geweckt.

»Ich will aber nicht länger warten!«

Es war eine vertraute Stimme, die sprach, und Eirion sah keinen Grund, aus der wunderbaren Welt, von der sie im Traum noch einen letzten kleinen Zipfel festhalten konnte, aufzutauchen.

»Ich werde sie ganz gewiss nicht hier allein lassen, nicht so.«

Wieder war die Stimme ihr vertraut, und das Gefühl, das sie in ihr wachrief, war stärker als selbst der Sog ihres Traums.

Sie schlug die Augen auf.

»Siehst du!«, rief jemand ganz in ihrer Nähe. »Sie wacht auf. Es wird ihr bald besser gehen.« Es war Diann. »Und dann können wir anderen nach Luba zurückkehren.« Sie klang erleichtert.

»Nicht so schnell!«

Eirion wollte sich nach dem dritten Sprecher umdrehen, aber ihr fehlte die Kraft dazu. Sie blickte auf. Ihr Kopf lag weich und geborgen auf Torks Schoß, der jetzt behutsam über ihre Wange strich. In seinen Augen stand ein merkwürdiger Glanz, wie unterdrückte Tränen ihn hervorriefen. Eirion sah ihn verwundert an.

»Ihr könnt tun, was ihr wollt«, erklärte er jetzt mit einem feinen Beben in der Stimme. »Ich werde hier bleiben, bis ich weiß, dass sie sich wirklich ganz erholt hat.«

Es lag etwas Endgültiges in seinen Worten, und die beiden anderen schwiegen. Jetzt wusste Eirion auch wieder, wo sie sich befand. Sie war zusammen mit Tork, Diann und Arild durch die Grotten der Seelen gegangen, und in der letzten Grotte, dem Haus der Schwäne, war etwas mit ihr geschehen, das sie sich nicht erklären konnte. Und jetzt musste sie an der letzten Schwelle zwischen der Welt der Dinge und Anguli sein.

»Ich *muss* zurück«, rief Diann, und in ihrer Stimme lag beinahe so etwas wie Verzweiflung.

»Du wolltest unbedingt mitkommen«, sagte Tork, und Eirion spürte die Anspannung seiner Muskeln, als seine Schenkel sich unter ihrem Kopf verhärteten. »Also wirst du jetzt auch warten, bis wir Eirion allein lassen können.«

»Ich wollte einfach noch ein paar Stunden mit ihr zusammen sein, bevor wir uns wieder trennen müssen – für immer vielleicht«, versetzte Diann klagend. »Das ist doch wohl verständlich, oder? Schließlich waren wir in Tarlin wie Schwestern, nicht wahr, Eirion?«, setzte sie flehend hinzu. »Aber jetzt muss ich in meine eigene Welt zurückkehren. Das verstehst du doch, Eirion?«

Eirion öffnete den Mund, um zu sprechen, aber Tork kam ihr zuvor. »Wenn du es so eilig hast, dann bitte sehr. Niemand zwingt dich, hier zu bleiben. Du kannst jederzeit zurück durch die Grotten gehen – allein.«

»Aber ich habe Angst!«, rief Diann mit echtem Entsetzen. »Ich kann unmöglich allein dort hingehen! Ich würde mich verirren und nie mehr zurückfinden. Eirion! Bitte, hilf mir.«

Wieder ließ Tork ihr keine Zeit für eine Antwort. »Ich werde Eirion nicht allein lassen, bevor sie wieder bei Kräften ist«, erklärte er, »und mehr gibt es dazu nicht zu sagen. Und jetzt sei endlich still und leg dich schlafen. Was immer du in Luba oder sonst wo zu tun hast, es wird wohl noch ein oder zwei Tage warten können.«

»Aber du kannst doch mit Eirion hier bleiben, und ich gehe mit Arild zurück. Arild?«, sagte sie bittend.

Eirion spürte, dass Arild zögerte, und auch Diann musste diese Regung aufgefangen haben, denn sie sprang auf.

»Das wäre doch eine gute Lösung, nicht wahr, Eirion?«, rief sie ungestüm, dann ließ sie sich vor ihr auf die Knie nieder und sah sie beschwörend an. »Nicht wahr, damit wärst du doch einverstanden? Bitte, Eirion, ich *muss* zurück.« Dann fügte sie eilig hinzu: »Ich fürchte mich hier, Eirion. Es ist so ... unheimlich. Das mag deine Welt sein, Eirion – oder Anu, wie immer du heißen magst –, aber mir macht dieses Land Angst. Ich *muss* von hier weg, sofort. Bitte, Eirion«, wiederholte sie, »sag, dass du Arild und mich nicht länger brauchst, dass es dir genügt, wenn Tork bei dir bleibt.«

Anu ... Ein Lächeln stieg in Eirion auf. Es war, als hätte dieses eine Wort ihr neue Kraft gegeben – oder war es die Aussicht, noch einige Stunden mit Tork allein zu haben, ohne Diann und Arild, in dessen Gegenwart sie diese unerklärliche Zerrissenheit verspürte?

Die Muskeln in Torks Oberschenkeln hatten sich bei Dianns letzten Worten ein wenig entspannt. Eirion blickte in seine Augen auf – sie waren so blau, blauer als der Himmel selbst an den schönsten Frühlingstagen – und las Sehnsucht darin.

»Wenn du es dir zutraust, den Weg durch die Grotten allein zu finden ...«, sagte Arild zögernd.

Tork nickte langsam. »Ich werde den Weg finden«, erklärte er. »Ich finde jeden Weg, den ich einmal gegangen bin. Wenn Eirion damit einverstanden ist ...?«

Eirion lächelte wieder. »Geht nur«, flüsterte sie und fühlte sich plötzlich seltsam leicht, als könnte sie, wenn sie es wollte, einfach unsichtbare Flügel ausbreiten und sich in die Luft erheben. »Es ist genug, wenn Tork bei mir bleibt.« *Mehr als genug,* fügte sie in Gedanken hinzu.

Nach einer flüchtigen Umarmung, die Eirion in diesem Augenblick seltsam kühl erschien, obwohl sie möglicherweise einen Abschied für immer bedeutete – aber vielleicht hatte sie das in ihrer Erschöpfung nur so empfunden? –, hatte Diann sich erhoben und war mit Arild in den Grotten verschwunden.

Das war das Letzte, woran sie sich erinnerte, als sie in tiefer Dunkelheit wieder erwachte. Tork saß an den dicken Stamm einer umgestürzten Eiche gelehnt und hielt noch immer wie am Morgen ihren Kopf auf seinem Schoß. Ein einzelner Stern stand am Himmel über ihr, dicht über dem Mond, der noch voll und rund war, obwohl er den Höhepunkt seiner Fülle bereits überschritten hatte.

»Eirion?«

Tork strich sachte mit dem Zeigefinger über ihre Wange, eine Berührung, die so zart war, als hätte ein Schmetterlingsflügel ihre Wange gestreift.

Eirion trank in tiefen Zügen die süße Nachtluft, die bereits nach Frühling schmeckte, obwohl jenseits der Berge, die sie von der Welt des Lärmens und des Kriegs trennte, noch eisiger Winter herrschte.

»Oder möchtest du, dass ich dich Anu nenne?«, sprach Tork leise und ohne die Stille um sie herum zu stören weiter.

Anu ... Ein merkwürdiges, aber keineswegs unangenehmes Ziehen ging durch ihre Glieder, als wollten sie sich verbiegen. In ihren Fingerspitzen begann es zu kribbeln, und mit einem

Mal fühlte sie eine ungeheure Energie in sich, die es ihr unmöglich machte, noch länger still zu liegen. Sie rollte sich auf die Seite und hockte sich auf die Unterschenkel vor Tork hin.

Das Licht des Mondes schien kräftiger zu leuchten, hier, im letzten Reich der Unschuld, denn sie konnte Torks Augen so deutlich sehen, als sei es heller Tag. Selbst die kleinen, bernsteinfarbenen Flecken, die in seiner linken Iris deutlicher hervortraten als in der rechten, waren wie lauter einzelne kleine Sterne, die ihr entgegenleuchteten.

»Es spielt keine Rolle, bei welchem Namen du mich nennst«, antwortete sie schließlich, nachdem eine lange Zeit verstrichen war. »Ich bin Eirion und Anu, ich bin die, die du in mir siehst, und es genügt, *dass* du mich siehst.«

Eirion konnte sich nicht erklären, woher diese Worte gekommen waren, aber als sie sie aussprach, begann sie plötzlich zu zittern. Eine schreckliche Leere griff nach ihr. Eirion und Anu ...

Nicht einmal heute, da ich Eirion und Anu bin, Königin und Gestrauchelte, Priesterin und Sünderin, Teil der Göttin selbst und doch zutiefst und zuvorderst ein Kind der Welt, nicht einmal heute sehen *die Menschen mich, wenn sie mich ansehen. Das ist mein Schicksal, und ich wünsche es keinem, der schwächer ist als ich.*

Wieder hörte sie die fremde Stimme in ihrem Innern, von der sie wusste, dass sie eines Tages die ihre sein würde, so sicher, wie sie wusste, dass diese Worte irgendwann über ihre Lippen kommen würden. Die Einsamkeit, die sie einstweilen nur ahnen konnte, schnürte ihr die Kehle zu.

»Was ist mit dir?«, fragte Tork besorgt.

Eirions Herz schlug schneller, und ihr Mund wurde trocken. »Was ...«, begann sie zu sprechen und brach wieder ab, weil sie beinahe der Mut verließ. Doch sie wusste, dass die Frage, gerade weil sie so wichtig für sie war, gestellt werden musste. »Was siehst du, wenn du mich ansiehst?«

Tork zögerte keinen Moment lang. Nur sein Gesicht wurde sehr ernst, als er ihr antwortete: »Ich sehe, was du bist und warst und sein wirst«, sagte er. »Ich sehe – dich.«

Eirion schloss die Lider. Die Leere, die kommen würde, eines Tages, würde erträglicher sein, weil es diesen Augenblick in ihrem Leben gegeben hatte, den ihr niemand würde nehmen können. Dann griff sie nach Torks Hand, drehte sie und zeichnete langsam mit den Lippen die feinen Linien auf der Innenseite nach. Sie brauchte nicht aufzusehen, um zu wissen, dass Tork nun ebenfalls die Augen schloss. Behutsam entzog er ihr seine Hand, dann spürte sie seinen Mund auf ihrem Gesicht, seine Arme, die sie umfingen. Dann seine Lippen, die die ihren fanden.

Das magische Gleichgewicht war aus den Fugen geraten. Dinge, die eins waren, wurden getrennt, was nicht zusammengehörte, wurde eins.

Die Stimme der Priesterin wehte warnend durch Eirions Sinne, doch sie schob die Mahnerin beiseite. Dies war ihre Nacht, ihre Stunde, und wenn die Liebe eine Torheit war, dann würde sie später den Preis dafür bezahlen.

Später ... Der nächste Tag schien unendlich fern zu sein, so fern wie die alte, einsame Frau, die sie zurückhalten wollte und die doch machtlos war, weil es in dieser Nacht, in dieser Umarmung keinen Platz für sie gab.

Als Tork seinen schweren Wollmantel abstreifte und ihn vor der umgestürzten Eiche ausbreitete, sah Eirion zum Himmel auf. Der kleine, helle Stern, der dort gestanden hatte, war fort. Nur der Mond leuchtete stumm und fern auf sie hinab. Und hoch über ihr drehte ihr Falke seine Runden, Barko, der ihr

Freund und Wächter war und der sie verstand, auch in ihrer Torheit.

Jahrtausendelang nur Nacht erlebt zu haben, in dem Wissen, Augen zu haben und doch nichts zu sehen, Hände zu haben und nichts greifen zu können, eine Haut zu besitzen und Fleisch und niemals etwas zu *fühlen.* Sanor streckte seine Hände aus und bog die Finger durch, so weit die Sehnen es zuließen. Die Haut zwischen Daumen und Zeigefinger spannte sich und begann zu brennen, und Sanor genoss den feinen Schmerz, denn er bedeutete, dass er fühlte. Er *fühlte!*

Dann legte er den Kopf in den Nacken und blickte zu dem hohen, sternenlosen Himmel auf. Es herrschte vollkommene Finsternis um ihn herum, doch es war eine andere Finsternis als die, die er kannte und die ein Teil von ihm geworden war. Za'mar-a, der Dämon, der sein Fleisch als Kerker für ihn gegeben hatte, war der lebendige Tod gewesen, und es schien, als hätte er auch dem Land um ihn herum jeden Funken Leben ausgesogen. Doch Sanor wusste, dass diese Sümpfe, die zu Recht die Sümpfe der Verlorenen genannt wurden, irgendwo tief in ihrem Innern lebendig geblieben waren, genau wie er selbst.

Sanor spreizte die Beine noch ein wenig weiter und spürte, wie die Kälte durch die nackte Haut seiner Fußsohlen drang. Er hob die Arme; seine Muskeln gehorchten noch den kleinsten seiner Befehle. Breitbeinig und mit weit dem Himmel geöffneten Armen stand er da und ließ den Atem durch seinen Körper fließen. Die Luft schmeckte bitter und schal, doch er erinnerte sich gut daran, dass es auch anders sein konnte. Er erinnerte sich daran, wie der Sommer in den Tälern schmeckte, erinnerte sich an den Duft der Blätter im Herbst, kurz bevor sie von den Bäumen fielen. Und das Meer! Das Meer mit seiner salzigen Schärfe und dem ewigen Raunen seiner Wellen, das Meer, das seine größte Herausforderung und seine schlimmste Niederlage gewesen war.

Doch er wollte in dieser Nacht nicht an Niederlagen denken, ja nicht einmal an Siege, an Triumph und Herrschaft.

Sein Blut pulsierte warm und gleichmäßig durch seine Adern, und er schloss die Augen und spürte diesem wunderschönen Strömen des Lebens nach.

Das gewaltige Werk der Zerstörung, das er morgen beginnen würde und das die Frucht eines in Jahrtausenden genährten Hasses sein würde, war in dieser Nacht nicht wichtig. Diese Nacht sollte ganz ihm gehören. Er wollte nicht planen und ordnen, er wollte nur fühlen und leben und *sein*.

Er war Sanor, der Eine und Erste, der Augen hatte, die sahen, Hände, die greifen konnten und Haut und Fleisch, die sich jetzt all das Leben nehmen würden, um das er betrogen worden war.

Und dann lachte er, ein wildes, weit über die Sümpfe gellendes Lachen, denn er besaß auch eine Stimme, die er endlich wieder hören wollte.

Der Morgen lag bleich und schwer über dem Land, durchzogen von einem Nebel, der dichter war als jeder Nebel, den Eirion zuvor erlebt hatte. Sie spürte die Nähe ihres Falken über ihr, doch sie konnte ihn nicht sehen, weil der weiße Dunst auch ihn verschlang. Hand in Hand stand sie mit Tork an dem Fluss, dessen Lauf sie bald folgen würde.

»Werden wir uns wieder sehen?«, fragte sie mit dünner Stimme und wagte es nicht, Tork dabei anzusehen.

Der Druck seiner Finger verstärkte sich. »Ich weiß es nicht, Eirion – Anu.« Dann ließ er ihre Hand los und drehte sie sanft zu sich um. In der nebelverhangenen Welt schienen sie vollkommen allein zu sein. Nicht einmal die umgestürzte Eiche, in deren Schutz sie die Nacht verbracht hatten, war zu sehen. »Du hattest Recht mit dem, was du in Radschas Wagen gesagt hast«, fuhr er schließlich fort. »Und ich hatte Unrecht. Wir haben nicht immer die Wahl, unsere eigenen Entscheidungen zu treffen. Manche Wege sind in unser Schicksal eingemeißelt wie die Linien, die die Innenflächen unserer Hände durchziehen.« Er griff nach ihrer Hand und zeichnete mit dem Finger die Linien darin nach. »Dort steht es geschrieben, Tochter der drei Welten«, sagte er dann, »es gibt keine Wahl für dich.« Seine Züge wurden weich. »Und selbst wenn du die Wahl hättest, ich weiß, dass du dich zu guter Letzt immer für den anderen Weg entscheiden würdest.«

Eine Brücke sein, die nur anderen dient, um den Preis des eigenen Glücks …

»Lass uns warten, bis der Nebel sich hebt«, flüsterte sie schließlich, dankbar für diesen letzten kleinen Aufschub.

Tork fuhr mit den Fingern beider Hände durch ihr Haar und lächelte. Dann wurde seine Miene jedoch plötzlich wieder ernst. »Ich glaube nicht, dass du den Frieden von Anguli lange wirst genießen können«, sagte er stirnrunzelnd. »Falls es diesen Frieden überhaupt noch gibt. Es gefällt mir nicht, was Arild uns erzählt hat. Diese Unzufriedenheit, auch wenn sie bisher nur einige wenige von den Jüngeren erfasst hat, ist kein gutes Zeichen. Du wirst dich vorsehen müssen …«

Seine Stimme verlor sich, und Eirion sah, dass hinter ihm die dunklen Umrisse der am Boden liegenden Eiche schemenhaft aus dem Nebel hervortraten. Tork folgte ihrem Blick und zog sie fester an sich. »Wer weiß«, murmelte er in ihr Haar, »vielleicht werden wir uns noch einmal wiederfinden, wenn du in die Welt der Dinge zurückkehrst.«

Schweigend beobachteten sie, wie die Sonne kleine, helle Oasen in den Nebel schnitt, die sich immer weiter ausdehnten, bis schließlich der Fluss hell und schimmernd vor ihnen lag.

Ihre letzte Frist war abgelaufen.

Torks Finger gruben sich noch einmal scharf in das Fleisch ihrer Oberarme, dann ließ er sie abrupt los. Eirion hob die Hände, um ihn zurückzuholen, und ließ sie wieder sinken.

Es war nicht recht, was mit ihnen geschah. Sie gehörten zusammen, waren wie die Saiten einer Harfe dazu bestimmt, in einer gemeinsamen Melodie zu schwingen.

»Das magische Gleichgewicht der Dinge ist aus den Fugen geraten. Dinge, die eins sind, werden getrennt, was nicht zusammengehört, wird eins.«

Erst als sie die Worte hörte, wurde ihr bewusst, dass sie sie laut ausgesprochen hatte – mit jener fremden Stimme, die erst in ferner Zeit ganz die ihre sein würde.

Tork sah sie lange und beinahe ehrfürchtig an, und sie schloss die Augen, denn sie wollte seine Ehrfurcht nicht. Sie wollte keine Priesterin sein, die er verehrte, sie wollte nur die Frau sein, die er liebte.

»Es wird Zeit«, sagte er schließlich leise, und Eirion nickte. Dann griff sie nach ihrem Bündel und tastete blind nach ihrem Falknerhandschuh. Sie streifte ihn über und streckte den Arm aus. Barko, der hoch über ihnen gekreist hatte, ließ sich darauf nieder – nur um sofort mit einem lauten Schnarren die Flügel erneut zu spreizen und sich wieder in die Luft zu erheben.

»Barko!«, rief Eirion ihm verzweifelt nach.

Jetzt, da der Abschied unausweichlich geworden war, wollte

sie diesen Augenblick nicht länger als unbedingt notwendig hinauszögern. »Barko!«, rief sie noch einmal und streckte wütend den Falknerhandschuh aus.

»Lass ihn.« Tork hatte eine Hand auf ihren Arm gelegt und ihn mit sanfter Gewalt heruntergedrückt. »Lass ihn, Eirion«, wiederholte er.

»Aber er muss mit dir durch die Grotten zurückkehren. Er kann nicht hier bleiben, und er darf mich nicht begleiten! Kein sterbliches Wesen kann die Magie von Anguli überwinden.«

»Wer sagt uns, dass er ein sterbliches Wesen ist?«, erwiderte Tork nachdenklich. »Ich glaube, er weiß, was er tut, Eirion. Und ich bin froh, dass er mit dir gehen wird. Du wirst einen Freund brauchen.«

Zögernd nahm Eirion den Falknerhandschuh ab und verstaute ihn wieder in ihrem Bündel. Als es verschnürt war, wollte Tork sie noch einmal in seine Arme ziehen, doch Eirion wich vor ihm zurück.

»Nicht«, flüsterte sie. »Ich könnte es nicht ertragen.«

Dann schulterte sie ihr Bündel, wandte sich ab und stürzte, ohne etwas zu sehen, davon, den Fluss entlang, der eine Verheißung hätte sein können.

KAPITEL 34

Marban war beunruhigt. Sogar sein Ärger auf sich selbst trat angesichts dieser neuen Sorge in den Hintergrund – wenn auch nur für kurze Zeit. Als die Erinnerung an den vergangenen Abend jetzt erneut in ihm aufstieg, begann die Narbe an seinem Kinn sofort wieder zu prickeln. Er hatte in den letzten Wochen kaum geschlafen, und seit seiner offiziellen Krönung waren die Tage und Nächte wie ein Rausch über ihn hinweggeflogen. Vollkommene Erschöpfung – nur so konnte er sich die bleierne Müdigkeit erklären, die ihn nach dem Abendessen mit der schönen Sklavin aus Fiann befallen hatte. Denn sie war schön; was er selbst in ihrem verwahrlosten Zustand nach ihrer langen Reise durch die Wüste und die Westprovinzen in ihr gesehen hatte, war keineswegs eine Illusion gewesen; im Gegenteil. Sie hatte seine Erwartungen bei weitem übertroffen. Als sie durch die Tür getreten war, in weiße Seide gekleidet und mit makellosem, golden schimmerndem Teint, war sein Herzschlag außer Kontrolle geraten, wie er es noch nie zuvor erlebt hatte. Mit ungebührlicher Hast hatte er sie in den kleinen Speiseraum geführt, wo Ila mit gutem Appetit zu essen begonnen hatte – und mit erlesenen Tischmanieren, wie Marban festgestellt hatte. Nichts verabscheute er mehr als derbe Sitten bei Tisch, aber dieses Sklavenmädchen hatte mit geradem Rücken dagesessen und Messer und Gabel sicher zu handhaben gewusst. Nur bei den Flussmuscheln, der einzigen echten Delikatesse, die Marban für dieses Mahl hatte servieren lassen – wegen der aphrodisierenden Wirkung, die man ihnen zuschrieb –, hatte das Wüstenkind ihn fragend angesehen. Und es war ihm ein Vergnügen gewesen, ihr zu zeigen, wie man den spitz zulaufenden Löffel benutzte, um das Fleisch aus der Muschel zu schaben.

Ein Schauder durchlief ihn bei der Erinnerung. Er war aufgestanden und um den Tisch herumgegangen, um ihr die Hand zu führen, obwohl eine kleine Demonstration der Prozedur durchaus genügt hätte. Aber diese ungewöhnlich langen, schmalen Finger waren eine zu große Verlockung gewesen. Schon während der ganzen Mahlzeit, bei der er selbst kaum einen Bissen herunterbrachte, hatte er immer wieder wie gebannt ihre Hände betrachtet. Die Haut war weich und gepflegt – eins der vielen Rätsel, die ihm die Sklavin aufgab – und besaß einen seidigen Schimmer, wie er ihn nicht einmal bei den verwöhnten caernadonischen Edelfrauen gesehen hatte, die niemals harte oder schmutzige Arbeiten verrichteten. Das Seltsamste an ihren Händen waren jedoch die langen Nägel, unter denen sich die weißen Halbmonde vom Ansatz bis fast zur Mitte des Nagels emporwölbten. Während des ganzen Essens, bei jeder ihrer sparsamen, anmutigen Bewegungen, hatte Marban sich vorgestellt, was diese Hände mit seinem Körper würden tun können. Als er ihr geholfen hatte, die Schale der Muschel zu öffnen, hatte er auch die Kraft in ihren gerade gewachsenen Fingern gespürt, und er war nahe daran gewesen, jede Selbstbeherrschung zu verlieren, hätte nicht ein Blick aus ihren dunklen Augen ihn daran gehindert. Er, der fast niemals schwitzte und schon gar nicht in einem angenehm temperierten Raum mitten im Winter, hatte sich verstohlen mit seiner Serviette die Stirn abgetupft, nachdem er an seinen Platz zurückgekehrt war. Auch jetzt konnte er den Gedanken nicht unterdrücken, wie es sein musste, wenn diese kraftvollen Finger spielerisch über die empfindliche Stelle zwischen seinen Schulterblättern streichen und langsam, ganz langsam an seinem Rücken hinunterwandern würden.

Ein leises Stöhnen entfuhr ihm, und sein Blut wurde heiß. *Sie ist eine Sklavin, ein Nichts,* sagte er sich. *Du kannst sie nehmen und benutzen und wieder beiseite werfen, wenn ihr Reiz erloschen ist.* Aber so oft er sich diese oder ähnliche Worte vorhielt, es half nichts. Etwas warnte ihn, dass es gar so einfach nicht sein würde mit dieser Frau. Dass sie weder so leicht zu haben noch so leicht zu vergessen sein würde, wie er es sich glauben machen wollte.

Dennoch war er am vergangenen Abend fest entschlossen gewesen, sie in sein Bett zu holen, wenn nötig auch mit Gewalt, obwohl er es bei weitem vorgezogen hätte, sie als willige Partnerin zu nehmen, die mit ihm vom Becher der Liebe kostete, bis sie beide von Lust gesättigt zwischen den Laken einschliefen.

Aber dann war plötzlich diese lähmende Müdigkeit über ihn gekommen, die selbst das Pulsieren seiner Lenden nicht zu zerstreuen vermochte. Noch einmal ging er in Gedanken die eine Stunde durch, die er mit ihr verbracht hatte. Sie hatte keine Gelegenheit gehabt, etwas in seinen Wein zu geben, der praktisch das Einzige war, was er zu sich genommen hatte. Und auf seine Diener war Verlass, dafür hatte er gesorgt. Nein, es konnte nichts im Wein gewesen sein, das diese Schläfrigkeit ausgelöst hatte; vielleicht hatte er dem Getränk lediglich zu reichlich zugesprochen.

Der Wein ... Marban zog seinen Umhang aus, der ihm mit einem Mal am Hals zu eng geworden war, und legte ihn trotz der Kühle im Raum ab. Vielleicht würde er die Sklavin ja doch noch dafür gewinnen können, freiwillig sein Bett zu teilen? Zum Dessert, einem luftigen Schaumgebäck aus Honig und Eiern, hatte es einen schweren, süßen Wein gegeben, der aus winzigen Silberkelchen getrunken wurde. Ila hatte ihren Becher an die Lippen geführt, einen Schluck davon genommen und ihn dann mit einem unergründlichen Blick über den Tisch geschoben. In dieser einen kleinen, vertraulichen Geste hatte so viel Sinnlichkeit gelegen, dass es ihm noch jetzt den Atem nahm, wenn er daran dachte. Er hatte den kleinen Kelch genommen und ihn so gedreht, dass seine Lippen genau die Stelle am Rand berührten, von der sie kurz zuvor getrunken hatte. Dann hatte er den Becher mit einem einzigen Zug geleert, obwohl er den süßen Dessertwein, der im Herbst aus den letzten prallen Trauben gewonnen wurde, eigentlich nicht mochte. Eine Woge der Lust war durch seinen Körper geströmt, während der Wein eine brennende Spur durch seine Kehle zog. Er hatte viele Frauen gehabt – und gelegentlich auch Knaben, wenn sie noch sehr jung und unberührt waren –, aber noch nie hatte er eine solche Erregung verspürt, die sein ganzes Wesen erfasste und jeden anderen Gedanken auslöschte.

Marban riss sich zusammen. Es gab im Augenblick Wichtigeres – musste Wichtigeres geben als diese unerklärliche Sehnsucht nach einer Frau, die obendrein nur eine Sklavin war.

Noch einmal wandte er sich dem Purpurnen Feuer zu, das heute einfach nicht brennen wollte. Es gab keinen besonderen Grund, den Einen und Ersten zu rufen, aber als er am Morgen aus seinem tiefen Schlaf erwacht war, hatte er plötzlich das drängende Gefühl gehabt, es tun zu *müssen.* Vielleicht, um sich von seinen Gedanken an Ila abzulenken, war er beim ersten Dämmerlicht durch den Burghof geschlendert, um scheinbar zufällig einen alten Sklaven, der dort ein Schmiedefeuer schürte, mit dem magischen schwarzen Stein zu berühren. War es möglich, dass die Lebenskraft des Alten nicht mehr ausgereicht hatte, um Sanor zu rufen? Andererseits war ihm etwas Derartiges noch nie passiert. Die Deutlichkeit, mit der er Sanors Stimme hörte, hing zwar von der Stärke des Opfers ab, und Marban hatte auch bemerkt, dass die Gespräche mit Sanor ihn mehr von seiner eigenen Kraft kosteten, wenn das Blutopfer zu gering ausgefallen war, aber das Purpurne Feuer hatte ihm immer einen Kontakt zu dem Einen und Ersten ermöglicht, so wie es ihm auch in anderen Dingen seine Magie zur Verfügung stellte.

Und jetzt wollte es einfach nicht brennen. Es war, als sei es für immer erloschen. Marban, dem sein Umhang erst kurz zuvor zu warm geworden war, begann plötzlich zu frieren. Was wusste er eigentlich über das Purpurne Feuer? Er hatte es während seines Noviziats auf seinen Streifzügen durch die Gewölbe unter der Zitadelle in Ubari in einer verschlossenen Kammer entdeckt, die sofort seine Neugier erregt hatte. Er hatte nicht gewusst, was er da in Händen hielt, aber es musste sehr wichtig oder sehr gefährlich sein, sonst hätte man es nicht ganz hinten in einer Kammer versteckt, die sonst keine weiteren Schätze barg. Natürlich konnte er keinen der älteren Priester danach befragen, denn dann wäre sein Frevel sofort aufgefallen. Daher hatte er sich darauf beschränkt, in den alten Archiven und Bibliotheken nach einer Erwähnung dieser unscheinbaren kleinen Öllampe zu forschen, was die ganze übrige Zeit seiner Ausbildung in Ubari verschlungen hatte. Doch seine Ausdauer war belohnt worden. Eines Tages hatte er in einem brüchigen und schon fast unleserlich gewordenen Dokument eine Beschreibung der Öllampe gefunden, und auch ihr Name war dort verzeichnet gewesen. Allerdings hielt der Verfasser des Dokuments das Purpurne Feuer lediglich für eine Ausgeburt der Legenden und verzichtete darauf, Näheres darüber zu berichten. Als Marban jedes Buch und jede Schriftrolle in der Bibliothek studiert hatte, hatte er viel Nützliches erfahren, doch eine Antwort auf die Frage nach Sinn und Zweck der kleinen Öllampe war er keinen Schritt näher gekommen.

Später hatte er dann mit Hilfe des Wenigen, was er herausbekommen konnte, in ungezählten Nächten mit dem Purpurnen Feuer experimentiert, bis er eines Nachts zu seinem tiefen Erschrecken zum ersten Mal Sanors Stimme gehört hatte.

Und jetzt, nachdem so viele Jahre alles gut gegangen war, jetzt schwieg der Eine und Erste plötzlich.

Marban beruhigte sich damit, dass es gewiss tausenderlei Erklärungen dafür geben müsse. Vielleicht sollte dies lediglich eine kleine Demonstration von Sanors Macht sein, nachdem es ihm, Marban, noch immer nicht gelungen war, Sanor den Stein der Gnade zu verschaffen. Dennoch – Marbans Unruhe blieb.

Was, wenn die Kraft des Purpurnen Feuers nicht endlos war? Was, wenn es tatsächlich erloschen war und er nie wieder Kontakt zu seinem Herrn und Gebieter würde herstellen können? Denn so sehr es ihm verhasst war, Sanor so zu nennen, so wusste er doch auch, dass er ohne Sanor all seine schönen Pläne nicht würde verwirklichen können.

In seiner Verzweiflung war er, das Gesicht tief in dem Umhang eines Dieners verborgen, zwei Stunden später in die Küchen gegangen, wo um diese Zeit hektische Betriebsamkeit herrschte. Diesmal hatte er, um ganz sicherzugehen, gleich zwei Blutopfer ausgewählt, zwei junge und gesunde Mägde, die in den Küchen die schwersten Arbeiten verrichteten.

Doch auch sein zweiter Versuch zeigte nicht mehr Wirkung als der erste. Marban starrte die kleine Öllampe, die solche Macht besessen hatte, mit wachsendem Entsetzen an. Jetzt erst wurde ihm klar, dass er mit dem Purpurnen Feuer nicht nur die Verbindung zu Sanor verlieren würde, sondern etwas noch viel Kostbareres. Die Sklavin aus Fiann hatte sein Denken so sehr vernebelt, dass er die anderen, weitaus wichtigeren Funktionen der Öllampe bisher ganz vergessen hatte.

Unwillkürlich hob er die Hand und strich sich über die glatte Haut seiner Wangen, auf denen jetzt allerdings feine, stachelige Härchen daran erinnerten, dass er auf die morgendliche Rasur verzichtet hatte.

Marbans Herz begann zu hämmern, während er fieberhaft darüber nachdachte, wann er sich zum letzten Mal die Lebenskraft eines Blutopfers selbst einverleibt hatte, statt sie für die Kommunikation mit dem Einen und Ersten zu benutzen.

Was würde mit ihm geschehen, wenn das Purpurne Feuer tatsächlich nutzlos geworden war? Er war in den frühen Vierzigern gewesen, als er die Macht der magischen Öllampe entdeckt hatte. Jetzt musste er – wie alt sein? Er hatte es so lange nicht mehr nötig gehabt, seine Jahre zu zählen, dass es ihm nicht sofort einfiel.

Neunhundertachtunddreißig. Er war im Jahr 938 geboren worden. In seiner Panik verweigerte ihm sein sonst so scharfer Verstand die Mitarbeit. Wie ein Kind rechnete er mühsam die Zahl aus: fünfundsechzig.

Er war fünfundsechzig Jahre alt – ein Greis, der den Höhepunkt seiner Kraft längst überschritten hätte, wenn ...

Ein lautes Räuspern hinter ihm ließ ihn herumfahren.

»Ich habe angeklopft«, erklärte Rikka gelassen. »Aber du warst anscheinend so beschäftigt, dass du es nicht gehört hast.« Sie zeigte mit dem Kopf auf die kleine Öllampe, die zu verstecken Marban keine Zeit geblieben war.

Er erhob sich hastig und trat vor sein Schreibpult, um das Purpurne Feuer vor Rikkas Blicken zu schützen. Dann entspannte er sich ein wenig. Schließlich war es, so lange es nicht brannte, nur eine kleine Öllampe, wie es in Caernadon viele gab – auch wenn man dieser Lampe ansah, dass sie sehr alt sein musste. Rikka konnte jedoch unmöglich ahnen, was es für eine Bewandtnis damit hatte. Das leichte Zucken um ihre Mundwinkel musste eine andere Ursache haben.

»Wieso bist du hier?«, fragte er schroff, nachdem er sich wieder gefasst hatte. Ihr plötzliches Erscheinen war ein Schock für ihn gewesen, aber noch mehr beunruhigte ihn die Aura der Kraft, die sie in den Raum hineingetragen hatte. Dann leuchteten seine Augen auf. »Du hast den Stein!«, stieß er hervor.

»Den Stein?«, wiederholte sie mit allzu deutlich zur Schau getragener Verwirrung. »Ah, du meinst den Stein der Gnade.« Sie schüttelte bedauernd den Kopf. »Nein, ich habe ihn nicht.«

Marban ballte die Fäuste und zwang sich, tief durchzuatmen. »Warum bist du dann hier?«, fragte er noch einmal. »Du hattest einen klaren Befehl.«

Rikka trat einen Schritt auf ihn zu, und ihre Augen sprühten Funken. »Ich wüsste nicht, seit wann du mir Befehle zu erteilen hättest!«, sagte sie kalt.

Marban hob abwehrend die Hände. Er wusste, dass Rikka sich im Licht des Feuers auf seltsame Weise veränderte, aber hatte sie auch früher schon eine derart überwältigende Ausstrahlung gehabt? »Verzeih«, sagte er beherrscht. »Ich bin in letzter Zeit ein wenig überreizt. Du hast den Stein der Gnade also nicht. Ich schließe daraus, dass Eirion dir ein zweites Mal entkommen ist?«

Die Verachtung, die er in seine Worte gelegt hatte, prallte von Rikka ab. »So ist es«, antwortete sie. »Und diesmal wohl endgültig – sie ist nach Anguli gegangen, wohin ihr niemand folgen kann.«

»Anguli!«, rief Marban verärgert. »Du glaubst doch nicht wirklich an die Existenz dieses ›letzten Reichs der Unschuld‹?«

»Das sei, wie es sein mag«, erklärte Rikka gleichgültig. »Ich für meinen Teil habe jedenfalls genug Zeit damit verschwendet, diesem törichten Kind nachzujagen. Ich hoffe, du hast deine Zeit sinnvoller genutzt, König von Caernadon.«

Marban nickte, dann berichtete er ihr kurz von den neuen Truppen, die aus Kokonda angekommen waren. »Außerdem«, sagte er abschließend, »erwarte ich in Kürze ein größeres Heer aus dem Norden, etwa zweitausend bereits mit Waffen und Uniformen ausgestattete Männer.«

Rikka schien nicht sonderlich beeindruckt zu sein.

»Ach ja, und bevor ich es vergesse«, bemerkte er beiläufig. »Die Sklavin aus Fiann, auf die du gewartet hast, ist eingetroffen.«

Rikka sah ihre Zofe ungläubig an. Nach Marbans Eröffnung war sie sofort in ihre Gemächer gegangen – nur um Ila vollkommen verändert zu finden.

»Sie behauptet, deine Zofe zu sein«, sagte Diann, deren Anwesenheit sie erst jetzt bemerkte.

Rikka hatte nur einen kurzen Blick für Diann, die jedoch nicht lockerließ. »Sie sieht aber nicht aus wie eine Zofe«, erklärte sie feindselig.

Damit allerdings hatte sie Recht. Ila trug ein sandfarbenes Kleid, das zwar sehr schlicht, aber aus einem edlen Material gearbeitet war. Der Eindruck von Schlichtheit wurde jedoch gründlich zunichte gemacht durch den einzigen Schmuck, den das Gewand aufwies: Eine kunstvoll mit goldenem Garn bestickte Borte, die gerade einen Ton dunkler gehalten war als das übrige Kleid, hielt den lose fallenden Stoff unterm Busen zusammen. Auch der einfache Zopf, zu dem Ila ihr Haar geflochten hatte, konnte nicht über die Eleganz ihrer Erscheinung hinwegtäuschen.

»Und sie hat sich in meinem Zimmer breit gemacht«, rief Diann jetzt mit schriller Stimme.

Rikka wandte den Blick von Ila ab und musterte das caernadonische Mädchen. Diann war von der Reise über die Linien der Macht vollkommen erschöpft, zumal sie ihr keine Zeit gegeben hatte, sich von dem Marsch zu den Grotten und wieder zurück nach Luba zu erholen. Ihr fehlte der Schlaf einer ganzen Nacht, so dass ihr Gesicht noch grauer und knochiger aussah als sonst. Neben der strahlend schönen Ila war sie geradezu grotesk hässlich.

»Falls du mit *deinem* Zimmer die Kammer der Zofe meinst, meine liebe Diann«, sagte Rikka eisig, »so habe ich dir bereits erklärt, dass ich schon eine Zofe habe.« Sie zeigte mit dem Kopf auf Ila. »Und das ist sie – auch wenn mir ihr Kleid in der Tat nicht recht geeignet erscheint.« An Ila gewandt fügte sie hinzu: »Ich nehme an, man konnte in der Eile in der ganzen Burg nichts Passenderes für dich finden?«

Ila verneigte sich anmutig. »Ich habe angezogen, was man mir gegeben hat, Herrin«, erwiderte sie ruhig. »Aber wenn Ihr wünscht, dass ich etwas anderes tragen soll – ich habe mein Reisegewand bereits gewaschen. Morgen wird es trocken sein.«

Rikka legte den Kopf schräg und spitzte die Lippen. Aus den Augenwinkeln sah sie, dass Diann sich straffte. »Das dürfte in der Tat das Richtige für dich sein, Sklavin«, sagte sie mit hörbarer Genugtuung. »Hier in Caernadon pflegt sich deinesgleichen nicht herauszuputzen wie eine Dame von Stand.«

»Das reicht jetzt!«, fuhr Rikka Diann an. Dann musterte sie das Mädchen mit einem so vernichtenden Blick, dass es rot anlief – was es nicht gerade reizvoller erscheinen ließ.

»Ich meinte doch nur ...«, stammelte sie.

»Ich glaube nicht, dass es dir ansteht, über die Kleidung meiner Zofe zu befinden, Diann«, unterbrach Rikka sie scharf.

»Und wenn ich es recht bedenke ...« Rikka schürzte die Lippen und blickte zwischen den beiden jungen Frauen hin und her. Warum eigentlich nicht? »Wenn ich es recht bedenke«, wiederholte sie versonnen, »gefällt es mir ganz gut, wie sie angezogen ist.« Sie nickte Ila zu. »Ich werde mich darum kümmern, dass du noch weitere Kleider bekommst.« Sie legte den Kopf schräg und betrachtete ihre Zofe noch einmal eingehend von Kopf bis Fuß. Einige der Edelfrauen, die gelegentlich auf Burg Tarlin wohnten, putzten ihre Hündchen mit Seidenbändern und Juwelen heraus – warum sollte sie nicht eine neue Mode kreieren und ihre Zofe zur Schau stellen? »Ich liebe es, mich mit schönen Dingen zu umgeben«, sprach sie weiter und warf Ila einen langen Blick zu. Aber ihre Zofe gab mit keiner Regung zu erkennen, ob es ihr missfiel, als ein »Ding« bezeichnet zu werden. »Ich werde allerdings kräftigere Farben für dich auswählen«, bemerkte Rikka dann. »Dieser helle Beigeton ist mir zu fad.« *Und du siehst darin tatsächlich wie eine Königin aus,* setzte sie in Gedanken hinzu. Das Tageslicht, das durchs Fenster fiel, war zwar blass und grau, aber Ilas bronzefarbene Haut schimmerte dennoch wie feinste Seide, und der Farbton ihres Kleides unterstrich ihre Reize auf geradezu atemberaubende Weise. Und gerade bei Tag, wenn Rikkas eigener Haut und ihrem Haar jeder Glanz fehlte, hatte sie nicht den Wunsch, neben ihrer Zofe zu verblassen.

»Ich bin müde«, meldete sich Diann abermals zu Wort, und in ihrer Stimme lag eine kaum unterdrückte Aufsässigkeit, die Rikka amüsierte. Sie wandte sich dem Mädchen zu.

»Dann solltest du am besten schlafen gehen«, sagte sie. »Du siehst aus, als könntest du es gebrauchen. Außerdem möchte ich jetzt ohnehin mit meiner Zofe allein gelassen werden.«

»Aber wo soll ich denn schlafen?«, fragte Diann, quengelnd wie ein Kind.

»Das ist mir egal«, erwiderte Rikka mit verletzendem Desinteresse. »Hauptsache, du bist mir nicht länger im Weg.«

»Aber ...«, setzte Diann an.

»Du kannst das Kinderzimmer nehmen«, erwiderte Rikka. Doch zu ihrem Erstaunen gehorchte Diann nicht, wie sie es selbstverständlich erwartet hatte.

»Ich soll in Eirions Zimmer schlafen!«, rief sie mit solchem Entsetzen, dass Rikka nun ehrlich überrascht war. Dann begriff sie. Diann hatte ihre Kindheitsgefährtin kurz zuvor auf niederträchtige Weise verraten – wenn sie tatsächlich so etwas wie ein Gewissen besaß, würde sie in Eirions Bett bestimmt keine süßen Träume haben. Rikka lächelte. Sie hegte keine freundlichen Gefühle für Eirion – aber sie liebte auch keine Verräter.

»Tu, was ich dir sage«, befahl sie schroff. »Oder geh zu deiner Mutter zurück. Sie wird sicher entzückt sein über das, was du getan hast.«

KAPITEL 35

Weiches Sonnenlicht breitete sich vor Eirion aus wie ein Teppich, der ihre Schritte lenkte. Auch wenn in der Luft noch die klare, kühle Schärfe des Winters lag, war der Frühling hier in Anguli schon fast mit Händen zu greifen. Und während jenseits der Berge eine dicke Schneedecke das Land gefangen hielt, war der Boden hier zwar kalt, aber dennoch grün. Der Ank schlängelte sich ruhig und gleichmäßig gen Osten, und wann immer Eirion den Blick nach oben richtete, sah sie ihren Falken, der ihr vorausflog.

Nach dem Abschied von Tork hatte sie geglaubt, nie wieder echtes Glück empfinden zu können, aber jetzt, da ihr Instinkt ihr sagte, dass sie dem Ziel ihrer langen Reise sehr nahe war, breitete sich dennoch eine tiefe, friedliche Stille in ihr aus. Beinahe widerstrebend gestand sie sich ein, dass ihr etwas leichter ums Herz geworden war, dass der Kummer nicht mehr ganz so brennend und beherrschend war wie am Morgen.

»Möge die Göttin mit dir sein, möge sie deine Tage und Nächte behüten und ihre schützende Hand über dich halten, wohin du auch gehst«, hatte Tork beim Abschied gesagt und ihr dann ein Segenszeichen auf die Stirn gemalt. In diesem Augenblick war Eirions Schmerz so groß gewesen, dass sie gar nicht darauf geachtet hatte. Sie hatte nur Torks Augen gesehen, hatte seine Hand auf ihrer gespürt und auf seine Stimme gelauscht. Erst jetzt begann sie darüber nachzudenken, was das für ein Zeichen gewesen war, unter dessen Segen Tork sie gestellt hatte.

Ganz in Gedanken versunken und ohne wirklich etwas zu sehen, ging sie weiter, bis sie plötzlich an einen weißen Blumenteppich kam. Ein Meer kleiner Glockenblumen leuchtete im Sonnenlicht, so weit ihr Blick reichte.

Sie wusste nicht, wie lange sie schon unterwegs war seit ihrem Abschied von Tork, aber irgendwie musste sie endgültig die Schwelle zwischen mildem Winter und beginnendem Frühling überschritten haben. Der Anblick dieser ersten Blumen, die sie seit Monaten gesehen hatte, und die plötzliche, angenehme Wärme in der Luft ließen ihr einfach keine andere Wahl, als eine kleine Rast einzulegen.

Als sie sich ins Gras gesetzt hatte, bemerkte sie, dass der Boden hier weder gefroren noch besonders kalt war.

Dies ist das erste Geheimnis von Anguli, hatte Tork in den Grotten gesagt, und langsam begriff Eirion, dass diese unbekannte Welt noch viele weitere Geheimnisse bergen musste.

Beim Gedanken an Tork runzelte Eirion die Stirn. Dieses Segenszeichen, das sie nicht kannte – was bedeutete es? Gwenlian hatte ihr ebenfalls manchmal Segenszeichen auf die Stirn geschrieben, aber dabei hatte es sich stets um verschiedene Phasen des Mondes gehandelt – und jede dieser Phasen hatte eine andere Bedeutung gehabt. Die dünne Sichel des aufgehenden Mondes bedeutete beispielsweise: »Die Göttin behütet dich in der Nacht.« Der Halbmond hieß so viel wie: »Du hast heute eine schwierige Aufgabe vor dir. Die Göttin führe dich zu einer weisen Entscheidung.«

Aber das Zeichen, das Tork auf ihre Stirn geschrieben hatte, war kein Mond gewesen, sondern …

Eirion versuchte mit äußerster Konzentration, diese kleine Geste des Segens wieder in sich wachzurufen. Sie schloss die Augen und spürte noch einmal Torks Berührung nach. Doch das Zeichen war bereits erloschen. Vage erinnerte sie sich, dass es sich wie eine Schlange angefühlt hatte, eine Schlange, die sich fast von einer Schläfe zur anderen gezogen hatte. Doch das erschien ihr wenig wahrscheinlich. Keins der Symbole der Göttin hatte Ähnlichkeit mit einer Schlange. Aber was für ein Segen konnte es gewesen sein, wenn er nicht von der Göttin kam?

Ohne dass sie hätte sagen können, warum, fielen ihr mehrere kleine Begebenheiten ein, bei denen sie geglaubt hatte, den Misston der Unwahrheit in Torks Stimme gehört zu haben.

Ganz tief in ihrem Innern stellte sie eine vage Verbindung zwischen dem merkwürdigen Segenszeichen und jenen wenigen Gelegenheiten her, bei denen sie das Gefühl gehabt hatte, Tork sei nicht vollkommen aufrichtig zu ihr.

Sie sann eine Weile über diese Frage nach, aber je länger sie dabei verweilte, umso unwichtiger erschien ihr das Ganze. Wichtig war nur die Erinnerung an diese letzte Berührung seiner Finger, die zärtlich über ihre Haut strichen.

Ihr blieb allerdings nicht viel Muße, um in Vergangenem zu verweilen, denn bald schon mahnte Barko sie mit einem leisen, aber durchaus energischen Schnarren, dass der Tag sich neigte.

Mit einem Seufzer erhob Eirion sich, strich ihren Umhang glatt und schulterte ihr Bündel.

Die kurze Ruhepause hatte ihr gut getan, und als die Sonne dem Horizont bereits sehr nahe war und alles um sie herum in ihren rotgoldenen Zauber hüllte, verbreiterte der Fluss sich zu einem See, und Eirion wusste, dass sie zu Hause war.

Ein großer, geflochtener Korb, der zum Rand hin immer breiter wurde, stand in der Mitte des Versammlungsplatzes am Flussdelta im Nordosten von Anguli, an der Stelle, wo gewöhnlich der Siebenerrat saß. Der Korb hatte sich inzwischen fast zur

Gänze gefüllt, das konnte Vilja bereits erkennen. Es waren noch zwei Frauen vor ihr, dann würde sie an der Reihe sein, ihre Wahl zu treffen. In der Hand hielt sie zwei Kieselsteine vom Ufer der Heiligen Insel, die im Herzen des Verbotenen Sees lag. Einen davon würde sie auch in einigen Augenblicken noch halten, und noch immer war sie sich nicht sicher, welcher es sein würde.

Nach langem Hin und Her hatte der Rat die Prozedur für die »Heilige Wahl des Volkes« festgelegt – was für ein Hohn, dachte Vilja, dieses Wort, denn von den sieben Mitgliedern des Rats waren nur noch fünf an den letzten Entscheidungen beteiligt gewesen, und die beiden im Rat verbliebenen Frauen, Kisila und Preta, waren bei allen Abstimmungen von vornherein machtlos gewesen, da die drei Männer allemal die Mehrheit stellten.

Die Prozedur der Wahl war einfach und klar. Im Morgengrauen hatten einige der engsten Vertrauten Nimus, darunter auch Lamar, Viljas Seelengefährte, auf der Heiligen Insel schwarze und weiße Kieselsteine eingesammelt. Die Männer und Frauen von Anguli hatten sich einige Stunden später auf dem Versammlungsplatz eingefunden und eine lange Schlange vor dem Korb gebildet, in den sie einen der Steine legen sollten, die man zuvor verteilt hatte. Sie hatten jeder einen weißen und einen schwarzen Stein bekommen, und wer seine Stimme für Nimu abgeben wollte, legte den weißen Stein in den Korb, wer Olfros weiterhin als seinen König ansah, sollte den schwarzen Kiesel hineingeben.

Vilja hatte sich viel Zeit gelassen, als die Steine verteilt worden waren, und dafür gesorgt, dass sie eine der Letzten sein würde, die ihre Wahl trafen. Am Morgen noch hatten Nimu und seine Getreuen in flammenden Reden vom heiligen Willen des Volkes von Anguli gesprochen, und Vilja hatte mit von

Kummer zugeschnürter Kehle zugehört, als irgendwann auch Lamar sich leidenschaftlich für die Wahl Nimus eingesetzt hatte. Während er sprach, hatte er immer wieder sie, Vilja, beschwörend angesehen.

»Du musst wählen«, hatte er vor einigen Tagen zu ihr gesagt, und es war das letzte Mal gewesen, dass er überhaupt das Wort an sie gerichtet hatte. »Wenn du deine Stimme für Olfros abgibst, entscheidest du dich auch gegen *mich*. Wenn du Olfros wählst, werden sich unsere Wege trennen. Wir werden nicht länger eins sein vor den Göttern, wir werden nicht mehr Mann und Frau sein.«

Danach hatte es nur noch Schweigen zwischen ihnen gegeben. Überhaupt schien seit jenem Abend ein großes Schweigen über sie gekommen zu sein. Nuria war die Einzige, der sie ihren Kummer anvertraut hatte, und die Freundin, für die selbst so viel von dieser Wahl abhing, hatte nicht einen Augenblick lang gezögert. »Dann musst du Nimu wählen«, hatte sie gesagt. »Lamar und du, ihr seid eins vor den Göttern und müsst es immer bleiben. Alles andere wäre undenkbar.«

Alles andere wäre undenkbar ...

Plötzlich wurde sie von der hinter ihr stehenden Frau sanft, aber entschieden nach vorn gedrängt. Ihre Gnadenfrist war abgelaufen. Wie gebannt starrte sie auf den Korb vor sich: Schwarze und weiße Steine lagen ungeordnet nebeneinander, doch Vilja schien es, als seien die weiß schimmernden Steine derer, die einen neuen König wollten, noch zahlreicher als die dunklen, matten Kiesel in dem Korb.

Vilja hob den Kopf. Lamar war einer der Männer, die hinter dem Korb standen und darüber wachten, dass keiner der Bewohner Angulis mehr als nur einen Stein hineinlegte – auch das war eine Ungeheuerlichkeit in einem Land, in dem es niemals Verrat oder Betrug gegeben hatte.

Viljas Blick kreuzte den ihres Seelengefährten, und all die Liebe, die sie für ihn empfand, überschwemmte sie wie eine riesige Flutwelle. Sie dachte an die Zeit des Erkennens, als sie sich vor Jahrhunderten gefunden hatten, an die feierliche Zeremonie, in der ihre Seelen auf ewig miteinander verbunden worden waren. Sie dachte auch an wunderbare Nächte der Liebe unter dem hohen, sternenübersäten Himmel von Anguli und dann, als Krönung und Gipfel ihrer Liebe, die Geburt ihres Sohnes, Feke.

Vilja blickte in Lamars dunkle Augen und sah darin ihren Sohn.

Die Kiesel, der schwarze und der weiße Stein, brannten in ihrer Hand.

Sie wandte den Blick von Lamar ab. Neben ihm stand Preta, der eine leichte Brise das hüftlange, graue Haar ins Gesicht wehte. Sie strich sich eine Strähne aus der Stirn und sah Vilja mit tiefem, mitfühlendem Verständnis an. Sie selbst hatte nie ein Kind geboren, nie einen Seelengefährten gefunden. Und doch wusste Vilja in diesem Augenblick, dass die alte Frau sie verstand und ihr bereits verziehen hatte, noch bevor sie den Verrat begehen konnte.

Wir werden nicht länger eins sein vor den Göttern, wir werden nicht mehr Mann und Frau sein ... Du musst Nimu wählen, alles andere wäre undenkbar ...

Wieder wandte Vilja sich Lamar zu, wieder kreuzten sich ihre Blicke. Dann tat sie den letzten Schritt, hin zu dem Korb. In der einen Hand hielt sie nun den weißen Stein, mit dem sie sich für ihren Seelengefährten und für den neuen König entscheiden würde. In der anderen lag der schwarze Stein.

Jetzt stand sie unmittelbar vor dem Korb.

Lamar verfolgte jede ihrer Bewegungen; er liebte sie von Herzen, das wusste sie, und wenn sie je daran gezweifelt haben sollte, so löste der flehende Blick in seinen Augen jetzt jeden Zweifel in nichts auf.

Undenkbar ...

Ohne den Blick von Lamar abzuwenden, legte sie den schwarzen Kiesel in den Korb.

Eirions Schritte wurden langsamer, nicht weil der lange Marsch um den See herum sie ermüdet hatte, sondern weil jetzt das Flussdelta in Sicht kam und mit ihm eine große Zahl von Menschen, die sich dort versammelt hatten. In den letzten Stunden, während sie um den See herumgewandert war, hatte sie immer wieder das unbezähmbare Verlangen verspürt, in das Wasser hineinzuwaten, um den Rest des Weges zu schwimmen. Es war ihr auf eigenartige Weise widernatürlich erschienen, zu *gehen*. Ein oder zwei Mal war sie drauf und dran gewesen, alle Bedenken hintanzustellen und so wie sie war, voll bekleidet und mit ihrem Reisebündel auf den Schultern, in die lockenden Wellen einzutauchen. Aber es war unmöglich, in ihren langen Gewändern zu schwimmen. Außerdem war das Wasser tatsächlich noch empfindlich kalt.

Und so war sie schließlich mit wachsender Ungeduld Stunde um Stunde weitergegangen, und inzwischen war der Abend verdämmert, und erste Sterne blinkten vom Himmel herab.

Immer zögerlicher setzte sie ihren Weg fort. Ihr Herz hämmerte in ihrer Kehle, und das Blut pulsierte in ihren Ohren. Die Zweifel, die sie seit ihrem Abschied von Marte gequält hatten – waren wirklich nur fünf Monate seit jenem Tag vergangen? –, verschafften sich nun mit Macht Oberhand. Das Gefühl des Heimkommens, das sie am späten Nachmittag bei ihrem ersten Blick auf den Verbotenen See verspürt hatte, war wie ausgelöscht.

Würde sie wirklich ihren Vater und ihre Mutter hier finden? War das wirklich die Welt, in die sie gehörte? *Mein Name ist Eirion, Eirion 'ahrd Gwenlian 'ahrd Oda.* Plötzlich wäre sie am liebsten umgekehrt, hätte sie sich gern wie ein Dieb in der Nacht umgedreht, um den ganzen Weg, den sie gekommen war, wieder zurückzurennen. *Meine Mutter ist Gwenlian, Gwenlian, Königin von Caernadon, Priesterin des Alten Reichs und Tochter des Kasseidengeschlechts.*

Gwenlian! Mit einem Mal erschien es ihr wie ein Verrat an Gwenlian, was sie zu tun beabsichtigte. Gwenlian war ihre Mutter, sie hatte sie getröstet, wenn sie krank war, und beschützt, wenn ihr irgendjemand Böses wollte. Gwenlian hatte ihr ihre Magie zum Geschenk gemacht, und Gwenlian war zu guter Letzt für sie gestorben.

Eirion blieb abrupt stehen, nur noch wenige Schritte von dem von zahlreichen Fackeln beschienenen Flussdelta entfernt. Im Licht des Feuers konnte sie jetzt einzelne Gestalten ausmachen, während sie selbst in der Dunkelheit für die Menschen dort unsichtbar war. Ein weißhaariger, dünner Mann beherrschte die Szene. Er war als Einziger stehen geblieben, als alle anderen sich kurz zuvor niedergesetzt hatten, einige allein, andere in kleinen Gruppen. Jetzt erst spürte Eirion die seltsame Beklommenheit, die über dem Versammlungsplatz lag. Es herrschte vollkommenes Schweigen, einzig ein rhythmisches Klicken war zu hören, wie von Steinen, die zu anderen Steinen geworfen wurden. Vorsichtig trat Eirion noch einen Schritt näher an das Geschehen heran. Noch hatte niemand sie entdeckt, noch hatte sie die Wahl, einfach umzukehren, zurück in die Welt, aus der sie gekommen war, die Welt, in der auch Tork seinen Platz hatte.

Der weißhaarige Mann stand in der Mitte des Platzes, und Eirion sah, dass direkt vor ihm zwei Männer und zwei Frauen saßen. Sie wagte sich noch ein wenig näher heran, gerade so weit, dass der Lichtkreis der Fackeln sie noch nicht erfasste, aber nahe genug, um zu erkennen, was die kleine Gruppe in der Mitte des Platzes tat. Das gleichmäßige Klicken war die ganze Zeit nicht abgerissen, und nun sah Eirion, dass sie sich tatsächlich nicht getäuscht hatte.

Die vier Männer und Frauen saßen um einen großen Korb herum; jeder hatte zwei kleinere Körbe vor sich stehen, in die er mit tiefem Ernst Steine aus dem größeren Korb sortierte. Das Ganze geschah in völligem Schweigen, und obwohl Eirion den Sinn der Prozedur nicht verstand, ahnte sie, dass hier etwas von größter Wichtigkeit geschah.

Und der Einzige von den vielen Menschen, der sich bewegte, war der weißhaarige alte Mann. Alle anderen saßen zu seinen Füßen, während er rastlos, aber stolz aufgerichtet, auf und ab ging.

Eirions Mund wurde trocken. Der Mann strahlte Macht und Würde aus; und sein ganzes Verhalten ließ nur einen Schluss zu: Er musste der König von Anguli sein. Und das hieß ...

Minutenlang beobachtete Eirion den Mann, der ihr Vater sein musste, und versuchte, ein Gefühl, irgendein Gefühl, in sich wachzurufen. Aber das Einzige, was sie empfand, war Widerwille. Der alte Mann mochte Macht und Würde besitzen, aber als Eirion vorsichtig ihre Seele nach ihm ausstreckte, fand sie dort kein Echo und keine Liebe – für niemanden.

Wieder zog sie sich etwas tiefer in die Dunkelheit zurück. Ihre Schultern schmerzten, weil sie so lange und so verkrampft mit dem schweren Reisebündel auf dem Rücken dagestanden hatte. Jetzt schob sie eine Hand unter den Riemen und spürte sofort Erleichterung. Dennoch wagte sie es nicht, das Bündel abzusetzen, aus Furcht, sich mit dieser Bewegung zu verraten.

Noch konnte sie zurück ...

Gwenlian, dachte sie. *Mutter, hilf mir.*

Und wie im Stevensmoor, als Eirion geglaubt hatte, am Ende ihres Weges angekommen zu sein, antwortete Gwenlian ihr.

Meine Tochter, hörte sie Gwenlians leise Stimme, die ein wenig traurig, aber sehr fest klang. *Suche, was die Götter dir als Aufgabe für dieses Leben gegeben haben. Suche nicht im Großen, in den Dingen der Welt und des Kosmos, suche in deinem eigenen Herzen. Mach nicht den gleichen Fehler wie ich ... vergiss nie ... es gibt zwei Wege, und beide sind richtig ... finde die Brücke, Eirion, meine Tochter ... die Brücke ...*

Langsam streifte Eirion ihr Bündel ab, ließ es zu Boden fallen und machte den ersten Schritt, dann den zweiten. Erst zögernd, dann immer schneller lief sie in den Lichtkreis hinein, vorbei an dem freudlosen alten Mann, der ihr Vater sein musste und der bei ihrem Erscheinen etwas ausrief, das sie nicht verstand. Ihre Schritte führten sie wie von selbst in eine bestimmte Richtung. Zielsicher bahnte sie sich einen Weg durch die auf dem Boden sitzenden Menschen, ohne zu hören, was sie sagten.

In der hintersten Reihe der Menschen, die das Licht der Fackeln kaum noch erreichte, war eine Frau aufgesprungen, eine Frau mit langem blondem Haar und einer bronzefarbenen Stirnlocke.

Die letzten Meter, die sie trennten, schienen sie beide zu fliegen, dann spürte Eirion die Arme der anderen Frau, die sie festhielten, als wollte sie sie nie wieder loslassen.

Und auch Gwenlian war bei ihnen, war Teil ihrer Umarmung.

*

Sanor stand mit gespreizten Beinen auf dem harten, gefrorenen Boden, doch er spürte die Kälte nicht länger, denn seine Füße waren Hufe und wie die Hörner auf seiner Stirn unempfindlich gegen alle Unbilden von Wind und Wetter.

Ah, wie er es genossen hatte, nach all dieser Zeit wieder seine wahre Gestalt anzunehmen, in der alle Eindrücke sich hundertfach verstärkten, in der seine Sinne scharf und klar alles wahrnahmen, was um ihn herum geschah. Weder Mond noch Sterne erhellten die Nacht, und doch konnte er bis zum Horizont über die Sümpfe sehen; kein Tier regte sich, und doch war das Land voller wispernder Stimmen, auch wenn die, denen diese Stimmen gehörten, für immer stumm sein würden.

Sanor atmete tief ein und breitete die Arme aus, die keine Ähnlichkeit mehr mit menschlichen Gliedmaßen hatten. Drei gebogene, scharfe Krallen waren an die Stelle der Finger getreten, jetzt, nachdem er seine Faunsgestalt übergestreift hatte, und die Muskeln seiner Arme hatten alles Fleisch verdrängt, um sich zu mächtigen, gefiederten Schwingen zu dehnen.

Einige trunkene Augenblicke lang kostete er noch die Luft aus, die jetzt durch seinen ganzen Körper pulsierte, dann breitete er langsam die Flügel aus und erhob sich in die Luft.

Bald, dachte er. *Bald!* Und blickte auf das Sumpfland unter sich hinab. Eine gewaltige Armee hatte sich dort formiert, ein Heer von nie da gewesener Schlagkraft, denn die, die in diese Schlacht ziehen würden, hatten nichts mehr zu verlieren, nicht einmal ihr eigenes kleines, bedeutungsloses Leben.

Sie waren bereits tot.

Sanor flog in weiten Kreisen über seine Soldaten hinweg, caernadonische Krieger, die er in den Schlachten jenseits von Táin Buláll an sich gezogen hatte, denn in der Wüste dort existierte noch die alte Magie, die sein Geburtsrecht war und auf die er selbst in Gefangenschaft noch einen gewissen Zugriff gehabt hatte. Außer diesen caernadonischen Soldaten gehörten zu Sanors Heer noch die törichten jungen Männer, die sich, um ihren Mut zu beweisen, im Lauf der Jahrhunderte in die Sümpfe gewagt hatten. Sie stellten jedoch nur eine kleine Minderheit dar im Vergleich zu denen, die er sich aus der Wüste geholt hatte, in der verzweifelten Hoffnung, sie eines Tages zum Werkzeug seiner Rache machen zu können.

Und jetzt war es so weit. Er war endlich frei.

Und morgen, beim ersten Tageslicht, würde sich sein Heer in Bewegung setzen, um alles zu vernichten, was sich ihm in den Weg stellte.

Die Armee der Schatten hatte sich formiert, und er, Sanor, würde ihr Anführer sein.

Das Abenteuer geht weiter:

Der Stein der Gnade

Die Trilogie der Streitenden Reiche 3